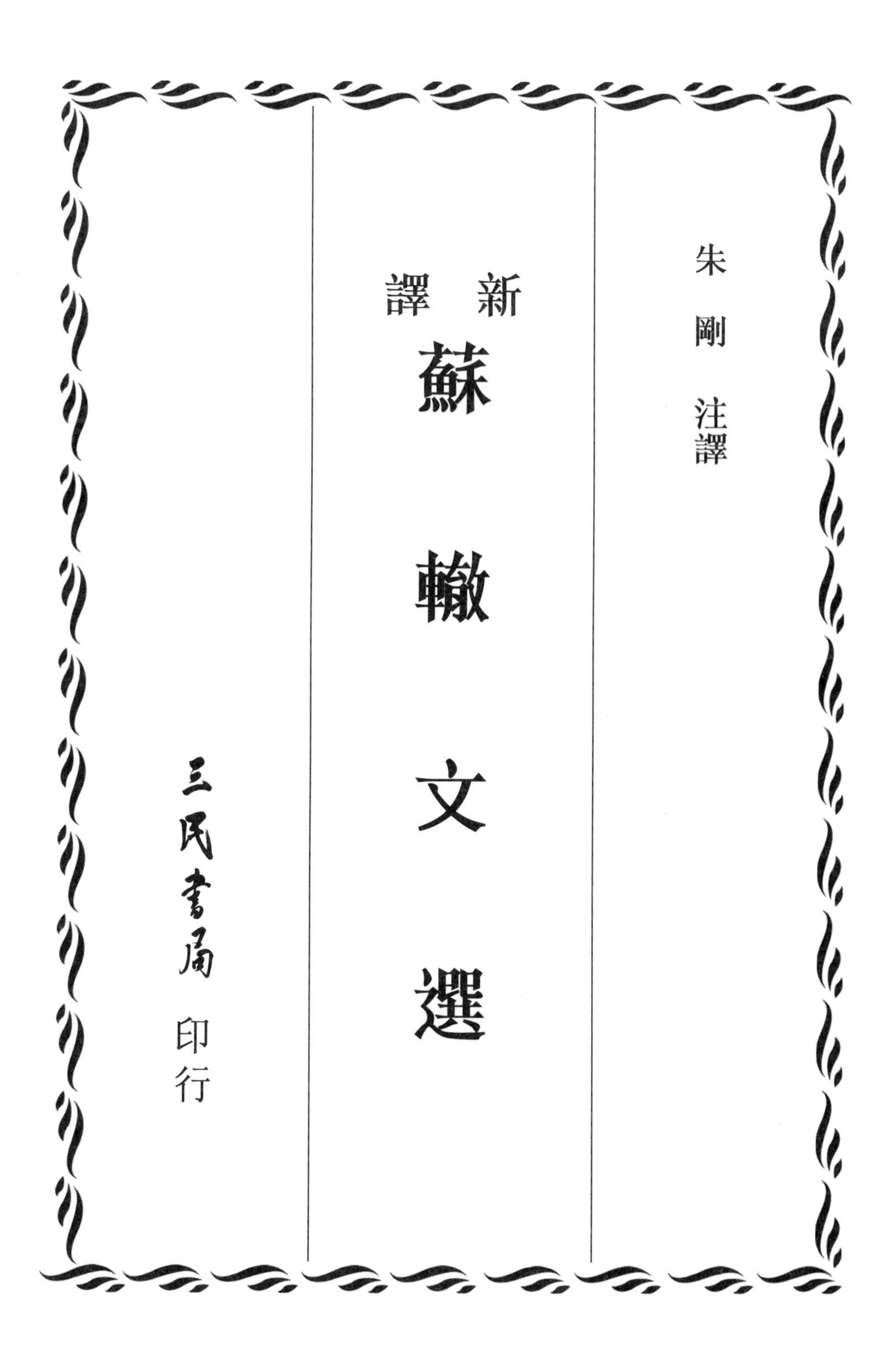

新譯蘇轍文選

朱剛 注譯

三民書局 印行

國家圖書館出版品預行編目資料

新譯蘇轍文選／朱剛注譯.－－初版一刷.－－臺北市：三民，2008
面； 公分.－－(古籍今注新譯叢書)

ISBN 978-957-14-4852-7 (平裝)

845.16 97007737

© 新譯蘇轍文選

注譯者	朱 剛
責任編輯	蔡佳玲
美術設計	陳宛琳
發行人	劉振強
著作財產權人	三民書局股份有限公司
發行所	三民書局股份有限公司 地址 臺北市復興北路386號 電話 (02)25006600 郵撥帳號 0009998-5
門市部	(復北店) 臺北市復興北路386號 (重南店) 臺北市重慶南路一段61號
出版日期	初版一刷 2008年5月
編號	S 032220
定價	新臺幣390元

行政院新聞局登記證局版臺業字第〇二〇〇號

ISBN 978-957-14-4852-7 (平裝)

http://www.sanmin.com.tw 三民網路書店

蘇轍像（選自《中國歷代名人勝迹大辭典》）

四川眉山三蘇祠

刊印古籍今注新譯叢書緣起

劉振強

人類歷史發展，每至偏執一端，往而不返的關頭，總有一股新興的反本運動繼起，要求回顧過往的源頭，從中汲取新生的創造力量。孔子所謂的述而不作，溫故知新，以及西方文藝復興所強調的再生精神，都體現了創造源頭這股日新不竭的力量。古典之所以重要，古籍之所以不可不讀，正在這層尋本與啟示的意義上。處於現代世界而倡言讀古書，並不是迷信傳統，更不是故步自封；而是當我們愈懂得聆聽來自根源的聲音，我們就愈懂得如何向歷史追問，也就愈能夠清醒正對當世的苦厄。要擴大心量，冥契古今心靈，會通宇宙精神，不能不由學會讀古書這一層根本的工夫做起。

基於這樣的想法，本局自草創以來，即懷著注譯傳統重要典籍的理想，由第一部的四書做起，希望藉由文字障礙的掃除，幫助有心的讀者，打開禁錮於古老話語中的豐沛寶藏。我們工作的原則是「兼取諸家，直注明解」。一方面熔鑄眾說，擇善而從；一方面也力求明白可喻，達到學術普及化的要求。叢書自陸續出刊以來，頗受各界的喜愛，使我們得到很大的鼓勵，也有信心繼續推廣這項工作。隨著海峽兩岸的交流，我們注譯的成員，也由臺灣各大學的教授，擴及大陸各有專長的學者。陣容的充實，使我們有更多的資源，整理更多樣化的古籍。兼採經、史、子、集四部的要典，重拾對通才器識的重視，將是我們進一步工作的目標。

古籍的注譯，固然是一件繁難的工作，但其實也只是整個工作的開端而已，最後的完成與意義的賦予，全賴讀者的閱讀與自得自證。我們期望這項工作能有助於為世界文化的未來匯流，注入一股源頭活水；也希望各界博雅君子不吝指正，讓我們的步伐能夠更堅穩地走下去。

新譯蘇轍文選 目次

二 舊黨先鋒

三 東軒長老

四 元祐大臣

五　嶺海逐臣

六　潁濱遺老

導讀

蘇轍（西元一〇三九—一一一二年）字子由，號潁濱遺老，與他的父親蘇洵（字明允）、兄長蘇軾（字子瞻，號東坡居士）合稱「三蘇」，並且一起名列「唐宋古文八大家」中。

就年齡而言，「八大家」實際上是四代人，唐代的韓愈、柳宗元是一代，北宋的歐陽修、蘇洵是一代，曾鞏、王安石是一代，蘇軾、蘇轍是一代。這樣的年齡層次與唐宋古文發展的階段性是對應的，如果每一代只取一個代表人物，那無疑應是韓、歐、王、蘇（軾），蘇轍將被他的兄長掩蓋起來。無論從成就，還是從影響來說，這都是一件很自然的事，甚至蘇轍本人的意願也是如此，他樂意隱沒在兄長的眩人光彩之中。反而是東坡本人，卻極力推舉自己的弟弟，說「子由之文實勝僕，而世俗不知，乃以為不如。其為人深不願人知之，其文如其為人」（〈答張文潛縣丞書〉）。他的意見當然值得重視，但這本身也足以說明，蘇轍的身影從來就被兄長掩蓋著的。

八家文的經典選本，首推明代茅坤的《唐宋八大家文鈔》，其〈潁濱文鈔〉中有這樣一段評論：「子由之文，其奇峭處不如父，其雄偉處不如兄，而其疏宕嫋娜處，亦自有一片煙波，似非諸家所及。」這同樣是非常自然的思路，就是指出蘇轍跟父兄的不同之處，以證明其自成一家，「自有一片煙波」。但這同樣也表明，對蘇轍的認識不能不以東坡為映照。

然而，除了像茅坤那樣從藝術風格上去體會外，要從其生平的立身行事方面尋找蘇氏兄弟的差異，幾乎是一件讓人失望的事。《宋史・蘇轍傳》有一番總結：「轍與兄進退出處，無不相同，患難之中，友愛彌篤，無少怨尤，近古罕見。獨其齒爵皆優於兄……」除了壽命長、官位高以外，蘇轍無不與兄長相同。他根本無意與兄長立異。

比較容易觀察到的是兩人的性格差異。正如東坡所說，蘇轍是一個「深不願人知之」的人，不像東坡那樣光彩外露；《宋史》本傳也說他「寡言鮮慾」，不像東坡那樣成天要找人說話；他的弟子張耒說，平生只見蘇轍「不曾忙」，「雖事變紛紜至前，而舉止安徐，若素有處置」（〈明道雜誌〉），一派不慌不忙慢悠悠的作風，不像東坡那樣直爽痛快。這樣的性格差異，對古文創作自也不無影響，本書所選的蘇轍作品中，有些是可以跟東坡的同題或同類之作比照的（如〈賀歐陽少師致仕啟〉、〈祭歐陽少師文〉、〈黃樓賦〉等），大抵東坡喜歡突破常規，充分展現其不凡的個性，而蘇轍更願意把他的新見隱藏於規範的表述之中，這在各篇的研析中將有細述，此處從略。按照《宋史》的說法，這樣的性格就是蘇轍比兄長壽命長、官位高的原因所在。或許如此吧。與此相關的還有一點值得指出，蘇氏兄弟都濡染禪學甚深，但東坡喜歡去跟禪師鬥機鋒，而蘇轍能一個人長期堅持坐禪。

不過，若由此認定蘇轍是個一味內斂的人，那卻也大謬不然。細考他的生平，至少有四次，他比東坡更顯得鋒芒逼人。

第一次是在宋仁宗嘉祐六年（西元一〇六一年），蘇氏兄弟一起參加「賢良方正能直言極諫科」的御試對策，這是他們走向官界的非常關鍵的一步。蘇軾順利地通過了對策，蘇轍卻幾乎惹禍，因為他在對策中嚴厲批評了皇帝和宰相，甚至指斥後宮的祕事，被有的考官視為「不遜」。雖然因為司馬光的力爭，加上宋仁宗為人寬厚，沒有將他黜落，但也少不了一場虛驚，而且嚴重滯緩了蘇轍的仕途進展。此事在本書所選的〈謝中制科啟〉裡有詳明的表述，在〈遺老齋記〉中也有追憶。這一次他的表現比東坡要激烈。

第二次是在宋神宗熙寧二年（西元一〇六九年），蘇氏兄弟為父親守完了孝，回到京城，正好面對王安石變法。蘇軾開始只得了一個閒職，所以只表現得不積極而已；蘇轍卻上書（即本書所選〈上皇帝書〉）論述財政問題，被神宗委派在變法的核心機構「制置三司條例司」工作，參與商議「新法」。所以，蘇轍有機會了解正在醞釀中的所有「新法」的具體內容，從而也就有機會成為第一個批評者。本書所選的〈制置三司條例司論事狀〉就是他在當年八月所寫的全面駁斥「新法」的文章，他由此反出了「條例司」，成為反對變法的「舊黨」急先鋒。後來東坡也稱讚他：「至今天下士，去莫如子猛。」（〈潁州初別子由〉）蘇轍在這個時期所表現出的勇決程度，僅次於御史中丞呂誨，而遠過於司馬光、蘇軾等。

第三次是在宣仁太皇太后主政的元祐年間，蘇氏兄弟都得到了提拔，成為朝廷的要員。但他們升進的途徑不同，蘇軾走的是「文學」一途，由中書舍人而翰林學士，以起草朝廷文告為主要職責，蘇轍走的則是「言語」一途，先任右司諫，再任御史中丞，專掌彈劾糾察。所以蘇轍更為鋒芒畢露，幾乎一刻不停地奏請廢除「新法」，彈劾「新黨」官員，故後人檢查「當時臺諫論列，多子由章疏」（朱弁《曲洧舊聞》卷七）。結果也是蘇轍的官位上升更快，做到了副宰相，進入了權力核心。後來宋哲宗親政，貶謫「舊黨」人物，第一個遭受厄運的當然也是蘇轍。

第四次是在宋徽宗剛剛登基的元符三年（西元一一〇〇年），蘇氏兄弟都從遙遠的南方獲赦北歸，但蘇軾遲遲未離開貶地，而且在廣東盤旋甚久，直到年底還沒有翻過南嶺，而蘇轍幾乎一接到赦令便動身北歸，而且以凌厲的速度撲向北宋的統治中心，年底之前已經回到距京城一步之遙的潁昌府（今河南許昌）。很顯然，東坡對於政局的變化疑慮重重，蘇轍卻急於尋找回朝的機會，其心態更為積極。當然，那結果僅僅是令東坡臨死前見不到兄弟。

以上這四次，第一次是在登上仕途之始，第二次是面對變法而確定其黨派立場之時，第三次是「舊黨」在政治上得勢的階段，第四次則是蘇氏兄弟掌握朝政的最後機會，可以說，都是他們政治生涯中最關鍵的時刻。我們看到，在這樣關鍵的時刻，蘇轍都從兄長的身影下脫穎而出，雖然政敵對他們的打擊報復後來更多地落在東坡的頭上，但當初原是蘇轍的表現更為激烈。所以，若完整地概括蘇轍的個性，除了「靜如處子」的一面外，其實還有「動如脫兔」的一面。他曾推崇兄長「百折不摧，如有待然」（〈祭亡兄端明文〉），突出了東坡的剛強個性；而他自己則在寧靜的外表下蘊含了內在的剛強。《論語》云：「剛毅木訥近仁。」歐陽修曾於《新唐書‧刑法志序》申明其義：「然則剛強非不仁，而柔弱者仁之賊也。」以委婉平易而頗具長者氣度著稱的歐公，也深知真正的仁者是剛強的，蘇轍亦庶乎近之。

回頭再看東坡對弟弟的評價：「其為人深不願人知之，其文如其為人。故汪洋澹泊，有一唱三歎之聲，而其秀傑之氣，終不可沒。」（〈答張文潛縣丞書〉）這是說，蘇轍的文風與其為人的個性相似，在「汪洋澹泊」的外表下蘊含了內在的「秀傑之氣」，簡單地說，就是外柔內剛。柔的是其委婉迴旋的行文風格，即茅坤所謂「疏宕嫋娜處，亦自有一片煙波」，這方面應受到歐陽修文章的深刻影響；剛的是其表達主旨之處，往往聊聊數句，片言據要，凝練簡捷而見解獨到，發出不同凡響之聲，這方面仍得蘇洵的真傳。大致可以說，他是用歐公的委婉將蘇洵的奇峭深深包裹起來，顯得「不願人知之」，但若真的不知，就成了東坡指責的「世俗」了。他這種柔中含剛的寫法，在他五十六歲之前，各個時期的各類作品中都有體現，如本書所選的〈商論〉、〈謝中制科啟〉、〈上皇帝書〉、〈賀歐陽少師致仕啟〉、〈代李誠之待制遺表〉、〈答徐州陳師仲書〉、〈廬山棲賢寺新修僧堂記〉、〈答黃庭堅書〉、〈答徐州教授李昭玘書〉、〈代歙州賀登極表〉、〈論臺諫封事留中不行狀〉、〈論御試策題劄子〉等等，詳見各篇的「研析」部分。我們據此可以認定，這是蘇轍文章的典型風格。

既然如此，為什麼上文要限定「五十六歲之前」呢？這是因為他五十六歲那年，正值宋哲宗親政的紹聖元年（西元一〇九四年），「新黨」再度得勢，「舊黨」遭受貶謫。由此直到蘇轍去世，其被朝廷懲罰或廢棄的境遇沒有改變。更為嚴重的是，北宋朝廷在這個時期推出一種特殊的政策，叫做「國是」，即樹立起一種權威意識形態，就是把王安石的「新學」規定為天下唯一正確的學說，凡與此相異的思想，都被認作「曲學」「邪說」。這樣的政策自宋神宗時期就開始醞釀，但其正式確立則在紹聖之後。雖然在宋哲宗去世的元符三年（西元一一〇〇年）和宋徽宗初掌政柄的建中靖國元年（西元一一〇一年），這個政策似乎稍有鬆動，但自崇寧元年（西元一一〇二年）起就再度被強調，被變本加厲地貫徹下去。我們應該充分估計朝廷的這一政策給當時文人的寫作環境帶來的巨大、深刻的變化，因為古文寫作的精神核心「獨立見解」從此失去了合法性。在西元一一〇一年東坡去世後，「八大家」只剩蘇轍，還將在這樣的環境中生存十餘年。如果把「八大家」的先後出現看作「唐宋古文運動」的完整歷程，那麼這個運動應包括文體改革和儒學復興兩方面，都由韓愈所倡導，而由歐陽修奠定了成功的局面，但在歐公身後，儒學走向各家各派的分裂，王安石與二蘇的學說就彼此互斥，經「新舊黨爭」較量的結果，是王氏「新學」成為「國是」，王氏的「經義」之文成為科舉考試的固定格式。——這樣的結果可以被視為「古文運動」的終結。在這個意義上，生活於「國是」環境下的晚年蘇轍，比他的兄長更能代表「唐宋古文運動」的終結階段。

不難發現，在「國是」覆蓋全國思想文化界的環境下，蘇轍的寫作態度和行文風格顯然有所改變。茅坤曾注意到蘇轍晚年文章的特點，他說：「其年已老，其氣已衰，無復向所為飄飆馳驟，若雲之出岫者、馬之下阪者之態，然而閱世既久，於古今得失處參驗已熟，雖無心於為文，而其折衷於道處，往往中肯綮，切事情，語所謂老人之言是已。」（《唐宋八大家文鈔．潁濱文鈔八》）這就是說，他那種有意經營的外柔內剛的典型風格似乎消失了，換之而來的是「無心於為文」的簡單隨意的寫法。但這並不僅僅由於年老氣衰，實際上，因為「內剛」的本質在於「獨立見解」，現在它失去了合法性，當然就要改變表述的方式；而與此同時，反復迴旋、渲染的所謂「外柔」也就毫無必要。隨著環境的變化而放棄了原來的寫法，這一點其實不難理解。那麼，難道去寫一些毫無意義或者服從「國是」的文章嗎？蘇轍當然不會如此。所以，他晚年那種簡單隨意的寫法，卻真正透露出複雜的內涵，值得一篇一篇仔細分析。

我們還是把具體的分析留給本書所選各篇的「研析」，但必須說明蘇轍對於「國是」的總體態度：他並不屈服順從，而是含蓄地給予譏刺，或明確地加以批判。我們了解他的這個基本立場，就不難理解，面對「國是」的他為什麼放棄了原先那種「深不願人知之」的寫法，現在的他不能讓行文技巧遮蔽他的觀點。然而，對「國是」的挑戰並不像一般情況下提出不同意見那樣簡單，當周圍的整個世界都因為掌握了「正確」的學說而眾口一辭時，一個固執地不以為然的老人，在堅持他的寫作活動時，心境是難以形容的。這「老人之言」，每一聲嘆息都是那麼沉重，所有貌似隨意的表達都顯得言淺意深。誰都不曾料到「唐宋古文運動」迎來了這樣一個終結階段，而蘇轍自己也不曾料到他會成為這樣一個終結者。對此，文學史可以作出更深入的研究。

依據以上的理解，參考蘇轍的生平，本書選錄其散文作品加以注釋、語譯和研析，完全按照寫作的年代順序來排列，而可以分為六個部分：

一、進士賢良。自作者幼年至嘉祐六年（西元一〇六一年）。蘇轍在此期間進士及第，又參加「賢良方正能直言極諫科」考試。這部分選錄的主要內容，是他的應試文章和「賢良進卷」，以及相關的書信，反映出他早年的觀點和文風。

二、舊黨先鋒。自宋神宗開始任用王安石變法的熙寧二年（西元一〇六九年），至「烏臺詩案」發生的元豐二年（西元一〇七九年）。在此十年間，蘇轍先是被安排在「制置三司條例司」工作，隨即反出「條例司」，成為系統批判「新法」的第一人，然後就在各地擔任學校教授或幕府職務。這部分選錄的文章大抵表達其「不同政見者」的身份。

三、東軒長老。自作者受「烏臺詩案」的連累被貶到筠州的元豐三年（西元一〇八〇年），至宋神宗去世的元豐八年（西元一〇八五年）。此時的蘇轍貶居筠州，反思人生，並較多地跟禪僧交往，被稱為「東軒長老」。這部分選錄的文章大抵反映其人生反思的結果，其外柔內剛的典型風格也發展成熟。

四、元祐大臣。自元祐元年（西元一〇八六年）至元祐九年（西元一〇九四年，即紹聖元年）。這是「舊黨」執政的時期，作者從右司諫、中書舍人、戶部侍郎、翰林學士、御史中丞，一直做到尚書右丞、門下侍郎（副宰相）。這部分選錄的主要是他彈劾「新黨」、議論國事的奏章。

五、嶺海逐臣。自紹聖元年（西元一〇九四年）作者被驅出朝廷，到元符三年（西元一一〇〇年）宋哲宗去世。這個時期的蘇轍連續遭受貶謫，先後貶居於筠州、雷州、循州，而贏得了從事著述的時間。這部分選錄了他的一些著述的序言，以及歷次被貶時的謝表，可見其當時的心跡。

六、潁濱遺老。自宋徽宗建中靖國元年（西元一一〇一年），至作者去世的政和二年（西元一一一二年）。這是蘇轍被廢棄閒居的晚年生涯，因為住在潁昌府，所以自號「潁濱遺老」。這部分選錄的文章大都展現其晚年風格，和面對「國是」的複雜心境。

本書選錄蘇轍文章，文本依據是上海古籍出版社一九八七年版《欒城集》和中華書局一九九〇年版《蘇轍集》，擇善而從。注釋時，為免讀者翻檢之勞，有些詞語在不同文章中出現，大致不避反覆出注，但若內容複雜的，就注明參見某篇，稍省篇幅。注釋涉及當時朝章典故較多，注者雖盡量稽考，但必然不免疏漏，盼望讀者批評指正。

朱剛謹識

一　進士賢良

蘇轍年表

一、進士賢良

宋仁宗寶元二年(西元一〇三九年) 二月二十日亥時,蘇轍出生於四川眉山。

至和二年(西元一〇五五年) 蘇轍十七歲,娶妻史氏。

嘉祐元年(西元一〇五六年) 蘇轍十八歲,隨父、兄至成都,拜見張方平。又攜張方平推薦信抵汴京。蘇洵上書歐陽修,大獲賞識。

嘉祐二年(西元一〇五七年) 蘇轍十九歲,與蘇軾一起參加歐陽修主持的科舉考試,雙雙進士及第。因母親程氏亡故,回蜀奔喪。

嘉祐五年(西元一〇六〇年) 蘇轍二十二歲,再到汴京,應「賢良方正能直言極諫」制科,繳上「賢良進卷」五十篇。

嘉祐六年(西元一〇六一年) 蘇轍三十三歲,制科獲中,授試祕書省校書郎充商州軍事推官。

缸硯賦 并敘

【題　解】據蘇轍的孫子蘇籀所作的《欒城遺言》說，這篇〈缸硯賦〉是蘇轍的幼年作品，曾得到蘇洵的誇獎，並用好紙抄寫、裝裱了，釘在房間的牆壁上。看來，因為科舉考試的需要，蘇轍從幼年起就對賦體很下功夫。「敘」就是序文，因為祖父名蘇序，所以蘇氏兄弟作文時，都用「敘」代替「序」字。

先❶，蜀❷之老有姓滕者，能以藥煮瓦石，使軟可割如土。嘗以破釀酒缸為硯，極美❸。蜀人往往得之，以為異物❹。余兄子瞻❺嘗遊益州❻，有以其一遺❼之。子瞻以授余，因為之賦。

【章　旨】此段為序文，講缸硯的來歷和蘇轍作賦的原因。

【注　釋】❶先　以前。❷蜀　現在的四川省。❸美　此指質地甚好。❹異物　不同尋常的好東西。❺子瞻　蘇轍之兄蘇軾的字。❻益州　現在的成都市。❼遺　送。

【語　譯】以前，蜀地有個姓滕的老人，能用藥物把瓦礫、石塊之類煮得很軟，可以像泥土那樣隨意切割。他曾經把破掉的酒缸做成硯臺，質地極好。蜀地的人們往往能夠得到這種「缸硯」，把它當作稀奇的珍品來收藏。我哥哥子瞻曾經到成都遊玩，有人送給他一塊。子瞻把它轉授給我，所以我就寫這篇〈缸硯賦〉。

有物於此，首枕而足履❶，大胸而大膺❷，杯首而箕制❸。其壽百年，骨肉破碎，而獨化為是❹。其始也，生乎黃泥之中；其成也，出乎烈火之下❺。尾銳而腹皤❻，長頸而巨口。餔糟啜酒❼，終日醉飽。外堅中虛，膚密理解❽。偶與物鬭❾，脅漏內槁❿。棄於路隅⓫，瓦礫所笑。忽然逢人，藥石包裹⓬。不我謂瑕⓭，治以鼎鼒⓮。烹煎不辭，斧鑿見剖⓯。一為我形⓰，沃我以水，汙我以煤⓱，處我以几⓲。子既博物，能識己否⓳？

【章　旨】這一段用擬人的手法，寫缸硯從酒缸變為硯臺的經過。其作為酒缸與作為硯臺，形狀和遭遇都不相同，由此提出問題：這缸硯的自體（賦中所謂的「我」或「己」）到底該是什麼？

【注　釋】❶首枕而足履　意謂酒缸有頭有腳。枕，靠。履，踩踏。❷膺　胸懷，此指容量。這句說酒缸的胸腹很大，可以容納很多。❸杯首而箕制　酒缸上面開口，下面封起，所以口像茶杯，形態像坐著那樣。❹獨化為是　酒缸破碎後有一片獨自變成了這塊缸硯。❺其始也四句　這四句說的是酒缸的形成過程，即用黃泥燒製而成。❻尾銳而腹皤　足部尖小，而腹部胖大。❼餔糟啜酒　吃糟喝酒。❽膚密理解　肌膚細密，但紋理疏鬆。❾鬭　這裡指碰撞。❿脅漏內槁　身體的側面漏了，裡面的酒流乾，變得枯槁了。⓫隅　角落。⓬藥石包裹　用藥物包起來。⓭不我謂瑕　不認為我有汙點。⓮治以鼎鼒　放在鼎鼒中煮。鼎鼒是古代的烹飪工具。⓯見剖　被切割。⓰我形　指硯臺的形狀。⓱煤　油煙灰，古代用來指墨，這裡就指墨。⓲處我以几　把我放置在書桌上。⓳子既博物二句　這兩句是問缸硯：你的經歷豐富，可算見多識廣了，但能認得自己究竟是什麼嗎？

【語　譯】這裡有一個東西，它本來是一個酒缸，有頭可靠，有腳可站，有大肚子能容，上面開口，下面封起，像坐著那樣。壽命長達百年，然後不免骨肉破碎，而剩下一片，獨自變成了一塊硯臺。那酒缸開始的時候是從黃泥中誕生，在烈火燒製下成形。足部尖小而腹部胖大，頸部很長而口部很大。整天可以吃糟喝酒，圖個醉飽。外表雖然堅硬，但內部其實空虛；肌膚雖然細密，但紋理其實疏鬆。偶爾與物碰撞，就落得身體漏穿，裡面的酒也流得一乾二淨，變得枯槁。從此被人丟在路邊角落，連瓦礫也嘲笑它。忽然又碰上一個人，用藥物把它包裹起來。這人不嫌棄它的汙點，把它放到鼎鬲中又煮又煎。它倒也不辭這烹煎之苦，最後又被斧鑿切割，終於變成了硯臺。一旦成為硯臺後，便被用水澆淋，被用墨汙染，被放置到書桌之上。你這缸硯啊，你也算經歷豐富，見多識廣了，但你還能認得自己究竟是誰嗎？

客❶曰：「嗟夫❷！物之成也，則必固有毀也邪？物之毀也，則又不可謂棄也邪？既成而毀者，悲其棄也；既棄而復用者，又悲其用也。」是亦大惑❸而已矣。且以予觀之，昔子則非開口而受濕❹，茹辛含酸而不得守子之性❺者邪？今子則非坦腹而受汙，糢糊彌漫❻而不得保子之正❼者邪？且其飲子以水也，不若飲子以酒；以物汙子也，不若使子自保。子果以此自悲❽也，則亦不見夫諸毛之捽拔❾，諸楮之爛靡❿，殺身自鬻⓫，求效於此，吐詞如雲，傳示萬里？子不自喜而欲其故⓬，則吾亦謂子惡名而喜利⓭，棄淡而嗜美⓮，終身陷溺⓯而不知止者，可足悲矣。

【章　旨】在發表蘇轍自己的見解前，先假設了一個「客」的迷惑之見，再加以反駁。意謂做酒缸與做硯臺同樣是不能保持本性，則硯臺也不比酒缸差，何必執著地要做回酒缸呢？

【注 釋】❶客 假設的一個發表意見者。❷嗟夫 慨嘆的語氣詞。❸大惑 極其糊塗。❹受濕 接受酒糟。❺性 本性。❻糢糊彌漫 形容缸硯被墨磨得面目全非。❼正 本性。❽以此自悲 以為硯臺的境況還不如酒缸，而為自己感到悲傷。❾諸毛之捽拔 很多動物身上的毛被拔下來，做成了筆。❿諸楮之爛靡 很多樹木被搗爛，做成了紙。⓫殺身自鬻 指「諸毛」、「諸楮」毀掉、出賣了自己，成為紙筆。⓬欲其故 想做回從前的酒缸。⓭惡名而喜利 作為硯臺可以參與寫作，能得到名聲；作為酒缸則可以裝酒，能得到利益。如果不願意做硯臺，想做回酒缸，那就是厭惡名氣而貪圖利益。⓮棄淡而嗜美 做酒缸時喝的是酒，做硯臺只能喝水，如果選擇做酒缸，那就是貪圖美酒而鄙棄淡水。⓯陷溺 執著於利益和美味。

【語 譯】有一個客人說：「啊呀！事物一旦形成，必定有被毀壞的一天吧？事物一旦被毀壞，也不可以說永遠被拋棄了吧？當已經形成的東西被毀掉時，它被拋棄是可悲的；當已經拋棄的東西又被利用時，它的用途也是可悲的。」這種悲觀的看法其實也是很糊塗的。照我看來，你以前做酒缸的時候，必須開口接受溼漉漉的酒糟，豈不是要含辛茹苦，無法保持你的本性？現在你做了硯臺，必須敞開肚子接受汙染，被墨磨得面目全非，豈不是也無法保持你的本性？當然，給你喝水還不如給你喝酒，用墨來汙染你，還不如讓你保全自己。如果你為此感到悲傷，想要做回酒缸，那麼你難道沒看到筆和紙嗎？那麼多的動物被拔下了身上的毛，做成了筆；那麼多的樹木被搗爛，做成了紙。它們犧牲了自己，在這裡賣命效力，吐出雲彩一般美麗的詞章，傳播到萬里之外。這裡面也有你的功勞，而你卻不高興，想要恢復原先做酒缸的生活，那我就要說你厭惡文名而喜歡實利，鄙棄淡水而貪圖美酒，終身陷在利益和美味之中，不知休止，那才是十足可悲的呢！

【研 析】作為幼年的習作，這篇賦具有遊戲的性質，但它得到蘇洵的欣賞，並非沒有道理。一方面，傳統的賦是一種用來鋪張描寫的文體，而這篇〈缸硯賦〉雖然也有不少擬人化的描寫，其主旨卻在說理，而且是說了複雜的哲理。如果說宋詩是「以議論為詩」，那麼宋代的賦實際上也有「以議論為賦」的特點，具有這種特點的所謂「文賦」，習慣上以歐陽修的〈秋聲賦〉為標誌性的開創之作。但仔細算來，歐公雖是蘇轍的老師，他寫作〈秋聲賦〉的時間卻在嘉祐四年（西元一〇五九年），即蘇轍二十一歲之時，比蘇轍這篇幼年之作要晚出許多。而欣賞此賦的蘇洵更是歐公的同代人，想來蘇氏父子對於賦體的態度，很早就跟歐公不謀而合了。

從這個角度說，〈缸硯賦〉雖然還不是成熟的「文賦」名作，卻也值得紀念，因為它畢竟已對傳統的賦體有了明顯的改革。此種改革的達成，可能借助了該賦的一部分遊戲性質。正因為是小孩子的遊戲，所以看來是重大的改革，卻完成得輕而易舉，又顯得詼諧逗人。不過，如果僅僅是遊戲詼諧而已，那麼從前也有寓言式的「俗賦」一類作品，與此相像。所以我們還應該注意〈缸硯賦〉的另一個方面，就是其中的議論，即真正屬於宋代士大夫式的議論，這才是「文賦」的精神所在。賦中設置了一個「客」，當然與漢賦的主客對話傳統有關，但這跟後來歐陽修〈秋聲賦〉中的「童子」，以及東坡〈赤壁賦〉中的「客」一樣，都是辯論的對象。「客」的見解都以酒缸為基點，認為酒缸被毀壞是可悲的，毀壞後的一片被做成了硯臺，做不回酒缸，也是可悲的。蘇轍的反駁正是對這個基點的超越。在他看來，酒缸也從黃泥中來，無論其為酒缸，或為硯臺，都不能保守本性，要說可悲，那是同樣可悲的。然而，如果意識到變化之不可避免，那麼黃泥之變為酒缸，酒缸之變為硯臺，正當應順自然而已。一味執著於懷念酒缸式的醉飽生活，而不知硯臺的參與寫作的意義，那才是十足可悲的想法。——這種兼含了道家和儒家因素的典型的士大夫哲理，似乎超越了蘇轍作賦時的年齡，但考慮到他生活在中國士大夫文化的黃金時代，則其思想之早熟，也不足怪。當然，作為幼年習作，此賦也有缺點，比如對缸硯的稱呼，開始是第三人稱，突然變作第一人稱「我」，再接著又突然變為第二人稱「子」，而第一人稱「予」也作為蘇轍本人出現，然後跟客人討論的時候，應以第三人稱來稱呼缸硯比較合理，而賦中卻又用第二人稱。上面的語譯中無法完全跟隨原文的人稱變化，請讀者諒解。

刑賞忠厚之至論

【題解】嘉祐二年（西元一〇五七年），蘇轍跟兄長蘇軾一起在北宋首都汴京（今河南開封）參加了禮部舉行的進士考試，這篇〈刑賞忠厚之至論〉就是答卷之一，是一篇命題作文。題目的意思是，朝廷對人施與刑罰或須發獎賞，都要本著忠厚的原則，刑罰要盡可能輕些，而獎賞要盡可能重些。這次禮部考試的閱卷工作由歐陽修（西元一〇〇七—一〇七二年）主持，蘇氏兄弟一齊通過，再經皇帝（宋仁宗）親臨的殿試之後，雙雙進士及第。所以，這一篇五百餘字的文章，乃是蘇轍邁上仕途的最關鍵一步。

古之君子❶，立于天下，非有求勝於斯民❷也。為刑以待天下之罪戾❸，而唯恐民之入於其中，以不能自出也；為賞以待天下之賢才，而唯恐天下之無賢，而其賞之無以加之也。蓋以君子先天下❹，而後有不得已❺焉。夫不得已者，非吾君子之所志也，民自為而召之也。故罪疑者從輕，功疑者從重❻，皆順天下之所欲從。

【章　旨】應試文章的開頭一段，大抵都是所謂「破題」，就是把題目的意思講清楚。蘇轍這篇也不例外，他提出領導者要順從民意的基本思想，由此來說明「刑」和「賞」兩種手段為什麼要本著忠厚的原則。

【注　釋】❶君子　此指領導者。❷勝於斯民　制服人民。❸罪戾　有罪過的、違逆法規的。❹先天下　為天下人的表率。❺不得已　不得不採用的手段，指「刑」或「賞」。❻故罪疑者從輕二句　這兩句根據《尚書·大禹謨》：「罪疑惟輕，功疑惟重。」意思是，量罪定刑的時候，碰到有疑問的案例要從輕發落；計功授賞的時候，碰到有疑問的情況要從重給賞。

【語　譯】古代的領導者，能夠自立於天下，並沒有想用強權去制服他的人民。他制定了刑法來對付天下有罪的人，但只怕人們陷在刑法之中，不能自拔；他制定了獎賞來激勵天下的賢才，而唯恐天下沒有這樣的賢才，使他的獎賞得不到可以給予的人。那是用領導者的道德來作天下的表率，然後才考慮到不得不採用的獎懲手段。這種不得不採用的手段，本來不是出於領導者的意願，而是人民自己的行為招來的。所以，對於有疑問的罪行要從輕處罰，對於有疑問的功勞要從重獎賞，這都是為了順應天下人的希望。

且夫以君臨民，其強弱之勢、上下之分，非待夫與之爭尋常之是非，而後能勝之矣。故寧委之於利❶，使之取其優❷，而吾無求勝焉。夫惟天下之罪惡暴著❸而不可掩，別白❹而不可解❺，不得已而用其刑；朝廷之無功、鄉黨❻之無義，不得已而愛其賞❼。如此，然後知吾之用刑，而非吾之好❽殺人也；知吾之不賞，而非吾之不欲富貴人❾也。使夫其罪可以推❿而納之於刑，其迹⓫可以引⓬而置之於無罪；其功與之而至於可賞，排⓭之而至於不可賞，若是二者而不以與民，則天下將有以議我矣。使天下而皆知其可刑與不可賞也，則吾猶可以自解⓮；使天下而知其可以無刑、可以有賞之說⓯，則將以我為忍人⓰而愛夫爵祿⓱也。

【章　旨】上段既說明領導者必須順從民意，而不是制服人民；此段轉過來說，即便是要制服人民，也以重賞和輕罰為手段之妥當者。

【注　釋】❶委之於利　讓人民處於有利的情況。❷取其優　獲得好處，指重賞和輕罰。❸暴著　昭著。❹別白　明白。❺解　辯解。❻鄉黨　指民眾之間。❼愛其賞　吝惜賞賜，指不予重賞。❽好　喜歡。❾富貴人　使人得到富貴。❿推　把罪行向嚴重的方向去推求。⓫迹　事情。⓬引　開脫。⓭排　消除。⓮自解　為自己辯解。⓯說　說法。⓰忍人　狠心的人。⓱愛夫爵祿　吝惜官位和俸祿，指不肯給人重賞。

【語　譯】再說，以君主的身份俯臨人民，其力量的強弱、地位的高低已經差距遙遠，君主根本不需要跟人民去爭議一般的小是小非，然後才能制服他們。所以，寧願讓人民處於有利的情況，讓他們得到好處，而君主不必務求制服民眾。天下的罪惡，只有非常顯著，無法掩蓋，非常明白，無法辯解的，我才不得不動用刑罰；

在朝廷辦事的人實在無功可言，在民眾之間的人實在不做好事，我才不得不吝惜賞賜。這樣，天下人才知道我這是正當地使用刑罰，而不是我喜歡殺人；才知道我這是不給賞賜，而不是我不想讓人獲得富貴。假如說，有一種罪行，推求得嚴重一點就可以納入用刑的範圍，但事情開脫一下也可算無罪；有一種功勞，承認它就可以獎賞，不承認它也可以不賞：在這兩種情況下，不選擇對民眾有利的一方，那麼天下人就會議論我了。如果天下人都知道可以用刑而我不用，都知道不能獎賞而我獎賞了，那我還可以為自己辯解；如果天下人都知道可以免除刑罰而我用了刑，都知道可以獎賞而我不賞，那麼他們就會認為我是個狠心的人，不肯把官位和俸祿給人了。

聖人不然。以為天下之人，不幸而有罪，可以刑，可以無刑，刑之而傷於仁❶；幸而有功，可以賞，可以無賞，無賞而害於信❷。與其不屈吾法❸，孰若❹使民全其肌膚，保其首領❺，而無憾於其上；與其名器之不僭❻，孰若使民樂得為善之利，而無望望不足❼之意？嗚呼！知其有可以與之之道，而不與，是亦志於殘民❽而已矣。

【章　旨】上段已轉到君主的統治技術，去說重賞與輕罰之妥當，此段又轉回聖人的道德原則，來說重賞與輕罰之正當。

【注　釋】❶傷於仁　對於「仁」（仁愛）的原則有所傷害。❷害於信　對於「信」（誠信）的原則有所傷害。❸不屈吾法　守護我的刑法，指給予重罰。❹孰若　怎如。意謂不如。❺首領　頭頸，指生命。❻名器之不僭　國家的爵祿不錯給無功的人，指不給重賞。❼望望不足　失意不滿。❽志於殘民　以傷害人民為目的。

【語　譯】聖人就不是這樣。聖人以為，天下的人不幸犯了罪，可以用刑也可以不用刑的時候，用刑就損害了仁愛的原則；天下人有幸立了功，可以獎賞也可以不賞的時候，不賞就損害了誠信的原則。與其用重罰來建立刑法的威信，怎如讓民眾保全身體和生命，讓他們對主上沒有怨恨？與其用吝惜重賞來保證爵祿的不虛，怎如讓民眾高興地獲得行善的好處，讓他們消去失意不滿的情緒？啊，明知有辦法給人民好處，而不給，這樣的君主豈不是把傷害人民當成目的了嗎！

且彼君子之與之也，豈徒曰與之而已也？與之而遂因以勸之焉耳。故捨有罪而從❶無罪者，是以恥勸之也；去輕賞而就重賞者，是以義勸之也。蓋欲其思而得之也。故夫堯舜三代❷之盛，捨此而忠厚之化❸亦無以見於民矣。

【章　旨】最後一段更進一步，提高一層說，重賞與輕罰也不僅僅是優待、寬容而已，其作用還在於勸導人民為善，從而創造盛世。

【注　釋】❶從　放。❷三代　夏、商、周。❸化　教化。

【語　譯】況且，領導者給人民好處，難道是徒然給點好處而已嗎？給了好處，從而還用來勸導、激勵他們。所以，捨棄有罪的人不予追究，放他們無罪，這是讓他們感到羞恥，從而勸導他們；不用輕賞而用重賞，這是讓他們感受道義，從而激勵他們。這都是讓他們自己去反思，而悟得道理。因此堯舜三代的盛世，如果不這樣做，則忠厚的教化也就無法體現在民眾身上了。

【研　析】《尚書・大禹謨》說：「罪疑惟輕，功疑惟重。」孔安國傳云：「刑疑附輕，賞疑從重，忠厚之至。」本文的題目就是從此而來，所以蘇轍在文章的第一段寫上「罪疑者從輕，功疑者從重」的話，表示他知道這個題目的出處。對於應試的文章來說，這一點是最基本、也最重要的，如果考試閱卷的標準比較鬆，或者別的考生寫不出來，那麼僅憑這一點，就可以使文章過關了。不過，北宋中期的士子大抵熟讀經典，不大可能記不得這個出處。倘若大家都記得，那麼這個題目便只是個簡單的道理，算不得難題，要在考試中勝出，便不得不在文章的寫作上下一番功夫了。應該說，「刑賞忠厚之至」本是聖人的道德原則，蘇轍全篇的主題也是在道德原則上展開的。但他有特色的地方卻在從君、民關係的角度切入，針對君主往往要控制民眾的心理傾向，提出君主應當順從民意，由此論證刑、賞何以必須忠厚。然後，退一步從控制民眾的目的來說，使用這兩種手段亦以有利於人民為妥。接下來才推出聖人的道德原則，將刑、賞的問題綰合「仁」和「信」的儒家理論，正面闡明重賞、輕罰之正當性。最後又提高一層，謂重賞、輕罰不僅是惠民而已，也可以勸導民風向善。如此步驟分明，節節推進，便將簡單的道理講得頗有層次，足見其思路的清晰和周密，並善於表達。除此以外，這篇文章能夠在考試中過關，可能也得益於它的文風。根據史料的記載，當時的太學裡正在流行一種艱澀奇怪的文體，來顯示作者的不同尋常。主考官歐陽修對此非常反感，在這次閱卷工作中，有意黜落了風格奇倔的文章，倡導平易通暢的文風。由此來看蘇轍這一篇，層次雖多，語言卻平白流利，把道理講得清楚明白，沒有難解之處，應該可以比較順利地通過歐公的法眼了。

上樞密韓太尉書

【題　解】蘇轍在嘉祐二年（西元一〇五七年）成為新進士，當時還只有十九歲。按照北宋吏部的規定，必須等「既冠」（二十歲）後才可以分派官職，所以他還要等待一年時間，才能進入仕途。他原準備留在京城，一邊交往名流，一邊預習官場事務。但不久傳來了母親程氏在家鄉眉山去世的消息，所以回鄉服喪去了。寫作這篇〈上樞密韓太尉書〉的時候，看來還不知道母親的去世，一心想去拜見這位大人物。書信的目的，也就是請求拜見。樞密即樞密使，是北宋最高軍事長官，相當於漢代的太尉，故習慣上也把樞密使稱為太尉。當時任樞密使的是韓琦（西元一〇〇八—一〇七五年），字稚圭，乃北宋名臣。

太尉執事❶：

轍生好為文，思之至深，以為文者，氣❷之所形。然文不可以學而能，氣可以養而致❸。孟子曰：「我善養吾浩然之氣。」❹今觀其文章，寬厚宏博，充乎天地之間，稱❺其氣之小大。太史公❻行天下，周覽四海名山大川，與燕趙❼間豪俊交游，故其文疏蕩❽，頗有奇氣。此二子者，豈嘗執筆學為如此之文哉？其氣充乎其中，而溢乎其貌，動乎其言，而見乎其文，而不自知也。

【章　旨】由於書信的目的就是請求拜見，等於是自我推薦的文章，所以一開始便就自己最擅長的方面（文章）來發表最有體會的見解，以引起對方的重視和賞識。然後，蘇轍會在下文中巧妙地將文意引向請求拜見。

【注　釋】❶執事　左右辦事之人。書信中以此表達對受信一方的尊重，意謂不敢直達其本人，只敢讓左右轉達。❷氣　構成世間萬物（也包括人）的基本質料，亦可指人的所有生命表現。❸養而致　通過涵養而達到盛大。❹我善句　此語見《孟子・公孫丑上》。浩然之氣，謂盛大剛強之氣。❺稱　相稱。❻太史公　指西漢史學家司馬遷。❼燕趙　戰國時的燕、趙兩國之故地，相當於今天的河北、山西一帶。❽疏蕩　疏放暢達。

【語　譯】尊敬的韓太尉：轍生來就喜歡寫文章，對此思考得很深，認為文章乃是一個人的生氣向外表現出來而形成的。但是，文章是無法通過學習來掌握的，生氣則可以通過涵養而達到盛大。孟子說過：「我善於涵養我的浩然之氣。」現在看他的文章，氣象廣大而雄厚，塞滿了整個天地之間，跟他的浩然之氣相稱。司馬遷曾經走遍天下，看遍了四海的名山大川，跟燕趙之間的豪傑們交遊，所以他的文章疏放暢達，頗有不凡的氣質。這兩個人，哪曾學習這種風格的文章呢？他們的生氣充滿在內，向外溢出到面貌上，運行於言行之中，就自然地表現在他們的文章裡，他們本人並無意識的。

轍生十有九年矣，其居家，所與游者不過其鄰里鄉黨之人，所見不過數百里之間，無高山大野可登覽以自廣[1]。百氏之書[2]雖無所不讀，然皆古人之陳迹，不足以激發其志氣。恐遂汨沒[3]，故決然捨去，求天下奇聞壯觀，以知天地之廣大。過秦、漢之故都[4]，恣觀[5]終南、嵩、華[6]之高，北顧黃河之奔流，慨然想見古之豪傑。至京師[7]，仰觀天子宮闕之壯，與倉廩、府庫、城池、苑囿之富且大也，而後知天下之巨麗。見翰林歐陽公[8]，聽其議論之宏辯，觀其容貌之秀偉，與其門人賢士大夫遊，而後知天下之文章聚乎此也。太尉以才略冠天下，天下之所恃以無憂，四夷[9]之所憚以不敢發，入則周公、召公[10]，出則方叔、召虎[11]。而轍也未之見焉。且夫人之學也，不志其大，雖多而何為？轍之來也，於山見終南、嵩、華之高，於水見黃河之大且深，於人見歐陽公，而猶以為未見太尉也。故願得觀賢人之光耀，聞一言以自壯[12]，然後可以盡天下之大觀而無憾者矣。

【章旨】這一段是講請求拜見的理由，但承著上一段關於文章的見解說起，謂寫作之事需要「養氣」，而「氣」則需要世間壯大的事物來加以激發，其中也包括偉大的人。如此引出拜見的希望，既誇獎了對方，又不落俗套。

【注釋】❶自廣　開闊自己的胸襟。❷百氏之書　諸子百家以及後世各種書籍。❸汩沒　沉淪埋沒。❹秦漢之故都　秦都咸陽（今陝西咸陽）、西漢都長安（今陝西西安）、東漢都洛陽（今河南洛陽），皆蘇轍自四川至汴京應試時途徑。❺恣觀　盡情遊覽。❻終南嵩華　終南山在西安的西南，嵩山在洛陽的東南，華山在陝西華陰之南，正當西安至洛陽的道上。❼京師　北宋首都汴京（今河南開封）。❽翰林歐陽公　歐陽修時任翰林學士。❾四夷　漢族之外的周邊民族，此時主要指北方契丹族的遼國和西北黨項族的西夏國。❿召公　召公奭，西周名臣，與周公旦一起輔佐周成王。⓫方叔召虎　都是周宣王的大臣，方叔曾率兵平定「荊蠻」，召虎曾率兵戰勝「淮夷」。⓬自壯　激勵自己。

【語譯】轍出生以來，至今十九歲了。在家裡的時候，一起遊玩的不過是同鄉鄰居之人，能夠看到的也不過數百里之間，並無高山和廣大的原野，可以登臨觀覽，以開闊自己的心胸。各種書籍雖然無所不讀，但記的都是古人的舊事，不足以激發我的志氣。恐怕就這樣埋沒了自己，所以下決心離開故鄉，去尋找天下的奇聞和壯觀，以領略天地之間的廣大。曾經路過秦、漢的故都，盡情遊覽了終南山、嵩山、華山的高峰，向北俯視黃河的奔流，想像中浮現出古代的豪傑，不禁感慨萬千。到了京城，又仰視皇宮魏闕的雄偉，和糧倉、兵庫、城池、園林的廣大富有，然後才知道天下的壯美。拜見了翰林學士歐陽公，聽到他的議論如此宏大而雄辯，看到他的容貌如此優雅而偉岸，跟他門下的賢士交遊，然後才知道天下的文章都聚集在這裡了。太尉的才能謀略為天下之首，天下依仗您的存在才免去憂慮，周邊國家因為害怕您的存在才不敢來侵犯，進入朝廷便像周公、召公，出征邊關便像方叔、召虎。然而，這樣的人物轍卻還不曾拜見。一個人的學問，如果不追求偉大，即便學了很多，又有何用？轍這番京城之行，見過了終南、嵩、華這樣的高山，見過了黃河這樣洪大的深水，見過了歐陽公這樣的人物，覺得剩下的就是還沒見過太尉了。所以，盼望能夠一見賢人的風采，聽取一點教誨來激勵自己，這樣就充分領略盡了天下的壯觀，心無遺憾了。

轍年少，未能通習吏事❶。嚮❷之來，非有取於斗升之祿❸。偶然得之，非其所樂。然幸得賜歸待選❹，使得優游數年之間，將歸益治其文，且學為政❺。太尉苟以為可教，而辱❻教之，又幸矣。

【章　旨】此最後一段，又換一個角度，以年輕人向長輩高官請教政務為由，來補充請求拜見的原因。這也合乎彼此的身份，言之成理。

【注　釋】❶吏事　行政事務。❷嚮　昔日。❸斗升之祿　微薄的俸祿，指官職。❹賜歸待選　受命回家等待選派官職。❺學為政　學習處理政務的知識。❻辱　表示賜予之意。

【語　譯】轍還年少，不懂得官場的事務。原先到京城來，也並不是為了要當官，偶然中了進士，獲得了做官的資格，但這並不是我喜歡的事。幸而得到了「賜歸待選」的命令，讓我可以再有幾年時間可以悠閒交遊，將回家進一步鍛鍊寫作，並學習處理政務的知識。如果太尉認為我是一個值得教誨的人，而賜予教誨，那又是我的幸運了。

【研　析】年輕人走上社會，勢必要拜見名流，獲取教誨，但反過來，這件事也可以被表述為干謁權貴，結交勢利，其間的差別真是很難說清。按照宋代士大夫社會的常情，這種干謁是不可避免的一環，請求拜見的書信在他們的文集裡多少都有幾篇，其中總要表達自己對受信一方的仰慕，那麼總要對他加以讚美。虛假的讚美姑且不論，即便真正的仰慕，也要有個適當的表達方法，否則就無異於阿諛奉承。大致來說，這裡有個「主」和「賓」的問題：如果純粹是為阿諛奉承而寫的書信，往往就以對方為「主」，自己為「賓」，圍繞著對方來展開吹捧，而失去了自我；反過來，一種正當的拜見，總是以自己為「主」，對方為「賓」，因為對方符合自己的條件或需要，才有必要去請求見面。——這當然也不能絕對而言，但古人所謂「平交王侯」，大抵如此。

並非絕不讚揚對方，因為一個不值得讚揚的人是沒有必要去拜見的，關鍵在於自己有一個堅固的立足之點，以一種站得住的人格去跟人交朋友，所以即便是向對方請求的書信，也仍以自己為「主」的。蘇轍以一個新進士的身份，去拜見當代政界首屈一指的元勳，所表達的願望是不能不懇切的，但整篇書信，是從自己學文養氣、激發懷抱的志向說到拜見對方的願望，從自己年輕不懂政務的現狀說到聽取對方教誨的必要，始終以自己為「主」。其間指點江山、抑揚文字，顯出勃勃的少年英氣，可謂不失「自我」的典範之作了。

商論

【題解】宋朝的科舉制度，除常規性的進士、諸科外，還有皇帝下詔特別舉行的「制科」。通過「制科」考試的官員，能較快獲提拔。蘇轍和他的哥哥蘇軾都參加了嘉祐六年的「制科」。按當時的規定，參加「制科」考試需要大臣推薦，還必須在考前一年，向朝廷繳上五十篇策論，叫做「賢良進卷」。蘇轍的「賢良進卷」就收錄在他的《欒城應詔集》中，由二十五篇論和二十五篇策組成。這篇〈商論〉是二十五篇論中的第二篇，據蘇籀《欒城遺言》說，在蘇轍十六歲的時候就寫成了。但此篇文詞成熟，可能是早年寫成後，編入「賢良進卷」時作過修改。無論如何，至晚到嘉祐五年（西元一〇六〇年），文章已經寫定，並隨整部「進卷」而上呈給朝廷了。

商之有天下者三十世❶，而周之世三十有七；商之既衰而復興者五王❷，而周之既衰而復興者，宣王❸一人而已。蓋商之多賢君，宜若❹其世之過於周，而反不如；周之賢君不如商之多，而其久於商者乃數百歲也。此二者，所以使天下之人疑焉，而不知其故也。

【章旨】此篇名為〈商論〉，其實兼論商、周。開篇就以商、周二代對比，概括商強而短，周弱而久的現象，提出問題。

【注釋】❶世 指一個天子統治的時期。❷五王 據蘇轍自著的《古史・殷本紀》，當指太甲、太戊、祖乙、盤庚、武丁，都能在衰落之後重新奮起，使殷商復興。❸宣王 周宣王，名靜。他的父親周厲王是個暴君，被流放而死，周宣王卻能在周定公、召穆公的輔佐下，南征北戰，恢復周的強盛，號稱「中興」。❹宜若 似乎應該。

【語譯】商朝統治天下，前後傳了三十世，而周朝傳了三十七世；商朝中間衰落，有五位天子能重新振起，而周朝只有一個周宣王能在衰落後復興。看來商朝的賢君比較多，其傳世之長似乎應該超過周朝才對，卻反而不如；周朝的賢君沒有商朝那麼多，但它卻比商朝還長了好幾百年。這兩件事，讓天下的人們都感到疑惑，不知道其中的原因。

蓋嘗以為，周公❶之治天下，務為文章繁縟之禮❷，以和柔馴擾❸天下剛強之民。故其道本於尊尊而親親❹，貴老而慈幼，使民之父子相愛而兄弟相悅，以無犯上難制之氣，行其至柔之道，以揉❺天下之戾心❻，而去其剛毅勇果之政，故其享天下至久。而諸侯內侵❼，京師❽不振，卒於廢為至弱之國❾。何者？優柔和易❿之道，可以為久，而不可以為強也。

【章旨】此段從周公治理天下的陰柔之法，來說明周朝何以柔弱而長久。

【注釋】❶周公　周朝建立者周武王之弟，名旦，曾長期執政，建立禮樂制度。❷文章繁縟之禮　條理繁多的禮儀法度。❸和柔馴擾　使人民變得寬和、溫柔、馴服。❹尊尊而親親　尊敬高貴的人，親近親屬。這是周禮的基本原則，確立社會的尊卑秩序和親屬之間的親疏等別。❺揉　安撫。❻戾心　違逆、作惡之心思。❼諸侯內侵　指春秋戰國時期，各諸侯國都不聽中央的命令，侵奪周天子的權力。❽京師　京城，指周天子控制的領域。❾至弱之國　極其弱小的國家。指周天子名義上是天子，實際上只統治了極小的地區，跟一個小的諸侯國沒有區別。❿優柔和易　從容柔順，溫和平易。

【語譯】我曾以為，當初周公治理天下的辦法，是務必建立繁複細緻的禮儀，用來馴服天下剛強的人民，使他們變得寬和溫柔。所以，他的基本原理是「尊尊」和「親親」，按照地位的高低和親屬的遠近來建立秩序，敬重老人，慈愛孩童，讓百姓們父子相愛，兄弟和睦，這樣就消去了犯上作亂、難以制服的勇氣。他使用最為陰柔的辦法，來安撫天下人的作惡之心，又取消了剛強、果斷的政策，所以周朝享有天下，最為長久。但後來諸侯們都不聽命令，侵奪天子的權力，使中央顯得萎靡不振，最後淪落為一個極其弱小的城邦而已。這是為什麼呢？因為周朝這種從容柔順、溫和平易的辦法，固然能夠使國家長久，卻不能令國家強大。

若夫商人之所以為天下❶者，不可復見矣。竊❷嘗求之於《詩》《書》之間，見夫《詩》之寬緩而和柔，《書》之委曲❸而繁重者，舉❹皆周也；而商人之《詩》駿發❺而嚴厲，其《書》簡潔而明肅❻，以為商人之風俗，蓋在乎此矣。夫惟天下之有剛強不屈之俗也，故其後世有以自振於衰微。然至於其敗也，一散而不可復止。

【章 旨】此段從《詩經》、《尚書》推論商人的風俗具有陽剛的氣質，由此說明商朝何以強大而不能久長。

【注 釋】❶為天下 治理天下的辦法。❷竊 表示個人的意見。❸委曲 細緻周全。❹舉 全。❺駿發 英氣風發。❻明肅 明確嚴肅。

【語 譯】至於商人用來治理天下的辦法，現在已看不到了。我曾經從《詩經》和《尚書》中去探求，看到《詩經》中寬和柔慢的作品，《尚書》中周全繁複的篇章，都屬於周的時代；而《詩經》中屬於商人的作品，都英氣風發，作風嚴厲，《尚書》中屬於商人的篇章，都語詞簡潔，明快嚴肅，我以為商代的風俗習尚，就體現在這裡了。正因為商代的天下有如此剛強不屈的風俗，所以商人的後代能在衰落之中不斷地奮發自強，重圖振興，但到了他們敗亡的時候，也就一下子全然崩潰，無法挽救。

故夫物之強者易以折，而柔忍❶者可以久存。柔者可以久存，而常困於不勝❷；強者易以折，而其末❸也，乃可以有所立❹。且此非聖人之罪也，物莫不有所短。方其盛也，長用而短伏❺；及其衰也，長伏而短見❻。夫聖人惟能就其所長而用之也，是故當其盛時，天下惟其長之知，而不知其短之所在。及其後世用之不當，其長日已消亡，而短日出❼。故夫能久者常不能強，能以自奮❽者常不能久，此商之所以不長，而周之所以不振也。

【章 旨】這一段總結商強而短、周弱而長的原因，歸結到事物本身強弱、長短及其盛衰的道理。指出所有事物都有長處和短處，關鍵在於如何運用。

【注釋】❶柔忍　柔和而善於忍耐。❷不勝　不強。❸末　盡頭。❹立　樹立。❺伏　隱伏；看不見。❻見　現；看得到。❼日出　日益顯出。❽自奮　奮發自強。

【語譯】所以，強硬的東西容易折斷，而柔韌的東西可以長久存在。柔韌者可以長久存在，但經常因不夠強大而困擾；強硬者容易折斷，但其窮途末路卻仍能夠有所樹立。這並不是聖人的過失，因為所有事物都有它的短處。當它興盛的時候，長處正在發揮作用，短處隱藏了起來；等到它衰落之時，長處反而隱藏起來，而短處就表現出來了。作為聖人，也只能就事物本身的長處來加以運用，所以當它興盛的時候，天下人都只知道它的長處，而不知道它的短處在哪裡；等到後世運用得不妥當，它的長處就日益消亡，短處就日益顯出。所以，能長久的往往不能強大，能奮發自強的往往不能長久，這就是為什麼商朝不長久，而周朝不能振興的道理。

嗚呼！聖人之慮天下，亦有所就❶而已，蓋不能使之無弊也。使之能久而不能強，能以自奮而不能以及遠❷，此二者存乎其後世之賢與不賢也。故太公❸封於齊，尊賢而尚功❹，周公曰：「後世必有篡奪之臣。」周公治魯，親親而尊尊，太公曰：「後世寖衰❺矣。」夫尊賢尚功則近於強，親親尊尊則近於弱。終於齊有田氏之禍❻，而魯人困於盟主❼之令。蓋商之政近於齊，而周公之所以治周者，其所以治魯也。故齊強而魯弱，魯未亡而齊亡❽也。

【章　旨】此段接著上文如何運用的話題，指出聖人開創的治理辦法也不能避免弊端的出現，所以後世繼承者的賢明與否，起了重大作用。最後舉出齊國、魯國的例子，以為證明。

【注　釋】❶有所就　針對一定的情況。❷及遠　綿延長遠。❸太公　周初功臣太公望，受封於齊地，為齊國的始祖。❹尚功　崇尚功利。❺寖衰　越來越衰弱。❻田氏之禍　田氏是齊國的強臣，後來篡奪了齊國的政權。❼盟主　霸主。春秋以後，周天子無權，諸侯們自相結盟，強者為霸主，魯國雖是周公的後代，地位甚高，但因國力弱小，也只能聽命於霸主。❽齊亡　此指太公後代的齊國政權被田氏取代。

【語　譯】噢，聖人為天下考慮，也只能針對一定的情況，而不能使他的治理辦法完全沒有弊端。能夠使一個政權長久，便不能使它強大；能夠使一個政權可以奮發自強，便不能使它綿延久遠：這兩種情況的出現，還要看他的後代賢明與否。所以，太公被分封到齊國，他的治理方針是尊重賢明的人，崇尚功利，周公便預言：「齊國的後世一定會出現篡奪權力的大臣。」周公治理魯國，他的方針是尊重高貴的人，親近親屬，太公便預言：「魯國的後世會越來越衰弱。」太公的治國方針接近強硬，周公的治國方針接近柔韌。結果，齊國的政權終於被田氏篡奪，而魯人也不得不聽命於霸主。大致來說，商朝的政治與齊國相近，而周公用來治理周朝的辦法，也就是他用來治理魯國的辦法。所以，齊國強大而魯國弱小，但魯國還未滅亡時，齊國的政權就已經被取代了。

【研　析】蘇轍晚年曾回憶說：「予少而力學。先君，予師也；亡兄子瞻，予師友也。父兄之學，皆以古今成敗得失為議論之要。」（《歷代論・引》）可見，探討歷史上的盛衰成敗，以總結教訓，是三蘇的家學，蘇洵既以此教導二子，蘇轍也向父親、兄長學習這方面的研究和寫作。蘇軾曾自述：「獨好觀前世盛衰之迹，與其一時風俗之變，自三代以來，頗能論著。」（蘇軾〈上韓太尉書〉）這段話也同樣適用於蘇轍。他們研究歷史有一個特點，就是善於探求「一時風俗」。所謂「風俗」，就是某一個時代的社會總體風尚、文化特徵，如這篇〈商論〉中，總結商代風俗「駿發而嚴厲」、「簡潔而明肅」，至為剛強，而周代則顯得「優柔和易」，務為陰柔。從現代的觀點來看，蘇轍極為出色地概括了商文化和周文化各自的特徵，即便對於今天的文化史研究來說，也很有啟發意義。實際上，他的這個概括在學術史上也具有相當的影響，如清初學者閻若璩，就曾將此作為判斷《尚書》各篇寫作時代的證據之一。同樣地，對於區分《詩經》各篇的時代風格，也應該是有效的。當然，因為僅憑《詩經》和《尚書》便得出這樣的結論，故在很大程度上屬於一種推測或體會，但蘇轍的時代還沒有足夠的考古文物可作依據，得出如此精審的體會，已屬不易。這當然得益於他傑出的藝術感悟和聯想能力，故明代的茅坤在《唐宋八大家文鈔》中選錄了這篇後，評價說：「此文如天馬行空，而識見亦深到。」全文始終以商、周對比為眼目，由不同的「風俗」即文化特徵，來探討治理天下之術，解釋商強而短、周弱而長的原因，再歸結到任何事物都各有長短，強調關鍵在於運用得當。其所論皆上古茫昧之事，層層進展都全仗推理，確實像「天馬行空」，卻被蘇轍說得條理分明，而且氣象宏大，讓人感受到一種對於歷史的深刻洞察力，也委實不愧是史論的名作。整篇的文風優游婉轉，但關鍵之處，則驅遣概括力甚強的語詞，如謂「商人之《詩》駿發而嚴厲，其《書》簡潔而明肅」，就是一篇中最重要的判斷，卻用了簡練而緊嚴的表達，不費贅詞。在整篇優游不迫之中安置一兩處緊嚴，大概便是蘇轍「柔中含剛」的行文特色。

唐論

【題解】這也是「賢良進卷」中的一篇。「進卷」共有十二篇史論：〈夏論〉、〈商論〉、〈周論〉、〈六國論〉、〈秦論〉、〈漢論〉、〈三國論〉、〈晉論〉、〈七代論〉、〈隋論〉、〈唐論〉和〈五代論〉，實際上系統地表達了蘇轍對於宋代以前歷史的看法。一般認為，宋代的史論大抵兼具政論的性質，就這方面來說，〈唐論〉是較為典型的，因為唐代是剛剛過去的一個統一王朝，對宋人而言最具借鑑的意義。

天下之變❶，常伏於其所偏重而不舉❷之處，故內❸重則為內憂，外重則為外患。古者聚兵京師，外無彊臣，天下之事皆制於內。當此之時，謂之內重。內重之弊，奸臣內擅❹而外無所忌，匹夫❺橫行於四海而莫之能禁❻，其亂不起於左右之大臣，則生於山林小民之英雄。故夫天下之重，不可使專在內也。古者諸侯大國，或數百里，兵足以戰，食足以守，而其權足以生殺❼，然後能使四夷❽、盜賊之患不至於內，天子之大臣有所畏忌，而內患不作。當此之時，謂之外重。外重之弊，諸侯擁兵而內無以制。由此觀之，則天下之重固不可使在內，而亦不可使在外也。

【章　旨】第一段總論天下之勢，有中央與地方互相制衡之關係，不可使其偏重，否則便有「內重」或「外重」之弊。

【注　釋】❶變　變故。❷舉　提起。此謂能夠控制。❸內　跟下文的「外」分指中央和地方。❹擅　專權。❺匹夫　一個人。此指造反者。❻莫之能禁　沒有人能夠禁止他。❼生殺　讓人活著，或將人處死。❽四夷　跟「中國」相對，非漢族的周邊民族，具體又有西戎、北狄、東夷、南蠻等講法。

【語　譯】天下的變故，經常隱伏在當時的勢力有所偏重而無法控制的地方，所以偏重於中央就成為「內憂」，偏重於地方就成為「外患」。古代的時候，軍隊都被聚集在京城，地方上沒有強大的臣子，天下的事情都由中央來控制。這種時候的局面，叫做「內重」。它的弊端是，姦臣容易掌握中央的權力，不需要顧忌地方上的勢力，而一個造反的人橫行全國也沒有人能夠制止他。變亂不是從左右大臣，就是從山林小民那裡發生。所以，不可以讓天下的力量專門偏重在中央。古代的諸侯大國，有的達到方圓幾百里，有足以戰鬥的軍隊，足以自守的食物，足以生殺予奪的權力，這樣才能令周邊民族和盜賊的侵犯達不到中央，而天子手下的大臣也對地方上的勢力有所懼怕，不敢在中央發難。這種時候的局面，叫做「外重」。它的弊端是，諸侯們擁兵自重，而中央無法控制他們。由此看來，天下的勢力固然不能讓它偏重在中央，也不可以讓它偏重在地方上。

自周之衰[1]，齊、晉、秦、楚綿地千里，內不勝於其外，以至於滅亡而不救。秦人患其外之已重而至於此也，於是收天下之兵而聚之關中[2]，夷滅其城池，殺戮其豪傑，使天下之命皆制於天子。然至於二世[3]之時，陳勝、吳廣[4]大呼起兵，而郡縣之吏熟視[5]而走，無敢誰何[6]；趙高[7]擅權於內，頤指[8]如意，雖李斯[9]為相，備五刑[10]而死於道路，其子李由守三川[11]，擁山河之固，而不敢校[12]也。此二患者，皆始於外之不足，而無有以制之也。至於漢興，懲[13]秦孤立[14]之弊，乃大封侯王，而高帝[15]之世，反者九起[16]，其遺孽餘烈[17]，至於文、景，而為淮南、濟北、吳、楚之亂[18]。於是武帝分裂諸侯[19]，以懲大國之禍，而其後百年之間，王莽[20]遂得以奮其志於天下，而劉氏子孫無復齟齬[21]。魏晉之世，乃益侵削諸侯，四方微弱，不復為亂，而朝廷之權臣、山林之匹夫，常為天下之大患。此數君者，其所以制其內外輕重之際，皆有以自取其亂，而莫之或知也。

【章　旨】此段承上說明「內重」或「外重」之弊，而舉出東周至魏晉的史事為例證。

【注　釋】❶周之衰　指東周，即春秋、戰國時代。❷關中　今陝西南部。❸二世　秦朝第二代皇帝胡亥。❹陳勝吳廣　秦末戍卒領袖，首起反秦。❺熟視　仔細看著。意謂無動於衷。❻誰何　查問。❼趙高　秦時的宦官，在秦始皇死後獨攬大權。❽頤指　以面頰的表情示意指使人。❾李斯　秦始皇時的丞相，後來被趙高殺害。❿五刑　秦漢時代的五種刑罰，墨、劓、剕、宮、大辟。⓫三川　郡名，在今河南洛陽一帶，因有伊水、洛水、黃河而得名。秦末，李斯的長子李由曾為三川守，後被劉邦、項羽軍斬殺。⓬校　較量。⓭懲　鑑戒。⓮孤立　指中央政權得不到諸侯的幫助。⓯高帝　漢高祖劉邦。⓰反者九起　自賈誼的〈治安策〉以來，有此說法。按《漢書‧高帝紀下》，劉邦為帝後，陸續有燕王臧荼、潁川侯利幾、韓王信、趙王敖、代相國陳豨、淮陰侯韓信、梁王彭越、淮南王黥布、燕王盧綰謀反，恰為九起。⓱遺孽餘烈　留下來的禍種、壞影響。⓲淮南濟北吳楚　漢文帝時有濟北王劉興居、淮南厲王劉長謀反；漢景帝時有吳王劉濞、楚王劉戊等七國謀反。⓳分裂諸侯　漢武帝發佈「推恩令」，讓諸侯國君進一步將土地分封子弟，這樣使被分封的每個單位越來越小，失去了抗拒中央的力量。⓴王莽　西漢末的權臣，後來篡奪政權，建立新朝。㉑齟齬　抵觸；異議。

【語　譯】自從周朝衰落以來，春秋、戰國時期的齊、晉、秦、楚等諸侯國，都地廣千里，周天子的中央政權無法克制四外的諸侯，以至於走向滅亡，無從挽救。秦朝人看到「外重」的弊端竟有這樣的後果，大為擔憂，於是將天下的兵器全部集中起來，聚在陝西南部京城的附近，蕩平、消滅天下諸侯國的城池，殺戮各地的英雄豪傑，使天下的所有政令都由天子控制起來。但到了秦二世的時候，陳勝、吳廣高喊著起兵造反，郡縣中的官吏先是熟視無睹，再是慌忙逃走，沒有人敢於去查問他們；宦官趙高在朝廷內專權擅政，頤指氣使，無不如意，即便是李斯那樣的丞相，也被逮捕用刑，殺害於路邊，而他的兒子李由作為三川太守，明明在外擁有地盤，卻也不敢跟朝中的趙高較量。以上兩大禍患，都起因於地方上的力量不足，無法制止造反的人和朝內的姦臣。等到漢朝興起，吸取了秦朝中央政權孤立無援的教訓，便大封諸侯王，但就在漢高祖的時代，諸侯王的謀反連達九次，留下的禍種，到文帝、景帝時，演變為淮南王、濟北王的反叛和吳、楚七國之亂。於是，漢武帝實行了分裂諸侯的政策，試圖避免強大的諸侯國帶來的禍患，但此後不到一百年，權臣王莽就能實現他篡奪天下的野心，而劉氏的子孫們因為失去了封國，都不敢有所違抗。到魏晉的時代，就進一步削奪諸侯的權力，四邊地方上的力量越來越微弱，不能再興起叛亂，但朝廷內的權臣和山林間的造反者，經常成為天下的巨大禍患。以上這些君主們，在中央與地方勢力輕重的制衡問題上，都犯了錯誤，自己招來了禍亂，卻沒有人懂得其中的原因。

夫天下之重，在內則為內憂，在外則為外患。而秦、漢之間，不求其勢之本末，而更相❶懲戒，以就一偏之利，故其禍循環無窮而不可解也。且夫天子之於天下，非如婦人、孺子❷之愛其所有也。得天下而謹守之，不忍以分於人，此匹夫之所謂智也，而不知其無成者未始不自不分始。故夫聖人將有所大定於天下，非外之有權臣，則不足以鎮之也。而後世之君乃欲去其爪牙❸，翦其股肱，而責❹其成功，亦已過矣。愚嘗以為天下之勢，內無重則無以威外之彊臣，外無重則無以服內之大臣而絕姦民之心，此二者其勢相持而後成，而不可一輕者也。

【章旨】此段總結上段的歷史教訓，重申中央與地方勢力的內外制衡之必要。

【注釋】❶更相　互相更替。❷孺子　小孩。❸爪牙　與下文的「股肱」都指輔助辦事的臣子。❹責　要求。

【語譯】天下的權勢，偏重在中央就成為內憂，偏重在地方就成為外患。但秦、漢之間的君主們，不分析這種形勢的本質和現象，互相更替著吸取所謂的教訓，以追求另一種偏重的利益，所以造成禍亂的循環發生，無窮無盡，而不能化解。況且，天子對於天下，不能像婦女兒童那樣吝惜他們擁有的東西，如果得到了天下而要小心守護，不肯分封給別人，這只是一般人所謂的聰明，卻不知道他之所以無所成就，未必就不是從他不肯分封開始的。因此，聖人想要讓天下大獲安定，地方上就非有權臣不可，否則就不能鎮服地方。但後來的君主們，卻想除去他們的幫手，如此要求成功，也太錯誤了。我曾以為，天下的權勢，中央沒有重大的力量就無法威服地方的強臣，地方沒有重大的力量就無法懾服中央的大臣，也無法斷絕姦民的謀亂之心，這兩方面的勢力要互相持平，才能相輔相成，而不可以有一頭偏輕。

昔唐太宗既平天下，分四方之地，盡以沿邊❶為節度府❷，而范陽、朔方❸之軍，皆帶甲❹十萬，上足以制夷狄之難，下足以備匹夫之亂，內足以禁大臣之變。而其將帥之臣，常不至於叛者，內有重兵之勢以預制之也。貞觀❺之際，天下之兵八百餘府❻，而在關中者五百。舉天下之眾，而後能當關中之半。然而朝廷之臣亦不至於乘間釁❼以邀❽大利者，外有節度之權以破其心也。故外之節度，有周之諸侯外重之勢，而易置❾從命，得以擇其賢不肖之才。是以人君無征伐之勞，而天下無世臣❿暴虐之患。內之府兵，有秦之關中內重之勢，而左右謹飭⓫，莫敢為不義之行。是以上無逼奪之危，下無誅絕⓬之禍。蓋周之諸侯，內無府兵之威，故陷於逆亂而不能以自止；秦之關中，外無節度之援，故脅於大臣而不能以自立。有周秦之利，而無周秦之害，形格勢禁⓭，內之不敢為變，而外之不敢為亂，未有如唐制之得者也。

【章　旨】此段論證唐代制度的良善，認為府兵制和節度使發揮了內外制衡的作用。

【注　釋】❶沿邊　邊關地區。❷節度府　節度使機構，總掌一地的軍旅、財務和民政。唐初只在邊地設置，後來內地也有了，造成藩鎮割據局面。❸范陽朔方　唐代方鎮，治所分別在幽州（今北京）和靈州（今寧夏靈武）。❹帶甲　全副武裝。❺貞觀　唐太宗時的年號（西元六二七—六四九年）。❻府　唐代實行府兵制，以「折衝府」分領軍隊。❼間釁　機會。❽邀　求。❾易置　更換；任命。❿世臣　世襲職位的官員。⓫謹飭　謹慎；整齊。⓬誅絕　大臣被誅殺而令門第滅絕。⓭形格勢禁　被形勢所阻，無法發動變亂。

【語　譯】從前唐太宗平定了天下後，對四方土地作了區劃，在全部邊境地區設置了節度府，而范陽、朔方兩鎮都擁有十萬軍隊，上足以對付夷狄的發難，下足以防備平民的叛亂，還可以禁止中央大臣的變故。而這些方鎮的將帥之臣，通常也不至於反叛，這是因為中央有重兵的力量可以預先制止他們。在唐太宗貞觀年間，天下的軍隊被分作八百多個「折衝府」，而在京城周圍的關中地帶集中了五百府。將外地的全部軍隊加起來，才相當於關中的一半。然而朝廷的大臣也不至於乘機求取非分的利益，是因為地方上還有節度使的力量，可以打破他們的邪心。所以，唐代地方上的節度使，擁有周代諸侯的「外重」勢力，但在更替和任命上都聽從中央的命令，中央可以根據他們的才能來選擇。因此，君主不需要付出征伐之勞，就可以讓天下沒有世襲的諸侯暴虐人民的禍患。集中在中央的府兵，擁有秦代關中的「內重」勢力，但他們行為謹慎，遵守法規，不敢做壞事。因此，對上沒有威逼篡奪的危險，對下沒有誅殺滅絕的慘禍。相比之下，周代的諸侯，因為沒有中央府兵的震懾，所以會走到叛亂的地步而不能制止自己；秦代的關中，因為沒有外面節度使的援助，所以容易被大臣所脅迫而不能自己作主。就此而言，擁有周、秦的益處，而沒有周、秦的禍害，形勢上可以禁止變亂，使中央和地方都不敢反叛，沒有比唐代的制度更好的了。

而天下之士，不究利害之本末，猥❶以成敗之遺蹤，而論計之得失，徒見開元❷之後，彊兵之將皆為天下之大患，而遂以太宗之制為猖狂不審❸之計。夫論天下，論其勝敗之形，以定其法制之得失，則不若窮其所由勝敗之處。蓋天寶❹之際，府兵四出，萃❺於范陽，而德宗❻之世，禁兵❼皆戍趙、魏，是以祿山❽、朱泚❾得至於京師，而莫之能禁，一亂塗地。終於昭宗❿，而天下卒無寧歲。內之彊臣，雖有輔國⓫、元振⓬、守澄⓭、士良⓮之徒，而卒不能制唐之命，誅王涯⓯，殺賈餗⓰，自以為威振四方，然劉從諫⓱為之一言，而震慴自斂⓲，不敢復肆。其後崔昌遐⓳倚朱溫⓴之兵以誅宦官，去天下之監軍㉑，而無一人敢與抗者。由此觀之，唐之衰，其弊在於外重，而外重之弊，起於府兵之在外，非所謂制之失，而後世之不用也。

【章　旨】此段補充解釋唐代衰亡的原因不在於制度，重申唐制本身之可取。

【注　釋】❶猥　苟且。❷開元　唐玄宗時的年號（西元七一三—七四一年）。❸猖狂不審　肆意妄為；不夠明察。❹天寶　唐玄宗的年號（西元七四二—七五六年）。❺萃　集中。❻德宗　唐德宗李適（西元七八〇—八〇五年在位）。❼禁兵　中央直屬部隊。❽祿山　安祿山，唐玄宗時任平盧、范陽、河東三鎮節度使，天寶十四年起兵叛亂，曾攻陷洛陽、長安。❾朱泚　唐德宗時任盧龍節度使。涇原節度使姚令言軍過京師，在長安叛變，德宗逃至奉天，而正在京師的朱泚被叛軍擁立為帝，不久被平定。❿昭宗　唐昭宗李曄（西元八八九—九〇四年在位）。⓫輔國　唐代宗時宦官李輔國，被尊為尚父，擅權跋扈，後被刺殺。⑫元振　唐代宗時宦官程元振，掌管禁兵，後因圖謀不軌，被流放而死。⑬守澄　唐憲宗時宦官王守澄，參與弒憲宗，立唐穆宗、唐文宗，後賜死。⑭士良　唐憲宗、文宗、武宗時宦官仇士良，曾統帥軍隊，殺二王一妃四宰相，橫行二十餘年，連文宗也因受制於他而鬱悶致死。⑮王涯　唐文宗時大臣。大和九年（西元八三五年）李訓、鄭注等圖謀誅殺宦官失敗，朝臣王涯等被宦官捕殺，前後死者數千人，史稱「甘露之變」。⑯賈餗　唐文宗時大臣，「甘露之變」中被宦官捕殺。⑰劉從諫　唐文宗時任昭義節度使，「甘露之變」後，上表責問王涯等以何罪被殺，並揚言要帶兵進京「清君側」，令宦官氣焰稍有收斂。⑱震慴自斂　震驚害怕，自行收斂。⑲崔昌遐　唐昭宗時宰相崔胤，天復三年（西元九〇三年）依仗宣武等軍節度使朱全忠的部隊，盡殺宦官。後亦被朱全忠所殺。⑳朱溫　唐末宋州人，原為黃巢部將，降唐後改名全忠，曾聽崔胤之計盡誅宦官，封梁王。後篡唐自立，為梁太祖。㉑監軍　軍官名，皇帝於將帥之外另派親信之人監督軍務，一般以宦官為之。

【語　譯】但天下的士大夫，不研究利害的本質和現象，只從歷史事實上的成敗結果，來討論制度設計上的得失。他們只看到唐代開元之後，擁有強大軍隊的將領都成了天下最大的禍患，就認為唐太宗的制度是肆意妄為、不夠明察的設計。我們在談論天下的時候，與其從成敗的現象來判定法制的得失，還不如窮盡地探索之所以成敗的原因。唐玄宗天寶年間，府兵都從中央被派出到四方，大量地集中於范陽，而唐德宗的時候，中央直屬部隊又都到黃河南北一帶平叛去了，所以安祿山、朱泚才能佔領京城，而沒有人可以禁止他們，造成一片混亂。一直到唐昭宗，天下都沒有安寧的歲月。中央的強臣，雖然有李輔國、程元振、王守澄、仇士良這些擅權的宦官，但終於不能完全控制唐朝的命脈，他們殺害王涯、賈餗等大臣，自以為威震四方，但昭義節度使劉從諫說了一句「清君側」的話，就使他們感到害怕，自己收斂起來，不敢再肆意妄為。後來崔胤依靠朱溫的軍隊誅殺宦官，將天下軍隊中由宦官擔任的「監軍」全部取消，也沒有一個宦官敢於違抗。由此看來，唐代的衰亡是因為「外重」之弊，而「外重」之弊的起因卻是府兵正好外出，不在京城，這當然不是因為制度上的缺陷，但後世卻不繼承這個制度。

【研　析】宋人曾對王安石和蘇軾的議論加以區別說：「王荊公著書立言，必以堯舜三代為則；而東坡所言，但較量漢唐而已。」意思是，王安石一心致力於恢復儒家典籍中記載的聖人創設之制度，而蘇軾則更樂意比較漢唐以來的制度之得失，加以汲取。看來，蘇轍的態度跟他的兄長頗為一致。這並不是說蘇家的學問不重視儒學經典，但他們確實更擅長於從漢唐以來比較豐富的史料中分析利害，特別是離宋代最近的李唐一朝的制度，在他們看來，很有值得借鑑之處，而且比經典中面目不清的上古所謂「聖政」要具體詳明得多。在其他的文章裡，蘇轍還建議恢復唐初的「租庸調」制度，認為比正在實行的「兩稅法」要優越，本篇也主張繼承唐代的府兵制和節度使設置，認為在中央與地方的勢力制衡上，唐制比周、秦以來的各朝制度都要出色。在這方面，蘇軾也有相似的議論。他們之所以關注這個問題，是因為宋太祖統收軍權、財權、政權於中央的集權制度，空前地削弱了地方的力量，雖然消滅了軍閥割據的隱患，卻也使邊境的防衛功能大大減低，無法有效抵禦遼和西夏的軍隊。這自然是當時人都看到的問題，但蘇氏兄弟能夠從「內重」、「外重」的內外制衡關係上，通貫歷史的變遷，來論述這個問題，就顯出非凡的把握能力。本篇名為〈唐論〉，實際上綜合比較了周、秦以來的各朝，氣魄宏大而要言不煩，緊緊抓住內外制衡問題來推究其得失，又重點分析唐制的優長所在，反駁了別人對唐制的錯誤指責，既詳盡周密，也具有針對性。就論述技巧而言，可謂無懈可擊了。如果聯想到北宋滅亡的時候，一旅金兵可以快速直達汴京城下，沿路並無有效的防線可以阻擊，則不難理解蘇轍對地方勢力薄弱的憂慮，是具有怎樣的遠見了。

老聃論上

【題　解】此篇也屬蘇轍「賢良進卷」的二十五論。在十二篇史論後，緊接的就是〈周公論〉和〈老聃論上〉、〈老聃論下〉三篇歷史人物論。對照蘇軾的「賢良進卷」，則絕大部分是歷史人物論，而蘇轍只取儒家和道家的兩個代表人物來發議論。看來，兄弟二人寫作時各有側重。

善與人言者，因其人之言而為之言，則天下之為辯者服矣。與其里人❶言，而曰「吾父以為不然」，則誰肯信以為爾父之是是？故不若與之論其曲直❷，雖楚人可以與秦人言之而無害。故夫天下之所為多言，以排夫異端❸，而終以不明❹者，唯不務其是非利害，而以父屈❺人也。

【章　旨】首段提出辯論的一般原則，必須就道理的本身來分辨，不能以自己一方心目中的權威來折服對方。

【注　釋】❶里人　鄉里之人。❷曲直　事物和道理的對錯。❸異端　指儒家之外的道、佛等學說。❹明　此處意謂使儒道彰顯。❺屈　使人折服。

【語　譯】善於跟人討論的人，要根據對方所說的話來跟他加以討論，則天下從事辯論的人都會服氣。如果跟鄉里的人討論時，卻說：「我父親認為這樣不對。」那麼誰肯相信你父親所肯定的就是對的呢？所以，不如跟他討論事情本身的是非，那麼即便是楚地的人也可以跟秦地的人討論，而沒有妨礙。因此，天下人說了許多的話來排斥不同的思想，卻始終不能令儒道彰顯，就是因為他們不去認真分析事情本身的是非利害，而只想用自己父親的說法去折服別人。

夫聖人之所為尊於天下，為其知夫理之所在也；而周公、仲尼❶之所為信於天下，以其弟子而知之也。故非其弟子，則天下有不知周公之為周公、而仲尼之為仲尼者矣。是故老聃❷、莊周❸，其為說不可以周、孔辯也。何者？彼且以為周、孔之不足信也。夫聖人之於言，譬如規矩❹之於方圓爾。天下之人信規矩之於方圓，而以規矩辯天下之不方不圓，則不若求其至方極圓❺，以陰合於規矩。使規而有不圓、矩而有不方，則亦無害於吾說。若此，則其勢易以折天下之異論。

【章　旨】此段說明儒學的好處不在於周公、孔子的權威高，而在於道理對。因為你所謂的權威，人家是不相信的，所以不能用權威去嚇唬人，只能用道理去說服人。

【注　釋】❶仲尼　孔子的字。❷老聃　道家創始人老子。❸莊周　道家思想家莊子。❹規矩　圓規和矩尺，分別用來畫圓形和方形的工具，此處用為衡量方圓的標準。❺至方極圓　方和圓之所以是方和圓的根本道理。

【語　譯】聖人之所以被天下尊重，是因為他們知道道理的所在；但周公、孔子之所以被天下人相信，是因為那些相信的人是他們的弟子。所以，如果不是他們的弟子，天下本來就有不知道周公、孔子為何人的人。因此，像老子、莊子那樣的說法，是不能用周公、孔子的說法去跟他們辯論的。為什麼呢？因為他們還以為周公、孔子是不可相信的呢！聖人跟言論的關係，就好像圓規、矩尺跟圓形、方形的關係。天下的人都相信圓規、矩尺跟圓形、方形的關係，但用圓規、矩尺跟天下不圓、不方的形狀去辯論，那還不如去探求圓形、方形本身的道理，來暗合於圓規和矩尺。這樣，即便我的圓規不夠圓，我的矩尺不夠方，那也不會妨礙我的說法。如此一來，我的說法才具有力量，容易去折服天下的異論了。

昔者天下之士，其論老聃、莊周與夫佛之道者，皆未嘗得其要也。老聃之說曰：「去仁義，絕禮樂，而後天下安。」而吾之說曰：「仁義禮樂，天下之所待以治安者。」佛之說曰：「棄父絕子❶，不為夫婦，放雞豚，食菜茹❷，而後萬物遂❸。」而吾之說曰：「父子、夫婦，食雞豚，以遂萬物之性。」夫彼且以其說，而吾亦以吾說，彼之不吾信，如吾之不彼信也。蓋天下之不從，莫急於未信而彊劫之。故夫仁以安人，而行之以義，節之以禮，而播❹之以樂，守之以君臣，而維之以父子、兄弟，食肉而飲酒，此明於孔子者之所知也，而欲以諭❺其所不知之人，而曰「孔子則然」。嗟夫，難哉！

【章　旨】此段根據上面講的道理來說明，只擡出孔子的「正確」說法，去反駁老子和佛的說法，是無效的。

【注　釋】❶棄父絕子　斷絕父子關係，意謂出家修行。❷菜茹　蔬菜。❸萬物遂　所有的事物都順暢。❹播　傳播。❺諭　告訴；使人知道。

【語　譯】從前天下的人議論老子、莊子和佛的學說，都沒有抓住要害。老子說：「取消仁義，摒棄禮樂，然後天下才能安定。」我們就說：「天下正要用仁義禮樂才能得到治理和安定。」佛說：「斷絕父子關係，不結婚，放棄雞肉、豬肉那樣的葷菜，只吃蔬菜，然後萬物才能順暢。」我們就說：「保持父子關係，結為夫妻，吃雞肉和豬肉，才能使萬物都實現本性。」對方持有對方的說法，而我們也只持我們的說法，對方當然不相信我們，就好像我們不相信對方一樣。天下不順從的情況，最厲害的就是還沒相信便被強迫接受。所以，用仁愛來安撫百姓，按照道義來行動，接受禮儀的節制，用音樂來傳播心聲，遵守君臣的秩序，維護父子、兄弟的關係，吃肉和喝酒，這些都是明白孔子學說的人所知道的，但要用這些來說服不知道的人，而只說「這是孔子所肯定的」，那也太難獲得效果了。

愚則不然，曰：天下之道❶，唯其辯之而無窮，攻之而無間❷。辯之而有窮，攻之而有間，則是不足以為道。果孔子而有窮也，亦將舍而他之❸。惟其無窮，是以知其為道而無疑。蓋天下有能平其心而觀焉，而不牽❹夫仲尼、老聃之名，而後可與語此也。

【章　旨】末段重申，凡正確的理論必在道理上經得起辯駁，所以對孔子、老子的學說，可以平心而論。

【注　釋】❶道　這裡指正確的理論。❷間　漏洞。❸他之　到別的地方，意謂相信別的學說。❹牽　牽累。

【語　譯】我就不這樣。我以為：天下的正確理論，只能是那種再怎麼辯駁也不會窘迫，再怎麼攻擊都沒有漏洞的理論。如果辯駁之下會窘迫，攻擊之下有漏洞，那就不能稱為正確的理論了。假如孔子真的會窘迫，我也將捨棄儒學，去追隨別的學說了。正是因為不會窘迫，所以我相信這是正確的理論，而沒有疑問。在這個世上，有平心靜氣地看待儒、道學說，而不被孔子、老子的名聲所牽累的人，我才可以跟他談論這番道理。

【研　析】要理解這篇論文，必須先說明兩個背景知識，一是佛老學說在六朝隋唐的流行，和中唐以來興起的新儒學對佛老之教的排斥，二是蘇轍之前的新儒學用來排斥佛老的理論形態，即韓愈所主張的著名的「道統論」。按照「道統論」的說法，儒學之所以必須成為這個社會的指導思想，是因為它從堯、舜、禹、湯、文王、周公直到孔、孟，一直承傳下來，所以現在應該繼續發揚，從而排斥佛老。在蘇轍看來，這樣的論證思路，就好像跟人辯論的時候擡出自己父親的觀點來作依據，由於別人未必也相信你的父親，所以毫無效果。應該說，這個比況生動貼切，很能說明問題。正像蘇轍本人在文中申明的那樣，這並不表明他不信從儒學，而是認為儒學本身具有足夠的合理性，根據這種合理性，它不需要依仗聖人的權威，就能在有關各種事物的道理上取勝。鑑於所謂儒學的內涵並不那麼清晰和單一，所以也不妨認為，蘇轍實際上是把分析和闡明事物的合理性規定為儒學之「道」的真正內涵。——這是一個值得關注的思想，他的「道」其實並不訴諸聖人的教導，而是以適當處理事物的日常理性為根據。正是宋人的這種理性精神，在面對各種實際問題的時候所獲得的知識，或作出的判斷、提出的意見，給新儒學帶來真正具有價值的新內容。當一種單線承傳的系譜被拋開時，思想可以不受成見的限制，而直接面對廣闊複雜的現實社會、生態萬方的自然界、人類的各種精神活動及其成果，由此建立自成一家的學說。當然還必須確立一個前提，就是相信任何事物本身都具有一種合理性，都有道理可說。相傳宋太祖跟他的宰相趙普之間有一段對話：太祖問「世間什麼東西最大」的時候，趙普回答說「道理最大」。我們從蘇轍此文中，也可以讀到這種對於「道理」的信任。

書論

【題解】本篇也屬「賢良進卷」。在十二篇史論和三篇歷史人物論後，蘇轍安排了「五經論」，即〈禮論〉、〈易論〉、〈書論〉、〈詩論〉和〈春秋論〉五篇關於儒家經典的論文。這「五經論」也曾被誤收到蘇軾的集子裡，其實蘇軾的「賢良進卷」安排了更能體現宋代儒學特色的三篇〈中庸論〉，可以相信他們曾經有計畫地作出分工。

愚讀《史記・商君列傳》❶，觀其改法定令，變更秦國之風俗，誅秦民之議令者以數千人，黥太子之師，劓太子之傅❷，而後法令大行，蓋未嘗不壯其勇而有決也。曰：嗟夫！世俗之不可與慮始，而可與樂終❸。使天下之人，各陳其所知，而守其所學，以議天子之事，則事將有格❹而不得成者。然及觀三代之《書》❺，至其將有以矯拂❻世俗之際，則其所以告諭天下者，常丁寧激切，亹亹❼而不倦，務使天下盡知其君之心，而又從而折其不服之意，使天下皆信以為如此，而後從事。其言回曲宛轉，譬如平人自相議論而詰其是非者。愚始讀而疑之，以為近於濡滯❽迂遠而無決，然其使天下樂從而無黽勉❾不得已之意，其事既發而無紛紜異同之論，此則王者❿之意也。

【章　旨】首段舉出《史記》所載商鞅政術與《尚書》所載三代天子行事風格的差異，判斷後者才是「王者」的作風。

【注　釋】❶史記商君列傳　《史記》是西漢司馬遷所著史書，列傳是《史記》包含的體式之一，即人物傳記。商君即商鞅，戰國中期的法家政治家，輔佐秦孝公變法圖強。❷黥太子之師二句　《史記》載，因為秦國的太子犯法，商鞅就「刑其傅公子虔，黥其師公孫賈」，後來「公子虔復犯約，劓之」。黥，在犯人身上刻字塗墨。劓，割去鼻子。❸世俗之不可與慮始二句　根據《史記》所載的商鞅原話：「民不可與慮始，而可與樂成。」慮始，考慮開始（變法）。樂成，享受成果。❹格　阻撓。❺書　《尚書》，五經之一。其中有《虞書》、《夏書》、《商書》、《周書》幾個部分，所以稱「三代之《書》」。❻矯拂　矯正；違逆。❼亹亹　語言滔滔不絕。❽濡滯　拖泥帶水；不通暢。❾黽勉　勉強。❿王者　行王道的人。「王」與「霸」相對，以道德禮儀來安撫百姓是王道，用軍事力量去征服是霸道。

【語　譯】我曾讀《史記．商君列傳》，看到商鞅改定法令，變革秦國的風尚，把秦國敢於非議法令的人殺了好幾千，連太子之師也被加以刺字的刑罰，太子之傅還被割了鼻子，然後才使法令通行無阻。我讀到這些內容，也曾經為商鞅的勇氣和決斷感到豪壯，不禁感嘆：對付世俗的人，真是必須有些強迫的手段，因為你不能跟他們一起考慮開始，只能跟他們一起享受結果。如果天下的人都只談論自己能理解的想法，都只守護自己的學說，來批評國家的大計，那麼天子想做的任何事情都會被阻撓，無法成功。但是，等我閱讀記載夏、商、周三代之事的《尚書》，看到那時的君王，在將要糾正、違逆世俗之時，他們用來通告、說服天下人的話，總是那樣詳細而又激切，反覆陳說，不知疲倦，務必要讓天下人都理解他們君主的心意，從而又折服天下不肯聽從的意氣，使天下人都相信必須這樣做，然後才去實行。他們的話委婉曲折，就好像平常人一起互相討論是非那樣。我剛閱讀的時候，不免感到疑惑，以為這樣近似於拖泥帶水，大繞圈子而不切實際，不夠決斷。但他們能使天下人都樂於聽從，而沒有勉強不得不聽從的意氣，事情做了以後也沒有紛紜複雜的不同意見，這便是「王者」的本意了。

故常以為：當堯舜之時，其君臣相得之心，歡樂而無間，相與吁俞嗟嘆唯諾❶於朝廷之中，不啻❷若朋友之親，雖其有所相是非論辯，以求曲直之當，亦無足怪者。及至湯、武❸征伐之際，周旋反覆，自述其用兵之意，以明曉天下，此又其勢然也。惟其天下既安，君民之勢闊遠而不同，天子有所欲為，而其匹夫匹婦私有異論於天下，以齟齬其上之畫策，令之而莫肯聽。當此之時，形驅而勢脅之，天下夫誰敢不聽從？而其上之人優游而徐譬之，使之信之而後從。此非王者之心，誰能處而待之，而不倦歟？蓋盤庚❹之遷，天下皆咨嗟❺而不悅。盤庚為之稱其先王盛德明聖，而猶五遷❻，以至於今，「今不承於古，恐天之斷棄汝命，不救汝死」。既又恐其不從也，則又曰：「汝罔❼暨❽余同心，我先后❾將降汝罪疾，乃祖先父亦將告我高后❿曰：『作大戮於朕孫⓫。』」蓋其所以開其不悟之心，而諭之以其所以當然者，如此其詳也。

【章　旨】此段詳細闡述古代的「王者」如何開誠佈公地說服人們接受自己的政策。

【注　釋】❶吁俞嗟嘆唯諾　《尚書》記載上古的君臣對話，常有「吁」、「俞」等語氣詞，在後人看來，有一種令人神往的從容不迫的氣度。唯諾，表示同意。❷不啻　如同。❸武　周武王。❹盤庚　商代君主，他將國都遷移到殷（今河南安陽），使商朝從衰落中復興。他說服百姓跟他遷都的言辭，記載在《商書・盤庚》中。❺咨嗟　表示不高興的語氣詞。❻五遷　《史記集解》說，自湯至盤庚，共遷都五次。❼罔　不。❽暨　和；同。❾先后　死去的國王。❿高后　天子的祖宗。⓫朕孫　我們的子孫。

【語　譯】所以我總覺得：在堯、舜的時代，那些君臣之間互相契合的心靈，是多麼歡樂，沒有隔閡，他們一起在朝廷上從容不迫地討論問題，親密得就像朋友一樣，即便有意見相互不同，加以辯論，來求得一個妥當的辦法，也並不令人奇怪。等到商湯和周武王起兵征伐的時候，也是反覆周全地講述他們用兵的心意，來明白地告訴天下，這也是自然而然的。只有到了天下已經安定的時候，由於君主和人民的地位隔得很遠，心思不同，所以君主想做什麼事，天下的一般男女就會私自懷有異議，用來阻撓上層所規劃的政策，再怎麼下命令，也不肯聽從。在這個時候，如果用君主的刑法威勢去驅使、脅迫百姓，天下又有誰敢不聽從呢？可古代的上層人士，卻總是從容不迫，慢慢地去開導百姓，使他們相信了以後才聽從。這不是因為有「王者」之心，誰肯那樣對待百姓，而不感到疲倦呢？盤庚遷都的時候，天下人都發出不高興的怨聲。為此，盤庚向民眾講述了他的先王具有偉大的道德和聖明的智慧，也還曾五次遷都，才有了今天的局面，「如果現在不繼承前輩的做法，恐怕上天就要斷絕、拋棄你們的性命，不會挽救你們的死亡」。這樣說了，擔心民眾還不肯聽從，便又說：「你們不跟我同心同德，我的前代國王們將會給你們降下災難和疾病，你們的祖先也將會稟告我的祖宗：『請對我們的子孫實行死刑吧。』」盤庚用了如此詳盡的話，來啟發民眾不夠開悟的心靈，告訴他們為什麼必須這樣做。

若夫商君則不然，以為要使汝獲其利，而何卹❶乎吾之所為？故無所求於眾人之論，而亦無以告諭於天下，然其事亦終於有成。是以後世之論，以為三代之治柔懦而不決。然此乃王霸之所以為異者也。夫三代之君，惟不忍鄙其民而欺之，故天下有故❷，而其議及於百姓，以觀其意之所向。及其不可聽，則又反覆而諭之，以窮極其說，而服其不然之心，是以其民親而愛之。嗚呼，此王霸之所為不同也哉！

【章旨】末段仍以商鞅與三代（夏、商、周）的君主對比，強調王道和霸道的區別。

【注釋】❶卹　慎重顧念。❷故　變故；大事。

【語譯】說到商鞅，那就不是這樣子。他以為，我這是要讓你們獲得利益，何必顧及我的做法？所以，他一點也不需要徵求眾人的意見，也沒有什麼告訴、說服天下人的話，但他的事業也終於有所成就。所以後世的議論，總以為三代的政治過於柔和、懦弱，而不夠決斷。然而，這正是王道和霸道之所以不同的地方。三代的君主，只因為不忍心鄙視和欺負他們的百姓，所以天下將有大事的時候，商議的過程也到達百姓那裡，用來觀察百姓的意願傾向何處。等到百姓的意願確實不可以聽取的時候，他們又反覆地加以開導，徹底地加以說明，折服百姓們不肯同意的心思，所以，他們的民眾親近和愛戴他們。啊，這正是王道和霸道之所以不同的地方呀！

【研　析】北宋王安石變法的時候，顯示了很強硬的政治姿態，所以當事人大多覺得王安石就像是商鞅再世一般，許多批判商鞅的言論，實際上都是影射王安石的。但是，蘇轍寫這篇論文的時候，王安石還沒有執政，蘇、王之間也還沒有產生明顯的矛盾，所以不應該具有影射的性質，而純粹是他研究《尚書》的心得。同時，本文對商鞅雖然是貶低的，卻也沒有完全否定，至少並不深惡痛絕。從寫作的角度來說，關於商鞅的問題並不是本文的要旨，作為一篇議論《尚書》的文章，蘇轍的主題顯然是就《尚書》記載的古代政治風尚來凸現「王道」，而作為「霸道」代表的商鞅只起到陪襯的作用。我們必須注意這一篇的寫法跟前面分析的那篇〈商論〉有所不同：在〈商論〉中，關於商和周的分析可以等量齊觀，兩方面處在互相對比的地位；而在這篇中，關於「霸道」的論述不具有跟「王道」對比的地位，它只是一種陪襯而已。對於這個陪襯因素的處理，顯示了相當的技巧：在文章的開頭一段和結尾一段，都先寫商鞅，再寫三代君主，彷彿是對比一般，但中間一段如此詳細地闡述「王者」的作風，就突出了作者的主旨所在。因此通觀全篇，便覺得賓主歷然：開頭是迎賓，最後是送客，中間純是主人說話。如果沒有這個賓客，主人的話無從說起；但主人總是主人，不可喧賓奪主。所以，這篇〈書論〉可以推為如何運用「主賓」之法的範文。

蜀　論

【題　解】此篇也屬「賢良進卷」，而跟〈燕趙論〉、〈北狄論〉、〈西戎論〉、〈西南夷論〉四篇一起，構成二十五論的最後一部分，都是對於各個地區（或國家）民情風俗的研究，並提供治理（或對付）方面的參考意見。蜀，即現在的四川，是蘇轍的家鄉，所以他的議論較為親切。

匹夫匹婦，天下之所易也；武夫任俠❶，天下之所畏也。天下之人，知夫至剛之不可屈，而不知夫至柔之不可犯也。是以天下之亂，常至於漸深，而莫之能止。蓋其所畏者，愈驕而不可制；而其所易者，不得志而思以為亂也。秦、晉❷之勇，蜀、漢❸之怯，怯者重❹犯禁，而勇者輕為姦，天下之所知也。當戰國之時，秦、晉之兵彎弓而帶劍，馳騁上下，咄嗟叱吒❺，蜀、漢之士所不能當也。然而天下既安，秦、晉之間，豪民殺人以報仇，椎埋發冢❻以快其意，而終不敢為大變也；蜀人畏吏奉法，俯首聽命，而其匹夫小人，意有所不適，輒起而從亂。此其故何也？觀其平居無事，盜入其室，懼傷而不敢校，此非有好亂難制之氣也，然其弊常至於大亂而不可救，則亦優柔不決之俗有以啟之耳。

【章旨】此段比較秦、晉民風的彪悍和蜀、漢民風的怯弱，但指出怯弱者被壓迫所釀成的變亂更為嚴重。

【注釋】❶任俠　負氣仗義，打抱不平的人。❷秦晉　相當於今陝西、山西地區。❸蜀漢　相當於今四川和陝西秦嶺以南的漢中地區。❹重　慎重；不輕易做某事。❺咄嗟叱吒　呼喊怒斥之聲。❻椎埋發冢　打死人埋掉，挖掘墳墓。

【語譯】一般的良民，是常被天下人忽視的；武夫和俠客，才是天下人畏懼的。天下人知道最剛強的人不可屈服，卻不知道最柔弱的人不可侵犯。所以，天下的變亂，總是漸漸地達到嚴重的程度，而誰也不能制止。這是因為大家所害怕的人會越來越驕橫，無法制服，而大家所忽視的人會感到不得志，便想要作亂。秦、晉民風的彪悍，蜀、漢民風的怯弱，怯弱的人不敢冒犯禁令，彪悍的人輕易地去做壞事，這是世人都明白的。在戰國的時候，秦、晉的軍隊彎弓帶劍，上下馳騁，呼喊怒喝，那是蜀、漢的人們所不能抵擋的。但是天下已經安定後，秦、晉一帶的豪民殺人報仇，或打死人埋掉，或挖掘墳墓，如此快意恩仇，卻始終不敢從事巨大的變亂；而蜀人畏懼官吏，奉守法令，俯首聽命，但即使是一般的小小平民，感到不高興了，就會奮起從事變亂。這是什麼緣故呢？看他們平常無事的時候，小偷進了房間，也因為懼怕傷害而不敢去理會，這樣的人應該沒有喜歡變亂、難以制服的勇氣。但他們所帶來的弊病，卻常常到達大亂的程度，無法挽救，那也是他們優柔寡斷的風俗所導致的。

今夫秦、晉之民，倜儻❶而無所顧，負力❷而傲其吏。吏有不善，而不能以有容也，叫號紛呶❸，奔走告訴❹，以爭毫釐曲直❺之際，而其甚者，至有懷刃以賊❻其長吏，以極其忿怒之節，如是而已矣。故夫秦、晉之俗，有一朝不測之怒，而無終身戚戚❼不報之怨也。若夫蜀人，辱之而不能競，犯之而不能報，循循❽而無言，忍詬而不驟發也。至於其心有所不可復忍，然後聚而為群盜，散而為大亂，以發其憤憾不洩之氣。故雖秦、晉之勇，而其為亂也，志近而禍淺；蜀人之怯，而其為變也，怨深而禍大。此其勇怯之勢，必至於此，而無足怪也。是以天下之民，惟無怨於其心。怨而得償，以快其怒，則其為毒也，猶可以少解。惟其鬱鬱❾而無所洩，則其為志也遠，而其毒深，故必有大亂，以發其怒而後息。

【章　旨】此段比較分析彪悍和怯弱的人對待怨恨的不同反應：前者立即發作，所以經常犯法，卻不至於造反；後者長期忍耐，而到了無法再忍耐時，就爆發為大亂。

【注　釋】❶倜儻　豪爽。❷負力　依仗自己的氣力。❸呶　喧鬧。❹告訴　告狀；訴訟。❺毫釐曲直　小小的是非。❻賊　殺害。❼慼慼　憂憤的樣子。❽循循　小心的樣子。❾鬱鬱　充滿的樣子。

【語　譯】如今秦、晉一帶的百姓，性格豪爽，沒有後顧之憂，依仗氣力，傲視他們的官吏。官吏們一有不好的行為，他們就不能容忍，紛紛叫喊喧鬧，奔走告狀，小小的事情也要爭出一個是非來，其中激烈的人甚至身懷兇器，殺害當地的官吏，以表現他們憤怒到了極點。但也如此而已。所以秦、晉的風尚，只有短時間內不可預測的憤怒，而沒有一輩子憂憤不解的怨恨。至於蜀人，侮辱了他也不敢爭執，侵犯了他也不敢報復，小心翼翼，默默無言，忍耐著侮辱而不會立即發作。一直到他們的心中再也無法忍耐了，然後聚集起來成為許多盜賊，一哄而起釀成大亂，用這種方式來爆發他們憤恨已久而長期不得發洩的怨氣。所以，即便是秦、晉人的彪悍，他們造成的紛亂，其實圖謀較小，禍害不深；而蜀人的怯弱，他們造成的變亂，卻是怨恨深刻，禍害巨大。這是他們彪悍和怯弱的民風，必然發展到如此的情形，不足奇怪的。因此，天下的民眾，最好不要讓他們心裡有怨恨。有了怨恨，如果可以報復，釋放了他們的怒氣，那麼他們造成的禍患還可以稍稍緩解；只有長期充滿了怨恨而沒有發洩的，那麼他們的圖謀就會長遠，造成的禍患就深刻，所以一定要釀成大亂，來爆發他們的憤怒，然後才會平息。

古者君子之治天下，彊者有所不憚❶，而弱者有所不侮，蓋為是也。《書》曰：「無虐惸獨❷而畏高明❸。」《詩》曰：「不侮鰥寡❹，不畏彊禦❺。」此言天下之匹夫匹婦，其力不足以與敵，而其智不足以與辯，勝之不足以為武，而徒使之怨以為亂故也。嗟夫，安得斯人者，而與之論天下哉！

【章　旨】此段總結治理天下的原則，應該不畏強，不欺弱。

【注　釋】❶憚　怕。❷惸獨　沒有兄弟、兒子，孤獨無依的人。❸高明　地位高的人。❹鰥寡　失去妻子的男人，失去丈夫的女子。❺彊禦　強橫兇暴的人。

【語　譯】古代的君子治理天下，不害怕強橫的人，也不欺侮柔弱的人，正為這個原因。《尚書》說：「不要虐待孤獨無靠的人而害怕地位高的人。」《詩經》說：「不欺侮鰥夫寡婦，不懼怕強橫兇暴的人。」這樣說，是因為天下的平常百姓，論力量不足以去跟他們相敵，論智慧也不足以去跟他們辯論，勝過了他們也不足以顯示威武，徒然讓他們怨恨，釀成禍亂。哎，哪裡可以找到懂得這種道理的人，跟他討論治理天下的方法呢？

【研　析】蘇轍關於四川民風怯弱的說法，可能是跟秦、晉的民風相對而言，可能得自他本人的親身觀感，這一點，現在的我們是難於深究的。但是，他說蜀地容易爆發大亂，卻是事實。自古以來，就有「天下未亂蜀先亂」的說法，更重要的是，北宋初期的幾次大亂都發生在四川。太祖皇帝發兵打下四川，雖然頗為容易，但此後兵變、民變連續不絕，鬧得太宗皇帝差點就想放棄四川。所以，如何「治蜀」確實是北宋時代的一個重要政治課題，蘇轍的文章無疑是為此而作的。這樣看來，文中關於秦、晉民風的論述，也只是作為陪襯，就此而言，跟前面的〈書論〉一篇較為相似。然而，〈書論〉中「霸道」與「王道」的賓主關係，在全文的結構佈置上有明確的體現，而這篇〈蜀論〉顯然不具備這樣的結構特點，它從頭到尾都是以對比的方式討論問題，這一點倒是與〈商論〉相近。不過，若仔細閱讀，我們仍不難體察到賓主之分，雖然在結構上是賓主一直相對，幾乎可以等量齊觀，可在遣詞造句的語氣流動之間，依然體現出抑揚的節奏。所謂抑揚，可從充滿全篇的轉折句來考察，轉折有先揚後抑、先抑後揚兩種，前者多用於對秦、晉民風的描述，而後者多用於對蜀人的描述。比如說「秦、晉之間，豪民殺人以報仇，椎埋發冢以快其意，而終不敢為大變也」，語氣上是先揚後抑的；說蜀人「非有好亂難制之氣也，然其弊常至於大亂而不可救」，語氣上就是先抑後揚的。全篇的轉折句，可謂無不如此，這裡只舉此二例，其餘都可類推。與此同時，由於對秦、晉的描述總是放在蜀人的前面，又交替出現，所以全文就迴盪著「揚——抑——抑——揚」的旋律。而兩地民風的對比，其實可以理解為更大的一種轉折結構，在整體上表現為「抑——揚」的走勢。通過這樣的語氣抑揚，蘇轍把這篇〈蜀論〉處理得簡直像一支樂曲，以更為微妙的方式傳達出賓主之分的意韻，此真是一片煙波，宛自韻勝。

君術策 第五道

【題解】蘇轍的「賢良進卷」由論、策各二十五篇組成，二十五論包含了論史、論人、論經、論地的四個部分，二十五策則分為「君術」、「臣事」、「民政」三個部分。「君術」部分討論君主治理天下的方法，共有五篇，此篇是第五篇。所謂「策」，就是謀略，要求作者針對當前的實際問題，提供對治的辦法。雖然「論」也未必沒有這樣的功能，但就文體上說，「策」是更強調這個方面的。

臣聞事有若緩而其變甚急者，天下之勢是也。天下之人，幼而習之，長而成之，相咻❶而成風，相比❷而成俗，縱橫顛倒，紛紛而不知以自定。當此之時，其上之人刑之則懼，驅之則聽，其勢若無能為者。然及其為變，常至於破壞而不可禦。故夫天子者，觀天下之勢，而制其所向，以定其所歸者也。

【章旨】首段提出天子必須觀察天下的大勢，而控制其發展的方向。

【注釋】❶咻　吹氣。此指互相影響。❷比　親近同類。

【語譯】我聽說，有一種東西，看上去好像很慢，但變化起來其實很快，那就是天下的大勢。天下的人們從小習慣於此，長大後又助成之。他們互相影響，互相親近同類，形成了風俗。他們隨著天下大勢，有時橫，有時豎，有時又顛倒過來，紛紛亂亂，什麼樣的都有，不知道如何安定自己。在這種時候，上層的人對他們加以刑罰，他們就害怕；驅趕他們做什麼，他們也就聽從。那樣子，好像他們真是幹不出什麼來的。但等到他們發動了變亂，卻總是造成巨大的破壞，而且難以抵禦。所以，做天子的人，應該觀察天下的大勢，從而控制它發展的方向，來確定它的歸結。

夫天下之人，弛而縱之，拱手而視其所為，則其勢無所不至。其狀如長江大河，日夜渾渾，趨於下而不能止。抵曲則激❶，激而無所洩則咆勃❷潰亂，蕩然而四出，壞堤防，包陵谷❸，汗漫❹而無所制。故善治水者，因其所入而導之，則其勢不至於激怒坌湧❺而不可收。既激矣，又能徐徐而洩之，則其勢不至於破決蕩溢而不可止。然天下之人，常狎❻其安流無事之不足畏也，而不為去其所激。

觀其激作相蹙❼，潰亂未發之際，而以為不至於大懼，不能徐洩其怒，是以遂至橫流於中原而不可卒❽治。

【章旨】此段以治水比喻治國，強調疏導和洩洪的重要性。

【注釋】❶抵曲則激　遇到阻礙或彎曲，水勢就激盪起來。❷咆勃　咆哮；迅疾。❸包陵谷　水淹沒山峰和谷地。❹汗漫　水勢浩大的樣子。❺坌湧　噴發；上升。❻狎　安習；輕忽。❼激作相蹙　指大水沖擊堤防，令水勢趨於激盪。❽卒　猝；倉促。

【語譯】天下的人們，如果放縱他們，拱著手隨他們想幹什麼就幹什麼，那麼他們勢必會什麼都幹得出來。那樣子，就像長江大河，日夜浩浩蕩蕩地向下流去，無法停止。如果碰到阻礙或彎曲，水勢就激盪起來。激盪了而又沒有地方可以洩洪，便咆哮迅疾，潰散亂流，向四面八方到處漫出，沖壞堤防，淹沒山谷，浩大到無法制服。所以，善於治水的人，看它流入何處，便加以疏導，那麼水勢就不至於激怒動蕩，噴發上升而不可收拾。即便已經激盪起來了，也能慢慢地使它洩出，那麼水勢也不至於沖破堤防，漫延出來，無法停止。然而，天下的人們，總是習慣於它安然流去時太平無事的情況，覺得不足以害怕，便不去清除那些容易激盪水勢的東西。看到它已經激烈動蕩，卻還沒有潰散亂流的時候，又以為不至於發生巨大的驚恐，便不能慢慢洩去它的怒氣，所以就導致它橫流於中原大地，倉促間無法治理。

昔者天下既安，其人皆欲安坐而守之，循循以為敦厚，默默以為忠信。忠臣義士之氣，憤悶而不得發。豪俊之士不忍其鬱鬱之心，起而振之，而世之士大夫好勇而輕進、喜氣而不懾者，皆樂從而群和之，直言忤❶世而不顧，直行犯上而不忌。今之君子，累累❷而從事於此矣。然天下猶有所不從，其餘風故俗猶眾而未去，相與抗拒，而勝負之數❸未有所定。邪正相搏，曲直❹相犯，二者潰潰❺而不知其所終極❻，蓋天下之勢已小激矣。而上之人不從而遂決其壅❼，臣恐天下之賢人不勝其忿而自決之也。夫惟天子之尊，有所欲為，而天下從之。今不為決之於上，而聽其自決，則天下之不同者，將悻然❽而不服，而天下之豪俊，亦將奮踴不顧而決之。發而不中❾，故大者傷，小者死，橫潰而不可救。譬如東漢之士，李膺、杜密、范滂、張儉❿之黨，慷慨議論，本欲矯拂世俗之弊，而當時之君，不為分別天下之邪正以快其氣，而使天下之士發憤以自決之，而天下遂以大亂。由此觀之，則夫英雄之士，不可以不少遂⓫其意也。

【章　旨】此段分析當前形勢，認為已經到了需要洩洪的時候。

【注　釋】❶忤　冒犯。❷累累　很多；連續不斷。❸數　概率。❹曲直　邪曲和正直。❺潰潰　紛亂。❻終極　最後的結果。❼決其壅　打開決口，去掉堵塞。❽悻然　憤恨不平的樣子。❾不中　不適當；不合理。❿李膺杜密范滂張儉　都是東漢後期的名士，因反抗宦官專權，或被殺，或逃亡。⓫遂　意願得逞。

【語　譯】過去，因為天下已經平定，當時的人都想安坐著保守這分太平，所以把毫無創新當作持重厚道，把毫無建議當作忠厚誠實。這樣就使忠臣義士的勇氣都被悶在胸中，不能發揮出來。某些突出的優秀人物，不忍心看到天下人的惆悵情緒，就起來振作風氣，而世上的士大夫中那些愛好勇敢，輕易進取，喜歡張揚個性而不害怕的人，就都樂於跟從，群起應和。他們以率直的言辭冒犯世俗，以率直的行動冒犯上司，而毫不顧忌。現在的君子們，有很多都在從事這樣的行為了。但天下也還有不肯順從他們的，從前延續下來的舊風氣還有很多沒有消失，跟他們相互抗拒，誰勝誰輸還不能決定。這樣，邪曲與正直相互搏鬥、侵犯，兩方面紛紛亂亂，不知道最終會走向哪裡。看來，天下的形勢已經稍稍動蕩起來了。在這種情況下，上層的人還不肯從而打開決口，去除堵塞，我恐怕天下的賢能之人會克制不住他們的義憤，而主動衝決出來。說起天子的尊嚴，那是凡有想做的事情，天下人都會跟從的。如果現在不從上層去打開決口，而聽從下面的人主動衝決，那麼天下持有不同意見的人都會感到憤憤然不服氣，天下的優秀人物也會挺身而出，奮不顧身地前來衝決。這樣一旦爆發的行為，當然是不合理的，所以大的傷，小的死，潰亂橫流，而無法挽救。就好像東漢的名士，李膺、杜密、范滂、張儉那一幫人，慷慨激昂地發表議論，本來是想糾正世俗的弊端，但當時的君主沒有為他們區分天下的邪惡和正直，來釋放他們的怒氣，卻使天下之士因發憤而主動衝決，於是天下因此大亂。由此看來，凡英雄人物，是不可以不讓他們的意願稍稍得逞的。

是以治水者，唯能使之日夜流注而不息，則雖有蛟龍鯨鯢❶之患，亦將順流奔走，奮迅悅豫❷，而不暇及於為變。苟其瀦畜❸渾亂，壅閉而不決，則水之百怪皆將勃然放肆，求以自快其意而不可禦。故夫天下亦不可不為少決，以順適其意也。

【章　旨】末段主張天子應順從形勢，給天下之士奮發有為的機會。

【注　釋】❶蛟龍鯨鯢　水中的兇猛動物。❷奮迅悅豫　精神振奮、行動迅速、心情喜悅、身體安樂。❸瀦畜　積水停留在某處。

【語譯】所以，治水的人，只要能讓水日夜奔流不息，那麼即使有蛟龍鯨鯢之類的禍患，也會順著水流，與奮、迅疾、愉快、安樂地奔跑前進，而來不及去發動變亂。如果把水流停蓄起來，變得渾濁動蕩，又堵塞封閉，不肯打開決口，那麼水裡的各種怪物就都會勃然大怒，放肆起來，追求自己意氣的痛快發洩，而無法抵禦。因此，現在要治理天下，也不能不稍稍打開決口，來順從他們的意願了。

【研析】兩宋思想界的最具標誌性的成果，可能是程朱理學，但這並不說明：在思想史的任何領域，理學家的意見都可以作為代表。目前有關宋代政治思想、教育思想、史學思想、美學思想的著述中，理學家幾乎佔據了跟他們在哲學史上相似的地位，是極為不妥的。就政治思想來說，宋人為應「制科」而作的「賢良進卷」，尤其是二十五策的部分，理應被視為政治學著作，而這樣的「進卷」，有不少被完整地保留了下來，如蘇轍所作，就是其中之一。蘇轍當然是一個文學家，後人評論他的文章，也往往只從寫作的角度來談，但這也並不表明蘇轍的意見沒有政治學的價值。文學家談政治，大多被認為不切實際，可我們必須知道，蘇轍後來不但做到了相當於副宰相的大官，而且成為一個政治黨派的領袖，也就是說，他比許多批評他不切實際的人更無愧於一個政治家的稱號。問題在於，宋代士大夫政治的運行體系決定了士大夫發表政見的特殊途徑和特殊方式，也為他們的政見帶來內容上的特點。「賢良進卷」本身就是一個特殊的途徑，而講究文章技巧便可視為特殊方式，像現代的政治文件那樣的枯燥寫法，在文化昌明的北宋中期，是根本行不通的。就內容上說，既然我們承認北宋的政治是士大夫政治，那麼對士大夫整體的精神風貌、意識流向的關注，理所當然地成為政論的首要部分，在蘇轍看來，那就是天下的大勢。在今天的中國，人們普遍覺得自己落後於某些外國，從而認定那外國的今天就是我們的明天，所以政治意識中有明顯的目的論傾向，彷彿有一個確定的方向可以循路前去。但對於宋人來說，根本沒有哪一個「先進」的外國可以成為他們的路標，天下的大勢被蘇轍形容為難以確定流向的長江大河，是完全可以理解的。要說目標的話，儒家經典記載或虛構的三代禮樂，可能作為目標，但恢復三代禮樂，真能解決眼前這條長江大河的複雜問題嗎？——這才是宋人政治思考的核心命題。在不久之後，蘇轍將要面對宣稱重建三代制度的「王安石變法」，他會更明確地提醒人們關注這條長江大河本身所體現的「理勢」，是否可以通向三代禮樂，或者應以何種途徑通向三代禮樂。在某種意義上說，對三代禮樂的嚮往跟今天的目的論傾向是相似的思考方式，而面對一條流向不明的長江大河，卻須進行更為艱苦的思考。我們在本篇中不難看到：這樣的思考者是如此自信，卻又如此焦躁不安。

臣事策 第十道

【題解】蘇轍「賢良進卷」的二十五策，其第二部分為「臣事」，共有十篇。所謂「臣事」，其實也不能跟前面的「君術」絕然區分，但大體上說，「臣事」是以有關官吏的事務為論題的。官和吏也有嚴格區分，在宋代，官是有進士或其他出身，有朝廷誥命，食朝廷俸祿的；吏則是衙門的辦事人員，雖然也有管理的職能，掌握一部分權力，卻無出身、誥命，屬於當差或被僱用的性質，所以宋代把有關於吏的事務稱為「役法」。本篇論述的就是吏的問題。

臣聞大人❶之道，行之而可名❷，名之而可言，布之天下而無疑，施❸之後世而無愧。堂堂乎立於四海，雖一介之士而無所不安，此其所以為大人之道歟？

【章旨】首段先確立原則，即凡正確的做法，都必須有正當的名義。

【注釋】❶大人　聖人。❷名　有名義。❸施　延及；延續。

【語譯】我聽說聖人之道，做起來都有個名義，有了名義又都說得響，可以公佈於天下，讓人們都沒有疑惑，可以延續到後世，而沒有什麼愧疚。它堂堂正正地樹立在四海之內，即便是一個小民也不會因此感到不安，這才是真正可以稱為聖人之道的。

今夫天下之人，天子誰不役❶其力者？而天下皆不敢以為非，此誠得其可役之名而役之。是以天子安坐於上，而士大夫為之奔走於下。大者為之運籌畫策，治百官以濟❷其大事；而小者為之按米鹽❸，視鞭箠❹，以奉其小職。文吏為之簿書會計❺，詳其出內❻取予之數，而使天下不敢欺；武吏為之擐金被革❼，習其戰陣攻鬬之事，而使天下不敢犯。勞苦其筋力，而竭其思慮，甚者捐❽首領，暴骨肉於原野而不知避。何者？食其祿❾也。至於田野之民，耕田而食，或生而不至市井，然及其有稅而可役❿，趨走於縣吏之前，恭謹有禮，不教而自習。而其尤難者，至使之斬捕盜賊，挽弓巡徼⓫，疲弊⓬而不敢求免。此豈非食其地⓭之故歟？故夫天下之人，凡天子之所得而使令者，皆可得而名也。

【章旨】這一段接著第一段確立的原則，說皇帝要求天下各種各樣的人們為自己服務，也都要有個正當的名義。

【注釋】❶役　用人辦事。❷濟　成。❸按米鹽　掌管糧食和鹽，指收租徵稅。❹視鞭箠　掌管刑具，指審訊犯人。❺簿書會計　用帳本記下來，再彙總統計。❻出內　出納。❼擐金被革　穿戴著金屬和皮革，指盔甲。❽捐　獻出；捨棄。❾祿俸祿；官員的薪水。❿有稅而可役　指繳納租稅和承擔差役兩種情況。⓫巡徼　巡查。⓬疲弊　疲勞；力竭。⓭食其地　在屬於天子的土地上耕種得食。

【語譯】如今天下的人，有哪一個的能力不被天子所役使呢？但天下都不敢認為不對，這確實是得到了可以役使的名義而去役使的。所以，天子安坐在上面，而士大夫們為他奔走於下。能力大的為他謀劃計策，治理百官，來成就他的大事；能力小的為他去掌管收租徵稅，用刑具審訊犯人，來奉守小小的職能。文官們為他記錄帳本，彙總統計，把進進出出、索取或給予的數字都計算詳細，使天下都不敢欺瞞；武官們為他穿上盔甲，學習戰鬥的陣勢和攻擊格鬥之事，使天下都不敢冒犯。他們為此身體勞苦，思慮竭盡，甚至獻出了生命，暴屍於原野之上，但都不會想去躲避。這是為什麼呢？因為他們是吃天子俸祿的。至於田野上的小民，耕田得食，有的生來還沒到過城市，但當他們要繳納租稅，或者承擔差役時，就急急忙忙奔走到縣官的面前，恭敬小心，遵守禮節，這些用不著教導就自己學會了。而其中更艱難的，甚至是要他們去捕殺盜賊，張弓巡邏，即便極其疲勞困頓，他們也不敢請求免去這種差使。那原因，難道不是由於他們耕種著天子的土地，才得到食物的嗎？所以，天下的人，凡天子可以拿來差使命令的，都可以說出一個正當的名義來。

而臣竊怪，府史胥徒❶，古者皆有祿以食❷其家，而其不足者，皆得計口❸而受❹田，以補其不給❺。夫是以能使之盡力於公事，而不卹其私計。蓋周之所謂官田❻者，府史胥徒之田也。而今世之法，收市人❼而補❽以為吏，無祿以養其身，而無田以畜其妻子，又有鞭朴戮辱之患。而天下之人，皆喜為之。其所以責之者甚煩且難，而其所以使之者無名而可言，而其甚者，又使之入錢❾而後補，雖得復役⑩，而其所免不足以償其終身之勞。此獨何也？天子以無名使之，而天下之人亦肯以無名而為之，此豈可不求其情哉？

【章　旨】此段指出，如今的胥吏們，國家都不發薪水、不給土地，卻要他們承擔各種差事，可謂毫無正當的名義了。但他們卻都樂意去承擔，這其中的緣故，不可不加以分析。

【注　釋】❶府史胥徒　衙門裡當差的胥吏。❷食　飼養；使人得食。❸計口　按照人數。❹受　授；給。❺不給　不足。❻官田　屬於公家的田地。❼市人　生活在市井之間的人。❽補　受任職務。❾入錢　把錢交給官府。❿復役　免去差役。

【語　譯】但我私自感到奇怪，衙門中的那些胥吏，古代都有俸祿，可以讓他們養活家庭，其中俸祿不夠的人，都可以按家口給予田地，來補償他們的不足。因此才能讓他們盡力去辦公事，而不顧及他們的私人打算。周代的所謂官田，就是給胥吏們的田地。但現在的役法，收羅了一些市井的遊民，讓他們擔任胥吏，既沒有俸祿可以養活自己，也不給田地讓他們養活妻子兒女，還可能有遭受鞭打、被殺、被侮辱的禍患。然而天下的人卻都喜歡去做胥吏。官府要求他們做的事情，十分繁雜而困難，卻全然沒有用來差使他們的正當名義可言，而其中嚴重的，還要他們交錢給官府，才給差事去做。即便有時得到免去差役的待遇，但這種赦免根本不足以抵償他們終身的勞累。這又有什麼獨特的緣故？天子沒有正當的名義就差使了他們，而天下的人也肯在沒有名義的情況下接受差使，這難道可以不探求其中的情由嗎？

且夫天子舉四海而寄❶之其臣，郡縣之官又舉而寄之其郡縣之小吏，刑法之輕重，財用之多少，無所不在。是以掌倉庫者得以為盜，而治獄訟者得以為姦。

為姦之利，上足以養父母，而下足以畜妻子。其所以無故而安為之者，為此之故也。是以雖無爵❷祿之勸❸，而可得而使；雖有刑戮恥辱之患，而不肯捨而去。而其上之人，驅其無祿之身，而遇❹之以有祿之法，恬❺不為怪。此乃公使之為姦，以當其所得之祿，而遂以為可得而使之也。如此，則尚何以示天下？

【章旨】此段回答上段的問題，認為人們之所以肯在沒有薪水的情況下擔任胥吏，是因為可以從公務之中謀取非法的利益。而朝廷不發薪水，也就等於公然讓他們去謀取非法的利益。

【注釋】❶寄　委託。❷爵　官位。❸勸　激勵。❹遇　對待。❺恬　安逸。

【語譯】而且，天子把整個國家都委託給他的官僚，而郡縣的官僚們又把所有雜事都委託給當地的胥吏，刑法的輕重，財物的多少，無不落在胥吏的手上。所以，掌管倉庫的人就得到偷盜的機會，治理訴訟的人就得到非法牟利的機會。他們非法得來的利益，上足以養活父母，下足以娶妻生子。之所以毫無緣故地安然擔任差事，就是為了這樣的原因。所以，即便沒有官位俸祿的激勵，也可以差使他們；即便有受刑、被殺、被侮辱的禍患，他們也不肯捨棄差事跑掉。在他們上面的人，驅使這些沒有俸祿的胥吏，卻用對待有俸祿人的法規來對待他們，而安然不感到奇怪。這乃是公然讓他們非法牟利，來代替他們應得到的俸祿，卻就此以為有理由役使他們了。像這樣，那還怎麼能夠教導天下？

臣愚以為：凡人之在官❶，不可以無故而用其力，或使以其稅❷，而或使以其祿。故夫府史胥吏，不可以無祿使也。然臣觀之，方今天下，苦財用之不給，而用度有所不足，其勢必無以及此。而古者《周官》❸之法，民之為訟者入束矢，為獄者入鈞金❹，視其不直❺者，而納其所入。蓋自秦漢以來，其法始廢而不用。故臣亦欲使天下之至於獄者，皆有所入於官，以自見其直，而其不直者亦皆沒其所入，以為胥吏之俸祿。辨其等差而別其多少，以時❻給之，以足其衣食之用。其所以取之於民者不苛，而其所以為利者甚博。蓋上之於民，常患其好訟而不直，以身試法而無所畏忌。刑之而又使之有入於官，此所以深懲其心。而又其所得止以厚吏，此有以見乎非貪民之財也。而為吏者可以無俟❼為姦，而有以自養，名正而言順。雖其為姦，從而戮之，則亦無愧乎吾心。嗚呼！古之所謂正名❽者，猶此類也夫。

【章　旨】末段提出作者的主張，就是要給胥吏發薪水，並籌劃了這薪水的來源。規定天下打官司的人都要預先交給官府一筆錢，如判決他沒有道理，則預交的錢就被沒收。這樣政府就有一筆專款，供發胥吏的薪水。

【注　釋】❶在官　給官府做事。❷稅　這裡指據以徵收賦稅的田地。❸周官　《周禮》。❹民之為訟者入束矢二句　見《周禮・秋官・大司寇》。訟，經濟糾紛。入束矢，交給官府一束箭。一束就是一百根，也有說是五十根的。獄，刑事案件。鈞金，三十斤銅。❺不直　沒有道理。❻以時　按一定的時節。❼俟　等候。❽正名　整治名義。這是先秦儒家的主張。

【語　譯】我愚蠢地以為：凡是為公家辦事的人，不可以無緣無故地役使他們的力氣，或者用給予田地的代價來役使，或者用給予俸祿的代價來役使。所以，衙門裡的胥吏，是不可以在沒有俸祿的情況下差使的。但我看來，現在的天下正苦於財政的不足，國家用錢還有不夠的地方，勢必沒有錢來發胥吏的俸祿。按《周禮》記載的古代法規，百姓到官府去進行經濟訴訟的，要繳一百根箭；去進行刑事訴訟的，要繳三十斤銅，官府考察其中沒有道理的，就沒收他們繳來的東西。自從秦漢以來，這個法規才被廢止不用。所以，我也想建議，讓天下人前來打官司的，都要給官府有所繳納，用來顯示他們有打這官司的正當理由，而其中沒道理的，官府就都沒收他們繳納的東西，用來作為胥吏的俸祿。分辨他們的等級差別，區別給予的多少，按照一定的時節發給他們，用來滿足他們吃穿的用途。這樣，從百姓那裡索取的並不苛刻，但產生的利益卻很多。因為上層對於百姓，經常痛恨他們喜歡訴訟卻又沒道理，以身試法而毫無害怕和顧忌。按刑法處置他們，又使他們有一筆錢交給官府，這樣可以深深儆戒他們的心思。而且，官府沒收得來的錢又只用於厚待胥吏，這就可以顯示官府並不是貪圖百姓的錢財。另一方面，做胥吏的人可以不靠非法牟利，就有錢來養活自己，為公家辦事就名正言順了。即便他們仍要非法牟利，那麼因此殺掉他們也就不會使我們感到愧疚。啊，古代所謂的「整治名義」，就是像這樣的辦法吧。

【研　析】明代茅坤編《唐宋八大家文鈔》，收入本篇，還加了一個標題，叫〈祿胥吏〉，就是給胥吏發薪水。他還加了一句評語：「行文如風行水上。」所謂「風行水上」，本是《周易》渙卦的象辭，把它跟文章聯繫起來，則出於蘇洵的〈仲兄字文甫說〉。蘇洵講：風能使水運動起來，水能用形態表現出風的運動，從而產生波濤或微瀾等等，變化無窮，是天下最好的「文」，但水和風都無心要去造這個「文」，他們只是自然地相遇而已。所以，蘇洵的說法，一般被概括為「自然為文」。這裡包含創作動機和行文過程兩個方面，就動機來說，是不必強求的意思，而就行文來說，卻要自然地呈現出豐富的變化。在本篇中，作者的思路其實非常直捷：聖人做事都要名正言順，像官員們吃天子的俸祿，農民們耕種天子的土地，他們為天子做事，那是理所應當的，但胥吏們既不吃俸祿，也沒得田地，卻要白白為公家服務，是名不正理不順的，所以應該給胥吏發俸祿。

這個思路當然在文章中得到了貫徹，但是，它對行文過程的控制，就好像風吹水行，並不是單調地一線流注到底的，其間還有許多變化。如河道變寬的時候，水就鋪衍開來，變窄的時候就收束起來，文章第二段那些關於官員和農民的描寫，就是一種鋪衍，最後用「皆可得而名也」收束起來；河道上如果有阻礙的東西，水就要洄漩而過，第三、四段指出胥吏們名不正言不順地為公家辦事，卻感到高興，就給作者的思路造成了阻礙，但他分析說那是因為胥吏趁此機會非法牟利，危害更大，不能成為可以白白差使胥吏的理由，這就是一種洄漩；河道上流水將盡的時候，要有新水匯入，才能再顯出風水相形的「文」來，末段提出給胥吏發俸祿的主張後，苦於國家財政不足，又另從訴訟事務上找到財源，便是一道新水的匯入。以上這些成分，相對於總體思路的貫徹來說，都不無節外生枝的危險，但行文至此，文辭本身產生的彈性；說理至此，事理本身具有的複雜性，就會自然躍現。所以，整篇風吹水行的過程中，有鋪衍收束，有遇阻洄漩，有新水匯入，變化多端而又不離其宗。仔細讀來，確實有「風行水上」之妙。

民政策 第七道

【題解】蘇轍「賢良進卷」的二十五策，第三部分為「民政」十篇，涉及有關農民、市民以及軍隊的一些重要事務。本篇所論的是土地和借貸的問題，可以視為純粹的施政提案。

臣聞：古者，天下皆天子之人，田畝之利、衣食之用，凡所以養生之具，皆賴於天子。權出於一，而利不分於強族[1]。民有奉上之憂，而無役屬附麗[2]之困。是以民德[3]其上，而舉天下皆可使奉天子之役使。至於末世，天子之地轉而歸於豪民，而天下之遊民❹饑寒朝夕❺之柄，天子不卹，而以遺天下之富賈。夫天子者，豈與小民爭此尺寸之利也哉？而其勢則有所不可。何者？民之有田者，非皆躬耕之也，而無田者為之耕。無田者，非有以屬於天子也，而有田者拘之。天子無田以予之，而欲役其力也實難。而有田者授之以田，視之以奴僕，而可使無憾。故夫今之農者，舉非天子之農，而富人之農也。至於天下之遊民、販夫販婦、工商技巧之族，此雖無事乎田，然日食其力，而無以為朝夕之用，則此亦將待人而生者也。而天子不卹其闕❻，乃使富民持其贏餘，貸其所急，以為之父母。故雖遊民，天子亦不可得而使，而富者獨擅其利，日役其力，而不償其力之所直❼。由是觀之，則夫天下之民，舉皆非天子之人，而天子徒以位❽使之，非皆得其歡心也。夫天下之人，獨其有田者，乃始有以附屬於天子。此其為眾，豈足以當其下之仰給❾之民哉？此亦足以見天子之所屬者，已甚寡矣。

【章　旨】此段指出一個嚴重的社會問題，就是無田的農民和無錢的城市貧民，都被有田有錢的人所控制，成了他們的附屬品，已經不屬於天子的治下了。

【注　釋】❶強族　有權勢的世家大族。❷附麗　依附；作為附屬品。❸德　感恩戴德。❹遊民　相對於固定在某一塊土地上的農民來說，城市貧民為了求生要到處遊走，故稱遊民。❺朝夕　早上和晚上，此指日常生活。❻闕　缺乏。❼直　值。❽位　權位。❾仰給　仰起頭來希望上面的給予，指依賴以生存。

【語譯】我聽說：古代的時候，天下都是天子的人，農田的利益、吃穿的花用，凡是用來養活生命的東西，都依靠於天子。權力都出於同一條途徑，利益也不被世家大族所瓜分。百姓們憂慮的只是如何侍奉天子，而沒有被世家大族所指使，成為其附屬品的困擾。所以，百姓對天子感恩戴德，全部的天下人都可以由天子指派工作。到了後世，天子的土地轉而被某些有權勢的人佔有，而天下的城市貧民是否遭受饑寒，是否能夠維持日常生活的控制權，天子也不加以顧惜，轉而把這控制權給予了天下的富商。作為天子，難道要去跟小民爭奪這些小小的利益嗎？但從天下的整個形勢來說，也有不可以不爭奪的道理。為什麼呢？有田的人，並不都是自己親自耕種的，而是由那些沒田的人替他們耕種。這樣，沒田的人就不屬於天子，而被有田的人控制。天子沒有田給他們，就實在難以役使他們的氣力。有田的人給了他們田，就把他們看作自己的奴僕，還能使他們不敢有怨言。所以，今天的農民，都不是天子的農民了，都成了富人的農民了。至於天下的城市貧民、小商販以及手工業者，這些人雖然不需要農田，但每天依靠自己的氣力謀生，卻不能維持日常生活的用途，那麼他們也必須依靠別人才能生存。天子不照顧他們生活上的缺乏，就使富人拿了多餘的資產，乘他們急迫的時候給予借貸，成了他們的衣食父母。所以，即便是城市貧民，天子也無法使喚他們，而讓富人獨自得到好處，每天役使他們的氣力，卻不支付跟他們付出的氣力相當的報酬。由此看來，天下的民眾都不是天子的人了。天子只是靠權位來使喚他們，並不都能得到他們的歡心。天下百姓中，只是有田的人，才直接附屬於天子，而這些人的數量，哪裡抵得上他們下面依靠他們為生的民眾呢？由此也足可看出，天子能直接領導的人已經非常稀少了。

臣愚以為，當今之勢，宜收天下之田，而歸之於上，以業❶無田之農夫；卹小民之所急，而奪豪民假貸之利，以收遊手❷之用。故因其所便而為之計，以為莫如收公田❸而貸民急❹。

【章　旨】此段提供解決問題的方案，就是「收公田」和「貸民急」兩策。

【注　釋】❶業　分配。❷遊手　即「遊民」，城市貧民。❸收公田　政府把無主的田地直接掌管起來。這裡的「公田」指因為田主死亡、逃荒等原因而成為無主的田地。❹貸民急　在貧民急迫的時候，由政府給予借貸。

【語　譯】我愚蠢地以為，按當今的形勢，應該收回天下的田地，還給天子，用來分配給沒田的農民；應該顧惜百姓的急迫需要，剝奪富人由借貸得到的利益，用以收回對城市貧民的役使權。所以，順應時勢的便利而進行謀劃，我以為最好的辦法是：政府收回無主的田地，政府在貧民急迫的時候給予借貸。

夫陳蔡荊楚❶之地，地廣而人少，土皆公田，而患無以耕之；而吳越巴蜀❷之間，拳肩側足❸，以爭尋常尺寸之地，安土重遷❹，戀戀而不能去。此非官為之畫策，因其凶荒饑饉之歲，乘其有願徙之心，而遂徙之於不耕之公田，則終不能以自去。今欲待其已去，而收其田畝，藉❺其室廬。田為公田，室為公室，以授無田之民。使天下雖富庶之邦，亦常有天子之田。而又因其籍沒❻，積而勿復鬻❼，募天下之丁男❽，使分耕其中。而無使富民端坐而欲收公田之遺利，使天下之農夫稍可以免僕隸之辱，而得上麗❾於天子。

【章　旨】這一段闡述「收公田」一策的具體內容。

【注釋】❶陳蔡荊楚　概指今天的河南、湖北一帶。❷吳越巴蜀　概指今天的蘇南浙北和四川。❸拳肩側足　彎起肩膀，側起腳，形容人多擁擠。❹安土重遷　留戀鄉土，不願遷徙。❺藉　通「籍」。登記。❻籍沒　登記；沒收。❼鬻　賣。❽丁男　成丁的男子。成丁意謂到達了繳納賦稅、徵發服役的年齡。❾麗　附屬。

【語譯】現在陳蔡荊楚一帶，地廣人稀，土地都是無主的公田，卻愁沒人去耕種；吳越和巴蜀之間，則人口擁擠，大家爭奪著平常的一點點土地，又留戀鄉土，不願遷徙。在這種情況下，如果不是由政府來制定計畫，在荒年沒糧吃的時候，趁著百姓們有願意遷徙的心思，而決定把他們遷到未曾耕種的公田上去，那麼他們永遠不會自動離開鄉土。現在我建議，趁他們已經遷走後，就把土地收繳起來，把房子也登記起來。土地就作為公田，房子也作為公家的房產，用來分配給無田的農民。這樣可以使天下即便是富庶的地方，也總有天子的田地。而那些沒收來的田產，就積累起來，不再出賣，招募天下的成年男子，讓他們分頭在這些田地上耕種。不要讓富人安坐在那裡收穫公田的多餘利益，使天下的農民稍稍可以免去被富人奴役的羞辱，而能夠直接隸屬於天子。

而其新徙之民，耕牛、室屋、飲食、器皿之類有所不備，又皆得以貸於國，可以無失其所。夫所謂貸者，雖其為名近於商賈市井之事，然其為意不可以不察也。天下之民無田以為農，而又無財以為工商，禁而勿貸，則其勢不免轉死於溝壑。而使富民為貸，則有相君臣❶之心，用不仁之法，而收太半之息❷。其不然者，亦不免於脫衣避屋以為質❸，民受其困，而上不享其利，徒使富民執予奪之權，以豪役鄉里。故其勢莫如官貸，以賙❹民之急。《周官》之法，使民之貸者，與其有司❺辨其貴賤，而以國服為息❻。今可使郡縣盡貸，而任❼之以其土著❽之民，以防其逋逃竄伏❾之姦。而一夫之貸，無過若干。春貸以斂❿繒帛⓫，夏貸以收秋實⓬，薄收其息而優之，使之償之無難，而又時免其息之所當入，以收其心。使民得脫於奴隸之中，而獲自屬於天子。如此，則天下之遊民可得而使，富民之貸可以不禁而自息。

【章　旨】這一段闡述「貸民急」一策的具體內容。

【注　釋】❶相君臣　構成主奴關係。❷息　利息。❸質　抵押。❹賙　救濟；給予。❺有司　政府的管理部門。❻以國服為息　繳納當地所產的物品，作為借貸的利息。一說，按照其本人向國家繳納賦稅的標準，來定借貸的利息。❼任　擔保。❽土著　有田產在當地的人。❾逋逃竄伏　逃亡，躲藏。❿斂　收。⓫繒帛　絲綢、布匹。⓬秋實　秋天收穫的糧食。

【語　譯】至於新近遷徙的百姓，他們的耕牛、房屋、飲食、器皿之類都有所缺乏，又都要能夠向政府借貸，這樣就可以不再流離失所。所謂的借貸，雖然從名義上看有點跟商人市井之間的行為相近，但不可以不考慮它的用意。天下的百姓，因為無田而無法務農，又因為沒錢而做不成工商業者，如果禁止貸款，不予借貸，那麼這樣發展下去，他們就不免會死在荒郊野外。如果讓富人去給他們借貸，那就會在心理上構成主奴關係，富人就會用毫無仁愛的辦法，向他們收取大半的利息。即便不是這樣，也不免使他們脫下衣服，搬出房屋，用來做抵押，百姓們大受困苦，而天子卻享受不到利益，只是讓富人掌握了給予或剝奪的權力，在鄉里作威作福。所以，按現在的形勢看，最好的辦法就是政府給貧民借貸，來救濟貧民的危急。按《周禮》的辦法，讓借貸的貧民跟有關管理部門辨別貴賤，用當地所產的物品作為利息。現在，可以命令地方的州縣都發放借貸，而讓當地有田產的人做借貸的擔保，以防止借貸人有逃跑躲藏的壞念頭。再規定每個人的借貸不能超過若干。春天發放借貸，用來收取絲綢布匹；夏天發放借貸，用來收取秋天收穫的糧食。收取的利息要盡量少一些，作為優待，使借貸的人容易償還，又要不時地免去應當繳納的利息，用來收買人心。讓貧民可以從被人奴役的困境中解脫出來，能夠主動地直屬於天子。這樣，天下的城市貧民就都可以由天子來差使，而富人的高利貸用不著禁止便停息了。

然臣以為，收公田者其利遠，非可以歲月之間而待其成也，要之❶數十百年，則天下之農夫可使太半皆天子之農。若夫所謂貸民急者，則可以朝行而夕獲其利❷，此最當今之所急務也。

【章旨】末段進一步強調，兩策之中，借貸一策是當前最緊迫需要實施的。

【注釋】❶要之　堅持這種做法。❷朝行而夕獲其利　早上實行，晚上就可以收穫利益，意謂有立竿見影的效果。

【語譯】但我以為，「收公田」的辦法，它的利益要久遠之後才能看到，不是短短的歲月之間可以期待成功的，如果能堅持做上數十年，乃至一百年，那就可以使天下的農民大半都成為天子的農民了。至於所謂「貸民急」的辦法，則一旦實行，馬上就可以獲得利益，所以這是當今最為急迫的事務。

【研析】這一篇針對當時鄉村和城市的最大問題，設計了解決的方案。鄉村的農民因為租種地主的土地，而被地主所奴役；城市的貧民因為向富人借貸，而被富人所控制。這樣，政府和人民之間的關係實際上已被居中割斷，對於國家來說是無比危險的現象。蘇轍的「收公田」和「貸民急」兩個辦法，就是由政府收置田產，出租土地，由政府確定利息，發放借貸，總之是讓政府具有取代地主和富人面對城鄉貧民的職能，從地主和富人那裡奪回直接控制貧民的權力。值得注意的是，他在此時設計的方案，跟後來王安石變法的思路非常相像，尤其是所謂「貸民急」一策，跟王安石的「青苗法」幾乎近似，而拿出《周禮》作為根據，也跟王安石不謀而合。但是，在撰作此文的八、九年後，他卻成為「青苗法」的第一個激烈反對者。這其中的原因當然很複雜，而蘇、王之間私人關係的惡化，便成為不可忽視的一種因素，詳見下篇〈謝中制科啟〉的「研析」。這裡應該指出的是，蘇轍早年的這份「賢良進卷」，客觀地反映了當時士大夫多數傾向於有所變革的主張。儘管他們中的不少人後來強烈反對王安石變法，但他們的早期言論依然構成了王安石變法的輿論基礎。按當時士大夫可能具有的心態來說，即便要變革，也希望是由自己來主持變革，如果是被自己不喜歡的別人主持了，那麼從另外的角度去找出反對的理由，並不是一件很困難的事。

謝中制科啟

【題解】嘉祐六年（西元一〇六一年）蘇轍參加「制科」考試，按要求對當前的政治問題發表見解，謂之「對策」。也許是年輕氣盛的緣故，他在「對策」中嚴厲地批評了皇帝和宰相，結果被有的考官認為「不遜」，差點遭到黜落。幸虧另一位考官司馬光（西元一〇一九—一〇八六年）仗義執言，為他力爭，才收入合格等級。據宋人孫汝聽《蘇潁濱年表》說：「轍有〈謝制科啓〉。」就是中了「制科」後感謝考官們的書信。但這封書信沒有收入蘇轍的《欒城集》，卻被明代以來刊行的蘇軾文集誤收，文中自稱「轍」也被改成了「軾」。其實，南宋呂祖謙編的《皇朝文鑒》中有這篇〈謝中制科啓〉，署名本是「蘇轍」，而且文中提到「父兄」，無疑是蘇轍的文章。

轍以薄材，親承大問❶。論議❷群起，予奪相乘❸。不意聖恩之曲加❹，猶獲從吏❺之殊寵。伏❻讀告命❼，重積震惶。嘉其愛君之心，期以克終之譽❽。辭不獲命❾，媿無以堪。

【章　旨】首段簡單地交代了事端，即在很多人不滿其「對策」的情況下，依然中了「制科」，而被授予官職。

【注　釋】❶大問　此指「制科」考試中的「策問」，提出朝廷政治的重大問題，要求發表見解，即「對策」。❷論議　有關蘇轍「對策」的諸多議論。❸予奪相乘　讚賞和反對的不同意見此起彼伏。❹聖恩之曲加　蒙受皇帝的恩惠。❺從吏　被任命為官。當時蘇轍因中「制科」，而被授予「試祕書省校書郎充商州軍事推官」的職務。❻伏　自謙之詞，表示以下對上的口氣。❼告命　政府頒發的任命狀。這一告命為沈遘所撰寫，見《西溪集》卷五。❽嘉其二句　沈遘的告命中說：「可謂知愛君矣。」並告誡道：「克慎爾術，思永修譽。」就是要他謹慎行事，才能始終保持聲譽。❾辭不獲命　雖然極力推辭，但沒獲得同意推辭的命令，意謂只好接受。

【語　譯】轍以如此淺薄的資質，卻受到朝廷如此重大的「策問」，結果引起議論紛紛，有人贊同，有人反對，不同的意見此起彼伏。沒有想到的是，依然能蒙受皇上的恩典，被任命為官，得到了不同尋常的恩寵。拜讀了告命，更增加了震驚和惶恐。告命中誇獎轍有愛君之心，期待轍能繼續保持聲譽。轍無法推辭，只好接受任命，但慚愧之情，無地自容。

轍生於遠方❶，有似愚直❷。幼承父兄之餘訓，教以彊己❸而力行。雖為朝廷之直臣，常欲挺身而許國。位卑力薄，自許過高。言發譴生❹，事勢宜爾。迨❺尋策問之微意❻，實皆安危之大端。自謂不及，則曰「志勤道遠」；開其不諱，則曰「無悼後害❼」。竊以制策❽之及此，又念科目❾之謂何。罄❿其平時之所懷，猶懼不足以仰對⓫。言多迂闊⓬，罪豈容誅？

【章　旨】此段訴說自己何以敢於直言批評的心懷。

【注　釋】❶遠方　指四川眉山，離京城很遙遠。❷愚直　愚笨而率直。❸彊己　勉勵自己。❹言發譴生　一旦發表意見，便受到指責。指自己的「對策」被認為「不遜」。❺迨　等到。❻微意　深意。❼自謂四句　講「策問」的內容。這篇「策問」的原文，保存在蘇軾的文集裡，以皇帝的口氣發問，開頭說自己雖然很努力，但不太明白事理，所以「志勤道遠，治不加進」，最後希望考生直言不諱，「悉意以陳，毋悼後害」，把想說的話都說出來，不必擔心後果。❽制策　即「策問」。❾科目　「制科」的名目。這一次「制科」的具體名目，叫「賢良方正能直言極諫科」，本來就是要徵求直言批評的。❿罄　竭盡。⓫仰對　回答上級的問題。⓬迂闊　迂腐；不實際。

【語　譯】輒出生在偏遠的地方，有點愚笨而率直。從小就接受了父親和兄長的訓導，教我要激勵自己，努力行事。所以一心想做朝廷上的剛直臣子，挺身而出，許身於國。但地位卑下，能力又小，未免把自己想像得過高。這樣一旦發表意見，就受到各種指責，也是事該如此。然而，等到我仔細探尋皇上「策問」的深意，卻都是關係到國家安危的大問題。其中謙稱其治理效果不夠理想，說「雖然立志勤政，但前途依然遙遠」；又啟發考生直言不諱，則說「不必擔心後果」。我想，「策問」說到了這樣的程度，再加上這「制科」的名目本來就是要徵求「直言極諫」，即便竭盡我平時所懷的一切想法，恐怕還不足以回答皇上的提問。因此我發表的意見都非常不合時宜，實在是死罪難逃。

伏以國家取人之科❶，惟是剛柔適中之士。太剛則惡其猖狂不審❷，太柔則畏其選懦不勝❸。將求二者之中，屬❹之以事；固非一介之賤❺，所或能當。輒之不才，過乃由此。然而訐切憤悱❻，為知士❼之所不許；因循鹵莽❽，又有國❾之所樂聞。使舉世將以從容而自居，則天下誰當以奮發而為意？

【章　旨】此段檢討自己不合時宜，但目的卻是為自己辯護：如果大家都不肯直言，後果可想而知。

【注　釋】❶取人之科　錄取人才的考試科目。❷不審　不謹慎。❸選懦不勝　怯懦而不能承擔大事。❹屬　託付。❺一介之賤　一個卑賤的人。❻訐切憤悱　急切直言，情緒激動。❼知士　掌管提拔士人的官員，指那些主張黜落蘇轍的考官。❽因循鹵莽　遵守成規，粗率隨便。❾有國　掌管國家政務的官員。

【語　譯】竊以為國家用考試科目來錄取人才，想要的只是剛柔適中的人士。如果太剛強，就討厭他的猖狂態度，嫌他不夠謹慎；如果太柔和，就恐怕他過於怯懦，不能承當大事。國家是想找到剛柔適中的人，來委任他辦事的，當然不是像我這樣一個卑賤的人可以充當。轍原本不是有才的人，因此犯了過錯。但是，現在以急切的態度直言批評，被考官所不許；以隨便的態度因循守舊，卻受到當政者喜歡。這樣使世上所有人都以從容不迫的風度自居，那麼天下還有誰能意圖奮發呢？

此蓋某官❶羽翼盛時，冠冕多士❷。思盡芻蕘之議❸，以明寬厚之風。羈危❹之所恃以為無憂；紛紜❺之所恃以為定論。顧惟無似❻，尚辱甄收❼。感恩至深，求報無所。

【章　旨】此段是感謝考官（司馬光等）之詞。

【注　釋】❶某官　指接受這封書信的考官。書信正式發出時，須把對方的官名填上，但起稿時經常省略為「某官」。❷冠

冕多士　士大夫中的領袖人物。❸芻蕘之議　割草打柴之人的議論，意謂普通人的意見。❹羈危　孤獨不安之人。❺紛紜眾多而難以統一的議論。❻無似　不像樣的人。❼甄收　識別；錄取。

【語　譯】這是遇上了某官，身為盛世的輔佐、士大夫的領袖，想讓普通人盡量發表意見，以倡導一種寬厚的風氣。孤獨不安的人依靠您而免去了憂慮，紛紜複雜的議論依靠您而獲得統一。明明看到我這麼不像樣，還錄取我。這令我感到最深切的恩惠，而無以報答。

昔者西漢之盛，莫如文、景、孝武❶之賢；制策所興，世稱鼂、董、公孫❷之對。然而數子者頌詠德美，而不及其譏刺；故三帝者好愛文字，而無聞於寬容。豈其時君❸不可為之深言❹，抑其群臣亦將有所不悅？轍才雖不逮，時或見容。非懷爵祿之榮，竊喜幸會之至。

【章　旨】末段引出歷史上的故事，用來與今日之事對比，顯出自己的幸運。這實際上是對錄取自己的考官的進一步感謝。

【注　釋】❶文景孝武　西漢的孝文帝、孝景帝和孝武帝。❷鼂董公孫　西漢的鼂錯、董仲舒、公孫弘，三人都因「對策」而被擢用。❸時君　當時的君主。❹深言　指切直的進言。

【語　譯】過去西漢的盛世，賢明的君主不過文帝、景帝、武帝，而自「策問」興起以來，世上都稱道鼂錯、董仲舒、公孫弘的「對策」。但這幾個人，都只歌頌讚美當世的德政，而沒有譏刺弊端之言，所以那三位皇帝也只是喜歡他們的文字，而沒聽說有寬容直言的事。這難道是因為當時的君主不值得切直進言嗎？或者因為眾多大臣聽了會不高興？轍的才華雖然比不上古人，但現在的時代卻能容許我直言。我並不為得到官職而光榮，只為幸運地碰上這樣的時代而高興之極。

【研析】在這次「制科」考試中，蘇轍遇到的挫折還不僅僅是「對策」被指責為「不遜」而已。雖然靠了司馬光的力排眾議，把他收入合格等級，得到了官職，但當時掌管起草官員任命狀的王安石（西元一〇二一—一〇八六年），卻懷疑蘇轍居心不正，拒絕起草。所以，這次事件還是王、蘇關係惡化的開端，對蘇轍的人生道路影響極大。幸虧另外一位官員沈遘起草了任命狀，而且措詞對蘇轍比較肯定，這才讓他脫離難堪的境地。按習慣，蘇轍必須給考官們寫一封感謝信，但他真正想感謝的可能只有司馬光，所謂「羽翼盛時，冠冕多士」，大概也只有司馬光才能擔當這樣的讚美，因此這封謝啟也不妨看成是專給司馬光的。整篇的語調還是比較克制，似乎一直檢討自己做得不夠穩妥，但明眼人不難看出：年輕的蘇轍並未屈服。他說自己之所以犯錯，是因為想做忠臣；之所以敢大膽進言，是因為「策問」本身有那樣的要求；之所以被某些考官所不容，是因為他們只喜歡聽空洞的好話；之所以獲得寬容，是因為時代環境比西漢要好。——這樣的檢討無疑是自我辯解。而且，除了用文章自辯外，他還付出了行動：雖然朝廷給了他一個官職，但不久，他終於以父親年老為理由，辭掉了這個官職。從嘉祐二年（西元一〇五七年）中進士以來，直到宋英宗治平二年（西元一〇六五年），蘇轍都賦閒在家。

二　舊黨先鋒

二、舊黨先鋒

宋神宗熙寧二年（西元一〇六九年） 蘇轍三十一歲，為父親蘇洵服喪畢，再抵汴京。王安石開始「變法」，以轍為制置三司條例司檢詳文字。轍反對「新法」，主動辭去條例司差事。

熙寧三年（西元一〇七〇年） 蘇轍三十二歲，應張方平之聘，任陳州州學教授。張耒開始跟從蘇轍學習。

熙寧六年（西元一〇七三年） 蘇轍三十五歲，改任齊州掌書記。

熙寧九年（西元一〇七六年） 蘇轍三十八歲，齊州掌書記任滿，回汴京述職，上書反對「新法」。

熙寧十年（西元一〇七七年） 蘇轍三十九歲，改官著作佐郎，應張方平之聘，任簽書應天府判官。

元豐二年（西元一〇七九年） 蘇轍四十一歲，兄軾遭「烏臺詩案」，轍上書救兄。結果軾貶黃州團練副使，轍貶監筠州鹽酒稅。

上皇帝書（節選）

【題　解】宋英宗治平三年（西元一〇六六年）蘇洵去世，蘇氏兄弟歸鄉服喪。等服喪期滿再到京城，已是宋神宗熙寧二年（西元一〇六九年），正值王安石開始「變法」的時候。年輕的神宗皇帝充滿熱情，積極召見臣僚，諮詢政策，所以蘇轍於二月份剛到達京城，三月份便奏上這封〈上皇帝書〉。全文近七千字，這裡選的是開頭部分。

熙寧二年三月日，具位❶臣蘇轍，謹冒萬死，再拜上書皇帝陛下：

臣官至疏賤❷，朝廷之事非所得言。然竊自惟❸，雖其勢不當進言，至於報國之義，猶有可得言者。昔仁宗親策直言之士❹，臣以不識忌諱，得罪於有司❺。仁宗哀其狂愚，力排群議，使臣得不遂棄於世❻。臣之感激，思有以報，為日久矣。今者陛下以聖德臨御天下，將大有為以濟斯世，而臣材力駑下❼，無以自效，竊聽之道路，得其一二，思致之左右❽。苟懲創前事❾，不復以聞，則其思報之誠，沒世❿而不能自達，是以輒發其狂言而不知止。

【章　旨】此是開場白，謂自己地位雖低，又有前車之鑑，卻仍被責任感所驅迫，而敢於進言。

【注　釋】❶具位　某某官職。這是底稿中的簡略寫法，正式上奏時，要把官名填上去。此時蘇轍的職務是大名府留守推官。

❷疏賤　疏遠而低微。❸自惟　自己想。❹昔仁宗句　指宋仁宗嘉祐六年（西元一〇六一年）蘇轍參加朝廷舉行的「賢良方正能直言極諫」制科考試一事，按當時規定，皇帝要親臨考場，所以說「親策」。❺有司　管理部門。此指當時的考官們。❻不遂棄於世　不被世上所拋棄，指考中「制科」。❼駑下　平庸低下。❽致之左右　讓您聽到。❾懲創前事　以從前所受的委屈為教訓。❿沒世　終生。

【語譯】熙寧二年三月某日，某官蘇轍，謹冒萬死之罪，反覆敬拜，上書於皇帝陛下：

我的官職非常低微，離朝廷中樞很疏遠，沒有資格談論朝廷的大事。但自己暗暗想來，憑我的地位固然是不該進言，至於說到報效國家的大義，那還是有可以進言的理由。以前仁宗皇帝親自主持「賢良方正能直言極諫」科的考試，我因為不懂得忌諱，大發狂言，得罪了考官們，幸虧仁宗哀憐我的狂妄和愚笨，力排眾議，使我能夠不被世上所拋棄。我的感激之情，總想做點什麼來回報恩典，已經胸懷很久了。現在陛下憑著聖明的素質，來治理天下，將大有作為，造福於這個世界，而作為臣子的我卻才智低下，不能貢獻自己的作用，只好從道路上聽取一些意見，想向您報告。如果我把從前的事引為鑑戒，不再向朝廷進言，那麼我思恩圖報的誠心就永遠無法讓您了解，所以我膽敢再次大發狂言，而不知收斂。

臣聞善為國者，必有先後之次。自其所當先者為之，則其後必舉❶；自其所當後者為之，則先後並廢。《書》曰：「欲登高，必自下。欲陟遐，必自邇。」❷世未有不自下而能高，不自近而能遠者。然世之人常鄙其下而厭其近，務先從事於高遠，不知其不可得也。《詩》曰：「無田甫田，維莠驕驕。無思遠人，勞心忉忉。」❸以為田甫田而力不給❹，則田茀❺而不治，不若不田也；思遠人而德不足，則心勞而無獲，不若不思也。欲田甫田，則必自其小者始，小者之有餘而甫田可啟矣；欲來遠人，則必自其近者始，近者之既服而遠人自至矣。苟由其道，其勢可以自得；苟不由其道，雖強求而不獲也。臣愚不肖，蓋嘗試妄論今世先後之宜，而竊觀陛下施設❻之萬一，以為所當先者，失在於不為，而所當後者，失在於太早。然臣非敢以為信然也，特其所見有近於是者，是以因其近似而為陛下深言之。

【章　旨】這一段引《尚書》、《詩經》之言，說明做事要有先後步驟，然後委婉地指出，目前神宗做事先後失當。

【注　釋】❶舉　啟動。❷欲登高四句　見《尚書・太甲下》，原文是：「若升高，必自下；若陟遐，必自邇。」意謂：要登上高處，必須從低的地方開始，要跑到遙遠的地方去，也必須從近處出發。❸無田甫田四句　見《詩經・甫田》，意謂：不要去開發太大的田地，那只會讓田地長滿荒草；不要企圖臣服遠方的人，那只是徒費憂勞之心。據說這是齊國的詩人寫來諷刺齊襄公的，因為他不懂禮儀、缺乏道德，卻好大喜功，想稱霸天下。田，開發成田地。甫，大。莠，荒草。忉忉，憂慮。❹不給　不足。❺茀　長滿荒草。❻施設　舉行的政事。

【語　譯】我聽說，善於治理國家的人，做事必有先後步驟。從應該先做的事做起，那麼後面的事也能跟著啟動；如果從應該後做的事做起，則前後的事情都會辦糟。《尚書》說：「要登高，必須從下面起步；要走得遠，必須從近處出發。」世上沒有不從下面起步而能登上高處，不從近處出發而能跑到遠處的。但世上的人經常看不起下面，討厭近處，一心想先做高遠的事，不知道那是做不成功的。《詩經》說：「不要去開發太大的田地，那只會令田地長滿荒草而已；不要企圖使遠方的人們臣服，那只是徒費憂勞之心。」這是認為，開發太大的田地，而力量不足，則田地還是荒蕪，無法經營，不如不去開發；想使遠方的人臣服，但道德不足，則心思憂勞而無所收穫，還不如不想。真要開發大田，那一定得從小田開始，經營了小田而有餘力，則大田可以開啟了；真要招來遠方的人，那一定要從近處的人開始，近處的人都臣服了，則遠方的人自然會來投奔。這樣，做事情如果遵循道理，措置得當，自然就會走向成功；如果不遵循道理，即便強求也無所收穫。我很愚笨不肖，卻也曾經考察過當今世上的事，哪些應該先做，哪些可以後做。但我對照了陛下現在舉行的一部分政事，以為應當先做的事您卻沒有去做，而應當後做的事，您卻過早地舉行了。不過我還不敢認為事實真像我以為的那樣，只是我看到的現象中確實有近似那樣的情形，所以就這些近似的情形，來跟陛下深入談論。

伏惟❶陛下即位以來，躬親庶政，聰明睿智，博達宏辯，文足以經治❷，武足以制斷❸，重之以勤勞，加之以恭儉。凡古之帝王，曠世而不能有一焉者，陛下一旦兼而有之矣。夫以天縱❹之姿，濟之以求治之心，施之於事，宜無為而不成，無欲而不遂。今也為國歷年❺於茲，而治不加進，天下之弊日益於前世。天下之人未知所以適❻治之路，災變橫生，川原震裂❼，江河湧沸❽，人民流離，災火繼作，歷月移時❾，而其變不止。此臣所以日夜思念而不曉，疑其先後之次有所未得者也。

【章　旨】此段先肯定神宗的天資和勤勉，再指出他即位以來的兩年間，治理效果的惡劣，然後歸因於其做事先後失當，重申了上一段的意思。

【注釋】❶伏惟　俯伏著想。臣下對君主的敬詞。❷經治　經營治理。❸制斷　制服、決斷。❹天縱　天賦；天生。❺歷年　宋神宗於治平四年（西元一〇六七年）即位，到蘇轍上此書時（西元一〇六九年），已經歷兩年。❻適　到達。❼川原震裂　指地震。在西元一〇六七、一〇六八年間，北至河北、山東，南至福建、廣東，都接連發生地震，北宋首都汴京（今河南開封）也地震不斷。❽江河湧沸　指西元一〇六八年黃河在河北決口。❾時　季節。

【語譯】我想，從陛下即位以來，一直親自處理各種政務。就您的天資來說，那是既聰明睿智，又博學通達，宏大雄辯。文足以治理國家，武足以決斷軍事。再加上您的勤勞，以及態度端正、作風儉樸。這些美德，是自古以來的帝王都不曾擁有其中之一的，您卻全部具備了。這樣，以您的天賦，加上勤求治理的苦心，施展於政事，原本應該沒有任何事做不成，沒有任何願望不能達到的。但到現在為止，您執政已有兩年，而治理上卻一點沒有進步，天下的弊端反而比以前更多，且一天比一天嚴重。天下的人們都不知道哪裡是通向治世的道路，於是災禍天變就陡然來臨，大地震裂，江河氾濫，人民流離失所，火災到處發生。經過了好幾個月，好幾個季節，天變還沒有停息。如此現象，令我日夜思考而不能明白，於是懷疑您做事有先後失當之處。

夫今世之患，莫急於無財而已。財者為國之命，而萬事之本。國之所以存亡，事之所以成敗，常必由之。昔趙充國❶論備邊之計，以為湟中❷穀斛八錢，糴❸三百萬❹斛，羌人不敢動矣。諸葛亮❺用兵如神，而以糧道不繼，屢出無功。由是觀之：苟無其財，雖有聖賢，不能自致於跬步❻；苟有其財，雖庸人，可以一日而千里。陛下頃以西夏❼不臣❽，赫然❾發憤，建用兵之策，招來橫山❿之民，將奪其險阻，破壞其國而後已。方是之時，夏人殘虐失眾，橫山之民厭苦思漢，而又乘其荐饑⓫，苟加之以兵，此非計之失者也。然而沿邊無數月之糧，關中⓬無終歲之儲，而所與之役，有莫大之費。陛下方且泰然不以為憂，以為萬舉而有萬全之功。既而邊臣失律⓭，先事輕發⓮，亦既入踐其國，係虜其民矣，然而陛下得其地而不敢收，獲其人而不敢臣，雖有成功，而不敢繼也。其終，卒致於廢黜謀臣⓯，而講和好⓰。夫陛下謀之於期年之前，而罷之於既發之後，豈以為是失當而悔之哉？誠無財以善其後爾。且夫財之不足，是為國之先務也。至於鞭笞四夷⓱，臣服異類⓲，是極治之餘功，而太平之粉飾也。然今且先之。此臣所以知其先後之次，有所未得者也。今者陛下懲前事之失，出祕府⓳之財，徙內郡⓴之租賦，督轉漕㉑之吏使，備沿邊三歲之畜㉒。臣以此疑陛下之有意乎財矣，然猶以為未也。何者？祕府之財不可多取，而內郡之民不可重困。可以紓㉓目前之患，而未可以為長久之計。此臣所以求效其區區，而不能自已也。

【章　旨】此段提出目前首先應該解決的是財政問題，不但引用歷史上的舊例，也舉出神宗剛剛經歷的失敗，來加以說明。

【注　釋】❶趙充國　西漢將領。❷湟中　今青海湟水兩岸。❸糴　收購糧食。❹三百萬　《漢書・趙充國傳》原文作「二百萬」。❺諸葛亮　三國時蜀漢丞相，曾屢次率兵北伐。❻跬步　半步、一步。❼西夏　宋代黨項族在西北建立的政權。❽不臣　不肯臣服。❾赫然　形容大怒的樣子。❿橫山　在今陝西北部，為北宋與西夏交界之處，當時為羌族部落所居。神宗即位之初，曾採用一些大臣的主張，招降橫山的羌人部落，以削弱西夏。⓫荐饑　連年饑荒。⓬關中　陝西南部平原地帶。⓭邊臣失律　邊關的將領不聽指揮，自作主張。⓮先事輕發　還不到時機，就輕易發動。指治平四年（西元一〇六七年）种諤招降橫山的羌人，進兵綏州。⓯廢黜謀臣　指熙寧元年（西元一〇六八年）种諤罷官。⓰講和好　指熙寧元年北宋與西夏恢復和好。⓱鞭笞四夷　意謂征服四邊的外族。⓲異類　非漢族的部落。⓳祕府　指宮廷的收藏。⓴內郡　內地的州縣。㉑轉漕　指北宋的運輸機構。當時的主要手段是漕運，而主管者稱「轉運使」。㉒畜　通「蓄」。積儲。㉓紓　緩解。

【語譯】如今世上存在的問題，沒有比缺少錢財更為急迫的。財政問題關係到國家的命運，又是所有事情的根本。國家的存亡，政事的成敗，往往都由於財政。從前，西漢的趙充國論述邊關的防務，以為青海湟水一帶的穀米才八錢一斛，如果收購到三百萬斛穀米儲備起來，羌人就不敢與漢朝為敵了。三國時候，諸葛亮用兵如神，但由於運糧的道路不夠通暢，屢次北伐都無功而返。就此來看：假使沒有足夠的錢財，即便聖賢也辦不成一點事；假使錢財充足，即便庸人也可以輕易成功。不久之前，因為西夏不肯臣服，陛下勃然大怒，建立用兵的策略，招降橫山一帶的羌民，想奪取西夏的險阻之地，直到破壞他們的國家，才肯罷休。陛下做這件事的時候，正當西夏殘酷虐待羌人，失去了他們的擁護，橫山的民眾因為厭惡西夏而想歸附漢人，再加上那裡連年饑荒，如果在這個時候出兵進攻，應該不算是失策的事。然而，我們的邊關沿線沒有足以支撐數月的糧草，陝西一帶的積儲也用不到一年，而將要興起的戰役卻需要大量的費用。曾幾何時，陛下對此泰然自若，毫不擔憂，以為怎麼做都能成功。不久，邊關的將領不聽指揮，過早地輕易發動戰爭，也已經踏入了敵方的國土，捕獲了他們的民眾，然而，陛下對得到的土地卻不敢收納，對捕獲的民眾也不敢役使。雖然有了成功的開端，卻不敢繼續進行下去。結果，最終還撤除了當事人的官職，而跟西夏恢復和好。這件事，陛下從整整一年以前就開始謀劃，卻在開始進行之後又中途作罷。這難道是您認為不該做而後悔了嗎？其實是因為缺乏錢財，無法善後而已。而且，財富的不足，乃是治國者首先應該解決的問題；至於征伐四方的夷狄，臣服漢族以外的部落，那只是為太平治世作點綴的軍功而已，您卻把它當作首要的事去做了。因此，我就知道您做事的先後順序，有所失當。現在陛下吸取了前面這件事的教訓，拿出宮廷祕藏的錢財，搬運內地收繳來的租稅，監督負責運輸的官吏，使邊關沿線儲備三年的糧食。我由此疑心陛下已經開始關注財政的問題，但以為這樣做還不夠。為什麼呢？宮廷祕藏的錢財，是不能拿出太多的；內地州縣的百姓，也不可以老是加重他們的負擔。現在的做法只能緩解目前的困難，還不足以成為長久之計。所以，我無法克制自己報效國家的願望，來提出我的意見。

蓋善為國者不然。知財之最急而萬事賴焉，故常使財勝其事而事不勝財，然後財不可盡而事無不濟。財者，車馬也；事者，其所載物也。載物者常使馬輕其車，車輕其物，馬有餘力，車有餘量，然後可以涉塗泥❶而車不僨❷，登坂險而馬不蹎❸。今也四方之財莫不盡取，民力屈矣，而上用❹不足，平居惴惴❺，僅能以自完，而事變之生復不可料。譬如敝車羸馬而引丘山之載，幸而無虞❻，猶恐不能勝，不幸而有陰雨之變、陵谷之險，其患必有不可知者。故臣深思極慮，以為方今之計，莫如豐財❼。

【章　旨】此段用車馬運載物資為比喻，強調財政的重要性，再次申明「豐財」是當前的急務。

【注　釋】❶塗泥　泥濘之地。❷僨　翻倒。❸蹎　跌倒。❹上用　國家的財政開支。❺惴惴　不安心的樣子。❻虞　憂慮。❼豐財　指設法增多國家儲備的財富。

【語　譯】善於治理國家的人不是這樣的。他應該知道財政是最為急迫之事，而為其他所有事務所依賴，所以一定要讓儲備的財富多於事務的費用，不讓事務所需多於財富，這樣才能使財富用不完，而所有事務都能辦成。財富就好像車馬，事務就好像運載的物資。運載物資的人，一定要讓馬的力量超過車的重量，車的負載力超過物資的重量，讓馬總有多餘的力氣，車總有多餘的負載力，這樣才能跋涉於泥濘之地而車不翻倒，登上危險的山坡而馬不跌倒。現在，各地的錢財都已被盡量徵收，人民的財力已經困窘，而政府的開支還是不足，平時總是惴惴不安，僅能勉強維持而已，但變故的發生卻不是總能預料的。這就好像是用破敗的車、疲弱的馬，拉著山丘一樣的重物，幸而沒有意外的憂患，還恐怕不能勝任，如果不幸有天氣的陰雨變化、道路的高山深谷之艱險，那禍患就不可預知了。所以，我深思熟慮，以為目前的方針，最重要的是儘快增多財富。

然臣所謂豐財者，非求財而益之也，去事之所以害財者而已矣。夫使事之害財者未去，雖求財而益之，財愈不足；使事之害財者盡去，雖不求豐財，然而求財之不豐，亦不可得也。故臣謹為陛下言事之害財者三：一曰冗❶吏，二曰冗兵，三曰冗費。

【章　旨】這一段揭出全文的主旨：所謂的「豐財」之策，並不是要加強收刮，而是要節省開支；而節省的辦法，就是削去多餘的官吏、士兵和各種費用。

【注　釋】❶冗　多餘。

【語　譯】但是，我所謂的增多財富，並不是尋求財源，加強收刮，而是削去那些妨礙財政的事。如果妨礙財政的事沒有削去，即使尋求財源、加強收刮，錢財仍然會越來越不夠用；如果妨礙財政的事全部削去了，即便不想增多財富，也無法令財富不增多。所以，我謹慎地對陛下提出妨礙財政的三大弊病：一是多餘的官吏，二是多餘的軍隊，三是多餘的花費。

【研　析】蘇轍把財政問題提到治國的首要之務這樣的高度來論述，很值得研究歷史的人加以關注。當時神宗皇帝讀過後，大概也覺得蘇轍是一個財政方面的人才，可以幫助王安石進行財政改革，所以任命他到王安石主持的「制置三司條例司」工作。這是一個專門策劃「新法」的機關，神宗有意讓蘇轍去參與討論，不料後來卻引起蘇轍跟王安石變法集團的直接對立。至於這封〈上皇帝書〉，主要的篇幅其實是在下文，即對「冗吏」、「冗兵」、「冗費」三種弊病的具體論列，以及對治的策略。所以，宋人有時將本文稱為〈三冗疏〉。如南宋人編的《宋朝諸臣奏議》中，本文的題名作〈上神宗乞去三冗〉。葉適《習學記言序目》也認為：「轍〈三冗疏〉，過於平生文字，大蘇亦不能及。蓋猶有方略，效之，人主可以歲月待。」這是說，本文在蘇轍的文章中要算最好的，甚至蘇軾也比不上，因為它不是空談，而有實際的用處，其中的建議可以讓君主採納。從政論的角度來說，葉適的話有一定的道理，今天的歷史學家概括北宋中期的社會弊病時，也經常採用這「三冗」的說法，由此不難看出蘇轍的政治才能。當然，「三冗」的說法也有來源，在蘇轍之前，宋祁曾有〈上三冗三費疏〉給仁宗皇帝（見宋祁《景文集》卷二十六），他所謂的「三冗」是指多餘的官吏、軍隊和僧侶。蘇轍將僧侶去掉，置換為「冗費」，概括力自然更強了。另一方面，文章的寫作風格也跟內容相稱，行文明白通暢，而語氣委婉曲折。僅從這裡選錄的開頭部分來看，也總是從最容易引人首肯的話題說起，在反覆迴旋之中，一步一步引向主題，盡量使讀者感受不到一點突兀，緩緩推進，卻也環環相扣。明代茅坤讀了此文以後，這樣感嘆：「如遊絲之從天而下，婣娜曲折，氤氳蕩漾，令人讀之情邑神解而猶不止。」確實道出了此文的特色。不過，細心的讀者也不難看出，文中對神宗施政方式和效果的批評之語，其實也非常嚴厲，這便是蘇轍一貫的「柔中含剛」之處。

制置三司條例司論事狀

【題　解】宋神宗熙寧二年（西元一〇六九年），王安石任參知政事，開始變法。他創立了一個叫做「制置三司條例司」的新機構，規劃「新法」。四月遣使八人考察農田水利，五月議論科舉改革，七月中旬推出「均輸法」，九月推出「青苗法」，十一月頒佈「農田水利法」，十二月公佈「免役法」的徵求意見稿……「新法」如此逐步推出，但條例司規劃「新法」，應比實際執行還要早些，討論的人員主要是該司的呂惠卿、章惇、蘇轍和中書的曾布。另一方面，蘇軾於五月開始反對科舉改革，御史呂誨也已彈劾王安石，到八月份，蘇轍就向本司繳上這封〈論事狀〉，反對已經實行和正在計畫中的幾乎所有「新法」，此後便退出了條例司。

轍頃者誤蒙聖恩，得備官屬❶。受命以來，於今五月❷。雖勉強從事，而才力寡薄，無所建明❸。至於措置大方❹，多所未諭，每獻狂瞽❺，輒成異同。退加考詳❻，未免疑惑。是以不虞❼僭冒，聊復一言。

【章旨】第一段是開場白，說明自己對條例司策劃的「新法」都不能贊同，所以寫這篇文章。

【注釋】❶備官屬　成為「制置三司條例司」官署的屬員。❷五月　蘇轍於熙寧二年三月給神宗上書後，馬上得到召見，被任命為「制置三司條例司檢詳文字」。到寫此狀的八月份，已經過了五個月。❸建明　倡議和啟發，指發揮作用。❹措置大方　規劃的大方案。❺狂瞽　瘋子和瞎子的意見，這是對自己個人意見的謙虛說法。❻考詳　仔細思考。❼虞　顧慮。

【語譯】最近，我蒙受了皇上的恩典，得以成為「條例司」的屬員。自從接到這個任命以來，到今天已經五個月過去了。我雖然勉強做事，但才華不足、能力有限，對本司的業務沒有起到什麼作用。至於本司所規劃的那些大方案，我又多數無法理解，每次說出自己的意見，都會跟大家形成對立。回家後仔細思考，未免覺得疑惑。所以，我顧不到僭越、冒犯的嫌疑，還是再度申明我的意見。

竊見本司近日奏遣使者八人，分行天下，按求❶農田水利與傜役❷利害。以為方今職司守令❸無可信用，欲有興作❹，當別遣使。愚陋不達❺，竊以為國家養材如林，治民之官棋布❻海內，興利除害，豈待他人？今始有事，輒特遣使，使者一出，人人不安，能者嫌使者之侵其官❼，不能者畏使者之議其短，客主相忌，情有不通，利害相加，事多失實。使者既知朝廷方欲造事，必謂功效可以立成，人懷此心，誰肯徒返？為國生事，漸不可知。徒使官有送迎供饋❽之煩，民受更張❾勞擾之弊，得不補失，將安用之？朝廷必欲興事以利民，輒以為職司守令足矣。蓋勢有所便，眾有所安。今以職司治民，雖其賢不肖不可知，而眾所素服，於勢為順，稍加選擇，足以有為。是以古之賢君，聞選用職司以責❿成功，未聞遣使以代職司治事者也。蓋自近世，政失其舊，均稅⓫、寬恤⓬，每事遣使，冠蓋相望⓭，而卒無絲毫之益，謗者⓮至今未息。不知今日之使，何以異此？

【章　旨】此段提出第一個不同意見，就是對於派遣使者到各地考察之事，認為侵犯了地方官的職權，不但沒有必要，而且有害。

【注　釋】❶按求　考察、尋求。❷傜役　此指北宋役法中的「職役」，即政府機關的辦事人員和農村的基層負責人，原來指派具有一定經濟條件的百姓輪流差任，叫做「差役法」；王安石主張改為雇役之法，由大家出錢，讓政府雇用專門人員充任，美其名為「免役法」。❸職司守令　宋代路、州、縣三級的地方長官。路級機構有「轉運使司」管理財政，「提點刑獄使司」管理司法糾察，故習稱「監司」或「職司」。州的長官是「知州」，但人們習慣用古代的「太守」一名來稱呼。縣的長官是縣令。❹興作　作為。❺不達　不通事理。❻棋布　像棋子佈滿棋盤一樣，形容數量之多。❼侵其官　侵犯他（地方官）的職權。❽供饋　招待。❾更張　改變；重新開始。❿責　要求。⓫均稅　通過重新丈量土地而均攤稅收。宋仁宗時，曾專門成立「均稅所」，派遣使者到河北、陝西等地主持「均稅」事宜，引起了很多糾紛。參考歐陽修〈論均稅劄子〉。⓬寬恤　減輕人民的租稅負擔。宋仁宗嘉祐五年，在中央成立「寬恤民力司」，不久又派出使者，「分行天下，訪寬恤民力事」。⓭冠蓋相望　指派出去的使者很多。⓮謗者　批評者。

【語　譯】我看到本司於近日奏明皇上，派遣使者八人，分行天下，去考察訪求各地的農田水利事宜，以及「差役」或「雇役」的利害情況。這分明是認為現有的各級地方官員都不可信任，想要有所作為，必須另外派遣專員。我實在是愚笨，不通世務，以為國家培養了那麼多的人才，管理百姓的官員佈滿了全國，那興利除害的事情，還需要等待別人嗎？如今纔開始做事，就特地派出了使者，這使者一旦派出，就令所有官員都感到不安，能幹的人嫌使者侵犯了他的職權，不能幹的人怕使者批評他的缺點，這樣使者無論到哪裡，都會跟那裡的主人（地方官）互相猜忌，感情無法融洽，一旦涉及利害關係，他們所彙報的事情就多不可靠。使者既然知道朝廷正有意做事，必然以為自己馬上可以立功，他們每個人都懷著這樣的心思，誰肯空手回來？他們必將為國家生出事端，時間長了，誰也難以預料。這徒然給各地官員增添了招待使者的煩擾，給百姓們帶來更改命令、干擾生活的困惑，可謂得不償失，能有什麼好處呢？如果朝廷一定要做什麼事情來利益百姓，我以為現任的地方官員就足夠差使了。因為做事總要從方便的地方入手，大眾總是以安定為妥。現在以地方官員來治理百姓，雖然他們的素質或好或壞，不可預知，但他們是民眾從來所服從的人，做起來很方便順手，稍稍加以選擇，就足以做成好事。所以，從古以來的賢明君主，只聽說他們選用各地的官員而要求成功，沒聽說派遣使者去代替各地官員做事的。自近代以來，施政不按照原先的傳統，為了「均稅」派出使者，為了「寬恤民力」也派出使者，什麼事都派使者出去，到處都是欽差大臣，最終也沒有收到一點好處，批評的言論至今還未停息。我不知道現在派出去的使者，跟從前又有什麼差別？

至於遣使條目❶，亦所未安。何者？勸課❷農桑，墾闢田野，人存則舉，非有成法。誠使職司得人，守令各舉其事，罷非時❸無益之役，去猝暴不急之賦，不奪其力，不傷其財，使人知農之可樂，則將不勸而自勵。今不治其本，而遂遣使，將使使者何從施之？議者皆謂方今農事不修，故經界❹可興，農官❺可置。某觀職司以下勸農之號❻，何異於農官？嘉祐❼以來方田❽之令，何異於經界？行之歷年，未聞有益。此農田之說，轍所以未諭也。

【章　旨】批評了派遣使者的做法後，蘇轍又對使者們將去考察的三大內容，農田、水利、役法，一一否定其有改革的必要。這一段先講農田，認為既不需要派使者去督察各地的農業，也不需要更改舊的管理方法。

【注　釋】❶條目　派遣使者去督察的具體內容。❷勸課　鼓勵、考核。❸非時　不合農時。❹經界　田地的規整分界，指準確丈量土地，清理地籍，落實租賦責任。語出《孟子》，王安石實行「方田均稅法」，引以為據。❺農官　專門督導各地農業的官吏。在古代的《周禮》一書中，有關農業的官吏甚多，王安石很相信《周禮》，故認為上古的治世曾經「備建農官」。❻勸農之號　從宋真宗時開始，各路「提點刑獄司」的長官「提點刑獄使」都同時帶上「勸農使」的銜號。❼嘉祐　宋仁宗的最後一個年號（西元一〇五六－一〇六三年）。❽方田　宋代丈量土地的新方法，以四邊各一千步為一方。丈量的目的就是為了「均稅」，仁宗時曾在某些地區推行，嘉祐五、六年間曾在朝廷討論，準備推廣到全國，後來不了了之。

【語　譯】至於派遣使者出去考察的具體內容，也是令我難以贊同的。為什麼呢？鼓勵和考核農桑事業，開墾田野，這樣的事要有合適的人去做，才能成功，並沒有一定的法規可依。如果擔任地方官的真是合適的人，他們都盡職做事，廢除那些不合農時的、無益的勞役，減去臨時的、不必要的稅收，不剝奪農民的勞力，不傷害農民的財產，使大家都知道從事農業的好處，那麼用不著專門去督促，農民們自己就會賣力。如今不從這根本的方面去治理，而去派出使者，那將讓使者們怎麼去施展督促的作用呢？提出建議的人，都說現在的農業得不到有效的管理，所以應該興起「經界」之法，應該增設「農官」。我看各路的提點刑獄使都帶著勸農使的銜號，這跟所謂「農官」有什麼差別？從嘉祐以來，就有重新丈量土地的命令，這跟所謂「經界」又有什麼差別？這些已經實行多少年了，沒聽說有什麼收穫。所以，對目前派出使者，要去考察農田之事的說法，我實在不能理解。

天下水利，雖有未興，然而民之勞佚❶不同，國之貧富不等，因民之佚而用國之富以興水利，則其利可待；因民之勞而乘國之貧以興水利，則其害先見。苟誠知生民之勞佚與國用之貧富，則水利之廢興，可以一言定矣。而況事起無漸❷，人不素講❸，未知水利之所在而先遣使。使者所至，必將求之官吏。官吏有不知者，有知而不告者，有實無可告者。不得於官吏，必求於民；不得於民，其勢將求於中野❹。興事至此，蓋已甚勞。此水利之說，轍所以未諭也。

【章旨】這一段承續上段，對使者們將去考察的第二個內容，即水利，表示不理解。

【注釋】❶勞佚　勞累與空閒。❷無漸　沒有慢慢興起的過程，突然要做。❸素講　平素的講習。❹中野　曠野。

【語譯】天下的水利，雖然還有不曾開發興修之處，然而各地民眾的勞累與空閒情況不同，政府財政的富裕和貧困情況也不同，利用民眾的空閒和政府的富裕來興修水利，就可以期待收益；如果在民眾勞累和政府貧困的時候來興修水利，那麼首先出現的將是禍害。如果真的了解民眾的勞累、空閒，財政的富裕、貧困情況，那麼要不要興修水利，可以一句話判定了。何況，像現在這樣尋訪水利，是一件突然的事，人們從來都不曾講習過，還不知道哪裡有水利可以開發，就先派出了使者。這些使者每到一個地方，必定會追問當地的官吏。官吏們有的不知道，有的知道了也不肯告訴使者，也有的地方實在是沒有什麼水利可談。使者從官吏那兒追問不到，必定去追問百姓；如果百姓那兒也追問不到，那勢必得親自到曠野去尋訪。做事情到了這步田地，實在已經太煩勞了。所以，這有關水利的說法，也是我所不理解的。

傜役之事，議者甚多：或欲使鄉戶❶助錢而官❷自雇人，或欲使城郭等第之民❸與鄉戶均役，或欲使品官之家❹與齊民❺並事。此三者皆見其利，不見其害者也。役人之不可不用鄉戶，猶官吏之不可不用士人❻也。有田以為生，故無逃亡之憂；朴魯而少詐，故無欺謾之患。今乃捨此不用，而用浮浪不根之人❼，輙恐掌財者必有盜用之姦，捕盜者必有竄逸❽之弊。今國家設捕盜之吏，有巡檢❾，有縣尉❿。然較其所獲，縣尉常密，巡檢常疏。非巡檢則愚，縣尉則智，蓋弓手⓫鄉戶之人與屯駐客軍⓬異耳。今將使雇人捕盜，則與獨任巡檢不殊，盜賊縱橫，必自此始。

【章　旨】這一段與以下三段都議論役法問題，即使者考察的第三個內容。這一段先否定了雇役之法的合理性。

【注釋】❶鄉戶　即「鄉村戶」，宋代的農村戶籍，按財產多少分為五等。❷官　政府。❸城郭等第之民　即「坊郭戶」，宋代城鎮平民戶籍，按資產多少分為十等。等第，分等。❹品官之家　即後來通稱的「官戶」，宋代的官僚家庭，享有免除大部分差役的特權。品，官僚的等級，從正一品到從九品，共十八等。❺齊民　普通百姓。❻士人　古代以「士、農、工、商」分人民為四種，宋代的「士」大致是指從事科舉、教育的讀書人。❼浮浪不根之人　官府招募充役的人，很可能是戶籍不在本地，或沒有戶籍的流亡之人，所以稱為「浮浪不根」。❽竄逸　此指縱容罪犯逃跑。❾巡檢　宋代武官名，專管維持地方治安的「巡檢司」的長官。❿縣尉　縣政府的官員之一，主管轄區的治安。⓫弓手　縣尉所率領的鄉村民兵。⓬屯駐客軍　巡檢司率領的駐軍部隊，由於經常換防，所以稱「客軍」。

【語譯】關於役法的事，現在議論的人很多：有的提出，想讓原來承擔差役的「鄉村戶」出錢，由政府自己來雇人；有的想讓城鎮的「坊郭戶」跟「鄉村戶」分擔徭役；還有的想讓官僚家庭也跟普通百姓一樣服役。這三種建議，都只看到了有利的一面，而看不到它的害處。服役的人不可以不用「鄉村戶」，就好像做官的人不可以不用讀書人。這「鄉村戶」靠田地為生，所以不用擔心他們逃跑；為人樸素老實，並不狡詐，所以不用擔心他們欺騙官府。如今捨棄他們不用，而去雇用那些來歷不清的流亡之人，我恐怕管理財務的就會監守自盜，追捕盜賊的就會縱放罪犯。現在國家設置的追捕盜賊的官吏，有巡檢和縣尉，但比較他們捕獲的成果，縣尉總是多，而巡檢總是少。這不是因為做巡檢的全都愚蠢，做縣尉的一律聰明，而是因為縣尉率領的鄉村民兵跟巡檢率領的駐軍部隊不同。如今要是雇用人來追捕盜賊，那跟專門仰賴巡檢沒有什麼差異，從此開始，盜賊必將縱橫天下了。

輒觀近歲雖使鄉戶，頗得雇人❶，然至於所雇逃亡，鄉戶猶任其責。今遂欲於兩稅❷之外別立一科❸，謂之庸錢❹，以備官雇。鄉戶舊法革去無餘，雇人之責官所自任。且自唐楊炎❺廢租庸調❻以為兩稅，取大曆❼十四年應於賦斂之數，以定兩稅之額，則是租調與庸，兩稅既兼之矣。今兩稅如舊，奈何復欲取庸？蓋天下郡縣，上戶❽常少，下戶常多。少者徭役頻❾，多者徭役簡，是以中下之戶每得休閒。今不問戶之高低，例使出錢助役❿，上戶則便，下戶實難，顛倒失宜，未見其可。然議者皆謂助役之法，要使農夫專力於耕。轍觀三代⓫之間，務農最切，而戰陣、田獵皆出於農，苟以徭役較之，則輕重可見矣。

【章　旨】此段否定「庸錢」，即讓鄉村農戶出錢代役之法的合理性。

【注　釋】❶雇人　此指本應承擔差役的農戶，自己出錢雇用他人去代替服役。❷兩稅　宋代農民的基本賦稅，按擁有田地的多少，分夏、秋兩次繳納。❸科　指繳納的項目。❹庸錢　代替服役而繳納的錢，後來美其名曰「免役錢」。❺楊炎　唐代宰相，兩稅法的創始人。❻租庸調　唐代前期賦稅制度，租是田賦，庸是勞役，調是繳納紡織品。❼大曆　唐代宗年號（西元七六六—七七九年）。❽上戶　宋代「鄉村戶」按財產多少分為五等，習慣上又將一、二等戶稱為上戶，三等戶稱為中戶，四、五等戶稱為下戶。❾少者句　宋代的差役大多規定承擔者須有一定經濟實力，所以輪到上戶頭上較多。❿助役　出錢幫政府雇役。⓫三代　夏、商、周。

【語　譯】我觀察到，近年的做法雖然是差使「鄉村戶」服役，往往也允許他們雇人來代役。但到時候所雇的人逃跑了，承擔責任的還是「鄉村戶」。如今，有人就想在國家規定農民繳納的「兩稅」之外增立一個項目，叫做「庸錢」，讓農民繳納給官府，作為官府雇人充役的資本。這樣，就把「鄉村戶」輪流承擔差役的舊法全部改變廢除，而由官府自己來負責雇人了。而且，從唐代的楊炎把「租庸調」制度改為「兩稅法」時，就是用大曆十四年的農民應該繳納的賦稅總數，來確定「兩稅」之數目的，如此說來，「兩稅」就等於把從前的租、庸、調都兼而有之了，如今「兩稅」還是照舊繳納，為什麼還要再收取「庸錢」呢？大概天下的州縣中，「上戶」總是比較少，「下戶」總是比較多。比較少的「上戶」輪到的差役多，比較多的「下戶」輪到的差役少，所以中下等的人家總能休閒一些。如今不管他們的戶等高低，一例要出錢幫官府雇役，這對「上戶」來說固然方便，對「下戶」來說就很困難了。所以這樣的做法正好顛倒失宜，不見得可行。但建議的人都說，讓農民出錢代役，主要是想讓他們專心耕作。我看上古的時候，最重視農業，但戰爭和狩獵的任務也徵發農民去完成，如果跟現在的差役相比，輕重是很顯然的了。

城郭人戶雖號兼并❶，然而緩急之際❷，郡縣所賴；饑饉之歲，將勸之分❸以助民；盜賊之歲，將借其力以捍敵。故財之在城郭者，與在官府無異也。方今雖天下無事，而三路❹芻粟❺之費，多取京師銀絹❻之餘，配賣❼之民皆在城郭，苟復充役，將何以濟？故不如稍加寬假❽，使得休息。此誠國家之利，非民之利也。

【章　旨】城鎮的「坊郭戶」原本不承擔差役，王安石想把差役法改為雇役時，除了讓農民繳「免役錢」外，也考慮讓「坊郭戶」出一筆「助役錢」。蘇轍在此段中否定其合理性。

【注　釋】❶兼并　侵佔別人的土地、財產。在宋代，這往往是指某些個人或團體的經濟實力過於龐大，使政府無法保障全體百姓均享資源，也無法獲得國民為國家提供的全部義務。❷緩急之際　意料之外的非常時刻。❸分　此指分出一部分財產、利益以捐助貧民。❹三路　指北宋與西夏接壤的鄜延、涇原、環慶三路。❺芻粟　馬料、糧食，指軍需品。❻銀絹　概指中央政府用於各種賞賜開支的財物。❼配賣　利用政府權力強制平民按額購買。❽寬假　寬待、優容。指不讓「坊郭戶」承擔差役或「助役錢」。

【語　譯】城鎮的「坊郭戶」，雖然有時做出兼并之類的壞事，但遇到急迫的情況時，地方政府還得依賴他們：

發生饑荒的年歲，政府將勸導他們分出財產來捐助貧民；盜賊盛行的時候，將借助他們的力量來抵抗聚眾作亂的敵人。所以，財富積聚在城鎮的民間，與積聚在官府沒有什麼差別。如今天下太平，但邊關的軍費，大都用京城多餘的銀絹，強制賣給百姓，換得錢來開支。這被迫購買的百姓便都在城鎮，如果他們又要去服役，那怎麼成？因此，還不如對他們稍稍優容，讓他們可以休養生息。這真的是對國家有利的事，並不是百姓得利。

品官之家復役❶已久，議者不究本末，徒聞漢世宰相之子不免戍邊，遂欲使衣冠❷之人與編戶❸齊役。夫一歲之更不過三日，三日之雇不過三百，今世三大戶之役❹，自公卿以下無得免者，以三大戶之役而較之三日之更，則今世既已重矣，安可復加哉？蓋自古太平之世，國子俊造❺，將用其才者，皆復其身❻；胥史賤吏❼，既用其力者，皆復其家❽。聖人舊法，良有深意：以為責之以學而奪其力，用之於公而病其私，人所難兼，是以不取。奈何至於官戶，而又將役之？且州縣差役之法，皆以丁口❾為之高下，今既已去鄉從官，則丁口登降❿，其勢難詳，將使差役之際，以何為據？必用丁，則州縣有不能知；必不用丁，則官戶之役比民為重。今朝廷所以條約⓫官戶，如租佃田宅，斷買坊場⓬，廢舉貨財⓭，與眾爭利，比於平民，皆有常禁。苟使之與民皆役，則昔之所禁皆當廢罷。罷之則其弊必甚，不罷則不如為民。此傜役之說，轍所以未諭也。

【章　旨】有關役法改革的設想中，也有讓本來免除大部分差役的「官戶」出錢「助役」的意圖，蘇轍這一段又對此種做法表示不理解。

【注　釋】❶復役　免除差役。❷衣冠　考究的穿戴，指士大夫、官僚。❸編戶　編在戶籍的平民。❹三大戶之役　自五代以來，鄉村中最富裕的三大戶被任命為耆長（即鄉長），負責治安及縣政府的公事。這也是宋代「職役」的內容之一，按蘇轍提供的信息來看，當時的「官戶」不能免去這一種差役。❺國子俊造　國立學校中學識優秀的人才。❻復其身　允許他不服役。❼胥史賤吏　各級政府的辦事人員。❽復其家　允許他的家屬不服役。❾丁口　家中成年男子的數量。❿登降　增多、減少。⓫條約　約束。⓬斷買坊場　即宋代商業中的「買撲」方式，替某個官營酒坊、酒場預先繳納額定的稅錢，從而承包經營。⓭廢舉貨財　通過囤積或散出財貨，來擡高或抑低其價格，從中牟利。

【語　譯】「官戶」的家庭，早就免去了差役，但建議的人不曾研究來龍去脈，只聽說漢代的時候宰相的兒子也要參與守衛邊關的兵役，就想讓當官的士大夫跟普通平民一起承擔差役。漢代的兵役每人每年不過輪到三天，如果雇人去代替，這三天的雇錢不過三百，而現在的「三大戶」一役，從名公巨卿以下沒有人可以免去。拿這「三大戶」一役跟漢代的三天兵役相比較，現在的「官戶」負擔已經很重了，怎麼還可以再加重呢？自古以來，在太平之世，凡是學校裡的優秀人才，國家將要利用他的才識的，都允許他不服役；凡是政府機構的辦事人員，國家已經利用了他的氣力，都允許他的家屬不服役。這是聖人制定的舊法，很有深意：認為要求一個人努力學習而又奪去他的氣力，在公事上利用一個人而又妨礙他的私務，那麼這個人就難以兼顧，所以不採用這樣的做法。為什麼到了「官戶」，卻又要讓他服役？而且，各州各縣指派差役的辦法，是以戶中成年男子數的多少為排序標準的，如今「官戶」既已離開家鄉去做官，那麼他家中的人口多少，勢必難以詳知，在指派差役的時候，將以什麼為標準呢？如果一定以成年男子數為標準，州縣就有可能不知道；如果不管人口多少都要服役，則「官戶」承擔的傜役比百姓更重了。現在朝廷用來約束「官戶」的規矩，如租用田地、房屋，承包酒坊、酒場，哄擡或抑低貨物價格，與民眾爭奪利息，都有了比平民更重的禁令。如果讓「官戶」跟平民一齊服役，那麼原來的這些禁令都應當廢除。真的廢除了，產生的弊端必然更多；不廢除的話，還不如做平民。所以，關於役法的這些改革方案，都是我所不理解的。

轍又聞發運❶之職，今將改為均輸❷；常平❸之法，今將變為青苗❹。愚鄙之人，亦所未達。昔漢武❺外事四夷，內興宮室，財用匱竭，力不能支，用賈人桑羊❻之說，買賤賣貴，謂之均輸❼。雖曰民不加賦而國用饒足，然而法術不正，吏緣❽為姦，掊克❾日深，民受其病。孝昭❿既立，學者爭排⓫其說，霍光⓬順民所欲，從而與⓭之，天下歸心，遂以無事。不意今世，此論復興。眾口紛然，皆謂其患必甚於漢。何者？方今聚斂⓮之臣，才智方略未見桑羊之比，而朝廷破壞規矩，解縱繩墨⓯，使得馳騁自由，惟利是嗜，以轍觀之，其害必有不可勝言者矣。今立法之初，其說甚美，徒言「徙貴就賤、用近易遠」⓰。苟誠止於此，則似亦可為。然而假⓱以財貨，許置官吏，事體既大，人皆疑之。以為雖不明言販賣，然既許之以變易⓲矣；變易既行，而不與商賈爭利者，未之聞也。夫商賈之事，曲折難行：其買也，先期而與錢，其賣也，後期而取直⓳，多方相濟，委曲相通，倍稱之息⓴由此而得。然至往往敗折，亦不可期。今官買是物，必先設官置吏，簿書祿廩㉑，為費已厚；然後使民各輸其所有，非良不售，非賄不行，是以官買之價比民必貴；及其賣也，弊復如前。然則商賈之利，何緣可得？徒使謗議騰沸，商旅不行。議者不知慮此，至欲捐數百萬緡㉒，以為均輸之法。但恐此錢一出，不可復還。且今欲用忠實之人，則患其拘滯不通㉓；欲用巧智之士，則患其出沒難考㉔：委任之際，尤難得人。此均輸之說，輙所以未諭也。

【章旨】這一段是對「制置三司條例司」所策劃的「均輸法」，從歷史和現實的各個角度，加以否定。

【注釋】❶發運　即六路發運使，北宋官名，掌管淮南路、兩浙路、江南東路、江南西路、荊湖南路、荊湖北路六路的財政，將這些經濟發達地區的財貨通過漕運輸送中央。❷均輸　指王安石「新法」中的「均輸法」。熙寧二年七月，任命薛向為發運使，總管六路財政，並有權了解京城庫藏物品情況，由此掌握各地的商業情報，可以機動買賣，為國家賺錢。❸常平　漢代以來，國家在各地設立「常平倉」，豐年多糧時大量收購，災年缺糧時出賣，可以調節糧價，備荒應急。❹青苗　指王安石「新法」中的「青苗法」。在青黃不接之時，政府貸錢給農民，收穫後加二分利息繳還。這樣每年收放「青苗錢」兩次，正月放，夏天收，五月放，秋季收。而「青苗錢」的底金，就是現有的各路常平倉的積蓄，原本由各路轉運使掌管，「新法」實行後增設「提舉常平司」，專門掌管。❺漢武　漢武帝，西漢皇帝。❻桑羊　桑弘羊，漢武帝時掌管國家財政。❼均輸　此指漢武帝時的一種經濟措施，在中央設立「均輸令」官署，統一徵收、買賣和運輸全國各地的貨物，調劑各地的供應。其目的也在於掌握各地的商業情報，可以機動省錢或賺錢。❽緣　憑藉；依附。❾掊克　苛刻地收刮民財。❿孝昭　漢昭帝，武帝之子。⓫排　排斥；非議。⓬霍光　漢武帝後期名臣，受遺詔輔佐年幼的漢昭帝，秉政二十餘年。⓭與　贊同。此指廢除均輸。⓮聚斂　收刮天下的財富，聚集到中央政府。⓯解縱繩墨　放開法度。⓰徙貴就賤用近易遠　這是王安石「均輸法」賦予六路發運使的職權之一，就是根據各地物價情報來調整上供物品，盡量使國家能夠從最近的地方，以最便宜的價格得到所需的品種。⓱假　給予使用權。⓲變易　這也是「均輸法」賦予六路發運使的職權之一，可以掌握京城庫藏的物品，「從便變易蓄買」，即抓住商機，購入或改變收藏的品種。⓳直　即「值」，購買物品的款項。⓴倍稱之息　加倍於投資的利息。㉑簿書祿廩　公文簿冊和工作人員的薪水。㉒緡　穿錢的繩子，也作為錢的計量單位，一千錢為一緡，也即一貫。由於「均輸法」實質上是國家介入商業市場去營利，所以需要資本，熙寧二年，宋神宗從皇宮的庫藏中撥出五百萬貫錢和三百萬石米，給發運司做本錢。㉓拘滯不通　拘束遲緩，不通生意經。㉔出沒難考　錢財的出納難以檢查。

【語譯】我又聽說，原來的「六路發運使」的職責，現在要改為「均輸法」；原來在各地設置常平倉的辦法，現在要改行「青苗法」了。我是一個愚蠢鄙陋之人，對此也不能理解。從前漢武帝對外攻打四邊的民族，在內興建宮室，造成財政的困乏，無法維持下去了，於是採用商人桑弘羊的建議，設立官署，專做低價收購、高價出售的事，叫做「均輸」。雖然號稱不增收百姓的賦稅而能使國家得到足夠的財富，但是這種辦法不夠正當，官吏們依附這個機構來做壞事，對百姓的收刮一天比一天苛刻，民眾被迫承受弊病。漢昭帝即位後，學者們爭相非議「均輸」，執政的大臣霍光順從了民眾的願望，廢除了「均輸」，於是天下都甘心歸順，這纔沒有發生事變。我真想不到，現在又再度興起這樣的論調，引起大家議論紛紛，都說它必將帶來比漢代更嚴重的禍患。為什麼呢？如今喜歡斂財的大臣，他們的素質和辦事才能都比不上桑弘羊，卻要使朝廷破壞原有的規矩，放開法度，讓他們能夠自由做事，唯利是圖，以我看來，那禍害必然是說也說不清。現在開始創立「均輸法」的時候，說得很好聽，只講「挑價錢便宜的、路途近的地方去採購，讓價錢貴的、路途遠的地方免去任務」。如果真的只是這樣，那似乎還可以一做。然而，朝廷既然把財貨交到發運使的手上，又允許他設置屬下的官吏，事情做得這樣大，人們就都會產生疑惑。大家認為，雖然他們不明說販賣物品，但朝廷已允許他們改變庫藏的物品，既然要改變，那還能不販賣嗎？這樣一來，不會跟商人們爭奪利益，那是沒聽說過的事。說起商業經營的事，其中曲折變化很多，其實難做：購買的時候可以先給錢後發貨，賣出的時候也可以先給貨後收錢，用各種方法互相支持、互相通融，由此才能得到加倍的利潤，但也往往至於失敗、折本，難以預料。如今由官府來收購物品，一定先要設置官吏，帳簿文書和官吏的薪水之費，就已經很多；然後讓百姓各自拿出他們擁有的物品來賣給官府，那是沒有好貨不敢買進，沒有賄賂就不能成交的，所以官府收購的價錢必定比民間要貴；等到出賣的時候，還是有同樣的弊病。那麼商人所能得到的營利，官府怎麼能得到？徒然使得罵聲高漲、商業停頓而已。建議的人不懂得這樣考慮，以至於想讓國家拿出幾百萬貫的錢財，來做「均輸法」的本錢。我只怕這錢一出去，就不可能收回。況且，現在要任用怎樣的人來做這件事呢？如果用忠厚老實的人，那就擔心他拘泥遲緩，不通生意經；如果用靈巧聰明的人，那就擔心他的出納用錢，難以檢查。委任的時候，尤其難以找到合適的人選。所以，這「均輸法」的建議，是我所不理解的。

常平條敕❶，纖悉❷具存，患在不行，非法之弊。必欲修明舊制，不過以時斂❸之以利農，以時散❹之以利末❺。斂散既得，物價自平，貴賤之間，官亦有利。今乃改其成法，雜以青苗，逐路置官，號為提舉❻，別立賞罰，以督增虧。法度紛紜，何至如此！而況錢布於外，凶荒水旱有不可知，斂之則結怨於民，捨之則官將何賴？此青苗之說，轍所以未諭也。

【章　旨】這一段否定「制置三司條例司」正在創議中的「青苗法」。

【注　釋】❶條敕　條例；法規。❷纖悉　細緻詳盡。❸斂　收購。❹散　賣出。❺末　商人。❻提舉　即「提舉常平司」，為各路新設官署，專責推行「青苗法」。

【語　譯】有關常平倉的各種條例法規，細緻詳盡，目前全部存在，問題在於沒有落實施行，並不是法規本身有弊病。如果一定要對舊的制度加以修訂、發揮，也不過是按時收購，以有利於農民，按時賣出，以有利於商人。如果收購和賣出都得當，物價自然就不會大起大落，略微有些貴賤變化，也是對官府有利的。如今卻要改變現成的法規，加入「青苗法」，每一路都新設一個官署，稱為「提舉常平司」，另立賞罰的標準，來監督盈虧。何必要讓法度繁多紛綸，到達這樣的程度！何況，把錢借給百姓，分佈在各地，而那裡是否會發生凶荒災情又不可預知，如果到時候硬要連本帶息收回來，就跟百姓結了怨，如果捨棄不收，那麼官府又將依賴什麼？所以，這「青苗法」的方案，也是我所不理解的。

凡此數事，皆議者之所詳論，明公❶之所深究。而轍以才性朴拙，學問空疏，用意不同，動成違忤。雖欲勉勵自效，其勢無由。苟明公見寬，諒其不逮❷，特賜敷奏❸，使轍得外任❹一官，苟免罪戾，而明公選賢舉能，以備僚佐❺，兩獲所欲，幸孰厚焉？

【章　旨】最後一段，表示自己無法再在「條例司」工作，請求改任。

【注　釋】❶明公　尊稱對方，即「條例司」的負責人宰相陳升之和王安石。❷不逮　不及；跟不上。❸敷奏　向皇帝陳述奏請。❹外任　到外地任官。這是宋代官僚的一般做法，凡是政見跟宰相不同的官員，可以離開朝廷去做相應級別的地方官。❺僚佐　屬員。

【語　譯】以上這些舉措，都是提出建議的人詳細闡述，而長官您深入研究的。我因為才智的愚笨、性格的樸質、學問的空疏和意見的不同，所以動不動就違反了您的意志。即便要勉勵自己來效力，也勢必無從入手。如果您可以寬待我，體諒我無法跟上本司的事務，那就特別為我向皇上奏明，讓我可以到外地去任一個官職，苟且避免犯錯誤。而您也可以選擇和推舉賢能的人，來做您的屬員。這樣我們雙方都能實現願望，還有比這更幸運的嗎？

【研　析】從內容來看，這是一篇政論；從文體來看，這是交給上司的一封辭呈；從寫作風格來看，也是原原本本地闡述意見，幾乎沒有任何特具文學性的修辭手段。所以，就現在的文學觀念而言，此文大概不能算作文學作品。然而，恰恰是這類文章，展現了北宋作家的創作特點。自唐代中葉以後，貴族從中國的社會上消失了，科舉出身的進士們掌握了領導權。他們的家庭出身各不相同，但都靠讀書起家，通過考試而進入仕途，成為士大夫。由此直到清末，這個被科舉制度所保障的、以進士為主體的特殊的士大夫階層，掌管了政治運作、法律裁斷、經濟決策和文化創造，甚至軍事指揮等一切領域的主要事務，可以說是「前近代中國的知識共同體」。由於他們是全部領域的主體，所以必然具有多方面的修養和成就，往往一身兼為思想家、政治家、詩人和學者。而這樣一種格局的基本奠定，就在北宋時期，像范仲淹、歐陽修、王安石、蘇軾等人，就都是「全面發展」的典型士大夫。蘇轍也不例外，雖然現代人把他當作文學家來看，實際上他也留下不少經學、史學方面的著作，而且是當代政壇的重要人物。對他來說，如果要表現自己的寫作能力，那麼最值得花一番氣力的，莫過於政論了。即便是一封簡單的辭呈，他也不會敷衍了事，何況這是一封嚴肅地表明其政治立場的非同尋常的辭呈。由於這封辭呈，他從「新法」設計的參與者轉變為「新法」的反對者，而且正由於他參與設計，所以他最早了解「新法」的各種方案，包括還未公諸於世的某些計畫，從而使本文成為當時第一篇全面駁斥「新法」的文章，為反對者開了先河，也使他本人成為反對「新法」的所謂舊黨的先鋒人物。後來蘇軾反對「新法」，寫了著名的〈上神宗皇帝書〉，其中有關「免役法」、「均輸法」的議論，就大量地採入了本文的內容。因為需要了解當時政治、經濟方面的許多術語，我們閱讀這類文章較為費力，但北宋士大夫的「文學」，是以此為核心部分的。

賀歐陽少師致仕啟

【題　解】辭去「制置三司條例司」的職務後，蘇轍被陳州（治所在今河南淮陽）知州張方平聘請為州學教授，自熙寧三年（西元一〇七〇年）起上任，當年就收了張耒為弟子。第二年，原任蔡州知州的歐陽修以太子少師、觀文殿學士的官職致仕（即退休），身為門生的蘇轍就送去了這封賀啟。

伏審❶累章得謝❷，故邑❸榮歸。位冠東宮❹，寵兼舊職❺。高風所振，清議❻愈隆。伏惟致政觀文少師❼，道德在人，術學蓋世。早遊侍從❽，蔚為議論之宗；晚入廟堂❾，隱然❿眾庶⓫之望。屬三朝之終始⓬，更萬變之勤勞。臨事而安，莫測弛張之用⓭；釋位既久，始知靜鎮⓮之功。仰成績之不刊⓯，信⓰後來之難繼。薦歷三鎮⓱，始終一心。知無不言，曾⓲中外⓳而易意；老而彌壯，信賢達之過人。眾皆以力事君，公獨以道自任。仕以其力者，力衰而後去；進⓴以其道者，道高則難留。故七十致仕，在禮則然㉑；而六一自名㉒，此志㉓久矣。築室清潁㉔，琴書足以忘憂；遺名四方，珪組㉕蓋已外物。誰歟治國，能就問㉖以質疑；惟是門人，尚不拒其來學。轍以官守㉗，不獲躬詣門屏㉘，謹奉啟陳賀。

【注釋】❶伏審　知道。「伏」表示謙卑之意。❷累章得謝　多次上奏，終於得到允許退休。章，大臣呈給皇帝的奏章。謝，辭去職務。歐陽修從六十歲時就開始要求退休，直到六十五歲獲得批准。按北宋士大夫的風氣，提前要求退休是不圖富貴的表示。❸故邑　老家，此指潁州（治所在今安徽阜陽）。歐陽修原是江西人，但曾於皇祐元年（西元一〇四九年）任潁州知州，據說因為喜歡那裡的西湖風景，決心安家於此。❹東宮　太子住的宮殿。歐陽修是以「太子少師」的官銜退休的，故稱。❺舊職　指歐陽修退休時的榮譽職銜「觀文殿學士」。這是他在治平四年（西元一〇六七年）就獲得的，故稱「舊職」。北宋前期的官制，分官、職、差遣三個部分，官表示地位等級，職是榮譽稱號，差遣才是實際負責的事務。此處太子少師是官，觀文殿學士是職，因為退休，就沒有了差遣，退休之前的差遣是蔡州知州。❻清議　士大夫間的議論，此指歐陽修獲得的好評。❼致政觀文少師　退休的觀文殿學士、太子少師。致政，即致仕。❽早遊侍從　早年就擔任學士之職。遊，是擔任職務的漂亮說法，表示無意營求而得，或輕鬆勝任之意。侍從，皇帝身邊的機要官員，宋人往往把帶有「學士」、「待制」稱號的文職官員叫做侍從，他們的主要責任不是完成具體事務，而是為朝廷大事提供意見，即下一句中的「議論」。❾廟堂　朝廷；政治中樞。這裡指歐陽修擔任參知政事（相當於副宰相）。❿隱然　威重的樣子。⓫眾庶　廣大的黎民百姓。⓬三朝之終始　三個皇帝統治時期的終結或開始（即交替）。歐陽修經歷了仁宗朝與英宗朝的交替，英宗朝與神宗朝的交替。⓭莫測句　誰也不知道歐陽修用什麼手段來達到施政目的。弛張，放縱或收緊，指施政方針上的明顯變化。此句謂歐陽修施政穩健，方式巧妙，讓人感覺不到政局有明顯的變化，就實現了他的用意。⓮靜鎮　安靜、鎮定。指歐陽修施政不好大喜功，做事情不會鬧得沸沸揚揚。這裡實際上暗暗諷刺了當前宰相王安石的做法。⓯不刊　不可磨滅。⓰信　確實。⓱薦歷三鎮　連續擔任三州的長官。歐陽修從治平四年（西元一〇六七年）辭去參知政事，到退休之前，歷任亳州、青州、蔡州的知州。⓲曾　何曾。⓳中外　中央和地方。⓴進　出仕進職。㉑故七十致仕二句　按《禮記．王制》，有「七十致政」的說法。宋代的官僚習慣上也以七十歲作為致仕年齡。㉒六一自名　歐陽修晚年自號「六一居士」，意思是，他家裡有一萬卷藏書、一千卷金石拓本、一張琴、一局棋、一壺酒，再加上自己一個老翁，就是「六一」了。㉓此志　退休隱居的志願。蘇軾曾解釋「六一居士」這個名號的意思，說「自一觀五，居士猶可見也；與五為六，居士不可見也。居士殆將隱矣。」（〈書六一居士傳後〉）㉔清潁　清澈的潁水之畔。潁水是淮河的支流，流經潁州。㉕珪組　玉器和佩帶，表示高官的地位。㉖就問　前往請教。㉗官守　居官守職，離不開工作崗位。㉘躬詣門屏　親身到您的家門。

【語　譯】知道您在多次上奏請求以後，終於得到允許退休，光榮地回到了老家。官位升到了太子少師，還蒙受寵任，兼帶觀文殿學士的職銜。您提前退休的高風亮節振作了現代的風氣，士大夫之間對您的好評又更高於以往。您，光榮退休的觀文殿學士、太子少師，道德影響了所有的人，學術蓋過了當世。早年就擔任侍從的職務，蔚然是發表意見的政論領袖；晚年又進入政治中樞，巍然為廣大的百姓所仰望。正當三代皇帝的前後交替，面對萬千變化，您付出了辛勤勞累。您鎮定穩重地處理政事，誰也看不到施政上有明顯的起落，但在您辭職之後，大家才深深知道這鎮定穩重的好處。仰望您所做出的不可磨滅的功績，那些後來的宰相真是難以繼承。您離開朝廷之後，連續擔任了三州的地方官，始終保持一貫的忠心。凡是知道的都大膽講出來，不因為自己已經從中央調到地方，而改變心意；年紀雖然大了，卻越來越勇敢，確實是賢明通達超越常人。很多官員都憑自己的能力去侍奉君主，只有您把維護道義當作自己的責任。那些憑能力當官的人，到能力用盡了才離開官職；而憑道義出仕的您，因為道德高尚，朝廷想留您也留不住。所以，古代的禮法雖然說七十歲才到退休的年齡，但您早就自號「六一居士」，退休隱居的志願已經很久了。現在，您在清澈的潁水邊上蓋起房子，彈琴、讀書，足以忘去世上的憂患；而名聲傳播到四方，高官厚祿已經是身外之物。哪一個治理國家的人，能到您那兒去請教質疑呢？只有門下的弟子前來學習，還不會被拒絕。轍因為當官守職，離不開崗位，不能親身到您的家門，僅此奉上賀啟，表達慶祝。

【研　析】中國古代的文言文，包括兩種文體，即駢文與古文。駢文是以對偶句為主寫成的文章，古文則不要求對偶的體式。從歷史上看，先秦兩漢時代，寫的是古文；六朝隋唐流行的是駢文；從中唐興起的「古文運動」，到北宋獲得成功，此後古文復興。但古文的復興也並不意味著駢體的完全消失，而只是被局限在某一些文章類別上，如這裡的「賀啟」，就仍然要用駢體來寫，而且對偶、用典的要求比從前的駢文還更為嚴格。由於這種嚴格的駢體文章，大多是四字句或六字句，故也常稱「四六」。如果說「駢文」曾經是某個歷史時期流行的一般文體，那麼「四六」就是古文成為一般文體的時代裡仍然存在的特殊文體。由於古文重新成為一般文體的時間是在宋代，因而「四六」也是在宋代形成它作為特殊文體的寫作特徵，通常被稱為「宋四六」，跟六朝隋唐的駢文有所區別。一般來說，最為顯著的區別莫過於「宋四六」經常出現一些議論性的流利的長句對，比如歐陽修退休的時候蘇軾也寫了一篇賀啟，裡面就有「自非智足以周知，仁足以自愛，道足以忘物之得喪，志足以一氣之盛衰，則孰能見幾禍福之先，脫屣塵垢之外」，「雖外為天下惜老成之去，而私喜明哲得保身之全」這樣行雲流水般的句子。然而，由此也容易失去端謹鄭重之氣，作為一篇寫給恩師的禮節性賀文，有一點不夠得體。蘇轍此篇卻是謹守規矩，仔細地安排句法，鍛鍊詞語，幾乎全文都由四字對、六字對與四六隔句對構成，顯得精嚴厚重。在一組一組對偶句之間，只有「故七十致仕」一句的「故」字表示出字面上的承接，其餘全是依仗意義的推進和句法的變換來暗相綰聯，不露圭角。而其中所有稱讚歐陽修的地方，都反過來兼具對當代宰相（王安石）的否定，所以也潛藏鋒芒，一片溫潤中透出剛強的質地。相對於蘇軾的行雲流水，此篇則有堅城受降的氣度，展現了「宋四六」的另一種風貌。

祭歐陽少師文

【題　解】歐陽修於熙寧四年（西元一〇七一年）六月致仕，從此隱居潁州。此時，朝中的蘇軾正被王安石的一個親家誣陷，說他在私人事務上佔了公家的便宜。王安石乘機大作了一番調查，雖無結果，卻迫使蘇軾離開中央，到杭州做通判。當年七月，蘇軾在赴任途中經過陳州，與蘇轍相會，然後兄弟兩人曾一起到潁州看望過恩師歐陽修。沒想到這竟是師生最後的見面。一年以後，歐公逝世，蘇轍立刻再赴潁州，哭祭恩師，寫下這篇祭文。

維年月日❶，具官❷蘇轍，謹以清酌庶羞之奠❸，致祭於故❹觀文少師贈太師❺九丈❻之靈。

【章　旨】這是一般祭文都必須具備的開場白，表明時間、祭祀者和被祭人。

【注　釋】❶維年月日　省略的寫法，歐陽修逝世的實際時間是熙寧五年（西元一〇七二年）閏七月二十三日，蘇轍到潁州哭祭，應該晚幾天。❷具官　省略的寫法，蘇轍此時的職務是陳州州學教授。從制舉登科以來，他一直屬於北宋官制中「未入流」的「選人」，只有一個「試祕書省校書郎」的虛銜，而從事各種幕府的職務。直到熙寧十年（西元一〇七七年）改官「著作佐郎」，才得以脫離「選人」而進入「京官」行列，距其進士登科已二十年了。❸清酌庶羞之奠　以清澈的酒水和多種佳肴為祭品。酌，禮儀用酒。庶，多種。羞，同「饈」。好的食品。❹故　原來的。❺贈太師　歐陽修去世時，朝廷追贈他的官銜為「太子太師」。❻九丈　歐陽修排行第九。丈，對長輩的稱呼。

【語　譯】某年某月某日，某官蘇轍，謹慎地奉上清澈的酒水和多種佳肴，作為祭品，來祭祀原觀文殿學士、太子少師、現追贈太子太師、九丈歐陽修的英靈。

嗚呼！嘉祐之初，公在翰林。維時先君❶，處於西南。世所莫知，隱居之深。作書號❷公，曰「是知予」。公應「嗟然，我明子❸心。吾於天下，交遊如林。有如斯文，見所未曾❹」。先君來東❺，實始識公。傾蓋之歡，故舊莫隆❻。遍出所為❼，嘆息改容。歷告在位❽，莫此蔽蒙❾。報國以士，古人之忠。公不妄言，其重鼎鐘❿。厥聲四馳，靡然向風⓫。

【章　旨】第一段回顧歐陽修當年對蘇洵的賞識。

【注　釋】❶先君　父親。❷號　大聲呼叫，這裡表示懇切請求的意思。❸子　你。❹見所未曾　即「所未曾見」，從來沒有看到過。❺來東　到汴京（今河南開封）來。❻莫隆　沒有比這更高的。❼所為　蘇洵所寫的文章。❽在位　執掌權力的大臣們。❾蔽蒙　遮蔽，指阻擋蘇洵的名聲和仕進之途。❿鼎鐘　古代的食器和樂器，經常作為權力和威望的象徵。⓫靡然向風　隨著風的吹向，草都倒下來，形容影響之大。

【語　譯】啊！宋仁宗嘉祐初年，您正擔任翰林學士。這個時候我的父親蘇洵，還處在西南的四川。世上都沒有人認識到他的價值，只好深深隱居在家。他寫了書信，懇切地向您請求，認為您才是他的知音。您馬上回應：「確實如此，我明白你的心思。我交往的朋友遍佈天下，但像你這樣好的文章，卻從來沒有見過。」於是父親來到京城，這才開始與您相識。二人一見如故，情誼超過了所有以往的朋友。父親向您出示了全部的作品，您為之嘆息，表情變得鄭重。您遍告所有在位的大臣，讓他們不要阻止父親的前程。像這樣以引進人才作為對國家的報答，是古人所讚賞的忠義。您從不隨便說話，說了就具有無上的權威。從此父親的名聲才馳遍四方，令天下人都接受影響。

嗟維此時，文律❶頹毀。奇邪譎怪，不可告止❷。剽剝珠貝❸，綴飾耳鼻；調和椒薑❹，毒病唇齒❺。咀嚼荊棘，斥棄羹胾❻。號茲古文，不自愧恥。公為宗伯❼，思復正始❽。狂詞怪論，見者投棄。踽踽❾元昆❿，與轍皆來。皆試於庭，羽翼病摧⓫。有鑑在上，無所事媒⓬。馳詞數千，適當公懷。擢之眾中，群疑相豗⓭。公恬不驚，眾惑徐開。滔滔狂瀾，中道而迴。匪⓮公之明，化為詼俳⓯。

【章　旨】此段回顧嘉祐二年（西元一〇五七年）歐陽修主持科舉考試，貶斥怪僻的文風，拔擢蘇氏兄弟登科，矯正了文壇的風氣。

【注　釋】❶文律　做文章的法則。❷告止　告誡、制止。❸剽剝珠貝　把經典古書中好的詞句生吞活剝地嵌入自己的文章。剽剝，剽竊剝取。珠貝，珍珠寶貝，代指前人的出色詞句。❹椒薑　有刺激性的調味品，代指文章中過於生硬、奇特的表達方式。❺毒病唇齒　使嘴唇、牙齒中毒患病，意謂讀起來不舒服。❻羹胾　鮮美的湯和大塊的肉，概指美味。❼宗伯　權威的大師，此指歐陽修於嘉祐二年擔任科舉考官。❽正始　正確的開端。❾踽踽　特立獨行。❿元昆　長兄，指蘇軾。⓫羽翼病摧　翅膀摧折，意謂沒有勢力，無人幫忙。⓬無所事媒　即使有人說壞話，也不起作用。媒，媒孽，挑撥是非；陷人於罪。

⑬閧 聲音喧鬧。⑭匪 非。⑮詼俳 戲謔、滑稽，指文風不嚴肅。

【語　譯】可嘆這個時候，文章的法則被毀壞，很多人喜歡把文章寫得奇異怪僻，無法告誡制止。他們生吞活剝地抄取前人的出色詞句，用來點綴門面，又加入過於生硬的表達，讓讀者張口結舌。這等於拋棄了真正的美味，而去咀嚼荊棘，還不知羞恥地號稱這才是古文。那時候您作為科舉的考官，想使文風回復到正確的起點，所以一看到狂怪的文章，就堅決不取。我那特立獨行的兄長（蘇軾），帶我一起來到京城，一起參加了考試。雖然他沒有什麼勢力，找不到人幫忙吹噓，但有您這樣的明鑑在上，即便有人說他壞話，也起不了任何作用。數千字的文章他一揮而就，恰好都符合您的想法，從眾人中將他識拔，引起許多人的懷疑喧鬧。但您安然處之，毫不驚慌，眾人的疑惑也就慢慢解消。文壇上那一股來勢洶洶的狂流，被您中途攔回。要是沒有您的明鑑，難免走向不嚴肅的文風。

公德日隆，歷蹈二府❶。轍方在艱❷，撫視逾素❸。納銘幽宅❹，德逮存故❺。終喪而還❻，公以勞去❼。公年未衰，屢告遲莫❽。自亳徂青，迄蔡而許❾。來歸汝陰❿，嘯傲環堵⓫。轍官在陳，於潁則隣。拜公門下，笑言歡欣。杯酒相屬⓬，圖史紛紜。辯論不衰，志氣益振。有如斯人，而止斯耶？書來告哀⓭，情懷酸辛。報⓮不及至，凶訃遄臻⓯。

【章　旨】此段回顧歐陽修對自己的關照，以及師生交往的愉快往事，直至接到訃告的情形。

【注　釋】❶二府　宋代最高行政機構中書門下和樞密院，當時稱為「東府」和「西府」。歐陽修曾任參知政事，在「東府」辦公；也曾任樞密副使，在「西府」辦公。❷在艱　父死居喪。❸撫視逾素　安撫關懷超過平常。❹納銘幽宅　把墓誌銘放到墓中，此指歐陽修寫作了蘇洵的墓誌銘。幽宅，墓穴。❺德逮存故　恩德下及，關懷故人的子女。❻終喪而還　守孝期滿，回到朝廷。❼以勞去　因為辛勞，而離開了朝廷。❽告遲莫　以年老為由，向朝廷要求退休。遲莫，即遲暮，老年。❾許　同意，指朝廷允許歐陽修退休。❿汝陰　潁州的舊名。⓫環堵　周圍僅剩牆壁，表示家中擺設十分簡單。⓬屬　勸酒。⓭告哀　告訴患病的情況。⓮報　回信。⓯遄臻　很快到達。

【語　譯】您的道德越來越高，接連擔任樞密副使和參知政事。我正在為父親守孝，您對我的安撫關懷超越尋常，還為我的父親寫了墓誌銘，恩德下及到了故友的兒女。等到我守孝期滿，回到朝廷，您卻因為辛勞，而離開了中央。您的年紀還不到衰老，就屢次向朝廷請求退休。從亳州的知州到青州的知州，再任蔡州的知州，終於得到允許。然後您就回到潁州的家裡，在只有四堵牆壁的房間裡歌詠自得。我在陳州當官，跟潁州相鄰，於是到您家裡拜訪，一起高興地談笑。我們互相勸酒，身邊紛然雜陳著許多圖冊。那個時候您高聲辯論，毫無衰老的跡象，而且志氣越來越振作。像這樣的一個人，難道會從此結束生命嗎？最近接到您的一封信，告訴我患病的情況，令我心中滿懷辛酸，還來不及送達回信，您逝世的訃告就如此迅速地到來了。

嗚呼！公之於文，雲漢❶之光。昭回洞達❷，無有采章❸。學者所仰，以克嚮方❹。知者不惑，昧❺者不狂。公之在朝，以直自遂❻。排斥奸回❼，罔有劇易❽。後來相承，敢隕故事❾？雖庸❿無知，亦或勉勵。此風之行，逾三十年。朝廷尊嚴，庶士⓫多賢。伊誰云從⓬，公導其先。自公之歸⓭，忽焉變遷⓮。又誰使然，要⓯歸諸天。

【章　旨】此段讚美歐陽修的文章和政績，比照當前政策的改變，而歸結為天意。

【注釋】❶雲漢　日月星辰。❷昭回洞達　光明、運轉、照亮、通達。❸采章　華彩、花紋，指不必要的修辭。❹嚮方　朝著正確的方向。❺昧　無知；不明白。❻遂　行進。❼奸回　邪惡。❽罔有劇易　無論艱難還是容易。罔，無。劇，艱難。❾隕故事　破壞原來的做法。❿庸　或許。⓫庶士　眾多士大夫。⓬伊誰云從　跟從誰。伊，發語詞。云，語助詞。⓭歸　歸政；不再當政。⓮變遷　指王安石變法。⓯要　歸根到底。

【語譯】啊！您的文章，就像日月星辰的光輝，運轉不息，光照一切，透徹通暢，不需要華麗的裝飾。學者們共同仰望，由此知道了正確的方向。明白的人因此不再迷惑，糊塗的人也因此不敢發狂。您在朝當政的時候，自覺沿著正直的道路前進，排斥邪惡，無論艱難還是容易。後來的繼承者，哪敢破壞您的做法？即便或許有無知的人，您也加以勉勵。您所倡導的這種風氣盛行了三十年以上，朝廷獲得尊嚴，士大夫多數賢明。若問他們跟從的是誰，那當然是您為大家作了先導。自從您不再當政，政局忽然就被改變，這又是誰造成的呢？只好歸為天意了。

天之生物，各維其時。朝暘薰風❶，春夏是宜；凍雨急雪，匪寒不施。時去不返，雖強莫違。矧惟❷斯人，而不有時。時既往矣，公亦逝矣。老成云亡❸，邦國瘁❹矣！無為為善❺，善者廢矣！時實使然，我誰懟❻矣！哭公於堂，維其悲矣！嗚呼哀哉！尚饗❼。

【章旨】末段繼續申述天意，對歐公的逝世表示深切的悲哀。

【注釋】❶朝暘薰風　早晨的太陽，南來的和風。❷矧惟　況且。❸老成云亡　年高德劭的人逝去了。云，語助詞。❹瘁　衰敗。❺無為為善　沒有人再做善事了。❻懟　怨恨。❼尚饗　祭文最後的套語，意謂希望死者來享用祭品。

【語　譯】天地生起萬物，都按照它們各自適合的天時。溫暖的朝陽、南來的和風，這是跟春夏相宜的；而冰冷的雨、密集的雪，除非寒冬就不會出現。天時過去了再也不會返回，即便拼命強幹的人也無法違背天意。何況像您這樣的人，也無法留住天時。天時既已過去，您也要離開這個世界了。年高德劭的人逝去了，國家將要衰敗了。沒有人再做善事了，連前人做下的善事也要被廢棄了。實在是天時演變出這樣的現象，我又能去怨恨誰呢？只能在靈堂上向您拜哭，延續我的悲傷，悲傷啊！希望您還能來享用我的祭品。

【研　析】歐陽修是一代思想領袖、政治重臣、學術巨匠和文章宗師，又對蘇氏父子的人生道路起過最重要的作用，他們之間的感情自然非同尋常。而且，由於他晚年反對王安石變法（其提前要求退休，並居然獲得同意，也多少與此有關），所以也被蘇轍引為政見上的同道知己。這篇祭文便在回顧歐陽修如何提攜父子三人的同時，表達了對於當前政治改革的強烈不滿。文章把歐陽修推崇為他那個時代的領航人，也就是嘉祐以來政治局面的奠基人，於是現在王安石所實行的改革，就等於是毀棄歐陽修所造就的事業。蘇氏兄弟懷念歐陽修的文字，大多借此立意，別具懷抱。如此篇寫到兄弟兩人初應科舉時的情形，說「有鑒在上，無所事媒」，其實從現存的史料來看，嘉祐二年雖然確有歐公擯棄「太學體」文章的事，但當時似乎還並未有人說蘇軾的壞話。只是，在蘇轍寫作這篇祭文的前一年，蘇軾卻因受人誣陷而離開了中央。可見，這分明是有感而發，意謂那個時候有歐公這樣的明鑒在上，即便人家說了壞話，也不會起作用，而現在的情況卻不同了。於是歐陽修的逝去，成為一個時代的終結，成為國家由盛轉衰的標誌，成為蘇氏失去依託的開始，也成為天意的象徵。文章從歷歷往事的回顧起篇，到結尾之處連續的悲嘆，抒發出飽滿的感情，也烘托出巨大的憂患。感情是熱烈的，而批判時局的理性卻是冷峻的，熱烈與冷峻的奇妙結合，化現出濃墨重筆的「嗚呼哀哉」，可謂感人肺腑。當時蘇軾也寫了〈祭歐陽文忠公文〉，幾乎專就歐公的業績和對當前政局的批判來一意發揮，極少情感的抒發，句法也矯健變化，伸縮自如。相比之下，蘇轍的行文則嚴守四字句式而顧盼生姿，而且將抒情與議論結合為一體，寫法宛自不同。大致來說，蘇軾常喜歡突破常規，任意馳騁，而蘇轍則多願在常規之中求勝。

所以蘇軾的亮點很奪人眼目，但仔細比照兄弟同題的文章，往往會發現那些亮點在蘇轍的文章中也時有閃現，只是不夠顯豁。據蘇軾說，這是因為蘇轍不喜歡顯山露水，故意把自己的亮點掩蓋起來，而實際上「吾不如子由」。這話不能說毫無道理。

河南府進士策問

【題　解】熙寧年間的「王安石變法」，有一個至關重要的內容，就是科舉制度的改革。以前進士科的考試是以詩賦為主，王安石命改以經義、策論，而廢除了詩賦。這個方案是熙寧四年（一〇七一）正式頒行的，但實際上，熙寧三年舉行的殿試，已經在並不預先通知的情況下，將詩題改成了策題，而且專門挑選支持變法的答卷，加以錄取。這個做法引起了當時參與編排考卷的蘇軾的憤怒，自己也按照題目作一份反對變法的答卷，去呈給皇帝看。從此以後，科舉試策就跟北宋的黨爭息息相關，不但考評答卷的標準總是隨當前的政策而改變，連考官出的題目也或明或暗地帶有黨派立場。熙寧五年，河南府的進士選拔在洛陽舉行，蘇轍到那裡參與考評工作，擬了這個策題。

問[1]：三代[2]之治，以禮樂[3]為本，刑政[4]為末，後世反之。儒者言禮樂之效與刑政之弊，其相去甚遠。然較其治亂盛衰，其比後世，若無以大相過者。蓋夏后氏[5]自禹再傳[6]而失國[7]，亂者三世[8]；商人再衰[9]而復興；周人一遷[10]而不振。其賢於漢唐，其實無幾。至於漢文帝、唐太宗，克己裕人，海內安樂，雖三代之盛王，何以加之？夫禮樂、刑政，其功之異，豈特如此而已？今自祖宗[11]創業，百有餘年，法令修明，上下相維，四方無虞。求之前世，未有治安若今之久者。然而儒者論其禮樂，常以為不若三代。此為誠不若耶？為習其名而未稽⑫其實也？不然，世之治安則不在禮樂歟？宜一有以斷之。

【注釋】❶問　問題。凡策問都以「問」字開頭。❷三代　夏、商、周。記載這三代事跡的多是儒家經典，所以被後世視為治世的典範。❸禮樂　禮儀和音樂，統指經典所記載的三代時期社會道德規範。❹刑政　刑法和政治，統指具有功利目的的政治制度、治理手段。❺夏后氏　即夏代。按當時的習慣，君主生時稱「后」，死後稱「帝」。❻再傳　傳了兩代。❼失國　失去對國家的領導權。指夏禹的孫子太康被別一部落首領后羿所驅逐。❽亂者三世　混亂的局面延續了三世。自太康被逐後，到他的姪孫少康，才奪回領導權。❾再衰　屢次衰落。據《史記》的說法，商代經歷了五次衰落和復興的過程。❿遷　遷都。指周平王自鎬京（今陝西西安）東遷雒邑（今河南洛陽），時在西元前七七〇年，一般視為春秋時代的開始。⓫祖宗　宋人說「祖宗」一詞，常指宋太祖和宋太宗。⓬稽　查考。

【語譯】問：夏、商、周三代的時候，治理國家以禮樂為根本，而以刑政為末節，後世則倒了過來。儒家學者經常闡述禮樂的收效和刑政的弊病，兩者相差很遠。但比較治亂盛衰的情形，三代好像也不比後世好多少。夏代從禹開始，只傳了兩代，就失去了國家，混亂的局面延續了三世；商代也是屢次衰落，屢次復興；而周代則遷了一次首都以後，就再也不能振興。這種情況比起漢朝和唐朝來，其實好不了多少。至於像漢文帝、唐太宗那樣的君主，能克制自己的欲望，造福於人民，使全國都安逸快樂，即便是三代繁榮時期的君王，又能有什麼地方超過他們呢？難道禮樂和刑政的收效差異，就僅僅這樣而已嗎？現在，從祖宗開創宋朝以來，一百多年了，國家的法令被明確執行，社會的上層和下層互相維護，四面八方都沒有什麼令人憂慮的事。到以前的歷史中去尋找，還沒有像現在那樣長治久安的。然而儒家學者談論本朝的禮樂，經常認為比不上三代。這是真的比不上嗎？還是因為只習慣於名目而不曾考察實際？要不然，那就是社會的治安與否根本不在於禮樂？應當有一個說法來解決這些疑問吧。

【研　析】《論語》記孔子的教導曰「克己復禮」，儒家經典中多有相關的說法，故三代禮樂乃是儒者的精神家園。北宋自歐陽修撰《新唐書・禮樂志》，就指出歷朝歷代的實際政治制度，皆從秦朝繼承而來，禮樂只是虛名而已。然而時過不久，卻來了一個深通「經術」的王安石，能從《周禮》等書中考究出一系列禮樂制度，據以設計出一套「新法」，想用它來代替宋朝已經存在的「祖宗家法」。這「祖宗家法」是反對王安石的人經常仗恃的，但我們不必以為那對王安石會造成多大的壓力，因為「祖宗家法」的來頭並不太大，至多是沿著漢唐制度發展出來的東西而已，相比之下，一一可從《周禮》找到依據的「新法」，其本源出於三代禮樂，來頭要大得多。「祖宗」雖然值得尊重，但在三代聖人面前，那又算得什麼？當時信奉儒學的人如司馬光，大概也不能說用聖人的禮樂來改革「祖宗家法」是錯誤的思路，他能做的只是千方百計否定《周禮》這本書記載的真是周代禮樂。當蘇轍發表這道策問的時候，司馬光正好住在洛陽，讀到後也不免覺得驚奇（見蘇籀《欒城遺言》所載），因為照蘇轍的說法，三代禮樂是不是真比漢唐制度要好，崇尚禮樂是不是真能實現治世理想，也都成了問題。這樣，從漢唐以來實際歷史進程中總結、發展出來的「祖宗家法」，是否應該被王安石的那套「禮樂」所取代，也就顯而易見了。這確實是跟王氏學說更為徹底而深刻的對立，卻很可能並未獲得司馬光的理解，倒是一貫賞識蘇轍的張方平，立刻就明白：「策題，國論也。」即關於國家政治的根本性議論。後來，司馬光的弟子晁說之曾明白地總結出王、蘇兩家政論的差異：「王荊公著書立言，必以堯舜三代為則；而東坡所言，但較量漢唐而已。」（見《晁氏客語》）說的雖只是東坡（蘇軾），其實蘇轍也跟兄長相同。這一點，本書在前面〈唐論〉一篇的研析中也曾加以討論。雖然這並不表示蘇氏兄弟不尊重儒家禮樂，但對漢唐制度的肯定與否，以及如何看待復興三代禮樂與繼承漢唐制度的關係，確實是宋代政論中的核心問題之一，後來南宋的陳亮與朱熹之間有一場著名的爭論，也圍繞著這個問題。對於那場爭論，當時的宰相王淮一言挑明：「陳為蘇學。」（見《宋元學案・龍川學案附錄》）

京西北路轉運使題名記

【題解】從熙寧三年（西元一〇七〇年）到六年（西元一〇七三年），蘇轍的陳州州學教授任期已滿。本來，有一個老臣文彥博聘請他到孟州繼續做教授的，但這個時候，科舉改革方案已經實施，王安石的「新法」政府也越來越關注各地州學的教授人選，需要贊同王氏學說的人，才能擔當培養人才的責任。所以，蘇轍不可以再當教授，只好改到離京城稍遠的齊州（今山東濟南）做掌書記（祕書官）。此年十月，很可能是在蘇轍離開河南的前夕，應京西路轉運副使陳知儉的請求，寫了本文。宋代官僚很喜歡推尋自己所任官職的來歷，及一代一代前任的沿革，而在官廳裡留下「題名記」、「廳壁記」之類的銘刻，其文章則多請名家執筆。

惟京西❶於諸路，地大且近，西舉鞏、洛❷，北兼鄭、滑❸，南收陳、許、蔡、汝、唐、鄧❹、申、息、胡、沈❺，浸淫❻秦楚之交❼，翕引❽河、汴❾，縈阻❿淮、漢⓫，出入數千里，土廣而民淳，鬬訟⓬簡少，盜賊希闊⓭，外無蠻夷⓮疆埸⓯之虞，內無兵屯⓰饋饟⓱之勞，為吏者⓲常閒暇無事。然其壤地瘠薄⓳，多曠而不耕，戶口寡少，多惰而不力，故租賦之入⓴於他路為最貧。每歲均南饋北㉑，短長相補，以給軍吏之奉㉒。故轉運使之職，於他路為最急。雖然㉓，事止於自治而無外憂，財止於自足而無外奉，則雖貧而可以為富，雖急而可以為佚㉔也。

【章旨】第一段寫京西路的疆土之廣、民風之淳和經濟情況的拮据，以及轉運使的職責。這大抵是熙寧「變法」之前的情況，做轉運使的雖然忙碌，但壓力不大。

【注釋】❶京西　京西路，又分為京西南路、北路。「路」本為經濟區劃，長官是轉運使，但也兼有行政區劃的性質。京西路轄地包括今河南省西部、南部、湖北省北部和安徽省西北部。轉運使治所在西京河南府（今洛陽）。❷西舉鞏洛　西面包括鞏縣、洛陽。舉，窮盡，此為包括之意。鞏縣、洛陽為京西路所轄河南府的兩縣，不過熙寧五年已廢掉了洛陽縣，至元祐時才恢復。❸鄭滑　鄭州、滑州，為京西路轄下二州，但熙寧五年實已廢去此二州，到元豐時恢復。❹陳許蔡汝唐鄧　此為京西路轄下六州。❺申息胡沈　皆春秋時諸侯國名，所在地分別為宋代鄧州南陽縣、蔡州新息縣、潁州汝陰縣、蔡州汝陽縣，都屬京西路治下。❻浸淫　因長期受到影響而非常熟習。❼秦楚之交　戰國時秦國和楚國的統治中心分別在今陝西和湖北，宋代京西路所在的河南，正好是秦楚交接的地帶。❽翕引　收合、延伸。❾河汴　黃河、汴河。❿縈阻　盤曲、阻斷。⓫淮漢　淮河、漢水。⓬鬭訟　爭鬥和訴訟。⓭希闊　稀少。⓮蠻夷　非漢族的少數民族。⓯疆埸　國界。⓰兵屯　駐軍。⓱饋饟　運送軍糧。⓲為吏者　指擔任官吏的人。⓳壞地瘠薄　土地貧瘠。⓴入　徵收。㉑均南饋北　根據具體情況調節各地徵收的數目。㉒軍吏之奉　軍隊和官吏的薪俸。㉓雖然　即便是這樣。㉔佚　安逸。

【語譯】各路之中，京西路地域廣大，而且靠近京師。它的西面包括鞏縣、洛陽，北面兼有鄭州、滑州，南面包含陳州、許州、蔡州、汝州、唐州、鄧州和古代的申、息、胡、沈四國之地。它處在秦、楚交接之處，長期受到兩地文化的影響。黃河、汴河、淮河、漢水在這片地面上或盤曲險阻，或延伸奔流。進出京西路，要走數千里之遠，而生活在這廣闊土地上的人民，風俗淳樸，很少爭鬥訴訟，也很少去做盜賊。由於不在邊關地帶，所以向外用不著擔心敵國，向內也沒有給駐軍運送軍糧的勞務，做地方官的經常閒暇無事。但是，這裡的土地比較貧瘠，而且大多荒廢，無人耕種；這裡的住民稀少，而且多數懶惰，不願出力。所以，跟其他的各路相比，這裡的租稅徵收所得最少，每年要根據情況調節南北各處的徵收數目，取多補少，來供給軍隊和官吏的薪俸。因此，京西路的財政長官轉運使，其職任之急迫也超過了其他的各路。即便如此，事情再多也只限於內部的治理，不用擔心境外，財務方面也只求自足，不用向外供奉，所以雖說貧困，也可以自視為富有，雖然急迫，也可以自視為悠閒的了。

熙寧之初，朝廷始新❶政令，其細❷布在州縣，而其要領❸，轉運使無所不總❹。政新則吏有不知，事遽❺則人有不辦。當是時也，轉運使奔走於外❻，咨度❼於內，日不遑❽食。由是京西始判❾，而鄭、滑并於畿內❿。自某某若干州為南，自某某若干州為北⓫，南治襄陽⓬，北治洛陽⓭。殿中丞⓮陳君知儉⓯，自始更制⓰而提舉常平⓱，既而⓲為轉運判官⓳，復為副使⓴以領北道㉑，始終勞瘁，置功㉒最力。將刻名於石，以貽厥後㉓，而顧瞻前人㉔，泯焉未紀㉕，乃按典籍以求遺放㉖，自開寶㉗以來，得若干人，而君之祖、考、伯父㉘三人在焉。

【章旨】此段寫「變法」以來轉運使的事務劇增，引出主人公陳知儉將刻石題名的始末。

【注釋】❶新　革新；更改。❷細　具體的項目。❸要領　關鍵和綱領。❹總　總攬；總管。❺遽　突然；急促。❻外　與下句的「內」相對，內外分別指朝廷和地方。❼咨度　諮詢商議、思考籌劃。❽遑　空閒。❾判　分。熙寧五年，將原京西路分為京西南路和京西北路。❿而鄭句　熙寧五年，廢去原京西路所轄鄭州、滑州的建制，其地歸入開封府。畿內，京城區域之內，即北宋東京開封府。⓫自某二句　簡略的寫法，實際情況是，襄、鄧、隨、金、房、均、郢、唐八州為京西南路，河南府和許、孟、蔡、陳、潁、汝六州及信陽軍為京西北路。若干，不定數量的代稱。⓬南治襄陽　京西南路的治所設在襄州。襄陽，襄州的古稱。⓭北治洛陽　京西北路的治所設在河南府。洛陽，代指河南府。⓮殿中丞　北宋前期從八品京官銜。⓯陳君知儉　陳知儉（西元一〇三五—一〇八〇年）字公廙，是熙寧「變法」初期，朝廷比較倚重的財政官僚。⓰更制　更改制度，即「王安石變法」。⓱提舉常平　王安石「變法」時，在各路新設「提舉常平司」，掌管「新法」的實施。陳知儉被任為「提舉京西路常平等事」。⑱既而　不久。⑲轉運判官　轉運使的屬官。陳知儉於熙寧三年十月「權發遣京西路轉運判官」。⑳副使　即轉運副使，轉運使的副手。陳知儉於熙寧四年十月「權發遣京西路轉運副使」。㉑領北道　負責京西北路的事務。道，唐代的地方行政單位，相當於宋代的「路」。㉒置功　化功夫；建立功業。㉓貽厥後　留給後世。厥，指代詞，他。㉔前人　指以前曾在京西路轉運使司任職的人。㉕泯焉未紀　泯沒了，沒有留下紀錄。㉖遺放　失去記載的歷史掌故。㉗開寶　宋太祖的年號。㉘祖考伯父　陳知儉的祖父陳堯佐、父親陳博古、伯父陳述古。陳堯佐曾於大中祥符七年（西元一〇一四年）和乾興元年（西元一〇二二年）兩次擔任京西路轉運使。陳博古、述古任職的時間不詳。

【語　譯】熙寧初年，朝廷開始改革，原先的政策、法令都被更換一新，具體的項目頒佈到各州各縣，而關鍵和綱領則全由轉運使來掌握。政策都是新的，官吏們對有些內容還不太了解；事情來得急迫，人們對有的做法還不能適應。在這個時候，轉運使一方面在轄區裡奔走佈置，一方面跟朝廷商議籌劃，每天都忙得沒有空吃飯。因此，京西路被分成南、北兩路，鄭州、滑州的建制被取消，併入了開封府。由某幾個州構成京西南路，某幾個州構成京西北路，南路的治所設在襄州，北路的治所設在河南府。殿中丞陳知儉，從開始「變法」起就擔任了「提舉京西路常平等事」，不久又擔任京西路轉運判官，再升為轉運副使，負責京西北路的財政。他一直勞心焦慮，花的功夫最多。他想把名字刻在石上，留給後世，但回顧前代曾在這個官署任職的人，卻全然泯滅，並無記載。於是他查考典籍，尋求失傳的歷史掌故，終於找到大宋建國以來曾在這裡任職的若干個人，卻發現他自己的祖父、父親、伯父都在其中。

嗚呼，盛哉！夫若干人者遠矣，其詳不可得而知，然其遺風餘澤❶，故老❷猶有能道之者。孟子有言：「誦其詩，讀其書，不知其人可乎？是以論其世也。」❸若夫政之去取❹，地之合離❺，與其人之在是者，後世將有考焉，是以具載於此。

熙寧六年十月日記。

【章　旨】最後一段讚美陳氏世代擔任相同官職的功業，並提示這篇〈記〉文的讀者，要知人論世。

【注　釋】❶遺風餘澤　遺留下來的教化、恩澤。❷故老　熟悉往事的老人。❸孟子五句　語見《孟子・萬章下》。論其世，評論其時代。❹去取　廢除和採用，指政策的更改變化。❺合離　合併和分開。指京西路被分為南、北兩路之事。

【語　譯】啊，這可真是一件盛事！講起那若干個人，離現在越來越遙遠，他們的詳細故事已經無法追尋了，但他們遺留下來的教化、恩澤，還被有些熟知往事的老人們所稱道。孟子說過：「吟誦他的詩，研讀他的書，怎麼可以不知他的為人呢？據此，也可以評論他的時代了。」至於政策的更改變化，行政區劃的合併分離，以及曾在這裡擔任職務的人名，那是將讓後世有所查考的，所以都詳細記載於此。熙寧六年十月某日記。

【研　析】陳知儉的祖父陳堯佐曾任仁宗朝的宰相，堯佐的哥哥陳堯叟是太宗朝末年的狀元，曾任真宗朝的宰相，弟弟陳堯咨也是真宗朝的狀元。這兄弟三人同時貴為將相，他們的父親陳省華也任諫議大夫，據說陳省華在家裡接待客人的時候，三個官職更高的兒子都侍立在側，搞得客人都惶恐不安——這曾是北宋汴京的一道迷人風景。相比之下，蘇轍所記陳氏三代有四個人曾在同一個京西轉運使官署任職的事，當然也還算一道風景，但顯然不那麼盛大了。可以推測，陳知儉之所以要請當代的文章名家來寫這一篇〈題名記〉刻在官署裡，原本也含有誇耀陳氏家世的用意。蘇轍也不是沒有領會他的用意，所以文中提到了這個內容。不過，他寫得十分簡單，只有「君之祖、考、伯父三人在焉」一句。而且，即便是如此簡單的內容，在整篇文章中也被當作蘇轍的思路展開的一個環節，他要求讀者通過這個現象，去知人論世，去考評時代的變化。文章的第一段看上去像一個地方誌，其實是為第二段寫熙寧「變法」引起的紛亂作鋪墊，使京西路的變化正好成為北宋政壇遭遇熙寧「變法」的一個局部寫照，而陳氏三代四人在京西路轉運使司供職，正好又成為「變法」前後之歷史的一個見證。最後引用孟子的話，就是為了點出蘇轍整個思路的關鍵，起到畫龍點睛的作用。由此回顧全文，真可謂佈置井然、步驟分明，顯得法度森嚴，而作者對熙寧「變法」的態度，雖不明說，也微微可見了。陳氏家族有幸充當了京西路的縮影，京西路則是全國的縮影，處在巨大變更的時代，一個反對這場變更的作家，通過縮影而展現了他對時代變更的無奈。但他不是消極的，他用高超的寫作技巧刻畫了這場變更在京西路引起的各種紛擾，作為歷史的存照，留給後世去評說。一篇簡單的〈題名記〉之所以能透露出如此深厚沉重的歷史容涵，其成功的關鍵當然在於作者的立意之高。這大手筆的運作結果，當然是原本意在誇耀家世的陳知儉做夢也想不到的。

洛陽李氏園池詩記

【題　解】熙寧七年（一〇七四），蘇轍仍在齊州掌書記任上，因當地同僚兵馬都監李昭敘的請求，為李家在洛陽的園池寫下這篇記文。文中談到洛陽自漢唐以來，就為士大夫安家集居之地，北宋建洛陽為西京，盛況當然延續下來。不過，對於生活在北宋中期的人們來說，洛陽還有另外一種意義。當時反對王安石「新法」的著名人士，如富弼、司馬光、邵雍、呂晦、程顥、程頤，以及後來成為元祐名臣的范祖禹、劉安世等，都住在那裡，所以從洛陽傳出來的必然是跟朝廷不同的另一種聲音，而為全國的士大夫所必須聆聽。——這也是我們閱讀這篇記文時不可忽略的背景。

洛陽古帝都❶，其人習於漢唐衣冠❷之遺俗，居家治園池，築臺榭，植草木，以為歲時遊觀之好。其山川風氣，清明盛麗，居之可樂。平川廣衍❸，東西數百里，嵩高少室❹、天壇王屋❺，岡巒靡迤❻，四顧可挹❼。伊、洛、瀍、澗❽，流出平地。故其山林之勝、泉流之潔，雖其閭閻❾之人，與公侯共之。一畝之宮❿，上矚青山，下聽流水，奇花修⓫竹布列左右，而其貴家巨室園囿⓬亭觀⓭之盛，實甲天下⓮。

【章旨】首段寫洛陽一地的形勝，和士大夫建造園池的風尚。

【注釋】❶帝都　首都。❷漢唐衣冠　漢朝、唐朝的士大夫。洛陽是東漢的首都，唐代的東都。❸平川廣衍　平原寬廣綿延。❹嵩高少室　即中嶽嵩山，在今河南登封北，有兩峰，東太室，西少室，總名嵩山。❺天壇王屋　天壇山又名王屋山，在今山西陽城、垣曲兩縣之間。❻岡巒靡迤　山嶺延綿不斷。❼挹　舀水；汲取。此為觀賞之意。❽伊洛瀍澗　伊川、洛水、瀍河、澗水，都是河流名，在今河南省。❾閭閻　里巷；平民住的地方。❿宮　泛指房屋。⓫修　長。⓬囿　園林。⓭觀　遊覽之地。⓮甲天下　居天下第一位。

【語譯】洛陽是古代的首都，這裡的人們熟習漢朝、唐朝以來士大夫遺留的風氣，在自己的住家裡，修整園池，建築臺榭，種植草木，作為過年過節時遊覽觀賞的好風景。洛陽的山川氣象，清爽、明朗、盛大、秀麗，住在這裡，真是一件值得高興的事。一片平原廣闊綿延，東西達數百里，嵩山和天壇山的岡嶺起伏連綿，四面都可以欣賞到。伊川、洛水、瀍河、澗水從山中流出，到達平地。所以這裡山林的佳勝和泉水的清潔，即便是里巷中的平民，也可以跟公侯們共享。只要一畝地大的房屋，就能上望青山，下聽流水，而將奇異的花卉和修長的竹子佈滿自己的左右。至於富貴的大家庭所建造的園林亭榭等遊覽之處，則盛況實居天下第一。

若夫李侯❶之園，洛陽之一二數者也。李氏家世名將：大父濟州❷，於太祖皇帝❸為布衣之舊❹，方用兵河東❺，百戰百勝；烈考寧州❻，事章聖皇帝❼，守雄州⑧十有四年，繕⑨守備，撫士卒，精於用間⑩，其功烈尤奇。李侯以將家子，結髮⑪從仕，歷踐父、祖舊職⑫，勤勞慎密，老而不懈，實能世其家⑬。既得謝⑭，居洛陽，引水植竹，求山谷之樂。士大夫之在洛陽者，皆喜從之遊。蓋非獨為其園也。凡將以講聞濟、寧之餘烈⑮，而究觀祖宗用兵任將之遺意⑯，其方略遠矣。故自朝之公卿，皆因其園而贈之以詩，凡若干篇。仰以嘉其先人，而俯以善其子孫。則雖洛陽之多大家世族，蓋未易以園囿相高也。

【章旨】次段追敘李氏的家世，點出當時士大夫喜歡遊覽李家園池，並寫詩相贈的原因，是為了「究觀祖宗用兵任將之遺意」。

【注釋】❶李侯　李中祐。侯，對地位較高的士大夫的通稱。❷大父濟州　祖父李謙溥（西元九一五—九七六年），宋初名將，開寶三年（西元九七〇年）任濟州（今山東濟寧）團練使。❸太祖皇帝　北宋開國君主趙匡胤。❹布衣之舊　指趙匡胤做皇帝之前的朋友。李謙溥自五代後晉時就開始當官，歷後漢、後周至北宋，曾與趙匡胤同為周世宗的愛將。❺用兵河東　指北宋攻打北漢的戰爭。河東即今山西省境內黃河以東地帶，五代宋初時有劉氏北漢政權。史載開寶六年（西元九七三年）李謙溥領兵入太原，連拔七砦。❻烈考寧州　父親李允則，天聖六年（西元一〇二八年）卒時為寧州（今甘肅寧縣）防禦使。烈考，對已故先人的美稱。❼章聖皇帝　宋真宗趙恆。「章聖」是仁宗時期給真宗加的諡號。❽雄州　今河北雄縣，北宋與遼的交界地帶。李允則自宋真宗景德三年（西元一〇〇六年）至天禧三年（西元一〇一九年），知雄州十四年。❾繕　整治軍備。❿用間　實施間諜、情報工作。⓫結髮　束髮，指初成年。⓬歷踐句　接連做到父親、祖父做過的官職。李中祐於治平二年以前曾知雄州，被司馬光彈劾而罷，其後仕歷不詳。⓭世其家　繼承家風。⓮謝　辭官告老。⓯餘烈　遺留下來的功業。⓰遺意　值得繼承發揚的深意。

【語　譯】說起李中祐的園池，在洛陽的園池中也是數一數二的。李家世代都是名將：祖父濟州團練使李謙溥，是太祖皇帝登基之前的老朋友，正當太祖對北漢用兵的時候，他率軍攻打太原，百戰百勝；父親寧州防禦使李允則，在宋真宗時代擔任將領，守衛雄州十四年，整修守備設施，安撫軍隊，精心組織間諜工作，其功勞尤為突出。李中祐作為將門之子，才成年就出任仕途，接連做到父親、祖父做過的官職，不辭辛勞，謹慎周密，直到年老也不懈怠，確實能夠繼承他的家風。等到辭官告退，居家洛陽，便引水種竹，尋求山谷自然的樂趣。凡在洛陽的士大夫，都喜歡跟他一起遊玩。這當然不光是因為他家裡有園池可以欣賞，更重要的是可以討論李謙溥、李允則留下的功業，從而研究太祖、真宗皇帝用兵遣將的深意，那是多麼遠大的策略，值得繼承啊！所以，從朝中的公卿以下，都用他的園池為題而贈詩給他，共得若干篇。這些詩篇，上以仰慕他的先人，下以勉勵他的子孫。那麼，雖然洛陽多的是世代顯赫的家族，也不能僅憑園池來跟他比較高低了。

熙寧甲寅❶，李侯之年既八十有三矣，而視聽不衰，筋力益強，日增治其園而往遊焉。將刻詩於石。其子遵度❷，官於濟南❸，實從予遊，以侯命求文以記。予不得辭，遂為之書。熙寧七年十一月十七日記。

【章　旨】末段簡單交代李氏「刻詩於石」和自己應邀作文之事。

【注　釋】❶甲寅　熙寧七年（西元一〇七四年）。❷遵度　李昭敘，字遵度。❸濟南　今屬山東，北宋齊州。李昭敘時任齊州兵馬都監。

【語　譯】熙寧七年，李中祐的年齡已經八十三歲了，但視力、聽力都不衰弱，筋力越來越強，每天增修他的園池，前往遊玩。他將把士大夫的贈詩刻在石上。他的兒子李遵度，在齊州當官，委實跟我在一起，因了李中祐的命令，請我寫一篇記文。我無法推辭，就給他寫了。熙寧七年十一月十七日記。

【研析】中國歷代的武將有「愛財」的傳統，這除了他們較少受到儒、道思想的教育外，也因為武將若不「愛財」，就說明他胸有大志，容易受到君主的猜忌，所以即便本心並不貪慾的武將，也要裝出一副滿足於貪慾的樣子，以保全自身和他的家庭。這是連韓世忠、辛棄疾等名將都不能例外的。在宋朝，受時代「尚文」風氣的影響，武將的「愛財」表現也多從子女玉帛轉向園林書畫，而且喜歡向文人們徵求詩文，刻石宣揚，顯得頗為清雅，但本質上仍是要向當局展示出胸無大志的姿態，讓上面的人放心。世代名將的李家之所以把精力花費在治理園池、鐫刻詩文上面，用意也不外乎此。蘇轍當然明白他們的這番用意，但洛陽乃是此時反「新法」言論的策源地，而蘇轍本人也是反「新法」的重要人物，所以他寫這篇記文，難免也要透露這方面的心曲。他追敘了李家祖先的赫赫戰功，說這些戰功的建立是靠了「祖宗用兵任將」的高明策略，而現在的洛陽士大夫之所以為李家的園池寫詩，就是為了探究和繼承「祖宗」的高明策略。對「祖宗」的這種推崇，很容易令人聯想到王安石的名言：「祖宗之法不足守。」而蘇轍正好反其道而行之。由此看來，這一篇的寫法跟前面一篇〈京西北路轉運使題名記〉很相似，段落佈置也幾乎一模一樣。首段對洛陽風氣、形勝、園池的總體概覽，是為了給次段敘寫李氏的園池作鋪墊，而追敘李氏先世在「祖宗」時代的功烈，也正好對照李氏後人在如今的時代只能滿足於修治園池的現狀。李氏一家作為時代變化的縮影，與〈京西北路轉運使題名記〉中的陳氏一家大致相似，只是沒有那麼典型而已。

齊州閔子祠堂記

【題解】《論語・先進》載孔門弟子中以「德行」著稱者有顏淵、閔子騫、冉伯牛、仲弓四人。其中閔子騫名損，以孝聞名，終生未仕。各種古史都說閔子是魯國人，但在今山東、江蘇各地有多處歷代相傳的閔子墓。

山東歷城在春秋時屬齊國，北宋屬齊州，城外有閔子墓，熙寧八年（西元一〇七五年）建了閔子祠堂，並舉辦祭祀典禮，當時齊州的名醫徐遁（字正權，古文家石介之婿）寫了〈祭閔子文〉，而任齊州掌書記的蘇轍作了這篇〈祠堂記〉。據說，此文由蘇軾書寫後，刻石立碑，豎立在祠堂裡。

歷城❶之東五里，有丘焉，曰閔子之墓。墳而不廟❷，秩祀❸不至，邦人不寧，守土之吏❹有將舉焉而不克者。熙寧七年，天章閣待制右諫議大夫❺濮陽李公❻來守濟南，越明年，政修事治。邦之耋老❼相與來告曰：「此邦之舊，有如閔子，而不廟食❽，豈不大闕❾？公唯不知，苟知之，其有不飭❿？」公曰：「噫！信。其可以緩？」於是庀工⓫為祠堂，且使春秋修其常事⓬。堂成，具三獻⓭焉。籩豆⓮有列，儐相⓯有位，百年之廢一日而舉。

【章旨】首段敘述地方長官修建閔子祠堂，並舉行祭祀典禮之事。

【注釋】❶歷城　北宋齊州歷城縣，今為濟南市歷城區。❷墳而不廟　有墳墓，但沒有廟。❸秩祀　按等級、次序進行祭祀。中國歷代王朝對各地山川、先賢的祭祀禮儀都有統一登記和管理，編有典冊。❹守土之吏　地方官。❺天章閣待制右諫議大夫　北宋職官名。天章閣待制是榮譽職銜，右諫議大夫是從四品官銜，下文的「守濟南」即齊州知州是差遣。❻濮陽李公　李肅之（西元一〇〇八－一〇八九年），字公儀，祖籍濮陽（今屬河南）。❼耋老　老人。耋，六十至八十歲。❽廟食　死後被立廟，享受祭品。❾闕　欠缺。❿飭　整治。⓫庀工　發起工程。庀，準備。⓬春秋修其常事　指按時進行祭祀。⓭三獻　祭品，分為腥（生肉）、燖（水煮的肉）、熟三種。⓮籩豆　盛放祭品的食器。⓯儐相　贊禮的人。

【語譯】在歷城縣的東面五里，有一個古墳，相傳是閔子的墓。但只有墳墓，沒有廟堂，所以不被列入國家祭祀先賢的禮典，令當地人感到很不安。也曾有地方官想修治起來，卻沒有成功。熙寧七年，天章閣待制右諫議大夫濮陽李肅之，前來擔任齊州的長官，到第二年，政事都得到了妥善的處理。當地的老人們一起來訴說：「這個地方的古代名人中，有一個閔子。像他那麼傑出的人，死後居然沒被立廟，不能享受祭品，難道不是地方政治的很大欠缺嗎？您要是不知道也就算了，現在您已經知道，難道還可以不改正嗎？」李肅之說：「啊，確實如此。這怎麼可以拖延呢？」於是馬上發起工程，為閔子修建廟堂，並且要求每年都按時進行祭祀活動。等到廟堂修好了，把一道一道祭品都放上去，食器排得整整齊齊，贊禮的人各就各位，百年以來被廢棄的禮儀一日之間就恢復起來了。

學士大夫觀禮祠下，咨嗟涕洟❶。有言者曰：「惟夫子生於亂世，周流❷齊、魯、宋、衛之間，無所不仕。其弟子之高第❸，亦咸❹仕於諸國：宰我❺仕齊，子貢❻、冉有❼、子游❽仕魯，季路❾仕衛，子夏❿仕魏，弟子之仕者亦眾矣。然其稱德行者四人，獨仲弓⓫嘗為季氏⓬宰⓭，其上三人⓮皆未嘗仕。季氏嘗欲以閔子為費宰，閔子辭曰：『如有復我者，則吾必在汶上矣。』⓯且以夫子之賢，猶不以仕為汙⓰也，而三子之不仕，獨何歟？」

【章旨】這一段與下一段是以對話問答的方式來展開議論，這一段提出問題：閔子和顏回、冉耕為什麼不願意出仕？

【注釋】❶咨嗟涕洟 嘆息流淚。❷周流 遍遊；走遍。❸高第 高材生。❹咸 都。❺宰我 孔子弟子宰予，字子我。

❻子貢　端木賜，字子貢。❼冉有　冉求，字子有。❽子游　言偃，字子游。❾季路　仲由，字子路，又稱季路。❿子夏　卜商，字子夏。⓫仲弓　仲雍，字子弓。⓬季氏　魯國大夫季孫氏，專掌國政，權勢已經超越國君。⓭宰　春秋時大夫的家臣。⓮其上三人　指同以「德行」著稱的前三位：顏回，字子淵；冉耕，字伯牛；閔損，字子騫。⓯季氏四句　事見《論語‧雍也》：「季氏使閔子騫為費宰，閔子騫曰：『善為我辭焉。如有復我者，則吾必在汶上矣。』」費宰，費邑的行政事務官，費邑即今山東費縣，為季孫氏的封地，所以做費宰其實就是做季孫氏的家臣。復，再一次提出要求。汶上，汶水之北。汶水在今山東，春秋時汶水之北是齊國的疆土，故此句意謂：如果再來要求我出仕，那麼我將逃出魯國，到齊國去了。⓰汙　道德上的玷汙。

【語　譯】學士大夫們在廟堂下觀看這場典禮，都嘆息流淚。有人說：「想當年，孔子生在亂世，周遊在齊國、魯國、宋國、衛國之間，到處都可以出仕。他的弟子中的高材生，也都在各個國家出仕：宰我出仕於齊國，子貢、冉有、子游出仕於魯國，季路出仕於衛國，子夏出仕於魏國，弟子中出仕的人也夠多了。但孔門以『德行』著稱的四人，只有仲弓曾經給季孫氏當過家臣，排在他前面的顏淵、冉伯牛和閔子都不曾出仕。季孫氏一度想讓閔子做他的家臣，閔子謝絕道：『如果再來向我提出這樣的要求，那麼我必將跑到汶水的北面去了。』說起來，像孔子那麼賢明的人，也並不把出仕當作人格的汙點，而這三位卻不肯出仕，又有什麼獨特的道理呢？」

言未卒，有應者曰：「子獨❶不見夫適東海者乎？望之茫洋❷，不知其邊，即之汗漫❸，不測其深。其舟如蔽天之山，其帆如浮空之雲，然後履❹風濤而不僨❺，觸蛟蜃❻而不讋❼。若夫以江河之舟楫，而跨東海之灘，則亦十里而返，百里而溺，不足以經萬里之害❽矣。方周之衰，禮樂崩弛❾，天下大壞，而有欲救之，譬如涉海❿，有甚焉者⓫。今夫子之不顧⓬而仕，則其舟楫足恃也；諸子之汲汲⓭而忘返，蓋亦有陋舟而將試焉，則亦隨其力之所及而已矣；若夫三子，顧為夫子而未能，下顧諸子而以為不足為也，是以止而有待。夫子嘗曰：『世之學柳下惠者，未有若魯獨居之男子。』⓮吾於三子亦云。」眾曰：「然。」退而書之，遂刻於石。

【章　旨】此段回答閔子等三人為何不肯出仕的問題。他們既未達到孔子那樣不可被玷汙的境界，又不願像其他弟子那樣甘冒被玷汙的危險，所以就選擇了潔身自好的人生道路。

【注　釋】❶獨　難道。❷茫洋　浩淼寬闊。❸汗漫　水大而深。❹履　踏。❺僨　翻倒。❻蛟蜃　相傳為大海中的危險動物。蛟，蛟龍。蜃，大蛤蜊，吐出氣來成為海市蜃樓。❼讋　恐懼。❽害　危險。❾崩弛　崩潰；鬆散。❿涉海　渡海。⓫有甚焉者　有過之而無不及。甚焉，比渡海的危難更大。⓬顧　顧慮。⓭汲汲　急迫。⓮夫子三句　事見《詩經》毛傳和《孔子家語》。柳下惠，春秋時代魯國大夫展禽，食邑柳下，諡惠，故稱柳下惠。他是一個道德高尚到了不可玷汙的人，即便跟年輕女子在一起，沒有人相信他會發生姦情。魯獨居之男子，魯國的一個單身漢。他的隔壁是一個單身女子，一天晚上，暴風雨破壞了單身女子的房屋，女子想跑到他的房間來過夜，他閉門不納，說按照規矩年輕男女不能在一起。女子說：「你為什麼不能學柳下惠呢？」他說：「柳下惠可以跟年輕女子在一起而不亂來，我卻做不到。所以，我不讓你進來，才是真正學習柳下惠的方法。」他的這種學習方法受到了孔子的肯定。蘇轍的意思是，孔子已經到達無法玷汙的境界，所以不怕出仕，閔子等三人還沒達到如此修養，所以他們不肯出仕，潔身自好，才是學習孔子的正確方法。

【語　譯】話還沒有說完，就有人回答說：「你難道沒見過到東海去的情形嗎？望過去一片汪洋，不知道它的邊際，走近去看，又是深不可測。那裡的舟船，大得像遮蔽天空的山，連張起來的布帆也像浮在天空的雲，這樣才能行駛在風浪之中，而不會翻倒，即使碰到了海中的危險動物，也不會害怕。如果用了江河裡面的小船小槳，想跨出東海的海灘，那也不過駛出十里，就必須返回，駛出百里的話就會沉沒，當然無法經受萬里之遠的危難了。當周朝衰落的時代，禮樂規範都被破壞，天下已經大亂，這個時候想挽救國家，就好像渡過大海一樣，危難的程度有過之而無不及。現在孔子是不顧危難，果敢地出仕，那是因為他的船、槳值得信賴，足以渡過大海；弟子們急急忙忙地下海，忘了返回，那也不過仗著有一條破船，想去試一試，也不過各自按照他的力量到達一定的航程而已；至於顏淵、冉伯牛和閔子三人，他們想學孔子而做不到，下視其他的各位同學，又以為不值得這樣做，所以就不肯出仕，等待道德的自我完善。孔子曾說：『世上學習柳下惠坐懷不亂的人，都不如魯國那位不肯讓年輕女子進門的單身漢學得正確。』我對於閔子等三人，也這樣看。」大家都說：「是這樣。」於是我回家寫下來，就把它刻在石上。

【研　析】蘇轍這篇文章後來受到南宋功利主義思想家葉適的批判，認為他借孔門的三位「德行」弟子來宣揚「不仕」的高潔，是完全錯誤的。照葉適的說法，顏回只因為死得早，來不及出仕，冉耕只因為生了重病，不能出仕，閔子也不過是恥於做季孫氏的家臣而已，他們都不是打定主意不肯出仕的人。葉適由此批判蘇轍看問題太表面化。其實他的這個批判也是相當表面化的，因為蘇轍本人也未嘗是個打定主意不肯出仕的人。如果說，處在南宋國家需要士人積極扶持的時代，葉適反對宣揚「不仕」的態度，還可以同情，那麼處在北宋盛期而且身在仕途的蘇轍，對於「仕」和「不仕」的這番議論，就應當從另外的角度去看待。在今天浙江桐廬的富春江邊，有一個著名的古蹟，曰「嚴子陵釣臺」。嚴子陵名光，是東漢光武皇帝的老同學，但他卻不肯出仕，情願在這裡釣魚。歷代人物到此憑弔，留下的詩文碑刻不知道有多少，可惜如今已破壞殆盡。然而范仲淹寫的〈嚴先生祠堂記〉，卻尚有留存，而且成為這一處名勝的突出象徵。范仲淹是以主動承擔政治責任聞名的士大夫，其「先天下之憂而憂，後天下之樂而樂」的名言幾乎家喻戶曉，現在的浙江省政府把嚴子陵釣臺建設為「愛國主義教育基地」，可以說釣臺的主人已經不是嚴光，而是范仲淹了。其實，〈嚴先生祠堂記〉

一文的主旨，卻是仰慕嚴光「不仕」的風節，讚美「先生之風，山高水長」的。范仲淹還作了一首〈釣臺詩〉：「漢包六合網英豪，一箇冥鴻惜羽毛。世祖功臣三十六，雲臺爭似釣臺高。」認為嚴光比那些功臣們可敬得多。今天遊釣臺的人，將如何理解嚴光和范仲淹這兩個看上去完全相反的形象在這裡的疊合呢？實際上，對於北宋的士大夫來說，這正好是一個硬幣不可缺少的兩面：只有心中懷著「不仕」的情操，勇於超越政治，那麼在從事政治活動時才能奮不顧身，不計禍福，不因勢利而歪曲自己的立場。用一句俗話說，只有放得下，才能拿得起。所以蘇轍之讚美閔子，正如范仲淹之讚美嚴光，把道德的自我完善看作出仕的前提，並非簡單地宣揚「不仕」。不過，相對於「先憂後樂」的那種熱情來說，蘇轍顯然也比范仲淹更強調個人潔身自好的一面，我們從中可以看到北宋士大夫心理的某種轉變，這當然與政治局勢的變化有著深刻的關聯。等到比蘇轍更年輕的一代，如黃庭堅的身上，就發展為另一番面貌：個人的內在完善才是人生的本質追求，出來做官只不過是和光同塵，混口飯吃而已。

超然臺賦 并敘

【題解】熙寧八年（西元一〇七五年），蘇軾在密州（治所在今山東諸城）知州任上，修建了一個高臺，蘇轍給它命名叫「超然臺」，而作此賦。賦前有序文，說明建造和命名的始末。由於二蘇的祖父名為「蘇序」，所以他們的文章裡，「序」字都寫作「敘」，以避家諱。

子瞻既通守餘杭❶，三年不得代，以轍之在濟南也，求為東州守❷。既得請高密❸，其地介於淮海之間，風俗樸陋，四方賓客不至。受命之歲❹，承大旱之餘孽❺，驅除螟蝗❻，逐捕盜賊，廩卹饑饉❼，日不遑給❽，幾年❾而後少安。顧居處隱陋❿，無以自放⓫，乃因其城上之廢臺而增葺⓬之，日與其僚⓭覽其山川而樂之，以告轍曰：「此將何以名之？」

【章　旨】這是序文的第一段，講蘇軾（子瞻）擔任密州知州，公務之餘，造了一個高臺，讓蘇轍為這高臺起一個名字。

【注　釋】❶通守餘杭　做杭州的通判。通守，即通判，北宋新置的州級副官，但要跟知州一起簽署命令，對知州有監督作用，所以又稱「監州」。餘杭，杭州的代稱。蘇軾於熙寧四年至七年擔任杭州通判。❷東州守　京東路（今山東省境內）的知州。守，太守；州的長官。宋代的知州相當於漢代的太守。❸得請高密　請求後，得到朝廷允許，擔任密州知州。高密，指密州。蘇軾於熙寧七年九月差知密州，十一月上任。❹受命之歲　接受任命的那一年。史載熙寧七年大旱，流民遍野。❺餘孽　延續下來的災禍。❻螟蝗　螟蟲和蝗蟲，都是吃稻的害蟲。❼廩卹饑饉　開倉救濟饑民。廩，倉庫。卹，救濟。❽日不遑給　每天都來不及做事。❾幾年　將近一年。❿隱陋　隱僻狹小，不夠寬敞明亮。⓫自放　放任自己的胸懷。⓬葺　修治。⓭僚　屬員。

【語　譯】我的哥哥蘇軾擔任杭州通判以後，有三年沒更換職務，因為我在濟南的緣故，他就向朝廷請求，到京東路來做知州。朝廷答應了他的請求，任命他為密州的知州。密州處在淮河和大海之間，風俗簡樸鄙陋，四方的賓客都不願意來。蘇軾接受任命的那年，正好在大旱之後，災禍還在延續，他帶領人民驅除蝗蟲，追捕盜賊，開倉賑濟饑民，每天都忙得做不完事情，將近一年之後才稍獲安定。鑑於所住的地方實在不夠寬敞明亮，不能放任胸懷，就找到城牆上一個被廢棄的高臺，在這個基礎上加以增修，每天都跟他的屬員們一起登覽，觀看山川景色，感到非常快樂。他把這事告訴我，並問：「給這高臺起一個怎樣的名字呢？」

轍曰：「今夫山居者❶知山，林居者知林，耕者知原，漁者知澤，安於其所而已，其樂不相及也，而臺則盡之；天下之士，奔走於是非之場，浮沉於榮辱之海，囂然❷盡力而忘反❸，亦莫自知也，而達者❹哀之。二者❺，非以其超然不累於物❻故邪？老子曰：『雖有榮觀，燕處超然。』❼嘗試以『超然』命之，可乎？」因為之賦以告曰：

【章　旨】這是序文的第二段，蘇轍引用了老子的話，給密州的高臺起名叫「超然臺」，表示超越世俗的是非榮辱之意。

【注　釋】❶山居者　住在山裡的人。❷囂然　得意的樣子。❸反　同「返」。❹達者　通達的人。❺二者　指「臺」與「達者」。❻不累於物　不被外物所牽連和妨礙。實指對外物沒有欲望。❼雖有榮觀二句　語見《老子》。榮觀，漂亮榮盛的遊覽之地。燕處，安定的休息地；閒居。

【語　譯】我回答說：「現在，住在山裡的人懂得山的好處，住在林子裡的人懂得林子的好處，耕田的人懂得平原的好處，釣魚的人懂得水的好處，這些都是安於他們所住的地方而已，雖然各有各的樂趣，卻不能互相兼有，而一個高臺就可以完全擁有這些樂趣；天下的士人們，奔走在是非之場，沉浮在榮辱的大海，還自鳴得意，各自使盡了氣力，而忘記返回，他們自己也不知道悲哀，而通達的人卻可憐他們。這高臺和通達的人，之所以能如此，難道不是因為超越世俗，不被外物牽累的緣故嗎？老子說：『即便有漂亮燦爛的遊玩之地，還不如超然自得的閒居。』所以我嘗試用『超然』做高臺的名字，可以嗎？」然後我就寫一篇賦來表達這個意思。

東海之濱，日氣所先❶。巋❷高臺之陵空❸兮，溢❹晨景之潔鮮❺。幸氛翳❻之收霽❼兮，逮❽朋友之燕閒。舒堙鬱❾以延望❿兮，放遠目於山川。設金罍⓫與玉斝⓬兮，清醪⓭潔其如泉。奏絲竹⓮之憤怨兮，聲激越而眇綿⓯。下仰望而不聞兮，微風過而激天⓰。

【章旨】這是賦的第一段，形容蘇軾等人在清晨登上「超然臺」的情形。

【注釋】❶日氣所先　太陽首先照到的地方。❷巋　高大的樣子。❸陵空　淩空；聳立在空中。❹溢　充滿而外流。❺潔鮮　清潔、新鮮。❻氛翳　遮蔽天空的霧氣。❼收霽　收斂；停止。此指霧氣消散。❽逮　及；趕上。❾舒堙鬱　舒展開胸中的鬱悶之氣。❿延望　向遠方眺望。⓫金罍　酒器名，樽形，用金裝飾。⓬玉斝　玉制的酒器，圓口平底，三足。此句中的金罍、玉斝，大抵泛指各種酒器。⓭醪　酒。⓮絲竹　弦樂器和管樂器。⓯眇綿　餘音連綿不絕。⓰激天　衝到天上。

【語譯】東海的邊上，那是太陽首先照耀的地方。巍然而起的超然臺聳立在半空，早晨清新的景色充滿眼前。令人高興的是，霧氣已經消散，又趕上朋友們的閒暇無事。大家登上高臺，舒展開胸中的鬱悶，向著遠處眺望，把視野擴展到廣闊的山河。安排下各種酒器，那清澈的酒就如泉水一般潔淨。奏響了各種樂器，抒發怨憤之情，聲音高亢而悠遠。下面的人再怎麼仰望也無法聽到，微風吹過來，也順著高臺一下衝到天上去。

曾陟降之幾何❶兮，棄溷濁❷乎人間。倚軒楹❸以長嘯兮，袂❹輕舉而飛翻。極千里於一瞬兮，寄無盡於雲煙。前陵阜❺之洶湧❻兮，後平野之湠漫❼。喬木蔚其蓁蓁❽兮，興亡❾忽乎滿前。懷故國❿於天末⓫兮，限東西之險艱。飛鴻往而莫及兮，落日耿其夕躔⑫。

【章　旨】這是賦的第二段，形容登高眺望的感受。開始覺得輕鬆超脫，繼而又慨嘆歷史，懷念家鄉，直至日暮。

【注　釋】❶曾陟降之幾何　登上高臺不久。曾，發語詞。陟降，升高和降低，這裡指升高。幾何，時間不久。❷溷濁　汙濁。❸軒楹　臺前的欄杆和柱子。❹袂　衣襟。❺陵阜　山岡丘陵。❻洶湧　形容波濤激烈，此指山嶺延綿不斷像波濤一般。❼渺漫　曠遠的樣子。❽蔚其蓁蓁　形容一片茂盛。蔚，草木茂盛。其，語助詞。蓁蓁，草木叢雜的樣子。❾興亡　這裡指登高所見的歷史陳跡。❿故國　家鄉。⓫天末　天邊。⓬落日耿其夕躔　明亮的落日運行到了晚上。耿，光明。躔，太陽運行的軌跡。

【語　譯】登上高臺才沒有多久，便覺得拋棄了人間的汙濁。靠著臺前的欄杆柱子，吹起長長的口哨，輕盈的衣襟都飄起來，隨風翻飛。一眼望去，就窮極了千里之遠，把無盡的心意寄託在雲煙之上。前方是綿延不斷，如波濤般洶湧的山嶺，後面是一片曠遠的平野。高大的樹木蔚然茂盛，歷史古蹟忽然都展現在眼前。懷念那遠在天邊的故鄉，被重重疊疊險阻的高山所隔斷。只有鴻雁可以飛去，人卻無法追隨，明亮的落日則開始了它傍晚的旅程。

嗟人生之漂搖❶兮，寄流枿❷於海壖❸。苟所遇而皆得兮，遑❹既擇❺而後安。彼世俗之私己❻兮，每自予於曲全❼。中變潰而失故❽兮，有驚悼而汍瀾❾。誠達觀之無不可兮，又何有於憂患。顧遊宦❿之迫隘⓫兮，常勤苦以終年。盍⓬求樂於一醉兮，滅膏火之焚煎⓭。

【章　旨】這是賦的第三段，專發議論。認為人生應該隨遇而安，不要患得患失；做官辛苦，還不如喝酒快樂。

【注　釋】❶漂搖　在水中漂，在風中搖，形容人生受外力決定，不由自主。❷流枿　漂流的小樹枝。❸海壖　海邊的空地。❹遑　來不及；談不上。❺既擇　經過選擇。❻私己　貪圖滿足一己之私。❼自予於曲全　在委曲求全中追求自我滿足。❽中變潰而失故　中途發生變化，潰敗下來，失去原來的樣子。❾汍瀾　流淚很多。❿遊宦　到處輾轉做官。⓫迫隘　緊迫、狹窄。⓬盍　何不。⓭滅膏火之焚煎　意謂消除自身的煩惱，解脫痛苦。《莊子》有「膏火自煎」的話，把生命比喻為油燈的火，自己燃燒到油盡燈滅。佛教又把生命過程理解為種種煩惱的不斷延續。

【語　譯】感嘆人生，不由自己作主，像一根漂流的小樹枝，寄身在海邊。如果隨便遇到什麼都能夠超然自得，那麼用不著自己來選擇地方才感到安定。那些世俗的人，只顧念一己之私，總是在委曲求全中滿足自我，中途發生了變化，便潰敗下來，失去原來的樣子，除了震驚、哀悼、不斷流淚，還能得到什麼呢？真正達觀的人無所不可，又哪有什麼憂患？你看這做官的仕途，如此緊迫、狹窄，經常終年勤苦，何不在一醉中尋求快樂，解脫自身的煩惱。

雖晝日❶其猶未足兮，竢❷明月乎林端。紛既醉而相命❸兮，霜凝磴❹而跰躚❺。馬躑躅❻而號鳴兮，左右翼❼而不能鞍❽。各雲散於城邑兮，徂❾清夜之既闌❿。惟所往而樂易⓫兮，此其所以為超然者邪。

【章　旨】這是賦的最後一段，講天色已晚，遊人已醉，各自歸去。結尾點題。

【注　釋】❶晝日　白天。❷竢　同「俟」。等待。❸相命　互相勸告。❹凝磴　凝結在石階上。❺跰躚　行走不穩。❻躑躅　踏步不前。❼翼　從兩邊攙扶。❽鞍　馬鞍，此指坐在馬鞍上。❾徂　往；到。❿闌　盡。⓫樂易　愉快隨和。

【語　譯】雖然整個白天都過去了，大家的遊興還不滿足，等待著明月從樹林的邊上升起。很多人都已經喝醉了，互相勸告著回家。石階上凝結了霜，使大家行走不穩，馬也踏步不前，大聲鳴叫，即便由侍從們從兩邊攙扶，還是無法坐到馬鞍上。最後各自回家，像流雲飄散在城市的每個角落，直到這清爽的夜晚慢慢過盡。無論是到了那裡，都這樣快樂隨和，這就是為什麼要叫做「超然」的理由。

【研　析】熙寧七年的那場旱災對於北宋歷史的影響，也許值得充分估計。雖然天災的發生當然不是因為實行了「新法」，但「新法」政府用來表明其政績的最大依據，就是財政收入的增加，而且這增加了的收入要被集中在京城，這是皇帝看得到的地方，所以京城的繁榮富庶進一步超越地方，當災情發生的時候，饑民們無不選擇京城為逃難之處，而正是因為無數流民進入京城的景象，動搖了宋神宗對「新法」政府的信任。一個叫做鄭俠的京城監門官，畫了一卷流民圖，給皇帝看，說這才是「新法」實行效果的真相，他並且大膽保證：如果廢除新法，就一定會下雨，如果不下雨，他情願被斬。據說神宗皇帝為此焦躁了一夜，然後廢罷了剛剛實行的方田法。令人驚奇的是，此法一罷，老天果真便下起雨來。於是接著被廢罷的就是王安石的宰相職務了。「新法」政府的反擊，當然是嚴厲地處分了鄭俠，經過大半年的折騰，才挽回局面，王安石也於熙寧八年二月復相。但一個宰相的去而復來，難免引起「新黨」內部權力分配上的失衡，在少壯派的嚴重打擊下，王安石次年就再度罷相，從此一蹶不振。如此看來，熙寧七、八年間的「新黨」，確實還不如被他們排擠在外的蘇軾、蘇轍那樣逍遙自在。雖然蘇轍沒有忘記在序言中強調，身為知州的蘇軾也分擔了旱災帶來的困擾，但他著力描繪的，是那種超然自得的快樂，是沉埋在是非榮辱場中的「新黨」們無從體會的心境。「超然臺」上的登臨遊玩，從清晨延續到傍晚，再到月亮升起，好不容易回家了，還要享受清爽的夜色，直到夜盡。他依著時間的順序，一段一段地描寫，間以議論，顯得那樣中規中矩，傳達出從容不迫的心態。這一切都似乎在向著當權者說：「我活得很好，你們拿我沒辦法。」不過，真的是沒辦法嗎？未免小看宋神宗和他的「新法」政府了。有一個三國時代的著名故事：田豐勸阻袁紹去跟曹操決戰，袁紹不聽，果然失敗。旁人以為這一下田豐將獲得袁紹的重視了，但田豐自己卻很明白：如果袁紹勝了回來，不過嘲笑他幾句，如果敗了回來，一定殺了他出氣。後來果然如此。熟悉三國歷史的蘇氏兄弟，本來應該明白：如果他們所反對的「新法」實行得效果甚好，他們是不妨逍遙的，如果不好，他們只會遭到懲罰。

自齊州回論時事書

【題解】熙寧九年（西元一〇七六年）十月，王安石再度罷相。就「新法」政府的角度來說，這既是他們經歷了兩年前的大旱所帶來的動蕩後，內部權力更張的結果，也意味著宋神宗的政治生命走到了不再需要指導者的階段，至少並不表明王安石的一整套政策將被廢棄。但在當時的「舊黨」人物看來，這結果既然是由大旱帶來的動蕩演變出來，便是對現行政策有所反省的表示。所以，他們將此視為改變政策的重大契機。正好這一年蘇轍的齊州掌書記任滿，按慣例回到京城，去等候新的調遣。大約在年末的時候，他向神宗皇帝奏上此書，要求全面廢除「新法」。在他看來，這無疑是繼王安石罷相以後最符合邏輯的下一步。

臣自少讀書，好言治亂。方陛下求治之初❶，上書言事❷，陛下不廢狂狷❸，召對便殿❹，親聞德音❺。九品賤官❻，自此始得登對❼論事。當此之時，陛下好問之聲震動海內，愚賤之人❽篤信寡慮，以為天下之事可得徐陳遍舉，指顧而定❾矣。既而誤蒙恩澤，受職條例❿，抗論⓫得失，與有司⓬不合，得請外補⓭，於今七年。而天下之治安終未可見，臣竊疑之。

【章旨】這一段是開場白，簡單交代自己的經歷，並說明此番上書的理由，是因為看到了現行政策的完全無效。

【注釋】❶方陛下求治之初　正當陛下即位的初年，急於尋求治理國家之法。指熙寧二年的情景。❷上書言事　指蘇轍熙寧二年〈上皇帝書〉，本書有節選。❸不廢狂狷　不遺棄狂妄和狷介的人。狂，做了不該做的事。狷，不做應該做的事。❹召對便殿　在延和殿召見，聽取意見。召，皇帝下命令接見某人。對，臣子向皇帝陳述意見。便殿，即延和殿。北宋皇帝以福寧殿為寢殿，其南面的垂拱殿為前殿，北面的延和殿為後殿，也稱便殿。每天上午的聽政時間分為兩段，先在前殿聽取執政官的日常奏事，再到便殿，安排特別的接見。❺德音　此指皇帝的話。❻九品賤官　最低級的官階。蘇轍到熙寧十年才升為從八品的著作佐郎，此前一直是九品的「選人」，從事幕府工作。❼登對　到皇帝面前去陳述意見。❽愚賤之人　蘇轍自指。❾指顧而定　很容易就處理妥當。指顧，指一指，看一看，形容不費力氣。❿受職條例　到「制置三司條例司」擔任職務。⓫抗論　直言爭論。⓬有司　官方。此指條例司的主持人王安石。⓭得請外補　經請求，獲得允許，到京城之外的地方上任職。

【語譯】我從小讀書，喜歡縱談國家的治亂。正當陛下即位的初年，急於尋求治理之法，我便上書論述政事。陛下從不遺棄狂妄和狷介的人，在延和殿召見了我，讓我陳述意見，令我親耳聽到您的教誨。像我這樣最為低級的九品官員，從此才開始獲得機會到皇帝面前去陳述見解。在那個時候，您不恥下問的聲譽震動了全國，我這愚蠢低賤的人，因為真誠相信而缺少考慮，以為天下的事情可以很容易處理妥當。不久，我蒙受陛下的委任，到條例司去擔任職務，直言爭論「新法」的得失，跟長官意見不合。於是經過請求，獲得允許，到地方上任職，至今已有七年了。但我終究還是看不到天下被治理得太平的景象，所以私自懷疑。

伏惟陛下天縱聖德，聰明睿智，不學而具。其於謀慮措置，曾何足云？然自頃歲❶以來，每有更張，民率不服。蓋青苗❷行而農無餘財，保甲❸行而農無餘力，免役❹行而公私並困，市易❺行而商賈皆病。上則官吏勞苦，患其難行；下則眾庶愁嘆，願其速改。凡此四者，豈陛下之聖明有所不知耶？臣以為非也。陛下之聖明無所不知。何以言之？二年以來，陛下屢發英斷❻，廢置大吏❼，數其罪愆❽，明示臣庶。凡天下之所共疾惡者，陛下無一不知。由此觀之，凡天下之所共厭苦者，陛下何所不察？今者皇天悔禍❾，啟道聖意❿，易置輔相⓫，中外⓬踴躍，思覩寬政。而歷日彌⓭月，寂寞無聞，眾心皇皇⓮，如久饑而不得食。臣雖愚陋，竊獨為陛下恨⓯也。

【章旨】這一段陳述四項「新法」的弊端，並認為宋神宗是明知這樣的弊端，才罷免了王安石。然後順勢指出矛盾：既然罷免了王安石，為什麼還不廢除「新法」呢？

【注釋】❶頃歲　最近幾年。❷青苗　即「青苗法」，見前〈制置三司條例司論事狀〉注。❸保甲　即「保甲法」。北宋原來實行募兵制，王安石想以保甲代替募兵，規定鄉村中十家為一保，五十家為一大保，十大保為一都保，每家有兩個成年男子以上者，選一人做保丁，組成民兵部隊，發給武器，進行訓練。❹免役　即「免役法」，見前〈制置三司條例司論事狀〉注。❺市易　即「市易法」，在各重要城市設立「市易務」，京城設立「都市易司」，收購和出賣貨物，並向商人貸款。這實際上是以國家資本投入商業，並以政治權力保證其在商業運行中的優先地位。❻英斷　英明的決斷。❼廢置大吏　撤職和任命（即更換）重要的官員。由於王安石去而復來，熙寧八、九年間更換執政大臣頗為頻繁，從下文「數其罪愆」之語來看，這裡主要是指熙寧八年十月罷免參知政事呂惠卿。❽數其罪愆　數落他的罪行和過失。呂惠卿罷免時，宋神宗有手詔：「參知政事呂惠卿，朕不次拔擢，俾預政機。而乃不能以公滅私，為國司直，阿蔽所與，屈撓典刑。言者交攻，深駭朕聽。可守本官知陳州。」❾皇天悔禍　老天撤去加給世上的災禍。意謂局面好轉。❿啟道聖意　啟發和引導皇帝的心意。道，同「導」。⓫易

置輔相　更換宰相。指王安石第二度罷相。⓬中外　中央和地方。⓭彌　滿。⓮皇皇　惶惶不安。⓯恨　遺憾。

【語譯】我想，陛下天生具有聖明的道德，用不著學習，就具備聰明睿智。種種謀劃和安排，對您來說哪裡談得上是什麼難事？然而，自從近年以來，政策上每有改變，老百姓都不服氣。大概來說，青苗法的推行，使農民們再也沒有多餘的財富；保甲法的推行，使農民們再也沒有多餘的氣力；免役法的推行，使公家和私人都受困擾；市易法的推行，使商人們全部受害。上面有官吏們的勞累辛苦，擔憂這些法規難以施行；下面有眾多百姓的悲愁嘆息，但願這些法規迅速改變。這四項「新法」的弊端，難道像您那麼聖明的人還會不知道嗎？我以為不是這樣的，您的聖明是無所不知的。為什麼這麼說呢？兩年以來，您屢次發揮英明的決斷，撤換了重要的官員，數落他們的罪過，明確地昭示給所有的官民。凡是被天下所共同憤恨厭惡的人，沒有一個您不知道的。由此看來，凡是令天下人都感到厭惡辛苦的事，哪一件會是您看不到的呢？現在，老天好像也撤銷了降臨給我們國家的災難，啟發和引導了您的心意，讓您換掉了宰相。從中央到地方，大家都積極振奮，想著馬上就能看到寬厚的政策。但好多天過去了，快滿一個月了，還是沒有聽到一點動靜。大家都惶惶不安，就好像長久饑餓的人還等不到吃飯。我雖然只是個愚蠢鄙陋的臣子，也一個人私自為陛下感到遺憾。

陛下自即位以來，求治之心常若不及。意將以堯舜之隆平❶，易漢唐之淺陋。不幸左右❷不明，陵遲❸以至於此。天下之人孰❹不知之？今也既知其不可用而去之，又循其舊術❺而不改，將遂代之任咎❻。此臣之所以為陛下恨也。

【章旨】這一段補充申明，以前的政策失誤是王安石等大臣的責任，不是皇帝的責任，現在皇帝沒有必要延續這錯誤的政策。

【注釋】❶隆平　昌盛太平。❷左右　皇帝身邊的輔佐大臣，指王安石、呂惠卿等。❸陵遲　敗壞。❹孰　誰。❺舊術　原來的政策，指「新法」。❻任咎　承擔責任。

【語譯】陛下自從即位以來，追求治理的心意，總好像恐怕來不及那樣。您的本意，是想恢復堯舜時代的昌盛太平，來改變漢朝、唐朝的淺薄政策。不幸的是身邊的大臣不夠賢明，所以敗壞到了現在的這種程度。天下的人，誰不知道這個經過？如今，既然已經知道他（王安石）不可以任用，而將他撤職，卻又承襲他原來的政策，不加改正，勢必將要代替他來承擔責任。這就是我為什麼替您感到遺憾的原因。

且今天下之安危，智者不再計❶矣。水旱連年，死者將半；遺民❷饑困，盜賊滿野；疆埸未寧❸，軍旅在外；府庫空竭，邊餽❹寡少。事之可憂者，何可勝數？術之不效❺，斷❻可見矣。然陛下獨遲遲而不決，意者❼已為之而已廢之，恐天下有以窺其深淺耶❽？臣聞人主之德如天。天之於物也，熾然❾而旱，赤地❿千里，草木皆死，可謂虐⓫矣。然至雷雨時作⓬，膏澤⓭洋溢，百穀奮起，民復粒食⓮，鼓舞盛德⓯而忘旱之虐。何者？度量廣大，改過無疑也。如使密雲而不雨，既雨而中止，遲疑猶豫，久而不忍⓰，則天之生物盡矣。傳曰：「君子之過也，如日月之食焉。過也，人皆見之；更也，人皆仰之。」⓱

【章旨】這一段再次強調現狀的惡劣，認為是「新法」施行的嚴重後果，敦促神宗廢除「新法」。並以天為比喻，引證古訓，說明皇帝改正錯誤不會有損他的聲譽。

【注釋】❶不再計　用不著反覆考慮，就可以判斷。❷遺民　剩下來的百姓。❸疆場未寧　邊關不安定。熙寧八、九年間，北宋邊關的糾紛來自三個方面：北面與遼發生重勘地界的問題，反覆談判後，宋朝放棄了若干地段；南面遭到交趾（今越南）的攻擊，廣西的部分地區一度陷落，而交趾起兵的名義就是反對王安石變法；西北方面，宋朝主動出擊甘肅、青海一帶，意圖限制西夏的發展，但當地的土著部落時而降伏，時而叛亂。❹邊餽　輸送給邊關的軍糧。❺術之不效　現行政策的不成功。❻斷　絕對。❼意者　大概；或許。表示測度之詞。❽恐天下句　恐怕天下人由此知道了皇帝的深淺。意謂，恐怕天下人認為皇帝做事很草率。❾熾然　熱得像火燒。❿赤地　空蕩蕩的地面。⓫虐　殘酷。⓬時作　按時興起。⓭膏澤　滋潤農作物的雨水。⓮粒食　吃得上稻米。⓯鼓舞盛德　為大恩大德感到歡欣喜悅。⓰不忍　捨不得（下雨）。⓱傳曰七句　語見《論語・子張》。傳，指《論語》。過，過失；犯錯誤。日月之食，日食和月食。更，改正。

【語譯】況且，如今天下局面的安危，有智慧的人用不著反覆考慮，就能判斷了。連年的水、旱災害，令百姓死了將近一半；剩下來的百姓也饑餓貧困，滿山遍野都是盜賊；邊關也一直不能安寧，軍隊還被派遣在外作戰；所有的倉庫都已經用空了，送往邊關的軍糧也沒有多少了。可以擔憂的事情哪裡還數得完？現行政策的不成功，是絕對能夠判定了。但只有陛下您還遲遲地不下決心，不肯廢除「新法」。也許您覺得，「新法」是您自己決定實行的，現在您自己又來廢除它，恐怕天下人由此覺得您做事很草率。是這樣吧？我聽說，君主的道德就好像天一樣。天對於萬物，有時候發起旱災，熱得像火燒，千里之廣的地面上，一片空蕩蕩，草木都死光，可謂殘酷了。但是，到了雷雨按時興起，滋潤草木的雨水充滿大地，各種農作物都振作起來，老百姓就又可以吃到糧食了，大家為了老天的大恩大德而歡欣喜悅，早就忘記了旱災的殘酷。這是為什麼呢？因為老天的器量大，毫不猶豫地改正了錯誤。假如它只是佈滿烏雲而不下雨，或者已經下雨而又中止，猶豫了很久還捨不得下雨，那麼天下所有的生命都要終結了。《論語》說：「君子有時候也會犯錯誤，這就好像日月也有日食、月食的時候。犯錯誤的時候，大家都看到了；等到改正錯誤，大家仍然都仰望他。」

今陛下誠先治其心❶，使虛一而靜❷，湛乎彼我❸，得失莫能嬰❹也。去惡如棄塵垢，遷善❺如救饑渴，與民一新，罷此四事：青苗之既散❻者，要之❼以三歲而不收息；保甲之既團❽者，存其舊籍❾而不任事❿；復差役，以罷免役之條⓫；通商賈⓬，以廢市易之令。行之期年⓭而觀之，苟民不安居，水旱復作，盜賊復起，財用復竭，誠有一事以憂陛下，臣請伏罔上⓮之誅，以謝左右⓯。陛下誠不信臣，數年之後，親受其弊矣。古人有言曰：「一慙之不忍，而終身慙乎？」⓰惟陛下為社稷籌之。

【章旨】此段再次鼓動神宗廢除上述的四項「新法」，並以性命擔保廢除「新法」後的局面必然好轉。

【注釋】❶治其心　修養自己的心靈。❷虛一而靜　語出《荀子・解蔽》，虛心、專一、寧靜，排除各種雜慮和成見的干擾。❸湛乎彼我　清楚地辨別什麼是他人的影響，什麼才是自己的本意。湛，澄清。❹嬰　干擾；糾纏。❺遷善　改做好事。❻既散　已經散發，指貸出去的「青苗錢」。❼要之　跟貸錢的百姓約定。❽既團　已經編組起來。❾存其舊籍　把保丁的名單放置起來。❿不任事　不要求保丁們做（訓練、糾察等）事。⓫條　法規。⓬通商賈　讓商人們自由貿易。⓭期年　滿一年。⓮罔上　欺騙君主。⓯謝左右　向皇帝謝罪。左右，不直接說皇帝本人，而說他的左右，表示尊敬。⓰一慙之不忍二句　語見《左傳》。慙，羞愧。

【語譯】現在，請陛下先修養心靈，使自己虛心、專一而寧靜，就能清楚地辨別，什麼是受他人影響而起，什麼才是自己的本意，就不會被一時的得失所干擾，就會像拋棄灰塵汙垢那樣拋棄惡事，像救療饑渴那樣急著改做善事，同老百姓一起煥然一新，廢除這四項「新法」：廢除「青苗法」，已經散發的青苗錢，跟借貸的百姓約定，三年以後歸還，並且不收利息；廢除「保甲法」，已經編組起來的保丁，把他們的名單保留，不要求他們做事；廢除「免役法」，恢復差役法；廢除「市易法」，讓商人們自由貿易。果真如此，施行了一年以後再看，如果百姓還不能安居樂業，水旱災害再度發生，盜賊再度興起，財政再度困乏，真的還有一件這樣的事讓陛下擔憂，那就是我犯了欺騙君主的罪，情願被殺，向您謝罪。如果您真的還是不相信我，幾年以後，您將親身蒙受「新法」的弊病了。古人有過這樣的話：「不能忍受一時的慚愧，難道要終身慚愧下去嗎？」請陛下為國家設想，好好籌劃啊！

臣謹列四事❶之害，畫一❷以獻，不勝愚忠憤懣之誠，干犯天威❸，伏俟鈇鉞❹。臣轍誠惶誠恐，昧死❺上書。

【章　旨】最後是奏章末尾固有的表示忠心和惶恐的套語。

【注　釋】❶四事　即以上四項「新法」。❷畫一　逐一；逐條。蘇轍這封奏章，後面原有一個附錄，叫〈畫一狀〉，具體地論述四項「新法」的害處。❸干犯天威　冒犯皇帝的威嚴。❹伏俟鈇鉞　趴著等候判處死刑。鈇鉞，斫刀和大斧，古代腰斬、砍頭的刑具。❺昧死　冒死。

【語　譯】我謹慎地列出以上四項「新法」的害處，寫了〈畫一狀〉，附在這封奏章的後面，一齊獻給您。我實在忍不住忠於君主和憤慨「新法」的誠意，所以敢這樣冒犯皇上的威嚴，只好趴著等候腰斬或砍頭。我蘇轍實在惶恐，實在惶恐，冒死上書。

【研　析】要評論蘇轍這封奏章的是非，現在來說是一件異常困難的事，因為我們首先必須面臨一個判斷：王安石變法的實際效果究竟如何？其實，從南宋直至清末，這件事未嘗顯得困難，大家幾乎一致認定變法是北宋滅亡的原因，對變法採取否定態度，那麼蘇轍在這裡表達的憂患和忠誠是十分令人欽佩的。不過，自從梁啟超先生撰作《王荊公傳》，積極評價王安石變法以來，凡反對王安石的言論，便都有幾分誣衊的嫌疑了。這是二十世紀中國史學中最大的「翻案」之一，至今還令人議論紛紛。平心而論，即便在號稱專制集權的時代，也很難相信一種毫無現實合理性的政策能夠支撐起一個政治黨派，並讓這個黨派獲得長久存在的社會基礎。如果「新法」施行的後果真的如蘇轍所云，那麼以「新法」為施政綱領的「新黨」還能繼續活躍半個世紀，便簡直是個歷史神話。從這個角度看，我們沒有必要完全認同於蘇轍的說法。當然事情也可以反過來看，在王安石力倡變法的時候，也曾經用類似的話去攻擊宋仁宗時代的政治，聲稱再不變法就無法維持下去，果真如此，那以堅持仁宗「舊法」為特徵的「舊黨」又何從獲得其存在半個世紀以上的社會基礎呢？所以，如果我們相信一切存在的東西都各有其所以能夠存在的合理性，那麼新、舊兩黨的長期對峙，本身就是他們各有得失的證明。從目前可以掌握的歷史現象來看，「新法」比較「舊法」而言，似乎更有利於政府而不利於商人，更有利於城市而不利於鄉村，更有利於京都而不利於地方。因此，「舊黨」的反對言論，大致都要突出商人、鄉村、地方的利益受到損害的情形。這個特點，我們從蘇轍的這封奏章，也能看得出來，而熙寧七年，來自地方上的流亡農民大量進入京城的事件，之所以對「新法」政府造成如此嚴重的衝擊，也不難理解了。從這個角度來看，我們又不應該否認蘇轍發言時的那一分憂患和忠誠。而且，這憂患和忠誠，恰恰是作為士大夫的蘇轍和王安石身上所共同的東西，儘管他們是真正的政敵。既不是「新法」，也不是「舊法」，而是這士大夫階層的存在和活動方式，決定了趙宋政權的盛衰存亡。無論如何，在面對一個可以對你生殺予奪的皇帝時，蘇轍在此表現出的大膽無畏、剛毅堅定，是最值得肯定的。《論語》曰：「士不可以不弘毅。」確實如此。

王氏清虛堂記

【題解】熙寧九、十年之交，蘇轍在汴京等候新的調遣。他向皇帝要求廢除「新法」的上書當然並無回音，雖然官銜上升為從八品的著作佐郎，進入了「京官」的行列，但作為一個反對現行政策的官員，朝廷裡面顯然沒有合適他去擔任的差事，結果還是由新任南京（今河南商丘）留守的張方平邀請他去做「簽書應天府判官」（應天府即南京）。留在京城的期間，他曾為王鞏家的清虛堂寫下這篇記文，文末署明了寫作時間，是熙寧十年（一〇七七）正月八日。

王君定國❶為堂於其居室之西，前有山石瓌奇琬琰❷之觀，後有竹林陰森冰雪之植，中置圖史百物，而名之曰「清虛」❸。日與其遊❹賢士大夫相從於其間，嘯歌吟詠，舉酒相屬，油然❺不知日之既夕。凡遊於其堂者，蕭然❻如入於山林高僧逸人之居，而忘其京都塵土之鄉也。

【章　旨】這一段是簡單的敘述，講王鞏在家裡造了一個「清虛堂」，是一個讀書和休閒的處所。

【注　釋】❶定國　王鞏（西元一〇四八—？年）字。其家為京師的名門望族，與蘇氏兄弟關係親密。❷瓌奇琬琰　美好奇特，像玉一樣。琬琰，玉名，常用作碑石的美稱。❸清虛　清淨、虛無。❹遊　一起玩的朋友。❺油然　舒緩的樣子。❻蕭然　瀟灑悠閒的樣子。

【語　譯】王定國在他住所的西面造了一個堂，堂前有奇異的山石，像玉一樣的景觀，堂後有陰森的竹林，能經受冰雪的植物，堂中放置了圖書史料等各種物品，而起了個名字叫「清虛堂」。每天，他都跟一批士大夫朋友，一起在清虛堂裡，唱歌吟詩，舉起杯子互相勸酒，那樣舒適得不知道天晚。凡是到這清虛堂來遊玩的人，都覺得瀟灑悠閒，好像到了山林裡面高僧隱士的住所，而忘記這是在京城，在被達官貴人的車馬揚起的塵土所充滿的地方。

或曰：「此其所以為清虛者❶耶？」客曰：「不然。凡物，自其濁者視之，則清者為清；自其實者視之，則虛者為虛。故清者以濁為汙，而虛者以實為礙，然而皆非物之正❷也。蓋物無不清，亦無不虛者。雖泥塗❸之渾，而至清❹存焉；雖山石之堅，而至虛❺存焉。夫惟清濁一觀，而虛實同體，然後與物無匹❻，而至清且虛者出❼矣。今夫王君，生於世族❽，棄其綺紈膏粱❾之習，而跌蕩❿於圖書翰墨⓫之囿，沉酣縱恣⓬，灑然與眾殊好。至於鍾、王、虞、褚、顏、張之逸迹，顧、陸、吳、盧、王、韓之遺墨⓭，雜然前陳⓮，贖之傾囊⓯而不厭⓰，慨乎思見其人而不得，則既與世俗遠矣。然及其年日益壯，學日益篤，經涉世故⓱，出入患禍，顧疇昔之好⓲，知其未離乎累⓳也，乃始發其箱篋，出其玩好⓴，投以與人而不惜。將曠焉黜㉑去外累㉒，而獨求諸內，意其有真清虛者在焉，而未之見也。王君浮沉京師，多世外之交㉓，而又娶於梁張公氏㉔。張公超達遠騖㉕，體乎至道㉖，而順乎流俗。君嘗試以吾言問之，其必有得於是㉗矣。」熙寧十年正月八日記。

【章旨】這一段是議論，從「清虛」的各種具體表現推闡到抽象的「清虛」，並勉勵王鞏，從崇尚「清虛」的愛好走向心靈本質的「清虛」。

【注釋】❶所以為清虛者　之所以稱為「清虛」的原因。❷物之正　事物的本來面目。❸泥塗　汙泥；爛泥。❹至清　抽象的「清」。❺至虛　抽象的「虛」。❻與物無匹　心中沒有與外物相合的思慮，指不片面喜歡某一類事物。匹，合。❼出呈現。❽世族　世代富貴的家庭。王鞏的祖父王旦是真宗朝的宰相，父親王素在仁宗朝官至工部尚書。❾綺紈膏粱　華麗的絲織品和肥美的食物，指追求好吃好穿的紈袴習尚。❿跌蕩　縱情沉溺。⓫翰墨　筆墨，也指書畫。⓬沉酣縱恣　沉浸陶醉；肆意放縱。⓭至於二句　指歷代的書畫作品。鍾，鍾繇，三國時代魏國的書法家。王，王羲之，東晉書法家。虞，虞世南；褚，褚遂良；顏，顏真卿；張，張旭，這四人都是唐代的書法家。逸迹，指遺留下來的書法作品。顧，顧愷之，東晉畫家。陸，陸探微，南朝宋代的畫家。吳，吳道子；盧，盧稜伽；王，王維；韓，韓幹，這四人都是唐代的畫家。遺墨，指遺留下來的繪畫作品。⓮雜然前陳　紛亂地放在眼前。⓯贖之傾囊　用全部的積蓄去購買。⓰厭　滿足。⓱經涉世故　經歷世俗人情的變故。⓲疇昔之好　從前的愛好，指對書畫的沉迷。⓳未離乎累　依然是一種牽累。⓴玩好　賞玩愛好的東西，此指書畫。㉑黜　擯棄。㉒外累　身外事物的煩擾。㉓世外之交　與和尚、道士、隱士等出世的人交朋友。㉔梁張公氏　指張方平。梁，地名，指張方平的家鄉宋城（今河南商丘），其地在北宋為南京應天府的治所，歷史上曾是西漢的梁國、北朝的梁郡或梁州。王鞏是張方平的女婿。㉕超達遠騖　超脫、達觀，具有高遠的追求。㉖體乎至道　體會到最微妙的道理。㉗得於是　比我所說的更高明。

【語　譯】有人問道：「這便是為什麼要叫作『清虛』的原因嗎？」客人說：「不對。所有的事物，從渾濁的那一方去看，才把乾淨的叫作『清』；從充實的那一方去看，才把空虛的叫作『虛』。所以，乾淨的一方把渾濁的視為汙穢，空虛的一方把充實的視為障礙，但這都不是事物的本來面目。因為，所有事物在本質上都是『清』的，都是『虛』的。即便是爛泥那般的渾濁，也包含著抽象的『清』；即便是山石那樣的堅實，也包含著抽象的『虛』。人們只有把『清』和『濁』、『虛』和『實』看成一體，這樣才不會片面喜歡某一類事物，才能呈現出最本質的『清』和『虛』。眼前這個王定國，生在世代富貴之家，卻拋棄了追求好吃好穿的習尚，而沉迷在書畫筆墨的領域，在其中沉浸陶醉，肆意放縱，其灑脫的風度，跟一般紈袴子弟的愛好全然不同。以至於把鍾繇、王羲之、虞世南、褚遂良、顏真卿、張旭的書法作品，顧愷之、陸探微、吳道子、盧稜伽、王維、韓幹的繪畫作品，都紛亂地放在眼前，用盡了全部的積蓄來購買它們，還不夠滿足，感慨著想見到這些古人，而無法見到，這愛好已經跟世俗離得很遠了。但是，等到他的年齡越來越大，學問越來越扎實，經歷各種人情世故，蒙受人生的禍患再擺脫出來，回顧從前的愛好，就知道這還是一種外物的牽累。於是，他就會打開他的箱子，拿出他心愛的書畫，將它丟給別人，也不覺得可惜。他將會非常曠達，完全擯棄外物的牽累，而只反省自己的內心。想來，那內心中有真正的『清虛』在，卻是我們從來就沒有見識過的。王定國生活在京城，有很多超脫世俗的朋友，又娶了宋城張方平先生的女兒。張先生是個超脫、達觀，心靈具有遠大追求的人，他已經體會到了最高的道理，卻仍能順從世俗的生活。請王君拿我的話去問張先生，得到的回答一定比我說的更高明。」熙寧十年正月八日記。

【研　析】從漢魏六朝以來，中國就發展出「記」、「序」、「傳」、「狀」、「策」、「論」、「表」、「書」、「墓誌」、「碑銘」、「詔令」、「奏議」等等一整套文類，而且每一文類都有各自的寫作要求和適合的風格。這可能是中國散文史最顯著的一個特色。現代一般的文藝理論，按照西方的思路，把「風格」解釋為作家個性的呈現，所謂「風格即人」，而多少忽視了中國以文類界定風格的傳統。實際上，相比於作家個人的風格，傳統的文藝批評更為重視的還是一個時代的總體風尚，所以經常以時代來界定風格。這樣，由關於時代和文類的分析，正好可以從縱橫兩個方面把握散文史。「記」之文類，本當以記敘事情為主要內容的，但宋人有喜歡議論的風氣，因此宋代的「記」基本上都被寫成了議論文。蘇轍此篇便表現得相當典型，前面一段記敘的內容非常簡略，而且拿京都的塵囂來反襯清虛堂的超然世外之趣，已經逗引出後面的議論了。表面上看，議論的一段還是採用了漢賦中常見的對話體，但其實問話的只有一句，便迅速轉入了「客」，也就是作者的議論，這才是整篇文章的主體。值得注意的是，蘇轍不是從「濁」和「實」的對立面去理解「清」和「虛」，而是把「清濁」和「虛實」視為一體，視為「至清」、「至虛」的不同表現形態。這就是說，他已經從形而上的意義去把握「清虛」的理念，而且認為這才是事物的本性，也是人類心靈的本來面目。就此而言，蘇轍的議論實際上深入到了宋代哲學熱衷於探討的「心性」層次。固然，政治上的失意經常使士大夫向內心逃遁，蘇轍之所以關懷「心性」層次的問題，也不無這方面的原因；但從形而上的層面去開掘人性內在的精神景觀，也是一種嚴肅艱鉅而且意義重大的思考。宋代士大夫留給我們的精神遺產中，要數這個方面最見精彩。我們無須將這類形而上的真誠領悟一概劃入哲學的範圍，而只把淺顯的抒情性、華麗的描寫性文字視為文學，這正是北宋中期以來的士大夫文學所貶斥的東西。在他們看來，正確地把握人世的道理和人性的真實，「窮理盡性以至於命」，才是立身、行事、作文的根基，此之謂「性命之學」。

代李誠之待制遺表

【題　解】元豐元年（西元一〇七八年）四月七日，天章閣待制李師中（西元一〇一三—一〇七八年，字誠之）卒。按規定，大臣臨死前要奏上一封「遺表」，作為最後的政治交代。因此，如果自己病得不行，要請人代作，也總是請政見相同的人執筆。李師中本以軍事才能著稱，在西北邊境帶兵，但在神宗主動出擊西北的時候，他卻跟王安石意見不合，被調回內地。曾經當過齊州的知州，是蘇轍的長官。熙寧七年大旱的時候，他給神宗上書，要求起用司馬光、蘇軾、蘇轍，被神宗斥責為「朋邪罔上，愚弄朕躬」，撤職流放。他不久之後去世，應與這一次所受的打擊有關，蘇轍為他代撰「遺表」，也可謂義不容辭。

臣某❶言：

衰病既侵❷，大期❸將至，顧視日景❹，瞻戀聖時❺，忍死❻一言，瞑目❼無恨。

臣某誠惶誠恐頓首頓首。伏念臣少年感慨❽，有志功名，晚節遭逢❾，屢經驅策❿。總戎⓫西北，方朝廷旰食⓬之秋；為國威懷⓭，竊將帥分憂⓮之日。誓將勉勵，少答恩私⓯，而施設未遑⓰，罪戾⓱隨至。荷⓲聖神⓳之普照，曾竄逐⓴之幾時，安居里閭㉑，浪迹漁釣㉒。誠心自信，冀天日之尚回㉓；歲月潛移，謂倚伏㉔之可待。而命之弗予，冥㉕不自知，俛仰之間，彌留㉖已甚。

【章　旨】此段謂自己的生命已處彌留階段，回顧平生，也曾想為國效力，卻在壯志未遂時被罷免了職務，本來還希望皇帝回心轉意，現在卻只能說幾句遺言了。

【注　釋】❶某　省略的寫法，即李師中。❷侵　侵蝕，指損壞身體。❸大期　死期。❹日景　日影，指時間。景，同「影」。❺聖時　聖明的時代。❻忍死　臨終不肯絕氣。❼瞑目　閉目，指死亡。❽少年感慨　年輕氣盛，情感激烈。❾晚節遭逢　晚年遇到聖明的君主，受到重用。❿驅策　驅趕、鞭打，原是駕馭馬匹的手段，借指上級對下級的使喚。⓫總戎　統率軍隊。李師中曾於熙寧二、三年間擔任秦州（治所在今甘肅天水）知州。當時的秦州知州屬於帶兵的「邊帥」。⓬旰食　晚食，指皇帝的事務繁忙，不能按時吃飯。李師中擔任秦州知州時，北宋朝廷內有關於「變法」的糾紛，外有進擊西北、限制西夏的動議，正是多事之秋。⓭威懷　威服和懷柔，指漢族國家對付外族的邊關事務。⓮分憂　為皇帝分擔憂勞，指擔任一方大員。⓯恩私　恩惠和寵愛。⓰施設未遑　來不及實行自己的主張。⓱罪戾　犯罪；犯錯。此指熙寧三年十月，李師中因在軍事問題上與王安石信任的王韶發生爭議，而被罷免秦州知州；然後，在熙寧七年又因上書論政而被撤職流放。⓲荷　承受恩德。⓳聖神　皇帝的神明。⓴竄逐　流放；放逐。李師中在熙寧七年受到的處置是：「責授檢校水部員外郎、和州團練副使，本州安置，不得簽書公事。」水部是工部的第四司，「檢校」和「員外」都表示並非正任，只是名譽職位。和州即今安徽和縣。「團練副使」是唐朝的地方軍事助理官，北宋已無實際職權，常常作為貶謫官員的官名。「不得簽書公事」就是無權處理公文，所以實際上只是「安置」在和州而已。㉑里閭　家鄉。李師中大概在熙寧八年十月彗星出現時，遇到一次大赦，得以回家安居，他原是澶州（今河南濮陽）人，後來遷居鄆州（今山東東平），晚年在鄆州度過。㉒浪迹漁釣　跟釣魚的漁民在一起，不拘形跡。㉓冀天日之尚回　希望天上的太陽能往回走，指君主回心轉意。㉔倚伏　《老子》有「禍兮福之所倚，福兮禍之所伏」的話，意謂禍福互相轉化。此指轉禍為福。倚，依託。伏，隱藏。㉕冥　愚昧。㉖彌留　久病不愈。

【語　譯】臣李師中上奏：衰老和疾病已經侵蝕了我的身體，死期就將來臨了，眼看時間飛速地過去，我真是仰慕和眷戀這聖明的時代，所以臨終之前，忍著最後一口氣來向您進言，這樣我死去也就無所遺恨了。臣李師中真的很惶恐，向您再次叩頭。回想我年少氣盛的時候，也曾有志於建功立業，揚名後世，晚年幸運地遇到了您這樣聖明的君主，屢次得到您的委任。您派我到西北去統領部隊，那正是朝廷多事繁忙的年月，而我得到了能為君主分擔憂勞的機會，為國家去處理邊關事務。我曾立誓要勉勵自己努力工作，以便稍稍報答您的恩惠和寵愛。但沒等我的想法完全施展出來，就立即犯了錯誤被免去職務。承蒙您偉大的神明普照一切，讓我能在流放以後不久，便回到家鄉安度晚年，跟普通的漁民們在一起，過著不拘形跡的生活。我真誠地相信，您總有一天會回心轉意，隨著歲月悄悄的流逝，我以為自己還能轉禍為福。然而，愚昧的我卻不知道，上天並不給我更長的壽命，轉眼之間，我已經病重難癒了。

伏惟皇帝陛下，躬❶堯舜之明哲，履❷漢唐之緒餘❸，引領太平之功，側身同德之士❹。臣雖竊見其始，而莫究其終❺，興言❻及茲，銜痛沒地❼。然臣聞之：惟至誠可以格物❽，惟至仁可以安人；刑非為治之先❾，兵實不祥之器❿。此皆陛下聰明之自得，老生⓫平昔之常談。將死之言，庶幾⓬於善，苟有取於萬一，則雖沒而猶生。臣無任⓭瞻天⓮望聖激切屏營⓯之至，謹奉表以聞。

【章　旨】此段是一個臨死的大臣最後進言的內容，希望皇帝能夠以德服人，減少刑獄，切戒用兵。這實際上是針對熙寧末、元豐初的局面而言的。

【注　釋】❶躬　本身具有。❷履　踏在上面，這裡是繼承的意思。❸緒餘　抽繭後留在蠶繭上的殘絲，比喻遺風餘韻。❹側身同德之士　讓同心同德的士大夫置身朝廷。側身，形容大臣們站在朝堂上側身仰望皇帝的樣子。❺莫究其終　意謂自己即將去世，看不到神宗時代的大業成功。❻興言　語助詞。❼沒地　人死後埋葬於地下，借指死。❽格物　推究事物的道理。❾為治之先　治理國家的首要事務。❿兵實不祥之器　語本《老子》「兵者不祥之器」，武器是不吉利的東西，意謂不要輕易用兵。⓫老生　老書生。⓬庶幾　也許。⓭無任　不勝；禁不住。⓮天　代指皇帝所在的宮廷。⓯屏營　惶恐。

【語　譯】我想，皇帝陛下，您自身具有堯舜那樣的聰明和洞察力，將繼承漢朝、唐代的流風餘韻，引導和帶領大家建立太平的功業，讓同心同德的士大夫置身朝堂。我雖然有幸看到了您的大業的開始，卻不可能看到它的成功了，一想到這點，我將帶著哀痛被埋葬地下。但我聽說：只有真正誠懇的心靈才能正確推究事物的道理，只有真正的仁愛才能安定百姓；刑法並不是治理國家的首要事務，兵器實在是一種不祥的東西。這些都是陛下的聰明可以自己領會的，也不過是老生常談而已。但作為一個將死的人，我的話也許是有益的，如果其中萬分之一可以被您採納，則我即便死了，也還像活著一樣。臣李師中禁不住至誠地眺望宮廷，眺望聖君，心中充滿了激動和惶恐，謹向您呈上這份遺表。

【研　析】自呂惠卿、王安石相繼離開朝廷後，宋神宗的身邊已經沒有敢於決定大事的執政官，所以神宗實際上是自己在執政。一些舊黨的人物（包括蘇轍）想趁機動搖「新法」，不但沒有成功，而且已經不宜再對「新法」大肆詆毀，因為這個時候主持實行「新法」的不再是王安石，而是神宗本人了。除了堅定地繼續王安石的經濟政策外，神宗對刑法的愛好和對外作戰的志向也給元豐之政帶來顯著的特色。他認為現有的法律條文不夠細密，專門設局，重新修訂；他覺得開封府和大理寺無法處理重要案件，就使用御史臺進行審訊，還不時地委派大臣組建臨時法庭，謂之「詔獄」。熙寧八年，判處了李逢「謀反」案，被株連的宗室、官員甚多，元豐元年初，又興起大理寺「納賄」案，牽涉的官員更多，到李師中去世時尚未了結。與此同時，宦官李憲被派往西北主持軍事，積極準備對西夏作戰。——這便是蘇轍代李師中作遺表時所面臨的局勢。全文的篇幅並不大，感嘆衰病，回顧平生，推崇君主，眷戀時代，語調忠懇悲感，感人淚下，在極盡委婉曲折之能事後，才說出兩句進諫的話：「刑非為治之先，兵實不祥之器。」聯繫宋神宗當時的作為，這無疑是針鋒相對的當頭棒喝，局中之人是不難感受到它的分量之重的。但蘇轍卻也沒有多加發揮，〈遺表〉中實質性的意見只有這兩句。我們已經指出過蘇轍行文的這種風格：反覆迴旋鋪墊之後，要緊的話卻說得簡潔。此文又是一個例證。從效果來說，正因為有反覆的迴旋鋪墊，便令讀者對後文要說出的意見有較高的期待，等到意見來了，卻只有兩句，那麼除了反覆推尋這兩句所包含的意思外，讀者就別無滿足期待的辦法了。如果這兩句精練有力，含蘊豐富，就成為點睛之筆。晉代陸機的〈文賦〉有云：「立片言而居要，乃一篇之警策。」蘇轍可謂深通其旨。不過，宋神宗並未加以理會，不但沒有停止軍事籌備，而且在當年的冬天，就重建大理寺，增置官員，加強審判機構，到了第二年，他的御史臺又興起一樁重案，審判的不是別人，正是蘇轍的兄長蘇軾，史稱「烏臺詩案」。當蘇轍寫下「刑非為治之先」的話去棒喝神宗的時候，恐怕沒想到回應來得這麼快。

答徐州陳師仲書

【題　解】熙寧十年蘇轍受張方平之聘，到南京應天府（治所在今河南商丘）去當判官，此時正好蘇軾的密州知州任滿，赴京述職，卻被朝廷拒絕他進京城，直接改任徐州知州。於是，兄弟一同上路，先到徐州，留伴數月以後，蘇轍才去南京。在徐州的時候，認識了當地人陳師仲（字傳道）、陳師道（字履常，一字無己）兄弟。第二年即元豐元年（西元一〇七八年），陳師仲曾赴南京，見過蘇轍，別後有書信給蘇轍，此文就是給陳的回信。陳氏有三兄弟，長名師黯，師仲居次，師道即「蘇門六君子」之一，是著名的詩人。

轍白❶陳君足下❷：

去年❸轍從家兄遊徐州，君兄弟始以客來見，一揖而退❹，漠然❺不知君之胸中也。既而聞之君之鄉人❻，君力學行義，不妄交遊，既已中心異之。及來南京，又辱❼以所為文為贈，讀之脩然❽以清，追慕古人而無意於世俗，心雖愛之，然亦憂君之以是困於今世也。今年春，君西遊❾，謀所以葬先子於朋友❿。既而東歸⓫，貧不克舉⓬。書來告曰，將改卜七月⓭，且問所以為葬⓮。嗟夫！轍固知君之至於此也。以若所為行⓯，求今之人，則其困也固宜。雖然，子而固子之守⓰，盡子之有，斂手足形還葬⓱，此則曾子⓲之所以葬其親⓳也，而何病⓴？《詩》云：「凡民有喪，匍匐救之。」㉑有欲救之心，而力不贍㉒，愧實在我，而子何病？今既七月矣，惟自勉以禮㉓。不宣㉔，轍白。

【注釋】❶白　告語；稟報。❷足下　同輩之間的尊稱。❸去年　熙寧十年（西元一〇七七年）。❹一揖而退　簡單地行過禮後，馬上就告辭了，意謂相談時間很短。揖，拱手行禮。退，告辭離去。❺漠然　茫然；無所知覺的樣子。❻君之鄉人　根據蘇軾〈答陳師仲書〉，向蘇氏稱道陳師仲的，是家住徐州彭城的名士顏復（西元一〇三四－一〇九〇年，字長道）。❼辱　接受對方贈物的謙辭。❽脩然　超脫的樣子。❾西遊　陳師仲於元豐元年曾至南京應天府，南京在徐州之西，故云。❿謀所以句　到朋友們那裡求取一些捐助，用來埋葬父親。先子，去世的父親。陳師仲的父親陳琪，字寶之，熙寧九年四月去世。陳家並不富裕，所有家產又被陳琪的一個兇悍的弟弟耗盡，所以師仲兄弟無錢為父親辦葬禮。⓫東歸　回到徐州。⓬貧不克舉　因為貧窮而無法完成葬禮。⓭改卜七月　改在七月份下葬。⓮且問句　而且問我應該怎樣辦父親的葬禮。這是委婉的說法，實際上是陳氏向蘇轍請求贊助。⓯為行　為人，行為方式。⓰固子之守　牢固你的一貫操守。⓱斂手足形還葬　語出《禮記‧檀弓》，意謂葬禮的厚薄要根據經濟條件來決定，在貧窮無財的情況下，父母去世了不必厚葬，只要將遺體收殮好，使其手腳形體不外露，回家鄉趕快安葬就行。⓲曾子　孔子弟子曾參，以孝聞名。⓳葬其親　曾子居喪的時候，七天吃不下東西。蘇轍的意思是，像曾子那樣真誠的悲哀才是重要的，葬禮的隆重與否是次要的。親，父母。⓴病　羞辱。㉑凡民有喪二句見《詩經・谷風》，意謂別人家裡出了災禍之事，盡力去救濟。民，人。喪，禍事。匍匐，盡力。㉒贍 充足。這一句是說自己沒有錢來贊助陳師仲辦葬禮。㉓禮 指《禮記・檀弓》所述的儉葬之禮。㉔不宣 不再一一細說。這是書信末尾的套語，按宋人的習慣，尊者給卑者寫信，末尾說「不具」，卑者給尊者則說「不備」，朋友之間用「不宣」。

【語 譯】蘇轍稟告陳君足下：去年，我跟從家兄到了徐州，你們兄弟倆以客人的身份來相見，只是簡單說了幾句，就告辭了。所以，我茫然不知你胸中的修養如何。後來，聽到你的同鄉人說起，你努力學習，按道義做事，不隨便跟人交往。那時，我心中已經覺得你不一般了。等我來到南京，又承蒙你把所寫的文章送給我，讀起來超脫清新，感知到你追慕的是古代的聖賢，對於世俗並無興趣。我的心中雖然很喜歡，卻也擔心你因此而受困於現在的世道。今年春天，你西行到南京，向朋友們求取捐助來安葬你的父親。然後東歸徐州，卻仍因為貧窮而辦不起喪事。你寫信告訴我，將改在七月份下葬，而且問我怎樣辦父親的葬禮。啊，我早就知道你會窮到這樣的地步。以你的為人和行為方式，要有求於現代的人，那本來就應該遭受困難。不過，只要你還是把持一貫的操守，盡你已有的能力，把父親的遺體收殮起來，簡單地安葬在家鄉，這也就行了。這是曾子用來安葬父母的辦法，有什麼好羞愧的呢？《詩經》說：「凡是別人家裡有了災禍，一定盡力去救濟。」我當然也有心想救濟你，但能力不夠，這是我應該羞愧的事，而不是你的錯。現在已經到了七月份，只希望你以儉葬之禮，勉勵自己去做好。其他不再一一細說了。蘇轍稟告。

【研 析】北宋科舉改革之前，進士考試以詩賦為主，擅長古文的蘇洵因為不耐煩詩賦的聲律、對偶，而終生沒能考上。王安石廢除了詩賦，改考經義、策論，卻又令陳師仲、陳師道兄弟不願意再參加科舉考試。這是因為，策論必須贊同「新法」，才能通過；經義必須按照王安石在熙寧八年編成的《三經新義》去答題，才算正確。這樣，在學術上和政見上有些自己看法的人，為了保持尊嚴，就不能進入考場了。蘇轍肯定陳師仲「無意於世俗」，即指此而言。但是，貧困的讀書人除了通過科舉去做官這條路外，似乎沒有別的辦法擺脫困境，所以蘇轍又指出陳氏必將「困於今世」。一方面窮得安葬不了父親，有承受「不孝」罪名的危險；一方面又放棄了走出困境的唯一道路，以免失去獨立操守。——陳氏的境況確實是令人同情的，尤其是對於當前政策心懷不滿的蘇轍，自然很願意為了陳氏去指責時代。不過，面對陳氏的請求捐助，蘇轍卻也委婉地加以拒絕。這也可能是由於蘇轍本人並不富裕，但此時蘇軾正擔任著徐州的知州，如果一定要幫忙，也未必做不到。蘇轍的拒絕捐助，主要是因為他對儒家喪禮的理解，是以《禮記．檀弓》說的「稱其財」為準，就是與實際的經濟條件相稱，不必追求隆重。如果為了安葬死者而去做超越生者能力的事，反而不合於「禮」。因此，書信的最後用「惟自勉以禮」來告誡陳氏，其實是相當嚴肅的提醒。由此回顧這封不足三百字的短信，真是很難相信蘇轍居然能在如此小的篇幅內處理了這麼豐富的內容：對交往過程的描述，對陳氏困境的揭示，明確地肯定和鼓勵陳氏的操守，讚賞其文章，因同情其遭遇而指責時代，針對陳氏來信的求助而提醒他正確的葬父之「禮」。特別是最後說明葬父之「禮」的部分，他既引證經典，又列舉先哲，並且連用兩次「何病」來加以強調，叫陳師仲不要錯誤地理解「孝」，叫他不要期待援助，趕快讓父親的遺體入土為安。這一切都只由短短幾句來完成，粗看似乎是毫不費力，細看卻是剪裁精當，委婉中含有嚴肅，簡單的語句中含有告誡的苦心。古文尚「簡」，因為「簡」而必須細讀，才能深知其意。可惜陳師仲大概沒有細讀，沒有領會蘇轍的苦心教誡，直到紹聖二年（西元一〇九五年），他父親的遺體還沒有下葬，這一年陳氏的母親去世，才由陳師道將父母合葬於徐州。

黃樓賦 并敘

【題解】元豐元年（西元一〇七八年）八月，蘇軾在徐州州城的東門之上建造一個「黃樓」，此後就經常在樓中舉行文學活動。留下來的有關作品，當然以蘇轍這篇最為重要，但同時的秦觀也作有〈黃樓賦〉，其他人也多有詩文道及。另外，司馬光在洛陽造了一個「獨樂園」，孔宗翰在密州造了一個「顏樂亭」，也引起許多詩文唱酬。總的來說，進入宋神宗親自執政的時期後，舊黨的人物直接批評當前政策的熱情顯然減低，他們更願意通過集體性的文藝活動，來表達灑脫的胸襟，和相互之間的關懷。蘇軾親筆書寫了蘇轍此賦，刻石立在黃樓。據說，後來有一個地方官做了大量拓本，然後打壞此石，提升拓本的價格，由此發了不少橫財。

熙寧十年秋七月乙丑❶，河決於澶淵❷，東流入鉅野❸，北溢於濟❹，南溢於泗❺。八月戊戌❻，水及彭城❼下。余兄子瞻適❽為彭城守，水未至，使民具畚鍤❾，畜土石，積芻茭❿，完窒隙穴⓫，以為水備，故水至而民不恐。自戊戌至九月戊申⓬，水及城下者二丈八尺，塞東西北門，水皆自城際⓭山，雨晝夜不止。子瞻衣製⓮履屨⓯，廬⓰於城上，調急夫⓱、發禁卒⓲以從事⓳，令民無得竊出⓴避水，以身帥㉑之，與城存亡，故水大至而民不潰。方水之淫㉒也，汗漫千餘里，漂廬舍，敗冢墓㉓，老弱蔽川㉔而下，壯者狂走無所得食，槁死㉕於丘陵林木之上。子瞻使習水者浮舟檝㉖、載糗餌㉗以濟之，得脫者無數。水既涸，朝廷方塞澶淵㉘，未暇及徐。子瞻曰：「澶淵誠塞㉙，徐則無害。塞不塞，天也，不可使徐人重被㉚其患。」乃請增築徐城，相水之衝㉛，以木堤捍㉜之，水雖復至，不能以病㉝徐也。故水既去而民益親，於是即城之東門為大樓焉，堊㉞以黃土，曰「土實勝水㉟」，徐人相勸㊱成之。轍方從事於宋㊲，將登黃樓，覽觀山川，弔水之遺迹，乃作黃樓之賦。其辭曰：

【章　旨】這一段是序文，從上一年的黃河決口起筆，描寫了蘇軾在徐州抗洪救災的事跡，然後敘述黃樓的修建以及命名的過程。

【注　釋】❶乙丑　干支記日法。熙寧十年的七月乙丑是十七日。❷河決於澶淵　黃河在澶淵決口。河，黃河。澶淵，宋代湖泊名，在今河南濮陽西。❸鉅野　澤名，在今山東巨野北。❹濟　濟水，從河南東流至山東，原與黃河並行入海，熙寧時其下游的水道被黃河所奪。❺泗　泗水，從山東流經徐州，到江蘇入淮河。熙寧時，其徐州以下的水道也被黃河所奪。❻戊戌　八月二十一日。❼彭城　徐州。❽適　正好。❾畚鍤　畚箕、鋤頭，裝土和挖土的工具。❿芻茭　草束、繩纜。⓫完窒隙穴　修理、堵塞縫隙和洞穴。窒，堵塞。⓬戊申　九月一日。⓭際　交接。⓮衣製　穿雨衣。⓯履屨　穿雨鞋。屨，一種裝有木底的鞋子，以便在泥濘中行走。⓰廬　房屋。此指建造臨時性的工棚，住在那裡。⓱急夫　宋代的一種勞役，常為治理黃河而徵集。此指徵集起來的服役者。⓲發禁卒　發動駐軍戰士。禁卒，禁兵，直屬中央的駐軍部隊，一般情況下不由知州指揮，蘇軾這次臨時調動部隊，屬特殊應急的情況。⓳從事　做事，指抗洪救災。⓴竊出　私自逃出徐州城。㉑帥　率領。㉒淫　過度，指水大。㉓敗冢墓　沖壞墳墓。㉔蔽川　形容漂浮於水上的人多得覆蓋了水面。㉕槁死　枯死，此指餓死。㉖舟檝　船和槳。㉗糗餌　食物。㉘塞澶淵　堵住黃河在澶淵的決口。㉙誠塞　真的堵住了。㉚被　遭受。㉛相水之衝　觀察水勢衝來的方向。㉜捍　遮擋。㉝病　危害。㉞堊　塗。㉟土實勝水　土能克水。五行以土金水木火的順序相生，以土水火金木的順序相克，配色則土為黃色，水為黑色，火赤，金白，木青。㊱相勸　互相勸勉鼓勵，意謂大家都主動承擔事務，和衷共濟。㊲從事於宋　在南京應天府任職。宋，宋代的南京應天府（今河南商丘）在春秋時為宋國，故稱。

【語　譯】熙寧十年秋天的七月十七日，黃河在澶淵決口，河水向東流入了鉅野澤，向北漫入濟水，向南漫入泗水。八月二十一日，河水漫到了徐州城下。我哥哥蘇子瞻正好在徐州做知州，在河水還沒到來的時候，就讓百姓們預先準備好裝土和挖土的工具，積蓄了泥土、石塊、草束、纜繩，修治和堵塞了城牆上的縫隙、洞穴，做好了防備洪水的各種措施，所以雖然水來了，但百姓們都不驚恐。從八月二十一日到九月一日，漫到城下的河水高達二丈八尺，只好把東、西、北三面的城門都閉塞起來，於是河水沿著城牆漫到山上，大雨又白天黑夜的下個不完。子瞻披上了雨衣，穿上了雨鞋，住在城牆上，調動民工和駐軍部隊的戰士來幫助救災，命令百姓不許私自逃出城門去避水。他以身作則，帶領大家抗洪，決心與徐州城共存亡，所以雖然洪水洶湧而來，但百姓們並沒有潰散。當水勢最大的時候，千餘里一片汪洋，漂走了房屋，沖壞了墳墓，水面上都是老人和體弱者，順水而下，健壯的人也到處亂跑，卻沒有地方能找到食物，結果餓死在山丘和樹木之上。子瞻讓熟習水性的人駕著船、帶著乾糧去救濟他們，無數受難者得以解脫。等到洪水退了，朝廷正忙著堵塞澶淵的決口，根本沒有空閒來顧及徐州。子瞻說：「如果澶淵的決口真被堵上了，那麼徐州倒是沒有危害。但能不能堵住，完全要看天意，我們不能讓徐州人再次遭受水患。」於是他向朝廷請求，增高徐州的城牆，觀察水勢衝來的方向，做木堤來遮擋，這樣即便洪水再來，也不能危害徐州了。所以，洪水退去以後，百姓們更加親附了。於是，就在城牆的東門上造起一座大樓，上面塗抹了黃土，這是取「土能克水」的意思。徐州的百姓們互相勸勉著完成了修建工程。此時我正在南京應天府任職，將去登上這個黃樓，觀覽山川，憑弔洪水留下的遺跡。於是我寫了〈黃樓賦〉，內容如下：

子瞻與客遊於黃樓之上，客仰而望，俯而嘆曰：「噫嘻❶，殆❷哉！在漢元光❸，河決瓠子❹。騰蹙❺鉅野，衍溢❻淮泗。梁楚❼受害，二十餘歲。下者為汙澤❽，上者為沮洳❾。民為魚鱉❿，郡縣無所。天子封祀太山⓫，徜徉⓬東方。哀民之無辜，流死不藏⓭。使公卿負薪，以塞宣房⓮。瓠子之歌⓯，至今傷之。嗟惟此邦⓰，俯仰⓱千載。河東傾而南洩，蹈漢世之遺害。包原隰⓲而為一，窺吾墉⓳之摧敗⓴。呂梁齟齬㉑，橫絕㉒乎其前；四山連屬㉓，合圍乎其外。水洄洑㉔而不進，環孤城以為海。舞魚龍於隍壑㉕，閱帆檣於睥睨㉖。方飄風㉗之迅發，震鞞鼓㉘

之驚駭。誠蟻穴之不救，分閭閻之横潰㉙。幸冬日之既迫㉚，水泉縮㉛以自退。棲流枿於喬木㉜，遺枯蚌於水裔㉝。聽澶淵之奏功㉞，非天意吾誰賴？今我與公，冠冕裳衣，設几布筵，斗酒相屬，飲酣樂作㉟，開口而笑，夫豈偶然也哉？」

【章　旨】這是賦的第一段，借客人之口回顧鋪陳，渲染此番水災的嚴重性，而以為今日尚能登樓作樂，全仗天意。

【注　釋】❶噫嘻　感嘆詞。❷殆　危險。❸元光　漢武帝劉徹的年號（西元前一三四—前一二九年）。❹瓠子　瓠子口，漢代地名，今河南濮陽南。西漢元光三年（西元前一三二年），黃河在此決口，河道南移，流入泗水、淮河，氾濫十六郡。當時的丞相田蚡因為自己的封地在氾濫區的北面，認為河道南移對自己有利，所以不願意去堵塞決口。❺騰蹙　奔騰，踐踏，此指淹沒。❻衍溢　滿出；漫延到。❼梁楚　漢初諸侯國名，梁國的都城在定陶（今屬山東），楚國的都城在彭城，即徐州。❽汙澤　低窪的湖泊水澤。汙，不流動的水。❾沮洳　溼地。❿民為魚鼈　人民都成了魚鼈，形容到處是水。⓫封祀太山　漢武帝元封元年（西元前一一〇年）到泰山舉行封禪典禮。封祀，即封禪，皇帝祭祀天地的典禮，在泰山上舉行。太山，即泰山。⓬徜徉　巡迴。漢武帝在泰山封禪後，趁機廢除了山東的諸侯國齊國，次年至海濱等待神仙，並無結果。⓭不藏　死了不能埋葬。⓮使公卿二句　元封二年，漢武帝親自到瓠子口，發動數萬兵卒堵塞黃河決口，命令大臣們都要參與背負柴草的勞動，完工以後，在該地築宮，名「宣房宮」。到此為止，黃河已決口二十三年。⓯瓠子之歌　據說漢武帝堵塞瓠子口的工程開始並不順利，武帝親作〈瓠子歌〉二章悼之，最後成功。⓰此邦　這個地方，指徐州。⓱俯仰　一低頭一擡頭，表示時間流逝的迅速。⓲包原隰　河水吞沒了平原和溼地。⓳墉　城牆。⓴摧敗　倒塌破壞之處。㉑呂梁齟齬　呂梁山參差不齊。呂梁山在今徐州市銅山縣東南。㉒橫絕　橫斷。㉓連屬　連綿相接。㉔洄洑　水流盤旋的樣子。㉕隍壑　城壕；護城河。㉖睥睨　埤堄，城上有孔的矮牆。㉗飄風　旋風。㉘鞞鼓　鼙鼓，古代軍用樂器。㉙誠蟻穴二句　城牆上只要有一個螞蟻洞沒堵住，就會使全城的房屋都被沖毀。誠，真的。閭閻，民眾住的房屋。橫潰，完全毀壞。㉚既迫　臨近。㉛水泉縮　冬天水位消滅。㉜棲流枿句　把漂浮的小樹枝留在高大的樹上。喬，高。㉝水裔　水邊。㉞奏功　獲得成功，指堵塞黃河決口。㉟飲

酣樂作　喝酒喝得起興的時候，奏起音樂。

【語　譯】子瞻與客人一起到黃樓上遊玩，客人擡頭遠望，然後低頭嘆息著說：「啊，真是危險啊。漢代元光三年，黃河曾在瓠子決口，淹沒了鉅野，流入淮河、泗水，梁楚一帶受害二十幾年。低一點的地方都成了湖泊，高一點的也成為溼地，老百姓都成了淹在水裡的魚鼈，各級地方政府也無處辦公。漢武帝到泰山舉行封禪大典，巡迴於東方，看到無辜的百姓到處流亡，死無葬身之地，感到悲哀，於是命令官員們親自參加勞動，堵塞黃河的決口，就地造起宣房宮，當時傳下來的〈瓠子歌〉，至今還令人感傷。哎，轉眼千年過去了，可就在這同一個地方，黃河再次決口，向東傾瀉，向南漫出，重蹈了漢代那樣的災難。大水吞沒了平原和低地，混成一片，窺視著我們這徐州城牆的塌壞之處，想要沖進來。參差不齊的呂梁山，橫斷在徐州城前，四面的山脈連綿相接，包圍在徐州城外，大水在這裡盤旋不前，環繞著這一座孤城，恍如大海上的孤島。護城河裡魚龍起舞，矮牆上都可以駛過船帆。當旋風迅速發起的時候，就好像軍鼓敲響，震驚人心。那情況真的是危急萬分，只要城牆上的一個螞蟻穴沒有堵住，就會令全城的房屋都被沖垮。幸虧時間已經接近冬天，水位自然減低，洪水自己退去了，只有高大的樹木上還掛著被洪水漂來的小樹枝，水邊還遺留著枯死的蚌蛤。於是，潭淵的決口才能被成功地堵塞，除了天意，我們還能依靠什麼呢？今天，我可以與您一起，戴著帽子，穿著衣服，陳列桌子，擺開筵席，舉起杯子互相勸酒，喝得高興了還奏起音樂，開口大笑，這難道是偶然的嗎？」

子瞻曰：「今夫安於樂者，不知樂之為樂也，必涉於害❶者而後知之。吾嘗與子馮茲樓而四顧，覽天宇之宏大。繚❷青山以為城，引長河而為帶。平皐❸衍❹其如席，桑麻蔚乎旆旆❺。畫阡陌❻之從橫，分園廬❼之向背。放田漁於江浦❽，散牛羊於煙際。清風時起，微雲霮䨴❾。山川開闔❿，蒼莽千里。東望則連山參差，與水背馳[11]。群石傾奔[12]，絕流[13]而西。百步[14]湧波，舟楫紛披[15]。魚鼈顛沛[16]，沒人[17]所嬉。聲崩震雷，城堞[18]為危。南望則戲馬之臺[19]，巨佛之峰[20]。巋乎特起[21]，下窺城中。樓觀翱翔[22]，巍峨相重[23]。激水既平，眇莽[24]浮空。駢洲接浦[25]，下與淮通。西望則山斷為玦[26]，傷心極目。麥熟禾秀[27]，離離滿隰[28]。飛鴻群往，白鳥孤沒[29]。橫煙澹澹，俯見落日。北望則泗水湠漫[30]，古汴[31]入焉。匯為濤淵，蛟龍所蟠[32]。古木蔽空，烏鳥[33]號呼。賈客連檣[34]，聯絡城隅[35]。送夕陽之西盡，導明月之東出。金釭[36]湧於青嶂，陰氛為之辟易[37]。窺人寰[38]而直上，委餘彩於沙磧[39]。激飛楹而入戶[40]，使人體寒而戰栗。息洶洶於群動[41]，聽川流之蕩潏[42]。可以起舞相命[43]，一飲千石[44]。遺棄憂患，超然自得。且子獨不見夫昔之居此者乎？前則項籍[45]、劉戊[46]，後則光弼[47]、建封[48]。戰馬成群，猛士成林。振臂長嘯，風動雲興。朱閣青樓，舞女歌童。勢窮力竭，化為虛空。山高水深，草生故墟。蓋將問其遺老，既已灰滅而無餘矣。故吾將與子弔古人之既逝，閔[49]河決於疇昔。知變化之無在[50]，付杯酒以終日。」於是眾客釋然[51]而笑，頹然就醉，河傾[52]月墮，攜扶而出。

【章 旨】此段是蘇軾回答客人的話，極力鋪陳黃樓四面的景觀和徐州的歷史遺跡，針對客人的心有餘悖，而強調經歷患難以後的歡樂，經歷變化以後的超然自得。

【注釋】❶涉於害　經歷災難。❷繚　圍繞。❸平皐　原野。❹衍　延伸。❺旆旆　茂盛的樣子。❻阡陌　田間小道。❼園廬　田園房舍。❽江浦　江邊。❾霮䨴　深邃的樣子。❿開闔　開啟與閉合，指山川交錯的地形變化。⓫與水背馳　意謂山脈向西延伸，與東流的水勢背道而馳。⓬傾奔　傾斜著奔跑，這是比喻的說法。⓭絕流　跨過河流。⓮百步　指徐州城東南的百步洪，地勢險峻，水流湍急之處。⓯紛披　散亂。⓰顛沛　傾覆；跌倒。⓱沒人　潛水游泳的人。⓲堞　城上的齒形矮牆，即女牆。⓳戲馬之臺　戲馬臺，在今徐州市銅山縣南，相傳為項羽所築。⓴巨佛之峰　指徐州城南的石佛山。㉑巋乎特起　屹立；挺出。㉒樓觀翱翔　意謂高大的建築物盤旋在半空。㉓相重　相互重疊。㉔眇莽　渺茫；遼闊迷茫的樣子。㉕駢洲接浦　並列著許多小洲，銜接著許多水灣。駢，並列。洲，水中小島。浦，港汊；水灣。㉖玦　有缺口的環形玉器，比喻連綿的山脈斷裂之處。㉗禾秀　稻子結穗。㉘離離滿隰　滿蓋著田地，一片繁茂。離離，盛多的樣子。隰，低溼地，借指田地。㉙孤沒　孤獨地飛往遠方，消失在天際。㉚淼漫　廣闊的樣子。㉛古汴　汴渠，北端在今河南省，接黃河，經過安徽省，至江蘇徐州北，匯合泗水，入淮河。在魏晉時期，這是從中原通往東南地區的重要水運幹道。隋代開闢大運河以後，其通濟渠的開封以北一段用了原先汴渠的水道，所以將通濟渠的東段稱為汴河，自今河南、安徽，至江蘇盱眙對岸入淮河，是唐宋時期的主要水運幹道，於是原來的汴渠被稱為古汴。㉜蟠　盤曲。㉝烏烏　烏鴉。㉞連檣　船和船相接，形容船多。檣，船上的桅杆，代指船。㉟城隅　城角，指城牆腳下偏僻空曠之處。㊱金鉦　銅鑼，由於其為圓形，經常被用來比喻日月，這裡是指月亮。㊲辟易　驚散；退避。㊳人寰　人世間。㊴委餘彩於沙磧　月亮把餘光灑在沙灘上。㊵激飛楹而入戶　月光飛快地穿過房柱，進入門戶。飛楹，高高的房柱。㊶息洶洶於群動　由萬物的各種變化引起的騷亂情緒，從此平息下來。洶洶，水勢騰湧，比喻心緒騷亂不寧。群動，一切變化著的事物。㊷蕩潏　水波搖蕩湧起。㊸起舞相命　互相勸勉著起來跳舞。㊹石　容量單位，十斗為一石。㊺項籍　項羽（西元前二三二－前二〇二年），名籍，字羽，秦末起兵，自立為西楚霸王，建都於彭城，即徐州。後與劉邦爭天下，兵敗自刎。㊻劉戊　西漢楚王。漢高祖劉邦封他的弟弟劉交為楚王，建都彭城，劉戊是劉交的孫子，漢文帝時繼位，漢景帝三年（西元前一五四年）參與策劃「七國之亂」，起兵謀反，被周亞夫擊敗，自殺。㊼光弼　李光弼（西元七〇八－七六四年），契丹族人，平定「安史之亂」，為唐朝名將，晚年鎮守徐州，與朝廷有隔閡。㊽建封　張建封（西元七三五－八〇〇年），字本立，唐德宗時參與平定李希烈之叛，鎮守徐州十年。㊾閔　憐惜哀傷。㊿無在　無所不在。(51)釋然　消除疑慮。(52)河傾　銀河傾斜到天穹的下方，指黎明前的景象。

【語　譯】子瞻說：「現在，那些安心處在快樂之中的人，是身在樂中不知樂的，必須經過了患難，然後才真正懂得什麼是快樂。讓我們一起登上這黃樓，向四周遙望，看看天空是如何的廣大。這徐州之地，四面圍繞著青山，就像城牆，遠遠流來的黃河，就像城壕。廣闊伸展的原野像蓆子那樣平坦，上面種滿了桑麻，蔚然茂盛。橫豎的田塍整齊地劃分了田野，園地和房屋的方向都很分明。江邊散佈著種田、網魚的人們，牛羊的影子散落在迷濛的雲氣之中。有時清風吹過，微雲飄開來，使天空顯得更為深邃。山川交錯起伏，千里一片蒼茫。從這裡向東望去，連綿的山脈參差不齊，與東去的水流背道而馳，山上的石頭都好像傾斜著奔跑，跨過了河流向西延伸。百步洪湧起了波濤，使船隻都紛然散亂，連水裡的魚鼈也被震蕩得跌跌撞撞，善於潛水的人卻在那裡嬉戲，水聲好像震雷一般，令徐州的城牆都顯得危險。再向南望去，則有戲馬臺、石佛山，巍然挺立，俯視城中。那上面有高大的建築物，彷彿飛翔在半空，偉岸巍峨，相互重疊。激盪的水勢到這裡已經平靜下來，遼闊迷茫地浮向空中。水中並立著許多小島，水邊銜接著許多港灣，南下與淮河相通。再向西望去，則連綿的山脈出現了斷裂的缺口，放眼遠眺，令人傷心。麥子都熟了，稻子也結了穗，滿蓋著田地，一片繁茂。鴻雁一群一群地飛走，白色的小鳥孤獨地消失在天際。淡淡的煙霧升起來，向下可以看到落日。再向北望去，泗水如此廣闊，加上古汴河的匯入，成為一處波濤浩大的深淵，蛟龍可以盤曲其中。古老的樹木遮蔽了天空，烏鴉不斷地鳴叫。商人們的船隻前後相連，一直排到了城牆腳下。就這樣四面觀望，送著夕陽西下，迎著明月東升。那銅鑼一般的月亮從青綠的山峰之間湧現出來，黃昏的陰氣都為之而退散。月亮好像俯視著人世，直上天空，把餘光灑在沙灘上，再飛快地穿過高高的房柱，照入門戶，令人身體發寒，一陣戰慄。於是，由萬物的各種變化引起的騷亂情緒，從此平息下來，聽任河流的搖蕩湧起，而可以互相勸勉著起來跳舞，把千盞美酒一飲而盡，放棄了心中的憂患，感到超然自得。再說，你難道沒想起昔日曾經住在這裡的人嗎？前有秦代的項羽、漢代的劉戊，後有唐代的李光弼、張建封。那時候，他們率領著成群的戰馬和無數勇猛的戰士，舉起臂膀大聲呼叫，真是風起雲湧。他們建立了五顏六色的樓閣，擁有大量的舞女和歌手。但等他們的勢力窮盡了，一切都化為虛空。山還是那麼高，水還是那麼深，他們的故地上長滿了荒草，連曾經見過他們的老人也都已經灰飛煙滅，再也找不到了。所以，我將跟你一起憑弔已經逝去的古人，為歷史上的黃河決口而哀悼，從中知道變化的無所不在，只能以喝酒來打發日子。」聽了這席話，眾多的客人都消除了疑慮，歡笑起來，然後就放縱地喝酒，自然地醉倒，一直等銀河傾斜，月亮墜下，天快要亮了，纔互相攙扶著走出黃樓。

【研　析】據蘇轍的孫子蘇籀在《欒城遺言》中的說法，這篇〈黃樓賦〉是模仿漢代班固的〈兩都賦〉而寫的。現在看來，其氣象宏大，格局規整，注重鋪排描寫，著力經營文辭，確實頗具漢賦的風采；而以徐州一地的形勝和歷史為刻畫對象，也跟〈兩都賦〉之刻畫長安、洛陽相似；雖然在抒情和議論之間，也用了少許散文句法，但與歐陽修〈秋聲賦〉、蘇軾〈赤壁賦〉等典型的宋代「文賦」相比，還是傳統的成分居多。據說，從北宋起就有人懷疑此賦是蘇軾代作，因為這麼絢爛的文采好像超越了蘇轍的能力。儘管蘇軾曾向人聲明這真是他弟弟的作品，仍有人覺得他「欲蓋彌彰」。其實，如果我們把「文賦」看作宋代作家突破賦體的傳統寫法的結果，那麼這種突破性表現在蘇軾的身上，本來就比蘇轍更為明顯，相比於蘇軾的縱橫馳騁，蘇轍本來就更願意遵守傳統法則，而稍加變化以求佳勝。賦的傳統寫法，就是要放開格局，大肆鋪排，熔鑄詞彙，設色絢爛的，所以〈黃樓賦〉跟蘇轍其他古文作品顯然相別的驚人文采，正是他遵守傳統的表現。我們只要把〈黃樓賦〉跟他三年前所作的〈超然臺賦〉作一比較，就可以看到許多相同之處。不但是「流枿」、「淤漫」等不常用的詞彙，同在二賦中出現（它們從未出現於蘇軾的作品，而蘇轍則在其他作品中多用「流枿」一詞），而且在空間描寫中寓含時間過程的構思，也實出一手。〈超然臺賦〉以「溢晨景之潔鮮」、「落日耿其夕躔」、「族明月乎林端」、「徂清夜之既闌」數句，表明時間從清晨延續到傍晚，再到月亮升起，直至夜盡。這篇〈黃樓賦〉也是如此：登樓四望，原是白天的清晰景物；但西望的時候已經看到了落日，而北望時聽到的烏鴉叫聲，也證明時至黃昏；然後夕陽西下，明月東升，月光照進門戶來，無疑到了深夜；最後「河傾月墮」，則將近黎明了。返觀班固的〈兩都賦〉，卻看不出如此明確而完整的時間結構，可見這正是蘇轍在繼承傳統的基礎上，自出手眼之處。當然，熟悉蘇軾前後〈赤壁賦〉的人，會記得那兩篇〈赤壁賦〉所具有的與此類似的時間結構。從這個角度說，蘇轍的〈黃樓賦〉正好可以被看作漢代大賦與宋代「文賦」的中間狀態，而為「文賦」典範之作的出現作了不可缺少的鋪墊。

為兄軾下獄上書

【題　解】作為監察機關的御史臺，自漢代以來就是中央政府的重要組成部分。據說，漢朝的御史臺裡面種了許多柏樹，上面棲滿了烏鴉，因此御史臺又有「烏臺」的別稱。北宋仁宗的時候，御史臺曾是「輿論」的象徵，以批評皇帝和宰相為天職。但到熙寧初年，它也給王安石變法帶來極大的干擾。所以，「新法」政府的一項重要工作，就是改造御史臺。至宋神宗親自執政的元豐年間，御史臺已經成為政府監視輿論、打擊異議的有力工具。元豐二年（西元一〇七九年）以寫詩譏諷朝廷的罪名逮捕蘇軾的「烏臺詩案」，其實只是御史臺接連興起的幾件大案中的一件，但它給蘇氏兄弟的人生帶來了巨大的變化。本篇是蘇轍向神宗請求寬赦兄長的上書，當時他仍在簽書應天府判官任上。

臣聞困急而呼天，疾痛而呼父母者，人之至情也❶。臣雖草芥❷之微，而有危迫之懇❸，惟天地父母哀而憐之。

【章　旨】這是一個呼天搶地的開場白，以赤誠的真情求助他人。

【注　釋】❶臣聞三句　語本《史記・屈原賈生列傳》：「夫天者，人之始也；父母者，人之本也。人窮則反本，故勞苦倦極，未嘗不呼天也；疾痛慘怛，未嘗不呼父母也。」❷草芥　小草，比喻輕賤。❸危迫之懇　危急迫切的懇求。

【語　譯】我聽說，人們在困難急迫的時候會喊天地，疾病痛苦的時候會喊父母，這是最真切的人情。我雖似草芥一般微不足道，卻也有危急迫切的懇求，只盼望天地父母為之感動，給予同情。

臣早失怙恃❶，惟兄軾一人，相須❷為命。今者竊聞其得罪逮捕赴獄❸，舉家驚號❹，憂在不測❺。臣竊思念，軾居家在官，無大過惡，惟是賦性❻愚直，好談古今得失，前後上章論事，其言不一❼。陛下聖德廣大，不加譴責。軾狂狷寡慮❽，竊恃天地包含❾之恩，不自抑畏❿。頃年通判杭州⓫，及知密州⓬日，每遇物託興⓭，作為歌詩，語或輕發⓮，向者曾經臣寮繳進⓯，陛下置而不問。軾感荷恩貸⓰，自此深自悔咎⓱，不敢復有所為。但其舊詩，已自傳播。臣誠哀軾愚於自信，不知文字輕易⓲，迹涉不遜⓳，雖改過自新，而已陷於刑辟⓴，不可救止。

【章　旨】此段替兄長交代「罪行」，只不過說了一些不妥當的話而已。並且指出，在被捕下獄之前，蘇軾本人已經知錯自改了。

【注　釋】❶早失怙恃　早就失去了父母。蘇轍母親程氏太夫人於嘉祐二年（西元一〇五七年）四月去世，當時蘇轍十九歲；父親蘇洵於治平三年（西元一〇六六年）四月去世，當時蘇轍二十八歲。《詩經・蓼莪》云：「無父何怙，無母何恃。」故後世將失去父親稱為「失怙」，失去母親稱為「失恃」。❷須　依靠。❸今者句　如今聽說他犯了罪，被逮捕到御史臺，立案審訊。赴獄，嫌犯到審判機關接受審訊。蘇軾於元豐二年初，由徐州改任湖州（今屬浙江）知州，四月到任，七月初被御史臺彈劾，二十八日被捕於湖州衙門，八月十八日押解到汴京，拘於御史臺獄，至十二月二十八日出獄。❹號　大聲哭。❺不測難以預料的結果。❻賦性　本性；秉性。❼不一　不少。❽狂狷寡慮　偏激，不多思考。❾天地包含　指皇帝包容臣子的偏激態度。❿抑畏　控制自己，有所畏懼。⓫通判杭州　蘇軾自熙寧四年至七年（西元一〇七一—一〇七四年）任杭州通判。⓬知密州　蘇軾自熙寧七年至九年（西元一〇七四—一〇七六年）任密州知州。⓭遇物託興　遇到觸發感情的事物，借此為寄託而發興寫作。⓮輕發　輕率發言，不夠慎重。⓯向者句　從前曾經有一位官員把蘇軾的詩歌呈交皇上。按指熙寧六年沈括到浙江考察「新法」的實行情況時，將蘇軾的近詩抄錄了一本，並附上標籤，指出其中譏諷朝廷之處，第二年回到汴京，上繳給宋神宗。⓰感荷恩貸　感激皇帝的寬免之恩。荷，承受恩德。貸，寬宥。⓱悔咎　反省錯誤。⓲輕易　輕率隨便。⓳迹涉不遜　有冒犯皇上的跡象。不遜，不恭順，常指冒犯君主。⓴刑辟　刑律；刑法。辟，法度；規矩。

【語譯】我早就失去了父母，只有兄長蘇軾一人，相依為命。如今聽說他犯了罪，被逮捕到御史臺接受審訊，全家都驚恐大哭，擔心落到不可預料的結果。我暗自想來，蘇軾住家或任官的時候，都沒有什麼太大的過錯，只是稟性愚蠢而直率，喜歡談論古今，比較得失，前後上書給朝廷，議論政事，說的話不少。陛下您道德聖明，胸懷廣大，不對他加以譴責。於是蘇軾就更加偏激，不多思考，依仗您包容臣子的恩德，而不能控制自己，有所畏懼。近年以來，他任杭州通判和密州知州的時候，遇到觸發感情的事物，就經常借為寄託，起興寫作詩歌，其中或許有輕率之語。從前曾經有一位官員把這些詩歌呈交給朝廷，但陛下您卻置而不問。蘇軾感謝您的寬免之恩，從此就深深地反省過失，不敢再寫這樣的詩了。但以前的那些詩卻也已經傳播開去。我確實為蘇軾感到悲哀，他是那樣愚蠢地相信自己，不知道那些輕率的文字，已經涉嫌冒犯了陛下，即便改過自新，也已經陷入法網，無法挽救和制止了。

軾之將就逮❶也，使❷謂臣曰：「軾早衰多病，必死於牢獄。死固分❸也，然所恨者，少抱有為之志，而遇不世出❹之主，雖齟齬❺於當年，終欲效尺寸❻於晚節。今遇此禍，雖欲改過自新，洗心❼以事明主，其道無由。況立朝最孤❽，左右親近❾必無為言者，惟兄弟之親，誠求哀於陛下而已。」臣竊哀其志，不勝手足之情，故為冒死一言。

【章旨】此段回顧蘇軾被逮捕的時候，曾囑咐自己去向皇上哀求，決心改過自新。

【注釋】❶就逮 被捕。❷使 派人。蘇軾在湖州被逮，而蘇轍在南京應天府。❸分 罪所應得。❹不世出 並不是每個時代都會出現的。形容當今君主的聖明，在歷史上也是少見的。❺齟齬 抵觸不合。❻效尺寸 略微效勞。❼洗心 洗滌心胸，指改過自新。❽立朝最孤 在朝為官，最為孤立，沒有黨與。❾左右親近 指皇帝身邊的重臣。

【語譯】蘇軾將被逮捕的時候，派人對我說：「軾過早衰老，又體弱多病，這一次必定死在牢獄裡了。死當然是罪所應得，但我遺恨的是，從小就抱著有所作為的志向，又遇到了歷史上難得的聖明君主，雖然我當年跟他抵觸不合，終究還是想在晚年有一點點報效。現在遭遇這樣的大禍，即使想改過自新，洗心革面去侍奉明主，也沒有機會了。何況我在朝中沒有黨與，皇上身邊的重臣沒有一個會為我說話，只能依靠兄弟的親情，為我去向陛下哀求了。」我為他這樣的心願感到悲哀，禁不住手足之情，所以敢冒著死罪，來說幾句。

昔漢淳于公得罪，其女子緹縈，請沒為官婢，以贖其父❶。漢文因之，遂罷肉刑❷。今臣螻蟻❸之誠，雖萬萬不及緹縈，而陛下聰明仁聖，過於漢文遠甚。臣欲乞納在身官❹，以贖兄軾，非敢望末減❺其罪，但得免下獄死為幸。兄軾所犯，若顯有文字，必不敢拒抗不承，以重得罪。若蒙陛下哀憐，赦其萬死，使得出於牢獄，則死而復生，宜何以報！臣願與兄軾，洗心改過，粉骨報効，惟陛下所使，死而後已。臣不勝孤危迫切，無所告訴❻，歸誠❼陛下，惟寬其狂妄，特許所乞。臣無任祈天請命，激切隕越❽之至。

【章旨】此段舉出漢代女子緹縈贖父的故事，請求以自己的官爵來贖免兄長的死罪。

【注釋】❶昔漢四句　據《史記》，漢文帝時，掌管政府糧倉的淳于意有罪被捕，將要接受肉刑，他的女兒緹縈上書，請求以自身去做官府的奴婢，來贖免父親。漢文帝被她感動，廢除了肉刑。❷肉刑　殘害肉體的刑罰，如削去鼻子、砍斷腳之類。❸螻蟻　螻蛄和螞蟻，指微小的無足輕重的生命。❹納在身官　繳還現任的官爵。蘇轍當時的官爵是從八品的著作佐郎。❺末減　減輕。❻告訴　申訴。❼歸誠　付與誠心，表示一心懇求。❽隕越　從很高的地方掉下來，死亡的婉稱。這裡表示死罪，是上書給皇帝時用的套語。

【語譯】從前，漢代的淳于意犯了罪，他的女兒緹縈上書請求，寧願自己淪為官府的奴婢，來贖免父親的刑罰。漢文帝被她感動，就廢除了肉刑。現在，我這微不足道的生命，一片至誠雖然萬萬不及緹縈，但陛下的聰明、寬仁、聖哲，遠遠超過漢文帝。我想請求，繳還現任的官爵，來贖免兄長蘇軾。我不敢希望減輕他的罪責，只要他不死在牢獄，就是萬幸了。我兄長蘇軾所犯下的過錯，如果有明顯的文字為證，一定不敢抗拒不認，加重罪責。如能承蒙陛下的哀憐，寬赦他的死罪，讓他可以活著走出牢獄，那就等於是死而復生，應當如何報答陛下！我願與兄長蘇軾一起，洗心革面，改正錯誤，粉骨碎身地報效朝廷，只要是陛下的使喚，一定做到死而後已。我禁不住這樣孤獨、畏懼和迫切的心情，沒有地方可以申訴，一心懇求於陛下，請寬赦我的狂妄，特別地允許我的哀求。我禁不住祈禱蒼天，以最激動、急切的心情，冒著最大的死罪，等候您的命令。

【研析】北宋的皇帝當中，大概以宋仁宗的性格最為寬仁，所以得了個「仁」字的廟號。這位好說話的皇帝做了四十多年，養成了官員們都敢於說話的風氣。王安石「以仁廟為不治之朝」，認為這四十餘年的政治渙散鬆弛、被動消極，靠了老天幫忙才不至於發生大亂。但他以宰相之尊，又獲得宋神宗的強力支持，而下令「變法」的時候，還是有那麼多的官員敢於提出不同意見，並堅持抗爭，直至公開地形成了黨派，這就不能不歸因於仁宗的寬仁政治所培植的士大夫敢言之風。大凡寬仁的政治，初看總是鬆弛無力的，等有人要改變它的時候，才知道它的力量有多大。蘇氏兄弟在仁宗朝長大，雙雙進士及第，雙雙制科高中，可謂一帆風順，而被他們視為人生榜樣的，也是范仲淹、歐陽修、張方平等仁宗朝的大臣，所以他們原本就是仁宗朝政治文化的產物。當他們與王安石政見分歧的時候，並不顧忌對方的宰相身份，當他們對現行政策表達不滿的時候，也從未想到這會涉嫌「不遜」。蘇軾的罪名是「譏諷」，我們或許可以玩味一下這「譏諷」與「反對」相比如何？蘇氏兄弟「反對」現行政策，那是彰明昭著寫在奏章上的，都不曾被認為有罪；而寫詩「譏諷」一下，就有罪了。或許很多人覺得「譏諷」比「反對」要可惡一些，元豐年間的御史們很可能就是這樣想的。但必須指出的是，「譏諷」正是儒家「詩教」所提倡的含蓄溫厚的「反對」方式。在蘇軾下獄的時候，已經退休的張方平給神宗送去一封奏摺，就指出這一點，在他看來，「譏諷」是比「反對」更合法一點的，所以，用作詩「譏諷」的罪名逮捕蘇軾，本來就是一件錯誤的事。在目前可以看到的有關「烏臺詩案」的材料中，這一位仁宗朝老臣的發言是最不給神宗留面子的。當然，到了元豐時代，仁宗朝大臣的風采就只剩下這一點魯殿靈光了。據說，張方平寫好奏摺，叫兒子拿到京城去遞交，結果他兒子因為害怕，並未遞交上去。後來蘇轍看到奏摺的內容，不禁吐舌。很顯然，通過「烏臺詩案」，蘇轍已經深刻地認識到宋神宗跟仁宗的不同，看到元豐之政跟嘉祐之政的區別。因此，他自己的這封上書，就不無諱飾地說明，在神宗親自執政以後，蘇軾已經改正，不寫那樣的詩了。全文沒有一句話跟神宗爭辯道理，從頭到尾只是訴諸親情，哀痛懇求，表達忠誠而已。百世之下，他那呼天搶地的哀號猶能感動人心，但另一方面，我們似乎也看到他作為一個政治家的心靈成長。

三　東軒長老

三、東軒長老

元豐三年（西元一〇八〇年） 蘇轍四十二歲，赴筠州貶居，路過廬山。約七月至筠州，自此貶居五年，多與禪僧交往。

元豐五年（西元一〇八二年） 蘇轍四十四歲，黃庭堅、李昭玘等寄書求教，轍答之。

元豐七年（西元一〇八四年） 蘇轍四十六歲，調離筠州，赴歙州績溪縣令任。

元豐八年（西元一〇八五年） 蘇轍四十七歲，至績溪。神宗皇帝去世，哲宗繼位，太皇太后高氏垂簾聽政，起用舊黨，以右司諫召還蘇轍。

劉凝之屯田哀辭 并敘

【題　解】元豐二年（西元一〇七九年）底，「烏臺詩案」以寬大處理的名義了結，蘇軾被貶到黃州（今屬湖北）居住，蘇轍被連累，貶監筠州（今江西高安）鹽酒稅，成了一個勞碌的稅務官，而且一做就是五年。元豐三年，蘇轍先將兄長的家眷送到黃州，七月才至筠州上任，途中經過廬山，曾拜見隱居在那裡的名士劉渙（字凝之）。九月劉渙去世，不久後蘇轍作此文。屯田是「尚書屯田員外郎」的省稱，北宋正七品官銜。哀辭是為悼念死者而作的韻文，即本文最後「辭曰」以下一段，但習慣上，前面都有一篇敘述死者生平的序，這樣一來就跟墓碑的寫法差不多了。自宋代以來，也確有用哀辭充當墓碑的做法（比如曾鞏寫的〈蘇明允哀辭〉就曾充當蘇洵的墓碑），因此序是更重要的。

元豐三年九月辛未❶，廬山隱君❷劉凝之❸卒於山之陽❹。其孤❺格❻書來赴❼曰：「君昔知吾兄❽，既又識吾父。今不幸至於大故❾。其❿為詩，使挽者⓫歌之，以厚其葬。十月乙酉⓬，葬於清泉鄉⓭。」書不時至⓮，緩不及事⓯，乃哭而為之辭⓰。

【章　旨】這是序文的首段，交代劉渙去世和下葬的時間，及受遺孤的託付而撰寫〈哀辭〉的事由。

【注　釋】❶九月辛未　九月十二日。❷隱君　隱士。❸劉凝之　劉渙（西元一〇〇〇—一〇八〇年）字凝之，號西澗居士，筠州人。❹山之陽　廬山之南，指北宋南康軍（治所在今江西星子），劉渙晚年買田居此。❺孤　死者之子。❻格　劉格，劉渙幼子，字道純。❼赴　即「訃」，報喪。❽吾兄　指劉恕（西元一〇三二—一〇七八年），字道原，北宋著名歷史學家，《資治通鑑》的最重要撰修人。❾大故　重大變故，指父母去世。❿其　請求之詞，猶如說「能否」。⓫挽者　即挽郎，出殯時牽引靈柩唱挽歌的人。⓬十月乙酉　十月二十七日。⓭清泉鄉　在宋代南康城西門外。南宋時朱熹知南康軍，找到劉渙墓，已成一片荒地，遂加以重修。⓮不時至　沒有及時到達。⓯緩不及事　指來不及趕上出殯。⓰辭　寫〈哀辭〉。

【語　譯】元豐三年九月十二日，廬山的隱士劉凝之在山南去世。他的遺孤劉格寫信來報喪，並說：「您早就認識我的兄長，後來又認識我的父親。現在，我父親不幸去世，想請您寫一首挽詞，出殯時讓挽郎歌唱，使葬禮隆重一些。準備在十月二十七日，下葬於南康軍的清泉鄉。」由於書信沒有及時到達，我的挽詞已經來不及趕上出殯了，於是我哭著為之寫下這篇〈哀辭〉。

始予自蜀遊京師，識凝之長子恕道原，博學強識❶，能通三墳五典❷、春秋戰國歷代史記，下至五代分裂，皆能言其治亂得失，紀其歲月，辨其氏族，而正其同異。上下數千歲，如指諸左右❸。其為人剛中少容❹，是是非非，未嘗以語假人❺，人多疾之。翰林學士司馬公❻方受詔紬書東觀❼，以君為屬❽。公❾以直名當世，而君尤甚，雖公亦嚴憚❿之。士知君者曰：「君非獨然。君父凝之，始以剛直不容於世俗，棄官而歸老於廬山二十年矣⓫。君亦非久於此者也。」既而君得請⓬，以歸養其親，三年，得疾不起⓭。

【章旨】此段寫劉渙長子劉恕之賢，以襯托其父。

【注釋】❶強識　強記。❷三墳五典　三皇五帝時代的古書。❸指諸左右　指點身邊的事物，形容非常熟悉。❹剛中少容　內在性格堅毅，不肯含糊容納錯誤。❺假人　讓人。❻司馬公　司馬光。❼紬書東觀　指編寫《資治通鑑》。紬，綴輯，指編書。東觀，東漢洛陽南宮內的藏書樓，《東觀漢紀》在此修成，故後來代指國家藏書或修史之處。❽屬　屬員。宋英宗治平三年（西元一〇六六年）司馬光接受編書的任務，在崇文院置局，可以自己挑選下屬人員，於是他推薦劉恕一起編修。❾公　指司馬光。❿嚴憚　畏懼。⓫棄官句　劉渙為宋仁宗天聖八年（西元一〇三〇年）進士，大約在皇祐（西元一〇四九—一〇五四年）之初，任潁上（今屬安徽）縣令，得罪上司，棄官歸隱廬山，當時歐陽修寫了〈廬山高〉詩送之。⓬得請　請求得到允許。熙寧五年（西元一〇七二年）司馬光因反對「新法」，罷官閒居洛陽，將修書局也遷到了洛陽。九年（西元一〇七六年）劉恕至洛陽見司馬光，同年十月南歸廬山。⓭不起　疾病不癒，代指去世。劉恕去世在元豐元年（西元一〇七八年）。

【語譯】當初，我從四川來到京城，認識了劉凝之的長子劉恕，他博學強記，能通解上古的三墳五典，春秋、戰國以來歷代的史書，一直到五代的分裂割據局面，都能夠說出其中的治亂得失，理清事情發生的年月，辨別人物的氏族，對不同的記載能考證出正確的結論。上下數千年的事情，他好像指點身邊的事物一樣，極其熟悉。他為人性格剛毅，很少容納別人的錯誤，不管是是非非，從來不肯在言語上讓人，所以很多人痛恨他。正好翰林學士司馬光接受了詔令，置局編修《資治通鑑》，就推薦劉恕做了書局的屬員。司馬光在當世以剛直聞名，但劉恕比他更為剛直，即便司馬光也害怕他。有了解劉恕的人說：「劉恕的性格不是沒有來歷的。他的父親劉凝之，當初就因剛直不阿，不為世俗所容，棄官歸隱於廬山，已經快二十年了。劉恕也不會長久待在這裡的。」不久，劉恕得到朝廷的允許，回家孝養父母，不到三年，就得病去世了。

今年❶春，予以罪謫高安❷，過君之廬，傷君之不復見，拜凝之於牀下。其容晬然以溫❸，其言肅然以厲❹，環堵蕭然❺，饘粥❻以為食，而遊心塵垢❼之外，超然無慼慼❽之意，凜乎❾其非今世之士也。然予之見凝之，始得道士法，卻五穀❿，煮棗以為食，氣清而色和。及其沒⓫也，晨起衣冠言語如平時，無疾而終。予然後知君父子皆有道者。然道原一斥不用⓬，遂往而不能返；凝之隱居絕俗三十餘年，神益⓭彊，氣益堅，盡其天年⓮，物莫能傷。其清⓯則同，而其曠達自遂⓰，道原不及也。

【章旨】此段敘述作者與劉渙的交往，記述其臨死時的情狀，並對劉渙、劉恕父子的修養作了比較。

【注釋】❶今年　指元豐三年（西元一〇八〇年）。❷高安　筠州。❸睟然以溫　形容面色溫和。❹肅然以厲　形容言談嚴肅。❺環堵蕭然　家裡空蕩蕩的。環堵，四面牆壁。蕭然，空寂的樣子。❻饘粥　稀飯。❼塵垢　指世俗的事務。❽慼慼　憂傷的樣子。❾凜乎　凜然，令人敬畏的氣質。❿五穀　穀物的通稱，指一般食物。⓫沒　同「歿」。去世。⓬一斥不用　謂朝廷沒有重用劉恕。這是因為劉恕在學問上與王安石相衝突，把王氏之學貶為「妖言」，所以不能參與熙寧變法，只得了個南康軍監酒的差使，方便養親而已。斥，疏遠。⓭益　更加。⓮盡其天年　活到自然死亡的年齡。⓯清　高潔的品格。⓰自遂　完成自己的心願。

【語譯】今年春天，我因為得罪朝廷，被貶到筠州，路過劉恕的家裡，而劉恕已經去世，不能再見到了，心懷感傷，在牀下拜見了他的父親劉渙。劉渙的面容非常溫和，言談卻十分嚴肅。家裡只有四堵牆壁，空蕩蕩的，食物也只有稀飯。但劉渙的心靈暢遊在世俗之外，超然自得，沒有一點憂傷之意，他的氣質如古人那樣令人敬畏，不像是現代的人。我從見到了劉渙後，才開始道士的養生之法，不吃穀物，煮一些棗子當飯吃，所以能保持氣色清和。等到去世的那天，劉渙早上起來穿衣，說話，都像平日一樣，沒有任何疾病，自然離去。我這才知道，劉家父子都是有道的人。但是，劉恕一旦被朝廷疏遠，不受重用，便一去不復返；劉渙則斷絕世俗交往而隱居了三十幾年，他的精神更加強壯，氣概更加堅毅，而且活到自然死亡的年齡，任何外物都不能傷害到他。比較之下，他們高潔的人格是相同的，但在性情曠達，完成自我的心願方面，劉恕還不及他的父親。

辭❶曰：伯夷❷之清❸，百世而一人兮，其生也，薇❹以為食，餓死於首陽❺。

世之士謂清不可為兮，計較得失，以和為臧❻。信和之可以浮沉而自免❼兮，彼為和者，何三黜之皇皇❽？曰為道者不與命謀❾兮，非和實得，非清實喪。若凝之為父，與原之為子兮，潔廉不撓❿，冰清而玉剛。如世之言當皆折⓫兮，原何獨短，凝何獨長？要⓬長短之不可以命人⓭兮，適⓮天命之不可常。惟溷濁⓯之不可居，而狷潔⓰之難久兮，吾將與凝乎同鄉⓱。

【章旨】前面是序文，最後一段是哀辭的正文，借劉氏父子的命運，討論了做人的道理。

【注釋】❶辭　哀辭。❷伯夷　殷、周之際孤竹國的王子，與其弟叔齊都因讓位而離國。周武王攻擊殷紂，二人勸阻不成，隱居餓死，當時稱為「義士」。❸清　與下文的「和」，為聖人的兩種類型，《孟子》稱伯夷是「聖之清者」，柳下惠是「聖之和者」，前者性情高潔，遠離汙濁，後者性情溫和，不拒絕世俗，但仍能坐懷不亂，不被汙染。❹薇　山中的野菜。伯夷、叔齊在周武王取代殷紂後，表示「不食周粟」，所以採野菜為食。❺首陽　首陽山，相傳為伯夷、叔齊隱居之處。❻臧　善；好。❼浮沉而自免　與世沉浮，以使自己能夠躲避災禍。❽彼為二句　典出《論語‧微子》。「和者」即柳下惠，他擔任魯國的法官，三次被削職，有人勸他離開魯國，另謀發展，他說：「如果做官正直，到哪裡都會被削職的；如果要用不正直的辦法去討好人，那又何必離開家鄉去發展呢？」皇皇，惶恐不安。❾謀　合。❿撓　屈服。⓫折　折斷，比喻夭折。⓬要　要之；

總之。⑬命人　從為人的方面去尋找原因。⑭適　是。⑮溷濁　混亂汙濁。⑯狷潔　狷介、高潔。⑰鄉　同「嚮」。志願。

【語　譯】哀辭：伯夷的清高，百世只有一人，他活著的時候，採野菜當食物，而餓死在首陽山上。於是世上的人說清高是要不得的，比較得失，以為還是溫和的好。如果溫和真的可以使人與世沉浮而躲避災禍，那麼以溫和著名的柳下惠，為什麼也三次被削職，生活得惶恐不安？所以說，追求道義的人總是命運多艱，並非溫和就意味著得到，而清高就意味著喪失。像劉渙那樣的父親，和劉恕那樣的兒子，他們都人品廉潔，不肯屈服於世俗，如冰一樣清、玉一樣剛。世人常說「剛者易折」，果真如此，他們都應該夭折，但為什麼劉恕短命，而劉渙卻能長壽呢？總之，壽命的長短是不可以從為人的方面去尋找原因的，這是天命，沒有一定的常規。只是，混亂汙濁的世俗不可以久居，而狷介高潔的行為難以長處於世，我的志趣將與劉渙相同。

【研　析】劉恕是蘇氏兄弟在熙寧年間最為敬重的一個朋友，他的博學強記達到了驚人的程度，自十八歲進士及第後，便全力專攻史學，貫穿古今，無所不知。當時的史學權威歐陽修、司馬光都是他的長輩，但碰到疑難問題都向他求助。沒有劉恕的參與，《資治通鑒》的完成是無法想像的。他只活到四十七歲就去世了，他的年輕而傑出的生命就融化在這部煌煌巨著的字裡行間。顯然是因為對劉恕的懷念之情，蘇轍才會特地去拜見他的父親劉渙。在這篇為劉渙而作的哀辭中，劉恕依然是重要的襯托，如果我們把它看成一篇傳記，那麼傳主實際上是父子二人。除了哀悼劉恕的早逝，讚嘆劉渙的隱居養生而得長壽外，文章的主旨是突出概括這對父子的人品，就是所謂「冰清而玉剛」。自此以後，南康的劉家房子，就取名為「冰玉堂」，在宋人的文集中，我們可以找到張耒的〈冰玉堂記〉、晁補之的〈冰玉堂辭〉，都是為劉氏後人而作，南宋時擔任南康軍長官的朱熹也曾作〈冰玉堂記〉，以緬懷劉氏父子。不僅如此，元明以來還有不少地方官，喜歡在官署裡設置一個「冰玉堂」，大概是表示為官清正的意思。所以，這冰玉之喻已經成為傳統文化中一道特有的風景了。不過，就蘇轍本人來看，寫作此文的時候正值開始貶居生活不久，雖然具體的事因是受了兄長的連累，但這樣的結果也是他們的政治態度所導致，無論怎樣，總是其人生中一次巨大的變故，不難想像，此時的他應當經常考慮人生出處的問題，因此本文最後一段探討做人的道理，顯然也是有感而發。本來，蘇轍跟劉恕堪稱知交，他們的人生態度應屬相似，但文中卻特地對劉氏父子進行比較，而對劉渙的隱居養生表達了由衷的羨慕。這當然不僅僅出於把父親寫得高於兒子的俗套，我們可以從中觀察到蘇轍的心靈變化：從一個虎虎有生氣的「不同政見者」，變為深沉的人生反思者。

東軒記

【題解】按蘇轍文末自署，此文作於元豐三年（西元一〇八〇年）十二月初八日，也就是他到達貶地筠州之後大約半年的時候。所謂「東軒」，就是在監鹽酒稅的官廳之東修建的開暢式廊榭，本來應該是一個休閒的處所，但據蘇轍的自述，由於官務繁忙，這個休閒的處所一直沒有用上。記文便由此發揮出一套人生哲學。在蘇轍筠州時期的作品中，人生思考是最重要的主題，由於其他文章多是應人之作，此篇則完全為自己而寫，故最為集中地體現其人生思考的境地，可以視為這方面的代表作。

余既以罪謫監筠州鹽酒稅，未至，大雨，筠水❶泛溢，蔑南市❷，登北岸，敗刺史府❸門。鹽酒稅治舍❹俯江之滸❺，水患尤甚。既至，弊不可處，乃告於郡❻，假❼部使者府❽以居。郡憐其無歸也，許之。歲十二月，乃克支其欹斜❾，補其圮缺❿，闢聽事堂⓫之東為軒，種杉二本⓬、竹百箇⓭，以為宴休之所。

【章旨】首段從貶官說起，敘述作者到筠州時遭受水災的情況，以及其官署的毀壞和重修，多用短句緊密連屬，筆調間傳達出一種不遑寧處之感，而由此引來所謂休閒之地東軒的建造，彷彿鬆了一口氣。

【注釋】❶筠水　筠州的地貌，低山丘陵與河谷相間，贛江的支流錦河與肖江皆自西向東流經高安城內。❷蔑南市　淹沒了城南的商業區域。❸刺史府　即筠州長官的公署。刺史是漢代的古稱，北宋州級長官的正式名稱是「知州」，當時任筠州知州的是衢州（今屬浙江）人毛維瞻（西元一〇一一—一〇八四年），其子毛滂是蘇軾所讚賞的著名詞人。❹治舍　官署。❺湄　水邊。❻郡　州。❼假　借。❽部使者府　宋代的路級長官轉運使，其職能相當於漢代的部使者，故常以代稱。轉運使須在本路內的各州巡察，所以各州都有轉運使的「行司」，又稱「行衙」，或者命名為「皇華館」。轉運使不在的時候，這皇華館也經常充當接待過往官員的高級驛站，或用作科舉解試的考場等。❾支其欹斜　將傾斜倒塌的房梁支撐起來，指重修監鹽酒稅的官署。❿圮缺　坍塌、殘缺。⓫聽事堂　官員的辦公廳。⓬本　樹木的計量單位，即株，棵。⓭箇　竹一枝。

【語　譯】我得罪朝廷之後，被貶為「監筠州鹽酒稅」，還未到達任地，筠州的江水就因大雨而氾濫成災，淹沒了城南的商業區，並且漫上北岸，沖壞了知州的官署。而我這「監鹽酒稅」的官署俯臨江邊，遭受水患就更為嚴重了。等我到達的時候，已經被毀壞得不能住宿，於是向州政府申請，借轉運使行衙皇華館暫住。州政府同情我無處可歸，就同意了。直到這年的十二月，才能夠重新修葺官署，支起坍塌的房梁，填補殘缺的牆壁，並在辦公廳的東面，開闢出一個敞開式的廊榭，種上兩棵杉樹，百竿竹子，作為休閒的處所，名為「東軒」。

然鹽酒稅舊以三吏共事，余至，其二人者適皆罷去，事委於一。晝則坐市區鬻❶鹽，沽❷酒，稅豚魚❸，與市人❹爭尋尺❺以自效；莫❻歸，筋力疲廢，輒昏然就睡，不知夜之既旦；旦則復出營職❼，終不能安於所謂東軒者。每旦莫出入其旁，顧之未嘗不啞然自笑也。

【章　旨】此段承上轉折，謂官務繁忙，不得休閒，原本預設為休閒之地的東軒，其存在適足為一種諷刺。

【注　釋】❶鬻　賣。北宋筠州食鹽是來自淮南路的海鹽，江南西路每年漕運上供米至淮南的「轉般倉」，然後載鹽以歸。由於東南鹽利為全國之最，故元豐三年，新黨蹇周輔（西元一〇一三—一〇八八年）措置江西鹽法，嚴禁民間買賣，全部食鹽都由官賣。蘇轍適逢其時，自然增添了工作的繁忙度。❷沽　賣酒。北宋對全國各州城的酒實行榷酤政策，官方開工場釀酒專賣，一般不許民間私釀。❸稅豚魚　對各種商品的買賣收取商稅。豚，豬。這裡用最常見的豚、魚來概指各種商品。❹市人　買賣人。❺尋尺　計量單位，八尺為尋。這裡指商業行為中計較多寡，有沒有短斤少兩之類。❻莫　同「暮」。晚上。下文「每旦莫」之「莫」同此。❼營職　為自己的職掌而忙碌。

【語　譯】但是，「監鹽酒稅」的工作原來有三個官員共事，我到來的時候，正好其餘二人都罷官離去了，鹽、酒、稅三項事務就全部落到我一個人的頭上。每日白天坐在商業區，賣鹽，賣酒，還要對豬呀魚呀之類的商品買賣收稅，跟前來買賣的人們計較斤兩，作為自己的績效；到晚上回家時，精神疲憊不堪，便昏昏然的上牀睡覺，連夜晚過去，天已經亮了都不知道；而天亮以後，還是要再度出門，為自己的職務忙碌，始終不能在所謂的東軒裡休閒一下。這樣每天早晚都在東軒的旁邊進進出出，只能看上一眼，總是啞然自笑而已。

　　余昔少年讀書，竊嘗怪顏子，以簞食瓢飲，居於陋巷，人不堪其憂，顏子不改其樂❶。私以為，雖不欲仕，然抱關擊柝❷，尚可自養，而不害於學，何至困辱貧窶❸，自苦如此？及來筠州，勤勞鹽米之間，無一日之休，雖欲棄塵垢，解羈縶❹，自放❺於道德之場，而事每劫❻而留之，然後知顏子之所以甘心貧賤，不肯求斗升之祿❼以自給者，良❽以其害於學故也。

【章旨】此段為全文的核心，通過自己切身的人生感受，表達對顏子窮居自樂之精神境界的獨特理解。

【注釋】❶竊嘗怪顏子五句　用《論語・雍也》中孔子稱讚顏淵的話。簞食瓢飲，表示生活物資極其匱乏。簞，古代用竹葦編成的圓形食器。❷抱關擊柝　出自《荀子・榮辱》，指非常簡單的工作。抱關，守門。擊柝，晚上打更。❸窶　貧窮得無法備禮。❹羈縶　馬絡頭和馬繮繩，比喻束縛拘禁。❺自放　解放自己。❻劫　劫持。❼斗升之祿　一點點薪水。❽良　確實。

【語譯】我從前年輕的時候，從書上讀到顏淵的故事，他住在一個窮巷子裡，只有一簞食物、一瓢水，生活很艱苦，別人都愁得受不了，顏淵卻仍然高高興興的。我曾經覺得奇怪，以為即便不願意出仕做官，但如從事一些像看門、打更之類的簡單工作，也可以養活自己，而不妨礙學問，何必貧窮簡陋，自找苦吃，到達這樣的地步呢？等我來到筠州，辛勤勞苦於鹽、米之間，沒有一天休息的時間，即便想拋棄世俗的塵垢，解去工作的束縛，把自己解放到道德修養的廣闊天地，也總是被各種事務劫持困留，無法擺脫。然後我才理解，顏淵之所以甘心過貧賤的生活，不肯去營求一點點薪水來供給自己，確實是因為出仕會妨礙學問。

嗟夫！士方其未聞大道，沉酣勢利❶，以玉帛子女❷自厚❸，自以為樂矣。及其循理以求道，落其華而收其實❹，從容自得，不知夫天地之為大，與死生之為變❺，而況其下者乎？故其樂也，足以易❻窮餓而不怨，雖南面之王❼不能加之，蓋非有德不能任也。余方區區❽欲磨洗濁汙，晞❾聖賢之萬一，自視缺然❿，而欲庶幾⓫顏氏之樂，宜其不可得哉！若夫孔子，周行天下，高為魯司寇⓬，下為乘田委吏⓭，惟其所遇，無所不可，彼蓋達者之事，而非學者之所望也。

【章　旨】此段緊接上段對顏淵之「樂」的理解，繼續發揮其領悟的人生價值觀念：通過終極關懷而獲得個體的內在超越。

【注　釋】❶沉酣勢利　盡情沉迷於權勢利益的追逐之中。❷玉帛子女　《左傳》中有「子女玉帛」的話，指男女奴僕和圭璋束帛等財富。❸自厚　厚待自己。❹落其華而收其實　脫落花瓣，收穫果實，比喻摒棄世俗虛榮而領悟大道。華，花。❺死生之為變　像一個人的生與死這樣最為巨大的變化。❻易　輕易地忍受。❼南面之王　朝南坐的國王。古代國王的坐法是面南背北的。❽區區　一心一意。❾睎　望；仰慕。❿自視缺然　出自《莊子．逍遙遊》，自己感到有所不足。⓫庶幾　希望接近。⓬魯司寇　魯國的最高法官。⓭乘田委吏　管理畜牧或糧倉的小官。《孟子．萬章下》說孔子曾經做過這樣的工作。

【語　譯】啊！一個人在還沒有聽聞大道的時候，一意沉浸在權勢利益的追逐之中，用奴僕、財富厚待自己，自以為夠快樂的了。等到他遵循事理去尋求大道，擺脫世俗的虛榮而獲得真實的領悟，就能從容自得，像天地那樣的廣大與生死那樣的巨變都不能使他在意，何況等而下之的世俗利益呢？所以他的快樂，足以讓他輕易地生活在貧窮饑餓之中，毫無怨言，即便是做面南背北的國王，也不能更快樂了。這當然是有德的人才能做到的。而我正一心一意想磨洗自身的汙濁，仰望聖賢的萬分之一，連自己也感到有所不足，要想接近顏淵的快樂境界，當然是不可能的了。至於孔子，他環遊天下，既可以做魯國司寇那樣的大官，又可以做管理畜牧、糧倉那樣的小官，只要是碰上了機會，做什麼都可以，那又是通達者的本事，不是處在學習階段的人可以企及的了。

余既以譴❶來此，雖知桎梏❷之害而勢不得去，獨幸❸歲月之久，世或哀而憐之，使得歸休田里❹，治先人之敝廬❺，為環堵之室❻而居之，然後追求顏氏之樂，懷思❼東軒，優游❽以忘其老。然而非所敢望也。元豐三年十二月初八日，眉陽❾

蘇轍記。

【章　旨】最後一段回顧自己所處的現實，表達了歸老家鄉，追求顏子之樂的願望，但同時也頗有無奈之感。

【注　釋】❶讁　貶謫。❷桎梏　刑具，腳鐐手銬，比喻官務的束縛。❸獨幸　只希望。❹田里　家鄉。❺先人之弊廬　上代留下來的破屋子。❻環堵之室　只有四面牆壁的簡單居室。❼懷思　懷念。❽優游　悠閒自得。❾眉陽　蘇轍家鄉眉州的別稱。

【語　譯】我既然因為貶謫而來到這裡，即便明知被官務束縛的害處，也無法脫去。我只能僥倖地盼望，等歲月長久了，世人或許會同情、可憐我，讓我可以回到家鄉去休息，治理上代留下來的破屋子，建造一個簡單的居室，住在裡面，然後可以追求顏子的快樂境界，一面懷念筠州的東軒，一面在悠閒自得中慢慢老去。然而，這也不是如今的我敢於期望的事。元豐三年十二月初八日，眉州蘇轍作這篇記文。

【研　析】研究蘇軾的學者大都認為黃州貶謫是其思想新階段的開始，如果我們依此類推筠州貶謫對於蘇轍人生的意義，那也大致不錯。比較而言，蘇軾從一個堂堂知州降為流放的罪人，起落更大一些；但蘇轍在被貶筠州之前，擔任的都是條例司屬員、學校教授、大藩幕職之官，做的是商議政策、教育學生、掌管文書之類與文人士大夫相宜的工作，而到了筠州後，卻要負責「監鹽酒稅」這種繁雜鄙俗的事務，其情趣可能比流放還要糟糕一些。而且，就當時的政治情況來說，由於堅決執行「新法」的宋神宗年僅三十餘歲，誰也不可能預想他會英年早逝，所以作為「不同政見者」的蘇轍大致已經沒有什麼政治前途可言，他能夠期望的最好結果也就是放他回家而已。本文最後一段所表達的願望，應該是沒有一點虛假成分的。那麼，早年讀書求仕，究竟為了什麼呢？或者更進一步說，人生的意義何在？蘇轍想起了簞食瓢飲的顏子，他認定顏子情願窮餓而不肯求仕，是因為仕途妨礙學問。從而，他極具宋人特色地闡明了這學問的要旨，就是個人內在對「道」的領悟，即傳統儒學所謂的「內聖」。本來，「內聖」被看作「外王」的準備階段，但蘇轍擴大了「內聖」的意義，將它直接視為人生價值的完成。這種獨立個體內在超越的人生觀，與蘇轍的前輩范仲淹所倡導的士大夫積極干預現實的「先憂後樂」精神已經有了顯著的差異，此後將被越來越多的士大夫所接受。當然，如南宋的葉適所批評的那樣，以顏子為榜樣來證明這個說法，多少有些問題，因為顏子早死，客觀上雖未出仕，但不能斷定他主觀上一定不肯出仕。顏子的問題是宋人經常探討的，比如周敦頤對程顥的啟發，就是教他去尋思顏子的「樂」處究竟在哪裡，程頤在太學裡做了一篇〈顏子所好何學論〉，受到了太學老師胡瑗的激賞，孔宗翰在山東造了一個「顏樂亭」，司馬光為他寫了〈顏樂亭頌〉，蘇軾為他寫了〈顏樂亭詩〉，南宋的張栻還把有關顏子的事跡、言論專門編為一本書，叫做《希顏錄》。如果說，孔子是不可企及的聖人，那麼顏子就是可以企及的最好的學習榜樣，對於所謂「顏子之學」的探討，意義就在這裡。蘇轍從「內聖」的角度提出了他對「顏子之學」的理解，大致符合宋代士大夫學術的走向。在舊時的中國，從京城的太學到鄉間的村塾，所有的學校裡都有「先聖」、「先師」兩塊牌位，這「先師」就是顏子。兩千多年前這位好學的青年，既未建功立業，也無著書立說，卻如此受到國人的尊重，本身就應該視為一個奇蹟吧。

洞山文長老語錄敘

【題解】 此文應當作於元豐三年（西元一〇八〇年）或稍後，蘇轍在筠州貶居。筠州是佛教禪宗發達之區，蘇轍在此地與禪僧們交往甚多。臨濟宗黃龍派的創始人黃龍慧南有個弟子真淨克文（西元一〇二五—一一〇二年），當時任筠州洞山寺的住持，就是題中的「洞山文長老」，可稱當代禪林的龍象，給予蘇轍的啟示甚多。克文在筠州聖壽寺和洞山寺的說法內容，由其弟子法深記錄下來，即題中的「語錄」，今存於《古尊宿語錄》卷四十二。元豐八年（西元一〇八五年）之後，克文又投奔王安石，到金陵報寧寺等處做住持，也有語錄，但蘇轍為之作序的，應該只是筠州的部分。

水流於地，發為草木，鹹酸甘苦❶皆水也；火傳於薪，化為飲食，飯餠羹胾❷皆火也；心藏於人，見於百骸❸，視聽言動皆心也。古之達人，推而通之，大而天地山河，細而秋毫❹微塵，此心無所不在，無所不見。是以小中見大，大中見小，一為千萬，千萬為一，皆心法❺爾。然而非有所造❻也，故其指心法以示人也，有以光明❼、相好❽、化人❾，有以飲食、臥具、衣服，有以園林、臺觀、虛空，有以寂嘿❿無說無示，蓋事無非法者。然有聞思修法門⓫，眾生由之以入，如大衢⓬路，既徑⓭且易。自達摩⓮西來，諸祖⓯相承，皆因言以曉人，心地⓰既明，出語皆法⓱。譬如古木，生氣條達⓲，花葉無數，顛倒向背、穠纖⓳長短，無一不可；譬如大海，溼性⓴融溢㉑，隨風舒卷㉒，波濤流轉，充遍洲浦㉓，無一不到。觀者眩曜㉔，莫測其故，然至於循流返源㉕，識其終始，可以拊手㉖而笑。

【章　旨】此段講述蘇轍對於禪宗心法和言語的理解，心法涵蓋一切，只要心法明瞭，則言語無所不可。這當然是為下面引出語錄作鋪墊。

【注　釋】❶鹹酸甘苦　指草木的各種味道。❷飯餠羹胾　各種煮熟的食物。餠，同「餅」。羹，用肉類或蔬菜煮成的帶濃汁的糊狀食品。胾，切成塊的肉。❸百骸　人的各種骨骼，指全身。❹秋毫　鳥獸在秋天新長出來的細毛，比喻微細之物。❺心法　佛教將外在的事物稱為「色法」，內在的認識則是「心法」。禪宗把不通過經典學習、理論論證，而在師徒之間祕密傳授、直接印證的成佛要旨叫做「心法」。❻造　偏至，局限於一個方向、一種立場，比如訴訟的雙方，被稱為「兩造」。❼光

明　從佛的身上發出的光芒，有項光、背光等。❽相好　佛身的種種美妙之處，有三十二相、八十種好，如兩耳垂肩、雙手過膝等。❾化人　變化出來的人。為了方便引導眾生，佛、菩薩經常要變化成人形去接近世俗。❿寂嘿　不說話。嘿，同「默」。⓫聞思修法門　通向佛道的三種門徑：見聞經教、思惟道理、修行禪定。⓬衢　大路。⓭徑　直接。⓮達摩　南印度人菩提達摩，南北朝時來到中國，被尊為中國禪宗的初祖。⓯諸祖　歷代祖師。⓰心地　即心，禪宗把心比喻為土地，禪的種子在這土地上發芽生長。⓱出語皆法　講出來的任何一句話都是佛法。⓲條達　暢達、通達。⓳穠纖　肥瘦大小。⓴溼性　將水的性質概括為溼，無論何種形態的水，其本性都是溼。㉑融溢　融會、充滿。㉒舒卷　展開或卷起。㉓洲浦　各種水灣。㉔眩曜　眼花，迷惑。㉕循流返源　根據水流的方向往回追尋其源頭。這裡指根據言語追尋「心地」，因為言語是從「心地」流出來的。㉖拊手　拍手。

【語　譯】水流淌在大地之下，可以生長出草木，這些草木具有各種各樣的味道，但其生命力都來源於水；火點燃了柴薪，可以煮熟飲食，這些食品的類型也多種多樣，但它們的形成都是因為火；心藏在人體的裡面，表現在人體的各個部分，視覺、聽覺、言語、動作都是心的表現。從前的通達之人（佛），由此推廣貫通，大到天地山河，小到秋毫微塵，此心無所不在，無所不見。所以，他能從小中見大，也能從大中見小，能從一推演出千萬，也能從千萬歸納出一，這全是心法。但是，他也並不局限於某個偏面，所以他把心法指示給人的時候，可以有各種方式，或者身放光明，或者顯出種種美好的相貌，或者化為人形，或者借用一般的飲食、臥具、衣服，或者憑藉園林、樓臺、虛空，或者只是閉上嘴什麼都不說，因為任何事物都體現出心法。不過，也有聽聞、思考、修行等入門的途徑，眾生由此進入，就像走上了大路，既直接又簡單。自從菩提達摩從西方來到中國，祖師們代代相承，都通過言語來啟示別人。既然心靈已經明亮，那麼說出來的所有言語都是佛法。就好像一棵古樹，生氣勃勃，長出無數的花葉，這些花葉或順或倒、或正或反、或大或小、或長或短，無所不可；又好像大海，水量浩瀚，隨著風力或舒展、或卷起，波濤奔流旋轉，充滿所有的水灣，無所不到。觀看的人為之眼花繚亂，不能測度其中的緣故，但如果順著水流的來向追尋到源頭，認識了來龍去脈，就可以心領神會，拍手而笑了。

有克文❶禪師，幼治儒業❷，弱冠❸出家求道，得法❹於黃龍南公❺，說法於高安諸山❻。晚居洞山❼，實繼悟本❽，辯博無礙，徒眾自遠而至。元豐三年，予以罪來南，一見如舊相識。既而其徒❾以語錄相示，讀之縱橫放肆❿，為之茫然自失⓫。蓋余雖不能詰⓬，然知其為證正法眼藏⓭，得遊戲三昧⓮者也。故題其篇首。

【章旨】此段簡單介紹克文的經歷和禪學造詣，及為其語錄作序的機緣。

【注釋】❶克文　俗姓鄭，陝州閿鄉（今屬河南靈寶）人，號真淨、雲庵，生平見惠洪《石門文字禪》卷三十〈雲庵真淨和尚行狀〉。❷治儒業　攻讀儒家典籍。❸弱冠　二十歲。據惠洪所記，克文於二十五歲剃髮受戒，此前已在復州北塔寺「服勤五年」，則入寺時正是二十歲。❹得法　獲得心法。這是禪宗的專門用語，在某位禪師的指導下獲得根本開悟，受其印可，此後就成為其嗣法弟子，稱「法嗣」。新任住持的禪師在初次開堂說法的時候，要舉行一個儀式，表明自己嗣法於哪位禪師，為他點一炷香。❺黃龍南公　黃龍慧南（西元一〇〇二—一〇六九年），俗姓章，信州玉山（今江西玉山）人，嗣法於臨濟宗石霜楚圓禪師，後在江西南昌的黃龍寺住持，弟子眾多，形成了「黃龍派」。❻高安諸山　筠州州治高安縣的各個佛寺。山，佛寺。克文於熙寧五年在高安縣的聖壽寺開山說法，不久遷居洞山寺，從語錄來看，他時常往來於聖壽、洞山各寺之間。❼洞山　洞山寺，在高安縣。❽悟本　唐代禪師洞山良价（西元八〇七—八六九年），賜諡「悟本禪師」，為曹洞宗創始人。《五燈會元》卷十三說：「价師自唐大中末，於新豐山接誘學徒，厥後盛化豫章高安之洞山。」按新豐山即筠州新昌縣之洞山寺，又稱普利寺，為良价所建，內有新豐洞；而高安縣也有洞山寺（《江西通志》卷一百十一說是新昌縣洞山寺的分院），良价曾從新豐山移居於此，克文所住持的也是此寺，所以蘇轍說「實繼悟本」。不過，克文的語錄中也時而自稱「新豐」，則兩縣的洞山寺大概確實是本院和分院的關係。自日本學者宇井伯壽《第三禪宗史研究》以來，關於洞山寺的所在地點，一直存有疑惑，《江西通志》的說法也許可以解開這個疑惑。❾其徒　按《古尊宿語錄》卷四十二，為克文編寫筠州時期之語錄的，是其弟子法深。與蘇轍交往較深的克文弟子，是黃檗道全禪師，見蘇轍所作〈全禪師塔銘〉。⑩縱橫放肆　形容克文的言論自由無礙。⑪自失　感到自己的空虛、不足。⑫詰　追問；考究。⑬正法眼藏　按禪宗的說法，佛將「正法眼藏」交付給摩訶迦葉，為禪宗的開始。「正法」謂佛法，「眼」謂朗照宇宙，「藏」謂包含萬有，合起來是全體佛法的意思。⑭遊戲三昧　在遊戲中可以修習禪定，表示自由無礙的境界。三昧，梵文的音譯，意譯為「正定」，心靈擯除雜念、專注一意的境界。

【語譯】有一位克文禪師，幼時研治儒家的典籍，二十歲時出家，追求佛道，從黃龍慧南禪師那裡獲得正法的傳授，在高安縣的各個佛寺說法。後來住持洞山寺，實在是唐代洞山良价的最好繼承人。他的辯論才能和淵博學識，到了自由無礙的境界，所以眾僧都從遠方來到這裡，成為他的徒弟。元豐三年，我因為得罪朝廷，被貶來南方，跟他一見面就好像老朋友一樣。不久，他的徒弟給我看了他的語錄，我讀下來，覺得克文的說法縱橫自在、無拘無束，由此更加感到自己的空虛不足。我雖然不能追究其中的佛理，但也知道這是真正印證了佛法，達到了遊戲三昧的境界。所以，我就在語錄的篇頭題上這幾句序言。

【研析】禪宗有所謂「一花開五葉」的說法，即在唐五代時期，產生了溈仰、曹洞、臨濟、雲門、法眼五宗。到宋代以後，臨濟宗成為最大的一支，而其興盛的標誌，就是「黃龍派」的創立。翻看《五燈會元》，我們不難發覺黃龍派的一個重要特點，就是其「法嗣」中有一批著名的文人。比如，黃龍慧南的一個弟子東林常總（西元一〇二五—一〇九一年），其法嗣中有蘇軾；另一個弟子黃龍祖心（西元一〇二五—一一〇〇年），其法嗣中有黃庭堅；蘇轍也被排在慧南弟子上藍順禪師的門下。由此可以看出黃龍派禪師與士大夫的密切交往。至於真淨克文，不但主動與蘇轍打交道，元豐七年還在筠州專門迎接剛剛從黃州獲赦的蘇軾，並通過自己做的夢來證明蘇軾是五祖師戒禪師的轉世，後來又專程至金陵見王安石，同時又寫詩寄給蘇轍，他的一個弟子清涼惠洪，則是北宋晚期最著名的詩僧，與江西詩派的詩人多有交往，另一個弟子兜率從悅，其法嗣中有徽宗朝的宰相張商英。從克文的傳記和惠洪的著作來看，他們懷有一種非常明確的振興臨濟宗派的意識，所以如此積極地與士大夫交流溝通，獲得其發展的社會基礎。反過來，處在貶謫的苦悶之中的蘇氏兄弟，也正需要禪師們指點人生的迷津，用以保持心靈的寧靜和曠達。相比之下，蘇轍所在的筠州是禪學的一個中心，參禪的風氣比蘇軾所在的黃州要濃厚得多。蘇軾與東林常總的相會，要到元豐七年他上廬山之時，而蘇轍則自元豐三年來到筠州後，幾乎就生活在一批傑出的禪僧之間，所以他對禪學的浸潤其實遠過於蘇軾、黃庭堅，在北宋的參禪士大夫中屬於造詣較深的一位。從他為克文語錄所寫的這篇序言，也可以看出他對「心法」和言語關係的通達了解。在《古尊宿語錄》卷四十五，有克文寫給蘇轍的一首五言律詩，題為〈蘇子由闢東軒，有顏子陋巷之說，因而寄之〉，看來，他對蘇轍〈東軒記〉所表達的顏子「內聖」之學也頗為首肯，或許我們可以由此探尋宋代士大夫對顏子生存態度的闡釋與黃龍禪風之間的關係。不為「外王」作準備的「內聖」，與士大夫生活混同一氣的禪，這兩者之間的差別，其實是相當小了。

廬山棲賢寺新修僧堂記

【題解】廬山南麓的棲賢谷，歷來以雄奇的勝景著稱，上有五老峰和漢陽峰左右對峙，下有匯集山間溪水近百條的三峽澗奔騰咆哮，沿谷而下，忽被巨石攔截，懸空直下玉淵潭中，為天下之至觀。唐代李渤（西元七七三—八三二年）曾讀書於此，並將南朝時建於尋陽（今江西九江）的寶庵寺移建五老峰下，請著名的「赤眼禪師」歸宗智常（馬祖道一的弟子）住持，更名為棲賢寺。北宋時，朝廷賜名「棲賢寶覺禪院」，盛極一時。蘇轍於元豐三年南遷筠州時，經過廬山，曾遊棲賢寺，次年應寺僧的請求而作此記。僧堂即禪堂，又稱雲堂，佛寺的主體建築之一，寺中所有禪僧，晝夜於此行道。按照百丈清規，禪宗寺廟不設佛殿，以住持說法的法堂和眾僧修行的僧堂為主。

元豐三年，余得罪遷[1]高安，夏六月，過廬山，知其勝[2]而不敢留。留二日，涉其山之陽[3]，入棲賢谷。谷中多大石，岌嶪[4]相倚。水行石間，其聲如雷霆，如千乘車，行者震掉❺，不能自持❻，雖三峽❼之嶮不過也。故其橋曰三峽❽。渡橋而東，依山循水，水平如白練❾，橫觸巨石，匯為大車輪❿，流轉洶湧，窮水之變⓫。院⓬據其上流，右倚石壁，左俯流水。石壁之趾⓭，僧堂在焉。狂峰怪石翔舞於簷⓮上，杉松竹箭⓯橫生倒植，蔥蒨相糾⓰。每大風雨至，堂中之人疑將壓焉。問之習⓱廬山者，曰：「雖茲山之勝，棲賢蓋以一二數⓲矣。」

【章旨】此段描寫棲賢谷中沿三峽澗上行的一路勝景，而重點突出三峽橋和棲賢寺僧堂兩處，前一處最為奇險，後一處是本文要記述的對象。

【注釋】❶遷　貶謫。❷勝　風景優異。❸山之陽　山的南面。依北宋的行政區劃，廬山的南麓屬南康軍，北麓屬江州。❹岌嶪　高峻貌，出自張衡〈西京賦〉，杜詩中也曾用之。❺震掉　驚恐得發抖。❻自持　控制自己。❼三峽　四川、湖北兩省境內，長江上游的瞿塘峽、巫峽和西陵峽的合稱，是天下奇險名勝。棲賢谷中景況相似，故澗水名為三峽澗。❽其橋曰三峽　三峽橋，南北橫跨三峽澗上空懸崖絕壁之間，有「石彩虹」之稱，現又名觀音橋，為長二四・四米，寬四・一米的石構單孔橋，建於北宋大中祥符七年（西元一〇一四年），歷千年而不壞，今為國家重點保護文物。❾白練　白色的熟絹，用來形容平鋪的水面。❿大車輪　大的漩渦，形似車輪。⓫窮水之變　極盡了水貌的各種變化。⓬院　即棲賢寺，北宋稱「棲賢寶覺禪院」。⓭趾　腳趾，比喻崖壁的底部。⓮簷　屋檐。⓯竹箭　篠；細竹。⓰蔥蒨相糾　青翠茂盛，互相交雜。⓱習　熟悉。⓲一二數　數一數二。

【語譯】元豐三年，我得罪了朝廷，被貶謫到筠州高安縣，在夏天的六月經過廬山，雖明知其景色的優異，卻不敢久留。我只停留了兩天，遊玩了山南的一些地方，進入了棲賢谷。谷中有很多大石頭，又高又險，互相支撐。澗水在石頭之間流行，發出雷霆般的聲音，又好像千輛馬車在跑，令行人驚恐得發抖，無法控制自已。即便是長江三峽的險峻，也不過如此。所以，這裡的石橋就名為三峽橋。過了橋向東走，沿著山，沿著水，那水面平整得像一片白色的絹綢，突然卻撞到一塊巨石，於是匯集成一個大漩渦，迴旋流轉，水勢洶湧，極盡了水的各種變化。棲賢寶覺禪院就在這澗水的上游，右靠崖壁，左臨流水。僧堂就建在崖壁的下面，形狀奇怪的山峰和石頭好像飛舞在屋檐之上，杉樹、松樹、細竹等各種植物，橫著生，倒著長，青翠茂密，相互交雜。每當有大風大雨到來的時候，僧堂中的人都會覺得山峰怪石以及那些植物都要壓下來了。我曾向熟悉廬山的人請問，他們回答說：「即便在廬山的勝景之中，棲賢寺這裡也是數一數二的了。」

明年❶，長老智遷❷使其徒惠遷❸謁余於高安，曰：「吾僧堂自始建至今，六十年矣。瓦敗木朽，無以待四方之客。惠遷能以其勤力新之，完壯邃密，非復其舊。願為文以志❹之。」

【章旨】此段交代本文的寫作緣由，謂棲賢寺的僧人將僧堂翻修一新，特意跑到筠州來請蘇轍作一篇記文。

【注釋】❶明年　第二年，即元豐四年（西元一〇八一年）。❷智遷　棲賢智遷，雲門宗天衣義懷（西元九九三—一〇六四年）禪師的法嗣，見《五燈會元》卷十六。❸惠遷　東明惠遷，又作「慧遷」，棲賢智遷的法嗣，見《續傳燈錄》卷十二。❹志　記。

【語譯】第二年，棲賢寺的住持智遷長老派他的徒弟惠遷禪師到高安縣來見我，說：「我們的僧堂從開始建成，到現在已經六十年了，瓦片都壞了，木頭也爛了，不能體面地招待四方來的客人。惠遷能憑藉他辛勤的努力，將僧堂翻修一新，完善壯麗，精致細密，再也不是原來的舊貌了。請你寫一篇文章記錄此事。」

余聞之，求道者非有飲食、衣服、居處之求。然使其飲食得充，衣服得完，居處得安，於以求道而無外擾❶，則其為道也輕❷。此古之達者所以必因山林，築室廬，蓄蔬米，以待四方之遊者，而二遷❸之所以置力而不懈也。夫士居於塵垢之中，紛紜之變日遘❹於前，而中心未始一日忘道，況乎深山之崖、野水之垠❺，有堂以居，有食以飽，是非榮辱不接於心耳，而忽焉不省❻也哉？孔子曰：「朝聞道，夕死可矣。」❼今夫騁騖❽乎俗學❾，而不聞大道，雖勤勞沒齒❿，余知其無以死⓫也；苟一日聞道，雖即死，無餘事矣。故余因二遷之意，而以告其來者⓬，夫豈無人乎哉！四年五月初九日，眉陽蘇轍記。

【章旨】最後一段議論，從物質條件的提高談到精神追求的重要，而其真實目的在於譏刺王安石的《三經新義》之學。

【注釋】❶外擾　外來的干擾。❷輕　容易；輕鬆。指沒有後顧之憂。❸二遷　指智遷和惠遷。❹遘　遭遇。❺垠　邊際。❻省　指對「道」的思考。❼朝聞道二句　早上聽到了大道，就算晚上便死，也可以了。語出《論語．里仁》。❽騁騖　馳騁、奔走，出自楚辭《九歌．湘君》。❾俗學　世俗崇尚的學問，即為了通過科舉考試而必須學習的王安石《三經新義》之學。王安石於熙寧四年（西元一〇七一年）頒發「科舉新制」，規定科舉不考詩賦而改考「經義」，不久後設立「經義局」，修訂《詩經》、《尚書》、《周禮》三部經典的標準解釋，規定科舉的「經義文」必須照這標準解釋來寫。蘇氏兄弟反對這樣的思想專制，所以把王安石的這套東西貶稱為「俗學」。❿沒齒　終身。⓫無以死　承上文「朝聞道，夕死可矣」的語脈，謂不聞道，則死得沒有意義。⓬來者　將來的人，一般指後輩。

【語　譯】我聽說，追求「道」的人沒有對於飲食、衣服和住房的貪求，但假如他的飲食充足，衣服完善，住得也安心，那麼他在這樣毫無外來干擾的條件下追求「道」，就沒有後顧之憂，就比較容易。從前的通達之人，之所以要住到山林裡面，建起房子，積蓄蔬菜糧食，用來接待四方的客人，就是這個道理，而智遷和惠遷兩位禪師之所以在這方面付出不懈的努力，也正是這個緣故。士大夫處在世俗的塵垢之中，每天都遇到眼前紛紜複雜的變化，而心中卻沒有一天忘記「道」，何況處在深山崖壁之下、野地流水之邊的僧人，有了僧堂可以居住，有了食物可以吃飽，世俗的是非榮辱都不會跟他們的心靈、耳朵相關，怎麼能忘記了思考「道」呢？孔子說過：「早上聽聞了道，即便當晚就死，也安心了。」現在那些為所謂《三經新義》之學而奔走馳騁的人們，不曾聽聞大道，即便終身辛勤於此，我也知道他們到死都是毫無意義的。其實，只要有一天聽聞了大道，即便馬上就死，也不會留下任何遺憾。所以，我借兩位禪師的心意，忠告將來的後輩，難道以後就沒有懂這個道理的人了嗎？元豐四年五月初九日，眉山蘇轍記。

【研　析】本文歷來受到推崇的是第一段的描寫，當時寫成以後，蘇軾在黃州馬上就讀到了，第一個發表了評論：「子由作〈棲賢堂記〉，讀之便如在堂中。」（〈跋子由棲賢堂記後〉）他還想親自書寫，送給智遷他們去刻石，作為他跟廬山結緣的禮物，以後去遊廬山就不算陌生人了。可見他很喜歡弟弟寫的這篇記文，並指出它的優點在於描寫，讓讀者有身臨其境之感。清代王士禛《香祖筆記》卷十二也說：「潁濱〈棲賢寺記〉造語奇特，雖唐作者如劉夢得、柳子厚妙於語言，亦不能過之……予遊廬山至此，然後知其形容之妙，如丹青畫圖，後人不能及也。」他指出了兩點，後一點跟蘇軾說的一樣，通過親到其地的感受來證實其描寫的高明，前一點是說「造語」即語言上的創造性，認為可以企及唐代的劉禹錫、柳宗元。這當然是蘇轍此文的一個優點，但按宋代文章的普遍特質，後面的議論才是作者用力的所在，而其中的關鍵又在於被他貶斥的所謂「俗學」何所指？元豐七年，蘇轍的女婿王適（字子立）到徐州去參加科舉解試，蘇轍寫了〈次韻王適留別〉詩云：「決科事畢知君喜，俗學消磨意自清。」意思是，考完了科舉以後就高興了，因為這就可以把為了科舉而勉強學習的那套「俗學」拋棄了。由此可見，蘇轍筆下的「俗學」所指非常明確，就是王安石規定為科舉標準答案的《三經新義》之學。了解了這一點，我們就能領略到這段議論的力度並不比上面的描寫遜色，因為照蘇轍的說法，鑽研這「俗學」，即便勤奮一輩子，到死也毫無意義。姑且不論蘇、王學術差異的是非，處在貶謫之中的一個罪人發出如此尖銳而斬絕的言論，實在是至為剛強的表現。王士禛可能不明白這一點，但蘇軾應該是很清楚的，所以儘管他想過要書寫了去送給棲賢寺的和尚，但最後還是沒有這樣做。實際上，雖然他的書法天下第一，和尚們也不敢把這篇記文拿去刻石的。而且，蘇轍的剛強也馬上令他遭受麻煩。筠州的地方官覺得蘇轍有學問，就讓他暫代州學的教授，不料他在州學裡出的幾個考題立即引起了汴京太學裡一位教授的注意，說這些考題明顯違反「經旨」。在只知道《三經新義》為標準解釋的人看來，蘇轍自然是違反「經旨」的。於是朝廷下令追查，幸虧江西地方官的保護，才不至於釀成禍端，只不許他再做代理教授而已。

筠州聖壽院法堂記

【題解】 按照文末所署的時間，本文作於元豐四年（西元一〇八一年）六月十七日。聖壽院又稱聖壽寺、聖壽禪院、聖壽廣福院，在筠州高安縣東南角。法堂是禪宗寺院的最重要部分，住持說法的地方，所以住持又稱為「堂頭和尚」，其說法稱為「上堂」。當時有人出錢，將聖壽寺的法堂重修一新，蘇轍應邀而作此記。

高安郡❶本豫章❷之屬邑❸，居溪山之間，四方舟車之所不由。水有蛟蜃❹，野有虎豹。其人稼穡漁獵，其利粳稻❺、竹箭❻、楩柟❼、茶楮❽，民富而無事。然以其嶮且遠也，士之行❾乎當時者，不至於其間。元豐三年，余以罪遷焉。既至，幸其風氣之和、飲食之良，飽食而安居，忽焉不知險遠之為患❿。然以有罪故，法不得釋官⓫而遊，間⓬獨取郡之圖書，考其風俗人物之舊，然後信其宜為余之居也。

【章　旨】首段概述高安的風土人情，以及蘇轍本人謫居此地後的心態。

【注　釋】❶高安郡　指筠州，州治在高安縣。❷豫章　漢代郡名，治所在今江西南昌。❸屬邑　屬下的縣城。高安在漢代為豫章郡之建城縣，唐代避太宗兄李建成諱，改名高安縣。❹蛟蜃　蛟龍、大蛤，指水裡的危險動物。❺粳稻　水稻的一種。❻竹箭　篠；細竹。❼梗柟　黃梗木與楠木。柟，同「楠」。❽楮　一種落葉喬木，皮可製紙。❾行　得志。❿患　害。⓫釋官　離開職責。⓬間　空閒。

【語　譯】筠州本來是漢代豫章郡的屬縣，地處溪水山丘之間，四方的船、車等交通工具都不經過這裡。水中有蛟龍、大蛤，陸地有老虎、豹子等各種危險動物。這裡的人民靠耕種、打魚、打獵為生，又有水稻、竹箭、梗木、楠木、茶葉、楮木等各種經濟作物，所以人民比較富裕，又沒有什麼事。但因為地形險峻、地方偏僻的緣故，那些在當世得志的人都不會到這裡來。元豐三年（西元一〇八〇年），我因為得罪了朝廷，才被貶謫至此。到來之後，為風氣的和睦、飲食的良好而感到慶幸，整天吃飽飯，太太平平住著，根本不覺得險峻、偏僻對我有什麼害處。不過，因為有罪的緣故，按照國家的法制，我不能離開職責所在，到處去遊玩。我只能在有空的時候，取來有關的地方文獻，考察從前的風俗、人物，然後更加確信，這裡是很適合我居住的。

昔東晉太寧❶之間，道士許遜❷與其徒十有二人❸散居山中，能以術❹救民疾苦，民尊而化❺之，至今道士比他州為多，至於婦人孺子❻亦喜為道士服。唐儀鳳❼中，六祖❽以佛法化嶺南，再傳❾而馬祖❿興於江西，於是洞山有价⓫，黃蘗有運⓬，真如有愚⓭，九峰有虔⓮，五峰有觀⓯，高安雖小邦，而五道場⓰在焉，則諸方遊談之僧，接迹⓱於其地，至於以禪名精舍⓲者二十有四。此二者皆他方之所無，予乃以罪故，得兼而有之。

【章旨】次段介紹高安縣的道教和禪宗的歷史，為自己來到這個地方而感到慶幸。

【注釋】❶太寧　東晉明帝司馬紹的年號（西元三二三—三二五年），但這裡疑指太和、寧康之間，太和為東晉廢帝司馬奕年號（西元三六六—三七〇年），寧康為孝武帝司馬曜年號（西元三七三—三七五年）。❷許遜　東晉道士，字敬之，寧康二年（西元三七四年）在南昌西山飛升，道教尊為許真君。❸十有二人　可能指道教所謂的南昌西山十二真君。❹術　法術。相傳許遜曾做過許多為民除害的事，如斬蛟龍等。❺化　感化；人心風俗的改變。❻孺子　小孩。❼儀鳳　唐高宗李治的年號（西元六七六—六七八年）。❽六祖　唐代禪僧慧能（西元六三八—七一三年），俗姓盧，為禪宗的第六代祖師，一般認為他才是南禪宗的創始人。❾再傳　傳了兩代，即到法孫的一代。❿馬祖　唐代禪僧馬祖道一（西元七〇九—七八八年），俗姓馬。慧能傳南嶽懷讓（西元六七七—七四四年），懷讓傳馬祖。馬祖晚年在江西傳法，開創「洪州宗」，門徒極盛。⓫洞山有价　指洞山良价（西元八〇七—八六九年）禪師。依禪宗的譜系，六祖慧能傳青原行思，行思傳石頭希遷，希遷傳藥山惟儼，惟儼傳雲巖曇晟，曇晟傳洞山良价，開創曹洞宗。關於洞山，詳見前選〈洞山文長老語錄敘〉注。⓬黃蘗有運　指黃蘗希運禪師。馬祖道一傳百丈懷海，懷海傳黃蘗希運，希運傳臨濟義玄，開創臨濟宗。黃蘗山在筠州新昌縣西。⓭真如有愚　指高安大愚禪師。馬祖道一傳歸宗智常（即廬山棲賢寺之開山祖師），智常傳高安大愚。在禪宗史上，大愚曾對臨濟義玄的開悟起過很大的作用。高安縣東有大愚山，山上有真如寺。⓮九峰有虔　指九峰道虔禪師。藥山惟儼傳道吾宗智，宗智傳石霜慶諸，慶諸傳九峰道虔，道虔生存至五代時。九峰山在筠州上高縣西。⓯五峰有觀　指五峰常觀禪師。馬祖道一傳百丈懷海，懷海傳五峰常觀。五峰山在筠州新昌縣西北。⓰道場　指佛教寺廟。⓱接迹　足跡前後相接，形容人多。⓲精舍　僧人修道之所。

【語　譯】從前，東晉的太和、寧康年間，有道士許遜和他的徒眾十二人，散居在山中，他們能用法術來救治人民的疾苦，人民因此而尊敬他們，被他們所感化。直到今天，這裡的道士仍多於其他的州郡，甚至一般的婦女和小孩也喜歡穿上道士的服裝。唐代儀鳳年間，禪宗的六祖慧能大師用佛法化導嶺南地區，傳了兩代後，馬祖道一崛起於江西。在那時，洞山寺有良价禪師，黃蘗山有希運禪師，真如寺有大愚禪師，九峰山有道虔禪師，五峰山有常觀禪師。筠州雖然是一個小地方，卻有五個著名禪師主持的道場，所以全國各地的遊方、談論的僧人，絡繹不絕地來到這裡，致使這個地方的禪宗寺廟多到了二十四座。以上兩者（道教和禪宗的繁榮），都是其他地方所沒有的，而我因為得罪朝廷的緣故，卻來到這裡，兼享了這兩種好處。

余既少而多病，壯而多難，行年❶四十有二，而視聽衰耗，志氣消竭。夫多病則與學道者宜，多難則與學禪者宜。既與其徒❷出入相從，於是吐故納新❸，引挽屈伸❹，而病以少安；照了諸妄❺，還復本性，而憂以自去。洒然❻不知網罟❼之在前，與桎梏❽之在身，孰知夫險遠之不為予安，而流徙❾之不為予幸也哉？

【章　旨】此段略敘自己通過對道教和禪宗的學習，在身心兩方面都得到了好處，既治了病，又安定了心思。

【注　釋】❶行年　經歷的年歲。蘇轍生於宋仁宗寶元二年（西元一〇三九年）二月二十日亥時，至元豐四年（西元一〇八一年），按傳統的計法，為四十三歲，而其經歷的實際年歲為四十二。❷其徒　指道士與禪僧。❸吐故納新　在呼吸過程中，有意識地吐出濁氣，吸納清氣，為道家養生之術。❹引挽屈伸　伸展和彎曲，道家鍛鍊身體的方法。❺照了諸妄　明白、了解各種妄念。❻洒然　灑然；灑脫暢快。❼網罟　捕魚和捕鳥獸的工具，比喻法網。❽桎梏　手銬腳鐐，比喻拘禁束縛。❾流

徙　流放、遷徙。

【語　譯】我從小就多病，再加上成年以後多經磨難，所以才過了四十二歲，視力和聽力就衰退了，志向氣魄也消沉低落。這多病的身軀，看來宜於學習道家的養生之術；多難的經歷，則宜於參禪。我既然跟道士和禪師們進進出出，常在一起，就學著注意呼吸，鍛鍊身體，結果病情就安定下來了；也學著看破各種妄念，回歸到人的本性，結果憂患便自然消去了。如此心情暢快，再也不理會眼前佈滿的法網，和一身所受的束縛，誰能說這險峻、偏僻之地不是我的安居之所，這流放遷徙的遭遇不是我的幸運呢？

然郡之諸山，近者數十里，遠者數百里，皆非余所得往。獨聖壽者，近在城東南隅❶，每事之間❷，輒往遊焉。其僧省聰❸，本綿竹❹人，少治講說❺，晚得法❻於浙西本禪師❼。聽其言，亹亹❽不倦。郡人有吳智訥者，治生❾有餘，輒盡之於佛，既為僧堂之後室，又為聰治其法堂，皆極壯麗。凡材甓金漆❿，皆具於智訥。堂成，聰以余遊之亟⓫也，求余為記。余亦喜聰之能以其法助余也，遂為記其略。四年六月十七日。

【章　旨】末段敘述聖壽寺法堂的重修，即作記的緣起。

【注　釋】❶隅　角落；彎曲處。❷間　間隙。❸省聰　聖壽省聰禪師（西元一〇四二—一〇九六年），俗姓王，雲門宗高僧慧林宗本的法嗣，先後住持筠州的真如寺、開善寺、聖壽寺，終於逍遙寺。❹綿竹　今四川綿竹，北宋屬漢州。這裡可能是「綿州」之誤，省聰是綿州鹽泉縣人，北宋綿州的治所在巴西縣（今四川綿陽）。❺講說　講經說法，指禪宗以外的佛教僧人從事的工作。❻得法　獲得心法，指繼嗣的資格。❼浙西本禪師　慧林宗本禪師（西元一〇二〇—一〇九九年），俗姓管，嗣法於天衣義懷（西元九八九－一〇六〇年），義懷嗣雪竇重顯（西元九八〇－一〇五二年），重顯嗣智門光祚，光祚嗣香林澄遠，澄遠嗣雲門文偃（西元八六四－九四九年）。宗本曾住持杭州淨慈寺，故稱「浙西本禪師」。元豐五年，宋神宗在汴京大相國寺設立慧林禪院，命宗本為第一代住持，將禪門傳法體系納入政府官僚體系。蘇轍作此文時，宗本尚未赴京。❽亹亹　形容談論動人，有吸引力，使聽者不覺疲倦。❾治生　經營家業生計。❿材甓金漆　木材、磚瓦、塗金、油漆等建築和裝潢材料。⓫亟　一再；屢次。

【語　譯】不過，筠州的這麼多山寺，近的數十里，遠的數百里，都不是我可以前往的。只有聖壽寺，近在州城的東南角，每當事務空閒時，我就抽空前去遊玩。那裡的僧人省聰，本來是四川的綿竹人，年輕時從事於講經說法，後來皈依禪宗，嗣法於浙西的宗本禪師。聽他說話談論，娓娓動聽，不覺疲勞。州裡有個叫吳智訥的人，經營家產有餘，全部拿來供養佛教，已經為聖壽寺建了僧堂的後室，又為省聰修治法堂，都造得十分雄偉美麗。凡木材、磚瓦、塗金、油漆等，一切建築和裝潢材料，都是由智訥提供的。法堂修成之後，省聰因為我經常前去遊玩的緣故，就請我寫一篇記文。我也很高興省聰能以佛法來幫助我解脫人生的困境，所以略為記述於此。元豐四年六月十七日。

【研　析】元祐六年（西元一〇九一年），蘇轍將自己所作的詩文編成《欒城集》五十卷，其中卷二十三、二十四為「記」類古文十八篇。如果大致作一區分，則卷二十三所記為公共的殿堂、官署、學校、廟宇之類，而卷二十四所記是個人創置的軒、亭、堂、庵之類，恰好各有九篇。在前面的九篇中，有〈京西北路轉運使題名記〉和〈筠州聖壽院法堂記〉兩篇，是從某一地方的風土人情起筆的，另外〈筠州聖祖殿記〉和〈光州開元寺重修大殿記〉兩篇雖不以此起筆，也寫到了這方面的內容；後面九篇所記的對象屬於私人，不適合多寫地方的風土人情，但仍有〈洛陽李氏園池詩記〉一篇，是以此起筆的。如此看來，這應該是蘇轍「記」類古文的一個特點，或者說是他的一種寫作習慣。按常理而論，如果是為官署作記，這樣的寫法是最順理成章的，因為一個負責的官員首先應該關注這個方面；但如為私人的園亭，或者像本篇那樣為寺廟的法堂作記，便無須注重於此。然而，對於蘇轍這樣一個宋代的士大夫作家來說，舟車所及，地方的物產、風俗已經成為難以抑制的關懷之對象，即便在廢棄貶居之時，「以天下為己任」的意識仍然通過種種方式，在文字間表露出來。當然，本篇從筠州的風土人情，過渡到其地的道教、禪宗之歷史，然後轉向了作者個人的世界，即他從道教和禪宗學到的養生健體、安定心靈之法，與前面選的〈京西北路轉運使題名記〉一篇之始終馳騁於公共的世界，已有顯著的差異。公共的世界與個人的世界互相聯結，外向的關懷與內在的領悟交融起來，而以內在的領悟為最終的基點，可以說是此文的構思之機杼，也宛然傳達出蘇轍這一代士大夫的精神意態。王安石詩云：「意態由來畫不成。」這是指出於俗手的肖像畫。其實，中國傳統文藝的要旨，正在刻畫意態，即便是整篇說理敘事，沒有一筆描摹形容，也仍然是精神意態的微妙展示。可以注意的還有「吐故納新，引挽屈伸，而病以少安；照了諸妄，還復本性，而憂以自去」這樣一種長對的句法，本是宋代四六文的特徵，但在古文中也常被運用。

上高縣學記

【題　解】北宋的筠州分為高安、新昌、上高三縣。范仲淹等主持慶曆新政的時候，朝廷詔令天下州縣都要建立學校，於是宋英宗治平三年（西元一〇六六年），筠州知州董儀在高安建造了州學，請曾鞏寫了著名的〈筠州學記〉，刻在學校裡。至於上高縣的縣學，據清代所修的《江西通志》卷十七記載：「初，學在縣北，文廟在縣東。宋元豐四年，縣令李懷道並遷於縣西，蘇轍記。」按蘇轍此記自署的年月，則作於元豐五年（西元一〇八二年）三月，而且文中還說上高縣在此前並無學校。大概蘇轍作文時有所誇張。但《江西通志》也說，上高縣學所祭祀的歷代名宦，是以李懷道為首的，這就等於把他認作縣學的創始人了。李氏生平不詳，此人在歷史上留下的唯一痕跡，就是建造上高縣學一事。

古者以學為政❶，擇其鄉閭之俊而納之膠庠❷，示之以《詩》《書》、禮樂❸，揉而熟之❹，既成使歸，更相告語，以及其父子兄弟。故三代之間，養老❺、饗賓❻、聽訟❼、受成❽、獻馘❾，無不由學。習其耳目，而和其志氣，是以其政不煩，其刑不瀆❿，而民之化之也速。

【章旨】首段高屋建瓴，大抵根據《禮記・王制》，概述上古三代學校與政治合而為一的關係，為下文討論建學的意義張本。這也是宋代「學記」一類文章的特點。

【注釋】❶以學為政　通過學校頒佈天子的政治教化。據《禮記・王制》對學校的記載，天子所立的學校叫「辟雍」，諸侯所立的叫「頖宮」，鄭玄注：「辟，明也；雍，和也。所以明和天下。頖之言班（頒）也，所以班（頒）政教也。」從學校的名稱可以證明其確有政教功能。❷擇其句　〈王制〉記古代的人事制度，每一鄉都要選出優秀的人才，叫做「選士」；官方從「選士」中再挑出優秀的，讓他們進入學校，叫「俊士」。鄉閭，古代以二十五家為閭，一萬二千五百家為鄉。俊，即「俊士」，優秀的人才。納，錄取。膠庠，學校，膠為大學，庠為小學。❸示之以詩書二句　〈王制〉云，學校裡「春秋教以禮樂，冬夏教以《詩》《書》」。大概學習禮樂需要實際操作，所以選擇天氣宜人的季節；學習《詩經》、《尚書》只是讀書，冬天、夏天都可以。❹揉而熟之　通過教學，使學生順服、熟練。揉，使木材彎曲或伸直，引申為使之順服的意思。❺養老　給老人提供酒食，表示尊重的禮節，〈王制〉云：「五十養於鄉，六十養於國，七十養於學。」❻饗賓　指「鄉飲酒禮」，鄉學中的優秀之士被薦舉到諸侯那裡，臨行前，地方政府以招待賓客的禮節在學校舉行歡送的宴會，邀請當地的老人參加，也經常跟「射禮」（射箭比賽）一起舉行。〈王制〉云：「耆老皆朝於庠，元日，習射上功，習鄉上齒。」詳見《儀禮・鄉飲酒禮》。❼聽訟　審理案件。〈王制〉：「以聽獄訟，必三刺。」所謂「三刺」，按《周禮・秋官司寇》，「一曰訊群臣，二曰訊群吏，三曰訊萬民」，就是要向官僚、政府工作人員和民間人士詢問，這最後「訊萬民」之舉，當在學校進行。❽受成　軍隊出發之前，決定總體的謀略。〈王制〉：「天子將出征……受成於學。」此儀式亦在學校舉行。❾獻馘　軍隊出征回來，戰士們將割取敵人的左耳獻上，以評定功勞的大小。馘，被割下的左耳。〈王制〉：「出征執有罪反，釋奠於學，以訊馘告。」此儀式亦在學校舉行。❿瀆　過度；過濫。

【語　譯】上古時代，通過學校來進行政治教化，選擇地方上的優秀人才，把他們送進學校，教他們閱讀《詩經》《尚書》，練習禮儀和演奏音樂，使他們日漸順服和熟練，學成以後讓他們回家，再去告訴別人，以及他們的父子兄弟。所以夏、商、周三代期間，無論供養老人，舉行「鄉飲酒禮」，審理案件，決定軍隊出征的總體謀略，還是軍隊回來論功行賞，種種儀式無不在學校舉行。這樣可以讓學生們的耳目熟習禮儀，使他們的心志氣質都變得溫和，所以三代的政教並不煩瑣，刑罰並不過濫，但人民接受教化卻很快。

然考❶其行事，非獨於學然也。郊社❷、祖廟❸、山川❹、五祀❺，凡禮樂之事，皆所以為政，而教民不犯者也。故其稱曰：「政者，君之所以藏身。」❻蓋古之君子，正顏色，動容貌，出詞氣❼，從容禮樂之間，未嘗以力加❽其民。民觀而化之，以不逆其上，其所以藏身之固如此。至於後世不然，廢禮而任法❾，以鞭朴刀鋸❿力勝其下，有一不順，常以身較之⓫。民於是始悍然⓬不服，而上之人⓭親受其病⓮，而古之所以藏身之術亡矣。

【章　旨】此段由學校推廣開去，大抵根據《禮記・禮運》和《論語・泰伯》，來闡明古代禮樂的政治效果，對比後世的刑法，迥然不同，而優劣甚為明顯。

【注　釋】❶考　考察。❷郊社　古代祭祀天地的禮儀，冬至祭天曰「郊」，夏至祭地曰「社」。❸祖廟　祭奠祖先的廟宇，其歷代祖先靈位的安排有一定的規範。❹山川　祭祀名山大川之神，據說周代對於哪些山川之神可以進入祀典，都作了規定，以防止淫祠。❺五祀　對門、戶、中霤（房室的中央）、竈、行（道路）的祭祀，這是指宮室制度的創始而言。關於五祀，古書中還有另外的多種說法，如謂祭祀金木水火土五行之神，等等。但蘇轍在這裡列舉「郊社、祖廟、山川、五祀」四項，以及下文的「政者，君之所以藏身」之句，皆本於《禮記·禮運》中的一節，而他能夠依據的《禮記》文本，當是鄭玄注、孔穎達疏，故可據此確定蘇轍的所指。❻政者二句　見《禮記·禮運》，鄭玄注：「藏謂輝光於外，而形體不見，若日月星辰之神。」❼正顏色三句　出自《論語·泰伯》：「君子所貴乎道者三。動容貌，斯遠暴慢矣；正顏色，斯近信矣；出辭氣，斯遠鄙倍矣。籩豆之事，則有司存。」意謂在行禮的時候，具體的儀式規範如何，由專管的部門去掌握，但君子應該做到如下的三點：身體的動作要不快不慢，臉色的表現要盡量誠懇，說話的聲氣要避免粗野。❽加　壓制；淩駕。❾任法　一味聽憑刑法。❿鞭朴刀鋸　鞭子、棍棒、割鼻子的刀和截肢的鋸等各種刑具。⓫以身較之　統治者親自出面，跟不順從的人民較量勝負。⓬悍然　蠻狠的樣子。⓭上之人　指統治者。⓮病　禍害。

【語　譯】不過，考察古人的做法，不光是在學校方面如此。凡祭祀天地、祖廟、名山大川以及宮室之神等，種種有關禮樂的事務，都具有政治的效果，教導人民不要做出有害的行為。所以《禮記》的說法是：「政治，就是君王把自身隱藏在教化的效果之中。」這是因為古代的君子總是以誠懇的臉色、不快不慢的身體動作、符合身份的語言聲氣，從容周旋在禮樂之中，不曾把他的暴力橫加給人民。人民看到他如此，就自然被他感化，不會違逆上層的意志，君子就這樣牢固地把自身隱藏起來。等到後世，卻另立一套，廢棄了禮樂，一味聽憑刑法來統治，用鞭子、棍子、刀子、鋸子等各式各樣的刑具，憑藉暴力去戰勝屬下的人民，只要出現一個不肯順從的，便經常親自出面，與他較量勝負。於是人民開始變得蠻橫，不樂服從，統治者也親身遭受禍害，而古人用來隱藏自身的辦法也就消亡了。

子游為武城宰❶，以弦歌為政❷，曰：「吾聞之夫子，君子學道則愛人，小人學道則易使也。」❸夫使武城之人，其君子愛人而不害，其小人易使而不違，則子游之政豈不綽然有餘裕❹哉？上高，筠之小邑，介於山林之間，民不知學，而縣亦無學以詔❺民。縣令李君懷道始至，思所以導民，乃謀建學宮❻。縣人知其今之將教之也，亦相帥❼出力以繕❽其事，不逾年而學以具。奠享有堂❾，講勸有位❿，退習有齋⓫，膳浴有舍⓬。邑人執經而至者數十百人。於是李君之政不苛而民肅⓭，賦役獄訟不諉⓮其府。

【章　旨】這一段引《論語》中子游做地方官的施政方法，來比擬上高縣令李懷道的建學之舉，並略敘學校的興建過程。

【注　釋】❶子游為武城宰　見《論語．雍也》。孔子弟子言偃字子游，長於文學，武城是春秋時魯國的城邑，在今山東費縣的西南。武城宰，相當於後世的縣令，故蘇轍用來比擬李懷道。❷以弦歌為政　據《論語．陽貨》：「子之武城，聞弦歌之聲。」可見子游在武城的施政方法，是以彈琴唱歌的禮樂來教化人民。❸吾聞之三句　見《論語．陽貨》。孔子聽到武城的弦歌之聲，起初覺得子游把禮樂用在這樣的小地方，有些不值得，笑著說了句「割雞焉用牛刀」的話，子游便以此三句回答，結果孔子承認子游說得對，自己剛才的話不過是開個玩笑而已。易使，容易使喚。❹綽然有餘裕　具有寬廣的餘地，指方法得當，就能從容不迫。❺詔　教導。❻學宮　古代的學校總是跟孔廟在一起，所以也稱為學宮。❼相帥　相率；一個接一個。❽繕　備辦；完成。❾奠享有堂　有大堂可供安置酒食來舉行祭祀。指學校裡祭祀孔子的場所。❿講勸有位　教師給學生講授、勸導，師生各有座位。指講課的場所。⓫退習有齋　有下課後學生自修的齋室。齋，相當於現在的學生宿舍。⓬膳浴有舍　吃飯、洗澡也有固定的場所。⓭肅　恭敬；遵守規矩。⓮諉　連累；給人添麻煩。

【語　譯】子游當武城的地方官，用彈琴唱歌的禮樂教化為施政的方法，他說：「我從老師那裡聽到，君子學習禮樂就會愛護人民，小人學習禮樂就會容易使喚。」如果所有的武城人，其中的君子都愛護人民，不做有害的事，其中的小人都容易使喚，不會違反命令，那麼子游的施政豈不是從容不迫，餘地寬廣嗎？上高縣只是筠州的一個小縣城，處在山林之中，人民不知道學習，縣裡也沒有學校可以教導人民。縣令李懷道剛來的時候，就想著用什麼辦法來教導人民，於是謀劃建造一所學校。縣民們理解他們的長官是要教導他們，也紛紛出力，完成這個建造的任務，不到一年，學校就成立了。有祭祀孔子的大堂，有教師講授的課堂，有學生自修的宿舍，還有吃飯、洗澡的專用場所。縣裡的人手執經書到來就學的，達數十人乃至百人。在這樣的情況下，李縣令的施政並不嚴酷，縣民們卻都恭敬地遵守規矩，從來沒有賦稅、勞役和刑事訴訟方面的問題麻煩到他的府上。

李君喜學之成而樂民之不犯，知其為學之力也，求記其事，告後以不廢❶。予亦嘉李君之為邑❷，有古之道，其所以得於民❸者，非復世俗之吏也，故為書其實，且以志❹上高有學之始。元豐五年三月二十日，眉山蘇轍記。

【章　旨】末段交代作記的緣起，一方面是出於李縣令的請求，另一方面也因為作者欣賞李縣令的做法。

【注　釋】❶告後以不廢　昭告後來的官民，不要廢棄學校教育。❷為邑　治理縣境，做地方官。❸得於民　符合該縣人民的意願，得到擁護。❹志　記。

【語　譯】李懷道縣令為學校的成立而高興，為縣民們不做有害的事而高興，知道這就是重視教育的效果，所以請我記述此事，昭告後人，永遠不要荒廢學校教育。我也欣賞李縣令對地方的治理，採用了古人的方法，他因此而得到人民的擁護，跟一般世俗的官吏大不相同。所以我願意為他敘述事實，同時也記下上高縣舉辦學校的開始。元豐五年三月二十日，眉山蘇轍記。

【研　析】宋代知識官僚的來源本是科舉，如以科舉為中心，則學校不過是教人應付考試的地方。但北宋中期以後，大部分知識官僚都反對應試教育，要求學校擺脫科舉的指揮棒，教人以真正的學問。與此同時，以學校選拔人才的方式來取代科舉制度的設想，也被提出，並嘗試實行。此雖未臻成功，但社會上尊重知識、重視教育的風氣則普遍形成，其突出的標誌就是以中央的太學為始，繼而在全國各地都舉辦起大大小小的公私學校，那被認作慶曆新政以來朝廷施政上最大的成就。所以，宋代的「學記」一類文章，也驟然勃興，著名的篇章層出不窮，如歐陽修的〈吉州學記〉、曾鞏的〈筠州學記〉、王安石的〈虔州學記〉、蘇軾的〈南安軍學記〉等等。按古人的習慣，亭臺樓閣的落成都要請人寫一篇記文，則學校的建成自然更須大書特書。但「學記」的文風莊重嚴肅，與一般亭臺樓閣之記絕然不同。考其來源，唐人多有孔子廟碑，文字典雅謹飭，而議論常涉及教育與政治之關係，與宋人學記的寫法極為相似。孔廟總是與學校在一起，所以孔子廟碑也偶爾會提及學校，但學校只是孔廟的附庸而已。等慶曆以後學校大盛，其與孔廟的關係從附庸而上升至並立，宋人的文集中便相應地出現了一批「廟學記」，如韓琦〈并州新修廟學記〉、蔡襄〈福州修廟學記〉、〈亳州永城縣廟學記〉等，接下來便發展到去「廟」而為純粹之「學記」。因此，「學記」雖然是一種「記」，其文體風格卻不同於一般的「記」，實是承唐代莊重宏偉的孔子廟碑而來。蘇轍此文在北宋「學記」中尚不算名作，但明代茅坤《唐宋八大家文鈔》給予了一個字的批語：「雅。」清代的張伯行重訂《唐宋八大家文鈔》，評語要詳細一些：「醇質而有意味，亦潁濱集中之粹然者。」這當然是從理學的角度加以肯定，但也可以看出「學記」的文風特徵。從上面的註釋也可以了解，第一段概述古代學校與政治之關係，根據的是《禮記・王制》，第二段講古代禮樂之効，語出《禮記・禮運》和《論語・泰伯》，第三段引述子游的典故，乃綜合《論語・雍也》與《論語・陽貨》而來。如此博取經典而以義理貫通之，發為文章，就是宋人所謂的「經術」。此種寫法原是王安石文章的特長，但蘇轍也並非沒有這方面的本領。張伯行稱其為「粹然」，是肯定其全文都涵泳在經典的深長韻味之中，彷彿聽編鐘的演奏，或者進入博物院的青銅館，或看圭璋環璧的展覽，自然有醇雅之氣。但其實第二段中對「後世」的嚴厲指責，與全文氣氛不合，卻可能是三蘇的本來面目。

答黃庭堅書

【題解】元豐三年（西元一〇八〇年）蘇轍受東坡「烏臺詩案」牽連，被貶至筠州（今江西高安）。而黃庭堅於此年恰值改官之期，亦因「詩案」之故，只得了吉州太和縣（今江西泰和）的知縣，次年到任。二人任地相近，故至元豐五年（西元一〇八二年），黃庭堅寄書求教，蘇轍便以此書作答。這是二人文字來往之始。

轍之不肖，何足以求交於魯直❶？然家兄子瞻❷與魯直往還甚久，轍與魯直舅氏公擇❸相知不疏❹，讀君之文，誦其詩，願一見者久矣。性拙❺且懶，終不能奉咫尺之書❻，致慇懃於左右❼，乃使魯直以書先之❽，其為愧恨可量也？自廢棄❾以來，頹然自放❿，頑鄙⓫愈甚，見者往往嗤笑，而魯直猶有以取⓬之。觀魯直之書，所以見愛者，與轍之愛魯直無異也。然則書之先後，不君則我，未足以為恨也。

【章旨】此段講二人從互相仰慕到書信來往之始末，將對方引為知己。

【注釋】❶魯直　黃庭堅（西元一〇四五—一一〇五年）字，北宋大詩人。❷子瞻　蘇軾字。❸公擇　黃庭堅舅父李常字。❹相知不疏　互相知心，關係親切。❺性拙　生性笨拙。❻奉咫尺之書　主動寄上書信。咫尺，短小。❼致慇懃於左右　向您表達我誠懇的心意。左右，指對方。❽以書先之　先給我寄來了書信。❾廢棄　被朝廷放逐。❿頹然自放　不肯振作，放任自己一無所為。⓫頑鄙　愚頑鄙陋；不開竅。⓬取　認可；贊同。

【語譯】像我蘇轍這樣一個不肖的人，有什麼資格可以請求與魯直交往呢？但家兄子瞻與您交往很久，而我與您的舅父公擇也有親密的友誼，所以我讀您的文章，朗誦您的詩，很早就想見您一面了。我的性情又笨又懶，一直不能主動給您寫信，表達我的誠懇心意，結果讓您先給我寫來了書信。我這心裡愧恨之深，何以估量？自從被朝廷放逐以來，我疏慢不振，放任自己無所作為，比以前更愚頑更鄙陋了。看到我這種情形，人們往往加以嘲笑，而您卻還有認可我的地方。讀您的來信，知道您愛慕我的原因，跟我愛慕您的原因完全一樣。那麼，也就不必在意寫信的先後，先寫的不是您就是我，似乎不值得為此感到愧恨了。

比❶聞魯直吏事❷之餘，獨居❸而蔬食❹，陶然自得。蓋古之君子，不用於世，必寄於物以自遣：阮籍❺以酒，嵇康❻以琴。阮無酒，嵇無琴，則其食草木而友麋鹿❼，有不安者矣。獨顏氏子飲水啜菽，居於陋巷，無假於外，而不改其樂，此孔子所以嘆其不可及也❽。今魯直目不求色，口不求味，此其中所有❾，過人遠矣，而猶以問人❿，何也？聞魯直喜與禪僧語，蓋聊以是探其有無耶⓫？漸寒，比日起居甚安，惟以時自重。

【章旨】上一段既已將對方引為知己，此段便借談論古人，而述其人生旨趣，並推崇對方的修養。因為是書信，故最後以問安結束。

【注釋】❶比 近來。❷吏事 指黃庭堅在知縣任上的公務。❸獨居 黃庭堅信佛，自繼室謝氏去世後，便斷酒色，過單身生活。❹蔬食 吃蔬。❺阮籍 三國時人，「竹林七賢」之一，生平好酒。❻嵇康 三國時人，與阮籍並列於「竹林七賢」

中，擅長彈琴。❼食草木而友麋鹿　吃植物類的蔬食，與動物們為友。意謂沒有酒肉，沒有朋友，對外無所營求的生活。❽獨顏氏子五句　《論語・雍也》記孔子稱讚其弟子顏回：「賢哉回也。一簞食，一瓢飲，在陋巷，人不堪其憂，回也不改其樂。賢哉回也。」謂顏回住在很差的地方，只有一點點食物和水，生活貧困，卻依然樂道好學。❾其中所有　指黃庭堅胸中懷有的修養。❿問人　黃庭堅的來信中，向蘇轍請教為人之道。⓫聞魯直二句　聽說魯直喜歡跟禪僧們打機鋒，大概也是用問題來試探我有沒有悟性吧。

【語　譯】近來，聽說您在公務之餘，只是獨居吃蔬，而陶醉於這種簡單的生活，自得其樂。大約古代的君子，如果不被當世所重用，就必須寄情於某一種外物，就好像阮籍喜歡酒，嵇康喜歡琴那樣。阮籍一旦沒有了酒，嵇康沒有了琴，那麼他們過起簡單、孤獨的生活來，恐怕就不能安寧。只有顏回，即便飲食不足，身處陋巷，也依然樂道好學，不需要借助於任何外物，所以孔子會表揚他不可企及的道德。現在，魯直您眼裡不貪好色，嘴裡不貪美味，說明您內在的修養已經遠遠超過別人，那麼為什麼還要來向我請教呢？聽說您喜歡跟禪僧們打機鋒，大概也是來試一試我的悟性而已吧。天氣漸漸冷了，近日生活一切平安，希望您隨時保重自己的身體。

【研　析】這封信的主旨是說一個人內在的精神修養到了一定的程度，就可以無求於外物。其實，在任何時代，外在的世界都是十分強大的存在，一個人的所作所為，可能被外在世界所肯定，也可能遭到否定，而完全被否定的人生是無法維持的。因此，在必須與外在世界有所妥協的基礎上，人生還有多少可以自主的餘地，確實是值得思考的。儒家哲學向來有「達則兼濟天下，窮則獨善其身」的兩可之說，但如果追問一句，「兼濟與獨善相比較，哪個更有價值」，則一般都會傾向於前者，因為多數人把兼濟看作當然，而把獨善看作無可奈何之舉。然而，蘇轍的意思，似乎是更強調獨善，也就是說，以內在的修養為人生的最高價值。鍾情於酒與鍾情於琴本來很不相同，能喝酒的人只是醉鬼，能彈琴的人卻是藝術家，而蘇轍從內、外對立的角度看，酒與琴便同是外物而已。在他的筆下，安貧樂道的顏回被解釋成內在精神完全戰勝了外在世界的典範，這可能是蘇轍的人生哲學中最有特色的內容。當他把這一套哲學奉送給黃庭堅時，頗有知音相惜之感，所以，從開頭的仰慕之情寫起，先是為了沒有主動去信感到愧恨，後來又說既然是知音就不必愧恨，委婉曲折地引出自己的觀點，卻又說自己這樣的想法正在被魯直身體力行，從而將原來一方請教、一方回答的行為表述為彷彿禪僧打機鋒那樣的互相印證之舉。如此謙遜委婉、顧盼生情的行文，看來頗受其恩師歐陽修的影響；不過，仔細看去，他表述觀點的部分，仍有簡練、斬絕的風采，直出判斷，不多闡說，於此又可看到蘇洵的家風。大概蘇轍文章的精妙之處，就在他把歐陽修和蘇洵這兩種不同的藝術風格統合起來：全篇優游不迫，而關鍵之處果斷精悍，顯出外柔內剛的氣象。

答徐州教授李昭玘書

【題解】本文作於元豐五年（西元一〇八二年）。李昭玘字成季，北宋後期的詩人、古文家，他從小就是三蘇的崇拜者，元豐二年中進士，四年任徐州州學的教授。數月後，恰好蘇轍的女婿王適到徐州參加科舉鄉試，在州學住了一年左右，考試不順，遂經黃州而回筠州。昭玘便請他帶書信給蘇軾、蘇轍，備述敬仰求教之意。二蘇皆有回信，蘇軾寫得比較長，對昭玘的文章多有肯定，幾乎將他與黃庭堅、秦觀、晁補之、張耒（即後來所謂「蘇門四學士」）一視同仁，而蘇轍的這封回信卻簡短，主要表達自謙之意。

轍啟：女夫❶王君適❷自徐還筠，承賜以長書。伏讀愧嘆，無以為喻❸。自惟愚拙，加以罪廢，平時學問，捐棄不講，譬如荒畦❹敗圃，草棘❺狼籍。雖追惟疇昔耘鋤之勤，欲從容遊步其間，而亦愀然自嫌，不欲置足❻。況夫通都大邑❼之人，遍觀天下之巨麗❽，心目廣大，物難稱愜❾，乃欲遊目縱覽❿，究其有無⓫，豈有不嘻笑⓬者哉？伏惟君侯⓭，壯年篤學，才節茂美，文章俊發⓮，何意過聽⓯，如此？然聞王君言，出入學⓰中逾年，稍知旨趣所詣⓱，蓋耽悅⓲至道，忽忘世味，每有超然絕俗之意。聞轍被罪⓳以來，自知鄙陋，歸耕之計慮之已熟，不訾⓴其故，遽以知道㉑許之。夫古之所謂知道者，富貴不能淫，貧賤不能憂㉒，夫豈如轍困躓㉓而謀安者耶？若夫收其精㉔以治身，而斥其土苴㉕以惠天下，此君侯之所當學也，而亦何取於轍哉？辱賜之厚，不知所報，謹奉啟陳謝，伏惟照察。不宣。

【注釋】❶女夫　女兒的丈夫，即女婿。❷王君適　王適（西元一〇五五—一〇八九年）字子立，初為徐州州學學生，蘇軾知徐州時，知其賢而能文，就把蘇轍的女兒嫁給他。自此以後，王適終生跟隨蘇氏兄弟。❸無以為喻　無法形容；無法說清。❹畦　田地。❺草棘　荒草荊棘。❻置足　把腳放進去，意謂進入、涉及某方面、某領域。❼通都大邑　交通便利的大城市。❽巨麗　宏偉壯麗的事物。❾稱愜　稱心愜意。❿遊目縱覽　眼光掃過，任意瀏覽。⓫究其有無　考究我學養是否深厚。⓬嘻笑　輕蔑的嗤笑。⓭君侯　對於有地位的人的尊稱。⓮俊發　英氣勃發，內在的優異素質向外充分表現出來。⓯過聽　相信別人對我的過譽。這是一種常用的自謙語。⓰學　指李昭玘執教的徐州州學。⓱詣　前往；到達。⓲耽悅　專心喜歡。⓳被罪　因犯罪而受到懲治。⓴訾　同「察」。㉑知道　懂得大道。㉒富貴不能淫二句　出自《孟子・滕文公下》：「富貴不能淫，貧賤不能移，威武不能屈，此之謂大丈夫。」趙岐注：「淫，亂其心也。」㉓困躓　窘迫受挫。㉔精　思想的精華，這裡指對於大道的根本性領悟。㉕斥其土苴　放出渣滓、糟粕。

【語譯】蘇轍向您稟告：我的女婿王適從徐州回到筠州，承蒙您讓他帶來賜給我的長信。我拜伏著閱讀後，心裡的慚愧和感嘆簡直無法形容。我自思是個愚笨拙劣的人，再加上犯罪，被朝廷所廢棄，平時的學問都拋棄不講了，就好像荒廢的田地、破敗的園圃，長滿了雜草荊棘。即便追思從前曾經付出的辛勤耕耘，想再次到其中從容地遊玩散步，也會悵然產生一種嫌棄自己的情緒，不願再去涉及了。何況來自交通發達的大城市的人，已經看遍了天下宏偉壯麗的事物，心眼廣闊遠大，很少有事物能夠滿足其心意，卻要注目於我，加以瀏覽，考究我的學養是否深厚，那結果還能有不輕蔑嗤笑的嗎？想到您，年輕而專注於學問，富有才華和節操，文章又英氣勃發，為什麼要這樣相信別人對我的過譽呢？不過，我聽王適說，他在您執教的學校裡進出了一年多，稍稍知道您的旨趣所向。您一心喜歡終極的大道，忽略乃至於忘卻了世俗的情味，經常有超越世俗的心意。聽到我從犯罪被罰以來，自知庸俗淺薄，早就把歸隱田園的計畫考慮成熟，所以不考察其中的原因，便馬上認可我為懂得大道。其實，古代所謂懂得大道的人，那是富貴不能令他心亂，貧賤不能令他心憂的，哪有像我這樣處在困頓挫折之中而圖謀平安的呢？至於收攏思想的精華，用來規範自身，而放出多餘的糟粕去利益天下，這才是您應該學習的，但我在這方面又有什麼能為您所取呢？承蒙您賜予書信的厚意，我不知道應該怎麼回報才好，只能以恭謹的態度奉上這番稟告，以表示謝意，請您諒解。不一一敘述了。

【研　析】李昭玘的詩文集現在尚有留存，曰《樂靜集》三十卷。元豐五年（西元一〇八二年）他託王適帶給蘇轍的書信，即《樂靜集》卷十〈上蘇黃門〉，對蘇轍備極推崇。但是，「上蘇黃門」這個題目是後來所加。「黃門」是門下省的別稱，蘇轍後來做到門下侍郎（相當於副宰相），所以如此稱呼。而在元豐五年的書信中，李昭玘稱蘇轍為「筠州宣德先生」，因為從這一年五月起，宋神宗正式頒佈新的官制，其中有「宣德郎」這麼一個官階，據說相當於原先的「著作佐郎」。蘇轍從熙寧十年（西元一〇七七年）起開始升為「著作佐郎」，至此五年了。但由此也可看出，蘇轍雖被兄長連累而貶到筠州，官階卻並未降低。收到李氏來信的時候，他也正受地方官的委託，暫時代理筠州州學的教授。應該說，相比於初到筠州時的那種狼狽境況，此時已稍為安定，有所好轉。而且，他寫的〈東軒記〉和〈廬山棲賢寺新修僧堂記〉也傳到了徐州，李昭玘就因為讀到了這兩篇文章，從中看出蘇轍的精神境界已經達到透徹了悟的程度，才特意來信請求指點的。這就是蘇轍回信中所謂「遽以知道許之」。什麼是李昭玘要向蘇轍請教的「道」呢？在〈東軒記〉裡，蘇轍闡述過顏子的內聖之學，即獨立個體內在超越的生存意義；在〈廬山棲賢寺新修僧堂記〉裡，蘇轍曾根據這個「道」來貶斥「俗學」，即宋神宗、王安石要求全國人民學習的「新學」；而在這封回信中，蘇轍雖一再表示自謙之意，說自己實在沒有什麼學問，巨大的名聲都出於別人的過譽和誤傳，真實的精神境界遠不能跟古人相比，但在一再謙虛之後，他還是指點了兩句：「收其精以治身，而斥其土苴以惠天下。」這依然是內聖之學。內在的超越性領悟才是思想的精華，做到了這一點，放出來的渣滓糟粕都可以對天下有益。從蘇轍筠州時期的思想進展來看，雖然只有這麼兩句，卻確是將他自己最近的心得中最精華的部分和盤托出了。對一個從不相識的人，給予如此指點，算得上般勤厚意了；只不過，實在太簡約了——我們再一次看到蘇轍行文的特點：委婉周旋了許久，要緊的地方卻簡約得出人意料。而且，好不容易才說了這麼兩句，馬上又轉為自謙，說這當然是您應該學習的，但不是從我這裡學，我沒有什麼可以供您學習，然後便結束了全文。我們一般認為，文章的重點要突出，關鍵之處要多作強調，但蘇轍的做法恰好相反，似乎努力要把重點隱藏起來，不讓人容易看到關鍵之處。容易看到的只是緩緩地迴旋蕩漾的一片煙波，英氣逼人之處只是偶爾閃現，立刻又不見了。

光州開元寺重修大殿記

【題　解】蘇轍有五個女婿，長婿是畫家文同的兒子文務光（字逸民），次婿是上一篇〈答徐州教授李昭玘書〉中提到的王適，三婿叫曹煥（字子文）。曹煥的父親曹九章（字演父，或作演甫）早年與蘇轍相識，元豐時擔任光州（治所在今河南潢川）知州，專門託人給貶謫黃州的蘇軾寫信，表示與蘇轍結親的願望。經蘇軾同意，元豐五年（西元一〇八二年）曹煥先到黃州見蘇軾，再到筠州與蘇轍的女兒完婚。至元豐六年五月五日，蘇轍應曹九章之請而寫本文。在蘇氏兄弟雙雙獲罪遷謫的時候，曹氏對他們如此有禮，可見其教養。

古之循吏❶，因民而施政，有餘者損之，不足者與之，興其所欲而廢其所患苦，順其風俗之宜，而吾無作❷焉。故文翁治蜀，立之學官❸；龔遂治渤海，督之耕牛❹；衛颯治桂陽，教之嫁娶❺；茨充代颯，誨之織屨❻。此四人者，非其強民❼也，民之所欲，而莫為之勸❽，盼盼❾相視，不能以自致❿，非得賢長吏⓫以時挈持⓬而振理⓭之，使之得其所願以相生養，則民至老死不見風俗之備。然而蜀之學官，施於齊魯之邦則玩⓮；渤海之耕牛，試於邠郃⓯之野則厭；衛之嫁娶、茨之織屨，行之華夏之國，亦未免於非且笑也。故為治者亦觀其俗，乘其時，使民宜之。蓋無所必為，亦無所必置⓰也。

【章旨】首段揭出「循吏」即最好的地方官所應遵循的原則，就是隨順風俗和民意來施政，並舉出漢代的四個「循吏」的例子，以為證明。

【注釋】❶循吏　司馬遷作《史記》，專立〈循吏列傳〉，所謂循吏就是「奉法循理之吏，不矜功伐能，百姓無稱，亦無過行」，即遵守法制和一般的道理，並不追求建功立業以表現他們的才能，沒有什麼突出的「政績」可以被百姓稱道，但也沒有做錯什麼事。古人認為這樣的官吏是最好的。❷無作　不按照自己的私意去造作什麼事情出來。❸文翁二句　西漢初的蜀郡（今四川省）太守文翁，開始在成都建立學官，即官辦學校。這是蜀地文化事業的開端。見《漢書．循吏傳》。❹龔遂治渤海二句　西漢宣帝時，渤海郡（渤一作勃，治所在今河北滄州）多出盜賊，朝廷派七十餘歲的龔遂（字少卿）去當太守，他勸導那裡的人民把刀劍賣掉，去買耕牛，不久郡民因為生活富足，就不再做盜賊了。見《漢書．循吏傳》。❺衛颯治桂陽二句　東漢初的衛颯（字子產）擔任桂陽郡（治所在今湖南郴州）太守，鑑於那裡的風俗頗為原始，就用中原成熟的婚姻之禮來進行教化。見《後漢書・循吏傳》。❻茨充代颯二句　茨充（字子河）接替衛颯做桂陽郡的太守，繼續衛颯的政策，教當地人種植桑麻，養蠶織屨。屨，鞋子。茨充看到當地人都赤腳，就教他們做鞋子。見《後漢書・循吏傳》。❼強民　強迫人民做事。❽勸　勸導鼓勵。❾盼盼　急切看望的樣子。❿自致　自己去達成願望。⓫賢長吏　賢明的地方長官。⓬以時挈持　及時扶持。⓭振理　對於風俗的整治。⓮施於齊魯之邦則玩　如果在齊魯（今山東省）一帶施行，由於這裡的人民早就熟習學校教育，就不會有什麼效果。玩，輕慢；忽略。⓯邠部　皆古國名，在今陝西彬縣、武功縣一帶，是西周的先祖曾經居住的地方，自古以來農業發達。⓰置　廢棄；捨棄。與上句的「為」相對。

【語　譯】古代所謂的「循吏」，按照人民的具體情況來施政，有多餘的就減少之，有不足的就補充之，做他們所願望的事情，而廢棄令他們感到患難困苦的事情，一切都與當地的風俗相適應，並不由著自己的私意強行造作。所以，西漢的文翁治理蜀郡的辦法，是為那裡建立官辦學校；龔遂治理渤海郡的辦法，是督促人民去買耕牛；東漢的衛颯治理桂陽郡的辦法，是把婚姻之禮教給當地人；後來茨充接替衛颯做桂陽郡的太守，又教人民種植桑麻，養蠶織鞋。這四個人，並不是強迫人民做那些事。人民本來就有那樣的願望，但沒有人來勸導鼓勵，大家你看我，我看你，雖有急切的心情，卻不能自己去達成願望。在這種情況下，如果沒有一個賢明的地方長官，及時地加以扶持和整治，使他們達成自己的願望，以獲得更好的生活，那麼人民即便到老死也看不到風俗的完備。不過，在蜀郡建立官辦學校的辦法，如果用到早就熟習學校教育的齊魯一帶，就不會有什麼效果；在渤海郡督促人民買耕牛的辦法，如果用到農業一向發達的邠部一帶，就會被人厭棄；衛颯教人婚姻之禮，茨充教人織鞋子，這樣的辦法如果用在漢族居住的中原地帶，就未免要被非議和嘲笑了。所以，推行政策的人也要考察當地的風俗，抓住時機，讓人民感到安宜。那就沒有什麼一定非做不可的事，也沒有什麼一定要廢棄的事了。

弋陽郡❶居長淮❷之西，地僻而事少，田良而民富。朝散大夫彭城曹公❸受命作守，因俗為政，安而不擾，誅其豪強而佑其善良，民化服之。始至，訪其士民，問其所欲為。咸曰：「吾郡既庶且富❹，所不足者非財也，而浮屠、老子之宮室❺，貌象庳陋廢圮❻，民不信嚮❼。父兄竊議❽，以不若四鄰為愧，而莫或先也。」公曰：「是無難也。民所不欲，吾不敢為；苟誠欲之，不成非患也。」乃召其徒而語之，故民勸其令❾，相帥從事，不三年而有成。天慶道士治三清、北極、聖祖諸殿❿，清淨嚴肅，朝謁⓫有所；而開元僧明偕⓬新其大殿，趨功勤力，先告工具⓭。棟楹峻峙，瓦甓⓮緻密，為佛、菩薩眾像，尊嚴盛麗，儼若在世。士女和會，耋孺⓯咸喜，稽首⓰祈福，如慰如慕。

【章　旨】次段承接上段所講的「循吏」施政之原則，敘述曹九章隨順光州人民的願望而翻修道觀與佛寺，並對開元寺重修的大殿略加描繪，因為這是本文所記的對象。

【注　釋】❶弋陽郡　光州的古稱，三國至北朝設弋陽郡，治所在今河南潢川西。❷長淮　淮河。❸朝散大夫彭城曹公　即蘇轍的親家曹九章。朝散大夫，元豐五年新官制頒佈後，為從六品官階。彭城，徐州。❹庶且富　人口眾多而富有。出自《論語・子路》：「子適衛，冉有僕。子曰：『庶矣哉。』冉有曰：『既庶矣，又何加焉？』曰：『富之。』曰：『既富矣，又何加焉？』曰：『教之。』」❺浮屠老子之宮室　指佛家的寺廟和道教的宮觀。浮屠，「佛」的另一種音譯。老子，道教尊為創始人，稱太上老君。❻貌象庳陋廢圮　樣子矮小簡陋，廢棄坍塌。❼信嚮　信仰，皈依。❽竊議　私下議論。❾勸其令　被他的命令所勉勵。❿天慶句　天慶觀的道士修治了三清殿、北極殿、聖祖殿等各殿。天慶，道教的天慶觀，宋真宗時曾下令全國各地都要設立天慶觀。三清，道觀中的三清殿，供奉玉清洞真教主元始天尊、上清洞玄教主靈寶天尊、太清洞神教主道德天尊。北極，北極殿，供奉北極玄武大帝，宋真宗改玄武為真武。聖祖，宋真宗號令全國的天慶觀都增置聖祖殿，供奉他捏造出來的一位趙家始祖，規定其名為趙玄朗。⓫朝謁　參拜。⓬開元僧明偕　開元寺的僧人明偕。⓭工具　工程完成。⓮甓　磚。⓯耋孺　老人和小孩。⓰稽首　叩頭至地的跪拜禮。

【語譯】光州在淮河之西，地處偏僻，事務很少，田地肥沃，居民富裕。朝散大夫、徐州人曹九章接受朝廷的命令，到這裡擔任知州，按照當地的風俗來施政，平靜安定，不做擾亂之事，誅殺那些有權勢的強橫之人，保護普通的善良者，人民被他感化，全都順服。他剛到光州的時候，訪問州裡的人士、民眾，問他們想要做些什麼。大家都說：「我們光州人口既多，生活也富裕，所缺的並不是財富。只是佛教、道教的寺觀，樣子低矮而簡陋，又荒廢倒塌，無法維持人們的信仰。覺得這方面做得不如周圍相鄰的州縣，令我們很羞愧。但是，也沒有誰能帶頭做這件事。」曹公說：「這件事並不難。凡人民不願意的事，我不敢做；如果大家真的都願意，那就不怕做不成。」於是召集他的手下，下達了命令。所以，人民都被他的命令所鼓勵，爭相去做，不到三年便有了成果。天慶觀的道士修治了三清殿、北極殿、聖祖殿等各殿，地方清淨，氣氛嚴肅，給信徒們提供了理想的參拜場所；而開元寺的僧人明偕則把大殿翻修一新，因為他投入功夫，辛勤力作，所以他的工程先告完成。這新的大殿，棟梁柱子高高樹立，瓦片磚石銜接細密，塑造的佛、菩薩等眾多形像，也都一派尊嚴，盛大宏麗，儼然好像在世的樣子。男男女女在這裡和睦聚會，老人、小孩都很高興，一起叩頭跪拜，祈求福祉，猶如互相慰問，互相思慕。

蓋殿始作於至道丙申❶，而復新於元豐癸亥❷，中間寂寥八十八年，然後民獲就其志。嗚呼！循吏之疏闊❸，而政之難成，其久如此。明偕知民之悅，故以告於公，請記其事而刻諸石。公以書來屬❹余。余考之循吏傳❺，以為當書❻，故記之不辭。五月初五日記。

【章　旨】末段慨嘆了「循吏」的少見，並交代作記的緣起。

【注　釋】❶至道丙申　宋太宗至道二年（西元九九六年）。❷元豐癸亥　宋神宗元豐六年（西元一〇八三年）。❸疏闊　稀少。❹屬　委託。❺循吏傳　這裡指班固《漢書》、范曄《後漢書》的「循吏列傳」。❻當書　值得記在歷史上。

【語　譯】這開元寺的大殿，起初創建於至道二年，而現在重新翻修於元豐六年，中間寂寞了八十八年，然後光州的人民才實現了他們的志願。啊，「循吏」真是難得一遇，成功的政治竟要這麼長久的等待！明偕知道人民為此而高興，所以向曹公稟告，請求記錄這件事情，刻在石上。曹公寫信來，委託我寫記文。我對照了古代史書中的循吏列傳，以為這件事值得記載史冊，所以也不推辭，就寫了這篇記文。五月初五日記。

【研　析】雖然是一篇佛寺大殿的記文，但本文的內容跟佛教基本無關，而是討論「循吏」的問題。從第一句「古之循吏」到最後「考之循吏傳」，從揭示循吏「因民而施政」、「順其風俗之宜」的原則，到後文一再強調民意和風俗，從歷史上的四位循吏，到現實生活中的曹九章，除了對開元寺大殿略有幾句描繪外，全文始終沒有離開主題，叮嚀反覆，一意於此。如果與前一篇〈答徐州教授李昭玘書〉的迴旋閃避、不犯正位相比，本篇可謂單刀直入、緊追不捨，寫法的不同是顯而易見的。也許，地方官熱心於道觀、佛寺的建設，本不是怎樣值得稱道的一件事，蘇轍受親家所託，不可推辭，就想出這麼個關於「循吏」的主題來，用隨順民意的理由來肯定曹氏的做法，而其行文也一直簡單地停留在這個意思上面。但是還有另一種可能性，就是蘇轍有意借這件事來發揮他對於「循吏」的一番見解，來針砭當時不顧民情風俗，一味自以為是的「新法」政府。王安石寫過一篇〈送孫正之序〉，裡面說：「時然而然，眾人也；己然而然，君子也。」如果大家都說好的，你也說好，那你只是個小人；只有自己認為好的才說好，那才是君子。按照這樣的說法，蘇轍所謂的「循吏」便全然稱不上君子。反過來，蘇轍在這裡強調的「吾無作焉」，「無所必為，亦無所必置」等等，以及對於世上「循吏」太少的慨嘆，便不啻反唇相譏。可以說，這是兩種政治觀的對立。一種是蘇轍講的，順應風俗民情來施政，因地制宜，沒有固定的成說；另一種是所謂「正天下之不正」，根據正確的思想來制定統一的政策，指導全國人民走上正確的軌道。在儒家思想中，這兩種政治觀都不無根據，但後一種對於執政者的吸引力更大，而批評者則容易站到前一種的立場。由此看來，蘇轍並沒有因為被貶謫而放棄批評的權利。無論如何，本文的寫法在蘇轍文章中是別具匠心的。

黃州快哉亭記

【題　解】這是蘇轍的一篇名文，作於元豐六年（西元一〇八三年）十一月。文中已經交代了作記的緣起，是謫居黃州的張夢得在他的住所造了一個亭子，由同樣謫居黃州的蘇軾命名為「快哉亭」，於是蘇轍為之作記，從「快哉」一名抒發其人生感慨，以及對於人生態度的思考。「快哉」的意思，當然是「真暢快呀」。蘇軾有〈水調歌頭・快哉亭作〉一詞，亦同時之作。

江❶出西陵❷，始得平地，其流奔放肆大❸，南合沅湘❹，北合漢沔❺，其勢益張❻。至於赤壁❼之下，波流浸灌，與海相若。清河❽張君夢得❾，謫居齊安❿，即其廬之西南為亭，以覽觀江流之勝，而余兄子瞻名之曰「快哉」。

【章　旨】此段從形勝說起，交代「快哉亭」及其命名的來歷。

【注　釋】❶江　長江。❷西陵　即三峽中最東面的西陵峽，西起四川巴東，東至湖北宜昌。❸肆大　水勢開闊浩大。❹沅湘　沅江和湘江，皆在今湖南省，流入洞庭湖，再匯入長江。❺漢沔　即漢水，其流經陝西沔縣的一段稱為沔水，至漢中而稱漢水，經湖北省的西北部，至武漢市入長江。❻張　大。❼赤壁　據考證，在長江、漢水流域，共有五處叫「赤壁」的地方，三國時「赤壁之戰」的舊址，一般認為在今湖北嘉魚境內，而蘇轍在本文中說的「赤壁」，則指黃州（今屬湖北）的赤鼻磯，也就是因蘇軾的〈念奴嬌・赤壁懷古〉、〈前赤壁賦〉、〈後赤壁賦〉而聞名的「東坡赤壁」。❽清河　縣名，北宋屬河北東路之恩州，今河北清河。❾張君夢得　按古人稱呼的習慣，此人當是姓張，字夢得。蘇軾的〈水調歌頭・快哉亭作〉一詞，元代葉曾刻的《東坡樂府》中題為「黃州快哉亭贈張偓佺」，則夢得為張偓佺字。據《續資治通鑑長編》卷二百九十四，張偓佺曾任江寧府簽書判官，元豐初與呂嘉問、何琬互訟一案相牽連，可能即因此故而貶至黃州，其餘不詳。❿齊安　郡名，即黃州。

【語　譯】長江東出西陵峽後，才遇到開闊的平地，所以它的水勢變得奔放而浩大，湘江和沅江從南面匯入，漢水又從北面匯入，那水勢就更大了，一直來到黃州的赤壁之下，湧著波濤的水流源源不斷地灌注於此，就像大海一樣。清河人張夢得貶謫在黃州，靠著他的屋子的西南角造了一個亭子，用來觀看長江奔流的勝景，我哥哥蘇子瞻便為之命名，叫做「快哉亭」。

蓋亭之所見，南北百里，東西一舍❶。濤瀾洶湧，風雲開闔。晝則舟楫出沒於其前，夜則魚龍悲嘯於其下，變化倏忽❷，動心駭目，不可久視。今乃得翫❸之几席之上❹，舉目而足。西望武昌❺諸山，岡陵起伏，草木行列❻，煙消日出，漁夫、樵父之舍皆可指數。此其所以為「快哉」者也。至於長洲❼之濱，故城之墟❽，曹孟德、孫仲謀之所睥睨❾，周瑜、陸遜之所騁騖❿，其流風⓫遺迹，亦足以稱快世俗。

【章旨】此段描寫亭上所見之景，緬懷此地發生過的歷史往事，以闡明「快哉」一名的含義。

【注釋】❶舍　三十里為一舍。❷倏忽　迅疾。❸翫　玩賞。❹几席之上　桌子、座位邊上。❺武昌　北宋荊湖北路的鄂州，又稱武昌軍節度，今湖北鄂州。❻行列　成行成列。❼長洲　江中長形的沙洲。❽故城之墟　古城的遺址，指三國時孫權所建的武昌城。孫權曾遷都於鄂，改其名為武昌。❾曹孟德句　曹操、孫權曾在這裡互相傲視對方。孟德，曹操字。仲謀，孫權字。睥睨，斜視。此指曹、孫之間的赤壁大戰。❿周瑜句　周瑜、陸遜都曾在此馳騁作戰。周瑜字公瑾，赤壁大戰時吳軍的主將。陸遜字伯言，曾在長江中游作戰，破荊州，擒關羽，大敗劉備。騁騖，馳騁追逐。⓫流風　遺風。

【語譯】從亭上望出去，南北可以看到百里，東西可以看到三十里。波濤洶湧，風雲起伏，令天色時陰時晴。白天有很多舟船出沒在波濤之中，夜晚則有魚龍在水下發出淒厲的嘯聲，種種變化都發生於迅疾之間，動蕩觀者的心靈，驚嚇觀者的耳目，令他不敢長久注視。不過現在，這一切都可以在桌邊席上，隨意玩賞，擡起眼就可以看個夠。向西眺望武昌的幾座大山，岡陵起伏，上面的草木都成行成列，當煙霧消去，太陽出來的時候，那些打魚、砍柴人的房子清晰得可以指點數出。這就是之所以叫做「快哉」的原因吧。至於水中長形沙洲的邊上，古時留下的城牆遺址，那是曹操和孫權曾經互相傲視的地方，也是周瑜和陸遜曾經往來馳騁的地方。向世俗稱道他們的遺風遺跡，也足以令人感到暢快了。

昔楚襄王從宋玉、景差於蘭臺之宮❶，有風颯然❷至者，王披襟當之❸，曰：「快哉此風，寡人所與庶人❹共者耶？」宋玉曰：「此獨大王之雄風耳，庶人安得共之？」玉之言蓋有諷❺焉。夫風無雌雄之異，而人有遇不遇之變❻。楚王之所以為樂，與庶人之所以為憂，此則人之變❼也，而風何與❽焉？

【章　旨】此段引證戰國時楚襄王和宋玉的對話，申述人與自然的關係：人因地位、心情的不同而對於自然有感受上的差異，但自然其實只有一個。

【注　釋】❶昔楚襄王句　從前，楚襄王帶著宋玉、景差來到蘭臺的宮中。楚襄王（西元前二九八—前二六三年在位），戰國末期楚國國君，姓熊，名橫。從，帶領。宋玉、景差，楚國大夫，辭賦家。蘭臺，楚國宮苑，故址在今湖北鍾祥東。按，此事見宋玉〈風賦〉。❷颯然　形容風雨急迫到來。❸披襟當之　敞開衣襟對著風。❹庶人　平民百姓。❺諷　諷諭。宋玉的〈風賦〉被收入《文選》，唐人呂向注云：「時襄王驕奢，故宋玉作此賦以諷之。」❻遇不遇之變　得志與不得志的差異。❼人之變　人的（地位、處境、心情等方面的）差異。❽何與　有什麼關係。

【語　譯】從前，楚襄王帶著宋玉、景差來到蘭臺的宮中，突然遇到一陣風快速地吹來。於是，楚襄王敞開衣襟對著風，說：「這陣風真是令人暢快呀，這是我跟平民們共同享有的好風嗎？」宋玉說：「這只是大王您的雄風，平民百姓怎麼能跟您共享呢？」宋玉這話可能含有諷刺。風哪裡會有雄風、雌風的區別呢？只是人有得志、不得志的差異。同樣是一陣風，楚王為之感到快樂，而百姓可能感到憂愁，那原因在於人的地位、心情的差異，跟風有什麼關係呢？

士生於世，使其中不自得❶，將何往而非病❷？使其中坦然，不以物傷性❸，將何適而非快？今張君不以謫為患，竊會計❹之餘功❺，而自放山水之間，此其中宜有以過人者。將蓬戶甕牖❻，無所不快，而況乎濯❼長江之清流，揖❽西山❾之白雲，窮耳目之勝以自適也哉！不然，連山絕壑❿，長林古木，振之以清風，照之以明月，此皆騷人思士⓫之所以悲傷憔悴而不能勝⓬者，烏⓭覩其為快也哉？

元豐六年十一月朔日⓮趙郡⓯蘇轍記。

【章　旨】最後一段點出：「快哉」的心情取決於不計得失的自在的人生態度。

【注　釋】❶使其中不自得　假如他的心靈不能自我滿足。使，假使。中，心靈。自得，自己感到滿足。❷病　苦悶。❸以物傷性　因為外在的事物而傷害了內在的人性。❹會計　管理財務，即賦稅錢糧的會集、計算之類。張偓佺貶到黃州，可能負責這方面的工作。❺餘功　多餘的時間。❻蓬戶甕牖　用蓬草塞門，以破罐子為窗口，形容住處的簡陋，生活的貧困。❼濯　洗滌。❽揖　同「挹」。取。❾西山　指武昌（鄂城）西山，一名樊山。❿絕壑　深谷。⓫騷人思士　憂愁失意、懷抱憂思的詩人。⓬勝　經受；擔當。⓭烏　哪裡。⓮朔日　夏曆每月的初一。⓯趙郡　今河北趙縣，為蘇氏的祖籍。

【語　譯】一個人生活在世上，如果他的心靈不能自我滿足，那麼遇到什麼會不苦悶呢？如果胸懷坦然，不因外在的事物而傷害內在的本性，那麼到哪裡會不快樂呢？現在，張君不因貶謫而感到憂患，竊取財務工作的餘暇，使自己放縱在山水之間，這說明他的心靈修養應該有超過別人的地方。這樣的他，即便在極其貧困簡陋的生活條件下，也將無所不快樂，何況還能在長江的清澈水流中洗滌，到武昌的西山上去汲取白雲，窮盡耳目所能欣賞的勝景，使自己感到自由自在。要不然，這連山深谷、高大的古樹，被清風吹起的聲音，被明月照起的氛圍，可都是懷抱憂愁的詩人要為之而感到悲傷，憔悴到不能忍受的，哪裡還能看到他有什麼暢快可言呢？元豐六年十一月初一，趙郡蘇轍記。

【研　析】此篇記文，當與蘇軾〈水調歌頭・快哉亭作〉一詞共讀。詞云：「落日繡簾捲，亭下水連空。知君為我新作，窗戶溼青紅。長記平山堂上，欹枕江南煙雨，杳杳沒孤鴻。認得醉翁語，山色有無中。一千頃，都鏡淨，倒碧峰。忽然浪起，掀舞一葉白頭翁。堪笑蘭臺公子，未解莊生天籟，剛道有雌雄。一點浩然氣，千里快哉風。」這是「快哉」心情的自白，但其中也有議論，就是對「蘭臺公子」的不以為然。「蘭臺公子」即指宋玉，蘇軾對他把自然的風區分為雄風、雌風，感到可笑，說這是不理解「莊生天籟」，即莊子說的自然之聲。由此可見，蘇轍的記文明顯受到兄長此詞的影響，因為楚襄王與宋玉的這個典故，也正是蘇轍引出議論的根由。就記文的整體結構來說，如上面的分段和「章旨」所示，第一段講亭子及其命名的來歷，是「起」；第二段描寫亭上所見的景色和可以緬懷的歷史往事，是「承」；第三段引證楚襄王和宋玉的典故進行分析，就是「轉」；第四段點出「快哉」心情取決於人生態度的總旨，當然就是「合」。這「起、承、轉、合」的結構是如此明確，應該算不得我們強加於它的。而一般來說，在此種平衡的結構中，最為關鍵的就是「轉」的部分，全文的精神所在，集中於此。所以，與蘇軾詞相同的典故，被蘇轍用作「轉」的部分，當然就可以說明蘇轍對它的重視。為了強調快樂心情根源於一個人內在的超越性領悟，蘇氏兄弟批判了宋玉對自然的橫加區分，或以為可笑，或以為這是出於諷諭目的，不是本意。這是從議論方面來看，而同時我們也不能忽略蘇轍在描寫方面的成功，加上全文整體結構的平衡特徵，使這篇「記」顯得頗有一點「賦」的味道。如果考慮到「振之以清風，照之以明月」等用語，我們就不難想起蘇軾作於元豐五年秋天的〈前赤壁賦〉，「惟江上之清風，與山間之明月」，曾被蘇軾當作自然美的無盡寶藏。如果說蘇轍此文也受到〈前赤壁賦〉的影響，應該也不算勉強吧。黃州的蘇軾與筠州的蘇轍正是如此互相呼應，赤壁磯頭的自然風景，與高安古城的禪宗道場，也正是從內外兩方面對他們的人生給予啟示。接下來，自然風景與禪宗道場融為一體的廬山，就是他們嚮往的地方。於是，蘇軾在次年一離開黃州，就迫不及待地登廬山去了。

上洪州孔大夫論徐常侍墳書

【題　解】以「變法」聞名的宋神宗，在他的晚年，大概致力於調和新、舊兩黨的矛盾。元豐七年（西元一〇八四年）正月，他親自下達一封手札，說蘇軾那樣的人才不能老是被拋棄，將他從黃州移到汝州（今河南臨汝）去居住。由於汝州比黃州更靠近汴京，所以這是一個善意的表示。到該年的九月，蘇轍也接到調離筠州的命令，到歙州績溪縣（今屬安徽省）去當縣令。這個善意是更明顯了。大約在年末的時候，蘇轍到達洪州

（今江西南昌），給知州孔宗翰上此書。孔宗翰字周翰，以朝議大夫知洪州，故稱「洪州孔大夫」。徐常侍為宋初名臣徐鉉（九一七—九九二），字鼎臣，原仕南唐，入宋後官至左散騎常侍，有《徐騎省集》。

轍竊見故散騎常侍❶徐公鉉墳，在公所治郡❷新建縣❸西山鸞岡原❹。徐公沒❺於淳化辛卯❻，迨❼今九十四年。公無子，故人奉新❽胡克順❾葬之。胡氏昔為大家，克順慕公高義，春秋時祀❿，頃⓫未嘗廢。自克順死，胡氏衰，公之墳域荒蕪不治，蓋有年矣。聞自近歲，民間利其林木，至訟而爭之。公所葬地，本其先塋⓬，公家既無子孫，契券⓭亡失，官⓮遂籍沒⓯其地，伐其松柏以治屋宇。行道⓰知之，往往為之掩泣。

【章　旨】首段敘述徐鉉墳墓的來歷，及其目前荒蕪的現狀。

【注　釋】❶散騎常侍　北宋前期官階名，正三品下。分左右，左散騎常侍屬門下省，右散騎常侍屬中書省。這只表示官階，並無正式職守。❷郡　指洪州。❸新建縣　北宋洪州治下的七縣之一，在今南昌市西。❹西山鸞岡原　地名。西山在南昌之西，又稱散原山，鸞岡是其中的一座高峰，相傳為洪崖先生乘鸞憩息之處，故名。原，平坦之地。❺沒　歿；去世。❻淳化辛卯　宋太宗淳化二年（西元九九一年）。❼迨　至。❽奉新　縣名，北宋屬洪州，今屬江西。❾胡克順　北宋端拱二年（西元九八九年）進士，曾為都官員外郎，刊刻徐鉉文集。❿時祀　按時祭祀。⓫頃　片刻。⓬先塋　祖墳所在地。⓭契券　地契，關於土地所有權的憑證。⓮官　政府；官方。⓯籍沒　登記在冊，並沒收。⓰行道　路人。

【語　譯】我曾看到已故散騎常侍徐鉉的墳，在您所治理的洪州下的新建縣鸞岡原。徐鉉於淳化二年（九九一）去世，至今九十四年了。他沒有兒子，老朋友奉新縣的胡克順安葬了他。胡家原來是一個大家族，胡克順仰墓徐鉉的高尚道義，每年春秋季節都按時祭祀，片刻也沒有荒廢。自從胡克順去世，胡家衰落，徐鉉的墳地就荒蕪了，多少年都沒有人去管理。我聽說，近年以來，民間用那裡的林木來牟利，甚至於打官司來爭奪。徐鉉所葬的地方，本是徐家的祖墳所在，徐家既然沒有了子孫，也就沒有了地契，政府因此沒收了這塊地產，砍掉松樹、柏樹，用來造房子。即使是路人，有知道這情況的，也往往為之流淚。

竊惟南唐❶舊臣，如公之比，蓋無一二。方陳覺、馮延魯愚弄其主❷，擅興甲兵，喪師蹙❸國，時無一人敢非之者，公獨與韓熙載❹力陳其姦，卒致其罪。及王師❺南討，李氏危在朝夕，公受命兵間❻，不為身計，義動中國❼，至今稱之。蓋公之大節，落落❽如此，雖使千載之後，猶當推求遺迹，以勸❾後來，今沒未百年，棄而不錄❿，仁人君子，豈其然哉？

【章　旨】此段回顧南唐的往事，證明徐鉉是一個值得後世紀念的歷史人物。

【注　釋】❶南唐　五代時期南方十國之一，西元九三七年創立，皇室李氏，建都金陵（今江蘇南京），國號唐，史稱南唐，九七五年為北宋所滅。❷方陳覺句　正當陳覺和馮延魯愚弄他們的君主。陳覺、馮延魯，南唐中主李璟時大臣，建議出兵攻打福州，滅閩國，又和吳越軍隊作戰。❸蹙　縮小；削滅。❹韓熙載　字叔言，南唐大臣。❺王師　指北宋軍隊。❻受命兵間　宋太祖開寶八年（西元九七五年）宋軍進攻南唐首都金陵，徐鉉兩次作為使者到宋求和。據說，南唐後主李煜曾擔心徐鉉的安危問題，而徐鉉認為，使者應當忠於自己的國家，個人的安危置之度外。❼中國　指北宋。❽落落　磊落，形容人的氣質、襟懷之高亮。❾勸　勉勵。❿棄而不錄　拋棄而不加過問。

【語　譯】我想，南唐的舊臣之中，能跟徐鉉相比的，恐怕沒有一兩個人。正當陳覺、馮延魯愚弄他們的君主，擅自發動戰爭，結果使軍隊蒙受損失，縮小了國家的領地，此時沒有一個人敢對他們有所非議，只有徐鉉，卻跟韓熙載一起向君主進言，極力陳說陳、馮等人的姦情，終於使他們得到應有的處罰。等到我們宋朝的軍隊討伐南方，李氏的南唐政權危在旦夕，徐鉉在兵荒馬亂之間接受任命，為南唐的使者，他不為個人的安危打算，忠於國家的道義連宋朝也為之感動，至今還在稱讚他。說起來，徐鉉的生平節操，是這樣磊落不凡，即便是千年之後，人們仍應該推求他的遺跡，來勉勵後來者。而現在，他去世還不滿一百年，墳墓就被拋棄而不加過問，難道一個仁義的人、一個君子，竟落得這樣的結果嗎？

伏惟明公❶家本先聖❷，先中丞❸忠義慷慨，氣節凜然，公之行己大方❹，直繼前烈❺。如徐公輩人，譬之草木，臭味❻不遠。儻蒙矜念❼，使孤墳遺魄不至侵暴，祭祀稍存，樵采❽不犯，不惟南方士人拭目傾心，將天下義士知有所勸。轍言非所職❾，干冒高明，不勝戰越❿。

【章　旨】末段恭維孔宗翰是徐鉉的同類人，以激勵他照料徐鉉的墳墓。

【注　釋】❶明公　對長官的尊稱。❷先聖　指孔子。北宋政府承認，孔宗翰是孔子的第四十六代孫。❸先中丞　指孔宗翰的父親孔道輔，曾任御史中丞，彈劾權貴、議論朝事，甚具風采，當時與范仲淹齊名。❹行己大方　立身行事的基本原則。❺前烈　前人的優秀品質。❻臭味　氣味，比喻志趣。❼矜念　同情、憐念。❽樵采　砍柴的人。❾言非所職　越出自己的職位而說話。❿干冒二句　給地位尊貴者上書的末尾套語，表示自己冒犯了高明的對方，感到恐慌，禁不住發抖。

【語　譯】我想，您的家族本是聖人孔子的後代，您的父親御史中丞孔道輔，為人忠義激昂，具有凜然崇高的氣節，而您本人立身行事的基本原則，也直接繼承了前人的優秀品質。像徐鉉那樣的人，如果用草木來比況的話，氣味與您相差不遠。如果能得到您的同情顧念，使他的孤墳、他的靈魂不至於被粗暴對待，大體保持祭祀的禮節，不讓砍柴的人去侵犯，那麼，不但南方的人士將擦眼觀看，真心服從，甚至天下所有的義士都會得到勉勵。我說這番話，已經越出了自己的職位，冒犯了您的高明，為此感到恐慌，禁不住發抖。

【研析】要求地方官照顧先賢的墳墓，在知識化程度甚高的北宋文官社會，並不是非常特別的事，但這篇文章的主題，實際上是表彰忠義。在蘇轍看來，徐鉉之所以值得紀念，是因為他忠於南唐政權；而孔宗翰之所以值得託付，是因為孔的父親也是一個忠義的人。或許應該注意的是，徐鉉所曾捍衛的南唐，原本是北宋的敵國，從宋人的立場來看，完全可以視為《尚書》所說的「殷之頑民」。徐鉉降宋以後，也成為宋初的文化名臣，現存的第一部宋人文集，就是他的《騎省集》，從這個角度也不難提供紀念徐鉉的理由。然而，蘇轍卻認為徐鉉的一生「大節」，就體現在他為了捍衛南唐的尊嚴而抗拒本朝的行為。這說明蘇轍所理解的忠義品質，並不被本朝的立場所限止。其實，北宋文化人對南唐李氏表示同情的，不在少數，如果說「譬之草木，臭味不遠」的話，南唐李氏是比北宋趙氏更接近士大夫趣味的。宋初的第一批文化人，朝廷收藏的文物、書籍，直至質量最好的紙張，大都來自南唐。並不是五代的梁、唐、晉、漢、周，而是南唐，才是當時中國文化的保存者，和北宋文明的真正淵源。在南唐舊地貶居了將近五年的蘇轍，對此顯然有所體會。可以證明這一點的是，他在文章的最後特意提到了「南方士人」。不少學者指出，宋初以來一直存在的南北士人的矛盾，在熙寧以後的「新舊黨爭」中仍有體現。支持江西人王安石實行「新法」的，是江西人曾布（曾鞏弟）、福建人呂惠卿、章惇等南方士人，而反對者韓琦、司馬光、邵雍、程顥等，則多數出身北方或中原。在這樣的格局中，來自西蜀的蘇氏兄弟可以說較為特殊，他們雖然也反對「新法」，但並無必要介入南北矛盾。當蘇轍提醒政治立場傾向於司馬光的山東人孔宗翰尊重「南方士人」的感情時，我們隱約可以看到超越於南北立場之外的西蜀立場，也就是後來與「洛黨」（中原）、「朔黨」（北方）發生矛盾的「蜀黨」立場。因此，蘇轍此文雖然只論徐鉉的墳墓，但若放回北宋士大夫社會的語境中去閱讀，則其傳達的信息仍較為豐富。

南康直節堂記

【題　解】作者自署寫成時間為元豐八年（西元一〇八五年）正月。南康即南康軍，治所在星子（今江西星子），宋太宗太平興國七年（西元九八二年）從洪州分出，單獨置軍。軍是一種行政區域的名稱，宋代與州、府、監並列。蘇轍於元豐七年離開筠州北上，於年底經洪州，來到南康軍，八年初為知軍徐師回作此記。

南康太守❶聽事❷之東，有堂曰直節，朝請大夫❸徐君望聖❹之所作也。庭有八杉，長短鉅❺細若一，直如引繩❻，高三尋而後枝葉附之。岌然❼如揭❽太常之旗❾，如建❿承露之莖⓫，凜然如公卿大夫，高冠長劍，立於王庭⓬，有不可犯之色。堂始為軍六曹⓭吏所居，杉之陰，府史⓮之所蹲伏，而簿書之所填委⓯，莫知貴也。君見而憐之，作堂而以直節命⓰焉。

【章　旨】首段交代直節堂及其命名的由來，突出描繪了庭中的八棵杉樹。

【注　釋】❶南康太守　即南康軍的長官，「太守」是古稱，宋代正式的名稱應為「知南康軍事」。❷聽事　官府治事的廳堂。❸朝請大夫　元豐新官制實行後，為從六品的寄祿官，即文臣三十階中之第十七階。❹徐君望聖　徐師回，字望聖，《宣和奉使高麗圖經》作者徐兢的祖父，其家世可能跟徐鉉有些關係。❺鉅　粗大。❻引繩　木工彈墨線，對直的形容。❼岌然　高聳的樣子。❽揭　高舉。❾太常之旗　古代君王所用的一種旌旗，上畫日月。❿建　樹立。⓫承露之莖　漢武帝在建章宮造了一個銅鑄的仙人，舒掌捧銅盤，用來承接天降的甘露，據說有二十丈高。莖，直立的柱杆，漢武帝的這個銅仙人，也常被稱為金莖。⓬王庭　百官所在之處；朝廷。⓭六曹　唐代州府衙門的屬官，有功曹、倉曹、戶曹、兵曹、法曹、士曹，總稱六曹。此後為地方政府內胥吏的通稱。⓮府史　胥吏的古稱，「府」是財務副官，「史」是書記官。⓯填委　堆積。⓰命　命名。

【語　譯】南康軍長官官廳的東面，有一個堂，名為直節堂，是朝請大夫徐師回（字望聖）建造的。庭院裡有八棵杉樹，長短粗細都一樣，筆直得像木工彈的墨線，高達三尋以上才長出枝葉。那高聳的氣勢，就好像豎起了國王的太常旗，又好像漢武帝造的承接甘露的金莖，那威嚴的風貌，就好像公卿大夫戴著高高的帽子，佩著長劍，站立在朝廷之上，具有不可冒犯的神色。這個廳堂原來是南康軍的胥吏們辦公的地方，那杉樹的樹蔭裡，原先待著許多胥吏，堆著大量文書，誰也不認為這杉樹值得珍視。徐師回看到這八棵杉樹，卻心生愛憐，便建造一個廳堂，而命名為「直節堂」。

夫物之生，未有不直者也，不幸而風雨撓❶之，巖石軋❷之，然後委曲❸隨物，不能自保。雖竹箭之良、松柏之堅，皆不免於此。惟杉能遂其性❹，不扶而直，其生能傲冰雪，而死能利棟宇❺者，與竹、柏同，而以直過之。求之於人，蓋所謂不待文王而興者❻耶？徐君溫良汎愛❼，所居以循吏稱，不為皦察❽之政，而行不失於直。觀其所說❾，而其為人可得也。《詩》曰：「惟其有之，是以似之。」❿

【章　旨】此段比照竹箭、松柏來議論杉樹之直，並認為徐師回的品德就與之一般。

【注　釋】❶撓　使彎曲。❷軋　碾壓。❸委曲　遷就曲從，轉折彎曲。❹遂其性　如願保持其本性；完全按其本性發展。❺棟宇　房屋。❻不待文王而興者　出自《孟子．盡心上》：「待文王而後興者，凡民也；若夫豪傑之士，雖無文王猶興。」

文王指周文王，在他這樣聖明的君主領導下，即便一般人也可以振作起來，在沒有聖明君主領導的時代裡，仍能振作的，才是不平凡的豪傑。❼溫良汎愛　溫和善良，博施愛心。❽皦察　過於明察秋毫，到了苛刻的程度。此種近似法家的作風，為儒家所貶斥。❾說　通「悅」。喜歡。❿詩曰三句　出自《詩經・小雅・裳裳者華》，「惟」原作「維」，按蘇轍自己所著《詩集傳》的解釋：「有者，有諸中也。中誠有之，則其發於容貌者，睟然其似之矣。」意謂一個人擁有某種內在的素質，那麼他的外部表現也與此相似。

【語　譯】其實，萬物初生的時候，本性沒有不直的，不幸而遭到風吹雨打，使其彎曲，或者被巖石碾壓，然後只好遷就於周圍的事物，不能保持自己的本性。即便是像筱竹、松柏那樣優良堅挺的植物，也都不免於此。只有杉樹，能夠完全按其本性生長，不需要扶持，就筆直向上。它活著的時候能夠傲視冰雪，死了還能被利用為建造房屋的材料，這方面與竹、柏相同，但它的直卻超過竹、柏。如果要在人中尋找這樣的品質，那就是孟子所謂「沒有周文王的領導也能振奮的豪傑」吧？徐師回是個溫和善良、博施愛心的人，他每到一個地方，都被稱道為遵循法制的官員。他並不施行那種過於明察秋毫的苛刻政治，但他的行為卻一直不失為正直。看他所喜歡的杉樹，就可以推想他的為人。《詩經》說：「正因為一個人內心擁有這樣的品質，所以他的表現也接近這種品質。」

堂成，君以客❶飲於堂上。客醉而歌曰：「吾欲為曲，為曲必屈，曲可為乎？吾欲為直，為直必折，直可為乎？有如此杉，特立不倚❷，散柯布葉❸，安而不危乎？清風吹衣，飛雪滿庭，顏色不變，君❹來燕嬉❺乎？封植❻灌溉，剪伐❼不至，杉不自知，而人是依❽乎？廬山❾之民，升堂見杉，懷思其人，其無已乎？」歌闋❿而罷。元豐八年正月十四日眉山蘇轍記。

【章　旨】末段的內容主要是蘇轍的一段歌詞，大意是人們見到杉樹，就會興起正直的節操，並思念種植這杉樹的徐師回。

【注　釋】❶客　應指蘇轍本人。❷特立不倚　獨自挺立，不偏倚，比喻堅定的志向和操守。❸散柯布葉　分生枝條，長滿樹葉。❹君　指徐師回。❺燕嬉　宴飲嬉戲。❻封植　壅土培植。❼剪伐　砍伐。❽而人是依　意謂徐師回這樣的地方官，是人們可以依靠的。❾廬山　在南康軍，故以廬山代稱之。❿闋　一曲終止。

【語　譯】直節堂建造好了，徐師回就在這堂上招待客人飲酒。客人喝醉了，就唱起歌來：「我想彎曲，彎曲必然意味著屈服，我怎麼可以彎曲？我想挺直，挺直就一定會折斷，我能挺直嗎？而像這八棵杉樹，卻能獨自挺立，不偏不倚，分生枝條，長滿樹葉，不是也很安全，沒有危險嗎？當清風吹動衣襟，飛雪飄滿庭院的時候，它們的色彩卻不曾改變，是不是歡迎徐長官來宴飲嬉戲呀？他對於杉樹，壅土種植，運水澆灌，從不加以砍伐，杉樹是不知道這些的，但這樣的行為方式，不是人們可以依靠的嗎？廬山底下的南康軍人民，來到堂上，看到杉樹，是否會永遠懷念這位地方官呢？」這首歌唱完後，宴飲就結束了。元豐八年正月十四日，眉山蘇轍記。

【研　析】蘇轍不但為徐師回作了這篇記文，還親自書寫，刻石立在堂上。九十五年後的南宋淳熙六年（一一七九），朱熹來到南康軍擔任長官，卻發現所謂的直節堂以及那些杉樹，早已無影無蹤。蘇轍記文的石刻倒是找到了一塊，但據說不是原刻，且被丟棄在別處。於是，朱熹去訪問了很多老人，想知道直節堂的故址在哪裡，卻也一無所獲。沒有辦法，朱熹只好把官廳西面的一個被廢棄的舊堂，重新命名為直節堂，這是因為堂外的庭院中有棵老柏，雖然已經生意殆盡，卻也屹立不倒，頗有剛毅凜然的風貌，所以朱熹把那塊不知何人摹刻的蘇轍記文搬來，嵌在這新的直節堂的牆壁中。照他的本意，還想再種些杉樹，來重現前賢的遺跡，但結果沒有做成，朱熹就離開了南康軍。顯然，朱熹做了一件今天的文化部門大都愛做的事，就是恢復古蹟。這古蹟只是延續原來的名稱，其實不是原物，但恢復古蹟的工作卻也使名稱可以延續下來。實際的歷史是不斷地摧毀和重建，前後彷彿連續，其實點點都是斷裂的。這就好像飛鳥在地面上的影子，乍看彷彿是影子在飛，其實影子在不斷地消滅和重生。真正具有延續性的歷史不在大地上，而在知識者的意念中，或者說只在書本上。書本上的中國有數千年的歷史，而在今天的中國大地上，除了考古發現外，日常生活中能夠遇到的真正具有歷史的遺物是極少的。朱熹的直節堂並不是徐師回的直節堂，使這兩個毫不相干的廳堂發生關係的，只有蘇轍的〈南康直節堂記〉。進一步說，朱熹找到的記文石刻也並不是蘇轍當年的原刻，使這兩塊毫不相干的石頭發生關係的，只有蘇轍記文內容的本身。在這一不算長久的歷史過程中，幾乎所有方面都經過了摧毀和重建，在某種意義上說都是假的，只有記文內容的本身是真實的，也就是說，只有蘇轍的精神創造是真實的。從這個角度說，朱熹在他的恢復古蹟的活動中，所接受並意圖延續的對於「直節」的崇尚意識，是真正的歷史延續。也許，這才是中國人可以擁有的真正歷史。

代歙州賀登極表

【題　解】還不到四十歲的宋神宗，在元豐八年（西元一〇八五年）三月英年早逝。他的兒子，年方十歲的趙煦嗣位，就是宋哲宗。雖然神宗留下了幾個新黨的大臣輔佐新君，但由於這新君實在太小，神宗臨死前又拜託他的母親高氏臨朝聽政。這高氏對於哲宗來說就是祖母，稱為「太皇太后」。如此一來，高太皇太后與新黨大臣之間就容易產生衝突。新黨大臣擔心高氏不疼孫子而寵愛別的兒子（即神宗的兄弟），會威脅到哲宗的皇位。他們的這種擔心令高氏大為反感，朝廷上便顯出一番微妙的氣象。新皇帝登上寶座，叫做「登極」，各地的長官都要向朝廷上表慶賀，蘇轍所在的績溪縣屬於歙州（後來改名叫徽州，治所在今安徽歙縣），他替歙州的長官起草了這篇賀表。

臣某言：

奉今月初六日❶赦書❷，伏承皇帝陛下天錫❸成命❹，君臨萬邦，神人宅心❺，中外相慶。臣某誠歡誠抃❻，頓首❼頓首。臣聞人倫❽莫先者父子，神器❾不二者社稷❿，付與⓫一定，眾庶自安。我國家接統漢唐，配德虞夏⓬，世祚⓭平泰，古無擬倫⓮。先皇帝⓯總御綱權⓰，肇新法度⓱，廣興百世之利，聿追⓲三代之隆，大功甫⓳成，明命有屬⓴。皇帝陛下仁孝天授，聖智日躋㉑，承昭考㉒作室㉓之明，賴文母㉔翼周㉕之賜，臨馭茲始，沛澤㉖汪洋，寵及庶寮㉗，恩宥多辟㉘。民田蠲㉙租稅之重，邊吏禁侵攘之姦㉚，兆民允懷㉛，四夷永賴㉜。昔周成致刑措之盛㉝，漢昭知時務之宜㉞，今古同符，治功㉟可待。臣守土南服㊱，親被㊲鴻恩㊳，踴躍歡呼，倍越倫等㊴。臣無任瞻天望聖，激切屏營㊵之至，謹奉表稱賀以聞。

【注釋】❶今月初六日　指元豐八年三月己亥。前一日戊戌（初五日）神宗崩，哲宗即皇帝位，初六大赦天下。❷赦書　大赦天下的告示。赦，寬免罪過。❸錫　賜予。❹成命　既定的天命。❺宅心　歸心。❻抃　高興得拍手。❼頓首　磕頭。❽人倫　合理的人際關係。傳統上強調父子、夫婦、兄弟、君臣、朋友五種，謂之五倫。❾神器　神聖之物，常指代表國家政權的皇位。❿社稷　古代帝王所祭的土地神和穀神，代指國家。⓫付與　交付；給予。指神宗駕崩前，已確定其皇位的合法繼承人，為他的長子趙煦。⓬配德虞夏　德行可以跟虞舜、夏禹匹配。⓭世祚　世代繼承皇位的福運，也代表國運。⓮擬倫　比擬；倫比。⓯先皇帝　已經去世的皇帝，指宋神宗。⓰總御綱權　統一駕馭法度、權力，指神宗親自處理政務，不讓宰相自作主張。⓱肇新法度　指神宗主持變法。肇新，獲得新的開始；更新。⓲聿追　追述；繼承。⓳甫　才；剛剛。⓴明

命有屬　聖明的命令有所委託，指神宗已經選定趙煦為繼承人。㉑躋　升高。㉒昭考　明智的父親，指神宗。考，父親。㉓作室　比喻制定法度。《尚書·大誥》：「若考作室，既底法。」以造房子為喻，父親已經制定規模，兒子應該繼續把它造好。㉔文母　文德之母，常用來稱頌后妃。此指哲宗的祖母，太皇太后高氏。㉕翼周　輔助周室。自古有「三母翼周」之說，謂后稷母姜嫄、周文王母太任、周武王母太姒，都是賢德的聖母。此指高氏輔佐宋哲宗。㉖沛澤　豐沛的恩澤，指宋哲宗即位時大赦天下。㉗庶寮　一般官吏。㉘恩宥多辟　降恩寬宥那些犯了很多錯誤的人。辟，罪過。㉙蠲　減免。一般新皇帝即位大赦，總包括減免租稅的內容。㉚邊吏禁侵攘之姦　元豐八年三月初六大赦天下的詔書中，專門有一項，要邊關的官吏管好百姓和軍隊，不要去侵犯鄰國的國境。邊吏，負責守衛邊關的官吏。侵攘，侵犯掠奪。㉛兆民允懷　出自《尚書·伊訓》，謂受到眾多百姓的感激。㉜四夷永賴　出自《尚書·畢命》：「四夷左衽，罔不咸賴。」謂漢族周邊的其他民族也都依賴皇帝的聖德。㉝昔周成致刑措之盛　據《史記·周本紀》：「成、康之際，天下安寧，刑錯四十餘年不用。」謂周成王、周康王時，刑法被放置起來不用，因為天下治安，人民都不犯法了。刑措，即刑錯，將刑法放置不用。㉞漢昭知時務之宜　荀悅《漢紀》稱讚漢昭帝任用霍光，「光知時務之要，輕傜薄賦，與民休息。」時務，合適於當世的大事。㉟治功　治理國家的政績。㊱守土南服　在南方遠離京城之地擔任長官。守土，地方官的代稱，意謂守衛一方土地。服，服從天子的意思，古代將天子親自管理的地區之外圍，按五百里為等級，由近及遠分為侯服、甸服、綏服、要服、荒服，合稱五服。南方的五服地區就稱南服。㊲被　蒙受。㊳鴻恩　大恩，指來自皇帝的恩澤。㊴倫等　同輩。㊵屏營　惶恐。

【語　譯】臣某某稟告：接到本月初六日大赦天下的詔書，知道皇帝陛下已經獲得蒼天賜予的命令，以君主身份統治天下了，這樣一來無論神和人都會真心擁護，無論中央還是地方都互相慶賀。我實在是真正高興，真正高興得拍起手來，不住地向您磕頭。我聽說，最為重要的人倫關係就是父子，唯一神聖的事物就是國家，父親確定不移地把國家交付給兒子，眾多的百姓就自然安定了。我們的國家接續了漢朝、唐朝的正統，皇帝的德行可以匹配虞舜和夏禹，代代相承的國運是如此和平安泰，自古以來無與倫比。神宗皇帝親自總掌朝政，革新法度，做了很多對百世都有利的事情，追述夏商周三代的隆盛局面，他的大功剛剛告成，他的聖明的命令早就選定了繼承人。皇帝陛下您的仁厚和孝心來自蒼天的授予，您的非凡智慧每天都在升高，您繼承了聖明的父親制定的法度，又得到文德的太皇太后賜予的輔佐，在剛剛開始統治天下的時候，就頒佈了豐沛的恩澤，寬廣無際。您的寵信普及到一般的官吏，連犯過很多錯誤的人也被降恩寬赦。您減免了種田的農民過於繁重的租稅，還禁止邊關的官吏去做侵犯掠奪鄰國的壞事，這使眾多百姓都深懷感激，四方的民族都將永遠依賴於您。從前，周成王治理的盛世到了放置刑法不用的地步，而漢昭帝則知道什麼才是適合當世的事務，今天的情況跟古代完全相符，可以期待治理天下的政績。我在遠離京城的南方擔任長官，親身蒙受皇帝的大恩，我的踴躍之情，歡呼之聲，加倍地超過同輩。我禁不住瞻仰蒼天、遙望聖君，心懷極度的激動和惶恐，小心地奉上表章，向朝廷表達我的慶賀。

【研析】長官要求屬下的官吏代作一些官樣文章，是司空見慣的事，蘇轍替歙州的知州起草一份慶賀新皇帝即位的表章，本屬尋常。如今，我們從宋代羅願所撰的《新安志》可以找到這位知州的姓名，叫張慎修，但其生平則不詳，而蘇轍起草的表章卻保存在他自己的文集裡。我們無從了解張氏的政治態度，也不清楚他究竟有沒有使用這份表章，但表章中確實隱含著蘇轍對於政局變化的某種微妙的祈求。首先，他反覆強調哲宗的皇位繼承權，是神宗早就決定，並委託太皇太后保護的。他一則說「天錫成命」，再則說「付與一定」，三則說「明命有屬」，都是這個意思。也許，蘇轍已經對太皇太后與新黨大臣之間的不快局面有所耳聞，所以鮮明地表達了自己的立場。在後來根據舊黨立場書寫的史書中，新黨大臣蔡確、章惇等並非真心為哲宗著想而懷疑太皇太后不疼孫子，他們故意製造這樣的輿論，讓大家以為哲宗是多虧了他們的保護才登上皇位的，如此他們便有了「定策之功」。為了這「定策之功」，他們不惜犧牲太皇太后，要給她塑造出寵兒子不疼孫子的形象。後來太皇太后曾為此反覆申辯：哲宗的繼位原本順理成章，那些大臣哪裡來的「定策之功」？蘇轍顯然認同太皇太后的立場，他的寫作含有明顯的目的：使所謂「定策之功」無從談起。其次，文中「漢昭知時務之宜」一句也很值得注意。漢昭帝是漢武帝的兒子，關於這兩代之間的政策變化，蘇轍後來有這樣的表述：「昔漢武帝外事四夷，內興宮室，財賦匱竭，於是修鹽鐵、榷酤、平準、均輸之政，民不堪命，幾至大亂。昭帝委任霍光，罷去煩苛，漢室乃定。」（〈論御試策題箚子二首〉之一）按他的理解，昭帝為了國家的安定，而改變了武帝的政策，這叫做「知時務之宜」。那麼，古今類比，目前的「時務之宜」，豈不就是改變宋神宗實行的「新法」嗎？所以，看上去純為替人代作的官樣文章，細讀之下卻並不簡單。只是，蘇轍的深意埋藏在他中規中矩的四六套語之中，運用了臻於化境的行文技巧，在表達的同時也起到自我保護的作用。這當然是四六文在特殊的政治形勢下獲得的一種形態，就是完全與語境化為一體，在釋讀的時候，若離開語境，便毫無意義。

四　元祐大臣

四、元祐大臣

宋哲宗元祐元年（西元一〇八六年）　蘇轍四十八歲，至汴京任右司諫，積極議政。九月改任起居郎，權中書舍人。

元祐二年（西元一〇八七年）　蘇轍四十九歲，十一月任戶部右曹侍郎。

元祐四年（西元一〇八九年）　蘇轍五十一歲，改任翰林學士，又兼權吏部尚書，出使遼國。

元祐五年（西元一〇九〇年）　蘇轍五十二歲，自遼國回，以龍圖閣直學士為御史中丞。

元祐六年（西元一〇九一年）　蘇轍五十三歲，為中大夫，守尚書右丞。

元祐七年（西元一〇九二年）　蘇轍五十四歲，為太中大夫，守門下侍郎。

元祐八年（西元一〇九三年）　蘇轍五十五歲，太皇太后高氏去世，哲宗親政，重新起用新黨。

論臺諫封事留中不行狀

【題解】蘇轍《欒城集》卷三十六此篇題下有小字注：「元祐元年（西元一〇八六年）二月十四日。」此時蘇轍經司馬光推薦而從績溪奉調進京，擔任右司諫，專掌規諫朝政的闕失、用人不當以及彈劾不稱職官員之類，成為頗有發言權的「言官」。這是他到任的第一天呈上的第一篇奏狀。「臺諫」即御史和諫官的合稱，都是執掌監督、提議、彈劾之權的「言官」，其奏狀是密封後上繳的，所以叫做「封事」，有些內容，皇帝認為不合適，就留在宮中，不交給政府去討論或執行，就是所謂「留中不行」。蘇轍認為「留中不行」的做法使是非不明，所以一擔任「言官」，便首論此事。

右❶臣伏見皇帝陛下以至孝純仁，承統踐祚❷，太皇太后陛下以聰明睿智，親攬庶政❸。二聖協德，以幸❹天下，曾未期歲❺，而敝事稍去，寬政❻復行。元元❼之民，免於流離之患，蒙更生之福，海內釋然❽，無意外之憂，不勝幸甚。伏惟陛下恭勤祗畏❾，發於天性，猶復選於群臣，增廣諫員，求直言以自助，天下之士聞風相慶。臣實何人，得於今日備位❿於此？

【章旨】首段是開場白，頌揚皇帝和太皇太后「二聖」的仁政，肯定其增加諫官以聽取意見的做法，並對自己擔任諫官之事，表示了禮節性的謙虛。

【注釋】❶右　奏狀正文開頭之語，表示「以上」。在自右至左直行書寫的格式中，「右」就等於「上」。奏狀正式上繳時，正文之前還要列出上奏時間、作者職銜等，用「右」字收束後，以下便是正文了。❷承統踐祚　繼承皇室的統緒，登上皇位。❸親攬庶政　親自總管各種政務。❹幸　造福。❺期歲　滿一年。宋哲宗自元豐八年（西元一〇八五年）三月登基，至蘇轍寫作此文的元祐元年（西元一〇八六年）二月，只差一點就滿一年了。❻寬政　寬大、不苛刻的政治。❼元元　善良，樸素。❽釋然　喜悅的樣子。❾祇畏　對於天地的敬畏。❿備位　擔任某個職位的謙虛表達，意謂只是佔了位置，沒有相應的能力或威望之類。

【語譯】我有幸看到，皇帝陛下以極致的孝心和純粹的仁德，繼承了本朝的統緒，登上皇位，而太皇太后陛下又以聰明睿智，親自總管眾多政務。兩位聖上同心同德，來造福天下，還未滿一年，就逐漸取消了弊端叢生的事務，重新施行寬大的政策。善良樸素的人民，免於流離失所的禍患，蒙受重生的福分，大家都感到喜悅，再也沒有意料之外的擔憂，真是說不出的幸運！我想，陛下謙恭勤勉，敬畏天地，是從天性自發的品質，在此基礎上，還能從群臣中加以選擇，增多官員來擔任諫諍之職，徵求他們的直言來輔助自己，天下的士人聽到這樣的消息，都互相慶賀。我又算得一個什麼人，也能夠在今天擔任諫諍的職責？

然臣聞帝王之治，必先正風俗❶。風俗既正，中人以下皆自勉以為善；風俗一敗，中人以上皆自棄而為惡。中人自勉於善，則人主耳目眾多，易與為治；中人自棄於惡，則臣下朋黨❷蕃殖❸，易以為非。蓋邪正盛衰之源，未有不始於此者也。昔真宗❹皇帝臨馭群下，獎用正人，一時賢俊，爭自託❺於明主。孫奭❻、戚綸❼、田錫❽、王禹偁❾之徒，既以諫諍❿顯名，則忠良之士相繼而起。其後耄期⓫厭事，丁謂⓬乘間⓭，將竊國命⓮，而風俗已成，朝多正士，謂雖懷姦慝⓯，而無與同惡，謀未及發⑯，旋即流放。仁宗⑰皇帝仁厚淵嘿⑱，不自可否，是非之論一付臺諫。孔道輔⑲、范仲淹⑳、歐陽脩㉑、余靖㉒之流，以言事㉓相高，此風既行，士恥以鉗口㉔失職。當時執政大臣㉕，豈皆盡賢？然畏忌人言㉖，不敢妄作，一有不善，言者㉗即至，隨輒屏去㉘。故雖人主寬厚，而朝廷之間無大過失。及先帝㉙嗣位，執政大臣㉚變易祖宗法度，下至小民，皆知其非，而卿士大夫㉛從風而靡，則風俗之變於此見矣。是時惟有呂誨㉜、范鎮㉝等明言其失，二人既已得罪，臺諫有以一言及之者，皆紛然逐去。由是風俗大敗，無一人復正言㉞者。

【章　旨】此段從社會風尚的重要性講起，而認為君主對待臺諫的態度與風尚的好壞有直接的聯繫，舉出真宗、仁宗、神宗三朝的事實為證。

【注　釋】❶風俗　社會風尚。❷朋黨　官僚之間結成的小團體，小宗派。❸蕃殖　繁殖；增多。❹真宗　北宋第三代皇帝趙恒，至道三年（西元九九七年）登基，乾興元年（西元一〇二二年）去世。❺託　交付；委託。此指忠於君主。❻孫奭（西元九六二—一〇三三年）字宗古，曾力諫宋真宗迎天書、祀汾陰等荒唐行為。❼戚綸　（西元九五四—一〇二一年）字仲言，真宗時歷任右正言、右司諫、左諫議大夫，上奏多被採納。❽田錫　（西元九四〇—一〇〇三年）字表聖，真宗時擔任右諫議大夫，直言時政得失，以敢言著稱。❾王禹偁　（西元九五四—一〇〇一年）字元之，在太宗、真宗兩朝任翰林學士，因為剛直敢言而屢遭貶謫。❿諫諍　直言規勸君主。⓫耄期　高年，八十、九十曰耄，百年曰期。此指晚年。⓬丁謂（西元九六六—一〇三七年）字謂之、公言，曾長期擔任參知政事，引導真宗偽造天書、祥瑞等自欺欺人之活動，真宗晚年任宰相，仁宗繼位後將他貶到了海南島。⓭乘間　利用機會。⓮竊國命　竊取國家的政權，指擅權。⓯姦慝　姦邪的心術。⓰謀未及發　陰謀還沒有實施出來。⓱仁宗　北宋第四代皇帝趙禎，乾興元年（西元一〇二二年）登基，嘉祐八年（西元一

○六三年）去世。⑱淵嘿　深沉靜默。嘿，同「默」。⑲孔道輔　（西元九八六—一○三九年）字原魯，仁宗時先後擔任左正言、知諫院、御史中丞，言及太后、宦官、皇后等事，無所迴避。⑳范仲淹　（西元九八九—一○五二年）字希文，仁宗時曾任右司諫，得罪宰相，遭貶謫，後任參知政事，主持「慶曆新政」。㉑歐陽脩　（西元一○○七—一○七二年）亦作「歐陽修」，字永叔。范仲淹被貶時，他寫信給諫官，指責其不為范仲淹辯護，結果遭貶謫。慶曆時，曾擔任知諫院、右正言等諫諍之職。㉒余靖　（西元一○○○—一○六四年）字希古，安道。范仲淹被貶時，他上書諫諍，一同被貶。慶曆時當過右正言，支持新政。㉓言事　向皇帝進諫，或對政事發表不同意見。㉔鉗口　閉口不發表意見。㉕執政大臣　指宰相和參知政事。㉖人言　指輿論。㉗言者　批評者。㉘隨輒屏去　馬上就撤銷執政的職位。隨，隨即。輒，就。屏去，退除。㉙先帝　指宋神宗，北宋第六代皇帝趙頊，治平四年（西元一○六七年）登基，元豐八年（西元一○八五年）去世。㉚執政大臣　此指實行改革的宰相王安石。㉛卿士大夫　此指官僚。㉜呂誨（西元一○一四—一○七一年）　字獻可，神宗時知諫院，拜御史中丞，因彈劾王安石而罷職，有鯁直之名聲。㉝范鎮（西元一○○八—一○八九年）　字景仁，仁宗時當過諫官，神宗時任翰林學士，因反對王安石變法而罷官退休。㉞正言　正直地發言。

【語　譯】但我聽說，自古聖明帝王的政治，必然以端正社會風氣為首務。風氣端正以後，中等以下的人都會勉勵自己去做好人；風氣一旦變壞，那麼中等以上的人都會自暴自棄，去做惡人。當中等之人都勉勵自己做好人時，君主就會耳目眾多，容易跟他們一起治理天下；當中等之人都自暴自棄去做壞人時，官僚當中就會產生朋黨，並且不斷增長，容易在一起做壞事。所以，一切邪正和盛衰的源頭，沒有不從風氣上面開始的。從前，真宗皇帝領導眾多的臣下，獎勵和提拔正直的人，一個時代的優秀分子，都爭著向賢明的君主交付他們的忠誠。像孫奭、戚綸、田錫、王禹偁那樣的人，既然都因為敢於諫諍而揚名天下，那麼忠誠善良的人士便相繼起來。到真宗的晚年，厭倦了政務，丁謂想趁機竊取政權，但風氣已經形成，朝廷上正直的人佔多數，所以丁謂雖然懷抱姦邪的心計，卻沒有人跟他一同做壞事，陰謀還沒有實施出來，就馬上被流放了。仁宗皇帝生性仁厚，深沉靜默，從不自作主張，是是非非都交給御史和諫官去討論。孔道輔、范仲淹、歐陽修、余靖這些人，都以直言批評朝政為高風亮節，爭著進諫，這樣的風氣流行以後，士人們都把閉口不發表意見看作失職的表現。當時執掌政權的大臣，難道都那麼賢良嗎？但他們都害怕輿論的批評，不敢胡作非為，只要有一件事做得不好，馬上就會有人批評，隨即就被撤銷職務。所以，雖然君主寬大厚道，但朝廷上卻沒有出現大的過失。等到先帝神宗繼承皇位，執掌大權的王安石等人改變了祖宗的法度，下到小老百姓都知道這種做法的錯誤，但官員們卻像草一樣隨風倒，則風氣的變化就可從中看出了。這個時候，只有呂誨、范鎮等少數人明確地指出變法的錯誤，這兩人得到不公正的處罰後，御史和諫官只要有一句話談及變法的弊端，就全被驅逐出朝廷。因此，風氣便大壞，再也沒有人肯正直地發言了。

天佑皇室，啟迪聖德，臨政未幾，而以言路❶為急，天下竦然❷，思見祖宗遺俗。然臣自至闕廷❸，聞臺諫封事，一切留中不出，既不施行，又不黜責。臣不勝憂疑。夫朝廷所以待臺諫者，不過二事：言當則行，不當則黜。其所上封事，除事干幾密❹，人主所當獨聞，須至留中外，並須降出❺行遣❻。上所以正朝廷之紀綱，使無廢職業❼；下所以全人臣之名節，使無負公議。若當而不行，不當而不黜，則上下苟且，廉恥道廢。風俗衰陋，國將從之。臣願陛下永惟邪正盛衰之漸❽，始於臺諫，修其官❾則聽其言，言有不當，隨事行遣，大者可黜，小者可罷，使風俗一定，忠言日至，陛下垂拱❿於上，群臣肅雍⓫於下，則太平之治可立而待也。惟陛下留神省察，天下幸甚。謹錄奏聞，伏候敕旨⓬。

【章　旨】末段接著上段講目前對待臺諫的態度，方入正題。謂臺諫奏狀不該「留中」，無論是非如何，都應該及時公開討論，擇善而行。

【注 釋】❶言路 向朝廷提供批評或建議的途徑，即臺諫。❷竦然 受到震動的樣子。❸闕廷 朝廷。❹幾密 重要而保密的軍國之事。❺降出 與「留中」相對，交付給宮廷外面的政府機關。❻行遣 處置；發落。❼職業 職分內應做之事；職責。❽漸 開端；萌芽。❾修其官 選任官員。❿垂拱 垂衣拱手，表示不親自處理政務。⓫肅雍 莊嚴雍容。⓬敕旨 皇帝的詔旨。

【語 譯】老天保佑我們的皇室，啟迪了皇上、太皇太后的聖明道德，親理政務還沒有多久，便急著為批評朝政打開途徑，天下人都受到震動，想重新見到祖宗遺留的風氣。但自從我回到朝廷後，卻聽說御史和諫官祕密上奏的文書，都被留在宮中，不公開發佈，既不按其建議來施行，也不加以貶黜責罰。我禁不住憂愁懷疑。說起來，朝廷對待御史和諫官的正確態度，無非是兩種做法：如果他們說得對，就照他們說的做；如果不對，就應當貶黜。他們繳上來的奏狀，除了事關重大機密，只該皇帝個人閱覽，必須留在宮中的以外，其他都必須交付給宮外的政府機構，去適當處置。這樣，上可以端正朝廷的規章紀律，使御史和諫官不會廢棄他們應盡的職責；下可以保全官員的名聲節操，使他們不會辜負公共的輿論。如果他們明明說得不錯，卻不加採納施行，或者明明說得不對，卻不加貶黜責罰，那就會造成上上下下一片苟且的風氣，廉恥之道都被廢棄了。風氣一旦衰敗，國家的命運也將隨之衰敗。我懇請陛下永遠記著，邪正和盛衰的萌芽都是從御史和諫官開始的，既然選用了這樣的官員，就要聽他們的意見，這意見有不合適的，隨事加以處置，嚴重的可以貶黜，輕微的也可以罷職。如此，使社會風氣確定好轉，每天都能聽到忠直的言論，陛下就可以在上面垂衣拱手，眾多官員在下面莊嚴雍容，那麼太平的政治馬上就會到來。但願陛下留心思考和觀察這個方面，天下都將為此而感到幸運。我謹慎地抄錄這篇奏狀，上繳給您，並伏地等候皇上的命令。

【研 析】宰相和執政合稱「宰執」，御史和諫官合稱「臺諫」，在宋代史籍中最常看到的就是這兩類人的發言，而且幾乎很自然地互相對立。一般情況下，皇帝是鼓勵這種對立的。王安石變法時，也曾遭到「臺諫」的猛烈反對，但在他掌權的年代裡，通過清洗和重塑，他成功地把「臺諫」改造為幫助宰相驅除異己的力量，從而在朝廷內消除了異議。於是，當司馬光要改變王安石的政策時，他給太皇太后開出的第一個藥方就是「廣開言路」。此種貌似民主化的建議，其實際的意圖在於引進另一種聲音，而且必然是從前被壓抑的對立論調。下一步，就是把對立論調納入體制之內，那當然便是恢復「臺諫」與現行政策的對立性，將蘇轍這樣持有對立論調的人委任為「臺諫」。等蘇轍到任以後，他就要發揮其作為「臺諫」而在這個特定歷史時期所擔負的使命，就是為取締「新法」、驅逐「新黨」製造聲勢。出於這樣的目的，他的所有意見都不是給皇帝和太皇太后提供的祕密建議或小報告，而是希望成為響徹朝堂的大聲音。雖然從前的規章制度為了保護官品遠低於「宰執」的「臺諫」免受報復而採用了「封事」（「臺諫」的奏狀密封給皇帝）、「留中」（皇帝知道了奏狀的內容，而不予公開）等做法，但這個時候顯然不適合沿襲這樣的做法，否則便達不到目的。因此，蘇轍在他擔任諫官的第一天，便要求「臺諫」的所有意見都獲得公開「行遣」。儘管這第一篇「封事」仍然表現了蘇轍行文的委婉周旋之特色，從讚美和謙虛起筆，還把將近一半的篇幅讓給了歷史往事，到最後才進入正題，但由於敘述歷史的部分從正反兩方面都強調了「臺諫」表述異議的正當性，就令最後部分的要求顯得呼之欲出。從元祐元年（一〇八六）二月十四日起，到該年九月十二日改任起居郎，蘇轍在右司諫任上大約有七個月時間，而從《欒城集》卷三十六至卷四十，標為「右司諫論時事」的奏章共有七十四封，如果再算上許多佚文，可見其奏進封事的頻率是平均兩三天就有一封。從這些文章題目下註明的日期來看，則有時候一天會奏上好幾封。確實，蘇轍是一個稱職的諫官，也可謂鋒芒畢露了。但是，如果忽略歷史的語境，而將蘇轍在此文中的表達簡單地看作對於政治開明度的訴求，則是一種非常隔膜的見解。

久旱乞放民間積欠狀

【題　解】《欒城集》卷三十六篇題下注：「十五日。」即元祐元年（西元一〇八六年）二月十五日，也就是前一篇〈論臺諫封事留中不行狀〉奏上的第二天。據《宋史》記載，這一年的河北等地發生了水災，但汴京周圍卻因為「久旱」而令皇帝也跑到相國寺去祈雨。按照某種傳統的觀念，天氣的反常意味著當前政治中存在較大的弊端，而諫官有責任指出這些弊端，並提供改革的建議。在蘇轍看來，最大的問題就在於「積欠」，即因為從前施行「新法」所引起的，歷年來百姓對政府欠下的債務。這樣的債務逐年增多，不斷積壓，使歸還的可能性近乎渺茫，而對於政府來說，也只是在算帳的時候有此一筆抽象的收入而已。蘇轍的意見是全部放免，以這樣的恩澤來對付天災。

右臣伏見陛下以久旱憂勞，禱請❶勤至，自冬歷春，天意未答，宿麥❷枯瘁，災害廣遠。民自近歲，皆苦於重斂❸，儲積空匱，若此月不雨，饑饉必至，盜賊必起。保甲❹之餘，民習武事，猖狂嘯聚❺，為患必甚。而陛下所以應天動民❻，未有其實。

【章　旨】首段概敘當前天災之嚴重，並指出由此而發生人禍之可能性，提示正確的應對策略之必要。

【注　釋】❶禱請　指祈雨。《宋史・哲宗紀》載，元祐元年正月丙辰，「久旱，幸相國寺祈雨」。❷宿麥　隔年成熟的麥，即冬麥。❸重斂　政府對百姓的苛刻徵收，如賦稅之類。在舊黨人物看來，新黨所實施的「青苗法」、「免役法」等都是要向百姓收錢的「重斂」。❹保甲　王安石的「新法」之一，為一種民兵制度。將鄉村中十家歸為一保，有保長；五十家歸為一大保，有大保長；十大保為一都保，有正副都保正。家有兩丁以上者，選一人做保丁，組成保甲，授以弓弩，教之戰陣。❺嘯聚　互相招呼著，結夥為盜。❻應天動民　應對天災，感動百姓。

【語　譯】我看到，皇帝陛下因為長久的旱災而擔憂勞累，親自祈雨，勤勉備至，但自去年冬天到今年春天，天意卻沒有回應，冬麥已經乾枯，災害還在擴大和加深。從近年以來，百姓都被苛刻的徵收所苦，弄得沒有絲毫儲蓄，如果這個月還不下雨，必然就會導致饑荒，那麼也一定會產生盜賊。在實行「保甲法」之後，百姓們都學會了武藝，如果他們猖狂作亂，結夥為盜，帶來的禍患必將比從前更為嚴重。然而，陛下卻沒有採取任何實際的措施，來應對天災，感動百姓。

臣竊見去年赦書❶，蠲免❷積欠，止於殘零兩稅❸。至於官本債負❹、出限役錢❺，皆不得除放。民有破蕩家產，父子流離，衣食不繼，有死而不可得者。買撲酒坊❻，先因實封投狀❼，爭氣務勝，競設高價❽。既得之後，利入微細，不能出辦❾。違限不納，加以罰錢，至於籍沒❿家產，枷械生蟣虱⓫而不得脫者。臣願陛下降哀痛之書⓬，應⓭今日以前，民間官本債負、出限役錢及酒坊原額、罰錢，見今⓮資產耗竭，實不能出者，令州縣、監司⓯保明⓰除放，使民得再生，以養父母妻子。朝廷棄捐必不可得之債，以收民心。民心悅附，甘澤⓱可致。雖使天道幽遠⓲，雨不時應，而仁澤⓳流溢，亦可以化服強暴⓴，消止盜賊。

【章旨】此段正式提出放免「積欠」的建議，即對於百姓欠政府的各種債務，凡確實無力償還的，一概予以免除。這樣即使不能消弭天災，也可以化去人禍。

【注釋】❶去年赦書　即元豐八年（西元一〇八五年）三月初六因哲宗登基而大赦天下的告示。❷蠲免　免除。❸殘零兩稅　拖延多年，沒有繳全的「兩稅錢」。從唐代中期開始，將百姓的田租、勞役等折算成錢，規定每年分夏、秋兩次繳納，謂之「兩稅法」。這「兩稅錢」成為中唐以後國家的基本收入。❹官本債負　因為向官方借貸而造成的債務，這裡指的是無力償還的「青苗錢」。官本，百姓從官方貸借本錢。按「青苗法」的規定，在每年青黃不接時，政府貸錢給農民，半年後加二分利息歸還。由於農業生產對天時的依賴等種種原因，借了錢的農民未必能償還。❺出限役錢　超出限期，沒有繳納的「免役錢」。按「免役法」的規定，百姓不再被輪流派遣差役，但必須出錢，由政府雇人代役。❻買撲酒坊　承包造酒的工場。北宋的酒坊原屬官營性質，宋神宗時，允許有產業的人以其產業為抵押，向政府承諾繳納某一酒坊的營利額，然後承包經營該酒坊，就是所謂「買撲」制度。❼實封投狀　呈上密封的文狀，用來投標承包酒坊。史載宋真宗時就有這樣的招標方式。❽爭氣務勝二句　在申請承包的時候，為了競爭獲勝，大家都把價錢出得很高。❾出辦　按照協議，完成承諾。❿籍沒　沒收。⓫杻械生蟣虱　腳鐐手銬都生了蟲，意謂長久被關押拘縛。⓬哀痛之書　以哀傷、悲痛為內容的詔書，常指皇帝下令改變某些過於苛刻的做法。⓭應　所有；全部。⓮見今　現今。⓯監司　北宋「路」一級的官署，有轉運使司、提點刑獄使司等。⓰保明　擔保情況屬實。⓱甘澤　指雨。⓲幽遠　深遠難測。⓳仁澤　由於皇帝的仁厚而給予天下的恩澤。⓴化服強暴　感化強橫暴力的人，使他們願意服從。

【語　譯】我看到去年大赦天下的告示，免除百姓歷年來對政府欠下的債務，但只限於拖欠的「兩稅錢」，至於百姓向政府借貸本錢而無法償還的「青苗錢」、過期未能繳納的「免役錢」，都不能減除放免。有的百姓為此而蕩盡了家產，父子流亡分離，穿衣吃飯的基本需求都無法維持，甚至連想死都做不到。有的人承包官府的造酒工場，起先呈遞密封的文狀，用來競爭投標，大家互相慪氣，都想獲勝，所以把價位出得很高，等到獲得承包經營的權利後，卻因為收利太小，無法完成協議，結果超過了限期還不能繳納原先答應的利額，於是官府再給他加上罰款，甚至沒收他的家產，而且長期將他關押，腳鐐手銬都生了蟲子，還是無法脫身。我懇求皇帝陛下發佈一份憐憫百姓的詔書，把今日以前所有民間欠官府的「青苗錢」、「免役錢」，以及承包酒場的原額和罰款，凡是現今家產消耗殆盡，確實無法繳納的，命令州縣和各路官員擔保情況屬實，一概予以免除。這樣可以讓百姓得以重生，養活他們的父母妻兒。朝廷放棄了這些必然無法收回的債務，卻可以收回百姓的擁戴之心。百姓的心裡高興了、服從了，就可以希望老天下雨。即便天道深遠難測，一時之間還不會下雨，但皇帝的仁慈使恩澤充滿天下，那也可以感化強橫暴力的人，使他們願意服從，從而消除產生盜賊的危險。

臣謹案❶《漢書》❷，文、景、宣、元❸之間，憂民之疲病，每歲輒弛租稅❹，減算賦❺，自損以厚下。民戴其澤，中遭王莽之變❻，皆謳吟思漢，漢已絕而復續❼。夫漢世平安之日，猶蠲必得之常賦❽以惠民，而況當今旱勢未止，災害方作，前件欠負❾皆勢不可得，奈何靳❿而不與哉？伏願陛下斷自聖心，特降手詔，無使有司⓫吝於出納⓬，以廢格⓭聖澤，則天人不遠，宜有善應。謹錄奏聞，伏候敕旨。

【章　旨】此段引證漢代免除百姓租稅的做法，及其所獲得的收效，以補充強調當前放免「積欠」的合理性和必要性。

【注　釋】❶案　查考。❷漢書　西漢的斷代史，東漢班固（西元三二—九二年）著。❸文景宣元　西漢的四位皇帝。漢文帝劉恆，西元前一八〇年至前一五七年在位；漢景帝劉啓，西元前一五七年至前一四一年在位；漢宣帝劉病已，西元前七四年至前四九年在位；漢元帝劉奭，西元前四九年至前三三年在位。❹弛租稅　放寬田租。❺算賦　漢代對每個成年人（十五歲以上）所收的丁口稅。❻王莽之變　西漢末年王莽（字巨君）篡權，於西元八年自立為帝，國號新，至西元二三年被殺滅亡。❼漢已絕而復續　指西元二五年光武帝劉秀即位，建立東漢。❽常賦　固定的賦稅。❾前件欠負　指上文列出的「官本債負、出限役錢」等各種「積欠」。❿靳　吝惜。⓫有司　主管部門。⓬出納　錢財的支出和收入。⓭廢格　亦作「廢閣」，擱置而不實施。

【語　譯】我小心地查考了《漢書》，發現漢文帝、景帝、宣帝、元帝的時候，因為擔憂百姓的疲勞病苦，每年都有放寬田租，減輕人口稅的措施，朝廷減損了自己的收入，而讓下面的民眾得到好處。民眾感激朝廷的恩德，中間遭受王莽篡權的變故，卻都謳歌吟誦，思念漢朝，於是已經滅亡的漢朝又得到了延續。說起來，漢代在天下太平的時候，還能免除必定可以收得的固定賦稅來加惠百姓，何況目前旱災的勢頭尚未停止，災害正在發作，上文所列的那些欠債都是勢必無法收回的，為什麼要如此吝嗇，不肯給百姓免除呢？我伏地懇求陛下，用您聖明的心靈自己決斷，特別降下親手書寫的詔令，不要讓主管部門因為吝嗇於錢財的進出，而把您給予天下的恩澤擱置起來，不肯實施。如此則天意與人心不會遠隔，應該可以期待良好的效果。我謹慎地抄錄這份奏狀，上呈給您，並伏地等候您的命令。

貼黃❶：臣竊見近年貪刻❷之吏，習以成風，上有毫髮❸之意，則下有丘山之取，上有滂沛❹之澤，則下有涓滴之施。如先帝向時為瀘南用兵❺，兩川❻應副❼疲極，特放五等人戶❽賦稅，而東川路轉運司❾公行格沮❿，只放三等以下。緣累經大赦⓫，不敢論列⓬。如此之類，朝廷雖累行戒敕⓭，終恐不改。若行臣此奏，即乞痛賜約束⓮，如監司敢有違戾⓯，許州縣官吏具事由，實封聞奏。

【章旨】此段為奏狀之附加部分，鑑於當時官場貪圖收入的風氣，而強調在放免「積欠」之舉的實施問題上，要採取有力措施。

【注釋】❶貼黃 宋代的奏狀都用白紙書寫，如果意猶未盡，就用黃紙摘要另寫於後，謂之「貼黃」。❷貪刻 貪婪苛刻。❸毫髮 毫毛與頭髮，形容微細，與下文「丘山」形容巨大相對。❹滂沛 水流盛多，形容恩澤廣大，與下文「涓滴」形容稀少相對。❺如先帝向時為瀘南用兵 指宋神宗用兵於西南「瀘夷」之事。先帝，死去的皇帝，謂宋神宗。向時，過去；舊時。瀘南，指瀘水以南地區，北宋有瀘州建制（今屬四川），為少數民族聚居處，史料上稱為「瀘夷」，時服時叛。宋神宗自熙寧六年（西元一〇七三年）開始派兵經營，至元豐五年（西元一〇八二年）猶未解決問題。❻兩川　唐代中期以來，將相當於今四川省的地區分為劍南東川和劍南西川，故有「兩川」之稱。❼應副　支付、供應軍事需要。❽五等人戶　宋代將鄉村居民按其財產分為五等，上等者為國家承擔的義務要比下等者重一些。史載元豐五年二月，因為用兵「瀘夷」的緣故，梓州路（即東川）與軍事有關的人戶得到放免兩稅的待遇；同年六月，又命令成都府路（即西川）參與供應瀘州的軍事需要，也享受放免兩稅的待遇。❾東川路轉運司　掌管劍南東川（又稱梓州路）一路經濟事務的官署，其長官為轉運使。元豐五年擔任梓州路轉運使的是苗時中（字子居）。❿格沮　擱置命令，阻止其實施。元豐五年十月，梓州路轉運司因為缺錢，請求不施行二月份放免兩稅的命令，後來由轉運副使李琮（字獻甫）主持，免去一半，當即蘇轍下文所謂「只放三等以下」。⓫累經大赦　經過了好幾次大赦天下。自元豐五年十月之後，當年十一月即因朝廷大禮而大赦天下，次年冬至又因祭祀上帝而大赦，至元豐八年，因神宗病重而於正月、三月兩次大赦，此後哲宗登基，又照例大赦天下。先前的一切行為，即便有過失，經大赦後也應當獲得原諒了，所以沒有必要再去追究。⓬論列　一一列出事跡，加以彈劾。⓭戒敕　告誡。⓮痛賜約束　由皇帝下達命令，要求官吏嚴格執行。⓯違戾　違背。

【語　譯】貼上黃紙補充：我看到近年以來多有貪婪苛刻的官吏，在政界已經形成風氣，君主只要有一點點希望增加收入的意思，下面就會盤剝百姓，索取山丘一樣巨大的數額，反過來，君主即便施與多麼廣大的恩澤，下面卻只給出去一點點。比如說，過去神宗皇帝用兵於瀘州的少數民族，劍南東川和西川的人民因供應軍事需求而極度疲憊，為此神宗特意發佈詔令，免去所有五等人戶的賦稅，但東川的梓州路轉運司卻公開阻礙詔令的實施，只免除三等以下人戶的賦稅。因為此後已屢次經過大赦天下之舉，所以現在我不敢再就這些事加以彈劾。但像這樣一類作風的官吏，雖然多次受到朝廷的告誡，恐怕最終也不會改變。如果接受我的這封奏狀，加以施行，那麼我請求皇帝下達嚴厲的命令，要他們務必執行。如果各路的長官敢有違背，就允許州縣的官吏列舉事情的緣由，用密封的奏狀向朝廷報告。

【研　析】翻檢蘇氏兄弟在元祐年間所上的奏狀，就會發現放免「積欠」的主張是一個重要的主題。確實，百姓身上的這些「積欠」已經使他們不能正常地進行農業生產，荒年流離失所，自不必說，萬一有幸遇到豐年，可以預期一點收穫，官府就會來催收「積欠」，這使百姓懼怕豐年更甚於荒年，甚至放著成熟的糧食不敢去收割，越是可以豐收的時候越想逃跑。如此惡性循環，對國家和農民個人都沒有好處，而除非一概放免，也別無其他良法可以使農民解脫負擔，積極地恢復生產。所以，蘇轍上任諫官的第二天，就在這方面提出了明確的主張。他對這主張的表達是頗有藝術的，先從旱災和「天意」談起，然後引出哲宗皇帝已經發佈的赦書，把他的要求表述為這赦書內容的擴大，使皇帝容易接受。在為民請命的同時，他又指出那些「積欠」對於政府來說也只不過抽象的收入，不可能真正得到的，這就進一步加強了說服力。接下來，他又舉出漢代的做法及其效果，加以比照，使自己的論證幾乎達到了完善無缺的地步。不過，他又想到了論證之後還有執行方面的問題，故在補充性的「貼黃」中強調，皇帝要下達嚴厲的命令，強迫下面的官吏不折不扣地加以實施。到此為止，蘇轍才完成了他的多層次的表述。可見，包括「貼黃」部分在內的全文，都是他精心結撰的結果。

應該說明的是，蘇轍所論的「積欠」問題，也跟「新法」具有密切的關係。按照宋初以來的舊法，百姓在青黃不接時可能挨餓，在輪到差役時可能立即破產，自實行「新法」之後，可以先借「青苗錢」來舒緩眼前的窘境，可以出錢代替服役，但由此也就會向國家欠債，多年無法償還，便造成所謂「積欠」。推究原因，並非「新法」實行之前的農民就沒有困難，只不過「新法」實行之後，這些困難便集中呈現為「積欠」的經濟形態而已。另一方面，神宗時期的朝廷將掌管經濟事務的戶部分成了左右二曹，左曹掌握原來就有的「兩稅」等賦稅收入，而右曹掌握「青苗錢」、「免役錢」等由「新法」獲得的收入，在當時局勢下，後者需用豐厚的收入來證明「新法」的優長，以獲取有關官員的政治生命，這是可想而知的。所以，在朝廷放免「兩稅」作為恩澤時，控制著戶部右曹的「新黨」官員仍不願放棄「官本債負、出限役錢」之類損害他們的政績。蘇轍的主張顯然也是向「新黨」挑戰，而且他企圖動搖的是「新黨」的生命線。元祐年間的一項重要政治措施，就是將戶部兩曹的職能區別加以淡化，而到「新黨」重新執政之後，左右曹便再次涇渭分明。

乞黜降韓縝狀

【題　解】《欒城集》卷三十七題下注：「十六日。」即元祐元年（西元一〇八六年）閏二月十六日。韓縝（西元一〇一九—一〇九七年）字玉汝，慶曆二年進士，哲宗即位後任尚書右僕射（宰相），是新黨的大臣。從元祐元年二月二十七日，歷閏二月，至三月十六日，蘇轍連續八次上章彈劾韓縝，本篇是第四次彈劾狀。此時其他諫官也一再要求罷免韓縝，終於導致他四月二日罷相，出知潁昌府（今河南許昌）。黜降，給予貶斥、降級的處分。

右臣近三上章❶，乞罷免右僕射❷韓縝，至今未蒙施行。竊謂縝姦邪無狀，略與蔡確❸等，而確猶頗有吏幹❹，粗知經史；縝為樞密❺，與宋用臣❻、張誠一❼等共建修城❽養馬❾之議，迷國誤朝，罪與確均，而不學無術，去確遠甚。又河東定地界❿一事，獨擅其責。

【章　旨】首段開門見山，直入主題。將韓縝與已經罷相的蔡確進行對比，說明其才幹不如蔡確，而罪行與之相等，且更有甚者，理應罷免。

【注　釋】❶三上章　指元祐元年二月二十七日所上〈乞選用執政狀〉，閏二月初一所上〈乞罷左右僕射蔡確韓縝狀〉，初六所上〈乞罷右僕射韓縝箚子〉，俱見《欒城集》卷三十六。❷右僕射　元豐新官制，以左右僕射為宰相。全稱「尚書右僕射兼中書侍郎」，又稱「中書相」、「右相」。❸蔡確　（西元一〇三七—一〇九三年）字持正，新黨大臣，神宗晚期已任右僕射，哲宗即位後進為左僕射（全稱「尚書左僕射兼門下侍郎」，又稱「門下相」、「左相」、「首相」等）。元祐元年閏二月初一蘇轍上〈乞罷左右僕射蔡確韓縝狀〉，第二天蔡確罷相，出知陳州（治所在今河南淮陽）。朝廷改任司馬光為左僕射。❹吏幹　行政才幹。❺樞密　樞密院，北宋的最高軍事機構。韓縝於熙寧八年（西元一〇七五年）十二月開始擔任樞密院都承旨（樞密院屬官之首），元豐四年（西元一〇八一年）升為同知樞密院事（樞密院副長官），元豐六年又升任知樞密院事（樞密院長官）。❻宋用臣　神宗寵信的宦官，擅長建築工程。❼張誠一　神宗寵信的武臣，曾任樞密院副都承旨，與韓縝共事。❽修城　指神宗熙寧末至元豐初增修京城之舉，工程負責人為宋用臣。但修城所需的兵丁，當由韓縝領導的樞密院調發。❾養馬　指元豐時期的馬政。因為軍隊馬匹不足，元豐二年實行「戶馬」法，規定京城及北方沿邊諸路有物力的民戶必須為國家養馬。元豐六年，又在京城周圍地區創置十監養馬，本擬推廣全國，專令張誠一負責此事，而歸樞密院直接領導，後因效果不佳，於元豐八年罷之。元豐七年開始又有「保馬」法，規定京東路和京西路的保甲，每個都保養馬五十匹，強制三等以上人戶主養，而四、五等戶「助錢」。史載「戶馬」法出於王拱辰的建議，「保馬」法出於霍翔的建議，起初未必有韓縝參與，但韓縝在領導樞密院的同時，又兼任群牧司的長官（張誠一為副官），這群牧司統管全國的馬政，所以有相關。❿河東定地界　今山西省一帶，北宋為河東路，是宋與遼的邊界，熙寧七年（西元一〇七四年）遼方要求重劃地界，次年七月北宋委派韓縝到河東路，與遼方代表勘定地界，放棄了若干地段。

【語譯】我最近三次呈上奏章，請求罷免右僕射韓縝，至今沒有獲得朝廷同意施行。我認為韓縝為人姦邪，不可言狀，大致跟蔡確相等。但蔡確還頗有行政能力，粗略地懂得一點經學、史學知識；而韓縝負責樞密院時，卻跟宦官宋用臣、武官張誠一共同倡議增修京城、置監養馬，迷惑國家，耽誤朝廷，其罪行與蔡確均等，而不學無術，又比蔡確差得多。況且，河東路劃定地界一事，應該由韓縝一個人負責。

臣聞鎮定地界時，多與邊人燕復❶者商議，復勸成其事。舉祖宗七百里之地，以資寇讎❷，復有力焉。復本河東兩界首❸人，親戚多在北虜❹，其心不可知，而縝與狎暱❺，至不持一錢，託令買馬，及至事發❻，乃云方欲還錢。如此而可，則凡天下犯贓❼之人，無事則恣意受贓，有事則云方欲還主❽，便不書罪，則是天下更無贓吏矣。復之心迹，眾所疑畏，縝為大臣，曾不❾為國深慮，私相往還，至受賂遺❿。正使⓫縝先將金錢令人買馬，亦須託良善士人，不當及復，而況不持一錢，將何證明，知是欲還而未及？欺謾苟免⓬，略不知愧。訪聞河東當日割地與虜，邊民數千家墳墓、田業皆入異域，驅迫內徙⓭，哭聲振天，至今父老痛入骨髓。而沿邊險要，舉以資敵，此乃萬世之深患，縝以一死為謝⓮，猶未塞責⓯。

【章　旨】此段專就韓縝當年劃定地界一事，加以彈劾。認為韓縝是因為貪圖賄賂，而致信任姦人，損害了國家的利益，造成大患，罪該萬死。

【注　釋】❶燕復　蘇轍在〈乞責降韓縝第七狀〉中，對燕復其人調查得更為詳細：「復，火山軍三界首唐隆鎮一商人也，入粟得司戶參軍。韓絳為宣撫，始奏換武。邊人疑其細作，而縝與之交私狎暱，無所不至，至呼為燕二，亦謂之二哥。割地之謀，皆出於復。」在劃分地界後，北宋封燕復為官，曾知石州（治所在今山西離石）。❷寇讎　讎敵；敵人，指遼。❸兩界首　兩國（宋、遼）交界地帶。❹北虜　漢人對北方少數民族的蔑稱，此指契丹族建立的遼國。❺狎暱　亦作「狎昵」，親近；親昵。❻事發　事情敗露。元豐七年十月，殿中侍御史翟思揭發韓縝「買」馬之事。神宗令韓縝交代，韓縝說已經給了十兩銀子，還準備給八十四絹。於是神宗不予追究，反罷了翟思的侍御史。蘇轍所云，不完全合乎事實。大概韓縝為人粗率任性，但勇於做事，故極受神宗喜歡。❼犯贓　犯貪贓之法。❽主　贓物的主人。❾曾不　竟不。❿賂遺　賄賂。⓫正使　縱使；即使。⓬苟免　苟且免於被追究。⓭內徙　遷往內地。⓮謝　道歉；認錯；謝罪。⓯塞責　補償過失、罪行。

【語　譯】我聽說，韓縝在與遼方勘定地界時，經常跟邊地人燕復商議，是燕復勸導他做成了割地的事。韓縝將祖宗傳下來的七百里土地白白送給了我們的仇敵，燕復在其中起了很大的作用。這燕復本是河東路邊界上的人，有很多親戚在北方的遼國，他的心裡到底怎麼想，我們很難知道，但韓縝卻很信任他，跟他過分親熱，甚至不拿一文錢，就託他去為自己買馬，等到此事被人揭發，又說他正準備還錢給燕復。如果這樣也可以的話，那麼天下凡是犯了接受贓物之罪的人，沒事的時候任意接受賄賂，到有事的時候就說正準備還錢給主人，便沒有了罪，則天下再也沒有一個貪官了。燕復的心思，本來是大家都懷疑、畏懼的，韓縝身為大臣，竟然不為國家仔細考慮，私自跟他來往，甚至接受賄賂。縱使韓縝先付了金錢讓人去買馬，也應該託付一個善良的士人，不應當輪到燕復，更何況他不拿一文錢，用什麼來證明他是想要還錢而來不及還呢？如此欺騙朝廷，苟且逃過追究，而一點都不知道羞愧。我通過查訪，聽說當年把河東路的領地割棄給敵人的時候，邊關數千家居民的墳墓和田產都被劃到了國外，他們被驅迫著遷往內地，哭聲震天，直到今天，老年人還感到徹骨痛恨。而我們國家邊關一帶的險要之地，全給了敵人，這將是延續萬世的深刻禍患，韓縝以一死來謝罪，也不能補償這樣巨大的過錯！

今蔡確已罷相，而縝尚未動。臣愚竊意❶陛下欲令縝自引避❷，如確之去❸。臣竊以為過矣。縝之罪惡，與確未可同日而語，當正❹其罪，以告四方。乞下❺臣前後章疏，令三省❻、兩制❼雜議❽，有不如臣言，甘伏訕上❾之罪。若臣言不妄，亦乞稍正典刑❿，以謝天下。謹錄奏聞，伏候敕旨。

【章旨】末段又以蔡確所受的處分為對比，認為韓縝既然犯了更大的罪，就應該受到更嚴厲的處分。

【注釋】❶竊意　私下猜測。❷自引避　自己主動退出，辭去職務。朝廷在罷去蔡確的左僕射後，沒有依次將右僕射韓縝升為左僕射，而是將位於韓縝之下的門下侍郎司馬光提升為左僕射，這已經是對韓縝的一種暗示，讓他主動辭職。❸去　離開朝廷。❹正　明確判定。❺下　下達，此指將蘇轍進呈給皇帝的奏狀交付政府部門。❻三省　門下省、中書省、尚書省，為中央核心機構，其長官為宰相、執政。❼兩制　內制和外制的合稱。內制是以皇帝名義下達的命令，由翰林學士起草；外制是以政府名義下達的命令，由中書舍人起草。此指翰林學士和中書舍人。❽雜議　集議；會集一定範圍的官員共同商議。這是宋代對於重要事務徵求處理意見的一種制度。❾訕上　譭謗上司。❿典刑　常刑；國家固定的刑法。

【語　譯】現在，蔡確已經被罷相了，而韓縝還沒有得到處分。愚蠢的我私下猜測陛下的意思，大概是想讓韓縝自己主動提出辭職，就像蔡確離開時那樣。我私下認為這樣做不對。韓縝的罪惡之大，跟蔡確不可同日而語，應當明確判定他的罪行，公告天下。我請求將我前後彈劾韓縝的奏章都交付給政府，命令三省的執政官和起草內外制書的官員一起集議。如果韓縝的情況不像我說的那樣，我甘願承擔詆毀上司的罪責；如果我的話沒有說錯，那也希望略微落實一下國家的刑法，也可以向天下人謝罪。我謹慎地抄錄這篇奏章，上呈給陛下，並伏地等候您的命令。

【研　析】宋神宗晚年親自提拔，也最為信任的兩位大臣，就是蔡確和韓縝。也可以說，他們是神宗留給兒子的顧命大臣。在這位先皇帝還屍骨未寒的時候，便急不可待地改變他的政策，罷黜他的大臣，這固然是剛剛回到朝廷的舊黨所主張的，但對於宋哲宗來說，便大大有違於「三年不改父之道」的古訓。蔡確因為得罪了太皇太后，還容易除去，韓縝的罷免則完全是黨派鬥爭的結果。記載北宋政事最為詳細的《續資治通鑑長編》，對於燕復這個人的情況，就說需要參考蘇轍的奏章。換句話說，史官並不比蘇轍更多地掌握關於燕復的信息。如果燕復在熙寧八年的割地事件中果真起到了如此重要的作用，這就比較奇怪。可見，有關燕復的調查是蘇轍處心積慮準備的結果。然而，把割地的責任全歸罪於韓縝，依然是很勉強的。如果沒有神宗的授意或同意，誰敢做這樣的事？如果韓縝此舉違背了神宗的本意，他怎麼可能在事後一直得到神宗的信任和提拔？至於增修京城之役，以及「戶馬」、「保馬」等政策，史書上都沒有說是韓縝建議的，只不過他擔任樞密院的領導工作，必須落實朝廷委派的任務而已。而韓縝之所以自割地之後，就長期負責樞密院工作，依然是出於神宗對他的高度信任。所以，要說韓縝有罪的話，這些罪全應該算在神宗的頭上。或許，太皇太后沒有像罷黜蔡確那樣快地罷黜韓縝，也出於這樣的考慮。蔡確因為想自居「定策之功」，明顯得罪了太皇太后，所以被儘快除去，而韓縝在她眼裡，就並不是非罷不可的。但蘇轍不管這些，他不但把韓縝形容得罪該萬死，而且有意拿蔡確作對比，還要求三省、兩制集議，公開討論此事。這裡面含有一種逼人的鋒芒：太皇太后既然連蔡確也罷黜了，就更應該罷黜韓縝。就此目的來說，蘇轍這篇奏章的表達是充滿了力度的，雖然比較短小，卻實在可許為精悍。當時的新黨人物之所以痛恨蘇氏兄弟，亦不為無因。

乞誅竄呂惠卿狀

【題解】《欒城集》卷三十八題下注：「十九日。」即元祐元年五月十九日。呂惠卿（西元一〇三二—一一一二年）字吉甫，嘉祐二年進士（蘇軾、蘇轍的同年），熙寧二年參與設計「新法」，七年任參知政事，為新黨大臣。後與王安石關係惡化，歷任地方官。哲宗登基時，他正擔任河東路的軍事和行政長官，負責邊關事務，見新黨人物紛紛被罷，便以生病為由，主動請求解去重要職務。元祐元年三月，其請求獲得朝廷同意，給了他一個閒職。但蘇轍等人並未放過他，連續加以彈劾，終於使他被朝廷重處。本篇是蘇轍現存三封彈劾呂惠卿奏章的第一封，也是措詞最為詳盡的一封。誅竄，殺戮或放逐。

右臣聞漢武帝❶世，御史大夫❷張湯❸，挾持巧詐，以迎合上意，變亂貨幣❹，崇長犴獄❺，使天下重足而立❻，幾至於亂。武帝覺悟❼，誅湯❽而後天下安。唐德宗❾世，宰相盧杞❿，妒賢疾能⓫，戕害善類⓬，力勸征伐，助成暴斂⓭，使天下相率叛上，至於流播⑭。德宗覺悟，逐杞⑮而後社稷復存。蓋小人天賦傾邪⑯，安於不義，性本陰賊⑰，尤喜害人，若不死亡，終必為患。

【章　旨】首段拈出歷史上的兩位惡人，說明惡人不能不處死的道理。

【注　釋】❶漢武帝　西漢皇帝劉徹，西元前一四一年至西元前八七年在位。❷御史大夫　秦漢時期的御史臺長官，地位僅次於丞相，與丞相、太尉合稱「三公」。❸張湯　漢武帝時著名的酷吏，以善於審案著稱。❹變亂貨幣　改變和淆亂國家的財政。張湯曾建議漢武帝造白金（銀子）和五銖錢。❺崇長犴獄　崇尚和助長刑獄之風。❻重足而立　疊起兩足站立，不敢邁步，形容恐懼之狀。❼覺悟　醒悟。❽誅湯　漢武帝元鼎二年（西元前一一五年），張湯被丞相等陷害，遂自殺。❾唐德宗　唐代皇帝李適，西元七七九年至八〇五年在位。❿盧杞　字子良，貌醜而善辯，唐德宗時任宰相，《新唐書》把他列入「姦臣傳」。⓫妒賢疾能　妒嫉賢能的人。疾，嫉。⓬戕害善類　殘害好人。盧杞曾陷害楊炎、顏真卿等名臣。⓭暴斂　強行徵收錢財。盧杞當政時，曾徵收間架稅（按房屋大小、質量收住房稅）、除陌錢（民間買賣中每千錢收取二十文消費稅）等雜稅。⓮流播　流離遷徙，指皇帝離開京城逃難。唐德宗建中四年（西元七八三年），因藩鎮反叛、軍隊嘩變，德宗離開長安，逃往奉天（今陝西乾縣）。⓯逐杞　盧杞於建中四年被貶逐，貞元元年（西元七八五年）死。⓰傾邪　為人邪僻不正。⓱陰賊　陰險殘忍。

【語　譯】我聽說，漢武帝的時代，有御史大夫張湯，懷抱巧言欺詐的本事，用來迎合皇帝的心意，改變和淆亂了國家的財政，並助長刑獄之風，使天下人都萬分恐懼，幾乎導致大亂。漢武帝醒悟後，殺了張湯，於是天下恢復了安定。唐德宗的時代，有宰相盧杞，妒嫉賢能，殘害好人，極力誘導皇帝發起軍事行動，而促成種種橫徵暴斂，使天下人相繼背叛皇帝，終於導致皇帝離開京城逃難。唐德宗醒悟後，驅逐了盧杞，於是唐朝國家又獲得存在。這都是因為小人的天性邪惡，能安心去做沒有道理的事，其本性陰險殘忍，尤其喜歡害人，只要他不死亡，便終究要釀成禍害。

臣伏見前參知政事❶呂惠卿，懷張湯之辨詐，兼盧杞之姦兇，詭變多端，敢行非度❷，見利忘義，黷貨無厭❸。王安石初任執政❹，用之心腹。安石山野之人❺，強狠傲誕❻，其於吏事❼冥❽無所知。惠卿指擿❾教導，以濟其惡，青苗❿、助役⓫，議出其手。韓琦始言青苗之害⓬，先帝知琦樸忠，翻然感悟，欲退安石而行琦言。當時執政皆聞德音⓭，安石惶遽自失⓮，亦累表⓯乞退。天下欣然，有息肩⓰之望矣。惠卿方為小官⓱，自知失勢，上章乞對⓲，力進邪說，熒惑聖聽⓳，巧回天意⓴。身為館殿㉑，攝行㉒內侍㉓之職，親往傳宣㉔，以起㉕安石。肆其偽辨，破難琦說㉖，仍為安石畫劫持上下㉗之策，大率多用刑獄以震動天下。自是諍臣㉘吞聲，有識㉙喪氣，而天下靡然㉚矣。至於排擊㉛忠良，引用㉜邪黨，惠卿之力十居八九。

【章旨】此段對呂惠卿輔助王安石實行變法之事加以彈劾。

【注釋】❶前參知政事　宋神宗熙寧七年（西元一〇七四年）王安石第一次罷相，呂惠卿擔任參知政事，主持實行「新法」。❷非度　違反法度之事。❸黷貨無厭　貪汙納賄，不知滿足。❹初任執政　王安石於熙寧二年二月開始擔任參知政事。❺山野之人　民間的樸素粗鄙之人，不怎麼熟悉朝廷的規矩。❻強狠傲誕　強硬、蠻狠、驕傲、荒誕。❼吏事　行政事務。❽冥　暗；愚昧。❾指擿　指示；指點。❿青苗　即「青苗法」，由政府每年兩次向農民貸款，半年後增二分利息歸還。實際操作時，只繳利息，不還本錢，這樣就算貸了下一次的本錢，半年後再來繳利息。所以，「青苗法」是個陷阱，貸了一次款後，每過半年繳一次利息，等於多了一種賦稅。⓫助役　即「助役錢」。在實行「免役法」後，原先應服差役之人要出「免役錢」，原先不服差役之人也要出「助役錢」，名義上是給政府提供雇役的費用，實際上使政府收入大增。⓬韓琦始言青苗之害　熙寧三年二月，河北安撫使韓琦給朝廷奏疏，反對青苗法。韓琦（西元一〇〇八—一〇七五年）字稚圭，宋仁宗時參與慶曆新政，為范仲淹集團的重要成員，後任宰相，親手將宋英宗、宋神宗扶上皇位，是真正的「定策元勳」，所以他的反對意見一度震動神宗和王安石。⓭德音　皇帝說的話。史載神宗接到韓琦的奏疏後，曾對宰相、執政說：「琦真忠臣，雖在外，不忘王室。朕始謂可以利民，今乃害民如此！」⓮惶遽自失　恐懼慌張，失去自信。⓯累表　連續上奏表章。史載韓琦奏疏到達朝廷，王安石便稱病不出。⓰息肩　卸去負擔。⓱方為小官　呂惠卿自熙寧二年九月起擔任太子中允、崇政殿說書。⓲乞對　請求面見皇帝，當面陳述。⓳熒惑聖聽　眩惑皇帝的耳朵。⓴巧回天意　巧妙地令皇帝回心轉意。㉑館殿　昭文館、集賢院、史館、集賢殿、右文殿等文化機構的統稱，也指在此任職的官員。呂惠卿為崇政殿說書，故稱。㉒攝行　代理行使職權。㉓內侍　宦官。㉔傳宣　皇帝派人到官員處傳達旨意。一般情況下，由宦官擔任傳宣的任務。㉕起　復出。㉖破難琦說　駁斥、責難韓琦的說法。史載王安石復出後，朝廷擬了一個駁斥韓琦奏疏的文件，刻石頒佈天下。這是王安石「變法」過程中一個決定性的勝利。㉗劫持上下　迫使上面的皇帝和下面的臣僚全都聽從。㉘諍臣　諫官。㉙有識　有見識的人。㉚靡然　草木順風而倒的樣子，比喻一片贊同，再也聽不到反對意見。㉛排擊　排斥，打擊。㉜引用　引薦，任用。

【語譯】我看到前參知政事呂惠卿，懷著張湯那樣巧言欺詐的本事，又兼有盧杞那樣姦惡兇狠的品性，詭計多端，善於變化，敢於做違反法度的事情，一見到有利可圖，就忘懷道義，貪汙納賄，不知滿足。王安石剛任執政大臣的時候，把他當作心腹來使用。王安石是個樸素粗鄙，不太熟悉朝廷規矩的人，卻又強硬蠻狠、驕傲荒誕，他對於行政事務其實暗昧無知，都是呂惠卿指點教導，讓他做成了那些壞事。像青苗法、助役錢等，都出自呂惠卿的倡議。韓琦開始指出青苗法的弊害，神宗皇帝知道韓琦樸素忠誠，一度為此感悟，想退去王安石而採用韓琦的主張。當時的執政大臣們都親耳聽到神宗誇獎韓琦的話，連王安石也惶恐不安，失去了自信，屢次上表要求罷相。天下都感到高興，以為有了解除負擔的希望。此時呂惠卿還是一個小官，自知將要失勢，便奏上表章，要求面見皇帝，當面陳述，於是努力奏進他的邪說，迷惑了神宗皇帝，巧妙地挽回了皇帝的心意。他身為崇政殿文職人員，卻代做宦官的事情，親自前往王安石家裡，傳達旨意，使王安石復出。他肆意發揮詭辯之才，破斥韓琦的說法，還為王安石謀劃策略，迫使皇上和臣下們全都聽從，大抵是多用刑事案件來震動天下人。從此以後，諫官們都不敢再說話，有見識的人都感到情緒低落，天下都隨風而倒，一片贊同了。至於排斥打擊忠義善良之人，引薦任用邪惡的同黨，十有八九都是呂惠卿出的力。

其後，又建手實簿法❶。尺椽寸土，檢括❷無遺；雞豚❸狗彘❹，抄劄❺殆遍。專用告訐❻，推析毫毛❼，鞭箠交下，紙筆翔貴❽。小民怨苦，甚於苗役❾。又因保甲正長❿，給散青苗⓫，結甲赴官⓬，不遺一戶。上下騷動，不安其生，遂致河北人戶流移⓭，雖上等富家，有驅領車牛，懷挾金銀，流入襄鄧⓮者。旋又興起大獄，以恐脅士人，如鄭俠⓯、王安國⓰之徒，僅保首領⓱而去。原⓲其害心，本欲株連蔓引⓳，塗汙⓴公卿，不止如此。獨賴先帝天姿仁聖，每事裁抑㉑，故惠卿不得窮極其惡。不然，安常守道之士無噍類㉒矣。

【章　旨】此段對呂惠卿執政後的一些做法加以彈劾。

【注　釋】❶手實簿法　熙寧七年呂惠卿擔任參知政事後，實行「手實法」，令百姓如實申報自己的財產，政府設置帳簿，記錄每家每戶的人口和財產，據以納稅。如果申報不實，允許別人告發，以查獲資產的三分之一獎賞告發的人。❷檢括　清查；清點。❸豚　小豬。❹彘　豬。❺抄劄　登記。❻告訐　告發；揭發別人的隱私。❼毫毛　極其細小的出入。❽翔貴　價錢快速上漲。❾苗役　青苗法和免役法。❿保甲正長　按照「保甲法」，十家為一保，有保長；五十家為一大保，有大保長；十大保為一都保，有正副都保正。⓫給散青苗　發放「青苗錢」，就是把國家規定必須貸出的款額強制分配到各家各戶，以保證利息收入。⓬結甲赴官　命令百姓每十戶結成一甲，到官府登記，互相擔保，這樣能保證強制貸與的「青苗錢」必有連本帶利的收穫。⓭河北人戶流移　熙寧七年北方遭受旱災、蝗災，流民遍野，有不少進入京城。河北，河北路，治所在大名府（今河北大名東）。⓮襄鄧　襄州（治所在今湖北襄樊）、鄧州（今屬河南）。⓯鄭俠　（西元一〇四一—一一一九年）字介夫，熙寧七年擔任汴京城的看門官，將他所見的流民經過情況繪成圖畫給神宗看，對「新法」政府造成了巨大的衝擊。此後連續上書攻擊「新黨」，引起神宗的懷疑，終於被呂惠卿追究，付御史臺審訊後，流放到英州（今廣東英德）。⑯王安國　（西元一〇二八－一〇七四年）字平甫，王安石之弟。神宗懷疑鄭俠攻擊「新黨」的資料從何而來，呂惠卿認定是王安國提供的，所以把他也牽連在鄭俠案內。據說，呂惠卿想用這個辦法把王安石以及有關的要員都株連進去，以便獨掌大權。⑰首領　頭顱，指性命。⑱原　推究。⑲株連蔓引　由於一人有罪，而廣泛地牽連多人。⑳塗汙　侮辱；誣衊。㉑裁抑　削減、抑制。㉒無噍類　沒有活著的了。

【語譯】後來，呂惠卿自己執政，又創建了「手實法」，登記每家每戶的財產，據以納稅。即便是一尺椽子、一寸土地，也要清查，不許遺漏；即便是雞狗豬崽，也一律加以登記。並且專門鼓勵告發，推究分析細小的出入，嚴厲使用刑罰，連紙筆也價錢飛漲。小民對此的怨恨，甚至超過了青苗法和免役法。他又利用保甲法所委派的保正、保長，來發放「青苗錢」，命令百姓每十戶結成一甲，到官府登記，互相擔保，一戶也不許遺漏。全國上下為此騷動不安，百姓們無法生活，便引起河北路的人口大量成為流民，即便是上等的富裕家庭，也有牽著牛、趕著車、懷藏著金銀，流亡到襄州、鄧州去的。不久，他又興起重大案件，來恐嚇威脅士人，像鄭俠、王安國等，也只能保住他們的性命而去。推究他的害人之心，本想廣泛地牽連政府的要員，加以侮辱，不只是如此而已。只是依靠了神宗皇帝天性仁慈聖明，經常加以抑制，所以呂惠卿不能將他的惡意發揮到極點。要不然，安於平常、遵守道義的人士都沒有活著的了。

既而惠卿自以贓罪❶被黜，於是力陳邊事，以中❷上心。其在延安❸，始變軍制，雜用蕃漢❹，上與馮京❺異論，下與蔡延慶❻等力爭，惟黨人徐禧❼助之，遂行其說。違背物情，壞亂邊政，至今為患。西戎❽無變，妄奏警急，擅領大眾涉入虜境，竟不見敵，遷延而歸❾。糜費❿資糧，棄捐戈甲，以巨萬計。恣行欺罔，坦若無人，立石紀功⓫，使西戎曉然知朝廷有吞滅靈夏⓬之意。自是戎人怨畔，邊鄙騷動，河隴⓭困竭，海內疲勞。永樂之敗⓮，大將徐禧本惠卿自布衣中保薦擢任⓯，始終協議⓰，遂付邊政。敗聲始聞，震動宸極⓱，循致不豫⓲，初實由此。邊釁⓳一生，至今為梗⓴。及其移領河東㉑，大發人牛，耕葭蘆㉒、吳堡㉓兩寨生地㉔，托以重兵，方敢布種，投種而歸，不敢復視。及至秋成，復以重兵防托，收刈所得，率皆秕稗㉕，雨中收穫，即時腐爛。惠卿張皇㉖其數，牒轉運司交割㉗，妄言可罷饋運㉘，其實所費不貲㉙，而無絲毫之利。邊臣㉚畏憚，皆不敢言。

【章　旨】此段對呂惠卿罷去執政後，負責邊境防務時的一些做法加以彈劾。

【注　釋】❶贓罪　貪圖錢財的罪行。熙寧八年王安石復相，與呂惠卿不合，御史彈劾呂氏兄弟強借秀州富民錢買田，以此罷去他的參知政事。❷中　迎合。❸延安　延州，治所在今陝西延安，接近北宋與西夏的交界地。熙寧十年（西元一〇七七年）二月，呂惠卿為資政殿學士知延州。❹雜用蕃漢　北宋舊制，陝西沿邊的兵馬分為漢軍和蕃軍兩部，漢軍負責守城，蕃軍擔任進攻的先鋒。呂惠卿知延州後，將漢、蕃軍合併，隨屯處之地而設置將官。蕃，邊地的少數民族。❺馮京　（西元一〇二一—一〇九四年）字當世，熙寧末至元豐初擔任樞密使，掌管全國軍事。❻蔡延慶　（西元一〇二九—一〇九〇年）字仲遠，熙寧末至元豐初擔任渭州（治所在今甘肅平涼）知州，與呂惠卿同為邊帥。❼徐禧　（西元一〇四三—一〇八二年）字德占，元豐元年（西元一〇七八年）同知諫院，因為呂惠卿與蔡延慶處置軍隊的主張不同，神宗派徐禧前往計議，徐禧支持呂惠卿，並取代蔡延慶知渭州。❽西戎　指黨項族的西夏政權。❾擅領大眾三句　元豐二年九月，呂惠卿向朝廷報告，偵察到西夏軍隊正在集結的信息，擔心其入寇，所以要親自巡邊。《宋史・呂惠卿傳》云：「啟師於東郊，遂趨綏德，抵無定河，歷十有八日而還。」遷延，徘徊觀望，拖延時間。⑩靡費　浪費。⑪立石紀功　元豐二年因呂惠卿親自巡邊，神宗便委託他處置邊關事務。呂惠卿認為處置已見成效後，準備刻石歌頌皇上的聖德。但刻工未畢，呂氏便於次年因母喪去職。其後任於碑石刻成後，奏請神宗題額，神宗題寫了「元豐理戎之碑」為額。⑫靈夏　北宋時西夏所轄的地區，唐代曾置靈州、夏州。⑬河隴　河西、隴右，相當於今甘肅省西部，在黃河、隴山以西。⑭永樂之敗　元豐四年（西元一〇八一年）宋神宗決策，以五路兵進攻西夏，各路有勝有敗。次年遣徐禧到前線，徐禧進築永樂城（在今陝西米脂西），遭西夏軍隊大舉圍攻，城陷而徐禧死。這次慘敗使神宗一生夢幻破滅。⑮擢任　提拔任用。熙寧六年，朝廷設立修撰經義所，呂惠卿推薦布衣徐禧所作《治策》二十四篇，獲神宗賞識，任為修撰經義所檢討官，徐禧由此進入仕途。⑯協議　意見相同。⑰宸極　北極星，借指皇帝，即宋神宗。⑱循致不豫　漸漸導致皇帝生病。⑲邊釁　邊境上的爭端。⑳梗　禍害。㉑河東　河東路，治所在太原府（今山西太原），與遼和西夏接壤。元豐五年八月呂惠卿守完母喪後，被委任知太原府，因遭人彈劾，旋即落職，知單州。元豐六年十二月再次被委任知太原府。㉒葭蘆　葭蘆寨，在北宋石州（今山西離石），元豐五年從西夏收復。㉓吳堡　吳堡寨，亦在北宋石州，元豐四年從西夏收復。㉔生地　剛收復的領土。元豐七年，呂惠卿見新獲的葭蘆寨、吳堡寨之間有一塊叫做「木瓜原」的肥沃耕地，便派遣知石州趙宗本，雇五縣耕牛，在軍隊的護衛下耕種。據說旬日種地五百二十九頃。㉕秕稗　不成熟的穀子和貌似穀子的草。㉖張皇　誇張。㉗牒轉運司交割　發文書給主管經濟事務的轉運司，前來辦理移交手續。實際上是呂惠卿以收割的糧草向轉運司換得錢鈔三十萬緡。㉘餽運　向邊關運送糧草。㉙不貲　不可計數。㉚邊臣　邊關的官員。

【語　譯】不久後，呂惠卿以貪圖錢財的罪名遭到黜免，於是大力陳說邊關事務，用來迎合皇上的心意。他在擔任延州知州的時候，開始改變軍隊的制度，將蕃軍和漢軍混雜合併起來，上與樞密使馮京意見相異，下與渭州知州蔡延慶等爭吵，只有他的同黨徐禧贊助他，結果竟採用了他的主張。這一做法違背事理人情，破壞和擾亂了邊關的軍政，至今仍是一大禍害。西夏本來沒有什麼變故，他卻虛妄地報告情況緊急，擅自率領大批軍隊涉入西夏的疆域，最終也沒有見到敵軍，拖延了許多天才回來。浪費的物資糧草，丟棄的軍事裝備，算起來有好幾萬。他任意地做著欺騙君主的事，光天化日之下好像沒人一樣，還樹立石碑來紀念功勞，使西夏人都明白宋朝有吞併他們國家的意志。自此以來，西夏人都心懷怨恨，背叛朝廷，使我們的邊界騷動不安，河西、隴右一帶因此困乏，而全國都疲憊勞苦。永樂城的大敗，主將徐禧本是呂惠卿從布衣保薦，提拔任用的，始終與他意見一致，所以把邊關事務交付給徐禧。那失敗的消息剛剛傳來，就令神宗大為震驚，漸漸導致皇上生病，起初實在由此造成。邊關的爭端一旦生起，至今依然成為禍害。等到呂惠卿改任知太原府，又大規模發動人力、耕牛，去耕種葭蘆、吳堡兩寨之間剛收復的領土，在重兵護衛之下，才敢前去播種，播了種就撤回來，不敢再去看一眼。到了秋收的時候，還是要由重兵護衛去收割，但割來的不是沒成熟的穀子，就是貌似穀子的雜草，而且在雨中收割，即刻就腐爛了。呂惠卿卻誇大收穫的數量，給轉運司發文，要他們帶著錢去收買，一派胡言地說是可以為朝廷免去向邊關運輸的糧草，其實花去了難以計數的錢鈔，而得不到絲毫的利益。可是邊關的官員們都因為害怕，而不敢明言。

此則惠卿立朝❶事迹一二，雖復肆諸市朝❷，不為過也。若其私行險薄❸，非人所為，雖閭閻❹下賤，有不食其餘❺者。安石之於惠卿，有卵翼❻之恩，有父師之義。方其求進❼，則膠固❽為一，更相汲引❾，以欺朝廷。及其權位既均，勢力相軋❿，反眼相噬⓫，化為讎敵。始安石罷相，以執政薦惠卿。既以得位，恐安石復用，遂起王安國、李士寧⓬之獄，以促其歸。安石覺之，被召即起，迭相攻擊，期致死地。安石之黨⓭言惠卿使華亭⓮知縣張若濟，借豪民朱華等錢，置買田產，使舅鄭膺請奪⓯民田，使僧文捷請奪天竺僧舍⓰。朝廷遣蹇周輔⓱推鞫⓲其事，獄將具⓳而安石罷去⓴，故事不復究。案在御史，可覆視也。惠卿言安石相與為姦，發其私書，其一曰「無使齊年㉑知」。齊年者，馮京也。京、安石皆生於辛酉㉒，故謂之齊年。先帝猶薄其罪㉓，惠卿復發其一曰「無使上知」，安石由是得罪。夫惠卿與安石，出肺肝，託妻子㉔，平居相結惟恐不深，故雖欺君之言見於尺牘，不復疑間㉕。惠卿方其無事，已一一收錄，以備緩急之用，一旦爭利，遂相抉擿㉖，不遺餘力，必致之死。此犬彘之所不為，而惠卿為之，曾不愧恥。天下之士見其在位，側目㉗畏之。

【章旨】此段對呂惠卿出賣王安石之事加以彈劾。

【注釋】❶立朝　為官當政。❷肆諸市朝　語出《論語・憲問》及《禮記・檀弓下》。陳屍於市集和朝廷，指公開處決。❸私行險薄　個人品行的陰險輕薄。❹閭閻　平民所居的里巷。❺不食其餘　出《漢書・元后傳》：「狗豬不食其餘。」顏師古注：「言惡賤。」❻卵翼　庇護。❼求進　營求升官。❽膠固　勾結牢固。❾更相汲引　相互引薦提拔。❿相軋　兩相較量，勢均力敵。⓫噬　啃咬。⓬李士寧　北宋中期一個會看相、善預言的術士，與王安石曾有比較密切的交往。熙寧八年，宋神宗審理了一件子虛烏有的宗室趙世居（太祖玄孫）「謀反案」，查出李士寧曾預言趙世居要做皇帝。據說，呂惠卿樂意看到案件由李士寧而牽連到王安石，所以推波助瀾，但因為王安石及時復相，使李士寧被從寬發落。⓭安石之黨　此指鄧綰（西元一〇二八—一〇八六年），字文約，熙寧八年為御史中丞，彈劾呂惠卿，據說為王安石子王雱所授意。⓮華亭　縣名，治所在今上海松江，北宋屬秀州。⓯請奪　通過請託關係而奪取。⓰天竺僧舍　杭州天竺寺。此指奪取天竺寺住持席位。⓱蹇周輔（西元一〇二三—一〇八八年）字瞨翁，善於審理疑案。熙寧九年任淮南東路轉運副使，受詔至秀州審理呂惠卿買田案。⓲推鞫　審問。⓳獄將具　案件審理完畢，將要定罪。⓴安石罷去　王安石第二次罷相，在熙寧九年十月。而秀州案件於次年正月了結。㉑齊年　同年齡。㉒辛酉　北宋天禧五年（西元一〇二一年）。㉓薄其罪　認為罪行輕微。㉔出肺肝二句　可以掏出心肺肝腸，可以託付妻子兒女，形容兩人之間關係親密。㉕疑間　懷疑猜忌，產生距離。㉖抉擿　揭發。㉗側目　不敢正視，形容懼怕之狀。

【語譯】以上是呂惠卿為官當政的惡劣事跡之一斑，即便把他當眾處決，陳屍於市集和朝廷，也不算過分了。至於他個人品行的陰險輕薄，更不是一般人做得出來的，即便平常里巷中的下賤之人，也看不上他。王安石對於呂惠卿，有庇護之恩，有父親、老師一樣的情義，當他營求升官的時候，就跟王安石緊密勾結，牢固得像是一體，互相引薦提拔，用以欺騙朝廷。等到他們權勢和地位相接近了，勢均力敵，便反目成仇，互相撕咬，變成了敵人。起初王安石罷相時，推薦呂惠卿當參知政事，他得到了這個位置後，恐怕王安石被重新起用，就興起王安國、李士寧兩起大案，用以促使王安石離去。王安石覺悟到這個用意，所以一接到詔命，馬上再次出任宰相，與呂惠卿互相攻擊，反來復去，企圖把對方置之死地。王安石的同黨揭發說，呂惠卿命令華亭縣的知縣張若濟，為他強借當地富民朱華等人的錢財，購置田產，讓他的舅舅鄭膺通過請託關係奪取百姓的田地，讓和尚文捷奪取杭州天竺寺的住持席位。朝廷派蹇周輔審訊此案，到快要結案的時候，由於王安石再次罷相，所以事情又不再追究了。有關案卷就在御史臺，現在都可以覆核。呂惠卿則說王安石跟他一起做壞事，拿出王給他的私人信件，其中一封說：「不要讓同年人知道。」所謂的同年人是指馮京。馮京與王安石都是辛酉年出生的，所以稱為同年人。神宗皇帝還認為罪行輕微，於是呂惠卿又拿出一封，裡面有「不要讓皇上知道」的話，王安石由此獲罪。這呂惠卿與王安石兩個人，曾經互相信任，好像可以掏出心肺肝膽、託付妻子兒女一樣，平時唯恐勾結得不夠深切，所以連欺騙君主的話也敢寫在信裡，而沒有任何疑惑、猜忌。呂惠卿在無事的時候已經一一接受下來，為緊要關頭的使用作好了準備。一旦他們為利益產生了衝突，便加以揭發，用盡所有的力氣，一定要構成對方的死罪。這是豬狗都不願做的事情，而呂惠卿做了，卻不感到一點兒羞愧。天下的人士看到這樣一個人在位，都畏懼得不敢正視。

夫人君用人，欲其忠信於己，必取仁於父兄，信於師友，然後付之以事。故放麑❶違命也，而推其仁則可以託國；食子❷狥❸君也，而推其忍則至於弒君。樂布惟不廢彭越之命，故高祖知其賢❹；李勣惟不利李密之地，故太宗許其義❺。二人終事二主，俱為名臣。何者？仁心所存，無施不可，雖公私有異，而忠厚不殊。至於呂布事丁原則殺丁原，事董卓則殺董卓❻；劉牢之事王恭則反王恭，事司馬元顯則反元顯❼，背逆人理，世所共疑，故呂布見誅於曹公❽，而牢之見殺於桓氏❾，皆以其平生反覆，勢不可存。夫曹、桓，古之姦雄，駕御英豪，何所不有？然推究利害，終畏此人。今朝廷選用忠信，惟恐不及，而置惠卿於其間，譬如薰蕕❿雜處，梟鸞⓫並棲，不惟勢不兩立，兼亦惡者必勝。況自去歲以來，朝廷廢吳居厚⓬、呂嘉問⓭、蹇周輔⓮、宋用臣⓯、李憲⓰、王中正⓱等，或以牟利，或以黷兵，一事害民，皆不得逃譴⓲。今惠卿身兼眾惡，自知罪大，而欲以閒地自免⓳，天下公議，未肯赦之。

【章旨】此段雜引歷史人物，說明朝廷該用忠厚仁義之人，而對於呂惠卿這樣的惡人，則不該饒恕。

【注釋】❶放麑　《韓非子・說林》記載的一個故事：孟孫獵得一頭幼鹿，命秦西巴持歸，秦西巴看到母鹿啼哭，心中不忍，就將幼鹿放了，孟孫開始惱怒他違反命令，後來覺得他的不忍之心很可貴，就聘請他做自己兒子的老師。麑，幼鹿。❷食子　也是《韓非子・說林》記載的一個故事：樂羊為魏國的將領，去進攻中山國，他的兒子在中山國，被其國君煮成了羹送給樂羊，樂羊居然喝了羹，而攻破中山國，魏國國君知道後，雖然獎賞樂羊的功勞，卻從此懷疑他的狠心。❸狥　同「徇」。順從。❹欒布二句　《史記・季布欒布列傳》說：西漢將領欒布曾經是梁王彭越的下屬，後來漢高祖劉邦以謀反罪殺了彭越，懸頭示眾，不許人收斂，而欒布卻去祭哭，並為彭越辯護，高祖開始想把欒布煮了，後來卻重用他。❺李勣二句　《新唐書・李勣傳》載：唐初大將李勣原為李密的屬下，李密投降唐朝後，原來佔領的廣大地區仍由李勣鎮守，如果李勣自己向唐朝獻上土地，可以獲得大功，但他還是將有關資料交給李密，讓他去獻地，後來唐太宗臨死前，認為李勣當初不辜負李密，是可靠的人，所以託付他輔助兒子唐高宗。❻呂布二句　《三國志・魏書・呂布傳》載：漢末勇將呂布，先是并州刺史丁原的下屬，被董卓誘惑，殺了丁原而投奔董卓，得到重用；但後來又被王允說服，刺殺董卓。❼劉牢之二句　《晉書・劉牢之傳》載：東晉勇將劉牢之，先為兗、青二州刺史王恭部下，當王恭起兵討伐京師時，被會稽王世子司馬元顯說服，殺了王恭；後來司馬元顯討伐荊、江二州刺史桓玄，以劉牢之為先鋒，劉又被桓玄說服而倒戈。❽曹公　曹操，三國時魏國的實際創建者，呂布被他所捕，願意投降，他鑑於丁原、董卓的教訓，而殺了呂布。❾桓氏　指桓玄，東晉元興二年（四〇二）由於劉牢之的倒戈而順利攻破京師，殺司馬元顯，掌握了政權。此時劉牢之又想反對桓玄，但已被桓玄奪了兵權，只好自殺。❿薰蕕　香草和臭草。⓫梟鸞　兇惡之鳥與吉祥之鳥。⓬吳居厚　字敦老，神宗時任轉運使，奉行新法，斂取經濟收入甚富。元豐八年哲宗繼位後，御史彈劾其苛刻，降知廬州，繼而又貶謫為成州團練副使、黃州安置。⓭呂嘉問　字望之，神宗時輔助王安石建設「新法」，頗為得力。元祐元年受御史彈劾，貶知淮陽軍。⓮蹇周輔　見上段注，元祐初任刑部侍郎，連續被御史嚴厲彈劾，落職知和州。⓯宋用臣　字正卿，神宗信用於建築工程方面的宦官，元豐八年被轉派宮外差事。⓰李憲　字子範，神宗信用於軍事方面的宦官，元豐八年被降官，元祐元年被罷職，居住洛陽。⓱王中正　字希烈，神宗信用於軍事方面的宦官，元祐元年被降官處置。⓲譴　朝廷對臣下的貶謫處罰。⓳以閒地自免　請求擔任閒散、不重要的官職，以逃避責罰。元祐元年閏二月朝廷任呂惠卿知揚州，呂以生病為由，請求閒職，同年三月任為提舉崇福宮，即一個道觀的管理官，這是北宋官制中用來閒置官吏的虛位，享受待遇而不具職權。

【語　譯】君主用人，當然要求他忠實於自己，那就必須選擇對父親兄弟講仁義、對老師朋友講信義的人，才能把事情交給他去辦。所以，像秦西巴那樣私自釋放幼鹿，本來是違反命令的做法，但推廣他的仁德之心，是可以託付國家的；像樂羊那樣喝下兒子的身體煮成的羹，本來是順從君主的表現，但推廣他的狠心，則可以達到殺害君主的地步。漢代的欒布，正因為不辜負舊主彭越的委任，所以漢高祖認識了他的優點；唐代的李勣，也因為不用李密的地盤為自己謀取功勞，所以唐太宗讚許他的義氣。這兩個人最終都為第二個主子效力，但都成為名臣，這是為什麼呢？因為他們保持了仁義之心，在任何場合下都可以施行，即便有公務、私事的區別，但做事的忠厚態度不會改變。至於三國時的呂布，在丁原手下做事就殺了丁原，到了董卓手下又殺了董卓；東晉的劉牢之，做王恭部屬的時候背叛王恭，做司馬元顯部屬的時候又背叛司馬元顯，完全背逆了做人的道理，受到世人的共同質疑。所以呂布最終被曹操所殺，而劉牢之也被桓玄逼得自殺，這都是因為他們一生翻來覆去，勢必不能讓他們繼續生存。說起來，像曹操、桓玄那樣的人，本是自古以來壞人當中的英雄，什麼樣的豪傑人物，是他們不能使喚、控制的呢？但他們推究其中的利害關係，終於也害怕呂布、劉牢之這類反覆無常的人。現在，朝廷選用忠實信義的人還恐怕來不及，卻把呂惠卿這種人雜在其中，這就好像把香草和臭草混在一起，讓兇鳥與吉鳥同棲一處，不僅他們勢不兩立，而且一定是臭的惡的會獲得勝利。更何況，自從去年以來，朝廷已經廢棄了吳居厚、呂嘉問、蹇周輔、宋用臣、李憲、王中正等人，他們有的過於謀取財利，有的過於窮兵黷武，只要做過一件為害百姓的事，都不能逃避貶謫。如今呂惠卿一身兼有眾多惡行，自知罪孽太大，而想用請求擔任閒職的辦法來逃避責罰，但天下的公議卻是不肯饒了他的。

然近日言事之官❶，論奏姦邪，至於鄧綰❷、李定❸之徒，微細畢舉，而不及惠卿者，蓋其兇悍猜忍❹如蝮蠍❺，萬一復用，睚眦❻必報，是以言者未肯輕發。臣愚蠢寡慮，以為備位言責，與元惡❼同時，而畏避隱忍，辜負朝廷。是以不憚死亡，獻此愚直。伏乞陛下斷自聖意，略正典刑，縱未以汙鈇鑕❽，猶當追削官職，投畀四裔❾，以禦魑魅❿。謹錄奏聞，伏候敕旨。

【章旨】末段說大家害怕呂惠卿的報復，所以不敢輕易彈劾他，但自己不怕死，請求嚴懲呂惠卿。

【注釋】❶言事之官　即專掌提出不同意見的臺諫官。❷鄧綰　見前段注，元祐元年四月鄧綰去世，但當時仍有御史彈劾他。❸李定　（西元一〇二七－一〇八七年）字資深，王安石學生，熙寧時開始受到重用，元豐初擔任御史中丞，為「烏臺詩案」的製造者。元豐八年，從戶部侍郎出知青州，元祐元年累經彈劾，罷職居住滁州，次年去世。❹兇悍猜忍　兇惡、強橫、猜忌、狠心。❺蝮蠍　毒蛇、蠍子。❻睚眦　瞪起眼睛看人，借指微小的仇恨。❼元惡　首惡；大惡之人。❽汙鈇鑕　表示殺戮、處決。鈇鑕，斬人的刑具。❾投畀四裔　流放到四方邊遠之地去。❿禦魑魅　抵擋邊遠地區的山精水怪。此二句出自《左傳》文公十八年：「投諸四裔，以禦螭魅。」

【語譯】但近日的臺諫官，彈劾姦邪的人物，至於鄧綰、李定之流，任何細小的壞事都被列舉了出來，而唯獨不敢涉及呂惠卿。這是因為他兇殘、強橫、猜忌、狠心，就像毒蛇、蠍子一樣，萬一重新獲得起用，再小的仇恨也一定會報復，所以臺諫官都害怕，不敢輕易揭發他。我是個愚蠢的人，考慮事情比較簡單，認為既然擔任了諫官，又與這樣的大惡人處在同時，如果因為害怕而迴避，隱藏忍耐，就是辜負了朝廷的委任。所以我不怕死亡，獻上這愚蠢而耿直的奏狀。我伏地祈求皇帝陛下，憑自己的聖明意志來下決斷，略微落實一下國家的刑法，縱然還不至於將呂惠卿處死，也應當削奪他的官職，流放到四面的邊遠荒涼之地，讓他去抵擋那裡的山精水怪。我謹慎地抄錄這篇奏章，上呈給陛下，並伏地等候您的命令。

貼黃：呂惠卿用事於朝，首尾十餘年，操執威柄❶。兇燄❷所及，甚於安石，引用邪黨，布在朝右❸。臣今陳其罪惡，必陰有為之游說❹，以破臣言者。唯聖明照察，不使孤忠橫為朋黨❺所害。

【章旨】「貼黃」部分延續正文末段的意思，求皇帝不要相信別人為呂惠卿作的辯護。

【注釋】❶威柄　威權；權力。❷兇燄　兇惡的氣勢。❸朝右　位列朝班之右，指朝廷要員。❹游說　勸說別人相信自己。

❺朋黨　官員中因政見、利益相近而結成的團夥。

【語　譯】貼上黃紙補充：呂惠卿在朝廷被委任大事，首尾達十幾年之久，長期執掌權力，其兇惡的氣燄所涉及的範圍比王安石還大，他引薦任用的邪惡黨羽，佈滿在朝廷要員之中。我現在陳述他的罪惡，必然有人暗地到皇上面前為他開脫，斥破我的說法。我只能請求皇上用聖明來觀照體察，不讓我孤立的忠心枉然被那些互相勾結的團夥所害。

【研　析】呂惠卿是二蘇兄弟的同年進士，卻是他們最大的仇人。元祐元年六月，經蘇轍連續彈劾，呂惠卿被貶為建寧軍節度副使，本州安置，不得簽書公事，處境跟蘇軾在黃州時一樣。恰好他被貶的時候，蘇軾擔任中書舍人，於是有了一封著名的制書，全文引錄如下：

敕：兇人在位，民不奠居；司寇失刑，士有異論。稍正滔天之罪，永為垂世之規。具官呂惠卿，以斗筲之才，挾穿窬之智，諂事宰輔，同升廟堂。樂禍而貪功，好兵而喜殺，以聚斂為仁義，以法律為詩書。首建青苗，次行助役。均輸之政，自同商賈；手實之禍，下及雞豚。苟可蠹國以害民，率皆攘臂而稱首。先皇帝求賢若不及，從善如轉圜。始以帝堯之聰，姑試伯鯀；終然孔子之聖，不信宰予。發其宿姦，謫之輔郡。尚疑改過，稍畀重權，復陳罔上之言，繼有碭山之貶。反覆教戒，惡心不悛，躁輕矯誣，德音猶在。始與知己，共為欺君，喜則摩足以相懽，怒則側目以相噬，連起大獄，發其私書，黨與交攻，幾半天下，姦贓狼籍，橫彼江東。至於復用之年，始倡西戎之隙，妄出新意，變亂舊章，力引狂生之謀，馴至永樂之禍。興言及此，流涕何追？迨予踐阼之初，首發安邊之詔，假我號令，成汝詐謀，不圖渙汗之文，止為款賊之具，迷國不道，從古罕聞。尚寬兩觀之誅，薄示三危之竄，國有常典，朕不敢私。

據說這封制書出來後，迅即廣泛流傳，讀者都紛紛稱快。但與蘇轍的彈劾狀對照一下，就可以看到其間桴鼓相應的關係。其數落呂惠卿的罪惡，首先是附和王安石，建立青苗、助役等「新法」；其次是他自己執政時，又開創「手實」等法；再次是擔任邊帥後，改變軍制，窮兵黷武，招來致命的失敗；與此同時，對他背叛王安石，揭發個人信件的行為，也致以嚴厲的譴責。由此可見，蘇氏兄弟的思路、文脈是完全一致的，只是制書言辭精練，神氣集中，誦讀起來更有快感，而彈劾狀條理清晰，層次分明，表達更為充分而已。不過，呂惠卿是否真有揭發王安石「私書」的事，或者王安石是否真有「無使上知」那樣的私書，卻是一個疑案，後來王氏弟子陸佃表示不信，要求查實此事，也沒有結果。如若這是謠言，那麼首先將這謠言搬上歷史舞臺的就是蘇轍。但他是諫官，依宋代的規矩，有「風聞言事」的權力，僅僅是聽說的事，也可以彈劾。問題倒在蘇軾的制書，將此尚未查實的「罪行」寫入，至少是有點過分的。到高太后死後，蘇氏兄弟被貶，連重新得勢的新黨人物也覺得不能讓呂惠卿或他的兄弟去管理二蘇所在的地區，因為二蘇如果落到他們手上，後果將不堪設想。

曾肇中書舍人制

【題解】元祐元年（西元一〇八六年）九月十二日，蘇轍從右司諫改任起居郎、權中書舍人。起居郎的責任是到邇英閣給小皇帝講課，中書舍人的工作主要是起草官員的任命狀，即所謂的「制」。到同年十一月，經過考試後，去掉了「權」字，於二十四日開始，正式擔任中書舍人。這一天，朝廷同時任命曾肇也擔任中書舍人，由蘇轍起草了這篇制書。曾肇（西元一〇四七—一一〇七年）字子開，是著名古文家曾鞏（西元一〇一九—一〇八三年）的弟弟，他和另一個哥哥曾布（西元一〇三六—一一〇七年）都是曾鞏撫養長大的，但曾布是「新黨」的重要人物，而曾肇本人卻同情「舊黨」的立場，有《曲阜集》四卷傳世。

敕：朝廷以號令鼓舞四方，言之不文，行之不遠[1]。昔河西諸將，讀璽書而知天子之聖明❷；河北叛臣，聞赦令而致武夫之涕泣❸。故朕思得良士，俾代予言❹。知民物之至情，識邦家之大體。擇之久矣，僅乃得之。具官❺曾肇，少知為文，久益更事❻。家傳父兄❼之學，言有漢唐之風。汗簡編年❽，手紬金匱❾；執筆紀事❿，密侍丹墀⓫。比⓬於簡牘之餘⓭，試以絲綸之作⓮，油然⓯不竭，煥⓰乎可觀。俾即拜⓱於西垣⓲，將益觀其來效⓳。雖文稱蘇李⓴，未足以為賢；而事問高崔㉑，庶幾於適用。勉於自竭㉒，以稱異恩。可㉓。

【注釋】❶言之不文二句　《左傳》襄公二十五年：「言之無文，行而不遠。」語言沒有文采，流傳就不會遠。❷昔河西諸將二句　《後漢書．竇融傳》載，東漢光武帝封竇融為涼州牧，「璽書既至，河西咸驚，以為天子明見萬里之外」。河西，指今甘肅一帶。璽書，皇帝的詔書。❸河北叛臣二句　《新唐書．陸贄傳》載，陸贄為唐德宗起草的赦令，使「武人悍卒，無不感動流涕」。河北，黃河以北地區。赦令，指唐德宗責備自己而寬免天下的詔令。❹俾代予言　讓他代替自己起草文件。❺具官　這是省略的寫法，表示曾肇的現任官職。在被任命為中書舍人前，曾肇於元祐元年五月擔任起居舍人。❻更事　經歷較多的世事。❼父兄　曾肇兄曾鞏，為著名學者；父曾易占（西元九八九—一〇四七年），字不疑，天聖二年（西元一〇二四年）進士，博學而善文章，見王安石所撰〈太常博士曾公墓誌銘〉。❽汗簡編年　指歷史書籍。汗簡，竹簡。❾手紬金匱　親手整理、編寫史書。紬，綴緝。金匱，銅製的書櫥，指歷史典籍。早在宋神宗元豐元年，曾肇就擔任了國史院編修官，哲宗元祐元年二月，朝廷編修《神宗皇帝實錄》，也命他擔任檢討官。❿執筆紀事　指曾肇在被任命為中書舍人之前，擔任起居舍人，此官又稱「右史」，負責記錄皇帝的言行及重要的國事活動，送到史館去。⓫丹墀　宮殿裡的赤色臺階或地面。此指緊密侍候在皇帝左右。⓬比　近日。⓭簡牘之餘　指編寫史書的空隙。⓮絲綸之作　皇帝的詔書，即中書舍人所要起草的文件。在正式任命曾肇為中書舍人前，朝廷已經讓他試著起草了一些制書。⓯油然　充滿、興盛之面貌，此指文章洋洋灑灑。⓰煥　光彩鮮明。⓱即拜　就其所在之地授予官職。曾肇原先擔任的起居舍人和將要擔任的中書舍人都是中書省的屬員。⓲西垣中書省，官署設在宮中的西掖。⑲來效　來日的績效。⑳蘇李　唐代蘇味道、李嶠同時以善於寫作詔令聞名，合稱蘇李。㉑高崔　唐玄宗時擔任中書舍人的高仲舒和崔琳，都通達政理，當時宰相宋璟曾對人說：「古事問高仲舒，今事問崔琳，則又何所疑矣。」㉒自竭　盡自己的力量。㉓可　這是省略的寫法，後面應有任命的官職，即「中書舍人」。

【語　譯】皇帝下令：朝廷用發佈的號令來鼓動四方的人士，如果這號令缺乏文采，那就不能傳播久遠。東漢初年河西的將軍們，讀到光武帝的詔書，知道天子的聖明能昭察萬里之外的事務；唐代中期河北的叛臣們，聽到陸贄起草的赦令，即便是粗暴的軍人也感動得流淚。所以，我總想找到優秀的文士，讓他替我起草詔令。此人必須了解民眾和事物的真實情狀，懂得治理國家的基本綱領。我已經選擇了很久，終於找到了僅有的一位。這就是起居舍人曾肇，他從小就善於寫文章，後來長久為官，更經歷了很多事情。他從家庭接受了父親和兄長傳下來的學問，說起話來自然就有漢朝、唐朝的風采。他曾擔任史官，閱讀許多典籍，親手編寫史書；擔任起居舍人以來，則執筆記錄國家大事，緊密侍侯在皇帝的左右。最近，我讓他在編寫史書的空隙，試著起草一些制書，其文辭洋洋灑灑，氣勢無窮無盡，光彩鮮明，可以嘆為觀止。現在，就讓他在中書省正式擔任這一職務，我將進一步考察他來日的績效。唐代的中書舍人中，曾有蘇味道和李嶠，同時以文章著稱，這不足以舉為賢人；另有高仲舒和崔琳，經常被宰相諮詢政事，那才是適合於實務的榜樣。曾肇要勉勵自己竭盡力量，用以報答這特殊的恩命。從現在起，擔任中書舍人吧。

【研　析】此篇是身任中書舍人的蘇轍起草的任命中書舍人的制書，而被任命的人又是以擅長寫作制書聞名一世的曾鞏的親弟，所以讀來別有意味。文中說到前代優秀詔令的感人作用，擔任中書舍人所必備的素質，以及合適的榜樣等等，雖則對曾肇而言，卻也無異於對職務相同的自身而言；甚至誇獎曾肇的部分，也有與自身的情形相同之處，比如「家傳父兄之學」，謂曾肇得到曾易占和曾鞏的傳授，則蘇轍得自蘇洵和蘇軾的傳授，至少並不遜色。蘇、曾二人在同一天被委任為中書舍人，故我們也不妨將此篇看作蘇轍為自己而作。根據《續資治通鑒長編》的記載，這個任命剛剛發佈，御史王巖叟、呂陶就嚴厲彈劾曾肇，反對他擔任中書舍人。王巖叟說，這個任命傳出來，「士大夫相顧而笑，不以為允」，因為曾肇的文章寫得並不好。朝廷沒有聽取王巖叟的意見，為此他連續不斷地上章，固執地要求撤銷曾肇的這個職務。於是呂陶就說，朝廷同時任命兩位中書舍人，卻只有一個遭到反對，這就足夠說明問題了。他們對曾肇的反對，可能主要因為曾肇是「新黨」曾布的弟弟，但王巖叟也同時舉出曾肇不善寫文章的一個例子，說他嘗試寫作的制書中，用了「王戎簡要」去對「黃霸循良」，使「搢紳士大夫無不傳以為笑」。為什麼呢？因為這是幼兒啟蒙讀物《蒙求》上頭的句子，居然寫到如此嚴肅的文件中去，可見他「窘迫，別無故事可使」，掌握的典故實在太少，怎麼適合擔任中書舍人呢！照這樣看來，北宋官場對於中書舍人學問、文章的要求確實非同尋常，連一世文豪親手指導出來的弟弟、長期擔任史官之職的曾肇，也落得被士大夫「相顧而笑」、「無不傳以為笑」的結果。由此也可以想見蘇轍擔任此職的不易，他起草的制誥只有遭人懷恨的，沒有遭人嘲笑的。比如此篇中以「事問高崔」對「文稱蘇李」，就顯示了他對《唐書》的熟稔程度，遠非「別無故事可使」的人可比。值得一提的是，此時蘇軾剛剛從中書舍人轉為翰林學士，而馬上就由蘇轍繼任中書舍人。這掌管起草宮廷文書的翰林學士與掌管起草政府文書的中書舍人，當時稱為「內制」和「外制」，兄弟二人分掌內外制，表明蘇氏文章已被公認為一代誥謨。歐陽修「蘇氏文章遂擅天下」的預言，到此已完美實現。不過，曾肇是另有一番看法的，他認為北宋的文章自歐陽修以來，最值得推崇的是曾鞏、王安石、王回、王無咎（見《曲阜集》卷三〈王補之文集序〉），根本不提三蘇父子。

因旱乞許群臣面對言事劄子

【題　解】從元祐元年冬溫無雪，到元祐二年春天不雨，中國廣大地區遭受了嚴重的旱災。朝廷除了派出官員四處賑濟外，也採用應對天災的傳統辦法：皇帝搬出正殿，削減飲食，反省思過。身為中書舍人的蘇轍於元祐二年四月奏上此文，要求太皇太后和皇帝擴大政治諮詢的範圍，除了經常見面的執政大臣外，也允許百官覲見，陳述意見，便於體察群情，提高決策的開明度和合理性。蘇轍認為，這樣才是應對天災的正確做法。

「面對」就是百官與天子當面陳述，「箚子」是有資格上殿奏事的官員所採用的一種臨時性、機動性的上奏文書。

臣伏見二年以來❶，民氣❷未和，天意未順，災沴荐至❸，非水即旱❹。淮南❺饑饉，人至相食；河北流移❻，道路不絕；京東❼困弊，盜賊群起。二聖❽遇災憂懼，傾發倉廩，以救其乏絕，獨此三路所散，已僅❾三百萬斛❿矣。異時⓫賑恤⓬，未見此比。然而民力已困，國用⓭已竭，而旱勢未止，夏麥失望，秋稼⓮未立。數月之後，公私無繼，群盜蜂起，勢有必至。臣未知朝廷何以待此？

【章旨】首段概述災情之嚴重，並指出：僅靠發倉賑濟不能解決問題，要另有得力之措施。

【注釋】❶二年以來　謂元祐元年至二年。❷民氣　民眾全體的精神面貌，其狀況如何直接反映出政治的得失。❸災沴荐至　災害連續降臨。荐，屢次，接連。❹非水即旱　據《宋史》載，元祐元年河北路和楚州（治所在今江蘇淮安）等地發生水災，而包括汴京在內的廣大地區則自元祐元年冬至二年春持續乾旱。❺淮南　北宋的淮南路，相當於今江蘇、安徽、湖北的江、淮之間地區。❻流移　流亡，遷徙。❼京東　北宋的京東路，相當於今河南開封以東、包括山東省在內的黃、淮之間地區。❽二聖　哲宗皇帝和太皇太后高氏。❾僅　將近。❿斛　糧食的計量單位，一斛為十斗。⓫異時　往時；從前。⓬賑恤　國家以錢物救濟受災的人。⓭國用　國家財政。⓮秋稼　秋季可望收穫的莊稼。

【語譯】作為臣子的我，親眼看到這兩年以來，全國民眾的精神面貌還未和暢，天意也就不會和順，所以自然災害連續不斷地到來，不是水災就是旱災。淮南路發生嚴重的饑荒，到了人吃人的地步；河北路的百姓到處逃亡，沿著官道源源不絕；京東路也困乏疲憊，盜賊紛紛興起。皇帝陛下與太皇太后為此憂愁畏懼，拿出倉庫裡的全部積蓄去救濟貧乏絕糧的饑民，單單這三路所發放的糧食，就已將近三百萬斛了。往年的賑濟之舉，從來沒有如此盡心盡力的。但是國民的財力已經困乏，國家的財政已經窮盡，而乾旱的勢頭卻並未停止，指望夏天可以收割的麥子已經徹底無望了，而指望秋天收穫的莊稼還沒有種起來。幾個月後，無論公家和私人，都將無以為繼，成幫結群的盜賊會像蜂蝗一樣紛起，這是形勢必然會發展到的地步。我不知道朝廷有什麼辦法來對付這樣的困境？

臣竊見太皇太后陛下清身奉法，與物❶無私；皇帝陛下恭默靖慎❷，動由禮義。皇天后土❸，照知此心，而和氣不應❹，深所未喻。陛下嘗究其說否？臣聞天氣下降，地氣上騰❺，陰陽和暢，雨澤乃至。君廣聽❻以納下，臣盡言以奉上，上下交泰❼，元氣❽乃和。今二聖居幃箔之中❾，所與朝夕謀議者，上止執政大臣，下止諫官、御史，不過數十人耳。其餘侍從近臣❿，雖六官之長⓫，皆不得進見，而況其遠者乎？臣以謂群臣識慮深淺不同，其心好惡亦異，故須兼聽廣覽，然後能盡物情而得事實。今陛下聽既不廣，則所行之事不得不偏。聽狹事偏，則陰陽亢隔⓬，和氣不效，必然之理也。

【章　旨】此段分析天氣持續乾旱的原因，在於陰陽不和，上下不交。推闡到人事方面，就是皇帝、太皇太后身居深宮，與群臣接觸太少，諮詢的範圍太窄，知道的下情不多。

【注釋】❶與物 順從物情。❷恭默靖慎 莊重、深沉、寧靜、謹慎。❸皇天后土 天神地祇。❹和氣不應 不能感召到陰陽交和之氣。❺天氣下降二句 在上的陽氣和在下的陰氣，因為互相感應，所以一方下降，一方上升。❻廣聽 廣泛聽取臣下的意見。❼上下交泰 陰陽交和，為《周易》的「泰」卦之象，表示天地之氣融通，萬物都能按自己的本性生長。❽元氣 生成世界的本元之氣。❾幃箔之中 帷幕和簾子之內，指深宮。❿侍從近臣 宋代稱翰林學士、六部尚書和侍郎為侍從，跟皇帝比較接近。⓫六官之長 指尚書省吏、戶、禮、兵、刑、工六部的尚書。⓬陰陽亢隔 指陽氣過於強烈，而跟陰氣隔絕，不能交和，所以發生旱災。亢，剛強。

【語譯】我看到太皇太后陛下立身廉潔，遵守國法，順從物情，毫無私心；也看到皇帝陛下莊重深沉，寧靜謹慎，一舉一動都遵循禮法道義。天神地祇都應當了解這樣的聖心，然而卻不能感召陰陽交和之氣，這是我為之深感不解的事。陛下也曾經追究過其中的原因嗎？我聽說，天上的陽氣下降，地下的陰氣上升，如此陰陽交和通暢，雨水就會來臨。君主廣泛聽取、採納臣下的意見，臣下把所有的意見都向皇上講出來，上下交和通泰，那麼構成這世界的本元之氣就會陰陽交和。現在，皇帝和太皇太后住在深宮，藏在重重簾子裡面，早晚一起謀劃議論的，上到執政大臣，下到諫官、御史，不過幾十個人。其餘翰林學士等高級官員，即便是六部的長官，也都不能進宮謁見，更何況那些疏遠的小臣？我以為，眾多臣子的見識、考慮，其深淺的程度都不相同，他們的心思所喜歡和厭惡的東西也各不相同，所以君主必須多聽多看，兼容並蓄，然後才能窮盡事物的情理，從而了解真相。現在陛下既然不曾廣泛聽取意見，那麼所做的事情就不能不有所偏向。這樣聽得少，做得偏，就造成陽氣過於強烈，與陰氣隔絕，所以不能促成陰陽的交和，這是必然的道理。

臣觀祖宗故事❶，百官有司❷皆得以職事進對❸，從容訪問❹，以盡其情。今二聖臨御四方，履❺人主之位，而謙恭退託❻，疏遠群臣，不行人主之事，遂使百官不敢以職事求見。臣謂宜因此時❼，明降詔書，許百官面奏公事，上以盡群情之異同，下以閱人才之賢否。人心不壅❽，天道必從，則久旱之災，庶幾可息。臣蒙國厚恩，比聞詔書引咎❾自責，避正殿❿，損常膳⓫，分命臣僚，並走群望⓬，私心踧踖⓭，不敢遑寧⓮。輒推天意人事影響⓯之應，庶幾有補萬一。惟陛下恕其愚僭⓰，略賜采擇。取進止⓱。

【章旨】末段主張恢復宋太祖的「轉對」制度，讓百官輪流進見，闡述意見。

【注釋】❶祖宗故事　宋朝前代皇帝施行過的治理辦法。❷有司　各種官署。每個官署都掌管不同方面的事務，各有專司，故稱。❸進對　進宮謁見，並回答皇上的問題。百官輪流進見皇上，是北宋所謂「轉對」制度，其創始時間在宋太祖建隆三年（西元九六二年）二月，此後或實施或不實施，所以蘇轍稱為「祖宗故事」。❹訪問　皇帝向臣子諮詢。❺履　踩踏。此指擁有皇位。❻退託　退讓；謙遜。❼此時　指面對天氣持續乾旱，必須採取某種政治措施的時機。❽壅　堵塞。❾引咎　把過失歸咎到自己身上。❿避正殿　皇帝搬出正殿，到偏殿去居住。這是應對天災的傳統方式，表示皇帝在反省思過。⓫損常膳　減少飲食。膳，用餐；進食。《宋史》載，元祐二年四月下詔：「冬夏旱暵，海內被災者廣，避殿減膳，責躬思過，以圖消復。」⓬並走群望　語出《左傳》昭公七年，意謂派遣臣僚分頭到全國各地，向眾多的山川神靈祈禱。群望，受祭於天子、諸侯的山川之神，因為天子不能一一親臨，只能望而遙祭，故稱群望。⓭踧踖　緊張不安。⓮不敢遑寧　不敢有空享受安寧。⓯影響　影子和回聲，表示感應。⓰愚僭　愚蠢和僭越。⓱取進止　聽候聖旨。進止，繼續或停止，唐宋以來借指聖旨，意謂聖旨讓繼續就繼續，讓停止就停止。

【語譯】我見太祖皇帝的時候有一種「轉對」制度，負責不同事務的百官都可以進宮面對皇上述職。這樣皇上可以從容地向百官諮詢，讓他們充分表達自己的想法。現在皇帝和太皇太后統治天下，擁有君主的地位，卻謙遜退讓，跟群臣疏遠，不肯做君主應該做的事情，就使百官都不敢要求見面述職。我認為，應該抓住目前這個時機，明確降下詔書，允許百官向皇帝當面陳述公務，一方面可以充分了解眾人意見的異同，另一方面也檢閱人才的賢明與否。這樣，人心不被堵塞，天道也必然順從，那麼長久以來的旱災，差不多就可以平息。我蒙受國家的深厚恩情，最近聽到詔書把災害歸咎於皇上自身，搬出正殿，減少飲食，還派遣臣僚分頭前往各地，去祈禱山川神靈，我的私心便緊張不安，不敢有空去享受安寧。於是，我推究了天意與人事之間互相感應的道理，希望能對陛下有萬分之一的幫助。請求陛下原諒我的愚蠢和僭越，略微採納一點我的意見。謹此，聽候聖旨的吩咐。

【研　析】南宋呂中《大事記講義》卷二，錄「建隆三年（西元九六二年）二月，詔百官每五日內殿轉對，並須指陳得失，直書其事」，即宋太祖創始的「轉對」制度後，發表議論說：「國朝之制，宰輔宣召，侍從論思，經筵留身，翰苑夜對，二史直前，群臣召對，百官轉對，監司郡守見辭，三館封章，小臣特引，臣民投匭，太學生伏闕，外臣附驛，京局發馬遞鋪，蓋無一日而不可對，無一人而不可言也。」宋朝的政治諮詢手段，大體已被總敘於此，如果全部發揮機能，則其決策的諮詢面之廣，是令人驚嘆的。然而，通過所有這些途徑而上達的意見，都是直接送到皇帝眼前的，一切都要由他獨立作出處理。這一方面使皇帝成為政治運作系統的核心樞紐，起到「集權」的作用，另一方面卻也使皇帝在很大的程度上被機器化，一個認真負責的皇帝將會得不到片刻的休閒。如果皇帝一時偷懶，或者有特殊的情況使這部機器不能正常運轉，那便出現糟糕的局面。在蘇轍看來，元祐元年到二年的水旱災害，就是太皇太后和宋哲宗未能實施「轉對」制度而造成的。這其間的因果關係，當然只在儒家有關「天人感應」的意識環境下才能成立，但蘇轍要求恢復「轉對」制度的建議，不久也確被採納，並且獲得不錯的效果。就此文開頭部分描寫的災情概況來說，是相當嚴重的，字裡行間也傳達出作者的強烈責任感，所以語氣緊急迫促，且連貫排偶而下，幾乎略無停頓。這跟蘇轍慣常表現的優游不迫、委曲婉轉的文風，具有較大的差異，堪稱為「直言」之作。此時的蘇轍已經不再擔任諫官，而是掌管起草制誥的中書舍人，他對於恢復「轉對」制度的期望，也是為自己爭取對朝政發表意見的更多機會吧。

再論回河劄子

【題解】北宋一朝，黃河多次決口，至仁宗時，其下游形成兩條河道：一為北流，從澶州商胡埽（今濮陽東昌湖集）決出，經今滏陽河與南運河之間，下合南運河、大清河，在今天津市區入海；一為東流，在魏縣（今河北大名東）決出，東北經今馬頰河入海。大致來說，北流危害當時的河北路，水勢較順；東流害及當時的京東路，隨著泥沙堆積，變成由低向高走，水勢愈趨不順。但時人憂慮北流可能進入遼國疆域，則遼人可在自己境內渡過黃河，對宋形成威脅，所以許多人主張強制黃河東流，而逐漸閉塞北流，此即所謂「回河」工程。元祐二年十一月，蘇轍擔任戶部侍郎，此後連續三次上書反對「回河」。本篇為三次上書中的第二次，元祐三年（西元一〇八八年）末所上。

臣頃聞朝廷議罷回河❶，來年當用役兵開河分水❷。臣以為天下財賦匱竭，河朔❸災傷之後，民力未復，未堪此役，輒奏言不便。既而採察眾議，聞河北轉運使謝卿材❹到闕❺，倡言於朝曰：「黃河自小吳❻決口，乘高注下，水勢奔快，上流堤防無復決怒之患，而下流湍駛❼，行於地中，日益深浚❽。朝廷若以河事付臣❾，臣請不役一夫，不費一金，十年之間保無河患。」大臣❿以其異己，罷歸本任，而使王孝先⓫、俞瑾⓬、張景先⓭三人重畫回河之計。三人利在回河，雖言其便，而亦知其難成，故於議狀之末，復言「若將來河勢變移，乞免修河官吏責罰」⑭。都下洶洶⑮，傳笑以為口實⑯。蓋回河之非，斷可知矣。然近日復聞內批⑰降付三省⑱，如云「若河流不復故道，終為河朔之患」⑲。外廷⑳疏遠，不知此說信否？然眾心憂懼，深恐群臣由此觀望㉑，不敢正言得失。臣職在財賦㉒，憂責㉓至深，不敢畏避誅戮，願畢陳其說。

【章　旨】首段略敘當時關於治河的各種議論，以及朝廷的傾向，請求聽取自己的意見。

【注　釋】❶回河　即強制黃河進入東流河道的工程。自宋神宗當政以來，司馬光、王安石等皆主張導河東流，逐漸閉塞北流。朝廷為此花費大量人力物力，依然沒能阻止黃河決口北流。至宋哲宗元祐初，北流已較成常態，但堤防未固，河道不穩定，也經常令河北路遭受水患。於是，都水使者、澶州知州王令圖又建議回河東流，朝廷令祕書監張問前往考察後，也以為可行，大臣如文彥博、安燾、呂大防等，朔黨的臺諫官如王巖叟等，也贊同此議。宰相呂公著雖未明確表態，亦不反對興役。反對的是范純仁（范仲淹子）和二蘇、范百祿等蜀黨，他們主張讓河水順勢北流。兩種意見反覆爭論，朝廷也莫衷一是，但回河工程仍在斷斷續續地進行中，最後竟於元祐八年宣告回河成功，全面閉塞北流。至元符二年，黃河再次決堤北流，東流遂斷絕。❷開河分水　這是元祐二年十一月，張問到澶州考察回朝後提供的建議，要在北京大名府（今河北大名）附近與澶州之間另開「直河」、「簽河」，分引北流的水勢，以減輕河北路的水患，亦可為回河東流作準備。因北京留守韓絳的反對，沒有馬上實施。至元祐三年十月，都水使者王孝先等又提出此議。❸河朔　泛指黃河以北地區。❹謝卿材　字仲適，元祐元年十月至元祐四年八月間擔任河北路轉運使。❺到闕　到朝廷。元祐三年十月，朝廷為分引河水工程，召河北轉運使謝卿材、轉運判官張景先到京商議。❻小吳　澶州（今河南濮陽）小吳埽。埽是當時營建的一種特殊堤岸，具有防止水流衝擊的作用。❼湍駛　河水流勢湍急。❽浚　河道深。❾河事付臣　把治理黃河的事交付給我。當時專門管理河渠水道事務的中央機構有都水監，其負責人為都水使者；在澶州還專置都水外監，負責人為外都水使者，主要任務就是治理黃河。元祐四年七月，應謝卿材的要求，朝廷任命他以河北路轉運使兼任外都水使者。❿大臣　指當時的執政官文彥博、呂大防、安燾等。⓫王孝先　元祐二年三月，王令圖卒，朝廷命王孝先繼任都水使者。⓬俞瑾　當時任都水監丞。⓭張景先　當時任河北路轉運判官，即轉運使謝卿材的副官。他本與謝卿材一起到京，與都水監的官吏商議河事，但他的意見與謝卿材不同，而主張開河分水。⑭復言二句　元祐三年十月王孝先、俞瑾、張景先聯名上奏，主張開河分水，但要求給予時間和政策上的寬限，「如來年不測，大河泛漲，衝過直堤，淤澱故道，或河道變移，別無取水去處，即乞免修河官吏責罰」。⑮洶洶　形容聲音喧鬧。⑯口實　話柄；談笑、議論的資料。⑰內批　不經宰相簽署，而從宮內直接傳出的皇帝批示，也叫「御筆」。這在傳統上被視為違反紀綱的政治文書，但自宋神宗以後，越來越普遍。宮中專門有一批「內夫人」，寫作此類「御筆」。⑱三省　宋神宗官制改革後，宰相、執政都帶中書、門下、尚書三省長、副官的職銜，實指宰執。⑲若河流不復故道二句　元祐三年十月二十六日，在聽取王孝先等人的建議後，宮中批示：「黃河未復故道，終為河北之患。王孝先等所議，已嘗興役，不可中罷，宜接續工料向去，決要回復故道。三省、樞密院速與商議施行。」因宰相范純仁的反對，太皇太后旋即收回這道批示。故道，指漢唐以來的東流河道。⑳外廷　即朝廷，天子聽政之處。相對於宮中而稱外廷。㉑觀望　懷著猶豫不定的心情觀看事態的發展，不敢明確表態。㉒職在財賦　指作者擔任戶部侍郎，其職責在於財政管理。㉓憂責　官員為皇帝分憂的重任。

【語　譯】我最近聽說，朝廷停止了強迫黃河返回東流的議案，明年將調用軍隊去實施開河分水的工程。我以為，當今天下的財政已經到了窮困竭盡的程度，又正值黃河以北地區遭受巨大災害之後，百姓的實力還未恢復，經不起這樣大的工程，所以就上奏反對。過了不久，我又訪求和考察眾人的議論，聽說河北路轉運使謝卿材被召到朝廷，他在朝中公開表示：「黃河從澶州的小吳埽決口後，乘著較高的地勢，向下流注，水勢奔騰迅速，上流的堤防已經不再有決口的危險，而下流則由於水流湍急，也已經使河道陷入地面之下，越來越深。如果朝廷把治河的事交付給我，我不要役使一個民伕，不要花費一分錢，就可以保證十年之內不再有黃河水患。」宰執大臣因為這個意見與自己不同，就罷去他參與議論治河事宜的職權，讓他回到自己任上去了。然後，他們讓都水使者王孝先、都水監丞俞瑾、河北路轉運判官張景先三人，重新商定回河東流的計畫。這三個人將從回河工程得到利益，所以說回河有許多好處，但也知道此事難以成功，所以在他們的議狀的最後，又說「如果將來河道的流勢發生了變化，請免於追究治河官吏的責任」。此語引起了京城裡的一片喧鬧，成為大家紛紛傳播、嘲笑的一個話柄。由此看來，回河東流的錯誤，是可以決斷的了。但是，近日又聽說有皇上的親筆批示交付給宰相、執政，其中說到「如果黃河不回歸東流河道，終究是河北路的禍患」。外面的官員離宮中較遠，不知道這個消息是否準確？但是，眾人的心中都感到擔憂恐懼，我實在擔心眾多的官員從此以後就觀望事態，不敢再正式發表他們的真實意見。我作為戶部侍郎，職責在於財政方面，我為皇上分憂的責任重大深切，所以不敢畏懼和逃避被處死的危險，請求充分地陳述我的意見。

方今回河之策，中外❶講之熟矣。雖大臣固執，亦心知其非，無以藉口❷矣。獨有邊防一說❸，事係安危，可以竦動❹上下，伸其曲說❺。陛下深居九重❻，群言不得盡達，是以遲遲不決耳。昔真宗皇帝親征澶淵❼，拒破❽契丹，因其敗亡，與結歡好。自是以來，河朔不見兵革，幾百年❾矣。陛下試思之，此豈獨黃河之功哉？昔石晉之敗❿，黃河非不在東；而祥符⓫以來，非獨河南無虜憂，河北亦自無兵患。由此觀之，交接⓬夷狄，顧⓭德政何如耳。未聞逆天地之性⓮，引趨下之河升積高⓯之地，興莫大之役，冀不可成之功，以為設險⓰之計者也。昔李垂⓱、孫民先⓲等號知河事⓳，嘗建言⓴，乞導河西行㉑，復禹舊跡㉒，以為河水自西山㉓北流，東赴海口，河北諸州盡在河南，平日契丹之憂遂可無慮。今者天祚㉔中國，不因人力，河自西行，正合昔人之策。自今以往，北岸決溢，漸及虜境，雖使異日河復北徙，則虜地日蹙㉕，吾土日紓㉖，其為憂患正在契丹耳。而大臣過計㉗，以為中國之懼，遂欲罄竭㉘民力，導河東流。其為契丹謀則多，為朝廷慮則疏矣。議者或謂河入虜境，彼或造舟為梁㉙，長驅南牧㉚，非國之利。臣聞契丹長技在鞍馬，舟楫之利固非所能。且跨河繫橋㉛，當先兩岸進築馬頭㉜，及伐木為船，其功不細，契丹物力寡弱，勢必不能。就使能之，今兩界㉝修築城柵㉞，比舊小增，輒移文詰問㉟，必毀而後已，豈有坐視大役，而不能出力止之乎？假設虜中遂成此橋，黃河上流盡在吾地，若沿河州郡多作戰艦，養兵聚糧，順流而下，則長艘巨纜㊱可以一炬而盡，形格勢禁㊲，彼將自止矣。臣竊怪元老大臣久更事任㊳，而力陳此說，意㊴其謀已出口，重於改過㊵，而假㊶此不測㊷之憂，以取必㊸於朝廷耳。不然，豈肯於天下困弊、河朔災傷之後，役數十萬夫，費數千萬物料㊹，而為此萬無一成之功哉！

【章旨】此段專門針對黃河北流將引起邊防危險的說法，加以分析、駁斥，否定了主張回河工程的一個最重要的理由，從而也否定了回河的議案。

【注釋】❶中外　中央和地方。❷藉口　借口。❸邊防一說　指黃河北流的河道如果繼續北移，可能進入遼國的疆域，這樣契丹軍隊可以在自己境內過河，使黃河失去對於北宋的邊防作用。❹竦動　驚動；震動。❺曲說　片面的、不合理的說法。❻九重　九層宮門，指深宮之內。❼昔真宗句　宋真宗景德元年（西元一〇〇四年），遼軍南下，直達澶州，真宗在宰相寇準的督促下親臨前線，鼓舞軍民抵抗，使孤軍深入的遼兵腹背受敵，願意講和。當年年底訂立和約，史稱「澶淵之盟」。宋方每年送給遼國十萬兩銀、二十萬匹絹，換得了此後上百年和平相處。❽拒破　抗拒、戰勝。宋軍曾在澶州城下小勝，射死遼軍的一員大將。不過，這並不表明宋軍擁有超過遼軍的戰鬥力，他們的長處在守城而不在野戰，遼軍願意講和退兵，主要因為供輸不給，留在北宋的腹地無所收穫。❾幾百年　將近一百年。自景德元年（西元一〇〇四年）至元祐三年（西元一〇八八年），已有八十餘年。❿石晉之敗　五代時，後晉的少帝石重貴與契丹作戰，失敗被俘，導致亡國。⓫祥符　大中祥符（西元一〇〇八－一〇一六年），宋真宗年號。⓬交接　交往。⓭顧　發語詞。⓮天地之性　此指事物的自然屬性。⓯積高　至高。⓰設險　設置險要形勢，以利防禦。⓱李垂　宋真宗時任著作佐郎，曾上〈導河形勢書〉，主張導河北流。⓲孫民先　宋神宗元豐年間任深州（今屬河北）知州，曾在熙寧八年提出導河北流的建議，與李垂之說相似。⓳號知河事　在治理黃河的事務上被稱為專家。⓴建言　建議。㉑西行　按李垂、孫民先的說法，將衛州以東的河道牽引向北，出大伾山、上陽山、太行山之間地勢低卑之處，認為這是《尚書・禹貢》記載的「西河」故道。相對於東流來說，此為西行。㉒復禹舊跡　恢復大禹疏導的河道故跡。其根據實是宋人對《尚書・禹貢》的理解，因東流有漢唐「故道」之說，所以主張北流者便引大禹「舊跡」為據。㉓西山　太行山。㉔祚　賜福。㉕蹙　削減。㉖紓　寬裕；增廣。㉗過計　錯誤地考慮。㉘罄竭　用盡。㉙梁　橋梁。㉚南牧　到南方來放牧，指北方遊牧民族的南侵。㉛繫橋　造橋聯接兩岸。㉜馬頭　碼頭。㉝兩界　宋遼雙方的邊界。㉞柵　軍隊的營寨。㉟移文詰問　向對方發去文書，加以質問。㊱長艘巨纜　巨大的船隊。纜，繫船的粗繩。㊲形格勢禁　受形勢的阻礙或限制。㊳久更事任　長久地得到朝廷委派，經歷了許多事務。㊴意　料想。㊵重於改過　不肯改正過錯。㊶假　借。㊷不測　難以意料的危險。㊸取必　要求對方一定接受。㊹物料　物資材料。

【語　譯】對於如今的回河東流計畫，中央和地方都已經討論得爛熟了，即便大臣們依然固執己見，也從內心知道了它的錯誤，再也找不到什麼藉口了。只有關於黃河東流能起到邊防作用的一種說法，事情關係到國家的安危，可以驚動朝廷上下，使本不合理的說法得到伸張。皇帝陛下住在重重深宮裡面，眾多的言論未必都能聽到，因此遲遲不能決斷。從前，真宗皇帝親臨澶州前線，抗拒和戰勝了契丹的軍隊，乘著他們的失敗、逃亡，而跟他們締結友好的條約。從此以來，黃河之北再也沒有發生戰爭，已經將近一百年了。請陛下試著想一想，這難道只靠了黃河的邊防作用嗎？再從前，五代的石晉被契丹戰敗的時候，那黃河並非不向東流；而自大中祥符至今，不但黃河南面不用擔心遼軍的到來，黃河之北也從無戰爭的憂慮。由此可見，跟周邊民族打交道，要看我們的道德政治實行得如何，從沒聽說過違反事物的自然屬性，強迫向下奔流的河水爬上至高之地，興起不能再大的工程，希望無法成就的功業，來設置險要形勢，作為守禦方法的。從前，李垂和孫民先等稱得上是治理黃河的專家，他們都曾提出建議，請朝廷把河道導向北流，恢復大禹疏導的故跡。他們認為，河水沿著太行山向北流，再向東奔赴出海口，這樣河北路的各州都處在了黃河的南面，平日對契丹入侵的擔憂便可以解除。現在，老天賜福給我們宋朝，不憑藉人力，黃河就自行北流，正好跟前人的計畫相符。從今以後，黃河北岸的決口，將會影響到遼國的境內，即便他日河道再次向北遷徙，那也只令遼國的地面日益被河水佔據而縮減，我們的領土卻獲得拓廣，作為一種憂患，正好送給了契丹。但大臣們卻錯誤地考慮，把它認作我們宋朝恐懼的事，因此就想竭盡民眾的氣力，把黃河導向東流。這真是為契丹想得太多，而為朝廷想得太少了。有的議論者說，黃河進入了遼國的境內，對方也許會造船造橋，長驅南侵，對我國不利。我聽說，契丹人的長處在於騎馬作戰，操縱船槳的能耐卻不屬於他們。而且，跨越河水的兩岸來建造聯結的橋梁，應當先從兩岸對建碼頭，還要砍伐木材來造船，那功夫並不小。契丹的物資少、人力不足，勢必做不到。就算能夠做到，如今雙方邊界上一旦修建城牆、營寨，比舊時稍有增多，便會發出文書互相質問，一定要對方毀掉了才罷，哪裡會坐看對方興起巨大的工程，而不能出力去阻止的呢？再假設，契丹人真的就造成了這黃河大橋，但黃河的上流地面都在我國境內，如果沿河的州郡多造幾艘戰艦，注意養兵，積聚糧草，那麼順流而下，就可以一把火把敵人的大船大橋燒個精光。出於這形勢的阻礙和限制，對方自己就會停止這樣的做法。我私自感到奇怪，我們的元老大臣都是長期受朝廷的委任，經歷了許多大事的，卻還極力主張回河東流的計畫。料想他們是因為意見已經出口，就不肯改正錯誤，轉而憑藉對此難以預測的危險的擔憂，來迫使朝廷一定同意他們的主張。要不然，怎麼會在天下貧困凋敝的時候，黃河之北遭受巨大災害之後，還要役使數十萬民伕，費去數千萬物資材料，來興起一個連萬分之一的成功希望也沒有的工程！

夫大役既興，勢不中止，預約功料❶有少無多。官不獨辦❷，必行科配❸。官出其一，民出數倍。公私費耗，必有不可勝言者矣。苟民力窮竭，事變之出不可復知，饑餓相逼，必為盜賊。昔秦築長城以備胡❹，城既成而民叛；今欲回大河以設險，臣恐河不可回，而民勞變生，其計又出秦下。異日雖欲悔之，不可得也。陛下數年以來休養民物，如恐傷之，今河已安流，契丹無變，而強生瘡痏❺以擾之，非計之得也。故臣願陛下斷之於心，罷此大役。唯留神察之：自河決小吳，於今九年❻，不為不久矣，然虜情恭順，與事祖宗無異。陛下誠重違❼大臣，姑復以三年觀之，事久情見，大臣之言與天下公議可以坐而察也。臣不勝區區憂國之誠，干犯斧鉞，死無所避。取進止。

【章　旨】末段推進一步，認為大興工程，勞民傷財，超過了人民的承受能力，將引起叛亂。由此要求皇帝果斷停止回河工程。

【注　釋】❶預約功料　預算將要花費的人工和材料。❷官不獨辦　政府不能單獨承擔工程的開支。❸科配　攤派到每個百姓頭上。❹備胡　防備北方遊牧民族的入侵。❺瘡痏　創傷，比喻禍害。❻河決二句　宋神宗元豐三年（西元一〇八〇年）七月，澶州孫村埽、陳埽、大吳埽、小吳埽等多處決口，當時有人主張找孫民先諮詢導河北流的做法，但孫民先已去世。次年，小吳埽再次大決。自元豐三年至元祐三年，為九年。❼重違　不願違逆。

【語　譯】這麼大的工程，既然開動了，勢必不能中途停止，預算的人力物力比實際只會少不會多。政府不能獨自承擔工程的開支，一定會攤派給每個百姓，這樣政府只出一份，民間要出幾倍以上。公私兩方面的耗費之大，必然都是說也說不清的。如果人民的力氣被用盡，就無法預料將會發生的事變，他們被饑餓所逼迫，一定成為盜賊。從前，秦朝修建長城來防備北方民族的入侵，長城是修成了，但人民隨即反叛；如今想回河東流來設置險要，我恐怕黃河無法東回，而人民卻因為勞苦，發生了變亂，這樣的謀劃又比秦朝更為低下。他日即便想要後悔，也已經來不及了。皇帝陛下登基數年以來，休養生息，使人口、財富增長，唯恐他們受到傷害，如今黃河已安於北流，契丹也沒有變故，卻強生一樁禍害來干擾社會，並不是什麼好謀劃。所以，我勸皇帝陛下用自己的心靈下個決斷，停止這件巨大的工程。您只要留神觀察一下：自從黃河決出小吳埽以來，至今已達九年，不算不長久了，但契丹對我們的態度依然恭敬順從，跟他們對待前代皇帝沒有差別。陛下如果真的不願違逆執政大臣的意見，那就姑且再等上三年看一看，時間久了，事情就會明瞭，大臣的意見跟天下的公議誰是誰非，可以輕易地辨別。我禁不住一片為國擔憂的誠心，冒犯死罪，無所逃避，等候陛下的裁決。

貼黃：朝廷雖已遣范百祿、趙君錫出按回河利害❶，然大臣方持其議，事勢❷甚重，中外誰不觀望風旨❸？百祿等雖近侍要官❹，臣不敢保其不為身謀，能以實告也。故不避再瀆❺，復為此奏。非陛下斷之於心，天下之憂未知所底❻也。

【章　旨】貼黃部分補充說明，朝廷派出考察治河事宜的官員，也未必敢違抗執政大臣的主張而如實稟告。勸皇帝不必等候他們的考察結果，自己下決心停止工程。

【注　釋】❶朝廷句　元祐三年十一月，朝廷派遣吏部侍郎范百祿、給事中趙君錫到黃河沿岸，去考察回河東流計畫的可行與否。此二人為蜀黨（趙君錫後來背叛蜀黨），次年考察回朝，也反對回河東流。出按，派出去考察。利害，利弊。❷事勢　權勢。❸風旨　意圖。❹近侍要官　親近皇帝的機要官員。❺再瀆　再次褻瀆皇帝的耳朵，指再次發言。❻底　停止。

【語　譯】貼上黃紙補充：朝廷雖然已經派遣范百祿、趙君錫二人外出，去考察回河東流的利弊，但執政大臣正在堅持回河的主張，權勢很重，從中央到地方，誰不觀望他們的意圖？范百祿等雖然是親近皇上的機要官員，我還是不敢保證他們不為自己打算，能夠把實際情況稟告朝廷。所以，我不免再次發言，又呈上這份奏狀。除非皇帝陛下用自己的心靈果斷決定，否則天下的憂患就不知道什麼時候會到盡頭。

【研　析】按宋神宗的元豐新官制，尚書省的户部分置左、右二曹，左曹掌握全國户口、農田、賦稅等事，而右曹專管常平、免役、水利等「新法」方面的財政出入；在户部尚書之下，設户部侍郎二員，分管左、右曹。然而，由於「新法」的重要性和財政上的獨立性，這右曹的事務專歸右曹侍郎掌握，户部尚書不能過問。司馬光執政後，雖逐步廢除「新法」，卻並未撤銷户部右曹，只要求尚書可以過問右曹的事務而已。元祐二年十一月，朝廷任命蘇轍擔任户部右曹侍郎，等於將「新法」遺留的大量經濟事務委託給他。這也許說明，在舊黨之中，他算得上是精通「新法」的專家了。然而，蘇轍擔任此職約一年半，其間最重要的事情卻是連續三次上書反對「回河」，即強迫黃河恢復東流的工程。按照他自己的說法，是因為身任財政大臣，不能眼看朝廷發起一個超過國家財政的承受能力，且毫無利益和成功希望的巨大工程，而不發一言。不過，到元祐四年六月之後，他已改任翰林學士，還是繼續奏上〈論黃河必非東決劄子〉。此後出使遼國，回來又於元祐五年二月奏上〈乞罷修河司劄子〉。與此同時，蘇軾也找出了從前歐陽修反對回河東流的奏狀，上呈給皇帝。由此可見，主張放河北流，乃是蜀黨政見的重要內容之一，而發言最多的就是蘇轍。從文章的角度來說，本篇當然屬於駁論的性質，即駁斥回河東流的主張。在蘇轍看來，這個工程對自然規律的違背，對人力物力的消耗之巨，以及成功希望之渺茫，已經無需多論，只有所謂「邊防」之說，似乎還可以成為一個理由。所以，本篇的主要部分專門就此作出分析，來推翻這一理由。首先，他回顧了五代石晉之敗與宋真宗澶淵之盟的往事，說明邊境的安定與否並不決定於黃河的流向；其次，他又引證前代專家李垂、孫民先的說法，認為黃河北流正好有利於北宋的邊防，而不是相反；接下來，他力圖消除人們對遼軍在境內渡河南侵的擔憂，說遼人並無能力造船架橋，即使他們準備這樣做，也可以通過外交手段去阻止，即使他們做成功了，也不難憑我方的力量去摧毀。如此步步為營，使這數百字的論述顯得層次分明，邏輯嚴密。結合整篇的結構來說，可謂竭盡全力以攻擊對方的要害，使本文堪稱駁論的典範之作。

《元祐會計錄》敘

【題解】 北宋最高財政官署，原為三司，至宋神宗改革官制後，三司的職能歸入戶部。元祐元年，李常擔任戶部尚書，二年十一月，蘇轍擔任戶部右曹侍郎，三年四月，韓宗道擔任戶部左曹侍郎，他們將朝廷每年的財政收支加以統計，編撰《元祐會計錄》。三年九月，李常改任御史中丞，韓忠彥繼為戶部尚書。據三年閏十二月韓忠彥、蘇轍、韓宗道三人的聯名奏狀〈乞裁損浮費劄子〉（蘇轍起草）所說，當時《元祐會計錄》已經編成。所以，在宋代的文獻中，此書的領銜人仍屬李常。本文為其序言，收在蘇轍的《欒城後集》中，題下注：「此本有六篇，時與人分撰，後又不果用。」說明原為李常委派他分撰此序，結果卻沒採用，其寫作時間約在元祐三年。

臣聞漢祖入關❶，蕭何❷收秦圖籍❸，周知四方盈虛彊弱之實，漢祖賴之以并天下。丙吉❹為相，匈奴嘗入雲中❺、代郡❻，吉使東曹❼考案❽邊瑣❾，條❿其兵食之有無，與將吏之才否，逡巡進對⓫，指揮⓬遂定。由此觀之，古之人所以運籌帷幄之中⑬，制勝⑭千里之外者，圖籍之功也。蓋事之在官⑮，必見於書，其始無不具者，獨患多而易忘，久而易滅，數十歲之後，人亡而書散，其不可考者多矣。唐李吉甫始簿錄《元和國計》⑯，并包巨細，無所不具。國朝⑰三司使⑱丁謂⑲等因之，為《景德》、《皇祐》、《治平》、《熙寧》四書⑳，網羅一時出內㉑之計，首尾八十餘年，本末㉒相授，有司得以居今而知昔，參酌同異，因時施宜，此前人作書之本意也。臣以不佞㉓，待罪地官㉔，上承元豐之餘業，親覩二聖之新政，時事之變易，財賦之登耗㉕，可得而言也。

【章旨】首段敘述漢唐以來至本朝財務統計的歷史，說明其重要性。

【注釋】❶漢祖入關　漢高祖劉邦於秦末起兵，西元前二〇七年攻克武關（今陝西商南），進入咸陽。❷蕭何　西漢開國功臣，論功居第一。❸圖籍　登記全國山川險要、郡縣戶口、收藏財富及社會情況的文書簿冊。❹丙吉　或作「邴吉」，字少卿，漢宣帝時為相。❺雲中　漢代北部的雲中郡，治所在今內蒙古托克托縣。❻代郡　西漢時治所在代縣（今河北蔚縣西南）。❼東曹　即「東曹掾」，漢代丞相屬官，專門管理州郡長官的任命和遷改。❽考案　考核，審查。❾邊瑣　《漢書・丙吉傳》原文作「邊長吏瑣」，即邊關負責官員的個人檔案。瑣，記錄。❿條　逐項清查登記。⓫逡巡進對　從容不迫地向皇帝彙報。⓬指揮　安排；方針。⓭運籌帷幄之中　坐在帳幕中決定作戰策略。⓮制勝　制服對手，奪取勝利。⓯事之在官　官方的公事。⓰唐李吉甫句　唐代宰相李吉甫開始把元和年間的國家財政收支加以統計，彙編成書。李吉甫，字弘憲，唐憲宗時兩度擔任宰相。簿錄，登記在冊。元和，唐憲宗年號（西元八〇六—八二〇年）。國計，國家的財政收支情況。《新唐書・藝文志》著錄有李吉甫《元和國計簿》十卷。⓱國朝　本朝，指北宋。⓲三司使　北宋前期，以鹽鐵、戶部、度支為三司，長官稱三司使，專掌國家財政經濟事務。三司使與掌管政務的宰相、掌管軍務的樞密使並立，又稱「計相」。宋神宗官制改革後，三司的職權歸入尚書省戶部。⑲丁謂　字謂之，宋真宗時曾任三司使，後任宰相。⑳為景德句　指宋真宗景德四年（西元一〇〇七年）三司使丁謂所上《景德會計錄》，宋仁宗皇祐二年（西元一〇五〇年）三司使田況所上《皇祐會計錄》，宋英宗治平四年（西元一〇六七年）三司使韓絳所上《治平會計錄》，及宋神宗熙寧時所編《熙寧會計錄》。㉑出內　出納。㉒本末　源流始末。㉓不佞　不才，表示自謙的說法。㉔待罪地官　指擔任戶部的職務。待罪，意謂身居其職而不能勝任，必將獲罪。這是官員對皇帝陳奏時所用的謙詞。地官，《周禮》的六官之一，常為戶部的代稱。古人將尚書省的六部與《周禮》的六官相比附，戶部相當於地官。㉕登耗　收入和消耗。

【語譯】我聽說，漢高祖攻克武關，進入咸陽的時候，蕭何收羅了秦朝政府的文書簿冊，從而詳細地瞭解了四方虛實、強弱的準確情報，高祖就依靠這些信息，吞併了天下；西漢時丙吉擔任丞相，曾經有匈奴入侵雲中郡和代郡，丙吉令他的部屬考核邊關官吏的檔案，逐項查明了各州郡的兵力和糧食儲備是否充足，以及將領和地方官的才能是否稱職，從容不迫地向皇帝彙報，於是決定了適當的對策。由此來看，古代的人之所以能夠運籌帷幄之中，而制勝千里之外，全靠了文書記錄的功用。只要是官方的公事，一定可以在文書中查到，開始的時候無不具有記錄，只愁太多了就容易忘記，太久了便容易毀去，數十年之後，當事人死了，文書也散失了，那麼很多事情也就無法查考了。唐代的宰相李吉甫開始把元和年間的國家財政收支登記下來，編成《元和國計簿》，其中包含了大大小小的帳目，無所不備。本朝擔任三司使的丁謂等人，繼承這個辦法，編撰了《景德會計錄》、《皇祐會計錄》、《治平會計錄》和《熙寧會計錄》四部書，把一個時期的收入、支出的數目都網羅無遺，前後八十多年，源流始末都傳授下來，使今天的主管部門可以知道過去的經驗，參考斟酌其間的同異之處，針對時勢而採取適當的做法，這就是前人編書的本意。我沒有多少才能，卻勉強擔任了戶部的領導工作，繼承元豐以來的事業，又親眼目睹皇上和太皇太后的新政，對於時事的變化和財政賦稅的收入、消耗情況，可以作出一些彙報。

謹按藝祖皇帝❶創業之始，海內分裂，租賦之入不能半今世。然而宗室❷尚鮮，諸王❸不過數人；仕者寡少，自朝廷郡縣皆不能備官❹；士卒精練，常以少克眾。用此三者，故能奮於不足之中，而綽然常若有餘。及其列國款附❺，賝貢❻相屬於道，府庫充塞，創景福內庫❼以畜金幣，為殄虜❽之策。太宗因之，克平太原❾。真宗繼之，懷服契丹❿。二患既弭⓫，天下安樂，日登富庶，故咸平⓬、景德⓭之間，號稱太平。群臣稱頌功德，不知所以裁⓮之者，於是請封泰山⓯，祀汾陰⓰，禮亳社⓱，屬車⓲所至，費以鉅萬，而上清⓳、昭應⓴、集禧㉑、景靈㉒之功，相繼而起，累世之積，糜耗多矣。其後昭應之災㉓，臣下復以營繕為言，大臣力爭㉔，章獻㉕感悟，沛然㉖遂與天下休息。仁宗仁聖，清心省事以幸天下，然而民物蕃庶㉗，未復其舊，而夏賊竊發㉘，邊久無備，遂命益兵以應敵，急徵以養兵。雖間出內藏㉙之積以求紓民，而四方騷然，民不安其居矣。其後西戎既平㉚，而已益之兵遂不復汰，加以宗子㉛蕃衍，充牣㉜宮邸㉝，官吏冗積，員溢於位，財之不贍㉞，為日久矣。英宗嗣位，慨然有救弊之意，群臣諫觀㉟，幾見日新之政，而大業未遂。神考㊱嗣世，忿流弊之委積㊲，閔財力之傷耗，覽政之初，為強兵富國之計。有司奉承，違失本旨，始為青苗、助役以病農民，繼為市易㊳、鹽鐵㊴以困商賈，利孔㊵百出，不專於三司㊶。於是經入㊷竭於上，民力屈於下。繼以南征交趾㊸，西討拓跋㊹，用兵之費一日千金，雖內帑別藏㊺時有以助之，而國亦憊矣。今二聖臨御，方恭默無為，求民之疾苦而療之，今之不便無不釋去，民亦少休矣。而西夏不賓㊻，水旱繼作，凡國之用度，大率多於前世。當此之時，而不思所以濟之，豈不殆哉？

【章　旨】此段綜敘本朝宋太祖以來各時期的財政營運情況，指出大量的搜刮和消耗令財政危機越來越嚴重。

【注　釋】❶藝祖皇帝　宋太祖趙匡胤，北宋開國君主。❷宗室　與君主同宗族的人，享受特殊待遇。❸諸王　君主的同族封王者。❹備官　官員齊備。❺列國款附　指北宋建立後，削平五代時各個割據政權。款附，誠心歸附；投降。❻賝貢　進貢的禮物。賝，珍寶。❼景福內庫　宋太祖設在宮中講武殿後的倉庫，原叫封樁庫，意謂封存不用，以待急需，據說是為了積蓄軍費，去跟契丹作戰。宋太宗時改名景福內庫，由皇帝直接掌管，不隸屬政府的財務部門。❽殄虜　消滅契丹。❾太原　指北漢割據政權，其都城在太原。❿懷服契丹　指北宋與遼講和的「澶淵之盟」。懷服，用懷柔政策使對方順服。⓫弭　消除。⓬咸平　宋真宗年號（西元九九八—一〇〇三年）。⓭景德　宋真宗年號（西元一〇〇四—一〇〇七年）。⓮裁　節制。⓯封泰山　宋真宗於大中祥符元年（西元一〇〇八年）到泰山封禪。封，封禪；帝王祭祀天地的大典。⓰祀汾陰　宋真宗於大中祥符四年到汾陰祭祀后土地祇。汾陰，在今山西萬榮西南廟前村北古城，漢武帝元鼎元年曾在此獲得寶鼎，武帝曾駕幸此地，建立后土祠。⓱禮亳社　宋真宗於大中祥符七年到亳州（今安徽亳縣）的太清宮，祭祀老子。⓲屬車　互相連接的車，指車隊。⓳上清　上清太平宮，鳳翔（今屬陝西）的道教宮觀，祀北帝真君，宋太宗時修建，真宗時擴建，置殿奉太宗聖容。⓴昭應　玉清昭應宮，宋真宗大中祥符元年至七年建成的皇家道宮，規模巨大。㉑集禧　宋真宗祥符年間於京城所建道觀，祀五嶽，原名「會靈觀」，仁宗皇祐年間遭火災，重修，改名「集禧觀」。㉒景靈　景靈宮，宋真宗祥符至天禧年間建成的道觀，奉祀趙氏祖先神靈，後來歷朝都有增修。㉓昭應之災　宋仁宗天聖七年（西元一〇二九年）六月，玉清昭應宮失火，三千六百餘楹只燒剩了一二小殿。㉔大臣力爭　當時樞密副使范雍，宰相王曾、呂夷簡都不主張重修。太廟齋郎蘇舜欽上書力諫，右司諫范諷要求正式下詔宣告天下，不再修復此宮。㉕章獻　章獻明肅劉太后，真宗皇后，真宗去世後，在仁宗天聖年間以太后身份聽政。㉖沛然　感動的樣子。㉗蕃庶　繁衍，眾多。㉘夏賊竊發　指宋仁宗寶元元年（西元一〇三八年），西北黨項族首領元昊建立西夏政權，自稱大夏皇帝。宋人的史料稱「元昊反」，自此西北邊境就緊張起來。竊發，暗中發動（叛亂）。㉙內藏　內藏庫，皇帝控制的倉庫，與政府財政部門控制的「左藏庫」相對，原為宋太宗從「左藏庫」中分出，以左藏北庫為內藏庫。它與景福內庫，各地的封樁庫，以及後來的元封庫等，構成皇帝直屬的財務體系。㉚西戎既平　指宋仁宗慶曆四年（西元一〇四四年）北宋與西夏締結和議。㉛宗子　皇家宗室子弟。㉜充牣　充滿。㉝宮邸　皇宮和諸王府邸。㉞贍　足。㉟竦觀　引領舉足，期待地觀看。㊱神考　指宋神宗，他是蘇轍寫作本篇時的皇帝宋哲宗之父。考，父親。㊲委積　堆積；充塞。㊳市易　王安石「新法」中的「市易法」，即政府投資經營商店。㊴鹽鐵　可能指宋神宗時期的食鹽官賣政策和鐵錢。當時嚴禁食鹽的私販，又由於銅礦產銅不足，故鑄造鐵錢。㊵利孔　經濟利益的來源；牟利渠道。㊶不專於三司　自宋神宗實施「新法」後，由司農寺等部門管理「新法」所涉及的財務，其收入也輸入「元豐庫」等由皇帝直接掌管的倉庫，原先由三司總領的財權被分散。㊷經入　國家的賦稅收入。㊸南征交趾　宋神宗熙寧八年（西元一〇七五年）至九年間對交趾的戰爭。交趾，宋代稱越南為交趾。㊹西討拓跋　指宋神宗元豐四年（西元一〇八一年）至六年討伐西夏之戰。拓跋，北魏皇室姓氏，西夏元昊自稱是其後人。㊺內帑別藏　內藏庫、封樁庫等政府財務體系之外的收藏，即皇帝直接控制的財富。㊻不賓　不臣服。

【語　譯】我謹慎地考察，太祖皇帝剛剛創建本朝的時候，海內還被割據政權分裂，地租賦稅的收入連現在的一半都不到。但是，那時享有特權的皇室子弟還很少，封王的不過幾個人；從政府領取俸祿的官員也很少，從朝廷到地方州縣，官員都不齊備；軍隊很精練，常常以少勝多。因為這三個緣故，所以能在財富不足的時候奮勇崛起，卻經常像綽然有餘一樣。等到削平了許多割據政權，令他們誠心歸附，於是進貢的禮品在道路上絡繹不絕，朝廷的倉庫都充滿了，太祖就另創了一個景福內庫，用來積蓄金銀錢幣，作為跟契丹作戰的準備。太宗皇帝繼承太祖的遺志，戰勝、平定了北漢；真宗皇帝又繼承太宗，用懷柔的方法使契丹順服。這兩大禍患既經平息，天下就變得安樂，一天比一天地富庶起來，所以真宗的咸平、景德之間，號稱太平盛世。

但這個時候，眾多的臣子只知道歌功頌德，卻不知道想辦法去節制財政。於是，他們請真宗去泰山封禪，去汾陰祭祀后土，去亳州祭祀老子，凡車隊所到的地方，花費都成千上萬。接著，上清太平宮、玉清昭應宮、集禧觀、景靈宮等道教宮觀的修建又相繼而起，本朝幾世的財富積累，大多被消耗了。後來，玉清昭應宮被大火燒了，有的官員又建議重修，但執政大臣極力勸阻，劉太后被感動而醒悟，決心不再重修，跟天下人一起休養生息。仁宗皇帝仁慈而聖明，他清心寡慾，簡省國事，讓天下人得到幸福，但人口和物資的繁衍還沒有恢復舊時的局面，卻碰上了西夏的反叛。由於邊關長久沒有戰備，於是命令增加兵額，用來對付敵軍，臨時徵求稅收，用來養活部隊。雖然時不時地拿出皇帝內藏庫中的積蓄，以求寬舒百姓的負擔，但四方騷動，百姓不能安居樂業了。此後，好不容易平定了西夏，但已經增多的兵額卻沒有及時削減，再加上宗室子弟越來越多，充滿了皇宮和諸王的府邸，官吏的數目又不斷增加，人員多於職位，所以財政的不足，是有很長的時間了。英宗皇帝繼承皇位，激昂感慨，想要挽救這方面的弊端，大臣們都滿懷期待地觀看，幾乎可以看到日益更新的政局了，但大業還未成就，英宗便去世了。神宗皇帝繼位，對於這相沿而成、堆積充塞的弊端感到憤恨，對於國家財富實力的損傷消耗感到憐惜，一開始主持政治，就定下富國強兵的大計。有關部門遵從他的命令，卻違反了他的本意，起初設計了「青苗法」、「助役法」去損害農民，接著又推出「市易法」、食鹽官賣政策和鐵錢，去困擾商人，牟利的途徑多種多樣，三司的財權被分散。於是，賦稅收入全部集中到朝廷，而下面的百姓卻失去了財力。接下來又向南跟交趾作戰，向西跟西夏作戰，用兵的費用每天花去上千的金銀，即便宮內的庫藏時時可以拿出來相助，但國家也已經疲憊不堪了。現在，皇上和太皇太后治理天下，正採用安靜無為的政策，講求百姓的疾苦而進行救治，從前那些不合適的法令無不解除，百姓也可以稍稍得到休息了。但是，西夏並不臣服，水災、旱災接連而起，凡是政府承擔的各項開支，大都比以前要多。在這樣的時候，如果不想辦法加以救治，那豈不要陷入危險了嗎？

臣歷觀前世，持盈守成❶，艱於創業之君。蓋盈之必溢，而成之必毀，物理❷之至，有不可逃者。盈成之間，非有德者不安，非有法者不久。昔秦、隋之盛，非無法也，內建百官，外列郡縣，至於漢、唐，因而行之，卒不能改，然皆二世而亡。何者？無德以為安也。漢文帝❸恭儉寡欲，專務以德化民，民富而國治，後世莫及，然身沒之後，七國作難❹，幾於亂亡；晉武帝❺削平吳、蜀，任賢使能，容受直言，有明主之風，然而亡不旋踵❻，子弟內叛❼，羌胡外亂❽，遂以失國。此二帝者，皆無法以為久也。今二聖之治，安而靜，仁而恕，德積於世，秦、隋之憂，臣無所措心❾矣。然而空匱❿之極，法度不立，雖無漢、晉強臣敵國⓫之患，而數年之後，國用曠竭⓬，臣恐未可安枕而臥也。故臣願得終言之。

【章旨】本段根據歷史經驗，提出治理國家須有德政和法規兩個方面，而目前的問題是亟需建立合適的財政法規。

【注釋】❶持盈守成　保持前代遺留下來的富足和成功。❷物理　事物本身的道理。❸漢文帝　西漢皇帝劉恒，以採取休養生息政策著名。❹七國作難　指漢景帝時的「七國之亂」，以吳王劉濞為首的七個諸侯國反叛朝廷。❺晉武帝　西晉王朝的開創者司馬炎，西元二八〇年滅東吳（其前，司馬炎之父司馬昭執政時，已於西元二六三年滅蜀漢），結束三國鼎立之局面。❻旋踵　掉轉腳跟，形容時間短促。❼子弟內叛　指晉惠帝時期的「八王之亂」，汝南王司馬亮等八個諸侯王爭奪權力，擁兵互相攻打。❽羌胡外亂　指晉惠帝之後「五胡亂華」的局面，匈奴、羌族等五個民族各自建立政權，史稱「五胡十六國」。胡，北方遊牧民族。❾措心　用心；擔心。❿空匱　財政上的空虛匱乏。⓫強臣敵國　對君主形成威脅的權臣，實力相抗的敵國。

⑫曠竭　空乏；窮盡。

【語譯】我逐一地考察了前代的各個王朝，發現保持富足與成功，比創業的君主更為艱難。因為富足以後必然浪費，成功以後必然損毀，這是事物發展的基本道理，無法逃避的。那麼，在富足、成功的情況下，不實行德政的人就不能安定，不建立法規的人就不能長久。從前，秦朝和隋朝強盛的時候，並非沒有法規，朝廷內設置眾多的官署，地方上設置大量的郡縣，這些法規到了漢朝、唐朝還被繼承實施，一直沒有改變，但是秦、隋都只傳了兩代就滅亡了。這是為什麼呢？因為沒有推行德政，無法保持安定。漢文帝是個謙遜、儉樸的君主，很少個人欲望，專心推行德政來教化人民，民眾富裕了，國家得到了治理，這是後世的君主都比不上的，但是他去世之後，馬上就發生「七國之亂」，幾乎到了混亂滅亡的程度；晉武帝消滅了東吳、蜀漢，任用賢能的官員，包容和接受耿直的言論，頗有明君的風範，但是他去世不久，朝中就發生「八王之亂」，邊境更有「五胡亂華」，因此而導致西晉的亡國。以上這兩位皇帝，都是沒有建立法規，所以不能保持長久。現在，皇上和太皇太后的政策是安定而平靜，寬仁而忠厚的，連續不斷地把德政推向世間，像秦朝、隋朝那樣的憂患，我是不需要擔心的。然而，在財政極度空虛匱乏的時候，卻不建立合適的法規，雖然沒有漢朝、西晉那種權臣和敵國帶來的憂患，但多年之後，國家財富將被用盡，我恐怕還不可以安枕高臥吧。所以，我請求充分地表達這方面的意見。

凡計會❶之實，取元豐之八年，而其為別有五❷：一曰收支❸，二曰民賦❹，三曰課入❺，四曰儲運❻，五曰經費❼。五者既具，然後著之以見在❽，列之以通表，而天下之大計可以畫地而談❾也。若夫內藏、右曹❿之積，與天下封樁⓫之實，非昔三司所領，則不入會計，將著之他書，以備覽觀焉。臣謹敘。

【章　旨】末段說明《元祐會計錄》一書的編撰原則。

【注　釋】❶計會　統計。❷為別有五　分為五個部分。❸收支　指政府每年收入和支出的總數目。❹民賦　指農民向國家繳納的基本賦稅，即兩稅。❺課入　鹽、酒、茶等日用商品的官賣收入或通商稅收。❻儲運　儲備和漕運。❼經費　政府的日常開支。❽見在　現在，目前存在的數目。❾畫地而談　在地面上指畫著談論，意謂資料清楚，就容易談論。❿右曹　戶部右曹，與左曹相對。宋神宗改革官制後，左曹掌管原先三司的事務，而右曹掌管神宗時期與「新法」相關的經濟收入。⓫封椿　封椿庫，意謂每年財政營運的積餘，封入特殊的倉庫，不再輕易使用，以備急需。神宗在全國各地設置不少封椿庫，將實行「新法」所得的免役錢等收入封存起來。

【語　譯】凡本書所統計的內容，取元豐八年的數據為準，具體分為五個部分：一是政府每年財政收支的總數，二是農民向國家繳納的兩稅數據，三是日用商品的官賣收入或通商稅收，四是有關物資儲備和運輸的方面，五是政府的日常開支數據。這五個部分都齊備了，然後明確寫出目前現存的數目，再列出一個貫通全盤的表格，這樣天下的財務大計就很容易把握起來進行談論了。至於內藏庫和戶部右曹的積蓄，以及全國各地封椿庫中的收藏，並非從前的三司所掌管，這次就不列入統計帳目，準備編成其他的書，以提供給皇上考察瀏覽。我謹慎地寫完這篇敘。

【研　析】按本篇末段的介紹，李常、蘇轍等人主持編撰的這部《元祐會計錄》，包含收支、民賦等五個部分。除了蘇轍寫的這篇總序外，五個部分都各有分序，所以蘇轍說：「此本有六篇，時與人分撰。」在他的文集中，還保存了〈收支敘〉和〈民賦敘〉，故蘇轍獨立撰寫了三篇。大概因為他撰寫了總序的緣故，南宋時期有的人以為《元祐會計錄》是他的著作。實際上，這是當時戶部準備上呈給皇帝和太皇太后的財政報告，可以說是最枯燥乏味的一類文字。然而儘管如此，蘇轍的這篇總序卻成為古文的名作，明代《唐宋八大家文鈔》、清代《御選古文淵鑒》、《御選唐宋文醇》等，皆選入此篇。從容不迫、婉轉明暢的行文，本來就是蘇轍的長處，而在這裡尤其與題材相適合。在不急不慢的語調中，包含了對君主的苦心勸導，就是要注意節儉，不要好大喜功，浪費民財。有了這一番勸誡之意來統率全文，才使它超越了一般財政報告的性質，而成為經國安邦的宏論，也體現了一位官員的良心。對於宋太祖以來各位皇帝在財政事務上的得失，基本上做到了如實的評判，而這評判的標準並不是他們建立的功業如何，而是百姓在他們的時代能否過上安定富足的生活。其中對於宋神宗所實行的各項「新法」的否定，可能出於作者的舊黨立場，但他的觀點一貫如此，不足深責。我們閱讀本文的時候不難發現，作者談的是財政問題，而且幾乎句句都不離開財政，但同時，全文的意思又不限於財政，正如《御選唐宋文醇》的評論所云：「史家必志〈食貨〉，不特一代國用之盈絀、戶口之多寡可考而知，欲觀君德之恭儉忲侈，臣心之義利邪正，亦思過半矣。讀〈會計錄敘〉，宋德盛衰不具可鑑哉！」這就是說，本文可以成為考察北宋政治的一面鏡子。這當然有作者主觀上的原因，因為他的抱負和才華，決不僅僅是做一個稱職的戶部侍郎而已。

乞分別邪正劄子

【題解】元祐四年（西元一〇八九年）六月，蘇轍自戶部侍郎改任翰林學士，不久被委派出使遼國，次年正月回朝，五月份開始擔任御史中丞，即御史臺的長官。此時舊黨執政已久，被排斥在外的新黨頗有怨言，宰相呂大防和中書侍郎（副宰相）劉摯不和，都想擴張自己的勢力，竟不約而同地建議起用一些新黨人物，以平息舊怨，叫做「調停」政策。蘇轍極力反對，先後三次上書，還到延和殿面見太皇太后，要求「分別邪正」，即杜絕邪惡的小人（指新黨）進入朝廷。後來太皇太后說：「蘇轍疑吾君臣遂兼用邪正，其言極中理。」取消了「調停」政策。此是蘇轍擔任御史中丞期間的重要發言，本篇為三次上書的第一封，元祐五年六月二十二日上呈。

臣竊見元祐以來，朝廷改更弊事，屏逐群枉❶，上有忠厚之政，下無聚斂❷

之怨，天下雖未大治，而經今五年，中外帖然❸，莫以為非者。惟姦邪失職居外，日夜窺伺便利❹，規求復進❺，不免百端❻游說，動搖貴近❼。臣愚竊深憂之。若陛下不察其實，大臣惑其邪說，遂使忠邪雜進於朝，以示廣大無所不容之意，則冰炭同處，必至交爭，薰蕕共器，久當遺臭，朝廷之患自此始矣。

【章旨】首段開門見山，指出起用新黨人物會引起正邪雜處，給朝廷帶來麻煩。

【注釋】❶屏逐羣枉　把眾多姦邪的人趕出朝廷，指貶謫新黨官員。❷聚斂　通過增加稅收等各種手段把民間的財富集中到政府。❸帖然　安定的樣子。❹窺伺便利　尋找機會。❺規求復進　謀求重新進入朝廷。❻百端　百般；多種多樣。❼貴近　顯貴、近臣。

【語譯】我看到，自從元祐以來，朝廷把從前的壞政策都改掉了，把眾多姦邪的小人都趕出了京城。這樣，上有忠厚仁慈的政策，下無巧取豪奪引發的怨恨，天下雖然還沒有大治，但至今五年，中央和地方上都很安定，沒有人認為不好。只有那些姦邪小人，失去了職位，貶斥在外，日夜都在暗中尋找機會，謀求重新進入中央，免不了到處散佈各種各樣的邪說，動搖顯貴近臣的心意。如果皇帝陛下不能看穿他們的實質，如果執政大臣被他們的邪說所迷惑，就讓忠良和姦邪混雜在一起，進入朝廷，用來表示所謂心胸寬大、無所不容的意思，那便猶如冰炭放在一起，必定引起互相爭吵，又如香草和臭草放在一起，時間長了必然只留下臭氣，朝廷的麻煩從此就開始了。

昔聖人作《易》❶，內陽外陰，內君子外小人，則謂之泰❷；內陰外陽，內小人外君子，則謂之否❸。蓋小人不可使在朝廷，自古而然矣。但當置之於外，每加安存❹，使無失其所，不至忿恨無聊，謀害君子，則泰卦之本意也。昔東晉桓溫❺之亂，諸桓❻親黨布滿中外，及溫死，謝安❼代之為政，以三桓分涖三州❽，彼此無怨，江左❾遂安，故《晉史》稱安有經遠無競❿之美。然臣竊謂謝安之於桓氏，亦用之於外而已，未嘗引之於內，與之共政也。向使安引桓氏而置諸朝，人懷異心，各欲自行其志，則謝安將不能保其身，而況安朝廷乎？

【章　旨】此段引用《周易》和歷史往事，說明不可以讓小人進入朝廷。

【注　釋】❶易　《周易》。❷內陽外陰三句　《周易》的泰卦，上面三根陰爻組成坤卦，下面三根陽爻組成乾卦，上卦為外，下卦為內，陽為君子，陰為小人，所以說內陽外陰，內君子外小人。❸否　《周易》的否卦，上乾下坤，結構與泰卦正好相反。❹安存　安撫，慰問。❺桓溫　（西元三一二—三七三年）字元子，東晉大司馬，掌握實權。他認為一個人既然不能流芳百世，就要做到遺臭萬年，曾想廢掉晉帝而自建王朝，事未及成而死。❻諸桓　桓溫的兄弟子姪。❼謝安　（西元三二〇—三八五年）字安石，東晉名臣，當過桓溫的下屬，但反對桓溫篡權，其後執掌朝政，一心輔晉。❽以三桓分涖三州　據《晉書・謝安傳》，他執政後，「懼桓氏失職……終或難制，乃以桓石民為荊州，改桓伊於中流，（桓）石虔為豫州。既以三桓據三州，彼此無怨，各得所任」。涖，治理。❾江左　長江之南，指東晉。❿經遠無競　意謂其謀劃長遠，而且能消除諸桓之間的爭鬥。語出《晉書・謝安傳》。

【語　譯】從前，聖人創作《周易》，把內卦為陽、外卦為陰，即君子在內、小人在外的卦叫做泰卦；把內卦為陰、外卦為陽，即小人在內、君子在外的卦叫做否卦。這樣看來，不能讓小人處在朝廷之內，是自古以來就有的認識。對於小人，只該把他們安排在地方上，經常加以安撫慰問，使他們有個安身的地方，不至於心懷憤恨，感到無聊，而去謀害君子，這便是泰卦的本意了。東晉的時候，桓溫企圖作亂，他的兄弟子姪、親戚黨羽佈滿在朝廷和地方，等到他死了，謝安代替他執掌朝政，讓三位姓桓的子弟分別去擔任三州的長官，彼此沒有怨恨，江南的東晉政權就安定下來了。所以，《晉書》讚美謝安，說他謀劃長遠，能消除爭鬥。但在我看來，謝安對於桓氏，也只是用他們去做地方官，並沒有把他們引到朝廷來，一起執政。如果那時候謝安讓桓氏都處在朝中，每個人都懷有不同的心思，都想做滿足自己願望的事，那麼連謝安本人都不能自保，還怎麼談得上安定朝廷呢？

頃者一二大臣❶，專務含養❷小人，為自便之計。既小人內有所主，故蔡確❸、邢恕❹之流敢出妄言❺，以欺愚惑眾。及確、恕被罪，有司懲❻前之失，凡在內臣僚❼例蒙摧沮❽。盧秉❾、何正臣❿皆身為待制⓫，而明堂薦子⓬，止得選人⓭。蒲宗孟⓮、曾布⓯所犯，明有典法⓰，而降官褫⓱職，唯恐不甚。明立痕迹，以示異同，為朝廷斂怨，此二者皆過矣。故臣以為，小人雖決不可任以腹心，至於牧守⓲四方，奔走庶事⓳，各隨所長，無所偏廢，寵祿恩賜，常使彼此如一，無迹可指，此朝廷之至計⓴也。

【章　旨】此段指出最近朝廷對待新黨人物的態度不統一，所以會引起怨恨。建議讓他們都去擔任地方官。

【注　釋】❶一二大臣　指當時擔任宰相的呂大防和擔任執政的劉摯。❷含養　包容、拉攏。❸蔡確　字持正，宋神宗提拔的宰相，元祐元年罷相知陳州，又改知安州（治所在今湖北安陸）。他在安州寫了十首〈車蓋亭詩〉，被人告發，認為其中含有攻擊太皇太后的意思。蔡確雖上書為自己辯護，但最後還是得到處罰，貶到新州（今廣東新興），並死在那裡。❹邢恕　字和叔，與新舊兩黨的蔡確、司馬光都有較深的關係。神宗末年，曾與蔡確密謀，無端地製造了神宗的弟弟可能奪取皇位的流言，把哲宗的順利繼位當作自己的「定策」之功。元祐初年，他又建議尊崇哲宗的生母朱太妃，介入宮闈之事，因此被貶逐。❺妄言　指蔡確、邢恕自謂有「定策」之功。❻懲　吸取教訓。❼在內臣僚　在朝廷任職的新黨官員。❽摧沮　挫折阻撓。❾盧秉　字仲甫，新黨官員，元祐三年遭到彈劾，從龍圖閣直學士降為寶文閣待制，閒居。❿何正臣　字君表，神宗時任御史，曾參與製造「烏臺詩案」，元祐四年任寶文閣待制，被彈劾，閒居。⓫待制　唐以來官名，宋於殿、閣設待制，如「保和殿待制」、「龍圖閣待制」等，位在學士、直學士下。⓬明堂薦子　朝廷舉行大饗明堂的盛典，給百官加恩，允許他們各自推薦一個兒子出仕。明堂，帝王宣明政教之處，凡朝會、祭祀、慶賞等盛大典禮都在此舉行。元祐四年九月，朝廷曾舉行一次大饗明堂的盛典。⓭選人　唐代稱候補的官員為選人，宋代指州府幕職、縣令等還未獲得「京官」資格的低級官僚。⓮蒲宗孟　字傳正，神宗時曾任執政，元祐四年被彈劾，說他擔任地方官時用刑過重，剝奪了他的「資政殿學士」職銜。⓯曾布　字子宣，曾鞏之弟，曾肇之兄，為新黨核心成員之一，元祐五年任河東路經略使，因部下軍士自殺，被臺諫彈劾，降官一級，調任知河陽。⓰典法　典章；法規。⓱褫　剝奪。⓲牧守　指擔任地方官。⓳庶事　各種具體的政務。⓴至計　最好的辦法。

【語　譯】最近，有一兩位執政的大臣，專門做包容、拉攏小人的事情，用來為自己打算。那些小人正因為朝中有人替他們作主，所以蔡確、邢恕之流敢於說出大膽狂妄的話，自稱有「定策」的功勞，去欺騙和迷惑愚蠢的眾人。等到蔡確、邢恕被處罰，有關部門吸取了從前做錯事的教訓，於是所有處在朝廷的新黨官員都蒙受了挫折阻撓。像盧秉、何正臣，都是身任待制官職的，但朝廷舉行明堂典禮，按例可以推薦兒子出仕，他們的兒子卻只得到非常低級的職務。像蒲宗孟、曾布，所犯的過錯不大，完全可以按照典章、法規的明文來處置，結果卻降低他們的官級，剝奪他們的職銜，唯恐處罰得不夠重。這樣明顯地暴露痕跡，表示朝廷對他們的態度有所異同，從而給朝廷招來怨恨。以上兩種做法都是錯誤的。所以我認為，對於小人，固然不能把他們當作心腹來任用，但至於讓他們到各地擔任地方官，讓他們為各種具體的政務而奔走效勞，隨他們的長處各自給予適當的委任，沒有什麼偏向，在榮寵、薪水和恩賜方面，總是讓他們得到相同的待遇，沒有什麼差異的痕跡被他們指點，這才是朝廷對待他們的最好辦法。

近者朝廷用鄧溫伯❶為翰林承旨❷，而臺諫雜然進言，指為邪黨，以謂小人必由此彙進❸。臣嘗論溫伯之為人，粗有文藝，無他大惡，但性本柔弱，委曲從人。方王珪❹、蔡確用事，則頤指❺如意；及司馬光、呂公著❻當國，亦脂韋❼其間。若以其左右附麗❽，無所損益❾，遇便流轉，緩急❿不可保信，誠不為過也。若謂其懷挾姦詐，能首為亂階⓫，則甚矣。蓋臺諫之言溫伯則過，至為朝廷遠慮，則未為過也。

【章　旨】此段對朝廷想起用鄧溫伯一事發表意見，認為臺諫攻擊鄧溫伯是為朝廷考慮。

【注　釋】❶鄧溫伯　名潤甫，字溫伯，一度以字為名，另字聖求，後來恢復原先的名字。神宗時當過御史中丞，元祐二年任翰林學士承旨，因母喪去位，元祐四年將復職時，被彈劾，出知亳州，元祐五年又任命為翰林學士承旨，結果引起臺諫官梁燾、孫升、劉安世等激烈反對，甚至全臺彈劾。❷翰林承旨　即「翰林學士承旨」，位在一般翰林學士之上，常由入院資格最深者擔任。❸彙進　連帶同類一起進入朝廷。❹王珪　字禹玉，宋神宗時宰相。❺頤指　用臉上的表情示意來指揮人，這裡表示王珪、蔡確對鄧溫伯的指揮非常容易。❻呂公著　字晦叔，舊黨宰相。❼脂韋　油脂和軟皮，比喻阿諛、圓滑。❽附麗　依附。❾損益　增減，此指獨立起到一定的作用。❿緩急　指危急、關鍵的時刻。⓫首為亂階　首先做壞事，種下禍根。

【語　譯】最近，朝廷任命鄧溫伯擔任翰林學士承旨，御史臺和諫院的官員便紛紛發表意見，把他指定為邪惡的黨羽，以為必然引起跟他同類的小人都進入朝廷。我曾經議論過鄧溫伯的為人，覺得他大略有些文才，也沒有什麼罪大惡極之處，但從來性格柔弱，習慣於委曲地跟從別人。當王珪、蔡確執政的時候，對他隨便指揮，非常順心如意；等司馬光、呂公著當政了，他又圓滑地處在中間。如果認為他左右依附，沒有獨立起到作用，遇到便利的機會就轉變立場，危急時刻難以保證他的忠心，那確實是不錯的；如果說他懷抱著姦惡、欺詐的想法，能夠首先做壞事，種下禍根，那就過分了。說起來，臺諫官對鄧溫伯的攻擊是有些過分，但他們為朝廷深謀遠慮，則也不能算什麼過錯。

故臣願陛下謹守元祐之初政❶，久而彌堅，慎用左右之近臣，毋雜邪正。至於在外臣子，一以恩意待之，使嫌隙❷無自而生，愛戴以忘其死，則垂拱❸無為，安意為善，愈久而愈無患矣。臣不勝區區，博采公議而效之左右，伏乞宣諭大臣，共敦❹斯義，勿謂不預改更之政❺，輒懷異同之心。如此而後，朝廷安矣。取進止。

【章　旨】末段重申全文大意，要皇帝和執政大臣堅定實行舊黨的政策，不用新黨人物，以謀得局面的安定。

【注　釋】❶初政　起初的政策。❷嫌隙　因猜疑或不滿而產生的惡感、仇怨。❸垂拱　垂下衣服，拱起手，表示安靜無為。❹敦　恪守。❺改更之政　指「元祐更化」的政策，即廢除神宗的「新法」，恢復舊法。按，元豐八年神宗去世，太皇太后起用司馬光、呂公著主持「更化」，當時就任命劉摯擔任侍御史，元祐元年進為御史中丞，對於廢除「新法」、彈劾新黨，極有貢獻，由此升為執政；而呂大防在神宗時就受重用，元豐八年自知成都府入朝，為翰林學士、吏部尚書，次年執政，其升遷過程與「更化」政策關係不大。蘇轍這裡說「不預改更之政」的大臣，應指呂大防而言。

【語　譯】所以，我懇求皇帝陛下，嚴謹地固守元祐初年以來執行的政策，越長久越堅定不移，小心地選擇左右親近的大臣，不要雜用邪人和正人。至於那些處在地方上的官員，一概用恩情來對待他們，使他們無從產生對於朝廷的怨恨，愛戴皇上，直到去世。這樣，皇上就可以安靜無為，一心一意地做好事，時間越久，越沒有憂患。我禁不住這一片心意，廣泛地採納公議，獻到皇上的面前，請求皇上明確告誡執政大臣，共同恪守這樣的政策，不要因為起初並未參與「元祐更化」政策的制定，就懷著有所異同的心思。如此以後，朝廷就會安定下來。我等候皇上的裁決。

【研　析】蘇轍擔任御史中丞，連續上書要求「分別邪正」，其大意已概見於本篇：即堅定地執行舊黨的政策，嚴厲拒斥新黨的官員進入朝廷的重要崗位。他的這番發言，對於我們了解蘇氏兄弟乃至蜀黨在元祐時期的基本政治態度，是至關重要的。眾所周知，二蘇原屬司馬光為首的舊黨，但到元祐年間，他們的政見與司馬光產生了一些差異，其中最重要的一點是：他們反對司馬光一概廢除「新法」，而主張對「新法」要區別對待，具體來說就是要保留「雇役」之法。雖然他們的奏狀中依然會攻擊王安石的「免役法」，但那只是針對此法向百姓收取了大量的「免役錢」、「助役錢」而被存入各地的「封樁庫」禁止使用而言，就雇人代役的思路來說，他們是贊同的，所以反對司馬光恢復差役法。與司馬光的分歧曾經令二蘇被誤解為「中間派」，即在司馬光與王安石之間採取中間的立場。其實，正如本篇所說，在人事關係上真正想走「中間」道路，採取「調停」政策的，是當時的執政大臣呂大防和劉摯，而蘇轍卻表達了堅決不與新黨人物共事的立場，對於他們進入朝廷可能引起的政局變化保持了相當的警覺。事後，在所有元祐大臣中，蘇氏兄弟遭到了重新執政的新黨最重的懲罰，貶到了海南島和雷州半島——除了處死，這已經是貶謫的極限了。那也說明，在新黨人物的眼裡，二蘇是最為可惡的對頭。所以，「中間派」的帽子是不適合他們去戴的。「新法」固然可以區別對待，新黨卻必須嚴厲拒斥：這才是他們的基本態度。由此看來，傳統上以「洛蜀黨爭」來描述元祐政局，說程頤為首的「洛黨」與二蘇為首的「蜀黨」之間的矛盾構成了元祐黨爭的基本內容，也並不符合實際。蘇轍後來寫有長篇自傳，提到了他在元祐政壇上的許多政敵，其中並沒有程頤，無論在事後的追憶還是當時的奏狀中，蘇轍都明確地交代他的主要爭論對象是執政大臣呂大防和劉摯。現存的《劉摯文集》前，有另一位元祐大臣劉安世寫的序言，把元祐黨爭的基本內容描述為劉摯跟呂大防之間的鬥爭。跟蘇轍的文章結合起來看，我們就能大致明瞭元祐政局的真相。所謂「洛黨」，原是劉摯用來牽制二蘇或者說蜀黨的工具，其結果是劉摯被罷免，蘇轍當了尚書右丞（副宰相），但他跟呂大防相處得也並不愉快。此種情形其實也不難理解，因為所謂「舊黨」，乃是因「新黨」而起，「新黨」有明確的政策，就是「新法」，「舊黨」則只不過都反對「新法」而已，說到各人的主張，原本並不相同。相對於「新黨」來說，「舊黨」的內部自然更不統一了。

謝除尚書右丞表

【題解】北宋的宰相，原稱「同中書門下平章事」，其下有「參知政事」為副宰相，又稱「執政」，與宰相合稱「宰執」。宋神宗元豐年間改革官制後，以尚書左、右僕射分兼門下、中書侍郎，為左、右相，以門下侍郎、中書侍郎、尚書左丞、尚書右丞為副相，原則上由此六人組成「宰執」班子（實際上也有缺員的情況，或者另有所謂「平章軍國重事」的老臣參與或指導決策）。元祐六年（西元一〇九一年）二月初四日，朝廷任命蘇轍為尚書右丞，進入了執政官的行列。經過一番當事人上表辭免、朝廷下旨不允辭免的程序後，於十二日上任，隨後呈上謝表。此謝表原有兩篇，一篇給太皇太后，一篇給皇帝。這裡選的是給太皇太后的一篇。

臣轍言：

伏奉制命❶，除臣中大夫❷守❸尚書右丞，累具辭免❹，蒙降詔不允，仍斷來章❺者。待罪南臺❻，閱時空久；承恩右轄❼，量分❽實逾。雖循牆❾而固辭，愧回天⑩之無力。臣轍誠惶誠恐，頓首頓首。伏念臣衰遲晚節，遭遇聖時，還朝首擢於諫垣⑪，求言終置於臺長⑫。蓋古人事君之難事，惟忠言拂意⑬之易危，迫切至於引裾⑭，顛危有或折檻⑮，大則死亡之不卹，小則投竄⑯而莫留。雖伏節⑰之心，沒而後已；而保身⑱之義，明者非之⑲。臣今不然，事出至幸。蓋上方有道，常導之使言，故下獲安心，知言之無罪。非徒無益而不譴，抑又與進而超遷⑳。才不逮於中流，幸則過於前輩。出入數歲，參陪大猷㉑，昔所罕聞，眾或驚嘆。此蓋伏遇太皇太后陛下，奉身有禮，體天無心㉒。均覆中外，無疏戚之殊；惠養黔黎㉓，有恭儉之實。德則可紀，過寧復聞？遂使諫諍之臣，不知激訐㉔之懼。因緣㉕寵遇，復享尊榮，不貲㉖之恩，沒齒㉗何報！方今兵革既息，年穀稍登。惟當上體仁心，治而弗擾；旁求哲士㉘，守之愈堅。庶群后㉙比義㉚以致功，則孤臣㉛因人而成事。過此以往，未知所裁。臣無任感天荷聖，激切屏營㉜之至，謹奉表稱謝以聞。臣轍誠惶誠恐，頓首頓首，謹言。

【注釋】❶制命　君主的命令。❷中大夫　正五品官銜。❸守　以較低的官階署理較高的職務。❹累具辭免　蘇轍的文集中現存〈辭尚書右丞劄子〉四篇、〈免尚書右丞表〉二篇。❺仍斷來章　不要再上表章辭免了。這是朝廷批示官員辭免表章的套語，表示一定要他接受任命。❻南臺　御史臺，因在宮闕西南，故稱。蘇轍被任命為尚書右丞前，擔任御史中丞大半年。❼承恩右轄　承蒙恩惠，任命為尚書右丞。❽量分　思量自己的本分。❾循牆　語出《左傳》昭公七年，意謂避開道路的中央，靠牆而走，表示謙遜、恭謹或畏懼。❿回天　此指改變太皇太后的心意。⓫諫垣　諫官的官署，即諫院。此指蘇轍於元祐元年從績溪回到汴京，擔任右司諫。⓬臺長　御史臺的長官，即御史中丞。⓭拂意　違背君主的心意。⓮引裾　拉住衣襟。三國時，辛毗拉住魏文帝的衣襟堅持進諫。⓯折檻　折斷欄杆。西漢朱雲因進諫而冒犯漢成帝，成帝命令將朱雲拉下斬首，朱雲拉著殿上的欄杆大聲抗議，一直到欄杆被折斷。⓰投竄　流放；放逐。⓱伏節　盡忠死節。⓲保身　即所謂「明哲保身」。《詩經．大雅．烝民》：「既明且哲，以保其身。」意謂既能明曉善惡，又能分辨是非，從而擇安去危，保全其身。⓳非之　意謂對直言進諫、自取災禍的做法，不予肯定，認為那違反了明哲保身的道理。⓴超遷　越級升遷。㉑大猷　治國的大計，此指擔任執政，參與決策。㉒體天無心　依據自然天道，沒有個人私心。㉓黔黎　黎民百姓。黔，黔首，黑巾裹頭，指稱普通民眾。㉔激訐　激烈、直率地指斥錯誤。㉕因緣　憑藉。㉖不貲　不可估量。㉗沒齒　終身。㉘旁求哲士　廣泛搜求賢明的人才。㉙群后　四方諸侯，泛指公卿臣僚。㉚比義　效法。㉛孤臣　孤陋無知的臣子。㉜屏營　惶恐不安。

【語　譯】臣蘇轍上奏：我恭敬地接受太皇太后下達的命令，任命我為中大夫，署理尚書右丞的職務。雖然我多次呈上辭免的表章，卻承蒙您下詔，「不准辭免，再也不要呈上辭狀來了」。我在御史臺擔任不稱職的中丞，已經徒然過了許久，現在又蒙受恩澤，命我任尚書右丞，自己思量一下，實在是逾越了本分。雖然我心懷畏懼，堅決要求辭免，但慚愧的是我沒有力量挽回您的心意。我實在惶恐，實在惶恐，向您叩頭，向您叩頭。回想起來，我是在衰老的晚年，遇上了聖明的時代，一回到朝廷，就首先被提拔為諫官，因為朝廷徵求直言的緣故，終於把我放在了御史臺領導的崗位上。古人侍奉君主，最難的事情就是用忠直的言論去違反君主的心意，那是最容易遭到危險的。三國時的辛毗，迫切進諫，甚至拉住魏文帝的衣襟不放；西漢時的朱雲，差點被拖下殿去斬首，他攀住殿上的欄杆，直到把它折斷。這是多麼危險的事，那後果大則處死，小則流放，都必須置之度外。雖然他們盡忠殉節的決心，可謂死而後已；但懂得明哲保身的人，必然非議他們的做法。現在我的情況卻不是這樣，實在是非常幸運。因為上有懂得道理的明君，經常引導臣下發表直言，所以下面的官員都獲得安心，知道直言不會有罪。我沒有做出有益於朝廷的貢獻，但朝廷不僅沒有責罰我，還給我升官，並且是越級的升遷。我的才能還不及中等，我的幸運卻超過了所有的前輩。我從外地進入朝廷不過幾年的時間，就當上執政，參與決策，這是從前很少聽說的，眾人也許會因此而驚嘆。這都是因為我遇到了太皇太后陛下，您一貫用禮儀來約束自身，聽從自然的天道，沒有個人的私心。您公平地涵容中央和地方的所有官員，沒有親近和疏遠的區別；您懷著慈惠養育天下的百姓，真正地做到了恭敬簡樸。您的德行值得記錄，而從未聽說有什麼過失。這才使我這樣擔任諫官的臣子，敢於激烈、直率地提出批評，而毫不害怕。憑藉您的恩寵厚待，我又一次享受到尊貴和光榮，這無法計量的恩德，是我終身無法報答的！目前，戰爭早已平息，年產的糧食稍稍增多，我只有認真體會主上的仁義之心，無為而治，不做擾亂的事情；廣泛地搜求賢明的人才，越來越堅定地守護現行的政策，希望眾多官員能夠效法，以獲取成功，那麼我這孤陋無知的臣子將憑藉眾人的力量而完成職責。除此以外，我就不知道還要做什麼了。我禁不住感謝天地君主的聖明，極度激動又極度惶恐不安，謹慎地奉上這封表章，表示感謝。我蘇轍實在惶恐，實在惶恐，向您叩頭，向您叩頭。就說這些。

【研　析】元祐年間舊黨當政，先後擔任御史中丞的官員有劉摯、傅堯俞、胡宗愈、孫覺、李常、梁燾、蘇轍、趙君錫、鄭雍、李之純十人，其中有六人後來成為宰執，而且像劉摯、胡宗愈、蘇轍、鄭雍，都是從御史中丞直接升遷到執政官的。這可以說是元祐政治的一個特點，因為要廢除「新法」，要懲罰和排斥新黨，便使執掌最高彈劾權的御史中丞大有用武之地，其對政局的影響力發揮到極點，進一步升為執政也就是理所當然的事了。不過，在御史中丞之上，還有六部尚書和翰林學士，原本更有資格升上執政之位的。元祐元年趕走了新黨的大臣後，執政官有空缺，為了不讓翰林學士蘇軾升上執政，當時的宰相呂公著說服了太皇太后，讓御史中丞劉摯超升執政。自此以後，從御史中丞到執政幾乎成為慣例。反過來，除了司馬光、呂公著等原本資歷甚深的老臣外，元祐年間被提拔的新宰執，多數當過御史中丞。這樣，我們不妨說元祐時代是一個御史中丞的時代，一個批判、彈劾的權力被極度放大的時代。所以，在蘇轍的這封謝表中，除了頌揚君主、感謝提拔的套語外，他著重強調的就是批判的權力，認為這是自古以來君臣關係中最難處理的一個方面，而自己獲得的待遇，證明當前的君主能夠容納和鼓勵直言，由此而值得歌頌。本篇的實際內容不外於是。當然此時的蘇轍可能還沒有充分體會到，從御史中丞到執政的升遷，也意味著從批判到被批判的角色、處境之轉變。就在太皇太后任命他為尚書右丞的時候，諫官楊康國、劉唐老便反覆上疏，認為他「天資狠戾，更事不久」，不能擔任執政，還整理出他的六大罪狀，甚至把蘇轍的升遷形容為「豺狼當路，姦惡在朝」。結果，這兩人都被太皇太后罷免。第二年，即元祐七年六月，蘇轍進升太中大夫守門下侍郎，這是一個離宰相只有一步之遙的職位了，但蘇轍也因此不斷地遭到更多的攻擊，從而停滯不前，直到太皇太后去世，貶謫的命運再次降臨。

王子立秀才文集引

【題解】王適（西元一〇五五—一〇八九年）字子立，是蘇轍的女婿。熙寧年間在徐州州學當學生時，受到知州蘇軾的賞識，認為他富有文才，但喜怒不形於色，不在意於得失，性格近似蘇轍，所以把蘇轍的女兒嫁給他。自此以後，王適終生跟隨蘇氏兄弟，二蘇的六個兒子，都是由他啓蒙的。元祐四年十月二十五日卒，見蘇軾〈王子立墓誌銘〉。本篇是蘇轍為他的文集所作的序言，寫作時間不詳，約在元祐六年後。引，簡短的序言。

昔予既壯，有二婿，曰文務光❶、王適。務光俊而剛，適秀而和。予方從事南都❷，二子從予學為文，皆長於詩騷❸。然務光之文悲哀摧咽❹，有江文通❺、孟東野❻感物傷己之思。予每非之，曰：「子有父母昆弟❼之樂，何苦為此？」務光終不能改也。既而喪其親❽，終喪五年而終。予哭之慟，曰：「悲夫，彼其文固有以兆之❾乎？」

【章　旨】首段將自己的兩個女婿作對比，以性情敏感的文務光反襯溫和隨易的王適，以文務光的早逝暗示出對王適長壽的期望。

【注　釋】❶文務光　蘇轍長婿，父為大畫家文同（西元一〇一八—一〇七九年），子曰文驥，見蘇軾〈文驥字說〉。❷從事南都　在南都（今河南商丘）任職，指熙寧末、元豐初蘇轍擔任南京應天府判官。❸詩騷　原指《詩經》和《離騷》，此泛指詩歌作品。❹摧咽　傷感嗚咽。❺江文通　南朝作家江淹（西元四四四—五〇五年）字文通，代表作有〈恨賦〉、〈別賦〉。❻孟東野　唐代詩人孟郊（西元七五一—八一四年）字東野，生平窮困，其詩以抒情悲苦聞名。❼昆弟　兄弟。❽喪其親　指元豐二年（西元一〇七九年）文同去世。❾兆之　作為預兆。

【語　譯】從前，我正在壯年的時候，有兩個女婿，叫做文務光、王適。文務光英俊而剛烈，王適秀氣而溫和。那時我在南京應天府供職，這兩位都跟著我學習寫作文章，都擅長於詩歌。但是，文務光的作品總是悲哀嗚咽，他的情懷類似於前代的江淹和孟郊，容易被事物所感動，而替自己傷感。我經常不以為然，對他說：「你擁有父母兄弟團聚的快樂，何苦去寫這樣的作品？」但文務光一直不能改變。不久，他的父親去世，他為父親守完孝，過了五年，也去世了。我哭得非常悲痛，說：「悲哀呀，他的文章風格，真是他早逝的預兆嗎？」

始予自南都謫居江南❶，凡六年而歸，適未嘗一日不從也。既與予同憂患，至於涵泳圖史❷，馳騖❸浮圖、老子之說，亦未嘗不同之。故其聞道益深，為文益高，而予觀之亦益久。蓋其於兄弟妻子，嚴而有恩，和而有禮，未嘗有過。故予嘗曰：「子非獨予親戚，亦朋友也。」元祐四年秋，予奉詔使❹契丹。九月，君以女弟❺將適人❻，將鬻❼濟南❽之田以遺❾之，告予為一月之行。明年春，還自契丹，及境而君書不至，予固疑之。及家，問之，曰：「噫嘻，君未至濟南，病沒於奉高❿。」予哭之失聲。

【章旨】此段回顧王適與自己共患難的經歷，對其人格修養頗為讚許，然後曲折地敘述作者如何得到王適的死訊。

【注釋】❶謫居江南　指元豐三年至七年，蘇轍貶居筠州。❷涵泳圖史　沉浸在書籍之中。❸馳騖　在某個領域縱橫自如。❹使　出使。❺女弟　妹妹。❻適人　嫁人。❼鬻　出賣。❽濟南　北宋齊州濟南郡，今山東濟南。❾遺　遺送，此指為妹妹提供陪嫁。❿奉高　北宋兗州奉符縣，其地在漢代曾設奉高縣，治所在今山東泰安東。

【語譯】起初，我從南都被貶到江南的筠州，過了六年才回京城，而王適沒有一天不陪著我。他既與我共同經歷了憂愁患難的日子，又跟我一起沉浸在書籍之中，縱橫馳騁於佛教、道教的領域。所以他的人格修養越來越深，寫的文章也越來越好，而我對他的觀察也越來越久。他對於兄弟、妻子、兒女，既嚴肅又有感情，即溫和又遵守禮法，從來沒有做錯事。因此我曾經說：「你不但是我的親戚，也是我的朋友。」元祐四年的秋天，我奉朝廷的命令出使契丹。九月份，他因為妹妹要嫁人，將出賣他在齊州的田產，給妹妹做嫁妝，告訴我要外出一個月。第二年的春天，我從契丹回國，到了國境，卻沒有接到他的來信，我已經感到懷疑。等回到家裡一問，家人說：「哎呀，他還沒到齊州，就在兗州生病去世了。」我失聲大哭。

君大父❶諱鬷，慶曆❷中樞密使❸，以厚重氣節稱。考❹諱正路，尚書比部郎中❺，樂易好施，得名於士大夫。而君以孝友文章居其後，謂當久遠，而中道夭，理有不當然者。況予老矣，而并失此二人，能無悲乎？君之沒，女初❻未能言，而子裔❼未生。君弟遹❽，昔與君客徐，始識予兄子瞻，子瞻皆賢之。意王氏之遺懿❾，其卒在遹乎？遹裒❿君之文，得詩若干、賦若干、雜文若干，分為若干卷，以示予。予讀之流涕，為此文冠之，庶幾初、裔能立，以畀⓫之。

【章　旨】末段簡單敘述王適的家世，以及寫作這篇序言的緣由。

【注　釋】❶大父　祖父。❷慶曆　宋仁宗的年號（西元一〇四一—一〇四八年）。❸樞密使　北宋最高軍事指揮機關樞密院的長官。❹考　父親。❺比部郎中　比部是尚書省刑部的一個司，掌管稽核簿籍，其長官為比部郎中。❻初　王初，王適的女兒。❼裔　王裔，王適的遺腹子。❽遹　王遹，字子敏，王適弟，曾跟從蘇軾學習。❾遺懿　留存的美德。❿裒　收集。⓫畀　給予；付與。

【語　譯】王適的祖父名叫王鬷，慶曆年間曾擔任樞密使，以為人忠厚持重和富有氣概節操著稱；父親名叫王正路，曾任尚書比部郎中，為人樂觀隨和，喜歡施捨，在士大夫當中獲得美名。王適孝敬長輩，忠實於朋友，擅長寫作，不愧為他們的後人。我本以為他會長壽，不料卻中年夭折，按道理是不應當這樣的呀。何況我已經老了，卻同時失去兩位女婿，怎能不悲傷呢？王適去世的時候，他的女兒王初還不會說話，而兒子王裔還沒有出生。他的弟弟王遹，以前跟他一起寓居徐州，開始認識我的哥哥蘇子瞻，子瞻認為他們都很優秀。我想，王家留下的美德，最終將凝結在王遹的身上了吧？王遹把王適的作品收集起來，得到若干首詩、若干篇賦，還有若干雜文，分為若干卷，拿來給我看。我一邊讀著一邊流淚，寫下這篇文章作為序言，希望等王初、王裔長大了，交給他們。

【研　析】蘇轍元祐年間的散文作品，大多是奏議、表章之類的公文，像本篇這樣純粹私人性的文字並不多。

名為文集的序言，其實更像是悼念性的文章，但全篇不滿五百字，可謂簡短。就文法來說，本篇的基本方法是映襯，即以文務光來映襯王適。從兩個人的不同性格，預期他們將有不同的人生，從文務光的早逝，可以預期王適將會長壽。然而結果卻是王適跟文務光一樣中年夭折。作者說「理有不當然者」，表現出這個意料之外的結果對於他的打擊之重。不過，由於文務光也是作者的愛婿，所以這一映襯之法並非生硬設計出來的，而是感情的自然流露。一個失去兩位女婿的老人，情之所至，自然由此及彼，因為給王適的文集作序，而追想到文務光，因為同時悼念文務光，而增添了悼念王適的情感濃度。他撫今追昔，回顧往事，聲淚俱下。他似乎不願直寫王適之死，所以頗費曲折地敘述他得到王適死訊的過程。他的敘述時間從元祐四年的秋天，跳到元祐五年的春天，而把元祐四年冬天發生的這一悲慘事件，交付給家人的轉述。這也許依然體現出蘇轍行文的一貫特點，這種曲折迴旋的筆致，原本總使一氣直行的流水泛起一段迷人的煙波，但如今這一段煙波正是不願道及的傷心之處！也許作者真的無法接受王適之死的現實，他不避煩瑣地寫到王遹、王初、王矞，似乎要在他們身上找回王適的身影。他表達了一種不算渺茫的期待，即在王遹的身上看到王氏家族的希望。不難想像，他的這分期待原來是寄託在王適身上的。如此看來，他的悲傷又不僅僅是為失去一個女婿而已。文章無疑到達了精緻的程度，而可貴的是這精緻全出自然，沒有絲毫做作的痕跡。

論御試策題劄子

【題解】元祐八年（西元一〇九三年）九月，太皇太后高氏去世，宋哲宗親政，一心要恢復他父親神宗的政策。次年二月，新黨的李清臣擔任中書侍郎（執政官），三月份進士殿試（即題中的「御試」），李清臣撰作了策題，以明確的否定語調列舉元祐年間的一系列政策，希望考生們繼續攻擊。蘇轍意識到這是為政策的變化製造輿論，而力圖加以阻止，所以奏上本篇劄子，苦勸哲宗不要改變元祐之政。其結果是，不但蘇轍被剝奪執政之位，連年號也從元祐九年改為紹聖元年，正式表明皇帝要繼承他神聖的父親制定的「新法」。歷史上稱之為「紹述」政策。本篇標誌了一個歷史的轉折點，當然也是蘇轍生平的轉折點。

臣伏見御試策題❶，歷詆近歲行事，有欲復熙寧、元豐故事之意❷。臣備位執政❸，不敢不言。然臣竊料陛下本無此心，其必有人妄意陛下牽於父子之恩，不復深究是非，遠慮安危，故勸陛下復行此事❹。此所謂小人之愛君，取快於一時，非忠臣之愛君，以安社稷為悅者也。

【章旨】首段開門見山，揭示殿試的策題暗示了「紹述」政策，明確表示反對。但表述上有所迂迴，說皇帝本無此心，都是被小人教唆的。

【注釋】❶御試策題　進士殿試的策題。元祐九年（四月改為紹聖元年）三月十四日，哲宗親至集英殿，舉行殿試，策題為中書侍郎李清臣所撰。❷歷詆近歲行事三句　策題全文如下：「朕惟神宗皇帝，躬神明之德，有舜禹之學，憑几聽斷，十九年之間，凡禮樂法度，所以惠遺天下者甚廣。朕思述先志，拳拳業業，夙夜不敢忘。今博延豪英於廣殿，策之以當世之務，冀獲至言，以有為也。夫是非得失之迹，設施於政，而效見於時。朕之臨御幾十載矣，復詞賦之選而士不加勸，罷常平之官而農不加富，可雇可募之說雜而役法病，或東或北之論異而河患滋，賜土以柔遠也而四夷之侵未已，求利以便民也而商賈之路未通，至於吏員猥多，兵卒尚缺，饑饉薦至，寇盜尚蕃，此其故何也？夫可則因，否則革，唯當之為貴，聖人亦何心焉？子大夫其悉意陳之，無隱。」前半部分推崇神宗，後半指責元祐之政，即詩賦取士，廢除「青苗法」，恢復「差役法」，興起「回河東流」工程，割棄西北攻取的土地還給西夏，等等，最後明確表示要改變當前的政策。❸備位執政　當時蘇轍擔任門下侍郎，地位只比宰相略低，是執政中最高的一員。❹復行此事　指恢復神宗的「新法」。

【語譯】我看到了進士殿試的策題，列舉近年的政策，加以詆毀，有意要想恢復熙寧、元豐時期的那套老辦法。我身為執政官，不敢不提出意見。但我私自猜想，皇帝陛下本來並沒有這樣的想法，一定是有人錯誤地猜測陛下會被父子恩情所牽制，再也不深切地研究事情的是非，不長遠地考慮國家的安危，所以勸導陛下重新行使「新法」。這真是所謂小人親愛君主的方式，只圖一時的痛快，不是忠臣敬愛君主的方式，那是以安定國家為快樂的。

臣竊觀神宗皇帝，以天縱之才，行大有為之志，其所設施❶，度越前古，蓋有百世而不可變者矣。臣請為陛下指陳其略。先帝在位近二十年，而終身不受尊號❷。裁損宗室❸，恩止袒免❹，減朝廷無窮之費；出賣坊場❺，雇募衙前❻，免民間破家之患。罷黜諸科誦數之學❼，訓練諸將❽慵惰之兵。置寄祿之官❾，復六曹之舊❿；嚴重祿⓫之法，禁交謁之私。行淺攻⓬之策，以折西戎⓭之狂；收六色之錢⓮，以寬雜役⓯之困。其微至於設抵當⓰，賣熟藥⓱。凡如此類，皆先帝之聖謨睿算⓲，有利無害，而元祐以來，上下奉行，未嘗失墜⓳者也。

【章　旨】此段繼續迂迴，誇獎神宗皇帝，說他的政策中有不少好的方面，值得繼承，而且元祐以來也確實繼承了。

【注　釋】❶設施　措置；籌劃，指神宗實施的政策方針。❷尊號　唐代以來，在帝、后的稱號前加上一些美詞，作為尊號，如宋英宗為「體乾應曆隆功盛德憲文肅武睿聖宣孝皇帝」。❸裁損宗室　指減低皇室子弟照例獲得的恩賜。❹袒免　按喪禮，五世以上的遠親，沒有喪服，只脫去外衣和帽子，表示哀思。此指神宗對宗室的恩賜只限於五世之內的親戚。實際上，這是剝奪太祖子孫的特權。❺坊場　官營的造酒、賣酒工場。❻衙前　宋代負擔最重的一種差役，掌管官府物品的保存和運輸，負責賠償損失，承擔此役的人往往破產。原由富戶輪流承擔，為了補償損失，允許其承包酒坊。神宗改革役法後，以酒坊的收入雇人從役。❼諸科誦數之學　指科舉取士中進士以外的明經等科，考試的內容都是背誦指定的文本而已。神宗改革科舉制度，廢除明經等科，只留進士一科。❽將　軍事單位，神宗時期先後在四川以外的全國各地設置九十餘將，派固定的將官訓練士兵，謂之「將兵法」。❾寄祿之官　神宗改革官制，將各種官銜的名稱加以統一，整理為固定的等級，文臣分為三十階，每一階意味著不同的俸祿，故稱寄祿官。❿復六曹之舊　恢復尚書省的六部作為中央執行機構的功能，比如把三司的財政權歸還給戶部等。⓫重祿　神宗開始為各官署中的辦事人員制定薪水，即所謂「吏祿」，為了鼓勵他們的清廉，這薪水定得較高，從而對違法者的懲罰也加重。⓬淺攻　神宗對付西夏的一種軍事措施，命令與西夏交界的邊境各路輪流出兵進攻，但並不深入，旨在干擾和先發制人，使對方不能集中兵力大舉進犯。⓭西戎　指西夏。⓮六色之錢　即「免役錢」和「助役錢」，其收取對象有鄉村戶、坊郭戶、官戶、女戶、單丁戶、寺觀戶，合稱六色。⓯雜役　衙前以下的其他役種，比如負責迎送到任和離任官員的「散從」，負責維持治安的「弓手」等等。按神宗的免役法，以酒坊的收入雇募衙前役，以徵收來的「免役錢」和「助役錢」，即所謂「六色之錢」雇募這些「雜役」。⓰設抵當　神宗元豐四年曾在京城設立四個「抵當所」，後來推廣到各路，讓百姓以家產為抵當，向官府借錢。⓱賣熟藥　熙寧末，在太醫局設立熟藥所，向社會出賣加工好的成藥。⓲聖謨睿算　聖明的謀劃。謨，謀略。睿，明智。算，計畫。⓳失墜　喪失；丟失。

【語　譯】我私下裡觀察神宗皇帝，他是用了天生的才華，去實現大有作為的志向，他所設想、施行的一系列政策，都超越了以前古代的皇帝，其中有的是即便經歷百世也不可以改變的。我請求為皇帝陛下簡略地指出來。神宗做皇帝將近二十年，但終身都不曾接受那種虛誇的尊號。他減低了皇室子弟的特權，把恩賜限定在五世之內的親戚，這樣減去了朝廷無數的開支。他出賣官營的酒場，用這筆錢來招募、雇用人承擔衙前役，使百姓免去了破產的擔憂。他廢除了只靠背誦來應試的明經等科，設置「將兵法」來訓練那些慵懶的士兵。他改革官制，整理出「寄祿官」的固定序列，恢復了尚書六部的舊有職能。他為吏員制定較高的薪水，並嚴厲懲罰其中的違法者，禁止他們私下結交權貴。他命令邊境部隊實行淺攻的策略，使狂妄的西夏人遭受挫折。他向六種人戶徵收「免役錢」和「助役錢」，用來雇人承擔各種雜役，解除差役對人民的困擾。甚至於小到供人借錢的「抵當所」、出賣成藥的「熟藥所」的設置，等等。諸如此類，都是神宗的聖明謀劃，只有利益，沒有弊害，而元祐以來，朝廷上下一致奉行，從未喪失。

至如其他，事有失當，何世無之？父作之於前，而子救之於後，前後相濟，此則聖人之孝也。昔漢武帝外事四夷❶，內興宮室，財賦匱竭，於是修鹽鐵❷、榷酤❸、平準❹、均輸❺之政，民不堪命，幾至大亂。昭帝❻委任霍光❼，罷去煩苛，漢室乃定。光武❽、顯宗❾以察❿為明，以讖⓫決事，上下恐懼，人懷不安。章帝⓬即位，深鑒其失，代之以寬，豈弟⓭之政，後世稱焉。及我本朝，真宗皇帝右文偃革⓮，號稱太平，而群臣因其極盛，為天書⓯之說。章獻明肅太后⓰臨御，覽大臣之議，藏書梓宮⓱，以泯其迹。及仁宗聽政，亦絕口不言，天下至今韙⓲之。英宗皇帝自藩邸⓳入繼，大臣過計，創濮廟之議⓴，朝廷為之洶洶者數年。及先帝嗣位，或請復舉其事，寢㉑而不答，遂以安靖。夫以漢昭、章之賢，與吾仁宗、神宗之聖，豈其薄於孝敬而輕事變易也哉？蓋事有不可不以廟社㉒為重故也。是以子孫既獲孝敬之實，而父祖不失聖明之稱，此真明君之所務，不可與流俗㉓議也。

【章旨】此段才進入正題，指出神宗的做法並不完全妥當，作為兒子的哲宗理應改變，而不可繼承。

為了增強說服力，作者列舉了漢代和本朝的先例加以論證。

【注釋】❶外事四夷 對外跟四方的少數民族作戰。❷鹽鐵 對鹽和鐵實行官府專賣的政策。❸榷酤 官府壟斷酒的產銷。❹平準 官府收儲大量貨物，市價貴的時候出賣，便宜的時候收購，名義上是為了平衡物價，故稱平準。❺均輸 中央設置機構，掌握全國各地的商業情報，統一徵收、買賣和運輸貨物，買賤賣貴。❻昭帝 漢昭帝劉弗陵，武帝劉徹之子。❼霍光 字子孟，漢武帝末年以大司馬、大將軍受遺詔輔助昭帝執政。❽光武 東漢開創者，世祖光武帝劉秀。❾顯宗 東漢顯宗明帝劉莊，光武帝之子。❿察 關注細枝末節。⓫讖 圖讖，一種宣揚天命、預言吉凶的文字、圖籙。⓬章帝 東漢肅宗章帝劉炟，漢明帝之子。⓭豈弟 亦作「愷悌」，和樂平易。⓮右文偃革 崇尚文治，停止戰爭。⓯天書 天神所賜之書。宋真宗為了標榜自己的盛德大業，買通宰相，製造了許多「天書」，以神的指示為名義，去做荒唐的事。⓰章獻明肅太后 宋真宗的皇后劉氏，真宗去世後為皇太后，垂簾聽政十來年。「章獻明肅」是她的尊號，意為光彩、賢德、聖明、嚴肅。⓱梓宮 皇帝的棺材。劉太后命令把「天書」作為真宗皇帝的陪葬品。⓲韙 是；肯定。⓳藩邸 藩王的第宅。宋仁宗無子，以其堂兄濮王之子趙曙為嗣子，後來繼承皇位，即宋英宗。⓴濮廟之議 史稱「濮議」，即關於尊崇濮王趙允讓之禮儀的爭論。趙允讓是宋太宗第四子趙元份的兒子，宋真宗的親弟，於宋仁宗為堂兄，又是宋英宗的生父。由於英宗當了皇帝，濮王的身份自然就與其他藩王不同，故特別為他創設了園廟，加以祭祀。但對於英宗應如何稱呼濮王，朝廷上大起爭端，宰相韓琦和參知政事歐陽修擬定了「皇親」（即皇帝父親）的稱呼，遭到司馬光、呂誨等官員的激烈抨擊，他們認為最多稱「皇伯」，不能把濮王視為皇帝的父親，因為皇帝必須以仁宗為父親。歐陽修認為父子天倫，不能因為繼承了皇位就不認生父。雙方爭論數年，沒有結果。㉑寢 停止。㉒廟社 宗廟社稷，指稱國家。㉓流俗 充斥世間的平庸之人。

【語譯】至於神宗皇帝做過的其他事情，有些並不合適，這是哪一代都會有的。父親在前面做了，兒子在後面加以糾正，前後調濟，這才是聖人的孝道。過去，漢武帝對外跟四面的夷狄作戰，在內則大量修建宮殿，把錢都用完了，於是實行鹽和鐵的專賣，壟斷酒的產銷，官府收藏貨物來買賣，設置機構來管理貨物的運輸等等牟利的政策，老百姓疲於奔命，無法忍受，幾乎釀成大亂。他的兒子漢昭帝繼位後，委任霍光，把這些煩瑣苛刻的政策都廢除了，於是漢朝得以安定。東漢的光武帝和明帝，把關注細枝末節當作聖明，把迷信的文字圖籙當作判斷事物的依據，引起朝廷上下很多人的恐懼，每個人都擔心自己不安全。等到明帝的兒子漢章帝即位，深刻地認識到這種做法的弊病，改為寬厚的政策，他的和樂平易的政治一直受到後世的稱讚。再說我們本朝，真宗皇帝崇尚文治，停息戰爭，當時號稱太平天下，但眾多的臣子在這極度繁榮的時代卻揑造出「天書」的說法。劉太后垂簾聽政時，採納大臣的意見，把這些「天書」都放到真宗的棺材裡，做了陪葬品，剷除了它們在世間的痕跡。等仁宗皇帝親自聽政，也絕口不提「天書」的事，天下至今都認為他做得對。英宗皇帝從藩王的府邸進入宮中，繼承皇位，大臣們想得過了頭，開啟尊崇濮王禮儀的爭議，朝廷上為這件事鬧騰了好幾年。等神宗繼位，有人又請求舉行此事，神宗阻止了這個提議，不予回答，於是朝廷便安靜了。說起來，像漢昭帝、漢章帝那樣賢德的君主，和我朝仁宗、神宗那樣聖明的皇帝，難道他們不重視孝敬而輕易地改變父親的做法嗎？這是因為處理事情的時候不能不以國家為重的緣故。他們這樣做，從子孫來說是做到了真正的孝敬，而從父親、祖父來說，又不會失去聖明的名聲。這真是明君應該採取的做法，不可以跟世間庸俗的人去討論的。

臣不勝區區，願陛下反覆臣言，慎勿輕事改易。若輕變九年已行之事，擢任累歲不用之人❶，人懷私忿，而以先帝為詞❷，則大事❸去矣。臣不勝憂國之心，冒犯天威，甘俟譴責。取進止。

【章　旨】末段重申勸誡，要哲宗繼續實行元祐時期的政策。

【注　釋】❶累歲不用之人　指元祐年間被排斥的新黨官員。❷詞　藉口。❸大事　大勢；目前有利的局勢。

【語　譯】我禁不住這一片忠心，勸皇帝陛下反覆體會我的話，千萬不要輕易地改變元祐的政策。如果輕易地改變九年以來已經實行的政策，提拔和任用長久被排斥的新黨人物，那麼他們每個人都懷抱私仇，卻把繼承神宗作為藉口，目前的大好形勢就會被斷送了。我禁不住一片憂國之心，冒犯皇上的威嚴，甘心等候譴責。我在等待您的裁決。

【研析】宋神宗去世的時候，繼承皇位的宋哲宗趙煦年方十歲，所以由太皇太后垂簾聽政。從此以後，這位小皇帝全在舊黨人物的包圍影響下成長，而且像蘇軾、程頤那樣著名的文人學者都當過他的老師。但世上恐怕沒有比這更為失敗的教育，等太皇太后一死，宋哲宗自己掌握了權力，便急不可耐地打出繼承父親的旗號，重新起用新黨，恢復「新法」，在朝廷上清洗元祐舊黨，而且把舊黨人物折磨得死去活來。這其中的緣故，真是很難說得清楚。也許舊黨不幸遭遇了趙煦的逆反心理最為強烈的階段，也許他真的很崇拜自己的父親，反正他對祖母和祖母任用的人充滿了怨恨，後來有的官員聽到他竟在恨恨地念著蘇軾的名字，看來這是一個對於老師和長輩懷有莫名情緒的「憤青」式的人物。「憤青」並不可怕，可怕的是他當了皇帝，無上的權力使他的一己私憤翻湧成席捲天下的洪水，而首當其衝的就是擔任門下侍郎的蘇轍。當時的兩個宰相，呂大防做了安葬太皇太后的山陵使，范純仁剛剛從外地入朝，所以企圖阻擋這股洪水的首先是蘇轍。從文章來說，本文的措辭不能不說竭盡了委婉迴旋之能事。首先，不直接否定哲宗的「紹述」之心，而說哲宗原本並無此意，是被小人教唆的；其次，不否定神宗的作為，反而大大誇獎，細細列舉，並說值得永遠繼承；再次，不得不正面否定神宗的「新法」時，也自為開脫，說哪一代都會有做錯的事，而且一筆帶過，轉而去列舉歷史上的事例，證明兒子可以改變父親的政策；舉例的時候，還特意舉到了神宗本人。這樣的迴旋固然是蘇轍行文的一貫風格，拿手好戲，但如此充分地運用，也傳達出他寫作此文時是如何地用心良苦。然而，宋哲宗早就打定了主意，毫不動心，反而從蘇轍的迴旋文字中找到了把柄，說他用漢武帝比擬神宗，是對神宗的侮辱。儘管蘇轍本人和當時其他的大臣都不認為用漢武帝來比擬會辱沒了宋神宗，但哲宗偏偏記得歷史上有「秦皇、漢武」的說法，證明漢武帝是跟秦始皇並稱的暴君，怎麼可以用來比擬他的神聖的父皇呢？於是蘇轍就以這樣的罪名被罷去執政，出知汝州（今屬河南）。正如蘇軾擅長的詩歌諷諭筆法，為他帶來了「烏臺詩案」，蘇轍擅長的古文迴旋筆法，也給宋哲宗提供了打擊舊黨的理由。蘇轍的後半生因貶謫而顛沛的命運，由此才剛剛開啟。

五　嶺海逐臣

五、嶺海逐臣

紹聖元年（西元一〇九四年）

蘇轍五十六歲，罷執政，出知汝州。繼而降官知袁州，又貶試少府監、分司南京，筠州居住。自此，蘇轍第二次貶居筠州，除與禪僧交往外，也潛心著書。

紹聖四年（西元一〇九七年）

蘇轍五十九歲，再貶化州別駕，雷州安置。兄蘇軾貶儋州，途中相遇，同行至雷州。此為兄弟最後之會聚。

元符元年（西元一〇九八年）

蘇轍六十歲，移循州安置，閉門讀書寫作。

元符三年（西元一一〇〇年）

蘇轍六十二歲，宋哲宗去世，徽宗繼位，轍移永州安置，又改授濠州團練副使、嶽州居住。北歸途中，復官太中大夫，提舉鳳翔府上清太平宮，外州軍任便居住。約於歲暮，歸潁昌府安居。

汝州龍興寺修吳畫殿記

【題　解】按本篇自署的寫作時間，為紹聖元年（西元一〇九四年）五月二十五日。此年三月，蘇轍以奏狀中譏諷宋神宗的罪名，被罷去執政，出知汝州（今屬河南），四月二十一日到汝州任上。吳畫，唐代吳道子所作的壁畫。依文中所述，在汝州龍興寺華嚴小殿的東西兩壁。

予先君宮師❶平生好畫，家居甚貧，而購畫常若不及。予兄子瞻少而知畫，不學而得用筆之理。轍少聞其餘❷，雖不能深造之，亦庶幾❸焉。凡今世，自隋、晉以上，畫之存者無一二矣，自唐以來，乃時有見者。世之志於畫者，不以此為師，則非畫也。

【章　旨】首段敘述作者家世好畫，並強調唐畫的重要性。

【注　釋】❶先君宮師　指作者的父親蘇洵。先君，死去的父親。宮師，太子太師，這是蘇轍當了執政後，朝廷追贈蘇洵的官銜。❷餘　餘論；聽來的一言半語。❸庶幾　差不多；過得去。

【語　譯】我的父親，太子太師蘇洵，平生喜歡繪畫，雖然家裡很貧困，但他購買繪畫，總好像怕來不及一樣。我的哥哥蘇子瞻，從小就懂畫，沒怎麼學習就掌握了用筆的道理。我從小聽到他們的談論，雖然不能深刻領會，但也還過得去。在今天，凡是隋朝、晉朝以前的畫，已經沒有多少留存了，偶爾能夠看到的是唐代以來的作品。世上有志於繪畫的人，如果不學習唐畫，那就不能算繪畫了。

予昔遊成都，唐人遺迹❶遍於老佛之居❷。先蜀之老有能評之者，曰：「畫格有四，曰能、妙、神、逸。」❸蓋能不及妙，妙不及神，神不及逸。稱神者二人，曰范瓊❹、趙公祐❺；而稱逸者一人，孫遇❻而已。范、趙之工，方圓不以規矩❼，雄傑偉麗，見者皆知愛之；而孫氏縱橫放肆，出於法度之外，循法者不逮其精❽，有從心不逾矩❾之妙。於眉❿之福海精舍⓫，為行道天王⓬，其記⓭曰：「集潤州高座寺張僧繇。」⓮予每觀之，輒嘆曰：「古之畫者必至於此，然後為極歟！」其後東遊至岐下⓯，始見吳道子⓰畫，乃驚曰：「信矣，畫必以此為極也！」蓋道子之迹比范、趙為奇，而比孫遇為正，其稱畫聖，抑以此耶？

【章　旨】此段結合作者的經歷，以成都、鳳翔的壁畫來襯托下文要記述的汝州龍興寺壁畫，也以范瓊、趙公祐、孫遇的繪畫成就來襯托吳道子的造詣。

【注　釋】❶遺迹　指留存的壁畫作品。❷老佛之居　道教的宮觀和佛教的寺廟。❸先蜀之老有能評之者三句　宋初黃休復（字歸本）撰《益州名畫錄》（又名《成都名畫記》），記載唐代以來在成都留有作品的畫家五十八位，從高到低分為逸格一人、神格二人、妙格二十八人、能格二十七人。蘇轍所論當本於此書。但黃休復並非四川人，可能較長時間留在成都，故被蘇轍記為「蜀之老」。畫格，繪畫作品的格調、藝術造詣。按黃休復的說法，所謂逸格，指超越規矩，出人意表的境界，神格指作品的整體形象與自然融為一體，妙格指筆法的運用達到得心應手的程度，能格指作品能生動地表現出所繪事物的情態。❹范瓊　唐代後期畫家，曾寓居成都，擅長佛教題材的繪畫，用筆精細，《益州名畫錄》列為神格。❺趙公祐　唐代後期畫家，長安人，唐敬宗寶曆年間寓居成都，善畫人物、佛像、鬼神，名高當時，《益州名畫錄》列為神格。❻孫遇　又名孫位，唐末畫家，因黃巢攻克長安，而逃亡至成都。性情疏野，襟抱超然，善畫水、人物、鬼神、松石等。《益州名畫錄》列為逸格。❼方圓不以規矩　畫方不必用矩尺，畫圓不必用圓規，形容筆法精熟。❽不逮其精　達不到他的精妙之處。❾從心不逾矩　語出《論語・為政》：「七十而從心所欲，不逾矩。」意謂隨心所欲去做，都不會越出規矩，即對規矩的掌握和運用已達完全自由之境界。❿眉　眉州（今四川眉山），為蘇軾的家鄉。⓫福海精舍　《益州名畫錄》稱為「福海院」。精舍，佛寺。⓬行道天王　唐宋時期佛教繪畫的常見題材，表現北方毗沙門天王巡察人間、天上之場面。天王，佛教的護法神。⓭記　牌記；榜題，在壁畫邊上表明所畫內容或作者之類的簡略說明性文字。⓮集潤州句　《益州名畫錄》「集」字作「倣」，意為摹倣。潤州，治所在今江蘇鎮江。張僧繇，南朝梁代畫家，《貞觀公私畫史》載其有「行道天王像一卷」，故為孫遇所摹倣。⓯岐下　岐山之下。岐山在今陝西岐山東北，此指鳳翔（今屬陝西），嘉祐元年（西元一〇五六年）蘇軾隨其父、兄從眉山出閬中，經陝西赴汴京，路過鳳翔，曾遊佛寺，觀賞吳道子壁畫。⓰吳道子　又名吳道玄，曾任唐玄宗的宮廷畫師，時稱「畫聖」，尤擅佛像。

【語　譯】我昔日到成都，看到那裡的道教宮觀和佛教寺廟中滿是唐代畫家留下的作品。以前蜀地有一位善於評畫的老人，說：「繪畫的品格有四等，叫能格、妙格、神格和逸格。」照他的說法，能格不及妙格，妙格不及神格，而神格又不及逸格。被他稱為神格的畫家有兩位，那是范瓊和趙公祐，而稱為逸格的只有一人而已，就是孫遇。范瓊和趙公祐的精工，達到了不用矩尺、圓規就能畫出方圓的程度，風格雄勁傑出，宏偉華麗，只要看到的人都會喜歡。而孫遇的畫法卻自由奔放，超越了繪畫的法則，按照法則去畫的人不可能達到他的精妙之處，頗有「從心所欲不逾矩」的境界。他在眉州的福海精舍畫了一幅「行道天王」，題記說：「摹倣潤州高座寺張僧繇的作品。」我每次看到，都會感嘆道：「自古以來，畫家一定要達到這樣的水平，才算到了頂點。」後來，我又東遊，到了鳳翔，這才看到吳道子的畫，於是驚嘆道：「對呀，繪畫的頂點一定是這個了。」因為吳道子的畫法比范瓊和趙公祐要奇特，卻比孫遇要正規，他之所以被稱為「畫聖」，或許就是這個緣故吧？

紹聖元年四月，予以罪謫守汝陽❶，間與通守❷李君純繹遊龍興寺，觀華嚴小殿，其東西夾❸皆道子所畫。東為維摩、文殊，西為佛成道❹，比岐下所見，筆迹尤放❺。然屋瓦弊漏，塗棧❻缺弛，幾侵於風雨。蓋事之精，不可傳者，常存乎其人❼。人亡而迹存，達者❽猶有以知之。故道子得之隋、晉之餘，而范、趙得之道子之後。使其迹亡，雖有達者，尚誰發❾之？時有僧惠真，方葺❿寺大殿，乃喻⓫使先治此，予與李君亦少助焉。不逾月，堅完如新⓬。於殿垝⓭之中，得記曰：「治平丙午⓮蘇氏惟政所葺。」眾異之，曰：「前後葺此皆蘇氏，豈偶然也哉？」惠真治石⓯請記。五月二十五日。

【章　旨】此段敘述作者來到汝州，重修龍興寺吳道子畫壁的經過，以及寫作本文的緣起。

【注　釋】❶汝陽　汝水之北，指汝州。❷通守　通判，宋代在各州設置的官職，意謂與知州共同處理政務，地位比知州略低，但以聯合簽署公文的形式，起到監督作用，所以也號稱「監州」。❸東西夾　東牆和西牆。❹東為維摩文殊二句　葛立方《韻語陽秋》卷十四有更詳細的描述：「至汝州，嘗至龍興寺觀吳道子畫兩壁，一壁作維摩示疾，文殊來問，天女散花，一壁作太子遊四門，釋迦降魔成道。」兩者都是佛教壁畫的常見題材，現在敦煌莫高窟壁畫中可以看到。前者表現《維摩詰所說經·文殊問疾品》的場面，維摩詰居士號稱生病了，文殊菩薩帶著許多人去慰問，結果兩人辯論起來，由於辯論的內容精彩到了極點，所以天女來房中散花；後者描繪釋迦牟尼出家成佛的故事，他原是淨飯王的太子，由於出遊王城的四門，見到生、老、病、死的現象，而覺悟人生的空虛，出家修道，後來降服魔王波旬，成就佛道。❺放　縱放；自在。❻塗棧　指殿門。古人把泥塗在木製的門上，厚五寸，用以防火，叫做「塗棧」。棧，編木為門。❼存乎其人　因為某個人的存在而存在，意謂只有某個人能掌握。❽達者　通達事理的人。❾發　揭示；發揚。❿葺　修建。⓫喻　告訴。⓬堅完如新　堅實、完好，像新的一樣。《韻語陽秋》的作者葛立方後來看到重修過的吳畫壁，謂「壁用黃沙搗泥築之，其堅如鐵」。⓭殿墻　殿內的牆壁。⓮治平丙午　宋英宗治平三年（西元一〇六六年）。⓯治石　整治一塊石碑。

【語　譯】紹聖元年四月，我因為得罪了朝廷，被貶為汝州的知州，曾抽空跟通判李純繹一起到龍興寺遊玩，看到寺中華嚴小殿的東西兩壁都是吳道子的畫。東面畫的是文殊到維摩詰那裡探病的場景，西面是佛祖修行得道的場景，比我在鳳翔看到的作品，筆法更為縱放。但是，此處房屋瓦片都破敗漏水了，塗了泥的木門也缺損鬆垮，幾乎無法阻擋風雨。說起來，無論做什麼事，精妙之處往往無法傳授，全靠某一個掌握它的人心中有數。等到這人去世了，他的作品卻能保存下來，明達事理的人還可以通過作品去了解。所以，吳道子從隋代、晉代留下的作品中獲得領悟，而范瓊和趙公祐則從吳道子的作品中得到啟示。如果他們的作品都消亡了，那麼即使有明達事理的人，誰還能加以揭示發揚呢？我在龍興寺的時候，有一個惠真和尚，正在修建該寺的大殿，於是我請他先整修吳道子的畫壁，我跟李純繹也稍稍出資幫助他。沒過一個月，畫壁就被整修得堅實完好，就像新建的一樣。我們在殿內的牆壁上，還找到一行題記：「治平三年蘇惟政所修。」大家都很驚異地說：「前後修理這畫壁的都是姓蘇的人，難道是偶然的嗎？」惠真和尚整治出一塊石碑，要我寫一篇記文刻在上面。五月二十五日記。

【研　析】從某種角度說，蘇轍被罷去執政，趕出朝廷，並不是一件太壞的事。在朝廷的時候，他成天想著水旱災害、財政收入、黃河流向之類的問題，還免不了遭受別人的攻擊，跟別人爭論，同時又要提防新黨的復起，幾乎沒有時間去滿足自己在藝術文化方面的愛好；而一旦離開汴京，他的視野中首先就出現了吳道子的繪畫，所做的第一件事就是去修理汝州龍興寺的畫壁，一下子就恢復了文化人的身份。他的迴旋曲折的行文藝術，用在奏狀上，也可謂化盡了心思，卻從來就不曾感動過自以為是的宋神宗、哲宗父子，險些還遭遇不測；而當他用同樣的筆法來記述他對繪畫的理解、對畫史的見解時，便顯得顧盼生情，深切動人。本篇用的全是迴旋映襯之法：在說自己之前，先說父親和哥哥；在說汝州之前，先說蜀中和岐下；在說吳道子之前，先說孫遇。這些都是大的方面，其細微處也無不如此：要強調唐畫的重要性，先說隋、晉以上的作品所存無幾；要描述孫遇的成就，先拈出范瓊和趙公祐；要敘述重修畫壁之事，也說惠真和尚原想重修大殿；甚至到全文的最後，還提起另一位姓蘇的人，在自己之前也曾從事修葺。幾乎無一處不迴旋，無一筆不映襯，這樣做的結果是把自己的家世、經歷跟他對繪畫史的理解自然地融會起來，彷彿一個生命融入藝術文化的長久傳衍之中，使重修畫壁之舉獲得了最高的意義。讀者至此不難領會：置身於這藝術文化的傳衍之流中，才是作者的真正歸宿，離開朝廷的蘇轍其實回家了。當時他的哥哥蘇軾也遭到厄運，被降官貶去英州（今廣東英德），路過汝州時曾跟蘇轍相會，也知道他出資重修畫壁的事。但重修完工的時候，蘇軾已經離去，聽到消息後特意寄了一首詩回來，曰〈子由新修汝州龍興寺吳畫壁〉。詩的最後說：「他年弔古知有人，姓名聊記東坡弟。」他因為蘇轍做了一件很有意義的事，當哥哥的感到自己也很光榮，並且預料以後還會有人加入這傳衍之流。他的預言沒有錯，到宋徽宗的時代，葛勝仲擔任汝州知州，就再次對畫壁加以修理，並給殿門加鎖，把鑰匙收到州府，這等於是政府出面保護文物了。再後來，他的兒子葛立方從熱心編訂蘇軾詩集的劉沔那裡讀到了蘇軾的寄詩，知道蘇轍也曾修理畫壁，就在《韻語陽秋》中記下這段經過。此書寫成的時候，已在南宋的隆興元年（西元一一六三年），汝州經歷了金軍、宋軍、偽齊軍以及土匪部隊的輪番蹂躪，文物是不可能保存了，藝術史留在大地上的遺跡被剷除精光，正如蘇轍所說，文化的傳衍只能是「存乎其人」了。

汝州楊文公詩石記

【題解】蘇轍於紹聖元年（西元一〇九四年）四月至汝州，已經罷去執政之權，但隨著新黨的捲土重來，朝廷認為這樣還算不上懲罰。在五、六月間，不斷有人對他加以彈劾，至六月五日，得到貶官改知袁州（治所在今江西宜春）的結果。由於汝州距汴京不遠，蘇轍於十二日就得到去袁州的命令，隨即上路。本文作於離開汝州之前。楊文公即楊億（西元九七四—一〇二〇年），字大年，宋真宗時代最有名的文人。文公是他的諡號。詩石，刻有詩作的石碑。

祥符六年❶，楊公大年以翰林學士請急還陽翟省親疾，繼稱病求解官❷。章聖皇帝❸以其才高名重，排群議，貸❹不加罪。逾年，以祕書監❺知汝州。公至汝，常稱病，以事付僚吏，以文墨❻自娛，得詩百餘篇。既還朝，汝人刻之於石。皇祐❼中，郡守王君為建思賢亭於北園之東偏❽。紹聖元年四月，予自門下侍郎得罪出守茲土，時亭敝已甚，詩石散落，亡者過半。取公《汝陽編》❾詩而刻之，仍增廣思賢，龕❿石於左右壁。

【章　旨】此段簡單敘述楊億詩石的來歷，和自己補刻的經過。

【注　釋】❶祥符六年　宋真宗大中祥符六年（西元一〇一三年）。❷楊公大年以翰林學士請急還陽翟省親疾二句　在真宗朝的黨爭中，大致以李沆、王旦、張詠、寇準等太平興國五年（西元九八〇年）進士集團為一黨，楊億始終依附此一集團；以淳化三年（西元九九二年）進士王欽若、丁謂等人為一黨。後者用「天書」、「封禪」等手段投合宋真宗，一度排斥了寇準，也經常欺負楊億。大中祥符六年六月，楊億由於負氣，擅自離開朝廷，到陽翟看望母親去了。此事引起朝野嘩然，但由於宰相王旦的保護，後果並不嚴重，只是解除翰林學士的職務，改任太常少卿分司西京，允許他居家養病，等身體好了再赴任。陽翟，北宋潁昌府治陽翟縣，今河南禹縣。楊億是福建人，但他在十一歲的時候就中了「神童」科，入朝當官，所以在距離汴京較近的陽翟購買了別墅。省親疾，探望生病的母親。❸章聖皇帝　宋真宗的尊號為「應符稽古神功讓德文明武定章聖元孝皇帝」，宋人常取其中「章聖」二字來稱呼他。❹貸　寬恕。❺祕書監　祕書省監的簡稱，北宋前期從三品官階名。大中祥符七年八月，楊億說自己的病好了，要還朝，王旦在宋真宗面前為他說好話，得到知汝州的差遣。❻文墨　指代寫作。❼皇

祐　宋仁宗年號（西元一〇四九—一〇五三年）。❽郡守王君句　根據《大清一統志》卷一百七十四，汝州古蹟有「思賢亭」，注：「在州治後。宋楊億知汝州，有賢名，後守王珦瑜因建此亭，劉攽為記。」❾汝陽編　根據《宋史・藝文志》所載，楊億著有《汝陽雜編》二十卷，是他知汝州期間的詩文集。❿龕　鑲嵌。

【語　譯】大中祥符六年，楊億以翰林學士的身份，請求急速回到陽翟去看望他生病的母親，接著又聲稱自己患病，要求朝廷免去他的官職。真宗皇帝因為他才華高、名聲大，所以力排眾議，寬恕了他，不予加罪。第二年，任命他為祕書監知汝州。楊億到了汝州，還是經常聲稱患病，把公事都交付給手下的僚屬吏員，而以寫作來自娛自樂，完成了一百多首詩歌。等他回朝後，汝州人把他的詩歌刻在了石碑上。皇祐年間，擔任汝州知州的王珦瑜為此建造了一個「思賢亭」，坐落在知州官署北面的園子裡偏東的地方。紹聖元年四月，我因為得罪了朝廷，從門下侍郎貶到這裡做地方長官，此時「思賢亭」已經非常破敗，刻了詩的石碑也早就分散零落，一大半都找不到了。於是我取來楊億的《汝陽雜編》，按照其中所載的詩歌加以補刻，又拓寬了「思賢亭」，將詩碑鑲嵌在左右兩壁。

嗚呼！公以文學鑒裁❶，獨步咸平❷、祥符間，事業比唐燕、許❸無愧，所與交皆賢公相，一時名士多出其門。然方其時，則已有流落之嘆。既沒十有五年❹，聲名猶籍籍❺於士大夫，而思賢廢於隸舍❻馬廄之後，詩石散於高臺華屋之下矣❼。凡假外物以為榮觀❽，蓋不足恃，而公之清風雅量，固自不隨世磨滅耶？然予獨拳拳❾未忍其委於荒榛野草，而復完之，抑❿非陋歟？抑非陋歟？

【章　旨】此段就楊億的精神影響與物質遺跡作對照，認為物質遺跡靠不住。對自己補刻詩石之舉，略為自嘲，有所慨嘆。

【注　釋】❶鑑裁　鑒別、裁斷，指對於人事的認識能力。❷咸平　宋真宗年號（西元九九八－一〇〇三年）。❸燕許　唐代燕國公張說（西元六六七－七三〇年）和許國公蘇頲（西元六七〇－七二七年），都以擅長寫作朝廷文告而著名，時稱「燕、許大手筆」。楊億任翰林學士，真宗朝的文告也多出其手。❹既沒十有五年　楊億卒於宋真宗天禧四年（西元一〇二〇年），至蘇轍寫作本文的紹聖元年（西元一〇九四年），計其首尾應為七十五年，疑此句「十」字前脫一「七」字。❺籍籍　形容名聲盛大。❻隸舍　僕人住的屋子。❼詩石散於高臺華屋之下矣　意謂那些刻了詩的石碑被人拿去，當作修築高臺和大房子的材料了。❽榮觀　榮耀的外觀。❾拳拳　形容心意誠懇。❿抑　難道。

【語　譯】啊！從咸平到大中祥符年間，楊億以他的文章學識和鑑別人物、裁斷事務的能力，可稱首屈一指。他的成就比起唐代的「燕、許大手筆」來，並無愧色。他所交往的都是賢明的公卿宰相，一個時代的名人大多出自他的門下。然而，就是在那樣的時候，他還是會有流落朝廷之外的可嘆遭遇。等他去世七十五年後的今天，巨大的名聲仍然傳播在士大夫之間，但「思賢亭」卻已被廢棄在僕人住的房子和馬廄之後，刻了詩的石碑也被人拆散，拿去做了高臺和大房子的建築材料。所以，凡是憑藉身外之物獲得的榮耀外觀，都是靠不住的。不過，楊億的清雅風度留下的精神影響，理所當然不會隨著時間的流逝而消亡吧？那麼我這樣獨自抱著一片誠意，不忍心看到他的遺跡被廢棄在荒草之中，而重新修繕起來，豈不是很淺陋嗎？這豈不是很淺陋嗎？

【研　析】蘇轍的仕途生涯中，有一點跟他哥哥蘇軾非常不同，就是擔任地方長官的時間非常少。蘇軾有較多的機會負責一個州的事務，往往做得很有聲色，比如他在杭州的一番作為，至今還深深地鐫刻在這座城市的形象中。蘇轍的一生，卻多做幕府官或朝官，要麼就是貶居，做地方長官的經歷只有兩次：元豐八年任績溪縣令，紹聖元年知汝州。前者大約有半年時間，後者則不到兩個月。從現存的資料來看，他為汝州地方做的事情大約有三件：一是出資修理龍興寺的吳道子壁畫；二是因為乾旱而去祭雨，據說非常成功；三就是本文所敘的補刻楊億詩碑，當然還包括擴建「思賢亭」，以至於他在當時寫的詩裡改稱為「思賢堂」，看來原址被拓寬了不少。短短的時間內完成這三件事，其辦事效率是相當高的了，而同時還頂著從汴京一波一波傳來的壓力，一接到貶逐的命令，隨即動身，似乎早就準備有素，由此可以看出他的人生之路已經走到成熟老練的境界。他的弟子張耒說，從來就沒見蘇轍「忙」過，他總能在不慌不忙中遊刃有餘地創造出驚人的效率。這是蘇轍的特點。就寫作藝術來說，此篇也開始呈現他的晚年風格，結構非常簡單，前一段敘述，後一段感慨，用語明暢而不繁瑣，省淨而不艱澀。無論敘述還是議論、感慨，都是適可而止，沒有過多的鋪敘、生發，只把意思表達出來而已。不過，在文章的末尾，蘇轍對於自己所做的事也提出了懷疑。既然像楊億那樣具有重大精神影響的人，其物質遺跡也是根本靠不住的，那麼自己如此在意地加以修復，是不是一種徒勞呢？更進一步說，既然每個人在世間留下的一切物質痕跡，都將隨著時間的流逝而消亡磨滅，那麼覺悟了這個道理的人，對於人生應當另有一種看法。財政大臣、外交使者、翰林學士、御史中丞、門下侍郎，這樣的顯官要職都已成為過眼雲煙，接下來將會遭遇什麼呢？其實無論是什麼，此時的蘇轍都已有平穩的心態去迎接了。

分司南京到筠州謝表

【題　解】紹聖元年六月五日，朝廷貶蘇轍為袁州知州，他於十二日接到命令，隨即從汝州出發赴袁州。到七月十八日，朝廷又下令：「降授左朝議大夫知袁州蘇轍，守本官，試少府監、分司南京，筠州居住」。蘇轍接到此令，是在九月十日，當時已行至江州，二十五日至筠，作此表。所謂「守本官」，指仍為左朝議大夫（正六品官階）。所謂「分司」，是在陪都設立一套與京城相似的官僚體系，實是唐宋時期閒置官員的一種名義而已。「試少府監、分司南京」意謂名義上擔任少府監的長官，但實際並不領導汴京的少府監。真正有內容的只是「筠州居住」四字，就是將他流放到筠州而已。這是蘇轍生平中第二次貶居筠州。

臣轍言：

臣前得罪，蒙恩落職知汝州。六月十二日再被告❶，降三官❷知袁州，即治陸行，趨陳留❸，具舟赴任。九月十日行至江州彭澤縣❹界，復被告，降授試少府監、分司南京，筠州居住。尋拜受前行，於九月二十五日至筠州居住訖者。愚守一心，漫無趨避❺，歲更三黜❻，始悟愆尤❼。臣轍誠惶誠恐，頓首頓首。伏念臣家傳樸學❽，仕偶❾聖時，本無意於功名，徒自勤於翰墨。因時乏使，亟塵言事之班❿；竊食⓫無功，復預聞政之列⓬。才經九歲⓭，遍歷要塗⓮，人心忌其超遷，天意惡其盈滿。捫心自省，事猶可追；任意直前，罪所從出。惟闇故不明利害，惟拙故不達幾微⓯，以至罪積如山，命輕若髮。薦經彈擊⓰，雖九死以猶輕；黜守幽遐⓱，累千里而為近。今茲責分留務⓲，棄置陋邦⓳。不親吏民⓴，許追思其過咎；稍霑祿秩㉑，俾粗免於饑寒。人微固無可言，恩深繼之以泣。自違天日㉒，分委泥塗㉓，朝無為言㉔，恩出獨斷㉕。此蓋伏遇皇帝陛下，法天廣覆，配地兼容。雖雷霆之震驚，與雪霜之嚴冽㉖，未始㉗絕物之命，要在厚民之生。故茲賤微，猶得陳述。如臣自處㉘，本復何言？顧惟兄弟二人，迭相須為性命㉙；江嶺㉚異域，恐遂隔於存亡。況復墳墓闊疏㉛，父子離散㉜，若臣家之憂患，實今世之孤窮㉝。

靜言思之㉞，誰可告者？惟有自投㉟於君父㊱，庶幾有冀於生全㊲。泣血書詞，叩閽㊳仰訴，生有捐軀㊴之日，死存結草㊵之誠。臣無任瞻天望聖，激切屏營之至，謹奉表稱謝以聞。

【注釋】❶被告　接到命令。❷降三官　官階降低三級。蘇轍原為太中大夫，貶為朝議大夫，按元豐寄祿格，降低了三階。❸陳留　北宋開封府屬下陳留縣，現已併入開封。❹江州彭澤縣　在今江西湖口東。❺趨避　趨利避害。❻歲更三黜　一年之中連續遭受三次貶謫。指紹聖元年三月從門下侍郎貶為汝州知州，六月再貶袁州知州，七月再貶筠州居住。❼愆尤　罪過。❽樸學　儒家經學。❾偶　遇。❿塵言事之班　玷汙了諫官的行列，指元祐元年擔任右司諫。⓫竊食　白白地吃國家的俸祿。⓬預聞政之列　加入執政官的行列，指元祐六年擔任尚書右丞，繼為門下侍郎。⓭九歲　從元豐八年（西元一〇八五年）宋哲宗登基，至元祐八年（西元一〇九三年）。⓮遍歷要塗　擔任過幾乎所有重要的職務。指蘇轍在元祐年間先後擔任的右司諫、起居郎、中書舍人、戶部右曹侍郎、翰林學士、出使遼國使者、御史中丞以及執政官，全是直接干預朝政的重要職務。⓯不達幾微　不懂政治上機密、微妙之事。⓰彈擊　指臺諫官的彈劾。⓱黜守幽遐　貶到遠方偏僻的小州擔任知州，指蘇轍被貶為袁州知州。⓲責分留務　擔任分司南京的職務。⓳棄置陋邦　指「筠州居住」。陋邦，邊遠閉塞之地。⓴不親吏民　不顧問吏員、百姓的事，指不擔任實際職務。㉑露祿秩　虛留官階，得到薪水。㉒違天日　跟皇帝告別。指離開朝廷。㉓分委泥塗　自料將被拋棄到汙泥之中，指處境兇險。㉔朝無為言　朝中沒有人為我說話。㉕獨斷　皇帝個人的決定。㉖嚴冽　嚴厲；凜冽。㉗未始　未曾；從未。㉘自處　安置自己。㉙迭相須為性命　必須相依為命。㉚江嶺　江西和嶺南。筠州屬於北宋的江南西路，當時蘇軾被貶到惠州（今屬廣東），在嶺南。㉛墳墓闊疏　離祖先的墳墓很遠，指遠離家鄉眉山。㉜父子離散　蘇轍有三個兒子：蘇遲、蘇適、蘇遜。另有兩位守寡的女兒（文務光、王適之妻）也跟隨他。紹聖元年從汝州南貶，經過潁昌府（治所在今河南許昌），將遲、適二子及兩個孀女留在那裡，只有幼子蘇遜一家跟隨他到了筠州。㉝孤窮　孤立、窮困。㉞靜言思之　《詩經・邶風・柏舟》的成句。靜言，靜然；靜靜地。㉟投　投誠；歸依。㊱君父　指皇帝。㊲生全　保全生命。㊳叩閽　直接向皇帝申訴。閽，宮門。㊴捐軀　丟棄身體，表示願意為國事而死。㊵結草　紮草，典出《左傳》。魏武子曾囑咐兒子魏顆，等他死了就把一個小妾嫁掉；但武子生病將死時，又要求以小妾殉葬。魏顆認為應該聽從父親清醒時候的命令，所以把小妾嫁掉了。後來魏顆在追擊敵人時，那小妾的已經死去的父親顯靈，紮草阻擊敵人，使魏顆能生擒敵人。後人用這個典故表示蒙受恩惠的人即便死了仍會設法報答的意思。

【語　譯】臣蘇轍告白：我不久前得罪了皇帝陛下，蒙受您的恩惠，只剝奪了門下侍郎的職務，到汝州擔任知州。六月十二日，我又接到您的命令，把我的官階降低三級，改任袁州的知州。我隨即治裝出發，陸行到陳留縣，然後雇用船隻，水行前往袁州赴任。九月十日，到了江州彭澤縣境上，又接到命令，降官為「試少府監、分司南京，筠州居住」。我馬上跪拜接受，前往筠州，於九月二十五日到達筠州，居住了下來。愚笨的我，光知道堅守自己的心願，一點也不懂趨利避禍，一年之中經歷了三次貶黜，才開始醒悟自己的罪過。我蘇轍真的惶恐，真的惶恐，向您叩頭，向您叩頭。追想起來，我是從家庭接受了經學的教育，走上仕途，正好碰上聖明的時代。我本來並不想撈取功名，只是勤於著述而已。因為皇上偶爾缺乏差使的人，所以讓我進入了諫官的行列；雖然我只是白吃國家的飯，沒有什麼功勞，但後來居然又當上了執政官。前後不過九年之間，我幾乎做遍了朝廷的所有重要官職。眾人的心裡都嫉妒我超越本分的升遷，連天意也厭惡了我到達極限的福分。我捫心自問，過去的事情還記憶猶新，我的罪過的來源，就是因為任憑心意，一直向前。因為不夠聰明，所以不懂利害關係；因為笨拙，所以看不見政治上的微妙之處。以至於我的罪過積得像一座山，令我的生命輕得像一根頭髮。經受了臺諫官的多次彈劾，即便被處死九次也算不上重罰；結果只是貶到遠方偏僻的小州擔任知州，那麼即使有幾千里，對我來說也算不上遠了。目前又被授予「分司」的職務，棄置在這邊遠閉塞之地。沒有實際政務要我處理，讓我可以反省從前的錯誤；依然保留領取薪水的官階，讓我大致避免了饑寒。我這麼一個卑微的人，固然已經沒有什麼好說，蒙受了深厚的恩惠，感動之餘，再加上哭泣而已。自從離開了皇上，我自料處境兇險，朝中沒有人為我說話，所有的恩惠都來自皇上個人的決斷。這都是因為碰上了皇帝陛下，效法蒼天的廣大覆蓋，做到了像大地那樣的兼容並蓄。雖然您的威嚴像雷霆那樣震驚人世，像雪霜那樣凜冽無比，但本意都是想讓人民獲得幸福，從來不曾斷絕人的生命。所以，我這低賤微小的罪人，還能夠有所表白。就我自己來說，本來已經沒有什麼請求；但我們兄弟兩人，必須相依為命，現在分別貶在江西和嶺南，恐怕再也不能活著團聚，再加上遠離祖先墳墓所在的家鄉，又跟我的兒女分離：種種憂患，使我家真正成了世上最孤立窮迫的家庭。我靜靜地思索，可以向誰去申訴？唯有主動向皇上投誠，才有希望保全家人的生命。我哭泣，流下的不是淚而是血，用血寫下表章，直接向您申訴。我活著可以為您放棄身軀，死了也會用靈魂來報答。我禁不住瞻仰蒼天、遙望聖君，心懷極度的激動和惶恐，小心地奉上表章，向您表達我的感謝。

【研析】按規定，所有的官員到任後都要向皇帝呈上「謝表」，即便被貶謫流放，也不例外。可以想像，被貶謫的官員會以什麼樣的心情來表達「感謝」。不過，從另一方面看，這是離開了朝廷的官員向皇帝表白的一次法定的機會，也很可能是他們唯一的進言途徑。所以，謝表未必全是簡單的官樣文章，也可以成為政治自白。北宋的官場一直黨爭不斷，官員之所以被貶謫，大部分不是因為行政錯誤，而是因為在黨爭中失勢。一黨執政，另一黨便必定遭受打擊，這被打擊的一方往往會在謝表中洩露出不滿的情緒，有節制地申訴自己的怨憤。一般來說，已經在實際鬥爭中獲得了勝利的一方，不會在乎對方在謝表中發一點牢騷的，因為凡事總要有個平衡，人家既無法計較你的實際迫害，你又何必計較人家的口頭牢騷？但宋神宗元豐年間的「新法」政府打破了這樣的平衡，開始嚴厲地追究謝表中的不滿言辭，首先成為犧牲品的就是蘇軾。他在元豐二年呈上的〈湖州謝上表〉中有「知其愚不適時，難以追陪新進；察其老不生事，或能牧養小民」的話，被當時的御史加以糾彈，成為「烏臺詩案」的直接導火線。自此以後，寫作謝表就要小心了，對於心懷不滿的貶謫者來說，它幾乎成為文字獄的陷阱，既不能不寫，又不能因表露情緒而被人抓住把柄，如果不肯真誠認罪，那便實在難以措辭。我們看蘇轍的這份謝表，就能體會這種困境。但他幾乎創造了一個典範，即如何用最真誠的言辭來表達最不真誠的認罪。他催人淚下地申訴了一個家庭因黨爭而遭受的不幸，承認這都是因為自己的罪過深重。所謂罪過，實際上是政見與當局不同而已，但文中並不闡述這不同的政見，也沒有指責任何政敵，甚至連這方面的話題也不提及，只說自己生性愚蠢卻做了這麼大的官，理應遭到懲罰。他反覆地認著根本沒有的罪，小心地迴避著文字獄的陷阱，艱難地延續著他的自我表白。

《古史》後敘

【題解】本文是蘇轍為其所著《古史》一書所寫的跋文，見於《文淵閣四庫全書》本《古史》的最後，原本沒有題目。南宋人孫汝聽所撰的〈蘇潁濱年表〉把本文稱為「《古史》後序」，這「後序」也就是跋文的意思。現在我們接受這個題目，但按照蘇氏兄弟避其家諱（二蘇的祖父名蘇序）的習慣，把「序」改成「敘」字。文中自署了寫作的時間，是紹聖二年（西元一〇九五年）三月二十五日，當時蘇轍貶居在筠州。

予少好讀《詩》、《春秋》，皆為之《集傳》❶。讀《太史公書》❷，質之《詩》、《書》、《左氏》❸、《戰國策》，知其未能詳復❹而遽以為書，亦欲正之而未暇也。元豐中，以罪謫高安❺，五年不得調❻，職雖賤且冗❼，而予僚❽許以閒暇，乃以其間，終緝二《傳》，刊正《古史》，得七本紀、十世家、七列傳❾。功未及究❿也，七年九月，得邑於歙⓫。明年⓬至邑，而病寒熱⓭，殆不能起。病愈，蒙恩召還為諫官，又明年改元⓮元祐，遂以愚闇進當要劇⓯，與聞國政，而性弱才短，日不遑給⓰，回視舊學，常恐終身不能復就也。

【章　旨】首段敘述自己在元豐年間貶居筠州時開始寫作《古史》，後因忙於政事而耽擱下來。

【注釋】❶集傳　指蘇轍所著《詩集傳》和《春秋集解》。❷太史公書　《史記》一書的原名。太史公，司馬遷。❸左氏　《春秋左氏傳》的簡稱，又稱《左傳》。❹詳復　詳細復核。此指《史記》所載的內容有些跟《左傳》等古書不符合。❺高安　筠州。❻調　遷改。❼冗　繁忙。❽予僚　我的同事。❾得七本紀十世家七列傳　今存六十卷本《古史》，分為七本紀、十六世家、三十七列傳，則蘇轍在元豐年間尚未寫到一半。❿功未及究　還沒有完成撰作。⓫得邑於歙　得到歙州績溪縣令的任命。⓬明年　第二年，即元豐八年。⓭寒熱　中醫指怕冷發熱的症狀，即發燒。⓮改元　更改年號。新皇帝即位，一般在第二年改新的年號。⓯進當要劇　升任重要而繁忙的職務。⓰日不遑給　每天都來不及做事。給，辦事。

【語譯】我從小就喜歡讀《詩經》、《春秋》，為這兩本書都做了《集傳》。又讀太史公著的《史記》，跟《詩經》、《尚書》、《春秋左氏傳》、《戰國策》相對照，知道《史記》的作者沒有詳細地復核這些古籍，就匆匆忙忙地寫成了書。我也想做一番糾正，卻一直沒有空。元豐年間，我因為得罪朝廷而貶居筠州，五年沒有遷改，擔任的職務雖然既低賤又繁忙，但我的同事們卻允許我得到閒暇。於是我就在工作的空隙，編輯了《詩集傳》和《春秋集解》，又訂正《史記》的錯誤，撰作《古史》，寫成本紀七卷、世家十卷和列傳七卷。我的寫作還沒有完成，就在元豐七年的九月，被任命為歙州績溪縣的縣令。第二年到了績溪，卻生了寒熱病，幾乎不能起床。等到病好了，又蒙受朝廷的恩惠，被召回京城擔任諫官。又過一年，年號改為元祐，我便因為愚蠢而升任繁忙的要職，直到參與決定國策。但我生性懦弱，又缺少才華，所以弄得整天都來不及做事，回顧舊時的學問，總怕這一輩子都不能再去做了。

九年❶三月，始以罪黜守臨汝❷，不數月復降守富春❸，行至彭澤，復以少府監分司南京而居高安。往來之間，凡十有一年❹。太守❺柳君平❻，年老更事，憐予遠來，其吏民亦知予疇昔❼之無害也，相與安之。於城東南陬❽，得民居十數間，葺而居之，逾月而定。借書於州學，不足者求之諸生，以續《古史》之缺。明年三月而成，凡六十卷。蓋予十年所欲成就者，俛仰❾而得；堯舜三代之遺意，太史公之所不喻者，於此而明；戰國君臣得失成敗之迹，太史公之所脫遺者，於此而足。非閒廢❿，有所不暇者也。時季子遜⓫，侍予紬繹⓬往牒⓭，知予去取之意，舉為之注⓮，後世可考焉。紹聖二年三月二十五日，眉山蘇轍子由志⓯。

【章旨】此段敘述自己再次貶居筠州，因而能夠完成《古史》的撰作。

【注釋】❶九年　元祐九年，即紹聖元年。❷臨汝　汝州。❸富春　袁州。❹十有一年　蘇轍於元豐七年（西元一〇八四年）離開筠州，至紹聖元年（西元一〇九四年）再貶筠州，一去一來相距十一年。❺太守　州長官的古稱，即知州。❻柳君平　柳平，字子儀，元祐七年開始擔任筠州的知州，曾把他的公堂命名為「江西道院」，請黃庭堅作〈江西道院賦〉。❼疇昔　從前；昔日。❽陬　角落。❾俛仰　俯仰之間，形容時間短。俛，同「俯」。❿閒廢　被朝廷閒置廢棄。⓫季子遜　蘇轍的小兒子蘇遜（西元一〇七四—一一二六年），原名遠，後改遜，小名虎兒，字叔寬。⓬紬繹　引出端緒，指研治。⓭往牒　舊時的記載；史籍。⓮舉為之注　為《古史》的全書做了注釋。現在《古史》的文本中有一些夾注，即蘇遜所作。⓯志　記。

【語譯】到元祐九年三月，我才因為罪過而貶到汝州當知州，沒過幾個月，又降為袁州知州，走到彭澤縣時，又接到「少府監、分司南京」的任命，而貶居筠州。自我離開筠州，到再來筠州，已經相隔十一年了。知州柳平是個年長的人，經歷的事情多了，他很同情來自遠方的我，這裡的官吏、百姓也都了解我從前的為人，不曾給他們帶來傷害，所以能跟我平安相處。我在筠州城的東南角買到了十幾間民居，整修一下就住進去，過了一個月，算是安定下來了。我從州學借來書籍，有不夠的時候就託學生們想辦法，這樣可以繼續寫作《古史》沒有完成的部分。到第二年三月，終於寫成，共有六十卷。我在這十年裡面一直想做的事，一下子就完成了；從堯舜和夏商周三代傳下來的思想，連司馬遷也不能了解的，通過此書而得到了闡明；戰國時候的君臣們成功和失敗的教訓，被司馬遷所遺漏的，也在此書中得到了補充。如果不是因為被朝廷閒置廢棄，我哪裡會有空閒來做這件事呢？此時，我的小兒子蘇遜，每天陪著我研治古代典籍，也明白我刪除和選錄的深意，便為《古史》的全書做了注釋，讓後世的讀者可以參考。紹聖二年三月二十五日，眉山人蘇轍字子由記。

【研　析】宋人對上古史有特別的愛好，流傳到今天的有關著作還有好幾部，如司馬光的《稽古錄》，劉恕的《資治通鑑外紀》，胡宏的《皇王大紀》，羅泌的《路史》等。這並不是因為他們擁有多少考古發現的獨門資料，而是對包括儒家經典在內的傳世古籍進行細緻閱讀和研究的結果。蘇轍的六十卷《古史》也是其中之一，而且是唯一用紀傳體寫作的一部（其他大致都採用編年體）。從本篇的敘述來看，主要是用先秦典籍的記載來糾正和補充《史記》。在現代考古學興起之前，這應該說是最為合理的一種做法了，後人也肯定他多少取得了一些成果。無論如何，對於上古史的了解在宋人的知識結構中佔有很重要的位置，這一點是無可懷疑的。那也不光是因為上古史擁有堯、舜、禹、湯等一批公認的聖人，從宋人對於政治的理解來說，幾乎一切現存的政治設施都可以到上古去尋求它的起源，也就是說，不了解上古就不能正本清源地理解現實中的一切，從而也就無法正確地處理眼前的政治事務。比如說，王安石的許多「新法」，按照他的自述，都是研究《周禮》一書得來的結果。所以，上古史理所當然地成為學術研究的重要領域，而且跟現實政治密切相關。當蘇轍為他終於完成了《古史》的撰作而頗感自慰時，我們不難感受這個學術領域在他心目中的分量，那是對堯舜三代以來治國思想的繼承，對戰國君臣成敗得失之經驗的總結，對司馬遷錯誤、遺漏的糾正和補充，其學術意義之重大自不待言。不過，在他的筆下，這種學術研究跟現實政治的密切關係似乎已被切斷，他的從政經歷被表述為對學術研究的妨礙。如果不是因為被朝廷放逐，他就無法完成這部著作，兩次貶居筠州才促成了他向學者身份的回歸。從「學而優則仕」到「仕而貶則學」，蘇轍正在完成宋代士大夫人格的自我塑造。他用交代個人履歷的方式為自己的著作寫下這篇跋文，並在文末向後世的讀者發出了訴求。每個人在寫作的時候都會擬定假想的讀者，蘇轍早期的文章大多以當世的君主為假想讀者，後期的文章則轉為後世的讀者而寫。這是《中庸》所倡導的君子之道：「本諸身，徵諸庶民，考諸三王而不繆，建諸天地而不悖，質諸鬼神而無疑，百世以俟聖人而不惑。」

逍遙聰禪師塔碑

【題解】蘇轍的貶居生活，除了學術著述外，參禪也是一大內容。元豐年間在筠州時，曾跟一批著名的禪僧交往，其中有一位四川籍的雲門宗僧人，法號省聰（西元一〇四二—一〇九六年），前面選的〈筠州聖壽院法堂記〉一文，就是為他而寫。紹聖年間蘇轍再來筠州，又與他相見。至紹聖三年（西元一〇九六年）九月，省聰去世，十月安葬，蘇轍為他寫作了這篇碑文。逍遙，筠州高安縣有逍遙山，山上有廢寺，省聰晚年居此。塔，僧人遺體火化後安放骨灰的建築物。

予元豐中以罪謫高安，既涉世多難，知佛法之可以為歸❶也。是時洞山有文❷，黃蘗有全❸，聖壽有聰❹。是三老人，皆具正法眼❺，超然無累於物。予稍從之遊，既久而有見也。居五年，予自高安移宰績溪，未幾而全委化❻，文去❼洞山，聰去聖壽。凡十年，予再謫高安，而文住歸宗❽，聰退老❾黃蘗，不復出矣。聰聞予來，出見曰：「吾夢與君遊於山中，知君復來。去來，宿緣❿也，無足怪者。」與予處一年，弊衣糲食⓫，澹然若將終焉⓬。

【章　旨】首段概敘作者因兩次貶居筠州而跟省聰禪師交往，並形容其淡泊的心境。

【注　釋】❶歸　歸宿；歸依。❷洞山有文　洞山寺有克文禪師。文，真淨克文（西元一〇二五—一一〇二年），臨濟宗黃龍派高僧，蘇轍跟他有密切的交往，前面選的〈洞山文長老語錄敘〉就是為他而寫。❸黃蘗有全　黃蘗山有道全禪師。黃蘗，筠州新昌縣西的禪宗名山。全，黃蘗道全（西元一〇三六—一〇八四年），真淨克文弟子，蘇轍為他寫作〈全禪師塔銘〉。❹聖壽有聰　聖壽院有省聰禪師。❺正法眼　按照佛教的道理來正確地認識世界。❻委化　去世。❼去　離開。❽住歸宗　擔任歸宗寺的住持。歸宗寺在廬山上，克文於紹聖元年至四年間，應知南康軍黃慶基的邀請，住持歸宗寺。❾退老　指不再擔任住持，為人說法。❿宿緣　前生種下的因緣。⓫糲食　粗惡的飯食。⓬終焉　就以目前這樣的狀態走向生命的終結。

【語　譯】元豐年間，我因為罪過而貶謫到筠州，既已感到經歷世事的多災多難，便相信佛法才可以成為精神的歸宿。這個時候，洞山寺有克文禪師，黃蘗山有道全禪師，而聖壽院有省聰禪師。這三位老人，都能以佛教的道理正確地觀察世界，懷著超越的心境，不會被外物所牽累。我稍稍跟隨他們參禪，時間長了就有所領悟。過了五年，我從筠州改任績溪縣令，沒多久，道全去世了，克文離開了洞山寺，省聰也離開了聖壽院。這樣又是十年，我再次被貶到筠州，而克文已經擔任廬山歸宗寺的住持，省聰退到黃蘗山上養老，再也不出山了。聽說我來了，省聰才出山跟我相見，說：「我夢見和你一起在山裡遊玩，知道你又來了。去了又來，也不過是前生種下的因緣而已，不必感到驚奇。」他陪我相處了一年，穿著破爛的衣服，吃著粗惡的飯食，卻安心淡泊，似乎就將這樣了結此生了。

高安之人曰：「有如聰禪師而不坐道場❶者耶？」師曰：「吾未始不在道場，顧以蘇公一來，餘無求也。」眾曰：「逍遙❷，唐帝子❸遺築❹，賓旅❺不至，而貲糧❻可以老，居之無害。」師不聽。予告之曰：「師豈以我故廢傳法耶？」師笑而許之。紹聖乙亥❼十有二月，始杖策❽入山。山久茀❾不理，十方❿不至，師方治其缺圮以延⓫眾，予亦得《般若》、《涅槃》、《寶積》、《華嚴》四大部舊經於聖壽，補其殘破而授之。明年夏，師得疾，山深無醫，愈而復劇，九月戊申而寂⓬，春秋⓭五十有五。

【章　旨】此段敘述省聽禪師應大眾的邀請而住持逍遙寺，直至去世的經過。

【注　釋】❶坐道場　指擔任寺院的住持。道場，寺院。❷逍遙　逍遙山上的寺廟。據《江西通志》卷一百三的說法，寺名為資壽禪寺。❸唐帝子　唐朝皇帝的兒子，指下文所述的李僖。❹遺築　遺留下來的寺廟。❺賓旅　賓客，旅行在外的人。❻貲糧　資產和糧食。❼乙亥　紹聖二年（西元一〇九五年）。❽杖策　拄杖。❾茀　長滿荒草。❿十方　從各個方向來的雲遊僧人。⓫延　邀請。⓬寂　寂滅，指僧人去世。⓭春秋　年齡。

【語　譯】筠州人都說：「像省聽禪師那樣的人，怎麼可以不主持道場呢？」禪師說：「我從來就沒有離開過道場。但我覺得，只要看到蘇轍來了，我就別無他求了。」眾人說：「逍遙山上有唐朝的一位皇子留下的寺廟，近來都沒有賓客、旅人到達，但資產和糧食足以讓您養老，您去擔任那裡的住持，沒有什麼害處。」禪師不同意。我對他說：「禪師難道因為我的緣故，廢棄了傳播佛法的大業嗎？」禪師笑著答應了。紹聖二年的十二月，開始拄杖進山。這山寺已經長滿了荒草，長久沒人整理，連雲遊的僧人都不來。省聽禪師來了，才把殘破、倒塌的房子修好，用來邀請眾人。我也從聖壽院得到了《般若》、《涅槃》、《寶積》、《華嚴》四大部陳舊的佛經，修補好殘破的部分，交給他。第二年的夏天，禪師生病了，由於處在深山，找不到醫生，病情好了又重新加劇，到九月戊申便去世了，此時禪師五十五歲。

師本綿州鹽泉❶王氏，幼事劍門❷慈雲海亮師，年二十三誦經得度❸。始遊成都，從講師❹。捨之，南至吳越❺，見淨慈❻大本❼禪師，久而不悟。本曰：「吾疇昔夢汝異甚，汝不勉則死。」師茫然不知所謂。常志❽南嶽思❾「大口吞三世諸佛」❿語，一日為僧伽⓫作禮⓬，醒然而喻。即見本，具道所以然。本曰：「汝得之矣。吾夢汝吞一世界、一剃刀，知汝自今始真出家也。」即為擊鼓告眾。師遊江西高安，人敬愛之，延住真如、開善、聖壽三道場。師性靜默，與物無忤⓭，所居不問有無，安於戒律，不知持犯之別⓮。平居未嘗談說，叩⓯之輒亹亹⓰不竭。予見之二十年，口不言人過。

【章　旨】此段追敘省聰禪師的生平，突出他從宗本禪師處覺悟得法的經過，並簡述他的個性。

【注　釋】❶綿州鹽泉　北宋綿州(治所在今四川綿陽)屬下的鹽泉縣。❷劍門　北宋劍州劍門縣(治所在今四川劍閣東北)。❸誦經得度　通過背誦佛經的考試，獲得出家為僧的資格。度，剃度出家。❹講師　講解佛經的僧人。❺吳越　春秋時吳、越兩國的故地，今江蘇、浙江一帶。❻淨慈　杭州淨慈寺。❼大本　雲門宗慧林宗本禪師（西元一〇二〇—一〇九九年），與其弟子法雲善本禪師（西元一〇三五—一一〇九年）並稱「大本」、「小本」。❽志　記憶；思索。❾南嶽思　南嶽慧思（西元五一五—五七七年），南朝梁、陳時期的高僧，是天台宗創始人智顗的老師，由於重視禪學，所以也受禪宗的推崇。❿大口吞三世諸佛　據《五燈會元》卷二「南嶽慧思禪師」條記載，有人勸慧思下山化導眾生，他回答說：「三世諸佛，被我一口吞盡，何處更有眾生可化？」三世，過去世、現在世、未來世。⓫僧伽　梵語音譯，意為大眾，指出家的佛教徒，簡稱僧。⓬作禮　行禮。⓭牾　違逆；觸犯。⓮不知句　不知道遵守戒律與違反戒律有什麼區別。形容其行為已跟戒律同化，不必刻意遵守，而絕不違反。⓯叩　問；請教。⓰亹亹　形容談論動人，有吸引力。

【語　譯】省聰禪師本是綿州鹽泉縣王家的孩子，小時候跟隨劍門縣慈雲寺的海亮法師，二十三歲的那年通過了背誦佛經的考試，得以剃度出家。起初在成都跟從講解佛經的僧人，後來捨棄，南行到杭州，參見淨慈寺的宗本禪師，但長久不能獲得開悟。宗本對他說：「我從前夢見你很不尋常，你不努力的話就死定了。」省聰聽了還是一片茫然，不知道宗本在說什麼。他經常思索南嶽慧思的話：「大口吞盡過去、現在、未來的一切佛。」有一天為僧人們行禮，突然覺得清醒過來，明白了其中的禪意。他馬上去見宗本，把悟出的道理詳細講出來。宗本說：「你已經得到了禪的真諦。我曾夢見你吞下了一個世界和一把剃刀，知道你從今天開始才真正出家了。」宗本馬上打響法鼓，召集僧眾，宣佈省聰的開悟。省聰禪師來到江南西路的筠州，人們尊敬愛戴他，請他住持真如、開善、聖壽三座寺院。禪師的個性寧靜沉默，跟世間萬事萬物都不矛盾。他隨便住在哪裡，不關心財產的多少。他與戒律幾乎同化，已經不知道有遵守和違反的區別。他平時從不主動談說，但只要你去請教，他便會娓娓道來，滔滔不絕。我認識他二十年了，從來沒聽他講過別人的壞話。

逍遙祖師❶曰僖❷，唐肅宗少子也。出家事忠國師❸，忠記❹之，居逍遙，賜田甚廣。經五代亂，民盜耕之幾盡。前長老文❺因訴於縣，十得一二，可以居眾矣，而眾未集。因相山之勝，環植松柏，將自為窣堵波❻。既沒❼，或言其不利，改葬他所。及師之寂，即因之以葬。眾皆曰：「有德之報。」十月庚午而葬。

【章　旨】此段追敘逍遙山寺廟的歷史，最後回到省聰的安葬。

【注　釋】❶逍遙祖師　逍遙山寺廟的開山祖師。❷僖　李僖。《舊唐書・肅宗代宗諸子列傳》載：「宋王僖，肅宗第十四子。初封淮陽王，早夭，追封宋王。」但《江西通志》卷一百三說，李僖出家於筠州逍遙山上的資壽禪寺，並有真身塔留在那裡。❸忠國師　南陽慧忠國師（西元？—七七五年），俗姓冉，唐玄宗、肅宗、代宗時期在京師說法，被封為國師，僧俗弟子超過萬人，影響甚大。禪宗史料上一般把他排在六祖慧能的弟子之列。❹記　即「記莂」。佛教語。預記將來的因緣。❺前長老文　前任住持，其法名的後一字為「文」。《續傳燈錄》卷十四「筠州逍遙聰禪師」條基本上根據蘇轍此文而寫，但將「前長老文」寫成「真淨文禪師」，即真淨克文，誤。蘇轍作此文時，克文尚在世，而所謂「前長老文」早已安葬。❻窣堵波　梵語音譯，也作「斯塔婆」，簡稱塔。❼沒　歿；去世。

【語譯】逍遙山寺廟的開山祖師叫李僖，是唐肅宗的小兒子。他出家為僧，跟隨慧忠國師，慧忠為他預記將來的因緣。他住在逍遙山，朝廷賜給他很多田產。經過了五代的亂世，這些田產都被周圍的農民擅自耕種，幾乎喪失殆盡。前任住持文和尚因此到縣衙提出訴訟，要回了十分之一二，使這裡又有條件安居僧眾了，但僧眾仍未聚集起來。於是他選擇山間風景優美的地方，在周圍種起松柏，將為自己建造一座安葬骨灰的塔。他去世後，有人說這個地方不吉利，就改到別處安葬了。等省聰禪師去世，正好用這座塔來安葬。大家都說：「這是有德行的人獲得的福報。」十月庚午舉辦了安葬的事宜。

銘曰：逍遙峻深，帝子道場。百年無人，龍天❶悲傷。師遊吳中，得法本翁。口吞大千❷，不蔕於胸。律精不持❸，道備不言。遊戲諸方，物知其賢。翼然❹歸之，師卻避之。草庵布衣，逝與世辭。忽來自山，眾迎而喜。為予而出，予豈堪此？眾曰逍遙，法鼓不鳴。師雖老矣，強為我行。師入居之，草木欣然。俯仰幾何，寂如蛻蟬。吁嗟前人，度❺是塔址。成而不居，若有所竢❻。新塔歸然，松柏離離。匪❼人所圖，緣則在茲。

【章　旨】銘文部分基本上是對前文內容的復述，但改依時間順序，先敘逍遙山佛寺的歷史和省聽禪師的生平，再說作者與他重遇，請他住持逍遙寺，直至其去世和安葬。

【注　釋】❶龍天　龍和天神。佛經中講到的聽佛說法的部眾，有天、龍、夜叉、乾闥婆、阿脩羅、迦樓羅、緊那羅、摩睺羅伽，共八部，因以天、龍為首，故稱「天龍八部」。這裡概指信從佛法的有情眾生。❷大千　大千世界。❸不持　不必刻意守持戒律。❹翼然　恭謹的樣子。❺度　規劃。❻竢　等待。❼匪　非。

【語　譯】銘文曰：高峻幽深的逍遙山上，有唐代皇子留下的寺廟。百年來沒有人繼承，連龍和天神都感到悲傷。省聽禪師到杭州學禪，從宗本老人那裡得到了佛法。他悟得了一口吞下大千世界的道理，胸中已經沒有芥蒂。他與戒律同化，不必刻意守持，他的道德完備，不再需要宣揚。他隨意到達各個地方，大家都知道他的賢明，恭謹地皈依到他的周圍，但他卻躲避起來。他住到茅草結成的屋子，穿著簡單的布衣，遠離塵囂，辭別人世。有一天忽然從山中出來，眾人都高興地前往迎接。說是為了我而特意出山，我怎麼擔當得起？眾人說：「逍遙山上的寺廟，已經好久沒有聽到法鼓敲響了。禪師雖然年事已高，勉強為我們去住持吧。」禪師接受邀請，住進那裡，連草木都感到興奮。才過了不久，他便去世，就像蟬蛻一樣。啊，從前有人在這裡規劃了塔址，造好了卻不葬在這裡，真好像有所等待。這巍然高聳的新塔，周圍有繁茂的松柏。這不是有人刻意經營，而是禪師的緣分就在此處。

【研　析】蘇氏兄弟很少給人寫碑誌，在歷代著名文人中，他們不作諛墓之文的態度是極為鮮明的。蘇轍的集子裡共有十篇碑誌：一篇是伯父的墓表，一篇是堂姐的墓誌，一篇是兄長蘇軾的墓誌，還有兩篇是歐陽修的神道碑和歐陽修夫人的墓誌銘，這些墓主都是他的至親；剩下來的五篇都是僧人的塔碑，可見與僧人的精神交流在他的生命中具有何等的重要性！本篇是其中之一，而且跟其餘四篇（〈全禪師塔銘〉、〈閒禪師碑〉、〈龍井辯才法師塔碑〉、〈天竺海月法師塔碑〉）有所不同。那四篇都有一個相同的情節：有人來請他寫該篇碑誌，他由於各種原因不能推辭，就寫了。唯有本篇，毫無這樣的跡象，似乎是作者當仁不讓，主動就寫了。其原因也可以從本篇的敘述方式中窺知一二。如果把正文與銘文的敘事加以對照，就可以看到，它們的內容基本重複，但敘述方式不同。銘文完全按照時間順序，從逍遙山寺廟的歷史說起，到省聰禪師的生平，再到作者與他的重逢，最後敘其去世與安葬。正文則先說作者與禪師的重逢，再敘其應邀住持逍遙山，直至去世，然後追敘禪師的生平，接下來又追敘逍遙山寺廟的來歷，最後回到安葬之事。如此安排，就突出了作者本人與禪師的密切關係，從而也就強調了禪師的存在對於蘇轍生命的意義。具體來說，就是在他遭受貶謫的歲月裡，禪師給了他無可替代的精神慰問與思想啟示。從筠州的貶居之地出發，十年之間，作者從一個縣令開始，一直做到執政大臣，可謂飛黃騰達矣，但轉眼之間又回到了同一個貶居之地，真可謂昔日富貴如一場春夢。這一去一來，去了又來，難免令人前思後想，感物傷懷吧。禪師卻從山中出來迎接他，說我早知道你還會再來，「去來，宿緣也，無足怪者」。這都是注定了的緣分，不必為之驚怪。對於蘇轍來說，還有比這更好的慰問和啟示嗎？禪師的存在，確實讓人更正確地理解生命，更通達地看待挫折，由於他們不介入世間黨同伐異的利益衝突，所以跟禪師之間才會有真正的友誼。如果蘇轍要寫碑誌，當然更應該為這樣的友誼而寫。

雷州謝表

【題　解】「紹聖」這個年號的含義，是要繼承宋神宗的聖政，也就是起用新黨。王安石的女婿蔡卞入朝，把王氏的「新學」、「新法」樹立為「國是」，即以國家的名義規定的正確理論和正確方針。對於士大夫，「以不仕元祐為高節，以不習詩賦為賢士」，凡是元祐年間仕途順利的人都要被排斥，凡是寫作詩賦的人都有二蘇黨羽的嫌疑。在紹聖元年和四年（西元一〇九七年），兩次大規模地貶逐所謂「元祐黨人」。貶居筠州兩年多的蘇轍，於紹聖四年二月被再貶雷州（今廣東海康），閏二月蘇軾也從惠州（今廣東惠陽）再貶儋州（今海南儋縣）。兄弟二人於五月十一日在藤州（今廣西藤縣）相遇，然後同行到雷州。至六月十一日，蘇軾出海，自此兄弟再不相見矣。

臣轍言：

臣先蒙恩責降，分司南京，筠州居住。於今年閏二月❶內，又蒙恩責授化州❷別駕❸，雷州安置❹，已於今月❺五日至貶所訖者。謫居江外❻，已閱三年，再斥海濱，通行萬里，罪名既重，威命❼猶寬。臣轍誠惶誠懼，頓首頓首。伏念臣性本樸愚，老益頑鄙。連年驟進，不知盈滿之為災；臨出妄言❽，未悟顛危之已至。身命微如髮，釁❾積成山。比者水陸奔馳，霧雨烝濕❿，血屬⓫星散，皮骨僅存。身錮陋邦，地窮南服⓬，夷言⓭莫辨，海氣常昏。出有踐蛇茹蠱⓮之憂，處有陽淫陰伏⓯之病，艱虞⓰所迫，性命豈常？念咎⓱之餘，待盡⓲而已。伏惟皇帝陛下，仁齊堯舜，政述祖宗。日月之明，無幽不燭⓳；天地之施，有生⓴共霑。憐臣草木之微，念臣犬馬之舊㉑，未忍視其殞斃，猶復許以生全。臣雖棄捐，尚識恩造㉒，知殺身之何補，但沒齒㉓以無言。臣無任感天荷㉔聖，激切屏營之至，謹奉表稱謝以聞。臣轍誠惶誠懼，頓首頓首，謹言。

【注釋】❶今年閏二月　根據北宋的史料，蘇轍再貶雷州在紹聖四年二月，此命令到達蘇轍所在的筠州，則為閏二月。❷化州　今屬廣東。❸別駕　隋唐以前的州府助理官，宋代用作貶謫官員的有名無實的官稱。❹安置　宋代拘管犯罪官員人身自由的刑法，依輕重程度有「居住」、「安置」、「編管」三等。蘇轍在筠州是「居住」，到雷州是「安置」，量刑加重。❺今月　六月。❻江外　長江之南，指筠州。❼威命　來自天子的懲罰性的命令。❽臨出妄言　離開朝廷的前夕向皇帝說的胡言亂語，指本書前面所選的〈論御試策題箚子〉。❾釁　罪行；罪過。❿烝濕　溼氣蒸騰。⓫血屬　血親，指兄弟子女。⓬南服　南方。⓭夷言　少數民族的語言。⓮茹蠱　忍受毒蟲。⓯陽淫陰伏　陽氣過剩，卻被陰氣克制在內，熱毒不能散發。⓰艱虞　艱難憂患。⓱念咎　反省自己的罪過。⓲待盡　等待死亡。⓳燭　照明。⓴有生　有生命者。㉑犬馬之舊　舊日曾有犬馬之勞。㉒恩造　皇帝的栽培。㉓沒齒　終身。㉔荷　承受恩德。

【語譯】臣蘇轍告白：我上次蒙受皇上的恩德，得到降低官品的處罰，讓我做分司南京的官，到筠州居住。在今年的閏二月裡，我又蒙受您的恩德，被責罰授予化州別駕的官名，安置於雷州。我已在這個月的五日到達了貶地雷州。我貶居在長江之南，已經過了三年；如今再次放逐，邁向海濱，前後行程加起來超過了萬里。我的罪名既然那樣重，皇上的這種處罰當然還是輕的。我蘇轍真的惶恐，真的惶恐，向您叩頭，向您叩頭。我跪伏著思念，自己的生性本來樸素愚笨，年紀大了就更加頑固鄙陋。以前連年快速升官，不知道福分滿了就成災禍；離開朝廷的前夕又對您胡言亂語，還不清楚顛沛的危機已經到來。我這條老命已經比一根頭髮還輕，而犯下的罪過卻堆積得像一座山。最近又是水行，又是陸行，一路奔馳，不是霧就是雨，溼氣蒸騰，而家人親屬都分散在各地，我只剩一張皮包著骨頭了。我的身體被禁錮在偏僻的小州，這地方已經是南方的終極，土著人的話聽也聽不懂，海上的霧氣又總是昏昏沉沉。我出門怕踩上蛇，遇到毒蟲，居家又怕陰陽不和，生起疾病。被這樣的艱難憂患所迫，怎麼能夠保存性命？在反省罪過之餘，我只是等死罷了。恭敬地思念皇帝陛下，具備堯舜般的仁慈，繼承祖宗的政治。您的光明像日月，照亮任何幽暗的角落，您的恩惠像天地，所有的生靈都得到霑溉。您同情我像草木那樣的微賤，顧念我舊日的犬馬之勞，不忍心看到我死亡，還讓我保住生命。我即便是死了，也會記住您的栽培。我知道自己就是獻出了生命，對您來說也無補於事，所以只能這樣沉默到死。我禁不住瞻仰蒼天、感戴聖恩，心懷極度的激動和惶恐，小心地奉上表章，向您表達我的感謝。我蘇轍真的惶恐，真的惶恐，向您叩頭，向您叩頭，謹慎地寫好這篇謝表。

【研析】元祐宰相呂大防的哥哥呂大忠從邊關入朝述職，宋哲宗在接見他時問到了呂大防的近況，說了幾句安慰的話，引起了當時宰相章惇和執政蔡卞的警覺，於是有了紹聖四年再貶「元祐黨人」之舉。由於其意在斷絕舊黨翻案的可能性，所以這次再貶含有「置之死地」的目的。凡在元祐時期擔任過重要職務的，大部分都貶到了嶺南，已經在嶺南的蘇軾則出了海，而蘇轍到雷州，也僅僅比出海略輕而已。當年的嶺雲海日之間，充滿了放逐的大臣，創造了中國歷史上最為壯觀的「貶謫文化」，其中居於極端的就是蘇氏兄弟，他們遭到了最重的懲罰。南宋的陸游曾經指出這次貶謫的奇異之點，他在《老學庵筆記》中說：當時被貶到新州（今廣東新興）的劉摯字莘老，貶到儋州的蘇軾字子瞻，貶到雷州的蘇轍字子由，「皆戲取其字之偏旁也」。按照他的說法，章惇對這幾個老朋友兼政敵，在「置之死地」的同時，還開了一個惡作劇的玩笑。其實，如從新黨的方面來看，章惇的這種「毒辣」手段，也是在形勢的驅迫下逐漸形成的。他與蘇氏兄弟一起參加過嘉祐二年的進士考試，定交很早，在蘇軾遭「烏臺詩案」時，他還在神宗面前為朋友求情，後來蘇軾主持元祐三年的進士省試，錄取的第一名章援，就是章惇的兒子。他們之間的私交並不泛泛，但政見則絕然對立。從當年幫助蘇軾擺脫「詩案」，發展到此時極力要將二蘇置之死地，真是「早知今日，何必當初」！推想其中的原因，當是章惇對於政局翻覆的畏懼。神宗任用新黨，是出於對王安石「新學」、「新法」的理解和尊重，應該說是足以信賴的；哲宗卻未必具備這樣的理解，他的動機只是對祖母和老師的怨恨，在章惇看來實在難以信賴。為了鞏固政權，他不得不消滅政敵。所以，當時被貶的人，大概也都能感受到此種冷酷的敵意，是針對他們的生命而來。後來有人很欣賞蘇軾貶海南島時所寫的一句詩：「平生萬事足，所欠唯一死。」就貶謫來說，海南島已是極限，下一步只有死刑了。其實，蘇轍的本篇謝表，也是全篇充滿著對於死亡的明確意識，文中的「命微如髮」、「皮骨僅存」、「性命豈常」，以及「待盡」、「殞斃」、「棄捐」、「殺身」、「沒齒」，在在都是表示死亡之語。恐怕沒有哪一封謝表，像本篇這樣集中如此豐富的表示死亡之詞語，簡直可以稱為「死亡謝表」。而所謂「蒙恩」，所謂「恩造」，以及諸如此類的謝表套語，在這裡恰恰成為一種尖刻的諷刺，難道剝奪人的生命也是恩澤嗎？格式與內容之間的巨大反差，使這篇「死亡謝表」顯得如此怵目驚心。

子瞻《和陶淵明詩集》引

【題解】章惇可能是對嶺南地區的文化史貢獻最大的一個人，在他擔任宰相的時期，把當代最傑出的一批文化精英貶到了這個地區，逼迫他們創造出中國歷史上「貶謫文化」的一個至高點。前朝宰執劉摯、梁燾，臺諫劉安世，那個時代最傑出的史學家范祖禹，詩、詞、文三種文學體裁的頂尖高手蘇軾、秦觀、蘇轍，都被安置、編管於此，再加上陪同前來的蘇過（軾子）等，嶺南地區從來不曾，也再不可能擁有如此豪華的創作隊伍。而這一「貶謫文化」的最高象徵，就是東坡的《和陶詩集》。本篇是蘇轍為之寫作的序言，文末自署其寫作時間是紹聖四年（西元一〇九七年）十二月十九日，地點在雷州。

東坡❶先生謫居儋耳❷，置家羅浮❸之下，獨與幼子過❹負擔❺渡海，葺茅竹而居之，日啗❻藷芋❼，而華屋玉食❽之念不存於胸中。平生無所嗜好，以圖史為園囿，文章為鼓吹❾，至此亦皆罷去。獨喜為詩，精深華妙，不見老人衰憊之氣。

【章旨】首段敘蘇軾被貶海南島，而心態曠達，詩歌藝術更為高超。

【注釋】❶東坡　蘇軾於元豐年間謫居黃州時，躬耕於黃州的東坡，從此自號東坡居士。❷儋耳　儋州的古稱，漢代設儋耳郡。❸羅浮　羅浮山，在惠州。蘇軾自紹聖元年謫居惠州，在白鶴峰下造房安居，紹聖四年再謫海南島時，將家口留在那裡，只與幼子蘇過一起出海。❹過　蘇過（西元一〇七二－一一二三年），字叔黨，號小坡，蘇軾幼子，有《斜川集》。❺負擔　背負肩挑，意謂親自攜帶行李。❻啗　吃。❼藷芋　山芋。❽華屋玉食　漂亮的房子和美食。❾鼓吹　宣揚，此指自我表達。

【語　譯】東坡先生被貶謫到儋州，他把家口安置在惠州的羅浮山下，只有幼子蘇過陪同，親自攜帶著行李，渡過瓊州海峽，在海南島上收拾一些茅草、竹竿，造起簡單的屋子居住在裡面，每天吃著山芋充饑，胸中卻並不思念從前的漂亮房子和美食。他生平沒有什麼嗜好，一直只把圖書當作自己的家園，用文章來作自我的表達，至此也都放棄了。單單剩下一個喜好，就是寫詩。他的詩意思精深，用語華妙，一點都看不出老人的衰弱疲憊之氣。

是時轍亦遷海康❶，書來告曰：「古之詩人，有擬古❷之作矣，未有追和❸古人者也。追和古人，則始於東坡。吾於詩人無所甚好，獨好淵明❹之詩。淵明作詩不多，然其詩質而實綺，癯❺而實腴，自曹❻、劉❼、鮑❽、謝❾、李❿、杜⓫諸人，皆莫及也。吾前後和其詩，凡百數十篇，至其得意，自謂不甚愧⓬淵明。今將集而并錄之，以遺後之君子，子為我志⓭之。然吾於淵明，豈獨好其詩也哉？如其為人，實有感焉。淵明臨終，疏告儼等⓮：『吾少而窮苦，每以家貧，東西遊走。性剛才拙，與物多忤⓯。自量⓰為己⓱必貽俗患⓲，黽俛⓳辭世，使汝等幼而饑寒。』淵明此語蓋實錄也。吾今真有此病，而不早自知，半生出仕，以犯世患。此所以深服淵明，欲以晚節⓴師範㉑其萬一也。」

【章　旨】此段引錄蘇軾來信，交代其和陶詩的創作動機。

【注釋】❶海康 雷州海康縣（今屬廣東）。❷擬古 六朝以來的一種特殊詩體，模擬古人作品的題材或風格。❸追和 後人和前人的詩。和是詩歌應酬的一種方式，北宋的和詩一般要用原詩的韻腳，也叫「次韻詩」。❹淵明 陶淵明（西元三六五—四二七年），字元亮，一名潛，世稱靖節先生，東晉和劉宋時期的隱居詩人。❺癯 瘦。❻曹 曹植（西元一九二—二三二年），字子建，曹操第三子，三國時期的代表詩人。❼劉 劉楨（西元？—二一七年），字公幹，三國時期著名作家「建安七子」之一。❽鮑 鮑照（西元四一四—四六六年），字明遠，世號鮑參軍，以詩句俊逸著稱。❾謝 謝朓（西元四六四—四九九年），字玄暉，世稱小謝，為南齊「永明體」代表詩人，以詩句清麗著稱。❿李 李白（西元七〇一—七六二年），字太白，號青蓮居士，唐代大詩人。⓫杜 杜甫（西元七一二—七七〇年），字子美，世稱杜工部，唐代大詩人。⓬愧 愧對，這裡指遜色。⓭志 記，意謂作序。⓮疏告儼等 指陶淵明〈與子儼等疏〉。疏，書。儼，陶淵明長子陶儼。⓯與物多忤 經常與世俗產生矛盾。⓰自量 自己估計。⓱為己 按自己的方式去處世做事。⓲貽俗患 帶來得罪世俗的禍患。貽，致使。⓳黽俛 亦作「黽勉」，勉強。⓴晚節 晚年。㉑師範 學習。

【語譯】這個時候，我蘇轍也遷居到雷州海康縣，東坡給我寫信說：「從前的詩人，曾有『擬古』的作品，卻還沒有和古人詩的。後人和前人的詩，則從我東坡開始。我對於歷代的詩人，沒有特別喜歡的，只喜歡陶淵明的詩。陶淵明寫的詩不多，但他的詩字面質樸而內容綺麗，字面清瘦而內容豐滿，從曹植、劉楨以來，鮑照、謝朓、李白、杜甫等人，都比不上他。我和他的詩，前後共有一百幾十篇了，和到得意的地方，自己覺得比陶淵明本人也不怎麼遜色。現在，我要把這些和陶詩都集中收錄起來，留給後世的讀者，請你為我寫一篇序言。不過，我對於陶淵明，難道只是喜歡他的詩嗎？我對他的為人，實在是有所感觸。陶淵明臨終的時候，給兒子陶儼等寫信說：『我從小就窮苦，經常因為家裡貧困，到處跑來跑去。我性格剛正，才能笨拙，經常跟世俗產生矛盾。自己估計，如果一味按自己的方式去處世做事，必然會導致得罪世俗的禍患，所以勉強辭別世俗，隱居起來，這樣就使你們從小不免饑寒。』陶淵明的這番話，說的是真實情況。現在，我也真的有跟他一樣的毛病，卻沒有及早自我醒悟，半輩子出仕做官，冒犯了世俗的禍患。所以，我這才深深地欽服陶淵明，想以我的晚年來學習他的萬分之一。」

嗟夫！淵明不肯為五斗米，一束帶見鄉里小人❶，而子瞻出仕三十餘年，為獄吏所折困❷，終不能悛❸，以陷於大難，乃欲以桑榆之末景❹，自託❺於淵明，其誰肯信之？雖然，子瞻之仕，其出入進退❻猶可考❼也。後之君子，其必有以處之❽矣。孔子曰：「述而不作，信而好古，竊比於我老彭。」❾孟子曰：「曾子、子思同道。」❿區區之迹⓫，蓋未足以論士也。

【章旨】此段將陶淵明和蘇軾作一對比，認為他們生平事跡、外在的表現雖然差異甚大，但內在精神卻是一致的。

【注釋】❶淵明不肯為五斗米二句　《晉書・陶潛傳》：「郡遣督郵至縣，吏白：『應束帶見之。』潛嘆曰：『吾不能為五斗米折腰，拳拳事鄉里小人邪？』義熙二年解印去縣。」五斗米，意謂縣令的俸祿。束帶，繫好腰帶，意謂下級晉見上級，要服裝整齊。鄉里小人，陶淵明對前來視察的上級的稱呼，可能是同鄉的晚輩。❷為獄吏所折困　指蘇軾遭「烏臺詩案」，被逮捕到御史臺的獄中受審。獄吏，牢頭。折困，折磨困辱。❸悛　悔改；停止。❹桑榆之末景　日暮時分，光照桑樹、榆樹的樹端，比喻人的晚年。末景，傍晚的日光。❺自託　使自己有所依託，此指蘇軾自己宣稱要效法陶淵明。❻出入進退　指官僚生涯的升降沉浮。❼可考　可以考察，表示有一定的處世原則，並不含糊。❽處之　正確地看待它。❾述而不作三句　見《論語・述而》。述，繼承和發揚前人的說法。作，自己新創一套。老彭，商代的賢大夫。❿曾子句　見《孟子・離婁下》。曾子，孔子的學生曾參。子思，孔子的孫子，曾參的學生。曾子在武城，有寇來，曾子逃走了；子思居於衛，有寇來，子思不逃走。孟子認為，他們針對具體情況而有不同的做法，但內在精神是一致的。此處引用此語，表明蘇軾雖與陶淵明做法不同，但精神也一致。⓫迹　生平事跡，指一個人的外在表現。

【語譯】啊！陶淵明不肯為了五斗米的俸祿，服裝整齊地參見上司一次，子瞻卻當了三十幾年的官，甚至被逮捕到獄中，受牢頭的折磨困辱，結果也不能改變，以至於陷入人生的大困境，如今卻聲稱要以晚年的時光，來學習效法陶淵明，誰又會相信他呢？雖然如此，子瞻一生為官的經歷，他的升降沉浮，都不難考察，後來的君子必然會正確地加以看待。孔子說過：「我只繼承發揚前人的說法，從不盲目自創一套。我真誠地喜歡古代的學說。我把自己比作商代的老彭。」孟子也說過：「曾子和子思的道是相同的。」一個人的外在表現所形成的經歷，實在不足以讓我們議論他的為人。

轍少而無師，子瞻既冠❶而學成，先君命轍師焉。子瞻常稱轍詩有古人之風，自以為不若也。然自其斥居❷東坡，其學日進，沛然如川之方至，其詩比杜子美、李太白為有餘，遂與淵明比。轍雖馳驟從之，常出其後。其和淵明，轍繼之者亦一二焉。紹聖四年十二月十九日，海康城南東齋引。

【章旨】末段以自身烘托蘇軾，推崇其學養和詩歌藝術。

【注釋】❶冠　古代男子成年，要舉行冠禮，通常指二十歲。❷斥居　貶居。

【語譯】轍從小沒有老師，子瞻二十歲的時候，他的學問已經成就，我的亡父命令我以兄長為師。子瞻經常稱讚我的詩有古人的風味，自以為不如我寫得好。但自從他貶居黃州的東坡以來，他的學問日益長進，浩然盛大，如大河漲水一般。他的詩甚至超越了杜甫和李白，因此便與陶淵明不相上下了。我雖然非常努力地追趕他，但總在他的後面。他和陶淵明的詩，我偶爾也有繼續唱和的。紹聖四年（西元一〇九七年）十二月十九日，在雷州海康縣城南的東齋，寫下這篇序言。

【研　析】據南宋人費袞《梁溪漫志》卷四的記載，蘇轍的這篇序言，「嗟夫」以下的一段是蘇軾修改過的。

有人從蘇轍幼子蘇遜那裡得到了原稿，文字如下：「嗟夫！淵明隱居以求志，詠歌以忘老，誠古之達者，而才實拙。若夫子瞻，仕至從官，出長八州，事業見於當世，其剛信矣，而豈淵明之才拙者哉！孔子曰：『述而不作，信而好古，竊比於我老彭。』古之君子，其取於人則然。」大抵是從陶淵明自述的「性剛才拙」一語生發開來，對照蘇軾的生平，認為「性剛」的方面固然相同，而「才拙」則不然，因為他的「事業見於當世」，說明他有能力處理國家大事。這裡肯定了兄長的「事業」。經過蘇軾修改後，這一分肯定被掩藏起來，當然顯得更為謙虛，但值得注意的是，蘇軾對於自己仕途生涯的敘述，更強調失敗的方面，認為自己從前的所作所為都是執迷不悟的表現。相比之下，蘇轍的原稿沒有那麼悲涼，對於他們投身「事業」的意義不但沒有顯示出任何的懷疑，還認為這是高於陶淵明之處。或許，兄弟二人的心態在此顯露出一些差異。蘇軾已經趨向於對現實政治的退避，經他修改後的文本，訴說的是悔悟或者說超越的情懷，他的自我形象是向著陶淵明歸依的；而蘇轍的原文卻透露出一分執著，當過執政大臣的他似乎並不願意在政治方面認輸，所以他塑造的兄長形象是高於陶淵明的，就像孔子對老彭有所許可一樣，蘇軾也只是在某一方面對陶淵明有所許可而已。聯繫到前文講的蘇軾貶居海南島而「不見老人衰憊之氣」，以及後文講的蘇軾因為貶居而學問、詩藝大進，說明他強調的是一種偉岸的人格力量，不因困頓的遭遇而被挫敗，反而壁立千仞，生氣凌厲。後來，兄弟二人同時獲赦北歸，蘇軾在接到命令後拖延了好幾個月才離開海南島，走了大半年還沒翻過南嶺，其行動相當遲緩；而蘇轍卻像一支利箭一樣，飛速奔向北宋的統治中心汴京，當他的兄長還在廣東時，他已經到達了河南。由此也可以看出他們對於政治的態度已有些不同：蘇軾似乎不願意再捲入政治糾紛，而蘇轍仍想尋機回朝主政。其實，雖然當時的政敵多數對蘇軾更為仇恨，但蘇轍一直在這方面表現出比他兄長更為尖銳的鋒芒和更為堅毅的鬥爭性。

書《白樂天集》後二首

【題解】紹聖四年（西元一〇九七年）蘇氏兄弟被貶到海南島和雷州半島後，本來還可以隔海通信，但到元符元年（西元一〇九八年）三月，朝廷卻因為雷州地方官對蘇轍過於尊敬優待，而下令責罰，同時將蘇轍改移到循州（今廣東龍川）安置。此年六月，蘇轍接到命令，便啟程赴循州，八月到達。本文寫於到達循州後。白樂天即唐代詩人白居易（西元七七二—八四六年），字樂天。二首即二篇。

元符二年❶夏六月，予自海康再謫龍川❷，冒大暑，水陸行數千里，至羅浮❸，水益小，舟益庳❹，惕然❺有瘴暍❻之慮。乃留家於山下，獨與幼子遠❼，葛衫布被，乘葉舟❽，秋八月而至。既至，廬於城東聖壽僧舍❾。閉門索然❿，無以終日⓫。欲借書於居人，而民家無畜書者，獨西鄰黃氏世為儒，粗有簡冊，乃得樂天文集閱之。樂天少年知讀佛書，習禪定⓬，既涉世，履憂患，胸中了然，照諸幻⓭之空也。故其還朝為從官⓮，小不合即捨去，分司東洛⓯，優游終老。蓋唐世士大夫，達者如樂天寡矣。予方流轉風浪，未知所止息，觀其遺文，中甚愧之。然樂天處世，不幸在牛李黨中⓰，觀其平生端而不倚，非有所附麗⓱者也。蓋勢有所至，而不能已耳。會昌⓲之初，李文饒⓳用事⓴，樂天適已七十，遂求致仕㉑，不一二年㉒而沒。嗟夫！文饒尚不能置一樂天於分司中耶？然樂天每閒冷衰病，發於詠嘆，輒以公卿投荒㉓、僇死㉔不獲其終㉕者自解㉖，予亦鄙之。至其聞文饒謫朱崖㉗三絕句㉘，刻覈㉙尤甚。樂天雖陋，蓋不至此也。且樂天死於會昌末年㉚，而文饒之竄在大中之初，此決非樂天之詩。豈樂天之徒淺陋不學者附益㉛之耶？樂天之賢，當為辨之。

【章旨】這是第一篇，敘述作者改居循州，得白居易文集閱讀的經過，並根據他對白氏生平的了解，斷定文集中的三首絕句為偽作。

【注釋】❶元符二年　當為元符元年（西元一〇九八年）之誤。❷龍川　北宋循州龍川縣（今屬廣東）。❸羅浮　羅浮山，在惠州，蘇軾曾在山下造房子，下文「留家於山下」，當是讓家人住在那裡。❹庳　低窪，此指因河道水量不足而使船隻陷入低窪，行進困難。❺惕然　憂慮的樣子。❻瘴暍　感染瘴毒暑氣。❼遠　蘇遠，又名蘇遜。❽葉舟　小船。❾僧舍　寺廟。❿索然　沒有趣味。⓫終日　過完一天，指打發日子。⓬禪定　佛教對於思維的修習方法，大旨在於保持寧靜專一的心境。⓭諸幻　各種幻生的事物，即現實事物，但佛教認為其本質是空的，所以稱作幻影。⓮從官　接近皇帝的侍從官。白居易於唐憲宗時被貶，後來穆宗、文宗時代，仕途頗為順利，但他本人已宦情淡薄。⓯分司東洛　白居易晚年以「太子賓客分司東都」的身份閒居洛陽。⓰牛李黨中　指唐代中期以牛僧孺、李宗閔為首組成的官僚朋黨。白居易妻子楊氏的堂兄楊穎士與李宗閔親近，所以他很擔心自己也被看作朋黨中人，晚年力求退閒的心態也與此有關。⓱附麗　依附。⓲會昌　唐武宗年號（西元八四一－八四六年）。⓳李文饒　李德裕（西元七八七－八四九年）字文饒，唐武宗即位後任宰相，與牛、李之黨為政敵。⓴用事　執政；當權。㉑致仕　辭去官職；退休。按古代禮制，七十歲是退休的年齡。會昌元年（西元八四一年）白居易正好七十歲。㉒不一二年　意謂沒過幾年。㉓投荒　被流放到荒遠之地。㉔僇死　被殺而死。僇，通「戮」。殺害。㉕不獲其終　不能善終。㉖自解　寬慰自己。㉗朱崖　朱崖郡，唐代崖州，治所在今海南海口。李德裕於唐宣宗大中二年（西元八四八年）被貶為崖州司戶參軍。㉘三絕句　根據宋代王得臣《麈史》卷二、胡仔《苕溪漁隱叢話後集》卷十三的記載，當時的某一種白居易詩集附有這樣三首絕句：「樂天當任蘇州日，要勒須教用禮儀。從此結成千萬恨，今朝果中白家詩。」「昨夜新生黃雀兒，飛來直上紫藤枝。擺頭撼腦花園裡，將謂春光總屬伊。」「田園不解栽桃李，滿地惟聞種蒺藜。萬里崖州君自去，臨行惆悵欲怨誰。」㉙刻覈　亦作「刻核」，苛刻。㉚會昌末年　白居易卒於會昌六年（西元八四六年）八月。㉛附益　附加；增添。

【語　譯】元符二年夏季六月，我從雷州海康縣再貶到循州龍川縣，冒著大暑，水行、陸行幾千里，到達惠州的羅浮山下，由於河流的水量越來越小，船隻也越來越陷入低窪，行進困難，全家都感到憂慮，恐怕感染瘴毒暑氣。於是我把家人留在羅浮山下，只跟幼子蘇遠一起，穿著夏衣，帶著布被，乘著小船，於八月份來到了龍川縣。到達之後，住在城東的聖壽寺。關起門來，沒有什麼事做，沒辦法打發日子。想到當地的居民那裡借一點書來看，但百姓家裡都沒有藏書，只有西鄰的黃家世代儒生，多少有一點書籍，於是借得白居易的文集來讀。白居易從年輕時候起就知道閱讀佛家的經典，學習禪定的方法，等涉略世故，經歷憂患後，胸中就更加洞達，能夠識破世上一切事物的本質虛無。所以，他從貶地回朝，當上了接近皇帝的侍從官，但稍有一點事情不合心意，便棄官而去，以「分司東都」的身份閒居在洛陽，優哉游哉，過完自己的晚年。大概唐代的士大夫中，像白居易那樣曠達的人是很少的。對於正在政治風浪當中流離遷轉，不知道哪裡是止息之地的我來說，讀白居易留下的文字，真是心中慚愧萬分。不過，白居易處在他的時代，不幸陷入了牛僧孺、李宗閔的朋黨之中。看他平生做人端正而不偏倚，並不是那種依附朋黨的人。大概是在時勢的驅迫之下，不得不然吧。唐武宗會昌初年，李德裕當權，白居易正好已到七十歲，於是請求退休，過了沒幾年就去世了。哎，連李德裕都不能容忍一個「分司東都」的白居易嗎？然而，每當閒居冷落、衰老疾病而在詩中有所感嘆時，白居易總是跟那些被貶到遠方，或者被判處死罪，不得善終的人對比，用來自我安慰。這一點，我也很不以為然。至於集子中所載的聽說李德裕被貶海南島時所寫的三首絕句，用詞尤其苛刻，白居易即使再沒見識，也不會到這樣的地步。而且，白居易在會昌末年就去世了，而李德裕被流放海南島是大中初年的事，所以這三首絕句決不是白居易的詩。莫非是白居易的弟子中膚淺沒學問的人添加進去的？像白居易那樣賢良的人，我理應為他辯白的。

《圓覺經》❶云：「動念息念，皆歸迷悶。」❷世間諸修行人，不墮動念中，即墮息念中矣。欲兩不墮，必先辨真妄，使真不滅，則妄不起。妄不起，而六根❸之源，湛❹如止水，則未嘗息念而念自靜矣。如此乃為真定❺。真定既立，則真惠❻自生。定惠圓滿，而眾善❼自至。此諸佛心要❽也。《金剛經》❾云：「應無所住而生其心。」❿既不住六塵⓫，亦不住靜⓬。六塵日夜遊於六根，而兩不相染。此樂天所謂「六根之源，湛如止水」也⓭。六祖⓮嘗告大弟子：「假使坐而不動，除得妄起心，此法同無情，即能障道。道須流通，何以卻住心？心不住即流通，住即被縛。」⓯故五祖⓰告牛頭⓱亦云：「妄念既不起，真心任遍知。」⓲皆所謂「應無所住而生其心」者也。佛祖⓳舊說，符合如此，而樂天〈八漸偈〉亦似見此事⓴，故書其後，寄子瞻兄。

【章　旨】這是第二篇，專對白居易的〈八漸偈〉而寫，闡述蘇轍關於禪的一些看法。

【注　釋】❶圓覺經　佛經，《大方廣圓覺修多羅了義經》之略稱，唐佛陀多羅譯。自唐釋宗密注釋此經以來，禪宗對它也頗為重視。❷動念二句　原文作：「動念及與息念，皆歸迷悶。」意謂一切世俗妄想，以及因為厭惡妄想而起的寂滅之心，都是迷途，不是正確的佛法。❸六根　佛學稱眼、耳、鼻、舌、身、意為六根，即人獲得感知的六種根器。❹湛　清淨。❺真定　真正的「定」。「定」即禪定，一種精神集中的境界。❻真惠　真正的智慧。惠，同「慧」。即正確的認識。佛法以定、慧相生，只有精神寧靜集中，才有正確的認識，而也只有認識正確，才能真正禪定。❼眾善　各種善行。❽心要　治心的要訣。❾金剛經　佛經，《金剛般若波羅蜜經》之略稱，有多種譯本，通行者為鳩摩羅什譯本。自唐代以來，成為禪宗僧人所依據的主要經典之一。❿應無所住而生其心　原文作：「應如是生清淨心，不應住色生心，不應住聲、香、味、觸、法生心，應無所住而生其心。」意謂執著於任何具體的感知，都不會產生正確的思想（清淨心），應無所執著，才能思考真理。⓫住六塵　執著於具體的感知。佛學以色、聲、香、味、觸、法為六塵，與六根對應。⓬靜　寂靜，即前文所謂「息念」。⓭六根之源二句　白居易有〈八漸偈〉，其中〈定偈〉云：「真若不滅，妄即不起。六根之源，湛如止水。是為禪定，乃脫生死。」⓮六祖　禪宗的第六祖，即唐代的慧能，其說法見於《壇經》。⓯假使坐而不動八句　這是慧能的一段話，今存《壇經》的各種版本有較多字句差異，與蘇轍所引比較接近的是近代敦煌石室出土的法海本《壇經》，原文作：「迷人著法相，執一行三昧，真心坐不動，除妄不起心，即是一行三昧。若如是，此法同無情，卻是障道因緣。道須通流，何以卻滯？心不住即通流，住即被縛。」大意是，一般人以為端坐不動，除去妄想，不起心念，就是禪定；這等於把人變成了沒有生命的事物，其實障蔽了佛道；佛道需要心靈流轉貫通，不能一味靜止，如果執著於靜止，就是被靜止所束縛了。⓰五祖　禪宗第五祖弘忍。按以下所引，實是四祖道信之語，當是蘇轍記錯或筆誤。⓱牛頭　唐代禪僧牛頭法融，創牛頭宗。⓲妄念既不起二句　《景德傳燈錄》卷四載四祖道信對牛頭法融說：「境緣無好醜，好醜起於心。心若不彊名，妄情從何起？妄情既不起，真心任遍知。」意謂外界事物對心靈呈現的境像本無美醜，美醜是心靈強行分別的結果，若心靈不去分別，就無美醜可言，也便沒有妄念，既無妄念，則一任真心，可以流遍於任何事物。⓳佛祖　佛和禪宗的祖師。以上《圓覺經》、《金剛經》所記為佛語，而《壇經》、《景德傳燈錄》所記為祖師語。⓴見此事　懂得這番道理。

【語　譯】《圓覺經》中說：「無論心念的妄動，還是心念的止息，都是迷途，不是真正的佛道。」世間的眾多修行之人，不是陷落在心念的妄動中，就是陷落在心念的止息中。要想兩頭都不陷落，那就一定得先辨別真心和妄念，假使一個人的真心不曾泯滅，妄念就自然不會生起。如果妄念不生起，眼、耳、鼻、舌、身、意六種根器的源頭像靜止的水面一樣清淨，那麼不用有意去停止心念，心念自然就會寧靜。這樣才是真正的禪定。既然確立了真正的禪定，真正的智慧就自然產生了。禪定和智慧互相生發，達到圓滿的境界，各種善行便自然成就。這是三世諸佛的治心要訣。《金剛經》說：「心念應該活動在無所執著之中。」既不執著於色、聲、香、味、觸、法各種具體的感知，也不執著於寂靜。世上各種各樣的感知對象時時刻刻呈現於人的感知根器，卻不會互相汙染。這就是白居易說的「各種根器的源頭，像靜止的水面一樣清淨」。六祖慧能曾經告誡他的大弟子說：「假如你只是枯坐著，一動也不動，想由此除去心靈生起的妄念，這個方法就等於把人變成了沒有生命的事物，反而會障蔽佛道。對佛道的領悟需要心靈的流轉貫通，怎麼卻讓心靈執著於靜止呢？心靈不執著，就能流轉貫通，一執著就等於被束縛起來了。」所以，四祖道信大師對牛頭法融的告誡也說：「既然不生妄念，就能任由真心遍知任何事物。」這些都與《金剛經》所謂「心念應該活動在無所執著之中」意思相同。佛的說法和禪宗祖師的說法，就是如此符合。而白居易寫的〈八漸偈〉，似乎也明白這番道理。所以我就在它的後面寫上這段文字，寄給我哥哥蘇子瞻。

【研析】據蘇轍孫子蘇籀的《欒城遺言》記載，被蘇轍所肯定的唐代人物，以李翱和白居易為最。而在這兩人的作品中，又以李氏的《復性書》和白氏的〈八漸偈〉最受他的欣賞，在晚年，他曾將〈八漸偈〉書寫在屏風上。按一般的說法，蘇轍晚年的詩歌也是學習白居易風格的。其實他和白居易之間的共鳴，主要是在禪學修養上。這兩篇寫在白居易文集後的隨感，都提到了禪，尤其是後一篇，專門談他對禪定的領會，對於我們考察蘇轍的晚年思想，具有非常重要的意義。《六祖大師法寶壇經．般若第二》記慧能語：「但淨本心，使六識出六門，於六塵中無染無雜，來去自由，通用無滯，即是般若三昧，自在解脫，名無念行。」蘇轍說的「六塵日夜遊於六根，而兩不相染」，就是這種「無念行」，即南禪宗的一大要旨。可見蘇轍對禪定的領會，確已達到一定的深度。心靈既不執著於外界事物，也不似槁木死灰，而是一種活潑的禪心，遍知一切，卻不被任何境像所束縛，從而獲得真正的自由。這是身處貶謫之中的逐臣保持清醒和超越的精神，也是蘇氏兄弟用來互相勉勵的精神境界，所以蘇轍要將這段文字寄給海南島上的兄長。當然，前一篇中考證白居易集中的三首絕句為偽作，在宋代的影響也甚大，胡仔的《苕溪漁隱叢話》就接受他的意見，已成定論，此後通行的白氏文集便都不收這三首絕句了。

《龍川略志》引

【題　解】蘇轍於元符元年至循州，閒中作成筆記《龍川略志》，本篇是簡單的自序。據宋人孫汝聽〈蘇潁濱年表〉，作於元符二年（西元一〇九九年）四月二十九日。近人傳增湘校影宋鈔本《龍川略志》的引末，也有注云：「元符二年孟夏二十九日。」孟夏即四月。

予自筠徙雷，自雷徙循，二年之間❶，水陸幾❷萬里，老幼百數十指❸，衣食僅自致❹也。平生家無尤物❺，有書數百卷，盡付之他人。既之龍川，雖僧廬道室❻，法皆不許入。裒❼槖中之餘❽五十千❾，以易民居，大小十間，補苴❿弊漏，粗芘⓫風雨。北垣⓬有隙地，可以毓蔬⓭，有井，可以灌，乃與子遠荷鉏⓮其間。既數月，韭、蔥、葵、芥得雨坌出⓯，可菹⓰可芼⓱，蕭然⓲無所復事矣。然此郡人物衰少，無可晤語⓳者。有黃氏老，宦學⓴家也，有書不能讀。時假㉑其一二，將以寓目，然老衰昏眩㉒，亦莫能久讀。乃杜門閉目，追思平昔，恍然如記所夢，雖十得一二，而或詳或略，蓋亦無足記也。遠執筆在傍，使書之於紙，凡四十事，十卷，命之《龍川略志》。

【注　釋】❶二年之間　當指紹聖四年至元符元年間。❷幾　接近。❸百數十指　意謂十幾個人，一人有十個手指。❹自致　親自料理、置辦。❺尤物　珍奇之物。❻僧廬道室　佛寺和道觀。❼裒　聚集。❽囊中之餘　指所有的錢。囊，袋子。❾千　千錢，即一貫。北宋的一貫實際上沒有一千文，常以七八百文為一貫，名義上仍稱「千」。❿補葺　補綴；修理。⓫芘　同「庇」。遮蔽。⓬垣　矮牆。⓭毓蔬　種植蔬菜。⓮荷鉏　扛著鋤頭，即從事農活。⓯坌出　此謂莊稼紛紛長出。⓰菹　腌製。⓱芼　與其他食物拌和。⓲蕭然　悠閒的樣子。⓳晤語　見面交談。⓴宦學　為了走上仕途而學習，指從事科舉之業。㉑假　借。㉒昏眩　頭昏眼花。

【語　譯】我從筠州改貶雷州，從雷州又改貶循州，兩年之間水行、陸行將近一萬里。我家中老老小小共有十幾人，吃穿都只好親自料理。我平生並不收藏珍奇物品，只有幾百卷書，也都給了別人。到了循州後，即便是佛寺、道觀，都有法令不讓我這罪臣進門，於是聚集我所有的錢財，共五十貫，用來購買民房，大大小小買了十間，修治一下破敗漏水之處，大致可以遮蔽風雨了。北牆下有一塊空地，可以種植蔬菜，有一口井，可以汲水澆灌。於是我就跟兒子蘇遠一起，扛著鋤頭在地裡務農。幾個月後，韭、蔥、葵、芥都因雨水充足而紛紛長出，可以腌製，也可以跟其他食物拌和著吃，然後便悠閒無事了。不過，這個地方有修養的人物很少，幾乎沒有人可以交談。只有一個姓黃的老人，曾經為了應付科舉而有所學習，家裡藏了一點書，卻不會閱讀。我偶爾向他借來一兩本，原想好好閱讀，卻因為年老體衰，頭昏眼花，也無法多讀。於是我關起門來，閉上眼睛，回想從前的生活，恍恍惚惚的就好像追憶舊夢一般，雖然想起了十分之一二，但有的詳細有的簡略，大抵也不怎麼值得記錄，只因蘇遠拿著筆墨在身旁伺候，我便讓他寫在紙上，共有四十件事，編成了十卷，起一個書名，叫《龍川略志》。

【研　析】蘇轍之所以從雷州改貶循州，是因為朝廷覺得雷州的地方官對他太好了，所以到了循州後，遭遇便尤為困迫，連佛寺、道觀也不許進去。他只好買了一些民房來居住，自己翻地種菜，除此之外便經常關門閉目，猶如老僧入定一般了。不過，蘇轍在著述方面的成就，其實也得益於貶謫閒居。他在筠州完成了《古史》，而在循州則寫作了筆記《龍川略志》十卷和《龍川別志》二卷，前者主要是追憶平生參與的各項政治活動，後者則主要記錄他聽說的前輩時彥之軼事。其中多少也反映出他對於許多事件的看法，但更重要的是提供了許多珍貴的歷史資料。所以，在《續資治通鑑長編》等宋代史籍中，這兩部筆記的引用率是比較高的。筆記與《古史》之類的專著不同，不但全書的結構非常散漫，即便就其中每一段來看，也不怎麼講究行文技巧，而是隨意舒卷，有話則長，無話則短，非常自由的。然而不同的作者寫來，仍會呈現不同的風格。這一點，如跟蘇軾的同類文字相比，就能看得很清楚。蘇軾的筆記大抵以詼諧為特色，即使所記的內容並不十分滑稽，也被他寫得妙趣橫生。蘇轍卻似乎沒有逗人一笑的興趣，大多是原原本本的交代，即使所記的事情不乏精彩之處，也被他敘述得十分平淡。如果說蘇軾的本事是化腐朽為神奇，那麼蘇轍卻總是化神奇為平淡。我們在這一篇序言中也能看出他化神奇為平淡的功夫。他遭遇了常人難以想像的困境，而以非同尋常的毅力頑強地生存和寫作，這樣的經歷本來可能使他作出蕩氣迴腸的表述，但他只用幾個短句，很輕易地點過去了。就全文來看，短句的使用是最為顯著的特色，雖然文言文的句子一般都不長，但像本文這樣幾乎全篇都用四五字的短句，最長也不過八字，卻並不多見。所以本篇堪稱短句藝術的典範，用短句點敘一段本不平凡的經歷，簡述一種本來複雜的心境，就顯得超然淡泊，略無罣礙。

《春秋集解》引

【題　解】蘇氏兄弟分注經典，蘇軾所注有《周易》、《尚書》和《論語》，蘇轍則注《詩經》、《春秋》和《孟子》。這些注釋構成了「蘇氏蜀學」的基幹。現在，蘇轍的《詩集傳》和《春秋集解》都有單行本，而《孟子解二十四章》則收入《欒城後集》卷六。本文是《春秋集解》一書的序言，文末自署寫作時間為元符二年（西元一〇九九年）閏九月八日。可見，全書的基本完成也在蘇轍閒居循州的時候。

予少而治《春秋》。時人多師孫明復❶，謂孔子作《春秋》，略盡一時之事，不復信史，故盡棄三傳❷，無所復取。予以為左丘明❸魯史❹也，孔子本所據依以作《春秋》，故事必以丘明為本。杜預❺有言：「丘明受經於仲尼，身為國史，躬覽❻載籍，其文緩❼，其旨遠，將令學者原始要終❽，尋其枝葉❾，究其所窮❿。優而柔之⓫，使自求之；饜而飫之⓬，使自趨⓭之。若江海之浸、膏澤⓮之潤，渙然冰釋⓯，怡然理順⓰。」斯言得之矣。至於孔子之所予奪，則丘明容⓱不明盡，故當參以公⓲、穀⓳、啖⓴、趙㉑諸人。然昔之儒者，各信其學，是己而非人，是以多窒而不通。老子有言：「學不學㉒，復眾人之所過㉓，以輔萬物之自然㉔，而不敢為㉕。」予竊師此語，故循理而言，言無所係㉖，理之所至，如水之流，東西曲直，勢不可常，要之於通而已。

【章旨】首段交代作者解釋《春秋》的原則，史實方面是以《左傳》為根據，義理方面則參考諸家，力求道理的貫通。

【注釋】❶孫明復　孫復（西元九九二—一〇五七年）字明復，「宋初三先生」之一，曾在太學講解《春秋》，在北宋前期影響甚大。今存其著作有《春秋尊王發微》十二卷。❷三傳　《公羊傳》、《穀梁傳》和《左氏傳》。❸左丘明　《論語》中曾被孔子提到的賢人，相傳他就是《左氏傳》的作者。❹魯史　魯國的史官。❺杜預　（西元二二二—二八四年）西晉將領，著《春秋左氏經傳集解》，為《左氏傳》的權威注釋，後來收入《十三經注疏》。❻躬覽　親自閱讀。❼緩　舒緩，指《左氏傳》把《春秋》簡約概括的史實比較詳細地敘述出來，而不直接解釋經義。❽原始要終　推究事情的起始原委，掌握其最終結果。❾枝葉　比喻各種派生的現象。❿窮　窮盡之處。⓫優而柔之　使讀者的心靈寬舒。⓬饜而飫之　使讀者的好奇心充分滿足。⓭趨　趨向經文的大義。⓮膏澤　雨水。⓯渙然冰釋　像春天的結冰那樣一下子消融了，比喻疑難問題頓時消除。⓰怡然理順　因道理的貫通而感到喜悅。以上引文皆出自杜預《春秋左氏傳序》。⓱容　或許。⓲公　公羊高，戰國時人，《公羊傳》的作者。⓳穀　穀梁赤，戰國時人，《穀梁傳》的作者。⓴啖　啖助（西元七二四—七七〇年），字叔佐，唐代經學家，曾著《春秋集傳》。㉑趙　趙匡，字伯循，唐代經學家，曾修改過啖助的《春秋集傳》。㉒學不學　按照蘇轍本人所著《老子解》的說法，此句意謂：聖人是有學問的，但不固執自己一家的學理去強制事物違反自然的本性。㉓復眾人之所過　眾人都只相信自己一家的學問，固執偏見，做出違反自然的事；聖人則不犯這樣的錯誤。㉔自然　指萬物的自然本性。㉕為人為；按自己的偏見做事。以上引文出自《老子・德經》。㉖係　束縛，指遵守某一家之說。

【語　譯】我從小就開始研究《春秋》。當時，人們都遵從孫復的說法，認為孔子寫《春秋》，已經把那個時代的史事都概括盡了，再也不必去相信史書，所以把《公羊》、《穀梁》和《左氏》三傳全都拋開，不再參考。我以為，左丘明是魯國的史官，孔子本來就是依據魯國的史書來寫《春秋》的，所以史實方面必須以左丘明的書為根據。杜預曾經說過：「左丘明從孔子那裡得到了《春秋》經文，他身為魯國史官，親自閱讀各種記載史實的典籍，加以引證，所以他的文字舒緩詳細，而含義深遠。他想讓學習《春秋》的人可以推究事情的來龍去脈，掌握它的結果，尋繹各種派生的現象，而追究其窮盡之處。他使讀者的心靈寬舒，讓他們自己去尋求原委；他充分滿足讀者的求知欲，讓他們自己趨向經文的大義。這就好像江海、雨水的浸潤，使春天的積冰一下子融化，使讀者因為道理貫通而感到喜悅。」這話是正確的。至於孔子表示贊同或否定時所依據的道理，則左丘明也許寫得不夠明白，不夠充分，所以應當參考公羊子、穀梁子、啖助、趙匡等人的解說。不過，以前的儒者，各自相信自己的學問，肯定自己而否定別人，所以講起道理來大多滯澀不通。老子說過：「聖人有學問，卻不固執自己一家的學問。眾人只相信自己一家的學問，固執偏見，聖人卻不會犯這樣的錯誤，從而可以順應萬物的自然本性，而不按自己的偏見做事。」我個人非常遵從這樣的教導，所以只按照道理說話，並不拘束於某一家的學說，順著道理本身的走向，就像流水一樣，有時向東，有時向西，有時彎曲，有時筆直，都沒有一定，總之要歸結到道理的貫通。

近歲王介甫❶以宰相解經❷，行之於世。至《春秋》，漫❸不能通，則詆以為斷爛朝報❹，使天下士不得復學❺。嗚呼！孔子之遺言而凌滅❻至此，非獨介甫之妄，亦諸儒講解不明之過也。故予始自熙寧謫居高安❼，覽諸家之說而裁之以義❽，為《集解》十二卷。及今十數年矣，每有暇輒取觀焉，得前說之非，隨亦改之。紹聖之初遷於南方，至元符元年，凡三易地❾，最後卜居❿龍川之白雲橋⓫。杜門無事，凡所改定，亦復非一，覽之灑然⓬而笑，蓋自謂無憾矣。

【章　旨】此段闡明作者解釋《春秋》的動機，在於不滿王安石對《春秋》的貶斥，然後簡單敘述其成書的過程。

【注　釋】❶王介甫　王安石（西元一〇二一—一〇八六年）字介甫。❷解經　指王安石在熙寧年間領導「經義局」所作的《周官新義》、《尚書新義》和《詩經新義》，合稱「三經新義」，北宋新黨執政時樹為全國學校的統一教材和科舉考試的唯一標準。❸漫　全然。❹斷爛朝報　殘缺不全的政府文告，意謂《春秋》記事經常斷頭缺尾，難以通解。❺使天下士不得復學　北宋新黨執政時，太學裡不講《春秋》，科舉也不考；舊黨執政，則推崇《春秋》。❻凌滅　侵犯、破滅。❼熙寧謫居高安　指元豐三年（西元一〇八〇年）蘇轍因受「烏臺詩案」的連累而貶居筠州。此處謂「熙寧」，當是筆誤。❽裁之以義　按道理來裁斷。❾三易地　三次更換貶地，指筠州、雷州、循州。❿卜居　擇地居住。⓫白雲橋　在龍川縣，蘇轍所居的「台隱堂」在橋西。南宋時地方政府將「台隱堂」改名為「蘇陳堂」，以紀念先後貶居於此的蘇轍、陳次升。⓬灑然　灑脫輕鬆的樣子。

【語　譯】近年，王安石以宰相的身份撰定了《周禮》、《尚書》、《詩經》三部經典的標準解釋，通行於世。但他對於《春秋》，卻全然不能通解，於是將《春秋》詆毀為「斷爛朝報」，使天下的讀書人不能再學習此經。啊！孔子留下的教導，卻被破壞毀滅到這樣的地步，這不但是王安石的狂妄之罪，也要歸咎於學者們對此經的講解不夠明白。所以，我從熙寧時貶居筠州開始，就瀏覽了各家的解說，而用道理來裁斷，寫作了《春秋集解》十二卷。到今天，已經十幾年了，每當有空時，我就拿出來閱讀，看到以前的說法中有錯誤的，也隨即加以改正。紹聖初年，我又被貶到南方，到元符元年，一共改換了三次貶地，最後居住在循州龍川縣的白雲橋西。我關起門來，沒有什麼事做，就改定《春秋集解》，改了不止一處。現在我看著這部書，可以輕鬆地笑了，因為我自己覺得沒有什麼缺憾了。

南荒❶士人無可與論說者，顧❷謂子遜❸：「仰之彌高，鑽之彌堅，瞻之在前，忽焉在後❹，此孔子之不可及，而顏子之所太息❺也，而況於予哉？安知後世不復有能規予過❻者？其於昔之諸儒，或庶幾❼焉耳。汝能傳予說，使後生❽有聞焉者，千歲之絕學❾儻❿在於是也。」二年閏九月八日志。

【章　旨】末段記錄作者囑咐兒子蘇遜之語，希望他把自己的學說傳衍下去。

【注　釋】❶南荒　南方荒涼遙遠之地。❷顧　回頭看。❸子遜　兒子蘇遜，即蘇遠。❹仰之彌高四句　見《論語・子罕》，為顏子讚嘆孔子的話，意謂：對於孔子的道德學問，你越往上看就越覺得高不可攀，越鑽研就越覺得堅實，有時候看它彷彿就在眼前，卻忽然又在身後了。此形容孔子之道，其高遠堅實不可窮盡，而難以把握。❺太息　深深嘆息。❻規予過　糾正我的錯誤。❼庶幾　勉強過得去。❽後生　後輩。❾絕學　失傳的學問。❿儻　也許。

【語　譯】在這遙遠的南方荒涼之地，沒有可以一起討論的讀書人，我只好回頭對兒子蘇遜說：「越往上看就越覺得高不可攀，越鑽研就越覺得堅實無比，有時候彷彿展現在眼前，忽然又在身後了。這就是孔子不可企及的地方，而為顏子所深深嘆息，何況是我呢？難道後世就不再出現能夠糾正我過錯的人了嗎？只是與從前的學者相比，我的說法似乎還過得去罷了。你能夠把我的說法傳下去，讓後輩們可以聽到，那麼失傳了千年的學問，也許就在這裡了。」元符二年閏九月八日記。

【研　析】本文牽涉到經學史上的一個重要公案，就是「斷爛朝報」的問題。把《春秋》說成「斷爛朝報」，可能是王安石的一句玩笑話，但鑑於新黨當政時對《春秋》一經的相對輕視，則認為「新學」一派對《春秋》不夠重視，也不無依據。當然，自《宋史》以來，把「斷爛朝報」一語當作王安石詆毀經典的大罪，是頗有羅織之嫌的。於是，為王安石辯護的人，努力想證明他並沒說過這句話，清代的李紱和蔡上翔就是代表。他們認為這是舊黨子孫對王安石的造謠中傷，追究此語的來歷，找到了南宋周麟之為孫覺《春秋經解》寫的跋文，以為這就是最早的出處了。這篇跋文也就是周麟之《海陵集》卷二十二的〈跋先君講春秋序後〉一文，但李紱和蔡上翔說，周麟之和他的父親都是「妄人」，說的話不可信。可惜的是，他們沒有看到王安石的同時人蘇轍寫下的本文，所以他們的辯護詞都可以作廢，王安石曾詆《春秋》為「斷爛朝報」，當是不可更改的事實，無可懷疑了。其實，蘇轍在本文中加以批評的，不光是王安石，還有孫復，他認為王安石輕視《春秋》固然不對，而像孫復那樣雖重視《春秋》卻輕視《左氏傳》，也不是理解《春秋》的正途。同時，他還批評了學術上固執己見的做法，雖然文中僅就《春秋》的解釋而言，但其鋒芒顯然也指向新黨以「新學」獨斷學術的現狀。看來，蘇轍在循州，雖說「杜門無事」，實際上仍關切著整個時代的學術走向，而且毫不猶豫地以自己的文字介入其中，予以嚴厲的批判。他的努力也改變了宋初以來「時人多師孫明復」的局面，南北宋之交的葉夢得說過，當時人最相信的《春秋》解說，就是蘇轍的《春秋集解》和孫覺的《春秋經解》。蘇軾曾有詩云：「《春秋》古史乃家法。」蘇門的學術精華，就集中體現在對於《春秋》的理解上。

巢谷傳

【題解】巢谷（西元一〇二三—一〇九九年）是蘇轍的眉山老鄉，為了實踐古代所謂「朋友之義」，從眉山徒步到嶺南看望貶謫中的蘇氏兄弟。元符二年（西元一〇九九年）正月到達循州，與蘇轍相見，然後又赴海南，擬看望蘇軾，不幸死於途中。本篇是為巢谷所作的傳記，文末提到「予方雜居南夷」，說明寫作此傳時，作者還在循州。按蘇轍於次年即元符三年離開循州，啟程北歸，所以此傳的寫作當在巢谷死後不久。

巢谷字元修，父中世，眉山農家也，少從士大夫讀書，老為里校❶師。谷幼傳父學，雖樸而博。舉進士❷京師，見舉武藝❸者，心好之。谷素多力，遂棄其舊學，畜弓箭，習騎射。久之業成，而不中第❹。聞西邊❺多驍勇❻，騎射擊刺❼為四方冠，去遊秦鳳❽、涇原❾間，所至友❿其秀傑。有韓存寶者，尤與之善，谷教之兵書，二人相與為金石交⓫。熙寧中，存寶為河州⓬將，有功，號熙河⓭名將，朝廷稍奇之。會瀘州蠻乞弟⓮擾邊，諸郡不能制，乃命存寶出兵討之⓯。存寶不習蠻事，邀谷至軍中問焉。及存寶得罪⓰，將就逮，自料必死，謂谷曰：「我涇原武夫，死非所惜，顧妻子不免寒餓。橐中有銀數百兩，非君莫使遺⓱之者。」谷許諾，即變姓名，懷銀步行，往授其子，人無知者。存寶死，谷逃避江淮間，會赦⓲乃出。

【章　旨】首段簡單交代巢谷的家世和早年經歷，然後敘述他與韓存寶的交情，以及隱姓埋名，完成韓存寶臨死囑託的義舉。

【注　釋】❶里校　鄉里的學校。❷舉進士　參加進士科的考試。❸舉武藝　參加武舉的考試。❹中第　科舉考試合格。❺西邊　西部邊境，指北宋與西夏接壤的地區。❻驍勇　勇猛的士兵。❼擊刺　用戈打擊，用矛刺殺，指運用兵器進行格鬥。❽秦鳳　北宋秦鳳路，治所在秦州（今甘肅天水）。❾涇原　北宋涇原路，治所在渭州（今甘肅平涼）。❿友　結交。⓫金石交　形容交誼堅固。⓬河州　北宋熙寧六年新置河州，治所在今甘肅臨夏北。⓭熙河　北宋熙寧五年新置熙河路，治所在熙州（今甘肅臨洮）。韓存寶曾為熙河路鈐轄（駐軍首領）。⓮瀘州蠻乞弟　四川西南瀘州地區的少數民族，史料上或稱「瀘夷」。乞弟是其酋長箇恕之子，統兵。宋神宗於熙寧六年開始派兵經營，熙寧七年封乞弟為蕃部巡檢，暫時歸服。至熙寧十年，又興兵犯邊。⓯乃命存寶出兵討之　元豐元年七月，神宗命令時任涇原路總管的韓存寶為「都大經制瀘州納溪夷賊公事」，率領西北軍隊往西南平定瀘夷。⓰存寶得罪　元豐四年七月，神宗認為韓存寶逗留不進，處死於瀘州。⓱遣　送。⓲赦　此指大赦，即朝廷遇慶典或喪禮時，赦免天下罪犯的舉措。元豐四年以後，五年、六年都因慶典而大赦，八年神宗重病、去世，乃至哲宗登基，又先後三次大赦。

【語　譯】巢谷字元修，父親叫巢中世，是眉山縣的一個農家，小時候曾跟隨士大夫讀書，老了以後便擔任鄉里學校的教師。巢谷幼時得到父親傳授的學問，雖然樸素，卻也廣博。他曾到京城參加進士科的考試，看到有人在考武舉，心中頗為喜歡。巢谷從來就很有力氣，所以放棄了舊時學習的考進士的那一套，轉而備辦弓箭，學習騎馬射箭。過了許久，他的武藝學成了，卻不曾考上武舉。他聽說西部邊境上有很多勇猛的士兵，在騎馬射箭和運用兵器格鬥上，為天下第一，於是離開京城，到秦鳳路、涇原路一帶遊歷，每到一個地方，就與傑出的人士結交。有一個叫韓存寶的，跟巢谷尤其要好，巢谷教他閱讀兵書，兩人結下了金石一般堅固的交情。熙寧年間，韓存寶擔任河州的將領，為朝廷立了功，號稱熙河路的名將，朝廷也對他另眼相看。正好遇上瀘州的蠻夷首領乞弟擾亂邊境，西南的各州無法制服他，朝廷就命令韓存寶帶兵去討伐。韓存寶不熟悉瀘州蠻夷的情況，就把巢谷請到軍中，向他諮詢。等到韓存寶被朝廷治罪，即將被捕，他自料必然會被處死，便對巢谷說：「我本是涇原路的一介武夫，死了也沒有什麼可惜的，但我的妻子兒女免不了遭受饑寒，令我放心不下。我的口袋裡有幾百兩銀子，除了你，沒有人可以為我帶去送給他們。」巢谷答應了他的請求，便隱姓埋名，懷藏銀子，步行前往，交給韓存寶的兒子，沒有他人知道。韓存寶被處死後，巢谷逃避在長江、淮河之間，後來遇上了大赦，才重出世間。

予以鄉閭❶，故幼而識之，知其志節❷，緩急❸可託者也。予之在朝，谷浮沉❹里中，未嘗一見。紹聖初，予以罪謫居筠州，自筠徙雷，自雷徙循，予兄子瞻亦自惠再徙昌化❺，士大夫皆諱❻與予兄弟遊，平生親友無復相聞者。谷獨慨然自眉山誦言❼，欲徒步訪吾兄弟，聞者皆笑其狂。元符二年春正月，自梅州❽遺予書曰：「我萬里步行見公，不自意全❾。今至梅矣，不旬日❿必見，死無恨矣。」予驚喜曰：「此非今世人，古之人也。」既見，握手相泣，已而道平生，逾月不厭。時谷年七十有三矣，瘦瘠多病，非復昔日元修也。將復見子瞻於海南，予愍其老且病，止之曰：「君意則善，然自此至儋數千里，復當渡海⓫，非老人事也。」谷曰：「我自視未即死也，公無止我。」留之不可，閱其橐中無數千錢⓬，予方乏困，亦強資⓭遣之。船行至新會⓮，有蠻隸⓯竊其橐裝⓰以逃，獲於新州⓱，谷從之至新，遂病死。予聞，哭之失聲，恨其不用⑱吾言，然亦奇其不用吾言而行其志也。

【章　旨】此段敘述巢谷遠道看望蘇氏兄弟，見蘇轍於循州，又擬赴海南見蘇軾，死於半途的過程，突出他因關心朋友而不顧生命的志節。

【注　釋】❶鄉閭　鄉里。閭，里巷。❷志節　志氣；節操。❸緩急　指危急時刻。❹浮沉　埋沒於世俗中。❺昌化　昌化軍，即儋州。❻諱　隱瞞；迴避。❼誦言　公開聲言。❽梅州　今屬廣東。❾不自意全　沒想到還能保全性命。❿不旬日　要不了十天。旬，十天。⓫海　今瓊州海峽。⓬無數千錢　沒有幾貫錢。⓭強資　勉強湊錢資助。⓮新會　北宋廣州新會縣，今屬廣東。⓯蠻隸　非漢族的僕人。⓰橐裝　袋中所裝，指行李財物。⓱新州　治所在今廣東新興。⓲用　聽從。

【語　譯】我因為同鄉同里的關係，從小就認識巢谷，了解他的志氣、節操，是一個危急時刻可以託付的人。我在朝當官的時候，巢谷埋沒在鄉里眾人之中，未曾來見我一次。紹聖初年，我因為得罪朝廷而被貶到筠州，從筠州又改貶雷州，從雷州又改貶循州，我的哥哥蘇子瞻也從惠州改貶海南島上的儋州。這時候，士大夫都不願意說起曾經跟我們兄弟交往，平生的親戚朋友都不再跟我們互通消息，只有巢谷卻在眉山慷慨激昂地公開聲言，要徒步前來訪問我們兄弟，聽到的人都嘲笑他發瘋了。但到元符二年春天的正月，他卻從梅州送來一封信給我，說：「我不遠萬里，徒步來拜見您，自己的生命完全置之度外。現在我已經到了梅州，要不了十天，一定可以與您相見，這樣我即便死了，也無遺恨了。」我又驚又喜地說：「這巢谷不像是現代的人，而是一位古代的義士。」我們相見之後，互相握手對泣，然後訴說平生的經歷，過了一個月也沒有感到滿足。此時巢谷已經七十三歲了，身體瘦弱多病，再也不是從前那位很有力氣的巢元修了。他又要到海南島上去見子瞻，我憐憫他又老又病，就勸止他說：「您的心意固然是好的，但從這裡到儋州有幾千里路，而且還要渡過海峽，不是一個老人能夠做的事。」巢谷說：「我自己覺得還不會馬上就死，您不要阻止我。」我無法挽留他，看到他的行李中沒有幾貫錢，雖然我自己也正處在窮困之中，也勉強湊錢資助，送他走了。他坐船到了廣州新會縣，有一個蠻夷的僕人偷了他的行李財物逃跑，在新州被抓獲，巢谷也就跟著到新州，然後便病死在那裡了。我聽到這個消息，大聲痛哭，恨他不聽我的勸阻，但也為他不聽我的勸阻而實踐他的志氣，感到奇特。

昔趙襄子❶厄於晉陽❷，知伯❸率韓魏❹決水❺圍之，城不沉者三版❻。懸釜而爨❼，易子而食，群臣皆懈，惟高恭❽不失人臣之禮。及襄子用張孟談❾計，三家❿之圍解，行賞群臣，以恭為先。談曰：「晉陽之難，惟恭無功，曷為⓫先之？」襄子曰：「晉陽之難，群臣皆懈，惟恭不失人臣之禮，吾是以先之⓬。」谷於朋友之義，實無愧高恭者，惜其不遇襄子，而前遇存寶，後遇予兄弟。予方雜居南夷⓭，與之起居出入，蓋將終焉，雖知其賢，尚何以發⓮之？聞谷有子蒙，在涇原軍中，故為作傳，異日以授之。谷始名穀，及見之循州，改名谷云。

【章旨】最後一段，以《史記》所載高恭的恪守君臣之禮為映襯，表彰巢谷對朋友之義的踐履。

【注釋】❶趙襄子　春秋戰國之際，晉國掌握實權的六卿（趙、韓、魏、知、范、中行）之一，名無恤，卒諡襄子。❷晉陽　今山西太原南晉源鎮。晉出公十七年（西元前四五八年），趙襄子與知、韓、魏三卿共滅范氏、中行氏，瓜分其地，後來知、韓、魏又聯合攻趙，把趙襄子圍在晉陽城。❸知伯　又稱「智伯」，名瑤，晉國的執政。❹韓魏　韓康子名虎、魏桓子名駒。❺決水　掘開汾水灌晉陽城，事在晉出公二十二年（西元前四五三年）。❻三版　二十四尺。版，古代城牆高八尺為一版。

此句形容城中水漲甚高。❼爨　生火做飯。❽高恭　又作「高共」。共、恭通假。❾張孟談　戰國初期著名的謀士，事見《戰國策》。《史記》作「張孟同」，司馬遷避父司馬談諱，改「談」為「同」。張孟談為趙襄子設計，暗中聯絡韓康子、魏桓子，反滅知伯，瓜分其地。此後，春秋時的晉國遂分為戰國時的趙、韓、魏三國，史稱「三家分晉」。❿三家　指知、韓、魏三氏。⓫曷為　何為；為什麼。⓬先之　以高恭為第一。以上史事，出自《史記・趙世家》，蘇轍自著《古史・趙世家》也採錄之。⓭南夷　南方的蠻夷。⓮發　發揚表彰。

【語　譯】從前，趙襄子被圍困在晉陽城中，知伯率領韓康子、魏桓子的軍隊，掘開汾水灌城，水勢浩大，連城牆也只有二十四尺沒被淹沒。城中的人只好把鍋掛得高高的，才能生火做飯，由於糧食斷絕，到了互相交換孩子來吃的地步。這時候眾多的臣子都怠懈了，只有高恭還不失去臣子伺候君主的禮節。等到趙襄子採用張孟談的計謀，解去了知、韓、魏三家的圍困，對眾臣論功行賞，就以高恭為第一。張孟談說：「在晉陽城的這場災難中，只有高恭沒有立功，為什麼卻是他得第一？」趙襄子說：「晉陽城遭遇災難的時候，眾多的臣子都怠懈了，只有高恭還不失去臣子伺候君主的禮節，所以我以他為第一。」巢谷在朋友義氣的方面，實在無愧於高恭在君臣禮節上的表現，可惜的是他沒有遇到趙襄子，而前半生遇上了韓存寶，後半生又遇上我們兄弟。我正與南方的蠻夷混居在一起，跟他們一起生活，也將如此送走餘生。雖然知道巢谷的優秀，還有什麼能力來發揚表彰呢？我聽說巢谷有個兒子巢蒙，在涇原路的軍隊裡，所以為他寫了這篇傳記，他日可以交給巢蒙。巢谷本來名叫巢穀，等到跟我相見於循州，就改為巢谷了。

【研　析】本文是蘇轍深受感動，又極為悲痛的情況下，為報答朋友而著意經營的作品，不同於隨意寫作的一般文字。所以，結構上頗見講究，第一段是所謂「前遇存寶」，第二段是所謂「後遇予兄弟」，第三段則特意舉出一件歷史往事，以高恭的君臣之禮為映襯，點出巢谷的「朋友之義」，也以高恭最終受到趙襄子的賞拔，反襯巢谷的流落不遇，深致悲慨之意。由此反觀前兩段，作者之所以在巢谷的一生中，只選取「前遇存寶」、「後遇予兄弟」兩件事來寫，就是因為這兩件事是巢谷踐履「朋友之義」的最好事例，可謂重點突出，枝節刪盡。但是，在對這兩件事本身的描述中，作者的筆墨又極為鋪張，寫得頗具小說特徵。一是場景拉得很開，前一段從眉山到京城，從西部邊境到西南瀘州，然後又寫到江淮之間，第二段也涉及筠、雷、循、惠、儋、梅、新等東南諸州，幾乎覆蓋了北宋的全域；二是描寫甚為具體，不但有對話，還引用書信，曲折迴旋，反覆勾勒。然後，第三段不但能以點睛之筆（即「朋友之義」數句）加以收束，還能顧盼映襯，俯仰慨嘆，竭盡了高下抑揚之能事。這當然反映出作者在行文上收放自如的本領，卻更是刻意安排的結果，所以顯得前後勾連緊密，全文渾然一體，卻又毫無境界局促之感，開闊的場景、具體的對話與曲折的描述，使文氣頗為舒展，似乎甚有餘裕。如此精心結撰的一篇佳作，可以使巢谷享有千古令名，也是作者對朋友的最好回報了。時無今古，人無中外，超越勢利的真正友情，是人生一世最值得珍惜的財富，儒家之所以呼喚「朋友之義」，也是這個道理。然而世上能不顧勢利而踐履「朋友之義」的人究屬難得，《史記》引翟公之言曰：「一死一生，乃知交情；一貧一富，乃知交態；一貴一賤，交情乃見。」其慨嘆可謂深矣。如此看來，則蘇轍寫作此傳，也不僅為紀念朋友而已。

復官宮觀謝表

【題　解】元符三年（西元一一〇〇年）正月，宋哲宗去世，其弟宋徽宗即位。由於新黨宰相章惇曾經反對徽宗繼承皇位，故徽宗上臺之初，要聚集政治力量去打擊章惇，於是貶謫多年的元祐舊黨陸續被招回起用，不能起用的也改善了待遇。此年二月，蘇轍被轉移到永州（今屬湖南）安置，四月份又改授濠州（治所在今安徽鳳陽東北）團練副使、岳州（治所在今湖南岳陽）居住。此時蘇轍已在北歸途中，在虔州（今江西贛州）得到岳州居住的命令。十一月初，朝廷又授予他太中大夫，提舉鳳翔府上清太平宮，外州軍任便居住。他在鄂州（治所在今湖北武昌）得此命令，作本篇謝表。由於他貶謫之前的官銜就是太中大夫，所以說是「復官」，而所謂「宮觀」，就是提舉鳳翔府上清太平宮。

臣轍言：

昨於虔州，准告❶，授臣濠州團練副使❷，岳州居住。臣尋❸乘船至鄂州，復准告，授臣太中大夫❹，提舉鳳翔府上清太平宮❺，外州軍❻任便居住。臣已望闕祗受❼訖者。謫徙南方，自分❽必死；恩移近地❾，已若再生。復茲舊秩❿之還，仍領真祠之祿⓫，居從私欲⓬，感極涕零。臣轍誠惶誠懼，頓首頓首。伏念臣稟生甚微，處世多難。反身自省，本欲忠孝於君親；報國何功，粗免愧畏於俯仰⓭。徒以冰炭難於同器，仇怨因而滿前。被以惡名，指為私黨⓮，將杜⓯其生還⓰之路，遂立為不赦之文⓱。前後三遷⓲，奔馳萬里，瘴癘纏繞，骨肉喪亡。聞者為臣傷心，見者為臣隕涕⓳。雖百夫所聚⓴，公議自明；而眾楚相咻㉑，有口誰訴？此蓋伏遇皇帝陛下，體天地之造㉒，坦然無私；奮堯舜之明，斷然有作。自初踐阼㉓，即聞德音㉔，內推聖母㉕之慈仁，外照群臣之情偽㉖。薦㉗垂恩宥，至於再三，春雷㉘發聲，蟄戶㉙咸震。臣得以遲莫㉚，復覩盛明。頃嘗卜居嵩潁之間㉛，粗有伏臘之備㉜，杜門可以卒歲，蔬食可以終身。生當擊壤㉝以詠聖功，死當結草㉞以效誠節。至於陰陽之施㉟，草木何酬？臣無任瞻望闕庭，披瀝肝膽㊱，激切屏營之至，謹奉表稱謝以聞。臣轍誠惶誠懼，頓首頓首，謹言。

【注　釋】❶准告　根據朝廷的命令。❷團練副使　唐代的地方軍事助理官，宋代用作貶謫官員的有名無實的官稱，蘇轍只戴這個名銜，實際上跟濠州並無關係，真正內容是下面的「岳州居住」，即規定他必須住在岳州。但從元符三年二月的永州安置，到四月的岳州居住，也是待遇改善的明顯表示，這是因為宋徽宗的長子（即後來的宋欽宗）在四月誕生，為了表示普天同慶，而下達的恩命。❸尋　不久；隨即。❹太中大夫　從四品官階。蘇轍於元祐七年（西元一〇九二年）六月由尚書右丞升為門下侍郎時，其官階也自中大夫升為太中大夫，這是他達到的最高官階。紹聖元年出知汝州，仍是太中大夫，但此後便不斷貶官降級，至此而重授太中大夫，則恢復了貶謫前的官階。按當時的一般情況，這似乎是朝廷準備起用他的表示。❺提舉鳳翔府上清太平宮　意謂管理一個道觀，這是宋代所謂「宮祠」，安排閒置官員的一種名義，實際上不必去鳳翔府（今陝西鳳翔）。上清太平宮，宋太宗時修築於鳳翔府終南山下的道觀。❻外州軍　京城之外的州軍。軍，宋代與州同級的地方行政建制。蘇轍可以任意選擇一個京城之外的地方去居住，這表示不限制他的活動自由。❼望闕祗受　遙望朝廷，恭敬地接受命令。❽自分　自料。❾近地　從循州到永州，再到岳州，離京城越來越近，表示待遇改善。❿舊秩　原來的官階，指太中大夫。⓫真祠之祕　道觀的寶藏。祕，與皇帝有關的事物。上清太平宮供奉宋太宗的遺像，故言。⓬居從私欲　按自己的願望居住在某個地方，即「外州軍任便居住」。⓭俯仰　指沒有獨立見解，一舉一動都跟隨他人的行為方式。⓮私黨　以私利結交朋黨，即所謂「蜀黨」。⓯杜　杜絕。⓰生還　活著回到北方。⓱不赦之文　紹聖元年新黨執政，大規模貶逐元祐黨人，到紹聖二年八月，由於九月份將舉行明堂大典，照例要大赦天下，所以預先降下一道命令，謂呂大防、蘇轍等十五人屬於窮凶極惡，即便遇到慶典特赦，也不在特赦的範圍內，叫做「永不敘復」。⓲三遷　指筠州、雷州、循州三次貶謫。⓳隕涕　掉下眼淚。⓴百夫所聚　有一百個人聚集的地方。㉑眾楚相咻　《孟子・滕文公下》說：有一個楚國人想讓兒子學習齊國話，請一個齊國人來做教師，但他兒子周圍的其他人都說楚國話，這樣「一齊人傅之，眾楚人咻之」，終於學不好齊國話。咻，吵鬧；干擾。蘇轍的意思是，宋哲宗的朝廷上都是新黨官員，當然眾口一致地說他的壞話。㉒造　培育。㉓踐祚　登上皇帝寶座。㉔德音　皇帝施恩於天下的告示。㉕聖母　指皇太后向氏。她是神宗的皇后，雖然哲宗、徽宗都不是她所生，但其正后的身份並未動搖。哲宗去世時，章惇想立哲宗的同母弟（即哲宗生母朱太妃的另一個兒子）為皇帝，而向太后認為朱太妃的兒子與神宗其他嬪妃的兒子沒有身份上的差別，所以主張按照年齡立徽宗為皇帝。所以徽宗繼位之初，請向太后垂簾聽政。但向氏不久即去世。㉖情偽　真情或假意，指真偽。㉗薦　多次；反覆。㉘春雷　比喻皇帝的聲音。㉙蟄戶　蟄蟲伏處的洞穴。蟄，藏在泥中過冬。㉚遲莫　遲暮；晚年。㉛嵩潁之間　嵩山和潁水之間，此指潁昌府（原許州，神宗時改為府，治所在今河南許昌）。

紹聖元年蘇轍南貶時，經過潁昌府，在那裡買了田產，讓家人留住，只有幼子蘇遜跟隨他去南方。後來蘇轍北歸，就居住在潁昌府，度過晚年。㉜伏臘之備　供夏季和冬季的祭祀之用，指基本的生活所需。㉝擊壤　一種小孩玩的遊戲，但相傳堯的時候有一位老人也在路邊玩這樣的遊戲，這是因為天下太平，人們實在無事可做。後世就用「擊壤」一詞來歌頌盛平之世。㉞結草　紮草。春秋時，魏顆曾把他父親的一個小妾嫁掉，而沒有用來為父親殉葬。後來魏顆在追擊敵人時，那小妾的已經死去的父親顯靈，紮草阻擊敵人，使魏顆能生擒敵人。後世用這個典故表示蒙受恩惠的人即便死了仍會設法報答。㉟陰陽之施　天地陰陽對於草木的恩施，比喻皇帝的恩惠。㊱披瀝肝膽　將肝膽都表露出來，比喻竭盡忠誠。

【語　譯】臣蘇轍稟告：不久前在虔州得到命令，任命我為濠州團練副使，到岳州居住。我隨即乘船前往，到鄂州時，又得到命令，授予我太中大夫的官階，以管理鳳翔府上清太平宮的身份，在京城之外的州軍自由居住。我已經遙望朝廷，恭敬地接受了命令。自從被貶謫到南方，我就自料一定死在那裡了，沒想到還能蒙受朝廷的恩典，遷移到接近首都的地方，這就已經像死去再生那樣了；現在又恢復了貶謫以前的官階，還能管理道觀的寶藏，按私人的方便自由居住，當然極度感激，而至於涕淚縱橫了。我蘇轍真的惶恐真的害怕，向皇上磕頭再磕頭。我俯伏著思念，自己生來就很卑微，處在世上多災多難。反省自己的行為，本來是要忠於君主、孝順父母，卻沒有什麼功勞可以報效國家，只勉強消除了俯仰隨人的慚愧而已。然而，就因為我不能什麼都聽別人，就像冰炭難以放在一起那樣，招惹了滿眼的仇怨。他們加給我罪惡的名聲，指斥我結黨營私，還想杜絕我活著回到北方的機會，就特意給我加上「永不敘復」的處罰。我前後三次遭受貶謫，奔馳一萬里之遠，渾身被南方的瘴癘所纏繞，親戚骨肉死亡殆盡。聽說的人都為我感到傷心，親眼見到的人都為我流下了眼淚。雖然只要有一百個人聚集的地方，便會有自然明白的公議，但朝廷上全是反對我的聲音，我即使有口，又能向誰去申訴呢？現在獲得這樣的待遇，只因遇上了皇帝陛下，能體會天地養育萬物的坦蕩無私的襟懷，能發揚堯舜一般的聖明，果斷地採取了措施。自從剛剛登上皇位，就發佈了恩賜天下的詔令，對內推廣皇太后的仁慈心腸，對外照見眾多臣子的真情假意。您屢次頒下恩典，原諒罪臣的過錯，一而再，再而三，就好像春天的雷聲發作，使蟄蟲的洞穴全都受到了震動。我也得以在遲暮的晚年，再次看到盛世的光明。我從前曾在嵩山、潁水之間置辦了房產，大致可以滿足基本的生活需要，使我可以關起門來度過歲月，吃一點蔬菜過完餘生。我活著的時候會歌頌聖上的功績，死了以後，靈魂也會設法表示我的忠誠。至於皇上給予的像天地陰陽一般廣大的恩施，則像草木一般卑微的我又怎麼能回報呢？我禁不住遙望朝廷，竭盡我的忠誠之心，感到無比的激動和惶恐，小心地奉上表章，向您表達我的感謝。我蘇轍真的惶恐，真的害怕，向您磕頭再磕頭，謹慎地寫好這篇謝表。

【研　析】宋徽宗繼位之前曾為端王，有的史料說，章惇曾在向太后面前攻擊端王是個「浪子」，反對立他為帝。儘管這個攻擊現在看來一點都不過分，但其後果不但是章惇被貶去海南島，也使海南島上的蘇軾被放回了北方。當時很多人覺得蘇軾將會入朝當宰相，這樣就正好跟章惇交換一下身份，簡直是一齣好戲。雖然這齣好戲的導演——徽宗皇帝沒有讓人們看到預料的結果，但他確實曾給遍佈嶺南的元祐舊黨一度帶來希望。至少，他讓蘇轍等人走上了北歸之途，把願意與章惇為敵的人召喚到朝廷。按照蘇軾的描述，這樣的召喚傳到當年的嶺南大地上，幾乎等同於「招魂」之聲。所謂「餘生欲老海南村，帝遣巫陽招我魂」（〈澄邁驛通潮閣二首〉之一），就是此意。而蘇轍的這篇謝表，幾乎就是對「招魂」一詞的具體闡釋。說實在的，誰也不會想到哲宗皇帝那樣短命，更不能預料章惇的一招疏忽，會令局面幾乎顛倒過來，蘇轍的「自分必死」、「已若再生」等語，絕非虛飾，他確實感到自己撿回了一條老命。若與前面貶謫筠州、雷州時寫的謝表對比，現在他的態度已有明顯的不同，雖然還謙虛地說自己沒有功勞，卻不再承認自己有罪，還指責政敵對他的攻擊都是誣衊。在結束流亡生涯的時候，他開始為自己的政治態度平反，形容自己站在「公議」所肯定的一邊，而將對方稱為「眾楚相咻」。他沒有表達回朝執政的願望，但他的行為說明他有這樣的願望。在寫完這篇謝表以後，他迅速地朝京城的方向奔去，在年底之前回到了離京城只有一步之遙的潁昌府。這個時候，蘇軾還徘徊在嶺南，遲遲沒有翻過大庾嶺。對於北歸，他們兄弟的態度有所不同，這使他們失去了最後見面的機會。當年的蘇軾眺望北方，「杳杳天低鶻沒處，青山一髮是中原」，這中原對他來說是前途未卜之處，但他的弟弟卻像詩中矯健的鶻（鷹隼），淩厲地撲向首都而去了。蘇轍驚人的北歸速度，當然不是為了早一天過上「杜門可以卒歲，蔬食可以終身」的隱居生活，儘管後來他不得不這樣度過餘生，做了長達十餘年的「潁濱遺老」。

六　潁濱遺老

六，潁濱遺老

宋徽宗建中靖國元年（西元一一〇一年） 蘇轍六十三歲，兄軾去世。

崇寧元年（西元一一〇二年） 蘇轍六十四歲，安葬蘇軾，作《墓誌銘》。朝廷又貶謫舊黨，轍降官朝請大夫，出居蔡州。

崇寧三年（西元一一〇四年） 蘇轍六十六歲，自蔡州歸潁昌府家中，自此閉門閒居。

崇寧五年（西元一一〇六年） 蘇轍六十八歲，晚年創作進入高潮，完成《歷代論》四十五篇，自傳《潁濱遺老傳》萬餘字，為恩師歐陽修作《神道碑》，又自編其詩文集《欒城後集》。

大觀二年（西元一一〇八年） 蘇轍七十歲，復官朝議大夫，遷中奉大夫。

政和二年（西元一一一二年） 蘇轍七十四歲，轉太中大夫致仕。十月三日去世，追復端明殿學士，特賜宣奉大夫。

和子瞻〈歸去來詞〉并引

【題解】陶淵明的〈歸去來兮辭〉是傳頌千古的文學名篇，也是表達厭倦官場、歸隱舊居之願望的典範作品。蘇軾晚年喜歡寫「和陶詩」，也創作了〈和陶歸去來兮辭〉，時在元符元年（西元一〇九八年），蘇軾還在海南島。至建中靖國元年（西元一一〇一年），蘇軾在北歸途中，卒於常州。十月，蘇轍在潁昌府家中，追和此篇。這是作者晚年隱居生活開始的特出標誌。

昔予謫居海康，子瞻自海南以〈和淵明歸去來〉之篇，要❶予同作。時予方再遷龍川，未暇也。辛巳❷歲，予既還潁川❸，子瞻渡海浮江，至淮南❹而病，遂沒❺於晉陵❻。是歲十月，理家中舊書，復得此篇，乃泣而和之。蓋淵明之放❼，與子瞻之辯❽，予皆莫及也，示不逆其遺意焉耳。

【章旨】這一段是序引，交代寫作的緣起。

【注釋】❶要　邀請。❷辛巳　宋徽宗建中靖國元年（西元一一〇一年）。❸潁川　潁昌府。❹淮南　北宋的淮南路，即淮河與長江之間的地帶。❺沒　去世。蘇軾卒於建中靖國元年七月二十八日。❻晉陵　北宋常州晉陵縣，在今江蘇常州內。❼放　曠達。❽辯　雄辯。蘇軾〈和陶歸去來兮辭〉的序引說：「子瞻謫居昌化，追和淵明〈歸去來辭〉，蓋以無何有之鄉為家，雖在海外，未嘗不歸云爾。」陶淵明有個真實的田園可以歸去，而東坡被流放在海外，沒有這樣的自由，只好以心靈的安處為抽象的「歸」。這似乎比陶淵明更進一層，所以蘇轍稱之為「辯」。

【語　譯】從前，我貶居在雷州的海康縣，我哥哥蘇子瞻從海南島上寄來一篇〈和陶歸去來兮辭〉，邀請我一起唱和。那時候我正好改貶到循州的龍川縣，沒有空閒。到建中靖國元年，我已經回到了潁昌府，而子瞻渡過海峽，漂流在長江之上，到淮南路時得了病，然後就在常州的晉陵縣去世了。這一年的十月，我整理家中的舊書，又看到了這篇〈和陶歸去來兮辭〉，於是哭著唱和。像陶淵明那樣的曠達，和子瞻那樣的雄辯，都是我無法企及的，只能做到不違反他們的意思罷了。

歸去來❶兮，歸自南荒又安歸？鴻乘時而往來，曾奚❷喜而奚悲？曩❸所惡之莫逃❹，今雖歡其足追？蹈❺天運之自然，意造物而良非❻。蓋有口之必食，亦無形而莫衣❼。苟所賴之無幾，則雖喪其亦微。吾駕❽非良，吾行弗奔。心游無垠❾，足不及門❿。視之若窮，挹⓫焉則存。俯仰衡茅⓬，亦有一樽。既飯稻與食肉，撫簞瓢而愧顏⓭。感烏鵲之夜飛，樹三遶而未安⓮。有父兄之遺書，命卻埽⓯而閉關⓰。知物化⓱之如幻，蓋捨物而內觀⓲。氣有習⓳而未忘，痛斯人⓴之不還。將築室乎西廛㉑，堂已具而無桓㉒。

【章　旨】正文的第一段，寫作者自南荒歸來，心無悲喜，生活方面要求不多，可以歸隱，但兄長不能同歸，則不免悲痛。

【注　釋】❶歸去來　回家來。❷奚　疑問詞，什麼。❸曩　過去。❹莫逃　無法擺脫。❺蹈　遵循。❻意造物而良非　隨順造物之意，好就好，壞就壞。良非，是非；好壞。❼莫衣　用不著穿衣。❽駕　車馬。❾無垠　沒有邊際。❿足不及門腳不到門口，意謂坐在家裡不出門。⓫挹　汲取。⓬衡茅　衡門茅屋；簡陋的居室。⓭撫簞瓢而愧顏　《論語．雍也》稱，顏子只有一簞食、一瓢飲，卻能窮居自樂。此句表示自己的生活條件雖然不佳，比顏子總要好一些，如果不能追企顏子的道德境界，就應感到慚愧。簞，食器。⓮感烏鵲之夜飛二句　曹操〈短歌行〉云：「月明星稀，烏鵲南飛。繞樹三匝，何枝可依。」以烏鵲找不到棲居的樹枝，形容沒有著落的心情。遶，繞。⓯卻掃　不掃門前的小路，表示不迎接客人。⓰閉關　閉門。⓱物化　事物的變化。⓲內觀　反省自身。⓳氣有習　還剩有一點習氣。⓴斯人　指蘇軾。㉑廛　民居。㉒桓　通「垣」。院子的牆。

【語譯】回家來呀，從遙遠的南方回到了北方，又將回到哪裡去呢？就好像一隻鴻雁，隨著季節一往一來，心中哪有什麼高興和悲哀？以前討厭的境遇，想逃也無法擺脫；現在即便有喜歡的事物，難道就值得追求嗎？應該遵循天地運行的自然規則，隨順造物之意，不去計較好壞是非。世上有口的就一定要吃，也就像無形的便不必穿衣。如果我所依賴的東西很少，那麼即便失去了也不算多。我的車馬並不好，所以我的行走就不快。我的心靈暢遊在無邊無際的世界，而我的腳卻從不出門。看上去好像已經窮盡，但若有心汲取，則仍有所存在。看看上下左右，雖然只有一間衡門茅屋，但也還有一樽酒。比起只有一簞食、一瓢飲的顏子，已經吃上了米飯和肉的我應該感到慚愧了。看看那夜裡飛行的烏鵲，在樹旁繞了三圈，也找不到可以安居的樹枝，令人不由感傷。我父親和哥哥都有書籍遺留給我，他們命我閉門謝客，隱居度日。我懂得事物的變化就如同幻影一般，不妨捨棄外物，反省自身。但我還有一點習氣不曾忘掉，就是因為我哥哥不能一起歸來，不免悲痛萬分。我將在西面的民居中造一所住房，廳堂已經造好了，卻還缺少院牆。

歸去來兮，世無斯人誰與游？龜自閉於床下❶，息眇綿❷乎無求。閱歲月而不移，或有為❸予深憂。解刀劍以買牛❹，拔蕭艾❺以為疇❻。蓬累❼而行，捐車捨舟。獨棲棲❽於圖史，或以佞而疑丘❾。散眾說之糾紛，忽冰潰而川流。曰吾與子⑩二人，取已多其罷休。已矣乎，斯人⑪不巧惟知時，時不我知⑫誰為留⑬？歲云往矣今何之？天地不吾欺⑭，形影尚可期⑮。相冬廩⑯之億秭⑰，知春壟⑱之耘耔⑲。視白首之章紱⑳，信稚子㉑之書詩。若妍醜㉒之已然，豈復臨鏡而自疑？

【章　旨】正文的第二段，謂兄長已去世，時勢又不可為，更應該歸耕田園。

【注　釋】❶龜自閉於床下　《史記·龜策列傳》：「南方老人用龜支床足，行二十餘歲，老人死，移床，龜尚生不死。龜能行氣導引。」自閉，自己停住呼吸。床下，墊床腳。❷息眇綿　呼吸若有若無。❸有為　人為的營求。❹解刀劍以買牛　《漢書·龔遂傳》說，龔遂做地方官，勸人們賣掉刀劍去買牛，耕地務農。❺蕭艾　臭草；雜草。❻疇　耕作的田地。❼蓬累　蓬草飄轉飛行，比喻人的行蹤無定。累，旋轉。❽棲棲　惶惶不安的樣子。❾或以佞而疑丘　《論語·憲問》：「微生畝謂孔子曰：『丘，何為是棲棲者與？無乃為佞乎？』孔子曰：『非敢為佞也，疾固也。』」佞，花言巧語。孔子周遊列國，惶惶不安，一位隱士懷疑他想用花言巧語去遊說諸侯，孔子說他不敢用花言巧語，但憎恨世俗的頑固不化。❿吾與子　用蘇軾的口吻說「我和你」，指蘇軾和蘇轍。⓫斯人　指蘇軾。⓬不我知　不知我。⓭誰為留　為誰留。⓮不吾欺　不欺騙我。⓯形影尚可期　自己的形體與影子還可以互相期待，意謂獨自歸隱。⓰冬廩　冬天的倉庫。⓱億秭　形容數量大。萬萬為億，億億為秭。⓲春壟　春天的田埂。⓳耘耔　除草培土，指田間勞動。⓴章紱　官印和繫印的帶子。㉑稚子　小孩子。㉒妍醜　形貌的好壞；漂亮和醜陋。

【語　譯】回家來呀，世上已經沒有了蘇軾，我將跟誰一起活動呢？從前有一隻烏龜，被人墊在床腳下，卻能自己控制住呼吸，牠的呼吸若有若無，無所營求，經過了很長的歲月，仍能保存性命，沒有變化，對於那些汲汲有為的人，我可真要為他們深深擔憂了。我將解下刀劍去買耕牛，拔去雜草營治田地，從事農活。我就像蓬草隨風飄轉飛行，捨棄了車馬和船隻，只為了讀書而惶惶不安，卻有人懷疑我是花言巧語，就像以前也曾有人這樣懷疑孔子。眾多紛紜複雜的說法一下子被解散，就像冰塊融化後，河水歡快地流去。蘇軾說過：

「我和你兩個人，在這世上得到的已經夠多，應該歇手了。」是呀，歇手吧。蘇軾並不乖巧，只是懂得時勢。這時勢並不理解我，我為了誰而留在世俗呢？歲月就這樣飛快地過去，我該到什麼地方去呢？天地不會欺騙我，我可以獨自歸隱，讓自己的身體和影子互相作伴。看到冬天的倉庫裡滿是收穫，就知道春天的田地裡曾經辛勤耕耘；看到白頭的老人繫著官印，就相信他幼年時曾經苦讀詩書。就像自己的形貌好壞，是天生已經如此，難道還會在鏡子前產生懷疑？

【研析】宋徽宗在元符三年（西元一一〇〇年）繼位，為了打擊章惇而起用了一批舊黨的官員，使政局有所變化。但徽宗的目的僅僅是打擊章惇，而並不想改用舊黨的政策。實際上，以庶子入嗣大統的他，決不能留下一點點不尊敬神宗的口實，而神宗又跟「新法」聯繫在一起，所以他不可能完全擺脫新黨。當時的宰相曾布替他擬定了兼用新舊的中間政策，於是次年的年號也稱為「建中靖國」，意謂採用中間政策，謀求國家的安定。這種「建中」之政有一個特點，就是所謂「左不用京卞，右不用軾轍」，即新黨立場鮮明的蔡京、蔡卞兄弟，和堪稱舊黨代表人物的蘇軾、蘇轍兄弟，要同時出局，由此才能保證中間政策的順利執行。蘇轍從嶺南急急趕回潁昌府，卻不能繼續進入汴京，就是這個原因。相比之下，早就立志要歸隱的蘇軾就顯得頗有先見之明了。事實上，就連這樣的「建中靖國」之政，也只維持了不到一年的時間，據說蔡京對徽宗寵信的宦官童貫做了一番有效的工作，使他能夠擊敗曾布，令新黨再度掌權，次年的年號也隨之改為「崇寧」，即尊崇神宗的熙寧之政。自此以後，蘇轍便只好安心隱居，度過他晚年的生涯。所以，寫在建中靖國元年十月的這篇〈和子瞻〈歸去來詞〉〉，便可視為他的隱居生活正式開始的標誌。文中感嘆蘇軾的「知時」，說明蘇轍已經洞見政局變化的方向，其對於「歸去」的呼喚，實也出於無奈。不過，自蘇軾開始和陶淵明的〈歸去來兮辭〉，一時竟形成風氣，著名的文人紛紛效仿，除了蘇轍外，當時秦觀、張耒、晁補之、李之儀等都有和〈歸去來兮辭〉的作品，據李之儀〈跋東坡諸公追和淵明〈歸去來〉引後〉一文的記載，李廌也有和作。這似乎成為舊黨文人的一種集體表達，也彷彿是那一代士大夫開始厭倦政治的突出標記。影響所及，後來詩僧惠洪、逐臣陳瓘，乃至南宋的胡銓等，也有同樣的和作。如果把這些和陶〈歸去來兮辭〉的作品集中起來，便可以展現出宋代士大夫精神世界中一道特殊的風景線。尤其是在北宋的末年，即徽宗一朝，由於蔡京的長期掌權，使朝政和意識形態向新黨一邊倒，從而令舊黨士大夫及其後代、學生等一直處於在野的狀態，這「歸去來兮」的呼喚便成為他們的心聲。如果要為這種在野的文化尋找一個具有代表性的人物，那麼「唐宋八大家」中唯一還在生存和創作的蘇轍，無疑是首屈一指的。

亡兄子瞻端明墓誌銘（節選）

【題解】建中靖國元年（西元一一〇一年）七月二十八日，蘇軾卒於常州。次年即崇寧元年（西元一一〇二年）閏六月，他的遺體被運到汝州郟城縣小峨嵋山下葬。依照蘇軾生前的囑咐，由蘇轍寫作了這篇墓誌銘。蘇軾生前曾擔任端明殿學士，故題中稱為「端明」。這是蘇轍晚年所作的一篇大文字，研究蘇軾的學者幾乎無不引用。全文近六千字，這裡選的是開頭和末尾的部分。

予兄子瞻謫居海南四年[1]，春正月，今天子[2]即位，推恩海內，澤[3]及鳥獸。夏六月，公被命渡海北歸。明年[4]，舟至淮浙[5]，秋七月，被病卒於毘陵[6]。吳越之民相與[7]哭於市，其君子相弔[8]於家，訃[9]聞四方，無[10]賢愚皆咨嗟[11]出涕，太學之士數百人，相率飯僧[12]慧林佛舍[13]。嗚呼！斯文墜矣[14]，後生安所復仰？公始病，以書屬[15]轍曰：「即死，葬我嵩山下，子為我銘。」轍執書哭曰：「小子忍銘吾兄！」

【章　旨】這是全文開頭的一段，略敘蘇軾逝世前後的事態，以及遵循其遺囑寫作墓誌銘的緣起，其中突出了蘇軾之死對於當時文化界的震動。

【注　釋】❶四年　第四年，即元符三年（西元一一〇〇年）。蘇軾於紹聖四年（西元一〇九七年）貶居海南島，至此為第四年。❷今天子　即宋徽宗趙佶。❸澤　恩澤。❹明年　次年，即建中靖國元年（西元一一〇一年）。❺淮浙　北宋的淮南路和浙江路，即淮河之南，長江下游一帶。❻毘陵　常州。❼相與　共同；一起。❽弔　弔唁。❾訃　訃告；死亡的消息。❿無　無論；不論。⓫咨嗟　嘆息。⓬飯僧　向和尚施食，指舉行追悼死者的法事。⓭慧林佛舍　汴京大相國寺的慧林禪院，宋神宗時創設。⓮斯文墜矣　文化墜落了，指一個文化巨人去世。⓯屬　囑咐。

【語　譯】我哥哥蘇子瞻貶居海南島的第四年，春天的正月，現在的天子登上了皇位，向全國推佈他的恩澤，這恩澤連鳥獸也露到了。夏天的六月，他也就接到命令，渡過海峽北歸。第二年，他乘船到了淮南路、浙江路，至秋天的七月，得病，在常州去世。吳越一帶的百姓一起在集市上為他哭泣，君子也在家裡互相弔唁。他的訃告傳播到四方，無論賢人或凡夫，都嘆息流淚，京城的數百名太學生爭先恐後地到大相國寺的慧林禪院，參加追悼的法事。嗚呼！一顆文化的巨星墜落了，後輩們還能從哪裡獲得指導呢？子瞻剛得病的時候，就給我寫信說：「如果我馬上就死了，那就在嵩山之下埋葬我，你為我寫作墓誌銘。」我接到此信，哭著說：「我怎麼忍心為哥哥寫墓誌銘呢？」

……公之於文，得之於天❶。少與轍皆師先君❷，初好賈誼❸、陸贄❹書，論古今治亂，不為空言。既而讀《莊子》，喟然嘆息曰：「吾昔有見於中❺，口未能言，今見《莊子》，得吾心矣。」乃出〈中庸論〉❻，其言微妙，皆古人所未喻❼。嘗謂轍曰：「吾視今世學者，獨子可與我上下❽耳。」既而謫居於黃❾，杜門深居，馳騁翰墨❿，其文一變，如川之方至，而轍瞠然⓫不能及矣。後讀釋氏書⓬，深悟實相⓭，參之孔老⓮，博辯無礙，浩然不見其涯也。先君晚歲讀《易》，玩⓯其爻象⓰，得其剛柔遠近、喜怒逆順之情⓱，以觀其詞⓲，皆迎刃而解，作《易傳》，未完，疾革⓳，命公述其志。公泣受命，卒以成書⓴，然後千載之微言㉑，煥然㉒可知也。復作《論語說》㉓，時發孔氏之祕㉔。最後居海南，作《書傳》㉕，推明上古之絕學㉖，多先儒所未達。既成三書，撫之嘆曰：「今世要㉗未能信，後有君子，當知我矣。」至其遇事所為，詩騷、銘記、書檄㉘、論譔㉙，率皆過人。有《東坡集》四十卷、《後集》二十卷、《奏議》十五卷、《內制》㉚十卷、《外制》㉛三卷。公詩本似李杜，晚喜陶淵明，追和之者幾遍，凡四卷。幼而好書㉜，老而不倦，自言不及晉人，至唐褚、薛、顏、柳㉝，髣髴㉞近之。

【章旨】這一段和下一段是全文的末尾部分。這一段總結蘇軾在文章、著述、詩歌、書法等各方面的巨大成就。

【注釋】❶得之於天　意謂天生就具備寫作能力，即寫作方面天賦甚高。❷先君　死去的父親，指蘇洵。❸賈誼　（西元前二〇一—西元前一六九年）西漢初年著名的政論家，有《新書》傳世。蘇軾曾有〈賈誼論〉一文，論述其人。❹陸贄（西元七五四—八〇五年）字敬輿，中唐時期重要的政治家，有《陸宣公奏議》傳世。蘇軾曾作〈乞校正陸贄奏議上進箚子〉，勸宋哲宗讀陸贄的書，對他極為推崇。❺有見於中　心中有一番領悟。❻中庸論　蘇軾早年所作的古文，有上、中、下三篇，討論《禮記・中庸》一篇的含義。❼喻　明白。❽可與我上下　意謂與我水平相近。❾黃　黃州（今屬湖北）。蘇軾於元豐三年（西元一〇八〇年）至七年（西元一〇八四年）貶居黃州。❿翰墨　筆墨，指寫作之事。⓫瞠然　瞪著眼睛看，意謂跟不上。⓬釋氏書　佛教典籍。⓭實相　真相；真諦。指佛學的終極原理。⓮孔老　孔子和老子，指儒家和道家的學說。⓯玩　反覆研究。⓰爻象　《周易》的每一卦都由六根爻組成，每一爻及其組成的卦都有一定的形象，表示一定的含義。⓱情　情狀。比如陽爻表示剛強，陰爻表示柔弱，其處在卦中的不同位置表示遠近，爻與爻之間也有互相配合或反對的關係，等等。⓲詞　即卦辭、爻辭，《周易》中說明卦爻含義的文字。⓳疾革　病情危急，指臨終。革，危急。⓴成書　寫成《易傳》，即今存的《東坡易傳》（或稱《蘇氏易傳》）九卷。㉑微言　精深微妙的言辭，指聖人的教導、經典的說法。㉒煥然　光明燦爛。㉓論語說　蘇軾注解《論語》的書，已佚，今人有輯本。㉔發孔氏之祕　揭開孔子言論的深刻意蘊。㉕書傳　蘇軾注解《尚書》的書，即《蘇氏書傳》（或稱《東坡書傳》）二十卷，今存。㉖絕學　失傳的學問。㉗要　總之；總歸。㉘書檄　書信和文告。㉙論譔　論撰；論說敘錄。㉚內制　以皇帝的名義下達的命令，由翰林學士起草。㉛外制　由中書舍人起草的政府文書。㉜書　書法。㉝褚薛顏柳　褚遂良（西元五九六—六五八年）字登善，薛稷（西元六四九—七一三年）字嗣通，顏真卿（西元七〇九—七八五年）字清臣，柳公權（西元七七八—八六五年）字誠懸，皆唐代著名書法家。㉞髣髴　彷彿；近似。

【語　譯】蘇軾在寫作的方面，具有極高的天賦。年幼的時候，跟我一起向父親學習，起初喜歡賈誼和陸贄的書，對歷史上的治亂得失加以論述，不寫空洞的文章。後來讀到了《莊子》，不由長長嘆息，說：「我的心中曾經有一番領悟，但嘴上說不出來，現在看到《莊子》，真是說出了我心中的話。」於是寫作〈中庸論〉，內容精深微妙，都是古人所不曾明白的。他曾經對我說：「我看現在世上的學者，只有你跟我水平相近。」不久後，他貶謫到黃州，關起門來獨自幽居，不跟外界接觸，一心馳騁在筆墨之間，寫出的文章有了很大的變化，就好像河流漲水，滾滾而來，令我瞠目結舌，無法追隨了。再後來，他又讀了佛教的典籍，深深解悟了佛學的真諦，再參考儒家和道家的學說，便顯得宏博雄辯，無所障礙，浩浩蕩蕩，無邊無際了。父親晚年喜歡讀《周易》，反覆研究卦爻的形象和意味，悟得其中或剛或柔、或遠或近、或喜或怒、或逆或順的情狀，再對照卦辭和爻辭，便都很容易理解了，於是寫作《易傳》，但還沒完成，就得了重病，臨終時命令蘇軾繼承他的遺志。蘇軾哭著接受了命令，終於寫成了《東坡易傳》，千年以來難以理解的經典，由此光明燦爛，容易明白了。然後，蘇軾又寫作了《論語說》，時不時地揭示出孔子言論的深刻意蘊。最後，他貶居海南島，又寫了《東坡書傳》，將《尚書》記載的上古時期的學問推闡明白，使其不再失傳，而且多是從前的儒者不曾明白的道理。他寫成了這三部書後，撫摩著嘆息說：「現今世上的人，總歸不會明白，後世如有君子，應當會了解我的心意。」至於他在各種場合寫作的各類文字，如詩歌、騷賦、銘文、記述、書信、告示、論說、敘錄等等，全都超過他人。著有《東坡集》四十卷、《後集》二十卷、《奏議》十五卷、《內制》十卷和《外制》三卷。他的詩本來接近李白和杜甫，晚年卻喜歡陶淵明，幾乎把全部陶詩都追和了一遍，集成《和陶詩》四卷。他從小就喜歡書法，這個興趣一直到老都沒有倦怠，自己認為還比不上晉人，但跟唐代的褚遂良、薛稷、顏真卿、柳公權相比，則差不多接近了。

平生篤❶於孝友❷，輕財好施。伯父太白❸早亡，子孫未立，杜氏姑❹卒，未葬，先君沒，有遺言。公既除喪❺，即以禮葬姑，及官可蔭補❻，復以奏伯父之曾孫彭。其於人，見善稱之，如恐不及；見不善斥之，如恐不盡；見義勇於敢為，而不顧其害。用此數困於世，然終不以為恨。孔子謂伯夷、叔齊❼古之賢人，曰：「求仁而得仁，又何怨？」❽公實有焉。

【章　旨】此段介紹和評述蘇軾為人處世的品格，以儒家所倡導的「仁」為最終歸納。

【注釋】❶篤　專一；恪守。❷孝友　孝順父母，友愛兄弟。❸太白　蘇澹，蘇洵的長兄。❹杜氏姑　蘇轍祖父蘇序有兩個女兒，長女嫁給杜垂裕。❺除喪　解去喪服，即守孝完畢。❻蔭補　以門蔭補官，即官僚的子孫可以進入仕途。❼伯夷叔齊　殷、周之交孤竹國的兩位王子，因互相讓位而一起離開了國家，曾勸阻周武王伐殷，後來不認同西周政權，歸隱於首陽山，餓死。《史記》有列傳。❽求仁二句　見《論語・述而》，《史記・伯夷列傳》也引用之。

【語譯】蘇軾平生恪守孝順父母、友愛兄弟的儒家道德，輕視財物，喜歡幫助別人。伯父蘇澹很早去世，子孫都不能自立，嫁到杜家的姑母也去世了，沒有錢辦理喪事，父親臨終的時候曾經留下遺言，要我們照料。蘇軾在守孝完畢後，馬上為姑母操辦了葬禮，等到他做了官，可以讓子孫進入仕途時，又向朝廷奏明，讓伯父的曾孫蘇彭出仕。他對於世上的人，看到優秀的就立即加以稱讚，好像怕來不及稱讚一樣；看到惡劣的就直言斥責，好像怕斥責得不夠一樣；看到符合公益的事，就奮不顧身地去做，而並不考慮對自身的危害。因為這個緣故，他在世上幾度陷於困境，卻終究不曾後悔。孔子把古代的伯夷、叔齊稱為賢德的人，說：「他們追求仁，而得到了仁，又有什麼怨言呢？」蘇軾的一生也確乎如此。

【研析】《宋史・蘇轍傳》說：「轍與兄進退出處，無不相同，患難之中，友愛彌篤，無少怨尤，近古罕見。」蘇軾在「烏臺詩案」中瀕臨絕境時，也曾寫詩給蘇轍說：「與君世世為兄弟，再結來生未了因。」由此可見他們兄弟的相知之深。所以，蘇轍為兄長寫作的這篇墓誌銘，不但是《宋史・蘇軾傳》的藍本，也是古今一切東坡傳記的祖本，記載翔實，內容可靠。然而，在意識形態方面深受新舊黨爭之影響的宋代，這篇最早的東坡傳記卻受到舊黨人士及其後學的非議。據說，一生景仰司馬光的晁說之，曾指責這篇墓誌不是「實錄」，他指出了其中最嚴重的幾個問題：一是認為元祐年間的政治有賞罰不明的弊病，二是認為廢除免役法破壞了神宗的元豐之政，三是說司馬光因為才智不足而未吸取蘇軾的意見，甚至想把蘇軾趕出朝廷，四是說蔡確曾提拔蘇軾，而蘇軾也反對用文字獄的方式處罰蔡確，五是說蘇軾曾與章惇友善，六是說蘇軾曾推薦後來投靠新黨的林希（見費袞《梁谿漫志》卷四「毗陵東坡祠堂記」條）。把晁說之指責的這些問題歸納為一句話，就是舊黨的立場不夠堅定。更為嚴厲的指責當然來自程頤的門下，據汪應辰《文定集》卷十六〈與呂逢吉書〉

記載，楊時看到這篇墓誌，說了這樣一句話：「他只是要道我不是元祐人，可謂誤用其心。」這簡直是說蘇轍想背叛舊黨。在今天看來，墓誌所載的東坡生平，包括晁說之所不滿的六點，都是不爭的事實，無論是蘇軾與司馬光的矛盾，還是他與新黨某些人物的交往，及其對於免役法的態度，都表現了東坡政治觀點的特色，墓誌如實記載這些方面，正可以表明他不隨大流的獨立風格，而且這種風格也是蘇轍本人所堅持的。如果為了凸現舊黨立場而抹煞這些方面，那才失去了「實錄」的意義。因為黨爭而引起的這些非議，早已成為歷史，在有關東坡的評述已經汗牛充棟的今天，重讀這篇最初的傳記，倒是蘇轍對兄長的文化成就及其為人品格的總結，最值得我們關注。他雖然也認為兄長是個天才，認為蘇軾是當代最傑出的人物，但在評述其各方面的成就時，都只說蘇軾比前人有所發展，搞清了不少前人沒有搞清的問題，而不像當時的道學家那樣，動不動就直承孔子、孟子，橫空出世，否定秦漢以來的全部歷史。這當然與二蘇重視漢唐的歷史意識相關，由此才能恰如其分地描述一個文化巨人的歷史地位。

書《楞嚴經》後

【題　解】宋徽宗的「建中靖國」之政，沒能維持多久，終於朝有利於新黨的方向發展，蔡京入朝執政，在崇寧元年（西元一一〇二年）又大規模地貶謫「元祐黨人」。蘇轍的官階從太中大夫（從四品）下降為朝請大夫（從六品），而且自崇寧元年末至三年初，有一年多的時間離開了潁昌府的家，單獨住在蔡州（今河南汝南）。這可能是因為潁昌府太靠近汴京，不適合罪人居住。本篇作於崇寧二年（西元一一〇三年）三月二十五日，當時正在蔡州。《楞嚴經》全稱《大佛頂如來密因修證了義諸菩薩萬行首楞嚴經》，唐般剌密帝譯，十卷，內容主要闡明心性之本體，歷代僧人注釋甚多，極受重視。

予自十年來，於佛法中漸有所悟，經歷憂患，皆世所希有❶，而真心❷不亂，每得安樂。崇寧癸未❸，自許❹遷蔡，杜門幽坐，取《楞嚴經》翻覆熟讀，乃知諸佛涅槃❺正路，從六根❻入。每趺坐❼燕安❽，覺外塵❾引起❿六根。根若隨去⓫，即墮生死道中⓬；根若不隨，返流全一⓭，中中流入⓮，即是涅槃真際⓯。觀照既久，如淨琉璃，內含寶月⓰。稽首⓱十方三世⓲一切佛、菩薩、羅漢、僧，慈悲哀愍，惠⓳我無生法忍⓴，無漏勝果㉑。誓願心心㉒護持，勿令退失。三月二十五日志。

【注釋】❶希有　稀有；少有。❷真心　真實無妄之心，即《楞嚴經》所闡明的心性本體。❸崇寧癸未　崇寧二年（西元一一〇三年）。❹許　許州，神宗時改稱潁昌府。❺涅槃　梵語音譯，意譯為「寂滅」、「圓寂」等，超脫生死輪迴的境界，是佛教全部修行所要達到的最終理想。❻六根　指人獲得感知的六種根器，即眼、耳、鼻、舌、身、意。❼趺坐　雙足交疊，盤腿端坐。❽燕安　心神安定，摒除雜念的精神狀態。❾外塵　外界的各種表象，相對於「六根」而有「六塵」的說法，即色、聲、香、味、觸、法。❿引起　意謂外界的各種表象對人的各種感知根器的吸引和挑動，比如「色」引起「眼」根的活動，「聲」引起「耳」根的活動，等等。⓫隨去　被外界的聲色所吸引，而去盲目追逐，以滿足自身。⓬墮生死道中　陷入生死輪迴之途，意謂不能超脫。⓭返流全一　將各種感知意識之流回注內心，不受外界的吸引，從而保持心體的完整純一。⓮中中流入　見《楞嚴經》卷八。中中，意謂向內向內，不斷向內。⓯真際　真意義；真境界。⓰如淨琉璃二句　見《楞嚴經》卷十。琉璃，透明的玉石，比喻心靈光明澄澈。寶月，明月，比喻真實心體。⓱稽首　跪拜叩頭。⓲十方三世　指一切時空。十方，東、南、西、北、東北、東南、西南、西北、上、下。三世，過去世、現在世、未來世。⓳惠　惠賜；給。⓴無生法忍　超脫生死的智慧和能力。無生法，超越生死的道理。忍，對此道理的了解和守持。㉑無漏勝果　斷絕一切煩惱的圓滿境界。漏，煩惱，心靈的迷惑，從人的六根不斷向外流出，所以稱為「漏」。勝果，修行的最高果位，即成佛境界。㉒心心　前後之心，即一念跟著一念。

【語　譯】我從最近十年以來，在佛法當中漸漸有所領悟，雖然我經歷的各種憂愁患難，都是世上少有的，但我的真實心體能保持不亂，一直得到安定和快樂。崇寧二年，從潁昌府遷居到蔡州，關起門來靜靜打坐，取《楞嚴經》反覆熟讀，這才了解佛教所謂超脫生死輪迴的正確道路，是從六根的修煉入手的。每當盤腿靜坐，心神安定的時候，就能感覺到外界的各種色相在吸引和挑動六根。如果六根被吸引而去追逐，跟著外界的事物亂跑，那就陷入了生死輪迴之途，無法解脫；如果六根不隨外界的色相奔跑，而將各種感知意識之流回注內心，保持心體的完整純一，這樣不斷地向內流入，就可以達到超脫生死輪迴的真境界。用這樣的方法觀照內心，時間長了以後，就覺得內心像乾淨透明的玉石，其中含著明月一般的心性本體。我要向所有時空中的佛、菩薩、羅漢和僧人跪拜叩頭，他們心懷慈悲，憐憫眾生，賜給我超脫生死的智慧和能力，賜給我斷絕一切煩惱的圓滿境界。我發誓念念保護守持這已經領悟的境界，不讓它後退和失落。三月二十五日記。

【研　析】從潁昌府遷居蔡州一年有餘，是蘇轍晚年寧靜生活中一次最大的波折，當時他在詩裡說：「亟逃潁川籍，來貫汝南戶。妻孥不及將，童僕具樽俎。」（〈遷居汝南〉），顯得頗為狼狽。雖然各種史籍都未交代具體的原因，但也不難推測。作於崇寧二年的〈寒食〉詩中有「身逃爭地差雲靜」、「耳畔飛蠅看尚在」的句子，說明這次遷居出於政治原因。在宋徽宗與蔡京對於「元祐黨人」的處置方針中，有一條是不許他們進入京城，而蘇轍安家的潁昌府，離京城較近，在北宋時代，它時而屬於京西路，時而又歸屬京畿路，故蘇轍稱之為「爭地」，即其是否屬於禁止「元祐黨人」居住的範圍，有可爭議之處，反正與一般的「外州軍」有所不同，這就免不了有一些「飛蠅」要來找麻煩。據說，當時「全臺攻蘇黃門」，即御史臺的所有成員都上章彈劾蘇轍。在這樣的情況下，蘇轍便只好跑到離京城遠一些的蔡州去躲避了。不過蘇轍是一個不慌不忙的人，他有一個辦法來對付紛擾的場面，就是坐禪。對於坐禪來說，這裡坐或那裡坐，又有什麼區別呢？本篇的內容，雖是根據《楞嚴經》來講佛理，其實也可以看作他坐禪的體會。與前面選的〈書《白樂天集》後〉的第二首相比，在說理上有明顯的延續性。那一篇的主旨是：心靈能感知外界事物，遍知一切，卻不被任何境像所束縛，從而獲得真正的自由。這一篇更進一層，要將一切感知意識之流不斷回注於心靈本體，從而能向內觀照到純一的本心，通過這樣的修煉功夫而達到超越生死輪迴的境界。將這兩篇題跋合起來看，我們就能獲得蘇轍對坐禪的心理過程的完整描述，具有這等功夫的他，當然就不會去理會那些「飛蠅」了。實際上，「禪」與其說是一種理論，不如說是一種體驗。北宋的文人雖都喜歡跟禪宗發生一些關係，但真正具有較長時間的坐禪實踐，能夠談出切身體會的，也並不多見。蘇轍是其中很難得的一位。

堯舜

【題解】蘇轍晚年作有一部歷史批評方面的專著，叫《歷代論》，對堯舜以來直到五代的許多歷史人物加以評論。崇寧五年（西元一一〇六年）作《歷代論・引》云：「凡四十有五篇，分五卷。」據此推測，當是崇寧三年（西元一一〇四年）從蔡州回到潁昌府家中後，至崇寧五年間陸續寫成。現收入《欒城後集》卷七至卷十一。本文就是《歷代論》的首篇。

堯之世，洚水❶為害。以意言之❷，堯之為國，當日夜不忘水耳。今考之於《書》❸，觀其為政先後：命羲和正四時，務農事❹，其所先也；末乃命鯀❺以治水，鯀九年無成功，乃命四岳❻舉賢以遜位❼。四岳稱舜之德，曰：「父頑，母嚚，象傲，克諧以孝，烝烝乂，不格姦。」❽堯以為然而用之，君臣皆無一言及於水者。舜既攝事❾，黜鯀而用禹，洚水以平，天下以安。堯舜之治，其緩急先後，於此可見矣。使五教❿不明，父子不親，兄弟相賊⓫，雖無水患，求一日之安，不可得也。使五教既修⓬，父子相安，兄弟相友，水雖未除，要必有能治之者。

【章　旨】首段根據《尚書》歸納堯舜治理天下的原則：先教化，後功利。

【注　釋】❶洚水　洪水。❷以意言之　按一般人的推想來說。❸書　指《尚書・堯典》。❹命羲和正四時二句　據〈堯典〉：「乃命羲和，欽若昊天，曆象日月星辰，敬授人時。」羲和，蘇軾《東坡書傳》注：「重黎之後，羲氏、和氏，世掌天地四時之官，故堯以是命之。」正四時，掌管曆法，準確地劃分四季，以有利於農業生產。❺鯀　崇伯鯀，夏禹之父。❻四岳　堯時的諸侯，相傳為共工的後裔，後來輔助夏禹治水，賜姓姜，是齊國公室的祖先。❼遜位　禪讓。❽父頑六句　見〈堯典〉，蘇軾注：「瞽，舜父名也，其字瞍。心不則德義之經，為頑。象，舜弟也。諧，和也。烝，進也。姦，亂也。舜能以孝和諧父母昆弟，使進於德，不及於亂。」❾攝事　代替堯掌管政事。❿五教　五常之教，即父義、母慈、兄友、弟恭、子孝。見《尚書・舜典》。⓫賊　傷害。⓬修　整飭。

【語　譯】堯的時候，洪水危害天下。按一般人的推想來說，堯治理國家，應該日夜惦念著洪水的事。但現在我們從《尚書・堯典》的記載來考察，可以看到他處理政務的先後順序：他命令羲和準確測定曆法，劃分四季，督促農業，這是首要的舉措；最後才命令鯀去治理洪水，鯀化了九年時間，還是沒有成功，於是堯命令四岳推舉賢人，實行禪讓。四岳稱讚舜的道德，說：「舜的父親不守規矩，母親愚蠢，弟弟象又很傲慢。但舜能夠用他的孝行來獲取家庭的和諧，使父母、弟弟都能日益改善，不做壞事。」堯認為不錯，就起用了舜。當時君臣之間的討論，並沒有一句話涉及到洪水。等到舜代替堯掌管政事後，罷黜了鯀而起用禹，洪水從而平伏，天下從而安定。堯舜施政的寬緩和急迫，先後的順序，由此可以看到了。假如各種人倫教化不能闡明，父子不相親愛，兄弟互相傷害，即便沒有水災，也無法使天下獲得一天的安定；如果各種人倫教化都整飭了，父子都互相親愛，兄弟都互相和睦，那麼即便水災還沒有消除，總會有人能夠去治理的。

昔孔子論政，曰：「足食，足兵，民信之矣。」子貢曰：「必不得已而去，於斯三者何先？」曰：「去兵。」曰：「必不得已而去，於斯二者何先？」曰：「去食。自古皆有死，民無信不立。」❶古之聖人，其憂深慮遠如此。世之君子，凡有志於治，皆曰富國而強兵。患國之不富，而侵奪細民❷；患兵之不強，而陵虐隣國❸。富強之利終不可得，而謂堯、舜、孔子為不切事情❹。於乎，殆哉！

【章旨】此段引述《論語》，重申先教化、後功利的原則，然後諷刺新黨的「富國強兵」政策。

【注釋】❶足食三句　見《論語・顏淵》「子貢問政」章。❷細民　平民；百姓。❸隣國　指西夏。❹不切事情　不合時宜；不切合具體情況，意謂迂腐。

【語譯】從前孔子論述施政的方針，說：「使食物充足，軍隊齊備，百姓信賴。」他的學生子貢就問：「在必不得已的情況下，這三條中哪一條可以先去掉？」孔子回答：「軍隊可以先去掉。」子貢又問：「在必不得已的情況下，剩下的兩條中哪一條可以先去掉？」孔子答：「食物可以去掉。沒有食物當然會餓死，但自古以來人都是要死的，而不受百姓的信賴，國家就不能存在。」古代的聖人，他的憂慮是如此深遠。現在世上的君子，凡是有志於從政的，都聲稱要富國強兵。他們擔心國家不夠富裕，就去剝削百姓；擔心軍隊不夠強大，就去欺負鄰國。這富國強兵的效益到底也無法看到，卻說堯舜、孔子的教導不適合現在的情況。哎，危險呀！

【研　析】蘇轍早年應賢良方正科的制舉，其進卷中也包含一系列史論，如本書前面所選的〈商論〉、〈唐論〉、〈老聃論〉等，就題材來說，與《歷代論》相似。但進卷是為了應舉而作，所以文字上著力經營，而體制則比較規整。《歷代論》是晚年的私人著作，文字上可以自由揮灑，而體制上也擺脫了任何規範，隨意長短，略無拘束，對於論題也直入直出，並不掉頭顧尾。按他自己在《歷代論．引》中的說法，是因為年紀大了，體力、腦力都衰退了，所以不能再像年輕時那樣高下抑揚、出奇制勝。其實，這種「無心於為文」的平淡風格，正可視為蘇轍晚年散文的藝術特徵。因為不在文字上、體制上下功夫，反而使他所表達的見解不被「文章」所遮蔽，其穿透歷史表象的洞見和對於現實政治的深刻譏刺，都能突現出來，有一篇神行之感。〈堯舜〉作為《歷代論》的開篇，就非常典型地表露出這樣的文風。篇幅不大，起筆直入論題，不作鋪墊，收尾也只是一聲嘆息，全文只是對照《尚書．堯典》記載的施政順序，來諷刺新黨的「富國強兵」政策。所謂「侵奪細民」，是他對王安石那一整套「新法」的一貫認識；所謂「陵虐隣國」，是指責北宋朝廷對西夏的用兵。按蘇轍的看法，「古來伐國須觀釁」（〈赤壁懷古〉），對於一個本身沒有荒亂失德行為，內部團結的國家，是不能依靠軍事力量的強大去進攻征服的。如果人家沒有歸依之心，進攻的行為就只是領土擴張而已，並非正義的戰爭。這個看法，對於今人論述北宋、西夏之關係史，也頗有參考意義。其實，北宋有志於征伐的人，也都只對西夏打主意，並不敢惹及遼國。原因很簡單：遼國過於強大，而西夏國力較弱。如此欺弱懼強，實也不見得是多大的作為。蘇轍所謂「富強之利終不可得」，確是實情。雖然歸隱在家中，但他並不忘懷國事。

漢景帝

【題　解】本篇也是《歷代論》之一。漢景帝劉啟，西元前一五七年即位，西元前一四一年去世。他是歷史上評價較好的皇帝，但蘇轍卻提出了不同的看法。

漢之賢君，皆曰文❶、景。文帝寬仁大度，有高帝❷之風；景帝忌克❸少恩，無人君之量，其實非文帝比也。帝❹之為太子也，吳王濞❺世子❻來朝，與帝博❼而爭道，帝怒，以博局❽提❾殺之，濞之叛逆，勢激於此。張釋之❿，文帝之名臣也，以劾奏之恨⓫，斥⓬死淮南⓭。鄧通⓮，文帝之倖臣⓯也，以吮癰⓰之怨，困迫至死。鼂錯⓱始與帝謀削諸侯，違眾⓲用之，及七國反⓳，袁盎⓴一說，譎㉑而斬之東市㉒，曾不之卹。周亞夫㉓為大將，折㉔吳楚之銳鋒，不數月而平大難，及其為相，守正不阿㉕，惡其悻悻㉖不屈，遂以無罪殺之。梁王武㉗，母弟也，驕而從㉘之，幾致其死。臨江王榮㉙，太子也，以母失愛，至使酷吏㉚殺之。其於君臣、父子、兄弟之際，背理而傷道者，一至於此！原㉛其所以能全身保國，與文帝俱稱賢君者，惟不改其恭儉㉜故耳。《春秋》之法：弒君稱君，君無道也；稱臣，臣之罪也㉝。然陳侯平國㉞、蔡侯般㉟皆以無道弒，而弒皆稱臣，以為罪不及民㊱故也。如景帝之失道非一也，而猶稱賢君，豈非躬行㊲恭儉，罪不及民故耶？此可以為不恭儉者戒也。

【注釋】❶文　漢文帝劉恒，西元前一八〇年即位，西元前一五七年去世，景帝之父。❷高帝　漢高祖劉邦，西漢開國皇帝，文帝之父。❸忌克　妒忌；刻薄。❹帝　指漢景帝。❺濞　吳王劉濞，漢高祖劉邦兄劉仲之子，漢景帝時發動七個諸侯國叛亂，史稱「七國之亂」。❻世子　諸侯的嫡長子。❼博　下棋。❽博局　棋局。❾提　擲。❿張釋之　漢文帝時擔任廷尉，掌管刑獄。《史記》有傳。⓫劾奏之恨　景帝為太子時，曾乘車入宮，不按法令在宮門下車，被張釋之阻止，加以彈劾。⓬斥　貶斥；驅逐。⓭淮南　漢景帝即位後，任命張釋之為淮南王相。淮南，漢初的一個諸侯國。⓮鄧通　漢文帝的寵臣，沒有什麼能力，只會討好文帝，從而獲得大量賞賜，遂至巨富。景帝時，其財產被沒收，窮餓而死。⓯倖臣　受帝王寵幸嬖愛的臣子。⓰吮癰　吸吮瘡口。漢文帝曾患瘡，鄧通為他吸吮；文帝又叫太子（即景帝）吸吮，太子不太願意，因而忌恨鄧通。⓱鼂錯　從文帝時就追隨太子，稱為「智囊」，景帝即位後，任御史大夫，以「削藩」（削奪諸侯國領地）政策著名。⓲違眾　不顧眾臣的反對。⓳七國反　即「七國之亂」。漢景帝前三年（西元前一五四年），因不滿於鼂錯的「削藩」政策，以吳王劉濞為首的吳、楚、趙、膠東、膠西、菑川、濟南七個諸侯國起兵反叛，當年被平定。⓴袁盎　漢景帝時大臣，「七國之亂」發生時，他對景帝說，殺了鼂錯就可以讓七國退兵，於是鼂錯被殺。袁盎後來因為反對梁王，被梁王派來的刺客殺死。㉑譎欺騙。景帝決定殺鼂錯，派人去騙他說，要他乘車視察都市，結果鼂錯穿著官服被腰斬。㉒東市　漢代長安城東部的商業區，經常在此處決囚犯。㉓周亞夫　漢初開國功臣周勃之子，景帝時任太尉，帶兵平定「七國之亂」，遷為丞相，後來被誣謀反，下獄死。㉔折　挫敗。㉕不阿　不曲意逢迎。漢景帝將太子劉榮廢為臨江王時，周亞夫曾表示反對。㉖悻悻　威嚴傲慢的樣子。㉗武　梁王劉武，漢景帝的同母弟，深受寵幸，其排場與天子相擬。㉘從　同「縱」。放縱。㉙榮　臨江王劉榮，又稱「栗太子」，景帝栗姬之子，先被立為太子，後來廢為臨江王，最後以王宮侵奪祖廟之地的罪名被徵入中尉府（掌管京城治安的官署）問罪，因恐懼而自殺。㉚酷吏　指當時任中尉的郅都，曾對劉榮嚴厲審訊。㉛原　推究原因。㉜恭儉　恭謹儉樸。㉝弒君四句　見《左傳》魯宣公四年，意思是：如果《春秋》的文本只說某國殺了某位君主，不寫明具體兇手的名字，那就說明這個君主無道，可以用全國人民的名義處死他；如果寫明了兇手的名字，那就說明罪在兇手。弒，殺死君主。㉞陳侯平國　陳靈公，是一個淫亂的國君。《春秋》魯宣公十年：「陳夏征舒弒其君平國。」㉟蔡侯般　蔡靈侯，他是殺害了父親而成為蔡國君主的，後來被楚人誘殺。《春秋》魯昭公十一年：「楚子虔誘蔡侯般，殺之於申。」㊱罪不及民　以為陳靈公、蔡靈侯雖然有淫亂、弒父之罪，但其禍害還沒有波及到百姓頭上。㊲躬行　親身實行。

【語　譯】說到西漢的賢明君主，大家都稱文帝和景帝。文帝寬容仁厚，胸懷廣大，有漢高祖的風采；景帝則妒忌刻薄，缺少恩德，沒有做君主的氣量，其實並不能跟文帝相比。景帝做太子的時候，吳王劉濞的長子來京城朝見，跟景帝一起下棋而發生了爭執，景帝大發脾氣，將棋盤扔過去，砸死了劉濞的長子，後來劉濞的叛亂，就是從此事開始激發起來的。張釋之是文帝時期頗有聲望的大臣，因為曾經彈劾景帝，他便懷恨在心，後來將張釋之貶死於淮南國。鄧通是文帝寵幸的臣子，因為曾經給文帝吸吮瘡口，引起了景帝的怨恨，後來將他迫害致死。鼂錯起初跟景帝一起謀劃削奪諸侯領地的政策，景帝不顧眾人的反對而起用他，等到「七國之亂」一發生，就聽信袁盎的一句話，把他騙到長安城的東市腰斬了，一點都不覺得可惜。周亞夫曾擔任大將，挫敗吳楚等七國軍隊的銳利鋒芒，沒幾個月就平息了漢朝的一次大難，等到他升為丞相，因為守護正道，不肯阿諛逢迎，景帝就討厭他威武不屈的樣子，毫無罪名地將他害死。梁王劉武是景帝的同母弟，景帝任由他驕傲放縱，幾乎導致他的死罪。臨江王劉榮是景帝自己立為太子的，因為他的母親失去了寵愛，就唆使酷吏將他殺害。總之，景帝在君臣、父子、兄弟等各種人倫關係上，都違背正理，損害大道，到了如此這般的程度！推究他之所以能保全自身與國家，與文帝並稱為賢明的君主，僅僅是因為他沒有改變文帝的恭謹儉樸的作風而已。按照《春秋》的筆法，國君被殺害的情況下，如果只寫某國的一位君主被殺，那就說明這位君主無道該死；如果寫明是被哪位大臣殺害的，那就說明罪在大臣。但是，陳靈公、蔡靈侯都是因為無道而被殺的，《春秋》卻都寫明了兇手的名字，似乎歸罪於兇手。這是因為，那兩位君主雖然有罪，卻還不至於禍害到百姓的頭上。就像漢景帝，他做下的無道之事不止一件，卻仍然被稱為賢明的君主，這難道不是因為他堅持恭謹儉樸的作風，雖然有罪而還不至於禍害百姓的緣故嗎？這可以為那些不恭謹儉樸的君主提供教訓。

【研　析】與上一篇〈堯舜〉一樣，這一篇〈漢景帝〉也寫得非常簡短扼要。但〈堯舜〉篇是正面論述的，此篇〈漢景帝〉卻是從反話說起。全文的主體部分是列舉漢景帝的七件無道之事，說明他在父子、兄弟、君臣等各種人倫關係上都違反了做人的基本原則，實在算不上一個好人。我們若據歷史事實來作一番考察，也確乎如此。蘇轍對他的數落雖然簡要，卻十分有力，不愧是一個做過御史中丞的人，多年前彈劾政敵的風采，在此仍依稀可見。然而，文章即將結束的時候，作者卻突然掉轉筆鋒，追究另一個問題：為什麼這樣無道的一個君主，還能在歷史上享有「賢君」的稱號？他的結論是：「躬行恭儉，罪不及民。」由此才導出文章的真正主旨：「此可以為不恭儉者戒也。」全文到此戛然而止。不必自許為「明眼人」，也可以看出這是針對宋徽宗而寫的。其實，《歷代論》雖然都以歷史人物為論述對象，但作者的真正目的本不在評價他們的歷史功過，而在於從中引出教訓，為當代提供借鑑。〈堯舜〉篇如此，〈漢景帝〉亦如此。可能因為時代環境的關係，也可能真的由於蘇轍年老話少，引出的教訓都只點到為止，不作展開。如果是早年的策論，僅僅數落漢景帝罪過的部分，就可以寫得迴腸蕩氣。但這個時候的蘇轍已經不是慷慨激昂的青年，而是飽經世故的老人，他不願意說得太多了。值得注意的是，無論〈堯舜〉篇還是本篇〈漢景帝〉，都可稱意思飽滿而文筆精練的作品，但篇幅雖然精練，用語卻並不艱深，依然平白如話。其引用《尚書》、《春秋左傳》、《論語》、《史記》、《漢書》的部分，因為用了原書的某些詞語，稍覺滯澀，但在當時熟讀此類典籍的人看來，應該毫無困難。如果把用語平白如話形容為「鬆」，而意思飽滿、行文精練形容為「緊」，那麼全文就顯出外鬆內緊、似鬆實緊而緊中又有鬆的某種彈性。此種彈性，正是蘇轍晚年散文耐人咀嚼之處。

漢昭帝

【題　解】本篇也是《歷代論》之一。漢昭帝劉弗陵，西元前八七年繼位，年方八歲，西元前七四年去世，在位十三年。

周成王❶以管蔡❷之言疑周公❸，及遭風雷之變，發金縢❹之書，而後釋然，知其非也。漢昭帝聞燕王❺之譖❻，霍光❼懼不敢入，帝召見光，謂之曰：「燕王言將軍都郎❽，道上稱蹕❾，又擅調益❿幕府校尉⓫。二事屬爾⓬，燕王何自知之？且將軍欲為非⓭，不待校尉。」左右聞者皆伏其明，光由是獲安，而燕王與上官⓮皆敗。故議者以為，昭帝之賢過於成王。然成王享國⓯四十餘年，治致刑措⓰，及其將崩⓱，命召公、畢公相康王⓲，臨死生之變，其言琅然⓳不亂。昭帝享國十三年，年甫及冠⓴，功未見於天下，其不及成王者亦遠矣。

【章　旨】首段以周成王與漢昭帝對比，昭帝的賢明超過了成王，但功業卻大大不如，這是因為昭帝早死。

【注　釋】❶周成王　名誦，西周第二代天子，周武王之子。武王去世時，成王尚在繈褓之中，由武王之弟周公攝政。❷管蔡　管叔鮮、蔡叔度，周武王、周公的同母弟，曾懷疑周公要對武王不利，放出這樣的流言，成王也受到這流言的影響。❸周公　名旦，周文王子，武王弟，聖人。❹金縢　金屬製作的帶子，用來封存書櫃。據《尚書．金縢》載，武王生病時，周公曾祈禱祖先，願以自身代替武王承受災禍，史官將他的祈禱文字收藏在櫃中，用金屬的帶子封存起來。後來成王因管叔、蔡叔的流言而懷疑周公，周公就避居到東方，成王打開書櫃，看到了周公的禱書，消除疑惑，就迎接周公回來。❺燕王　劉旦，漢武帝子。他曾與一些大臣同謀，令人以他的名義上書給漢昭帝，詆毀大將軍霍光。❻譖　編造別人的壞話。❼霍光　漢武帝晚年親信的大臣，接受武帝的臨終遺詔，以大司馬大將軍輔助昭帝，掌握政權。❽都郎　聚集部隊，檢閱武備。❾稱蹕　禁止行人；清道。這是帝王出行的規矩。❿調益　增調。⓫幕府校尉　大將軍府的將領。幕府，將帥的營帳，因為軍旅沒有固定的住所，以營帳為府署，故稱幕府。校尉，比將軍低一點的軍職。⓬爾　同「邇」。最近。⓭為非　做壞事，指謀反朝廷。⓮上官　指上官桀、上官安父子。上官桀曾擔任漢武帝的左將軍，與霍光一起受命輔佐昭帝；上官安是昭帝的岳父。他們與燕王劉旦通謀，詆毀霍光，後來都以謀反罪被處決。⓯享國　指帝王在位的年數。⓰治致刑措　政治的清明到達了極點，無人犯法，刑法被擱置不用。⓱崩　天子去世。⓲命召公句　據《尚書．顧命》，周成王去世時，召公、畢公接受遺命，立康王。

召公名奭，畢公名高，都是周室的同姓諸侯。相，輔佐。康王，名釗，成王之子。⑲琅然　清楚的樣子。⑳甫及冠　剛過二十歲。甫，才；方。冠，古時男子二十歲行成人禮，結髮戴冠。

【語譯】周成王因為聽了管叔、蔡叔的流言，就懷疑周公，要等到遭遇風暴雷電的變故，打開金屬帶子封存的書櫃裡收藏的周公祈禱之書，才恍然大悟，知道自己錯了。漢昭帝聽到燕王劉旦對霍光的詆毀，而霍光因為懼怕不敢入宮，就召見霍光，對他說：「燕王講大將軍檢閱部隊，一路上像天子出行那樣清道，又擅自增調大將軍幕府的將領。這兩件事都是最近發生的，燕王從哪裡知道的呢？而且，大將軍如果要做壞事，也用不著增調那些將領。」左右聽到昭帝這番話的人，都佩服他的明察，霍光由此安心，而燕王、上官氏父子也由此走向滅亡。所以，評論者都認為，漢昭帝的賢明要超過周成王。但是，成王在位四十幾年，政治極為清明，因為沒有人犯法，刑法都可以擱置不用。等到他臨終的時候，命令召公和畢公輔佐周康王，在面臨生死大變的關頭，交代清楚，心神不亂。漢昭帝在位十三年，才過了二十歲就去世，他的功業並沒有展示於天下，比起周成王來，可以說遠遠不如了。

夭壽❶雖出於天，然人事常參❷焉。故吾以為，成王之壽考❸，周公之功也；昭帝之短折，霍光之過也。昔晉平公❹有蠱疾❺，醫和❻視之曰：「是謂近女室❼，疾如蠱❽，非鬼非食❾，惑以喪志❿。良臣將死，天命不祐。國之大臣，榮其寵祿，任其大節⓫，有菑⓬禍興而無改⓭焉，必受其咎⓮。」以此譏趙孟⓯，趙孟受之不辭⓰。而霍光何逃⓱焉？成王之幼也，周公為師⓲，召公為保⓳，左右前後皆賢臣也。雖以中人之資⓴，而起居飲食，日與之接。逮其壯且老也，志氣定矣，其能安富貴，易㉑生死，蓋無足怪者。今昭帝所親信，惟一霍光。光雖忠信篤實，而不學無術，其所與共國事者惟一張安世㉒，所與斷幾事㉓者惟一田延年㉔。士之通經術，識義理者，光不識也。其後雖聞久陰不雨之言而貴夏侯勝㉕，感蒯聵㉖之事而賢雋不疑㉗，然終亦不任也。使昭帝居深宮，近嬖倖㉘，雖天資明斷，而無以養之，朝夕害之者眾矣，而安能及遠乎？

【章旨】此段追究漢昭帝早死的原因，認為是霍光不學無術，周圍缺少賢臣教導的緣故。

【注釋】❶夭壽　短命或長壽。❷參　起到作用。❸考　老。長壽。❹晉平公　春秋時晉國的國君，名彪。❺蠱疾　神志惑亂的病。事見《左傳》魯昭公元年。❻醫和　春秋時期的良醫，名和，秦國人。❼近女室　接近婦女所在的房室，指惑於女色，說明得病的原因。❽疾如蠱　病徵好像是神志惑亂之病。實際上晉平公因淫得病，不是蠱疾。❾非鬼非食　不是由於鬼神作祟，也不是因為飲食不慎引起。❿喪志　神志不清。⓫大節　關係到存亡安危的大事。⓬菑　同「災」。⓭無改　不改變行為以救災。⓮咎　不幸之事。⓯趙孟　晉平公的大臣趙文子，即醫和所謂的「良臣」。他執政八年，能使晉國不亂，但不能阻止晉平公淫亂女色。⓰不辭　不推脫責任。據《左傳》記載，趙孟聽了醫和的話後，稱許他為「良醫」，贈予厚重的禮物。⓱何逃　怎能逃脫責任。⓲師　太師。⓳保　太保。⓴中人之資　普通人的天資。㉑易　看得平易。㉒張安世　字子孺，漢武帝時御史大夫張湯之子，昭帝時任右將軍，與霍光同掌國政，後封富平侯。㉓幾事　機密之事。㉔田延年　字子賓，曾在霍光的幕府任職，後封陽成侯。㉕夏侯勝　字長公，以研究《尚書》聞名。漢昭帝去世後，昌邑王劉賀繼位，經常外出遊玩，夏侯勝前往諫阻，說天氣長久陰沉，卻不下雨，一定有臣下要謀劃政變。此時，霍光正與張安世謀劃廢去劉賀，改立漢宣帝，以為祕密洩漏，召問夏侯勝，夏侯勝回答說他是根據《尚書．洪範》推測出來的。據說，自此以後霍光就開始尊重經學家了。㉖蒯聵　春秋時衛靈公的太子，因得罪了父親而流亡國外；靈公去世，蒯聵的兒子輒繼承祖父，成為國君，即衛出公。此時蒯聵要回國，被衛人拒絕。㉗雋不疑　字曼倩。漢昭帝時，有一個人冒充衛太子（漢武帝之子，早被武帝所殺），被雋不疑捕獲，有人認為真假難辨，應暫緩處理，雋不疑引用《春秋》肯定衛人拒絕蒯聵的先例，認為即便是真的衛太子，也不過罪人而已。昭帝和霍光知道後，對他很讚賞。㉘嬖倖　受寵愛的姬妾、侍臣之類。

【語　譯】一個人的短命或長壽，雖然出於天意，但人事也經常起到作用。所以我認為，周成王的長壽是周公的功勞，而漢昭帝的短命夭折，是霍光的罪過。從前，晉平公患了神志惑亂的病，醫和前來看病，診斷說：「這是沉溺於女色引起的，症狀很像神志惑亂的蠱疾，其實既不是鬼神作祟，也不是由於飲食不慎，而是由於長期被女色迷惑，導致神智不清。這意味著國君身邊將有一個優秀的大臣死去，連天也不能保佑他。一個國家的大臣，享受著國君的寵信和豐厚的俸祿，應該擔當有關國家安危的大事，如果出現了災禍而不能改變一貫的做法，必然會遭受不幸。」他以這番話來譏諷趙孟，趙孟也接受了，不敢推託。這樣看來，霍光豈能逃脫責任？周成王年幼的時候，周公做他的太師，召公做他的太保，他的左右前後都是賢臣。即便成王的天資只是中等，但每天起居飲食都跟賢臣接觸。等到他年紀大了，乃至老了，他的心智氣質都已穩定，所以能夠安於富貴，能夠平靜地面對生死，這也不值得奇怪。反過來，漢昭帝所親信的人，只有一個霍光。霍光雖然忠誠專一，卻不學無術，跟他一起處理國家大事的只有一個張安世，一起決斷機密的只有一個田延年。那些通曉經學，懂得道理的人，霍光並不認識。後來雖然聽說夏侯勝能根據《尚書》預測政治而尊重夏侯勝，聽說雋不疑能根據《春秋》處理問題而讚賞雋不疑，但最終也沒有任用他們。這樣，使漢昭帝住在深宮裡，只跟周圍的姬妾、侍臣相接觸，即便天資賢明果斷，卻不能獲得良好的教養，早早晚晚損害他的人多了，怎麼能夠維持久遠呢？

人主不幸，未嘗更事❶而履大位❷，當得篤學深識之士，日與之居，示之以邪正，曉之以是非，觀之以治亂。使之久而安之，知類通達❸，強立❹而不反，然後聽其自用而無害。此大臣之職也。不然，小人先之，悅之以聲色犬馬，縱之以馳騁田獵，侈之以宮室器服，志氣已亂，然後入之以讒說，變亂是非，移易白黑，紛然無所不至，小足以害其身，而大足以亂天下。大臣雖欲有言，不可及矣。《語》曰：「君子學道則愛人，小人學道則易使。」❺故人必知道，而後知愛身；知愛身，而後知愛人；知愛人，而後知保天下。故吾論三宗❻享國長久，皆學道之力。至漢昭帝，惜其有過人之明，而莫能導之以學，故重論之，以為此霍光之過也。

【章　旨】末段重申，年幼的君主必須有懂學問、明道理的賢臣在他的周圍，對他教導。

【注　釋】❶更事　經歷世事。❷履大位　登上皇位。❸知類通達　能夠依類推理，將正確的方法貫通到一切方面。❹強立　充滿自信地樹立。❺君子二句　見《論語・陽貨》，意謂君子學習了道理就能夠愛護小人，小人學習了道理就樂於聽從君子的差使。❻三宗　《歷代論》的第二篇為〈三宗〉，論商中宗、高宗、祖甲在位長久。

【語　譯】國君不幸在年幼無知的時候登上了皇位，應該得到學問深厚的人，每天跟他在一起，告訴他什麼是邪惡，什麼是正道，哪個是對，哪個是錯，怎樣才能治理國家，怎樣就會導致混亂。使他長久地受到影響，安於正道，並能夠依類推理，貫通到所有方面，充滿自信地樹立起來，不會再倒退回去，然後才能聽憑他自作主張，而無害處。這便是大臣的責任。否則，小人會搶在前面去接近他，用聲色犬馬去愉悅他，用馳騁打獵去縱容他，用華麗的房間、用品、服裝去誘導他走向奢侈享受，令他的心志惑亂，然後再大進讒言，混淆是非，顛倒黑白，什麼都來了。這樣，小足以損害他的身體，大足以搗亂整個天下。大臣雖然想要進諫，也已經來不及了。《論語》說：「君子學習了道理就能夠愛護小人，小人學習了道理就樂於聽從君子的差使。」所以，一個人必須懂得道理，才會愛護自己；知道愛護自己，才會愛護他人；知道愛護他人，才能保住天下。所以，我曾論述商代的中宗、高宗和祖甲，他們能夠長久在位，都是因為學習道理的緣故。至於漢昭帝，他的天資賢明本來超過很多人，可惜的是沒有人教導他去學習道理，所以我再次加以論述，認為這是霍光的罪過。

【研　析】在《歷代論》中，這一篇是體制上相對規整的論文，而且自首至尾都用映襯之法：先以周成王的天資平凡而成就卓著，與漢昭帝的天資過人而短命夭折作對比，提出問題；其次追究霍光的責任，除了以周公為比照外，也引述了《左傳》記載的醫和之言，作為根據；最後重申作者的結論，又拈出〈三宗〉一篇為映襯。文章的主旨，是說年幼的君主必須有學問深厚的人每天與他接近，言傳身教，啟發他向善，這是大臣的責任。就此而言，作者似乎也是有感而發。當年宋哲宗即位的時候，年方十歲，去世時也不過二十出頭，與漢昭帝的情形相似。哲宗有元祐、紹聖、元符三個年號，元祐年間是由他的祖母垂簾聽政，廢除「新法」，起用蘇轍等舊黨的人物，可以說，哲宗是在舊黨的包圍影響下長大的；然而，等祖母一死，哲宗一旦親執政柄，卻能立即衝出重圍，起用他不認識的新黨，恢復「新法」，而貶斥他已經熟悉的舊黨。為什麼宋哲宗會對他從小接觸的舊黨如此反感？這個問題大概連新黨的人物都不曾想通，他們更願意歸結為哲宗的天生聖明。當然也有人找到一點原因，說是元祐年間的大臣們入宮商量國事，都只對太皇太后說話，把哲宗（當時還是小孩）晾在一邊，令他只看到一片「臀背」，非常生氣。可能這股氣在他心中埋藏已久，等祖母一死，就發洩了出來。對於蘇轍這樣的舊黨人物來說，如果有心反思過去，大概也要追究一下哲宗討厭他們的原因。在本文中，蘇轍強調了小皇帝的教育問題，可能是在後悔當初對哲宗教育得不夠。其實，元祐年間的朝廷對於小皇帝的教育問題也不可謂不重視，像蘇軾、程頤那樣的大知識分子，都當過哲宗的老師，蘇轍也曾給哲宗上過課。也許，舊黨不幸碰上了宋哲宗的逆反心理最為強烈的時期，也許正像某些筆記所載，程頤的過於嚴厲古板的教有引起了哲宗的反感……到底是什麼原因導致了舊黨對小皇帝教育的失敗，也許是個難以猜測的謎團。後代的評論者大抵只能說，蘇轍「此論甚正」。

王衍

【題解】此篇也是《歷代論》之一。王衍（西元二五六—三一一年）字夷甫，是西晉的宰輔，位極人臣，聲望甚高，卻不做實事，只愛清談。西晉滅亡時被羯族人捕獲，並殺害。所謂清談，是魏晉名士所崇尚的風氣，其核心問題是要論證世界的本質為「無」。

聖人之所以御物❶者三，道一也，禮二也，刑三也。《易》曰：「形而上者謂之道，形而下者謂之器。」❷禮與刑皆器也。孔子生於周末，內與門弟子言，外與諸侯大夫言，言及於道者蓋寡也。非不能言，謂道之不可以輕授人也。蓋嘗言之矣，曰：「參乎，吾道一以貫之。」❸夫道，以無為體❹，而入於群有❺，在仁而非仁❻，在義而非義，在禮而非禮，在智而非智。惟其非形器也，故目不可以視而見，耳不可以聽而知。惟君子得之於心，以之御物，應變無方❼，而不失其正，則所謂「時中」❽也；小人不知而竊其名，與物相遇，輒捐❾理而徇❿欲，則所謂「無忌憚」⓫也。故孔子不以道語人，其所以語人者必以禮。禮者器也，而孔子必以教人，非吝之⑫也，蓋曰「君子上達，小人下達」⑬，君子由禮以達其道，而小人由禮以達其器。由禮以達道，則自得而不眩⑭；由禮以達器，則有守而不狂。此孔子之所以寡言道而言禮也。若其下者，視⑮之以禮而不格⑯，然後待之以刑辟⑰。三者具，而聖人之所以御物者盡矣。

【章旨】此段根據《周易》、《論語》、《中庸》來正面論述抽象本體「道」與具體的禮儀、刑法之關係。

【注釋】❶御物　駕馭事物。❷形而上者二句　見《周易・繫辭上》。形而上，在具體形象形成之前，即抽象的本體。形而下，即具體事物。❸參乎二句　見《論語・里仁》。參，孔子弟子曾參。一以貫之，一個原則貫穿到所有的事物。❹以無為體　意謂沒有具體形態的抽象本體。❺入於群有　體現在各種具體的事物中。群有，各種存在物。❻在仁而非仁　意謂抽象的道可以體現為具體的仁，但道並不等於仁。以下幾句與此相類。❼無方　沒有固定的方式；沒有限制。❽時中　《中庸》云：「君子之中庸也，君子而時中。」即合乎時宜，無過無不及的意思。❾捐　拋棄。❿徇　順從。⓫無忌憚　《中庸》：「小人之中庸也，小人而無忌憚也。」即不知道顧慮畏懼的意思。⓬吝之　意謂捨不得把道理給人講明。⓭君子上達二句　見《論語・憲問》。上達，向上追求道理。下達，向下追求利益。⓮自得而不眩　自具心得，不會迷惑。⓯視　對待；處理。⓰格　糾正。⓱刑辟　刑法；刑律。

【語譯】聖人用來駕馭事物的原則有三個，第一是道，第二是禮，第三是刑。《周易》說：「抽象的叫做道，具體的叫做器。」禮和刑都是器。孔子生在西周的末年，對內跟他門下的弟子說話，對外跟各諸侯國的大夫說話，很少說到道。並非他不能說，而是認為不能輕易地把道告訴別人。他也曾經說到過道，說：「曾參啊，我的道只有一個，貫穿在所有事物當中。」這樣的道，是沒有具體形態的抽象本體，而體現在各種具體的事物上。可以體現為仁，但並不等於仁；可以體現為義，但並不等於義；可以體現為禮，但並不等於禮；可以體現為智，但並不等於智。只因為不是具體的形象、器物，所以用眼睛去看是看不到的，用耳朵去聽也聽不到。只有君子能從心裡體會到道，用來駕馭事物，適應各種變化，沒有固定的方式，而不會離開正道，這就是《中庸》所謂的「時中」；小人並不懂得道，但也會竊取這個名目，一旦面對具體事物，就會拋開道理，順從自己的欲望，這就是《中庸》所謂的「無忌憚」。所以，孔子不跟人談道的問題，他用來告訴別人的總是禮的問題。禮是具體的器，而孔子總用來教誨別人，這不是他捨不得把道告訴人，而是希望「君子向上追求，小人向下追求」，君子從禮出發可以上升到道，小人從禮出發可以下降到器。從禮上升到道，則自具心得，再也不會被迷惑；從禮下降到器，則有所守護，而不會超越本分。這就是孔子為什麼少說道而總說禮的原因。至於那些更差勁的人，用禮來對待他們，還不改正錯誤，然後就要用刑律來處治了。道、禮、刑這三者都具備了，那麼聖人用來駕馭事物的原則就窮盡了。

三代❶已遠，漢之儒者雖不聞道，而猶能守禮，故在朝廷則危言❷，在鄉黨❸則危行❹，皆不失其正。至魏武❺始好法術❻，而天下貴刑名❼；魏文❽始慕通達❾，而天下賤❿守節。相乘⓫不已，而虛無放蕩之論盈於朝野。何晏⓬、鄧颺⓭導其源，阮籍父子⓮漲其流，而王衍兄弟⓯卒以亂天下。要其終⓰，皆以濟⓱邪佞，成淫欲，惡禮法之繩⓲其姦也，故蔑棄禮法，而以道自命。天下小人便之，君臣奢縱於上，男女淫泆⓳於下，風俗大壞，至於中原為墟而不悟。王導⓴、謝安㉑，江東㉒之賢臣也。王導無禮於成帝而不知懼㉓，謝安作樂於期喪而不受教㉔，則廢禮慕道之俗然矣。

【章　旨】此段轉入歷史，敘述三代至東晉的學風，越來越脫離具體事物而崇尚玄虛，造成巨大的危害。其中王衍就是具有代表性的一個。

【注　釋】❶三代　夏、商、周。❷危言　直言。❸鄉黨　家鄉。❹危行　行為正直。❺魏武　魏武帝曹操（西元一五五—二二〇年），字孟德。❻好法術　喜歡法家的學問和權術。❼刑名　審核事物的名稱與實質，主張賞罰分明的學說。❽魏文　魏文帝曹丕（西元一八七—二二六年），字子桓。❾通達　通情達理，指不嚴格遵守禮教的態度。❿賤　看不起；不崇尚。⓫相乘　相加；相繼。此指按照這樣的趨勢不斷發展下去。⓬何晏　字平叔，曹操的養子，是一個蔑棄禮教規範，高談抽象玄理的「玄學家」。⓭鄧颺　字玄茂，與何晏等人組成一個小集團，崇尚浮華。⓮阮籍父子　阮籍（西元二一〇—二六三年）字嗣宗，三國時曹魏的「竹林七賢」之一，以蔑棄禮法、放浪形骸相標榜。同為「竹林七賢」之一的是他的姪子阮咸，字仲容。⓯王衍兄弟　王衍的堂兄王戎（西元二三四—三〇五年）字濬沖，也是「竹林七賢」之一；弟弟王澄（西元二六九—三一二年）字平子，是西晉的大名士，後來被王敦殺害。⓰要其終　歸納其最終目的；歸根到底。⓱濟　達到。⓲繩　糾正；制裁。⓳淫泆　縱情淫樂。⓴王導　字茂弘（西元二七六—三三九年），東晉初年的丞相。㉑謝安　字安石（西元三二〇—三八五年），東晉政治家，曾長期隱居，後來東山再起，領導東晉取得淝水之戰的勝利。㉒江東　指東晉政權。㉓王導句　據《晉書・王導傳》，晉成帝司馬衍年幼，見了王導經常下拜，下達給他的詔書也稱「敬問」，每次王導入宮，晉成帝都要站起來。㉔謝安句　《晉書・謝安傳》載其「期喪不廢樂」，朋友王坦之寫信勸導他，謝安不接受，於是眾人都仿效成風。期喪，伯父、叔父、兄弟去世時，為期一年的喪服，按禮應該廢樂（不聽音樂）。

【語　譯】夏、商、周三代已經太遙遠了，漢代的儒者雖然不曾聽說過道，但還能守護禮，所以他們在朝廷則能直言，在家鄉則能保持行為的正直，都不會離開正道。到了三國時的魏文帝曹操，開始喜歡法治和權術，於是天下崇尚有關刑法的學問；魏文帝曹丕開始嚮往通情達理、不遵守禮教的態度，於是天下都看不起守護節操的人。這樣的風氣不斷發展下去，使虛無、放蕩的說法充滿了朝野。何晏、鄧颺開啟了玄學的源頭，阮籍和他的姪子阮咸進一步促進其流傳，到最後就是王戎、王衍、王澄兄弟把天下都搞亂了。歸根到底，這都是為了達到邪惡和奸佞的目的，滿足他們的淫慾，怕禮教法紀會制裁他們的惡劣作風，所以對禮教法紀採取了蔑視和拋棄的態度，而自稱為懂得道。天下的小人都覺得這樣很方便，國君和大臣在上奢侈放縱，普通的男女在下縱情淫樂，社會風氣壞到了極點，直到中原成為一片廢墟，還不悔悟。王導和謝安，算得上東晉的賢臣了，但王導對晉成帝那樣無禮，卻不知害怕，謝安在為期一年的服喪期間還奏樂享受，而不聽朋友的勸導。這都是廢棄禮教而嚮往道的風氣，使他們如此。

東晉以來，天下學者分而為南北。南方簡約，得其精華；北方深蕪❶，窮其枝葉。至唐，始以義疏❷通南北之異，雖未聞聖人之大道，而形器之說備矣。上自郊廟❸朝廷之儀，下至冠婚喪祭❹之法，何所不取於此？然以其不言道也，故學者小之，於是捨之而求道，冥冥❺而不可得也，則至於禮樂度數❻之間、字書形聲❼之際，無不指以為道之極❽。然反而察其所以施於世者，內則諂諛以求進，外則聚斂以求售❾，廢端良，聚苟合❿，杜⓫忠言之門，闢⓬邪說之路，而皆以《詩》《書》文飾其為，要之與王衍無異。嗚呼！世無孔孟，使楊墨⓭塞路而莫之闢⓮，吾則罪人爾矣！

【章旨】此段論述東晉至當前的學風，認為王安石的「新學」與新黨的做法，就跟王衍一樣，令人擔憂。

【注釋】❶深蕪　深入、豐富。❷義疏　疏解經義的書，指唐初官方所修的《五經正義》，是對南北朝經學的一次總結。❸郊廟　皇帝祭祀天地和祖先的禮儀。❹冠婚喪祭　成年禮、結婚禮、服喪禮和祭祀禮。❺冥冥　渺茫的樣子。❻度數　用以計量的標準及其數量。❼字書形聲　漢字的寫法和讀法。❽道之極　道的最高體現。這裡指的是王安石解釋《周禮》、《詩經》、《尚書》的《三經新義》和從字形推測字義的《字說》一書。在新黨當政的時代，《三經新義》和《字說》是科舉考試的唯一標準。❾求售　爭取把自己賣出去，指獲得皇帝賞識，以圖升官。❿苟合　苟且迎合的人。⓫杜　堵塞。⓬闢　開啟。⓭楊墨　先秦時楊朱和墨家的學說，是孟子與之爭論的主要對象，此指異端邪說。⓮闢　摒除；驅除。

【語　譯】自從東晉以來，天下的學者分成了南北兩派。南方的學風比較簡明扼要，得到儒學的精華部分；北方的學風深入具體，窮盡儒學的所有細節。到了唐代，政府開始組織《五經正義》的編寫，用來貫通南北的差異，雖然還不能揭示聖人的大道，但有關形器的說法都完備了。上到皇帝祭祀天地和祖先，以及朝廷的禮儀，下到普通人成年、結婚、服喪、祭祀的各種禮節，哪一條不從這裡面取法呢？但是，因為它沒有直接講明大道，所以現在的學者都看不起它，於是捨棄它而去追求道。這樣的追求當然是一片渺茫，不可把握，於是將禮樂的具體標準、數量，以及漢字的寫法、讀法之類，無不指為道的最高體現。然而，反過來觀察他們在世間的真實做法，向內則討好皇帝，向外則搜刮民財，都是為了追求升官。他們排斥了端正善良的人，把苟且迎合的人聚集在周圍，堵塞忠直的言論通向朝廷的道路，而為邪惡的說法開闢途徑，並且都從《詩經》、《尚書》裡找到許多「根據」來文飾他們的惡劣行徑。總而言之，他們的做法跟王衍沒有什麼差異。嗚呼！世上沒有了孔子、孟子，讓異端邪說充滿了道路，而沒有人能去驅除，我則只不過一個罪人罷了。

【研　析】題為〈王衍〉，其實整篇只有兩句話提到王衍。如果作者的目的是為了批判那些崇尚虛無之說而敗壞了國家的人，那麼王衍確實可算一個典型；但是，讀到文章的結尾處，我們才明白蘇轍的真正用意：他是要從學術史的角度來清算王安石的「新學」。所以，題面的「王衍」二字不妨說是「王安石」的隱語。同樣，文中「阮籍父子漲其流，而王衍兄弟卒以亂天下」，也不妨看成「王安石父子漲其流，而蔡京兄弟卒以亂天下」。否則，阮籍、阮咸明明是叔姪，以蘇轍的博學，決不會搞錯；而把西晉之亡歸咎於王衍本是傳統的說法，又何必牽引他的兄弟？反過來，宋神宗時代《三經新義》的編定，固然是在王安石的領導之下，其中也確實有他兒子王雱的參與；而在蘇轍寫作《歷代論》的崇寧年間，蔡京任宰相，他的弟弟蔡卞（王安石婿）任樞密使，兄弟二人把持了北宋的軍政大權，當然要對政局的墮落負責。這樣理解蘇轍文中的「父子」、「兄弟」，大概還不至於求之過深。至於把「新學」歸結為虛無、放蕩之說，是因為它的形而上學傾向，即以「道」、「性」等抽象本體為論證的核心問題，但這本是宋學的普遍特徵，即便蘇氏兄弟也對此表現出濃厚的興趣；蘇轍的強烈不滿，可能在於新黨以「新學」來獨斷學術，樹立為唯一正確之理論，與科舉考試的標準，藉以鉗制異論。他指責新黨以經典的條文來文飾其惡劣行為，也符合事實。比如蔡京就取《周易》的卦爻辭而提出「豐亨豫大」的說法，公開主張奢侈浪費，粉飾盛平。當時的另一位四川作家唐庚也有類似的描述，說是「一部《周禮》，舉行略遍，但不姓姬爾」（〈與席侍郎書〉），就是把《周禮》的條文都拿來作為當前行政的根據，好像把《周禮》一書全部都實施了，只差皇帝還姓趙而不姓姬了。可見，這確是新黨的政治演變到蘇轍寫作此文時候的現狀，令他這個身在「元祐黨籍」的「罪人」感到深深的憂患，卻毫無辦法。儘管文中對王氏「新學」的攻擊有可以商榷的餘地，但他憂國的心情是感人的。

梁武帝

【題解】此篇也是《歷代論》之一。梁武帝蕭衍（西元四六四—五四九年），字叔達，西元五〇二年篡奪南朝齊的政權，建立梁朝。他擅長文學、音樂、書法、圍棋，極度信仰佛教，最後被叛軍挾持，憂憤而死。

《易》曰：「形而上者謂之道，形而下者謂之器。」自五帝三王❶以形器❷治天下，導之以禮樂，齊之以政刑，道行於其間而民莫知也。文武❸之後，雖召公、畢公之賢，君子不以為知道者。至春秋之際，管仲❹、晏子❺、子產❻、叔向❼

之徒，以仁義忠信成功於天下，然其於道則已遠矣。

【章旨】首段說明上古至春秋之際，沒有人孤立地講「道」。

【注釋】❶五帝三王　上古的部落首領。五帝有多種說法，按蘇轍自著的《古史・五帝本紀》，指少昊金天氏、顓頊高陽氏、嚳高辛氏、堯陶唐氏、舜有虞氏。三王謂夏、商、周。❷形器　指具體的規章制度。❸文武　指周文王、周武王。❹管仲　名夷吾，春秋時齊桓公用他為相，成就霸業。❺晏子　名嬰，春秋時齊國的大夫。❻子產　公孫氏，名僑，春秋時鄭國的執政。❼叔向　羊舌氏，名肸，春秋時晉國的大夫。

【語譯】《周易》說：「抽象的叫做道，具體的叫做器。」從少昊金天氏、顓頊高陽氏、嚳高辛氏、堯陶唐氏、舜有虞氏，以及夏、商、周三代以來，都以具體的規章制度來治理天下，用禮儀和音樂來引導，用政令和刑法來整治，抽象的「道」就貫穿在其間，而百姓們並不知道。周文王、周武王之後，即便像召公奭、畢公高那樣的賢人，讀書人也並不認為他們是懂得「道」的。到了春秋之際，像管仲、晏子、子產、叔向那樣的名流，都因為仁義忠信而在天下獲得成功，但相對於「道」來說，他們已經離得很遠了。

孔子出於周末，收文武之遺，而得堯舜之極，其稱曰：「君子上達，小人下達。」嘗自謂我「下學而上達」❶者，於其門人，惟顏子、曾子庶幾以道許之。一時賢者，若老子之明道，其所以尊之者至矣。史稱❷孔子既見老子，退謂弟子曰：「鳥吾知其能飛，魚吾知其能游，獸吾知其能走❸。走者可以為網，游者可以為綸❹，飛者可以為繒❺。至於龍，吾不能知其乘雲氣而上天。吾今日見老子，其猶龍邪？」老子體道而不嬰❻於物，孔子至以龍比之，然卒不與共斯世❼也。捨禮樂政刑而欲行道於世，孔子固知其難哉。

【章　旨】此段謂老子懂得「道」，但孤立地講「道」，為孔子所不許。

【注　釋】❶下學而上達　見《論語・憲問》，意謂學習平常的知識，卻能向上推導出深刻的道理。❷史稱　以下孔子見老子一段，見《史記・老子韓非列傳》。❸走　跑。❹綸　釣絲。❺繒　古代繫上生絲，用來射鳥的箭。❻嬰　糾纏；羈絆。❼共斯世　意謂一起商量治理目前世界的方法。

【語　譯】孔子生在西周的末年，接受了周文王、周武王遺留下來的影響，而悟得堯、舜的至高道理。他說：「君子會向上追求道理，小人會向下追求利益。」他曾經自稱是一個「學習了平常的知識，卻能向上推導出道理」的人。對於他門下的弟子，只有顏回和曾參，許可他們差不多懂得「道」了。同時的賢德之人，像老子那樣明白「道」的，孔子對他的尊敬到達了極點。史書上說，孔子見到老子後，回來對弟子們說：「我知道鳥能飛，我知道魚能游水，我知道野獸能跑。能跑的可以用網來捕獲，能游水的可以用釣絲去釣，能飛的可以用箭去射。至於龍，我無法知道牠怎樣駕馭著雲氣就升上了天空。我今天見到了老子，他就好像是龍吧？」老子能體會到「道」，而不被具體的事物所糾纏，孔子甚至用龍來比喻他，但最終並不跟他一起商量治理目前世界的方法。捨棄了具體的禮儀、音樂、政令、刑法，而要使抽象的「道」孤立地實踐在世上，孔子本來就知道是困難的。

東漢以來，佛法始入中國，其道與老子相出入❶，皆《易》所謂「形而上」者，而漢世士大夫不能明也。魏晉以後，略知之矣。好之篤者，則欲施之於世；

疾❷之深者，則欲絕之於世。二者皆非也。老佛之道與吾道同，而欲絕之；老佛之教與吾教異，而欲行之，皆失之矣。秦姚興❸區區一隅❹，招延緇素❺，譯經談妙❻，至者凡數千人，而姚氏之亡曾不旋踵❼。梁武繼之，江南佛事，前世所未嘗見，至捨身為奴隸❽，郊廟之祭不薦毛血❾，父子皆陷於侯景❿，而國隨以亡。議者觀秦、梁之敗，則以佛法為不足賴矣。後魏太武⓫深信崔浩⓬，浩不信佛法，勸帝斥去僧徒，毀經壞寺。既滅佛法，而浩亦以非罪赤族⓭。唐武宗⓮欲求長生，徇⓯道士⓰之私，夷⓱佛滅僧，不期年⓲而以弒⓳崩。議者觀魏、唐之禍，則以佛法為不可悟⓴矣。二者皆見其一偏耳。

【章旨】此段謂佛教與老子一樣孤立地講「道」，而統治者無論佞佛還是廢佛，都是片面的。

【注釋】❶相出入　此指差別不大，基本相似。❷疾　痛恨。❸秦姚興　後秦國君姚興（西元三六六—四一六年），字子略，東晉太元十九年（西元三九四年）即位，在位二十二年，信仰佛教。❹一隅　一個角落，指後秦割據政權。❺招延緇素　招攬、邀請僧人和信徒。延，邀請。緇，黑色衣服，指僧人。素，白色衣服，指一般信徒。❻談妙　談論微妙的佛法。❼旋踵　調轉腳跟的時間，形容很快。❽捨身為奴隸　把自己的身體施捨給佛寺去當奴隸。梁武帝曾三次到同泰寺捨身，由大臣們用大量財富去贖出。❾不薦毛血　不用鳥獸做祭品。毛血，指長毛帶血的鳥獸。❿侯景　字萬景，原為北朝將領，投降到梁朝，又舉兵叛變，攻破首都建康（今江蘇南京），將梁武帝和他的兒子簡文帝蕭綱幽禁在宮中，武帝憂憤而死，簡文帝後來被侯景殺害。⓫後魏太武　北魏太武帝拓跋燾（西元四〇八—四五二年），字佛貍。西元四二三年即位，在位二十八年，以滅佛著名。⓬崔浩　字伯淵，北魏大臣，崇尚儒學，主張消滅佛教。太平真君十一年（西元四五〇年）被誅死滅族。⓭以非罪赤族　以強加之罪被滅族。北魏鮮卑族大臣討厭崔浩，說他寫的史書中對拓跋氏先祖不敬，以此罪名將他殺害，清河崔氏與崔浩同宗者，及范陽盧氏、太原郭氏、河東柳氏與崔浩聯姻的，全部滅族。⑭唐武宗 李炎（西元八一四—八四六年），開成五年（西元八四〇年）即位，用李德裕為相，以滅佛著名。⑮徇 順從私欲。⑯道士 指趙歸真，勸唐武宗滅佛，武宗去世後，被杖殺。⑰夷 剷平；掃平。⑱不期年 不到一年。唐武宗於會昌五年（西元八四五年）七、八月間下令滅佛，次年三月去世。⑲弒 君主被殺。史載唐武宗的死因是為了追求長生而吃了不少道士的丹藥，中毒而亡。⑳悟 違背。

【語譯】自東漢以來，佛教開始進入中國。這佛教的道理與老子所說相接近，都是《周易》所謂抽象的「道」，但漢代的士大夫不明白這一點。魏晉以後，漸漸明白了。有的人極度喜歡，想把佛教的主張施行於世上；有的人又深為厭惡，想從世上消滅佛教。這兩種態度都是錯誤的。老子、佛教的「道」與我們儒家的「道」是相同的，而有人想消滅它；老子、佛教的具體教法跟我們儒教是不同的，而有人想實行它，都是錯誤的。後秦的皇帝姚興，割據了一小塊地方，招攬、邀請僧人和信徒，翻譯佛經，談論玄妙的佛法，被他招來的人達到好幾千，但姚氏政權卻很快就滅亡了。南朝的梁武帝繼續弘揚佛教，使江南的佛事之盛，達到前所未有的程度，甚至把自己的身體也施捨給佛寺去做奴隸，祭祀天地和祖先的時候也不用鳥獸做祭品，但結果呢，梁武帝和簡文帝父子都被叛臣侯景所幽禁，而梁朝也緊接著滅亡了。發議論的人看到後秦和梁朝的失敗，便以為佛法是不可依靠的了。北魏太武帝很相信崔浩，崔浩不相信佛法，就勸太武帝排斥僧人，毀壞佛經和寺廟。但在滅佛之後，崔浩本人也以強加的罪名遭受滅族屠殺。唐武宗想追求長生不老，順從道士的私欲，剷除佛教，消滅僧人，不到一年就被道士們的丹藥毒死了。發議論的人看到北魏和唐朝的災禍，便以為佛法是不可違背的了。這兩種看法，都只看到了一個側面。

老佛之道，非一人之私說也，自有天地而有是道矣。古之君子以之治氣養心❶，其高不可嬰❷，其潔不可溷❸，天地神人皆將望而敬之。聖人之所以不疾而速、不行而至❹者，一用此道也。老子曰：「天得一以清，地得一以寧，神得一以靈，谷得一以盈，萬物得一以生，侯王得一以為天下貞。天無以清將恐裂，地無以寧將恐發，神無以靈將恐歇，谷無以盈將恐竭，萬物無以生將恐絕，侯王無以貴高將恐蹶。」❺道之於物，無所不在，而尚可非乎？雖然，蔑君臣，廢父子，而以行道於世，其弊必有不可勝言者。誠以形器治天下，導之以禮樂，齊之以政刑，道行於其間而民不知，萬物並育而不相害，道並行而不相悖❻，泯然不見其際❼而天下化，不亦周孔❽之遺意也哉！

【章　旨】末段肯定老子、佛教的「道」本身是可取的，但必須與儒家的禮教相結合。

【注　釋】❶治氣養心　修身養性。❷嬰　觸犯。❸溷　渾濁。❹不疾而速二句　見《周易・繫辭上》，意謂不慌不忙，卻能快速前進，看不到他前往，他卻已經到達。❺天得一以清十二句　見《老子・德經》。按蘇轍《老子解》的解釋，「一，道也。物之所以得為物者，皆道也。」谷，空虛之處。盈，充滿。貞，正；至高無上的標準。發，震動。蹶，顛仆。❻萬物二句　見《中庸》。悖，背反。❼際　邊界。❽周孔　周公、孔子。

【語　譯】老子、佛教的「道」，並不是某個人私有的說法，自從有天地的那天起，這個「道」就已經客觀地存在了。上古的君子用它來修身養性，使他們的清高達到不可觸犯的程度，使他們的純潔達到不會渾濁的程度，望見他們，天、地、神、人都將肅然起敬。聖人之所以能做到不慌不忙而快速前進，看不到他前往而已經到達，都是因為運用了這個「道」。老子說過：「天因為體現著道，所以才是清明的；地因為體現著道，所以才是安寧的；精神因為體現著道，所以才是靈敏的；空虛之處因為體現著道，所以才是充滿的；萬物因為體現著道，所以才能生生不息；諸侯王公因為體現著道，所以才能成為天下至高無上的標準。如果天沒有道使它清明，恐怕將會破裂；如果地沒有道使它安寧，恐怕將會震動；如果精神沒有道使它靈敏，恐怕將會止息；如果空虛之處沒有道使它充滿，恐怕將會枯竭；如果萬物沒有道使它們生生不息，恐怕將會絕滅；如果諸侯王公沒有道使他們高貴，恐怕將會顛蹶。」對於萬物來說，「道」是無所不在的，還怎麼可以廢棄呢？雖然如此，如果蔑棄君臣、父子的倫理，而想把抽象的「道」施行於世，那就必然會產生說不盡的弊端。若真的能用具體的規章制度來治理天下，用禮儀和音樂來引導，用政令和刑法來整治，抽象的「道」就貫穿在其間，而百姓們並不知道，使萬物可以一起生長而不互相危害，使「道」普遍地體現於各種事物而不互相背反，在渾然不見邊界痕跡的情況下而天下已被教化，這難道不就是周公、孔子遺留下來的意願嗎？

【研析】與前一篇〈王衍〉一樣，此篇也是借梁武帝來談論抽象的「道」與具體的禮樂刑政之關係，全篇論及梁武帝本人的也只有幾句話而已。不過，〈王衍〉篇的主旨在於譏刺「新學」，這一篇卻是正面闡述作者對此理論問題的思考，對於我們理解蘇氏「蜀學」的整體架構，乃至考察宋人對儒釋道三教的綜合態度，具有重要的參考價值。按照目前哲學史界一般的看法，宋代的新儒學，就本體論方面而言，無論哪一派都受到道家、佛家哲學的深刻影響，即便號稱從《易傳》、《中庸》引申而來，也是在老佛之「道」的啟發之下，才會作出這樣的引申。但是，強調儒家之「道」與佛老不同，也是韓愈以來的傳統，所以宋代的很多學者是表面抗拒佛老而暗暗偷看佛老，這幾乎已經形成風氣。像蘇轍那樣明目張膽地聲明「老佛之道與吾道同」的，並不算多，可以許為蘇氏「蜀學」的一個鮮明特色。當然他也強調「老佛之教與吾教異」，否定那種孤立地講「道」而廢棄禮教規範的態度。本篇的主旨在於後者，所以梁武帝成了反面典型。其實，蘇氏兄弟對於佛教思想的濡染，蘇轍本人對於禪宗修習的體會之深，在北宋的士大夫中也罕有其比。而且，他還寫過《老子解》（或名《道德經解》）這樣的書，說明他對道家哲學也研究甚深。在蘇轍自己看來，堅持「道」與禮樂刑政的結合，就可以解決儒家與佛老之間的矛盾。也就是說，他把佛老哲學與儒家禮教論證為「道」與「器」的關係，即現代哲學所謂一般與具體的關係。今天看來，這自然是很粗疏的看法，因為佛教的「道」與老子的「道」既不能完全等同，而佛老之「道」與儒家之「器」的結合也有牛體馬用的味道。不過，在蘇轍的時代，這不是一個純粹的哲學問題，它是跟現實政治密切相關的。他指出後秦姚興和梁武帝佞佛的弊端，也指出北魏太武帝和唐武宗的滅佛政策所產生的危害，由此至少可以提醒當代政權，對於佛教問題要有妥善的處置，用今天的話來說，也就是在宗教政策上要有一種多元化的態度，就是所謂「道並行而不相悖」。

宇文融

【題解】此篇也是《歷代論》之一。宇文融是唐代有名的酷吏，在唐玄宗時擔任監察御史，核實天下的戶籍田產，為朝廷增加了收入，升為御史中丞。後來官至宰相，最後被流放而死。蘇轍把他看作敗壞盛唐局面的人。

開元[1]之初，天下始脫中[2]、睿[3]之亂，玄宗[4]厲精政事，姚崇[5]、宋璟[6]彌縫其闕[7]而損其過[8]，庶幾貞觀[9]之治矣。在《易》：「天下雷行，物與無妄。」[10]開元之初，無妄之世也。無妄之為言，無一不正之謂也。君子之處此也，亦全[11]其大正而略其小不正而已。蓋詳其小必廢其大，古語有之：「銖銖而稱之，至石必差；寸寸而量之，至丈必過。石稱丈量，徑而寡失。」[12]故無妄之二[13]曰：「不耕穫，不菑畬，則利有攸往。」[14]其三[15]曰：「無妄之災，或繫之牛，行人之得，邑人之災。」[16]其五[17]曰：「無妄之疾，勿藥有喜。」[18]夫必耕而後穫，必菑而後畬，小人之所謂無妄也；而君子不然，於義可穫，不必其所耕也，於道可畬，不必其所菑也，然後無所不行。今有失牛於此，得之者行人也，而責得於邑人，其意亦以求無妄也，而邑人罹⓳其橫。故無妄之疾，雖勿藥可也。藥之，其損或有甚於病者。

【章　旨】首段先肯定開元年間為治世，然後引《周易》的「無妄」卦，說明對待治世的妥善方法是：從總體上保持其正確方向，而忽略其細小的問題。

【注　釋】❶開元　唐玄宗的年號（西元七一三—七四一年），是唐朝的極盛時期。❷中　唐中宗李顯（西元六五六—七一〇年），武則天子。西元六八三年繼位，次年被武則天所廢，西元七〇五年重新即位，後被他的妻子韋皇后毒殺。❸睿　唐睿宗李旦（西元六六二—七一六年），武則天幼子。西元六八四年由武氏立為皇帝，六九〇年武氏改唐為周，自己做皇帝，將他立為皇嗣，賜姓武。七一〇年唐中宗死，他又被兒子李隆基（即後來的唐玄宗）擁立為帝，七一二年傳位給李隆基，稱太上皇。❹玄宗　唐玄宗李隆基（西元六八五—七六二年），睿宗子，西元七一二年即位，西元七五六年肅宗篡奪君位，尊他為太上皇。❺姚崇　（西元六五〇—七二一年）字元之，是武則天、唐睿宗、唐玄宗三朝的宰相，號稱賢相。❻宋璟　（西元六六三—七三八年）與姚崇並稱賢相，唐睿宗、唐玄宗時兩度擔任宰相，為人正直。❼彌縫其闕　補救缺失。闕，疏漏；錯誤。❽損其過　減去過分的地方。❾貞觀　唐太宗的年號（西元六二七—六四九年），以開明著稱，史稱「貞觀之治」。❿天下雷行二句　《周易》中「無妄」卦的象辭。此卦上乾下震，乾表示天，震表示雷，所以說是「天下雷行」。物與無妄，《東坡易傳》注：「無妄者，天下相從於正也。……無妄者，驅人而內之正也。」⓫全　總體上保持。⓬銖銖而稱之六句　見漢代枚乘〈上書諫吳王〉。銖，重量單位，二十四銖為一兩。石，重量單位，一百二十斤為一石。徑，直接。⓭無妄之二　無妄卦的第二根爻（從下面向上數），因為是陰爻，也稱「六二」。⓮不耕穫三句　無妄卦六二的爻辭。穫，收成；收穫。菑，除去雜草。畬，可以耕種的熟田。利有攸往，利於有所作為。攸，所。⓯其三　無妄卦的第三根爻，因為是陰爻，也稱「六三」。⑯無妄之災四句　無妄卦六三的爻辭。《東坡易傳》注：「或者繫其牛於此，而為行道者之得之也。行者固不可知矣，而欲責得於邑人，宜其有無辜而遇禍者。」⑰其五　無妄卦的第五根爻，因為是陽爻，也稱「九五」。⑱無妄之疾二句　無妄卦九五的爻辭。《東坡易傳》注：「無妄之世，而有疾焉，是大正之世而未免乎小不正也。天下之有小不正，是養其大正也，烏可藥哉？以無妄為藥，是以至正而毒天下，天下其誰安之？故曰無妄之藥不可試也。」⑲罹　遭遇。

【語譯】唐代開元初年，天下剛剛從唐中宗、唐睿宗的亂世中解脫出來，唐玄宗勵精圖治，還有姚崇、宋璟兩位賢相補救他的不足，減去他做得過分的地方，差不多接近唐太宗「貞觀之治」的景象了。在《周易》裡有個「無妄」卦，說：「天下雷聲震蕩，所有的事物都與此響應，這叫無妄。」開元的初年，就是這種「無妄」的時代。所謂「無妄」，就是沒有一個不端正的意思。君子處在這樣的時代，也就應該從總體上維護大局的端正，而忽略其細小的不正之處。因為對細小之處太認真，就會在大局方面有所忽視。古語曾經這樣說：「一銖一銖地去稱，加到一石的時候肯定會有誤差；一寸一寸地去量，加到一丈時肯定會過頭。不如一下子稱出一石，量出一丈，既直接又少錯誤。」所以「無妄」卦的六二爻辭說：「不耕種而有收穫，不除雜草而自成熟田，那麼利於有所作為。」其六三的爻辭說：「無妄的時代也會出現一點問題，比如有人把你的牛給牽走了，這是過路人牽走的，如果你堅持向當地人索取丟失的牛，那麼當地人就遭受災禍了。」其九五的爻辭說：「無妄的時代有一點毛病，還是不要去醫治的好。」一般來說，一定要自己耕種，才有收穫，一定要自己除去雜草，才有熟田，這就是小人所謂的「無妄」；但君子不這麼認為，從道義上可以收穫的，不一定要自己耕種，從道義上可以成為熟田的，不一定要自己除去雜草，如此根據道義來做，然後才能沒有什麼事情做不成。現在，有人在這個地方丟了牛，是過路人把牛牽走的，如果一定要向當地人索取牛，他的意思也是想追求一個「無妄」的世界，但當地人就會平白無故地遭受橫暴。所以「無妄」時代的小毛病，還是不去救治的好。如果用藥去救治，帶來的損害可能比原來的小毛病更嚴重。

開元之初，雖號富庶，而戶口未嘗升降❶。監察御史❷宇文融得其隙❸而論之，請治籍外羨田逃戶❹，命攝御史，分行括實❺。玄宗喜之，朝臣莫敢言其非者。惟陽翟尉❻皇甫憬❼、戶部侍郎楊瑒❽，以為籍外取稅，百姓困弊，得不償失，而二人皆坐左遷❾。諸道❿所括，凡得客戶⓫八十餘萬，田亦稱是。然州縣希旨⓬，多張⓭虛數，以正田為羨，編戶⓮為客，歲終籍⓯錢數百萬緡。其名似是，而實失民心。淺言之則失在求詳，深言之則失在貪利。時帝方以耳目之奉責得於人，行之不疑，於是群臣爭為聚斂，以迎侈心。天寶之亂⓰，實始於此。

【章　旨】此段指責宇文融核實戶口田產，增加了政府收入，迎合了唐玄宗的喜好，卻開啟了聚斂之風，失去民心，導致了後來的叛亂。

【注　釋】❶升降　增多或減少。❷監察御史　隋代以來官名，負責監督察看之責，正八品。❸隙　空隙。❹籍外羨田逃戶　戶籍之外，隱瞞不報的多餘田產，以及不登記的戶口。羨，額外多出的。逃戶，不登記、不繳稅的人戶。❺命攝御史二句　據《資治通鑑》記載，宇文融上奏核實天下的戶口田產，在開元九年（西元七二一年）。玄宗命宇文融負責此事，他就「奏置勸農判官十人，並攝御史，分行天下。」攝，暫時代理。括實，檢查核實。❻陽翟尉　陽翟縣（今河南禹縣）的縣尉。❼皇甫憬　《舊唐書》、《新唐書》及《資治通鑑》皆載陽翟縣尉皇甫憬上疏反對宇文融的做法，被貶為衢州（今屬浙江）盈川縣尉。❽楊瑒　字瑤光，《舊唐書》、《新唐書》皆有傳。當時因反對宇文融，而出為華州（今陝西華縣）刺史。❾皆坐左遷　都因為此事而貶謫。坐，因。❿道　唐代行政區劃，分全國為十道，後來增為十五道。⓫客戶　不登記在當地戶籍中的人戶。⓬希旨　迎合上級的意圖。⓭張　誇大。⓮編戶　編在當地戶籍的人口。⓯籍　登記沒收。⓰天寶之亂　指唐玄宗天寶十四載（西元七五五年）發動的「安史之亂」。

【語譯】開元的初年，雖然號稱國家富裕，人口增長，但朝廷登記的戶口並沒有增多或減少。當時擔任監察御史的宇文融就鑽了這個空隙，向皇帝建議，糾治戶籍之外隱瞞不報的多餘田產，以及不登記的戶口，用來增加賦稅收入。命令十位官員以代理御史的身份，分行天下，檢查核實。唐玄宗很讚賞這個做法，在朝的大臣沒有人敢說不對。只有陽翟縣的縣尉皇甫憬和戶部侍郎楊瑒表示反對，他們認為，向戶籍之外的人收取賦稅，會令百姓困頓疲憊，國家得到的一點錢抵不上喪失民心的損失。但這兩個人都因此被貶謫。全國各地核實出來的結果，共得戶籍之外的人戶八十幾萬，田地的數量也與此相稱。但是，州、縣的地方官都迎合上級的意圖，上報的數目大多是虛誇的，把合法擁有的田地算成額外多餘的田地，把當地在編的戶口算成編外的戶口，到年底的時候，上繳的賦稅比往時多出了數百萬貫錢。名義上似乎是對的，其實喪失民心。說得輕一點，這是對細小問題太認真的過失，說得重一點就是貪圖財利的錯誤。此時唐玄宗正在向人民索取財富以供他的聲色享受，所以毫不猶豫地施行了宇文融的政策，於是眾多的大臣都爭著為朝廷聚斂財富，用來迎合皇帝的奢侈之心。天寶年間發生的「安史之亂」，實際上從這個時候起就種下了禍根。

吾觀近世士大夫多有此病。賢者不忍天下有小不平，而欲平之；小人僥倖其利，以為進取之計，故天下每每多弊。宰相李沆❶，近世之賢相也，嘗言：「吾在朝廷十有餘年，無功可紀，惟四方之言利❷者，未嘗有一施行，持此聊以報國。」古之善言醫者，患醫之難，以為有病不服藥，常得中醫。蓋良醫不可必得，而愚醫舉目皆是，愚醫類❸能殺人，而不服藥者未必死。李公之言蓋類此也。

【章旨】末段筆鋒一轉，譏刺新黨的增加政府收入的政策。

【注　釋】❶李沆　（西元九四七—一〇〇四年）字太初，宋太宗時進士，宋真宗時宰相，以維護安定、休養生息的政策著稱。❷言利　指向朝廷提出增加收入的建議。❸類　都。

【語　譯】在我看來，近年的士大夫多有這樣的毛病。賢德的人不忍心看到天下有小小的不公平，而想一律使它公平；小人就非分地希望從中得到利益，用來為自己的升官作打算，所以天下常常被他們弄出很多弊病來。宰相李沆是近代的賢相，他曾經說：「我在朝廷執政十幾年，沒有什麼功勞可以記述。只有一點，就是來自各方的增加朝廷收入的建議，沒有一條被我採納實行。我就用這一點勉強算是報答國家了。」自古以來，善於討論醫術的人，都感到醫術的艱難，認為有病不吃藥，經常能獲得中等的醫療效果。這是因為高明的醫生不一定能碰上，而庸醫則滿眼都是，庸醫都會把人害死，而不吃藥卻未必就會死。李沆的話就跟這個道理相似。

【研　析】自《舊唐書》、《新唐書》以來，宇文融就被認作盛唐的「聚斂之臣」的班頭。這些「聚斂之臣」其實都是精明強幹的人，目的是為皇帝多聚斂一些錢，自己當然也得點好處。所謂的「盛唐」時代，留在史籍中的那樣一種令人眩目的繁華排場，大半也是靠這批「聚斂之臣」努力的結果來支撐的。他們像一臺臺抽水機一樣，為皇帝從民間抽取財富，而且終生都在不知疲倦地工作，為一個五光十色的「盛世」源源不斷地提供財政支持。如果認為皇室的過分奢侈的享受是國家禍亂的起因，那麼這些「聚斂之臣」便罪不可恕。所以，蘇轍把宇文融認作種下禍根的人。宇文融努力去核實那些隱瞞不報的田產和戶口，實際上是一件很得罪人的事情，因為擁有稅籍之外的土地和佃農的家庭，肯定有權有勢，責令他們多繳一些錢，對國家是有利的，但得罪他們之後，執行者的名聲決不會好。在史籍記載中，「聚斂之臣」的人品都比較低下，多少也因為得罪的人太多。不過，蘇轍貶斥宇文融的目的，明顯是要譏刺王安石，而宋人也大多把王安石認作「聚斂之臣」。在《詩病五事》中，蘇轍有更直接的表述：「州縣之間，隨其大小，皆有富民，此理勢之所必至……王介甫，小丈夫也，不忍貧民而深疾富民，志欲破富民以惠貧民，不知其不可也。」他認為百姓的貧富不均是難免的，像王安石那樣要維護絕對公平，就是「小丈夫」。這與本篇所謂「不忍天下有小不平，而欲平之」的指責相當一致。值得注意的是，蘇轍還通過對《周易》「無妄」卦的闡釋，來為他的看法樹立理論依據。《文心雕龍・論說》云：「聖哲彝訓曰經，述經敘理曰論。」《歷代論》的寫作，大抵就是「述經敘理」的，幾乎每篇都要引述經典。如前面選的幾篇，〈堯舜〉篇引《尚書》和《論語》，〈漢景帝〉篇引《春秋》，〈漢昭帝〉篇引《左傳》和《論語》，等等。但經典本身也有一個如何理解的問題，如本篇對《周易》「無妄」卦的理解，就很有蘇氏經學的特點。通過上文的注釋，讀者可以看到蘇轍對「無妄」卦的解說，與《東坡易傳》完全一致。需要說明的是，這並不符合傳統《易》學的見解，是蘇氏兄弟自己從經文中體會出來的。處在一個基本上還不錯的時代，要維護大局的健康發展，而忽略細小的問題；如果對細小問題過於詳密地加以追究，那就必然破壞大局的穩定，弄得不好捅出大漏子來。這個基本見解，似乎也有可取之處。

潁濱遺老傳（節選）

【題　解】蘇轍晚年居住的潁昌府在潁水之濱，故自稱「潁濱遺老」，本篇就是他的自傳，崇寧五年（西元一一〇六年）九月作。原有上、下兩篇，長達一萬多字。這裡選了〈潁濱遺老傳下〉的最後部分，敘事從元祐六年（西元一〇九一年）蘇轍擔任執政開始，直到全文結束。但其中略去了元祐年間關於邊防和黃河事務的具體討論，以及上呈給宋哲宗奏章的引文，用省略號表示。基本上交代了作者從一個執政大臣轉變為「潁濱遺老」的過程。

六年❶春，詔除尚書右丞。轍上言：「臣幼與兄軾同受業先臣，薄祐早孤❷。凡臣之宦學❸，皆兄所成就。今臣蒙恩與聞國政❹，而兄適亦召還❺，本除吏部尚書，復以臣故，改翰林承旨。臣之私意，尤不遑❻安。況兄軾文學政事，皆出臣上。臣不敢遠慕古人舉不避親❼，只乞寢❽臣新命❾，得與兄同備從官❿，竭力圖報，亦未必無補也。」不聽⓫。

【章旨】此段敘述作者被任命為執政大臣，要求辭免而朝廷不許。

【注釋】❶六年　指宋哲宗元祐六年（西元一〇九一年）。❷孤　失去父親。指治平三年（西元一〇六六年）蘇洵去世，當時蘇轍二十八歲。❸宦學　對於當官所需的各種知識的學習。❹與聞國政　參與謀劃國家的政策，指擔任執政大臣。❺召還　朝廷把擔任地方官的官員召回中央任職。元祐六年正月，蘇軾自杭州知州召還為吏部尚書。二月，朝廷命蘇轍擔任尚書右丞，為了避免兄弟二人都在尚書省任職，就讓蘇軾改任翰林學士承旨。蘇軾於此年五月到達汴京。❻不遑　不能。❼舉不避親　推舉合適的人才，即便是自己的親人，也不避嫌。《左傳》魯襄公二十一年：「祁大夫外舉不棄讎，內舉不失親。」❽寢　廢除。❾新命　新的任命，指尚書右丞。❿同備從官　一起擔任翰林學士。從官，皇帝的侍從近臣，指翰林學士。⓫不聽　朝廷不聽從官員的請求。

【語譯】元祐六年的春天，皇帝下詔讓我擔任尚書右丞。我請求說：「我從小就跟兄長蘇軾一起，向父親蘇洵學習。但由於福分很薄，早就失去了父親。我所有的關於仕途的學問，都是兄長教導成就的。現在，蒙受朝廷的恩典，讓我擔任執政大臣，而兄長也正好從杭州被召回京城，本來被任命為吏部尚書，又因為要跟我避嫌的緣故，改任翰林學士承旨。這樣，我個人的心情就更不安了。何況，兄長蘇軾的文學才華和政治才能都在我之上。我不敢遠遠地效仿古人推舉人才不避親戚的做法，只要求廢除我新的任命，讓我跟兄長一起擔任翰林學士，竭盡力量報效朝廷，也未必不能對朝廷有所裨益。」朝廷沒有聽從我的請求。

逾年❶，遷門下侍郎。時呂微仲❷與劉莘老❸為左右相❹，微仲直而闇❺，莘老曲意❻事之，大事皆決於微仲，惟進退士大夫❼，莘老陰竊其柄❽，微仲不悟也。轍居其間，迹危甚。莘老昔為中司❾，臺中舊僚多為之用，前後非意見攻❿。宣仁后⓫覺之，莘老既以罪去⓬，微仲知轍無他，有相安之意，然其為人則如故。天下事卒不能大有所正，至今愧之。蓋是時所爭議，大者有二：其一西邊事⓭，其二黃河事⓮……

【章　旨】此段概述元祐後期的政局，以及作者本人的態度。

【注　釋】❶逾年　第二年。蘇轍於元祐七年（西元一〇九二年）升為門下侍郎。❷呂微仲　呂大防（西元一〇二七—一〇九七年）字微仲，元祐時期擔任宰相，宋哲宗親政後，新黨執政，將他貶死。❸劉莘老　劉摯（西元一〇三〇—一〇九七年）字莘老，舊黨要員，宋神宗時反對王安石變法，哲宗時擔任侍御史、御史中丞，竭力攻擊新黨，升為執政，乃至宰相。因與呂大防不和，出任地方官。新黨執政後被貶死。❹左右相　宋神宗改革官制後，以尚書左僕射、右僕射為宰相，也稱左右相。時呂大防擔任左僕射，為首相；劉摯擔任右僕射，為次相。❺闇　不明智；愚鈍。❻曲意　委曲自己的心意去迎合別人。❼進退士大夫　任用和罷免官員，指人事權。❽柄　權力。❾中司　御史中丞的俗稱，即御史臺的長官。❿非意見攻　意料之外遭受攻擊。⓫宣仁后　太皇太后高氏，謚宣仁。⓬以罪去　元祐六年十一月，劉摯以與新黨子弟交往的罪名，出知鄆州。⓭西邊事　指北宋對待西夏的政策問題，有強硬與懷柔兩種主張。⓮黃河事　指關於黃河河道的問題，有放任北流和強制東流兩種主張。下文是有關「西邊事」和「黃河事」的具體討論，略去。

【語　譯】第二年，我升為門下侍郎。此時呂大防和劉摯分別擔任左相、右相，呂大防性格耿直而見識愚鈍，劉摯經常委曲自己的心意去迎合他，朝廷的大事都由呂大防決定，只有任用和罷免官員的人事權，則被劉摯暗暗竊取，呂大防卻一直沒有領悟到這一點。我處在他們的中間，做事非常危險。劉摯從前擔任過御史中丞，御史臺中的舊日同僚大多被他利用，使我前後多次在意料之外遭受攻擊。太皇太后覺察到這一點，劉摯以結交新黨子弟的罪名離開了朝廷，此後呂大防知道我沒有別的企圖，便有跟我相安的意思，但他的為人還是像從前那樣耿直而愚鈍。天下的事情，終於不能大加整頓，至今還令我感到慚愧。說起來，這個時候所爭議的問題，最大的有兩個：一個是對待西夏的政策問題，一個是關於治理黃河的問題……

微仲之在陵下❶也，堯夫❷奏乞除執政，上即用李邦直❸為中書侍郎，鄧聖求❹為尚書右丞❺。二人久在外，不得志，遂以元豐事❻激怒上意，邦直尤力。舊法：母后之家，十年一奏門客❼。時皇太妃❽之兄朱伯材❾，以門客奏徐州富人竇氏。堯夫無以裁之，一日日中，請轍於都堂❿，與邦直議之。轍曰：「上始親政，皇太妃閤⓫中事，當遍議之。車服儀制⓬，已付禮部矣；皇太后⓭月費⓮，尚書省已奏乞依太皇太后矣，皇太妃宜付戶部議定；至於奏薦，亦當議，有所予，付吏部可也。凡事付有司⓯，必以法裁處，朝廷又酌其可否而後行，於體⓰為便。」明日奏之，上曰：「月費倂內中批出⓱；奏薦，皇太后家減二年⓲，皇太妃十年。」議已定，邦直獨曰：「此可為後法，今姑予之⓳可也。」上從之。邦直之附會⓴類如此。

【章　旨】此段敘述太皇太后去世以後的政局變化，指責李清臣對皇帝的曲意迎合。

【注　釋】❶在陵下　擔任負責安葬太皇太后的山陵使。陵，天子之墓。太皇太后高氏於元祐八年（西元一〇九三年）九月去世，當葬入她的丈夫宋英宗的永厚陵。❷堯夫　范純仁（西元一〇二七—一一〇一年）字堯夫，范仲淹子，宋神宗時反對王安石變法，元祐三年任宰相，四年罷相，八年復任宰相。新黨執政後被貶。❸李邦直　李清臣（西元一〇三二—一一〇二年）字邦直，宋神宗提拔的新黨大臣，元豐六年開始擔任執政，元祐二年被罷免，元祐九年（四月始改稱紹聖元年）二月再任執政，為中書侍郎。❹鄧聖求　鄧潤甫（西元一〇二七—一〇九四年），字溫伯，一度以字為名，另字聖求，後來恢復原先的名字。神宗時當過御史中丞，哲宗時為翰林學士，元祐九年二月任尚書左丞。❺尚書右丞　各種史料皆載鄧溫伯任尚書左丞，可能蘇轍記憶有誤。❻元豐事　指宋神宗的政策。❼奏門客　推薦一個門客進入仕途。❽皇太妃　指宋哲宗生母朱氏（西元一〇五二—一一〇二年），原為神宗德妃，哲宗即位後尊為皇太妃，徽宗時追冊為皇后。❾朱伯材　哲宗生母朱太妃之兄，欽宗朱皇后之父，封恩平郡王。❿都堂　尚書左右僕射辦公的地方。⓫閤　此指宮中嬪妃的住所。⓬車服儀制　關於皇太妃乘車、服裝的禮儀等級方面的規定。⓭皇太后　指神宗皇后向氏，哲宗時為皇太后。⓮月費　每月的開支。⓯有司　主管部門。⓰體　體制；制度。⓱俟內中批出　等宮內批示出來，指等候皇太后向氏的批示。⓲減二年　按「十年一奏門客」的制度，減去二年就意味著八年可以推薦一次。宋哲宗登基時，加恩於母后之家，向氏、朱氏家想必已各自推薦過門客入仕，至元祐九年哲宗親政，還未滿十年，但若減去二年，則向氏家可以再推薦一位了。⓳姑予之　姑且給與朱家推薦門客的機會。按上文哲宗的話，皇太妃家仍須十年推薦一次，還不到時候。⓴附會　曲意附和皇帝的心意。

【語　譯】在呂大防負責安葬太皇太后的期間，范純仁上奏，請增添執政官，哲宗皇帝就起用李清臣為中書侍郎，鄧溫伯為尚書右丞。這兩個人長久被排斥在朝廷之外，很不得志，所以就用神宗元豐年間的政策被廢除的事來激怒皇上的心意，尤其是李清臣，更為有力。按照舊時的法規：母后的家庭，可以每隔十年推薦一位門客入仕。這時，皇太妃的兄長朱伯材，把徐州的一位姓竇的富人當作門客來推薦。范純仁沒有辦法裁處，有一天中午的時候，把我請到他的辦公室，跟李清臣一起討論這件事。我說：「皇上剛開始親自處理政務，有關皇太妃的一切事務，都應當充分討論一下。關於她乘車、服裝的禮儀等級，已經交給禮部去商議了；皇太后每個月的開支數目，尚書省已經上奏，請求依照太皇太后的數目為準，那麼皇太妃的數目也應當交給戶部去商議決定；至於她們家推薦人入仕的事，也應當商議，如果有可以允許的，交給吏部去辦理就行了。凡是這類事情，都應該交付有關的主管部門，他們一定會按照法規來裁處，朝廷再看他們提供的方案是否可行，斟酌了再實行，這樣從體制上說比較便利。」第二天向皇上奏明，皇上說：「每月開支的數目，就等候皇太后的批示；關於推薦門客入仕，皇太后家減去二年，皇太妃家仍要十年。」本來這樣商議已定，只有李清臣說：「這可以成為以後的定法，但現在就姑且讓朱家推薦一次吧。」皇上也就同意了。李清臣總是如此曲意迎合皇上的心意。

會❶廷策進士❷，邦直撰策題❸，即為邪說❹，以扇惑❺群聽。轍論之曰❻……奏入，不報❼。再以箚子❽面論之，上不悅。李、鄧從而媒蘖❾之，乃以本官❿出知汝州。居數月，元豐諸人皆會於朝，再謫知袁州。未至，降授朝議大夫，分司南京，筠州居住。居三年，責授化州別駕，雷州安置。未期年⓫，或言方南行，兄弟相遇中塗，至雷，賃富民屋以居，復移循州。今上⓬即位，大臣猶不悅，徙居永州。皇子生⓭，復徙岳州。已乃復舊官，提舉鳳翔上清太平宮。有田在潁川，乃即居焉。居二年⓮，朝廷易相⓯，復降授朝請大夫⓰，罷祠宮⓱。

【章　旨】此段簡敘作者被貶謫的經歷，直至宋徽宗登基以後，獲赦北歸，定居於潁昌府。

【注　釋】❶會　正好碰上；恰巧。❷廷策進士　進士殿試時考一篇策問，事在元祐九年三月。❸策題　李清臣所撰策題，見本書前面選的〈論御試策題箚子〉一文的注釋。❹邪說　指反對現行政策，要求恢復神宗「新法」的主張。❺扇惑　煽動蠱惑。❻轍論之曰　此句下面引述蘇轍的議論，即〈論御試策題劄子〉一文，本書已選，此處略去。❼不報　皇帝對大臣的奏議不予批復。❽再以劄子　再次呈上一篇劄子。蘇轍《欒城後集》卷十六有〈論御試策題劄子二首〉，第一首即本書已選的，第二首就是再次呈上的。❾媒孽　誘發，引導皇帝對蘇轍的憤恨。❿本官　原來的官階，即太中大夫。⓫未期年　未滿一年。⓬今上　指宋徽宗。⓭皇子生　元符三年（西元一一〇〇年）四月宋徽宗的長子出生，即後來的宋欽宗。⓮居二年　蘇轍於元符三年底回到潁昌府居住，二年後，即崇寧元年（西元一一〇二年）。⓯易相　更換宰相。崇寧元年，罷去左右僕射韓忠彥和曾布，起用蔡京為執政，當年升任宰相。⓰朝請大夫　從六品官階。蘇轍於元符三年恢復太中大夫（從四品）官階，此時又降低。⓱罷祠宮　罷去「提舉鳳翔府上清太平宮」的虛職。

【語譯】正好碰上進士殿試，考試策問，李清臣撰作了策題，就用邪惡的主張來煽動眾人。我就呈上奏議說……奏議進入宮中，沒有得到批復，我就再次寫了劄子，當面向皇帝論述，皇上很不高興。李清臣、鄧溫伯趁機誘發皇上對我的憤恨，使我以太中大夫的官階到汝州擔任知州，離開了朝廷。又過了幾個月，元豐時代的新黨們都會聚到朝廷了，我也再次遭到貶謫，改任袁州的知州。還沒到達袁州，半路上又把我的官階降為朝議大夫，分司南京，並強制居住於筠州。居住了三年，又降為化州別駕，雷州安置。在雷州不滿一年，又有人說，當我從筠州南行去雷州時，跟兄長蘇軾在半途相逢了，到雷州後又借了富民的房子來居住，境遇太好，所以又把我遷移到循州安置。現在的皇帝即位後，大臣還是對我不高興，讓我遷居永州。由於皇子出生的恩典，我又被遷移到岳州。不久，朝廷恢復了我的太中大夫官階，讓我享有管理鳳翔府上清太平宮的名義。因為我曾買了田產在潁昌府，所以就到這裡定居了。兩年後，朝廷更換了宰相，我又被降官為朝請大夫，並剝奪了管理上清太平宮的名義。

凡居筠、雷、循七年，居許❶六年，杜門復理舊學，於是《詩》、《春秋傳》、《老子解》、《古史》四書皆成。嘗撫卷而嘆，自謂得聖賢之遺意，繕書❷而藏之，顧謂諸子：「今世已矣，後有達者，必有取焉耳。」家本眉山，貧不能歸，遂築室於許。先君之葬在眉山之東，昔嘗約祔❸於其庚❹，雖遠不忍負也，以是累❺諸子矣。

【章　旨】此段自述貶謫以來的學術成就，以及歸葬故鄉的願望。

【注　釋】❶許　即潁昌府，原名許州。❷繕書　工整地抄寫。❸祔　合葬。❹庚　西面。❺累　煩勞；託付。

【語　譯】我前後貶居筠州、雷州、循州七年，定居潁昌府六年，關起門來重新打理我舊時的學問，於是《詩集傳》、《春秋集解》、《老子解》和《古史》四部著作都完成了。我曾經撫摩著這四部書，深深嘆息，自己以為理解了聖賢的心意。於是認真抄寫了，收藏起來。回頭對幾個兒子說：「今世就算了，後世如果出現通達道理的人，一定能從我的書中有所汲取。」我的老家本在眉山，因為貧窮而無法歸去，就在潁昌府造了房子住下來。我父親的墳墓在眉山的東面，以前曾經約定，我死後會葬在他的西面。雖然路程很遠，也不忍心辜負這個約定，這件事就要煩勞幾個兒子了。

予居潁川六年，歲在丙戌❶，秋九月，閱篋中舊書，得平生所為，惜其久而忘之也，乃作〈潁濱遺老傳〉，凡萬餘言。已而自笑曰：「此世間得失耳，何足以語達人哉？」昔予年四十有二❷，始居高安❸，與一二衲僧❹游，聽其言，知萬法❺皆空，惟有此心不生不滅。以此居富貴，處貧賤，二十餘年而心未嘗動，然猶未覩夫實相❻也。及讀《楞嚴》，以六求一❼，以一除六，至於一六兼忘，雖踐諸相❽，皆無所礙，乃油然❾而笑曰：「此豈實相也哉？夫一猶可忘，而況❿〈遺老傳〉乎？雖取而焚之可也。」

【章　旨】這是全文的末段，交代〈潁濱遺老傳〉的寫作緣起，以及作者寫完後的心態。

【注　釋】❶丙戌　崇寧五年（西元一一〇六年）。❷年四十有二　蘇轍四十二歲時，值元豐三年（西元一〇八〇年），受蘇軾「烏臺詩案」的連累，第一次貶謫筠州。❸高安　筠州。❹衲僧　僧人；和尚。衲，僧人的衣服，由許多碎布拼綴而成。❺萬法　一切事物、現象。❻實相　真理；真實的本質。❼以六求一　從「六根」的作用去求得真實的心體。「六」指「六根」，即眼、耳、鼻、舌、身、意六種認識的根器；「一」指真實心體。參考本書前面選的〈書《楞嚴經》後〉一文。❽踐諸相　處在世間的各種現象中。❾油然　自然舒緩的樣子。❿而況　何況。

【語　譯】我居住潁昌府的第六年，正是崇寧五年丙戌。此年秋天九月，我檢閱書箱裡的舊書，得到自己平生寫過的文章，恐怕時間長了會忘記，就寫了這篇〈潁濱遺老傳〉，共有一萬多字。不久，自己笑著說：「這些只是世間的得失罷了，哪裡值得跟通達的人去講呢？」從前，我四十二歲的時候，開始謫居筠州，與幾個僧人來往，聽他們的談論，懂得了世間一切事物的本質都是空虛的，只有我自己的本心才是不生不滅，超越生死的。因此，我無論處在富貴還是貧賤之中，二十幾年來都不曾使本心動搖。但我還不能看到終極的真理。等我讀到了《楞嚴經》，從「六根」的作用去求得純一的心體，以純一的心體除去「六根」的迷亂，直到純一心體和「六根」全被遺忘，即便處在世間各種現象之中，也無所妨礙，於是坦然地笑著說：「這大概就是終極的真理吧？如果純一的心體也可以遺忘，那何況這〈潁濱遺老傳〉呢？即使拿去燒掉了也行。」

【研　析】儘管作者在文章的最後對本篇的寫作意義提出了質疑，乃至自我否定，但他畢竟還是把這樣一部長篇的自傳留給了後世的讀者。不過，從南宋起，就有人對這部自傳提出批評。一個是朱熹，他指責蘇轍「作

《潁濱遺老傳》，自言件件做得是」（見《朱子語類》卷一百三十），而不記自己做錯的事。從某種意義上說，這樣的指責算不上是合格的批評。蘇轍正因為自己的政見被當世所否定，而自己又堅持認為正確，才以自傳的方式寫下來，讓後人去評論。就他本人來說，自認為「件件做得是」的立場幾乎是當然的；至於究竟是否正確，那是要由讀者自己去判斷的，本來就不能全憑作者說了算數。不光是自傳，閱讀一切史料都應如此。如果某個人的自傳能作自我批評，也許值得稱讚，但要求人家這樣做，是無理的。另一種批評來自金人王若虛，倒有點意思。他說：「古人或自作傳，大抵姑以託興云爾，如〈五柳〉、〈醉吟〉、〈六一〉之類可也。子由著《潁濱遺老傳》，歷述平生出處言行之詳，且詆訾眾人之短以自見，始終萬數千言，可謂好名而不知體矣。」（王若虛《文辨》）這裡舉出的古人自傳，即陶淵明的〈五柳先生傳〉、白居易的〈醉吟先生傳〉和歐陽修的〈六一居士傳〉，確實與《潁濱遺老傳》的文體風格不同。那三篇都很簡短，以蕭散的筆調呈現出一個漫畫化的自我形象，就是王若虛所謂「姑以託興」，大抵也足以形成一個傳統。但僅此也沒有理由否定蘇轍的寫法，從今天的觀點來看，蘇轍這種詳盡切實的自我交代，才是真正的「自傳」。至於「詆訾眾人之短」，文中確實是有的，比如上面節選的段落中對於呂大防和劉摯的評語，就可以算作「詆訾」之語了，但這是為了替自己的政見作出辯護，若謂其動機是「好名」，對於早已名滿天下的蘇轍來說，不免顯得滑稽了。其實，〈五柳〉、〈醉吟〉、〈六一〉雖然足以形成一個傳統，但用寫史的筆法詳細敘述自己的生平，也並非沒有先例。比如《史記・太史公自序》，應該算在「七十列傳」之中（否則只有六十九篇了），所以也可以看作「太史公列傳」，那也就是自傳了。其中追索家世，詳敘生平經歷，大段地引錄其議論文章，篇幅甚大，與蘇轍的寫法完全一樣，實可視作先例。當然更重要的不是文體上有否先例，而是記錄的內容價值如何。在上面節選的段落中，有對元祐黨爭局面的梳理，與傳統所謂「洛蜀黨爭」的描述並不相同，對於今人探討這一段歷史的真相，應該是有參考價值的。

歐陽文忠公神道碑（節選）

【題　解】歐陽修（西元一〇〇七—一〇七二年）諡文忠，神道碑是大人物的墓道前樹立的記載其生平事跡的石碑。歐公去世時，由他的摯友韓琦寫作了墓誌銘，埋進墓中，而墓外的神道碑則長久未立。歐陽家曾把寫作碑文的任務託付給最合適的作者，就是蘇軾。蘇軾當然答應，但也許因為太重視的緣故，遲遲未動筆，後來成為「罪人」乃至死去，終於沒有寫出。崇寧五年（西元一〇〇六年），歐陽家又託付蘇轍撰寫，蘇轍遂寫成這篇大文字。全文約五千言，這裡選錄兩部分：一部分記錄歐公擔任執政時的事跡，另一部分是對歐公道德文章乃至歷史地位的總評。

五年❶，以本官❷為樞密副使❸。明年，為參知政事❹。公在兵府❺，與曾公❻考天下兵數，及三路❼屯戍❽多少、地里遠近，更為圖籍。凡邊防久闕屯戍者，必加蒐❾補。其在政府❿，凡兵民、官吏、財利之要，中書⓫所當知者，集為總目，遇事不復求之有司。時富公⓬久以母憂去位，公與韓公⓭同心輔政。每議事，心所未可，必力爭，韓公亦開懷不疑，故嘉祐之政，世多以為得。

【章　旨】此段寫歐陽修擔任執政大臣時的工作態度，及其政績受到社會的肯定。

【注　釋】❶五年　宋仁宗嘉祐五年（西元一〇六〇年）。❷本官　當時歐陽修的官階是尚書禮部侍郎。❸樞密副使　掌管軍事的副長官，屬於執政之一。歐陽修任樞密副使在嘉祐五年十一月。❹參知政事　北宋前期的執政官名，相當於副宰相。

歐陽修任參知政事在嘉祐六年閏八月。❺兵府　指樞密院。❻曾魯公　曾公亮（西元九九九—一〇七八年），字明仲，封魯國公。他從嘉祐元年起就擔任參知政事，嘉祐五年任樞密使。❼三路　指北宋與西夏接壤的鄜延、涇原、環慶三路。❽屯戍　軍隊駐防的據點。❾蒐　同「搜」。尋求。❿政府　即政事堂，北宋前期宰相、執政處理事務的場所。⓫中書　北宋前期對政事堂的另一種稱呼。⓬富公　富弼（西元一〇〇四—一〇八三年），字彥國，至和二年（西元一〇五五年）任宰相，嘉祐六年因母喪去位。⓭韓公　韓琦（西元一〇〇八—一〇七五年），字稚圭，嘉祐三年開始擔任宰相。

【語譯】嘉祐五年，歐陽修以尚書禮部侍郎的官階擔任樞密副使。第二年，擔任參知政事。歐公在樞密院的時候，與樞密使曾公亮一起，清查天下軍隊的人數，以及鄜延、涇原、環慶三路駐防據點的多少，相隔距離的遠近，重新畫成了地圖。凡是邊關防線上長久缺少據點的地方，必定找出來增補。他在政事堂的時候，凡是有關軍隊、百姓、官吏、財政的緊要事務，宰相、執政所應當知道的，都搜集起來，編成一個總的備忘錄，碰到事情的時候就不必再向分管的部門索取資料了。此時富弼因為母親去世，早就離開了宰相的職位，歐公就跟另一位宰相韓琦同心同德，輔助仁宗皇帝的政治。每次討論政務，他心裡如有不同的意見，一定會極力爭論，而韓琦也敞開胸懷聽取他的意見，毫無疑慮。所以，嘉祐時期的政治，為大多數世人所肯定。

時東宮❶猶未定，臣僚間有言者，然皆不克行。最後，諫官司馬光❷、知江州呂誨❸言之，中書將因二疏❹以請，幸❺上有可意，相與力贊之。一日，奏事垂拱❻，讀二疏，未及有言，上曰：「朕有意久矣，顧未得其人耳。宗室中誰可者？」韓公對曰：「宗室不接外人，臣等無由知之。抑❼此事非臣下所敢議，當出自聖斷。」上乃稱英宗舊名❽曰：「宮中嘗養此人❾，今三十許歲❿矣，惟此人可耳。」

是日君臣定議於殿上，將退，公奏曰：「此事至大，臣等未敢即行，陛下今夕更思之，來日取旨。」明日請之崇政⓫，上曰：「決無疑矣。」諸公皆曰：「事當有漸，容臣等議所除官。」時英宗方居濮王憂⓬，遂議起復⓭，除泰州防禦使⓮，判宗正寺⓯。來日復對⓰，上大喜。諸公奏曰：「此事既行，不可中止。乞陛下斷之於心，內批⓱付臣等行之可也。」上曰：「此豈可使婦人知之？中書行之足矣。」時六年十月也。及命下，英宗力辭，上聽候服除⓲。七年二月，英宗既免喪，稱疾不出。至七月，韓公議曰：「宗正之命既出，外人皆知必為皇子矣。今不若遂正其名，使知愈退而愈進，示朝廷不可回之意。」眾稱善，乃以其累表⓳上之。上曰：「今當如何？」韓公未對，公進曰：「宗室舊不領職事，今有此命，天下皆知陛下意矣。然詔敕付閤門⓴，得以不受。今若以為皇子，詔書一出，而事定矣。」上以為然，遂下詔。及宮車晏駕㉑，皇子嗣位，海內泰然，有磐石㉒之固。然後天下皆詠歌仁宗之聖，以及諸公之賢，而向之黨議㉓，消釋無餘，至於小人亦磨滅㉔不見矣……

【章　旨】此段重點敘述歐陽修與韓琦一起，促成宋仁宗確定皇嗣的大事。

【注　釋】❶東宮　指皇太子。宋仁宗無子，要從他的姪子中挑選一位過繼給他，進宮當太子。但仁宗對此事猶豫甚久，長期未定。隨著仁宗本人的年事漸高，建立皇儲成為嘉祐政治中的頭等大事，令官員們憂心忡忡。❷司馬光　（西元一〇一九—一〇八六年）字君實，嘉祐六年同知諫院。❸呂誨　（西元一〇一四—一〇七一年）字獻可，嘉祐五年任殿中侍御史，嘉祐六年出知江州。❹二疏　指司馬光和呂誨請求建立皇儲的兩封奏疏。❺幸　希望。❻垂拱　垂拱殿，又稱「前殿」，北宋皇帝每天清晨視朝的場所。❼抑　又；而且。❽英宗舊名　宋英宗趙曙，原名趙宗實，是宋仁宗堂兄濮王趙允讓的兒子。❾宮中嘗養此人　宋英宗生於明道元年（西元一〇三二年），四歲的時候被仁宗接到宮中撫養，已有過繼之意。寶元二年（西元一〇三九年）仁宗生子趙昕，遂讓英宗回到濮王府。趙昕於慶曆元年（西元一〇四一年）暴卒。❿三十許歲　三十歲左右。嘉祐六年英宗正好三十歲。⓫崇政　崇政殿，也稱「後殿」，皇帝吃完早飯後，在這裡接見一些請求見面的官員。⓬居濮王憂　為父親濮王守孝。濮王趙允讓（西元九九五—一〇五九年），字益之，宋太宗第四子商王趙元份之子，宋英宗生父，去世於嘉祐四年。⓭起復　朝廷因特殊需要，把守孝尚未完畢的官員召來任職。⓮泰州防禦使　北宋泰州，今屬江蘇，但防禦使是宗室子弟的遷轉官階，無實際職事。⓯判宗正寺　管理宗正寺的事務，如前代皇帝的陵廟祭祀，皇族的譜籍等，一般由趙姓的官員擔任。⓰對　官員面對皇帝奏事。⓱內批　宮內傳出的皇帝批示，又稱「御筆」。實際上，宮中有一批「內夫人」，即皇帝的女祕書，是內批的真正作者。所以下文有「豈可使婦人知之」的話。⓲服除　除去喪服，即守孝期滿。⓳累表　指宋英宗屢次辭免判宗正寺的表文。⓴誥敕付閤門　通過閤門司下達委任狀。誥敕，封官的委任狀。閤門，閤門司，北宋宮內官署之一，掌管朝會禮儀及特殊封賞的傳達。㉑宮車晏駕　指宋仁宗去世，時在嘉祐八年（西元一〇六三年）三月。宮車，帝王后妃乘坐的車輛。晏駕，車駕晚出，喻指君主去世。㉒磐石　厚大的石頭。㉓黨議　有關朋黨的議論。韓琦、歐陽修、富弼等人，從前曾被攻擊為范仲淹的朋黨。㉔磨滅　消失。

【語　譯】此時，皇太子的人選還沒有確立，官員們偶爾也有提出建議的，但都不能獲得實施。最後，知諫院司馬光和知江州呂誨又提出這個問題，宰執們將利用他們的兩封奏疏去向仁宗皇帝請求，希望皇上提出一個他中意的人選，然後大家一起表示贊同。一天，在垂拱殿跟皇上商議政務，讀完這兩封奏疏，還來不及說出意見，皇上就說：「我很早便有意要立一個太子了，但一直沒有找到合適的人。宗室當中，有誰可以呢？」韓琦回答說：「宗室按規定不能跟外面的官員接觸，我們沒有辦法知道誰合適。而且，這樣的事情也不是做大臣的人敢於議論的，應當由皇上自己決定。」皇上就稱呼英宗皇帝的原名（趙宗實），說：「這個人曾經被接到宮中撫養，現在應該三十歲左右了。只有這個人是合適的。」這一天，君臣在殿上商議定了，即將退下的時候，歐公又上奏道：「這件事最為重大，我們不敢馬上就施行，請皇上今天晚上再好好想一想，明天我們來領取聖旨。」第二天，在崇政殿，大家又向皇上請問，皇上說：「我已經決定了，再也沒有疑慮了。」大家都說：「做事情要一步一步來，讓我們商量一下，先給他任命一個恰當的官職。」此時，英宗皇帝正在為他的生父濮王守孝，於是大家商議，讓他中斷守孝，出來擔任官職，任命為泰州防禦使，管理宗正寺的事務。第二天再向皇上奏明，皇上特別高興。大家上奏說：「這件事既然做了，就不能半途而廢。請皇上從內心下定決斷，用親筆批示的方式交給我們去做就可以了。」皇上說：「我的親筆批示要由宮中的女人代寫，這件事怎麼能讓那些女人知道呢？由政事堂下令辦理就可以了。」這是嘉祐六年十月的事。等到任命下達，英宗極力推辭，皇上同意等他守孝完畢。嘉祐七年二月，英宗守孝期滿，就號稱生病，不肯出任官職。到七月份，韓琦議論道：「管理宗正寺事務的任命既然下達了，外面的人都知道他一定會成為皇子了。現在，還不如就正式給他皇子的名分，讓大家知道越是謙遜退讓的人，朝廷就越要提拔他，也表示朝廷已經下了決心，不再改變。」大家都說這樣很好，就把英宗屢次辭免任命的表文進呈上來。皇上說：「現在應該怎麼辦？」韓琦還沒回答，歐公就上前一步說：「宗室子弟從前不擔任管理實際事務的官職，現在有了管理宗正寺事務的任命，天下都知道皇上的心意了。但官員的任命狀是通過閤門司下達的，所以他能夠推辭不接受。現在如果直接立他為皇子，那麼只要您的詔書一出去，事情就定下來了。」皇上認為這話不錯，於是下達了立為皇子的詔書。等到仁宗皇帝去世，皇子就順利繼承了皇位，天下安穩得像厚重的大石。然後，天下都讚美仁宗皇帝的聖明，以及韓、歐諸公的賢德，而從前攻擊他們為「朋黨」的議論，就化除解散，一點痕跡都不留了，至於小人，也消失得無影無蹤了……

公之於文，天材有餘，豐約中度❶，雍容俯仰❷，不大聲色❸而義理自勝，短章大論，施無不可❹。有欲效之，不詭則俗，不淫則陋，終不可及。是以獨步當世，求之古人，亦不可多得。公於六經，長於《易》、《詩》、《春秋》，其所發明，多古人所未見。嘗奉詔撰《唐本紀表志》❺，撰《五代史》❻。二書本紀，法嚴而詞約，多取《春秋》遺意；其表、傳、志、考❼，與遷固❽相上下。凡為《易童子問》三卷、《詩本義》十四卷、《唐本紀表志》七十五卷、《五代史》七十四卷、《居士集》五十卷、《外集》若干卷、《歸榮集》一卷、《外制集》三卷、《內制集》八卷、《奏議集》十八卷、《四六集》七卷、《集古錄跋尾》十卷、雜著述十九卷。

【章旨】此段讚美歐陽修的文章，敘錄他的著作業績。

【注釋】❶豐約中度　豐滿或簡約適合規範。❷雍容俯仰　形容從容不迫的風度。❸不大聲色　不極力呼喊；不大加描繪。❹施無不可　用在任何一種文體上，都能成功。❺唐本紀表志　指歐陽修與宋祁（西元九九八－一〇六一年）合撰的《新唐書》，其中列傳部分是宋祁寫的，本紀、表、志都是歐陽修所撰。❻五代史　現名《新五代史》。❼考　《新五代史》有〈司天考〉和〈職方考〉，相當於「天文志」和「地理志」。❽遷固　《史記》作者司馬遷和《漢書》作者班固。

【語譯】歐公在文章方面，具有超人的天賦，豐滿或簡約適合規範，從容不迫，用不著大聲疾呼或大加描繪，而文章的意義道理自然高出一籌，無論是短篇還是長篇的議論，用在任何文體上都能成功。有人想要仿效他，不是顯得怪異，就是變為庸俗，不是形容過頭，就是淺陋不堪，都及不上他。所以他的文章不但獨步當世，就是到古人中去尋找，也不可多得。歐公在六經中，對《周易》、《詩經》、《春秋》的研究尤為深入，他所揭示的道理，大多是古人不曾領悟的。他曾經接受皇帝的詔令，撰寫《新唐書》的本紀、表、志，撰寫《新五代史》。這兩部史書的本紀，法度森嚴而用語簡練，在很大程度上繼承了《春秋》的深意；其餘表、傳、志、考的部分，則跟司馬遷、班固的成就相接近。他的著作有《易童子問》三卷、《詩本義》十四卷、《新唐書》的本紀表志七十五卷、《新五代史》七十四卷、《居士集》五十卷、《居士外集》若干卷、《歸榮集》一卷、《外制集》三卷、《內制集》八卷、《奏議集》十八卷、《四六集》七卷、《集古錄跋尾》十卷，另外還有無法歸類的著述十九卷。

公篤於朋友，不以貴賤生死易意。尹師魯❶、石守道❷、孫明復❸、梅聖俞❹既沒，皆經理❺其家，或言之朝廷，官其子弟。尤獎進文士，一有所長，必極口稱道，惟恐人不知也。公前後歷七郡守❻，其政察而不苛，寬而不弛，吏民安之，滁、揚之人至為立生祠❼。鄭公❽嘗有遺訓，戒慎用死刑。韓國❾以語公，公終身行之，以謂漢法惟殺人者死，今法多雜犯❿死罪，故死罪非殺人者，多所平反⓫，蓋鄭公意也。

【章　旨】此段簡述歐陽修的人品和行政風格。

【注　釋】❶尹師魯　尹洙（西元一〇〇一—一〇四七年）字師魯，著名古文家，歐陽修的好友，著有《河南先生文集》。❷石守道　石介（西元一〇〇五—一〇四五年）字守道，與歐陽修同為天聖八年（西元一〇三〇年）進士，曾任太學先生，是著名的學者和古文家，著有《徂徠集》。❸孫明復　孫復（西元九九二—一〇五七年）字明復，曾任太學先生，著名學者，今存《春秋尊王發微》。❹梅聖俞　梅堯臣（西元一〇〇二—一〇六〇年）字聖俞，號宛陵，歐陽修的好友，著名詩人，有《宛陵先生文集》。❺經理　照料。❻七郡守　歐陽修先後知滁州、揚州、開封府、亳州、青州、太原府、蔡州。❼生祠　為活人建立的祠廟。❽鄭公　歐陽修父親歐陽觀，追封為鄭國公。他在歐陽修四歲時就去世了。❾韓國　歐陽修母親鄭氏，追封為韓國太夫人。歐陽觀去世後，鄭氏守節養子，並親自教歐陽修讀書。❿雜犯　古代指各種專類罪名以外的其他罪名。《宋史・刑法志》也說：「雜犯死罪條目至多。」⓫平反　糾正冤屈的案件。

【語　譯】歐公對朋友堅守道義，從不因為地位的高低或對方的生死而改變態度。他的朋友尹洙、石介、孫復、梅堯臣去世後，他都照料各人的家屬，或者稟告朝廷，讓他們的子弟出仕做官。他尤其喜歡嘉獎和推薦文士，只要對方有一點擅長，他就極口稱讚，唯恐別人不知道。歐公前後擔任過七個地方的長官，他的行政既明察又不苛刻，既寬容又不鬆弛，使官吏和百姓都樂於接受他的領導，滁州、揚州的百姓甚至為他建造了生祠。他的父親鄭國公曾經留下遺訓，告誡他當了官要謹慎採用死刑。他的母親韓國太夫人把這個遺訓告訴了他，他就終身遵行。他認為，漢代的法律中，只有殺人犯是要處死的，而現在的法律，則有多種多樣的罪名要處以死刑。所以，凡不是因為殺人而犯了死罪的，他大多加以糾正。這原是鄭國公的心意。

昔孔子生於衰周，而識文武之道，其稱曰：「文王既沒，文不在茲乎？」❶雖一時諸侯不能用，功業不見於天下，而其文卒不可揜❷。孔子既沒，諸弟子如子貢❸、子夏❹，皆以文名於世。數傳之後，子思❺、孟子、孫卿❻，並為諸侯師。秦人雖以塗炭❼遇之，不能廢也。及漢祖❽以干戈❾定亂，紛紜未已，而叔孫通❿、陸賈⓫之徒，以《詩》《書》、禮樂彌縫其闕矣。其後賈誼⓬、董仲舒⓭相繼而起，則西漢之文，後世莫能髣髴⓮。蓋孔氏之遺烈⓯，其所及者如此。自漢以來，更魏、晉，歷南北⑯，文弊極矣。雖唐正觀⑰、開元⑱之盛，而文氣衰弱，燕、許⑲之流倔強⑳其間，卒不能振。惟韓退之㉑一變復古，闕㉒其頹波，東注之海，遂復西漢之舊。自退之以來，五代相承，天下不知所以為文。祖宗㉓之治，禮文法度追迹漢唐，而文章之士楊、劉㉔而已。及公之文行於天下，乃復無愧於古。於乎！自孔子至今，千數百年，文章廢而復興，惟得二人㉕焉。夫豈偶然也哉！

【章　旨】此段從儒家文化發展史的宏觀背景上，確定歐陽修的歷史地位。

【注　釋】❶文王二句　見《論語．子罕》，意謂周文王去世以後，禮樂文化不就體現在我的身上了嗎。❷揜　遮蔽；掩蓋。❸子貢　孔子弟子端木賜，字子貢，能言善辯。❹子夏　孔子弟子卜商，字子夏，擅長寫作。❺子思　孔子的孫子，名伋。他是孔子弟子曾參的學生，也是孟子的老師或太老師，相傳為《中庸》的作者。❻孫卿　即荀卿、荀子。戰國後期的儒家學者。❼塗炭　蹂躪摧殘，指秦代的「焚書坑儒」。❽漢祖　漢高祖劉邦。❾干戈　兵器，指武裝。❿叔孫通　秦代的博士，劉邦稱帝後，他採擇古禮，結合秦代的制度，為漢朝初步制定典禮。⓫陸賈　西漢初的辯士，著《新語》，大旨是建議漢朝尊崇儒家的王道。⓬賈誼　（西元前二〇一—前一六九年）西漢初期的政論家，漢文帝時上書痛陳時弊，懷才不遇而死。⓭董仲舒　（西元前一七九—前一〇四年）西漢儒家學者，為漢武帝確立「獨尊儒術」的政策，也奠定了傳統中國的意識形態。⓮髣髴　類似；接近。⓯遺烈　遺留下來的重大影響。⓰南北　指南北朝。⓱正觀　即貞觀，唐太宗的年號（西元六二七—六四九年）。宋仁宗名為趙禎，所以宋人要避「禎」字的嫌諱，將「貞」改寫作「正」。⓲開元　唐玄宗的年號（西元七一三—七四一年），為唐朝極盛期。⓳燕許　唐代燕國公張說（西元六六七—七三〇年）和許國公蘇頲（西元六七〇—七二七年），都以擅長寫作朝廷文告而著名，時稱「燕、許大手筆」。⓴倔強　強硬的態度，此指努力寫作的姿態。㉑韓退之　韓愈（西元七六八—八二四年）字退之，中唐「古文運動」的領袖。㉒闕　遏止。㉓祖宗　指北宋的前朝皇帝，宋太祖、太宗、真宗。㉔楊劉　楊億（西元九七四—一〇二〇年）字大年，劉筠（西元九七〇—一〇三〇年）字子儀，宋真宗時代「西崑體」駢文的代表作家。㉕二人　指韓愈和歐陽修。

【語　譯】從前，孔子生活在西周衰落的時代，卻懂得周文王、周武王的大道，他曾自稱：「周文王去世以後，禮樂文化不就體現在我的身上了嗎？」雖然當時的諸侯們都不能任用他，使他不能在天下實現功業，但他的文化終究無法被掩蔽。孔子去世後，眾多的弟子如子貢、子夏等，都因為文名而著名於當世。傳了幾代以後，子思、孟子、荀子，都成為諸侯的老師。秦代人雖然對儒學蹂躪摧殘，卻也不能將它廢除。等到漢高祖用武力平定了亂世，紛紛擾擾還沒有結束的時候，叔孫通、陸賈等人就用《詩經》、《尚書》的教導和禮樂制度來彌補殘缺了。後來，賈誼、董仲舒相繼出現，使西漢的文化令後世難以企及。可見，孔子留下的文化遺產，其影響能達到如此之大！從漢代以來，經過魏、晉，經過南北朝，文化的凋敝走到了極點。即便是唐代的貞觀、開元年間那樣的盛世，文章的格調也很衰弱，張說、蘇頲等人雖然非常努力，最終也不能使文風振作。只有韓愈，一下子把文章帶上了復古的軌道，遏止了不斷衰落的趨勢，引向正確的方向，於是恢復到了西漢的局面。自從韓愈以來，五代相承，天下人都不知道什麼才是真正的文章。本朝的前代皇帝治理天下，禮儀法規都可以追隨漢、唐，但善於寫文章的人卻只有楊億、劉筠而已。等到歐公的文章在天下盛行，這才又一次達到無愧於古人的高度。嗚呼！自孔子到今天，有一千幾百年了，能使文章從凋敝中重新興起的，只有韓愈和歐公兩個人，這難道是偶然的嗎？

【研　析】如果把蘇轍在徽宗一朝度過的最後十二年（西元一一〇〇—一一一二年）算作他的晚年，那麼他的晚年散文的一半左右是在崇寧五年（西元一一〇六年）寫成的。此年正月，因為彗星的出現，輿論認為這樣的「天變」是迫害元祐黨人所致，於是宋徽宗派人在夜半偷偷毀了「元祐黨人碑」，二月蔡京罷相，似乎給在野的舊黨人士帶來了一線希望，至少迫害方面會放鬆不少。老天好像也幫襯，據《宋史・徽宗紀》載，之前的崇寧元、二、三年連遭蝗害，四年猶有部分地區水災，崇寧五年卻沒有災害記錄，是個難得的豐年。蘇轍的心情顯然比較好，閒居讀書，創作欲也頗為旺盛，還開始修建住房。一直杜門謝客的他，在崇寧五年似乎樂於接待客人，而且敢於為歐陽家寫作〈歐陽文忠公神道碑〉，這種刻石樹碑的大文章，作為「罪人」一般是不敢寫的。當然，歐陽修是蘇氏兄弟的老師，在蘇軾已經去世的情況下，只要政治環境許可，蘇轍是沒有理由推辭的。但如果我們通讀蘇氏兄弟有關歐陽修的一系列文章，比如蘇軾的〈六一居士集敘〉、〈祭歐陽文忠公文〉，以及本書前面所選的蘇轍〈賀歐陽少師致仕啟〉、〈祭歐陽少師文〉等，就會發現他們的創作意圖並不簡單。他們當然推崇老師，但這種推崇往往含有令別人相形見絀的目的。比如本文稱讚歐公的文章，正面誇獎本已足夠，卻還要加上「有欲效之，不詭則俗，不淫則陋」數句。這樣帶刺的行文，顯然是別有用心的。大抵來說，他們是以歐公的忠實繼承人自居，而借推崇歐公，來貶斥當代意識形態的主導者。據說，歐陽修本來應該像韓愈那樣謚號為「文」，但主持謚典的新黨要把「文」留給王安石，所以給歐陽修謚「文忠」。在上面節選的最後一段裡，蘇轍大談歐陽修的「文」，大概也是有所寓意的吧。總之，崇寧五年的蘇轍雖然年老體病，但專心創作，完成了《歷代論》、〈潁濱遺老傳〉、〈歐陽文忠公神道碑〉這樣的大文章，可謂成就斐然。十一月八日凌晨四鼓，他居然夢見了老政敵王安石。在夢中，蘇轍似乎獲得了勝利，令王安石「赧然有愧恨之色」（〈夢中反古菖蒲詩並引〉）。

遺老齋記

【題　解】本篇作於大觀元年（西元一一〇七年）。這一年的蘇轍比較忙碌，他帶著幾個子姪，在買來的下氏舊居的基礎上，改築新宅，寫有〈初葺遺老齋二首〉、〈初成遺老齋二首〉、〈初成遺老齋、待月軒、藏書室三首〉等詩，並寫了〈遺老齋記〉、〈藏書室記〉和〈待月軒記〉三篇記文。由於這「遺老齋」在新宅的南面，所以他這個時期的詩中也稱之為「南齋」。本篇的主旨是交代命名為「遺老齋」的原因。

庚辰❶之冬，予蒙恩歸自南荒，客於潁川，思歸而不能。諸子憂之，曰：「父母老矣，而居室未完，吾儕❷之責也。」則相與卜築❸，五年而有成。其南修❹竹古柏，蕭然如野人❺之家。乃闢其四楹❻，加明窗曲檻❼，為燕居❽之齋。齋成，求所以名之，予曰：予，潁濱遺老也。盍❾以「遺老」名之？汝曹❿志⓫之。予幼從事於《詩》《書》，凡世人之所能，茫然不知也。年二十有三⓬，朝廷方求直言⓭，有以予應詔⓮者，予采道路之言⓯，論宮掖之祕⓰，自謂必以此獲罪，而有司果以為不遜，上獨不許，曰：「吾以直言求士，士以直言告我，今而黜之，天下其謂我何？」宰相不得已，置之下第⓱。自是流落凡二十餘年，及宣后⓲臨朝⓳，擢⓴為右司諫，凡有所言，多聽納者。不五年，而與聞國政㉑。蓋予之遭遇者再㉒，皆古人所希有。然其間與世俗相從，事之不如意者，十常六七，雖號為得志，而實不然。予聞之，樂莫善於如意，憂莫慘於不如意。今予退居一室之間，杜門卻掃㉓，不與物接。心之所可，未嘗不行；心所不可，未嘗不止。行止未嘗少不如意，則予平生之樂，未有善於今日者也。汝曹志之，學道而求寡過，如予今日之處遺老齋可也。

【注釋】❶庚辰　元符三年（西元一一〇〇年）。❷吾儕　我輩；我們。❸卜築　擇地修建住房。❹修　長。❺野人　村野農夫。❻闢其四楹　將四根柱子間的房舍向外拓展。❼曲檻　曲折的欄杆。❽燕居　閒居。❾盍　何不。❿汝曹　你們。⓫志　記。⓬年二十有三　蘇轍二十三歲，為宋仁宗嘉祐六年（西元一〇六一年）。⓭方求直言　正在舉行「賢良方正能直言極諫科」的制科考試。⓮以予應詔　推薦我去參加這次考試。⓯道路之言　道聽途說，指輿論。⓰宮掖之祕　宮廷裡面的祕密之事。蘇轍當年對策時，指責宋仁宗好色誤事，後宮嬪妃太多。⓱下第　低等的合格者。⓲宣后　宋英宗的皇后高氏，諡「宣仁」，即元祐時的太皇太后。⓳臨朝　即「臨朝稱制」，母后聽政，代理皇帝的職權。⓴擢　提拔。㉑與聞國政　指蘇轍於元祐六年（西元一〇九一年）開始擔任執政大臣。㉒遭遇者再　兩次獲得皇帝的特殊禮遇。一次指宋仁宗特許他制科合格，另一次指高后提拔他為執政。㉓卻掃　不再打掃家門前的小路，意謂不再迎接客人。

【語　譯】元符三年的冬天，我蒙受皇上的恩典，從南方的荒遠之地回來，客居在潁昌府，想回四川老家，卻做不到。我的幾個兒子很擔憂，說：「父母的年紀大了，但房子還沒有修好，這是我們的責任。」於是一起選擇地方，修建房子，過了五年才建成。這房子的南面有長長的竹子和蒼老的柏樹，一片空寂，就像山野農夫的家裡。於是將四根柱子間的房舍向外拓展，加上明亮的窗子和曲折的欄杆，做成一個閒居的齋室。這齋室建成後，又想著起一個名字。我說：我是被朝廷遺棄在潁水邊上的一個老人，何不就把它叫做「遺老齋」呢？你們要記住，我從小就一心學習《詩經》、《尚書》，凡是世人能做的事，我都一無所知。在二十三歲的時候，朝廷舉行「賢良方正能直言極諫科」的制科考試，有人推薦我去參加，我就採納了一些道聽途說的輿論，去議論宮廷的祕密之事。我自以為這樣做一定會得罪皇帝，而主管部門也確實認為我狂妄無禮。但仁宗皇帝卻單單不同意主管部門的看法，他說：「我本來就是向天下的人徵求直言，也有人用直言來告訴我了，現在卻不讓他合格，天下會怎麼看待我呢？」宰相沒有辦法，只好讓我以低等的成績合格。從此以後，我在官場流落了二十幾年，直到宣仁太皇太后垂簾聽政，才把我提拔為右司諫，凡是我提出的意見，她大多加以採納。不到五年，我就升為執政大臣了。說起來，我前後兩次獲得特殊的恩遇，都是古人難以得到的。然而，那幾年中間，不得不跟世俗接觸，十件事中經常有六七件是不如意的，看上去做了大官，好像很得志，其實並不如此。我聽說，沒有比一切如意更讓人高興，沒有比一切不如意更讓人憂慮的了。現在，我退出官場，閒居在一間小房子裡，關起門來，不再迎接客人，不再跟外面的事物接觸。我心裡想做的事，沒有一件不可以做；我心裡不想做的事，沒有一件必須要做。我做什麼，不做什麼，都由自己決定，沒有一點不如意。所以，我一生中最快樂的時光，沒有超過現在的了。你們記住，要學習大道，要少犯過錯，就像我現在閒居遺老齋的情形，就可以了。

【研　析】蘇轍有第四個孫子的時候，蘇軾曾給他寫詩祝賀，其中有一聯名句，後來幾乎家喻戶曉，曰：「無官一身輕，有子萬事足。」其實，蘇轍的這篇〈遺老齋記〉，表達的心情也大致如此。因為不做官了，所以一身自由，想幹什麼就幹什麼，不想幹什麼就用不著去幹，這就叫「如意」。當然他也回顧了自己兩次蒙受特殊恩遇的經歷，但並不認為那就是「得志」，而恰恰是「不如意」。關於「如意」「不如意」的這番議論，除了略帶老人的頹唐情緒之外，其實也不是很奇異的想法。然而，南宋的葉適卻很感不滿，他說：「樂莫善於如意，憂莫慘於不如意，聖賢無此論，乃莊周放言也。古人立公意以絕天下之私，捐私意以合天下之公，若夫據勢行權，使物皆自撓以從己，而謂之如意者，聖賢之所禁也。」（《習學記言》卷四十九）意謂只顧自己的心情，不顧事物的客觀規則，就違反了儒家聖賢的立場，同於道家的放肆之言了。其實，蘇轍並沒有不顧事物的客觀規則而只憑一己的心情做事的意思，他是在朝廷不讓他做事的情況下，勉強追求自我心情的寬慰，難道這也是「聖賢之所禁」嗎？葉適的批評至少是過於苛刻的。到了清代，乾隆皇帝御批《唐宋文醇》，又對此文大放厥詞，說蘇轍只為自己打算，只顧自己高興，沒有把自己完全獻給國家。這當然道出了皇帝的私心，他希望臣子們在任何情況下都死心塌地為他獻出一切。不過乾隆皇帝的意見對我們也很有啟發，它恰恰可以提示我們從反面去體會蘇轍的心意。一個並非沒有政治抱負、政治才幹的人，為什麼他要自稱「潁濱遺老」？為什麼他要把齋室命名為「遺老齋」？為什麼他在得到了兩次「古人所希有」的特殊恩遇後，還認為閒居遺老齋才真正「如意」？作為皇帝的乾隆，其實不該指責蘇轍，而應該去想一想這樣的問題。

藏書室記

【題　解】本篇也作於大觀元年（西元一一〇七年），與〈遺老齋記〉同時。藏書室當是蘇轍的書房，據說有不少書是蘇洵留下來的，蘇轍準備把它們再傳給子孫。

予幼師事先君，聽其言，觀其行事。今老矣，猶志其一二。先君平居不治生業❶，有田一廛❷，無衣食之憂。有書數千卷，手緝❸而校之，以遺子孫曰：「讀是，內以治身，外以治人，足矣。此孔氏之遺法也。」先君之遺言，今猶在耳。其遺書在櫝❹，將復以遺諸子，有能受而行之，吾世❺其庶矣乎❻？

【章　旨】首段講蘇洵有幾千卷書籍傳下來，希望自己的子孫們繼續傳下去。

【注　釋】❶生業　家庭生活所需的物質。❷廛　一家所居的房地。❸緝　同「輯」。編輯。❹櫝　櫃子。❺吾世　我們家的世世代代。❻庶矣乎　差不多了吧。表示基本上不會辜負長輩的希望。

【語　譯】我從小向父親學習，聽他的話，觀察他做事的方式。現在我已經老了，但還記得一些。我父親平時不關心家產方面的事，只有一塊跟房子差不多大小的田地，勉強算是免除了吃飯、穿衣的憂慮。他有幾千卷書籍，親手編輯，加以校對，以此留給子孫。他說：「你們讀了這些書，向內用來修身養性，向外用來治理他人，都足夠了。這是孔子留下來的方法。」父親的話，現在還在我的耳邊。他留給我的書，藏在櫃子裡，我將把它繼續傳給我的幾個兒子，如果他們當中有人能夠接受，照我的話去做，那麼我們家世世代代都能維持家風了。

蓋孔氏之所以教人者，始於灑掃、應對、進退❶，及其安之，然後申❷之以弦歌❸，廣之以讀書，曰：「道在是矣。仁者見之，斯以為仁；智者見之，斯以為智矣。」❹顏、閔❺由是以得其德，予、賜❻由是以得其言，求、由❼由是以得其政，游、夏由是以得其文❽，皆因其才而成之。譬如農夫墾田以植草木，小大長短，甘辛鹹苦，皆其性也，吾無加損❾焉，能養而不傷耳。孔子曰：「十室之邑，必有忠信如丘者焉，不如丘之好學也。」❿如孔子，猶養之以學而後成，故古之知道者必由學，學者必由讀書。傅說⓫之詔其君，亦曰：「學於古訓，乃有獲。念終始典於學，厥德修罔覺。」⓬而況餘人乎？子路之於孔氏，有兼人⓭之才，而不安於學，嘗謂孔子：「有民人社稷，何必讀書然後為學？」⓮孔子非之曰：「汝聞六言六蔽矣乎？好仁不好學，其蔽也愚；好智不好學，其蔽也蕩；好信不好學，其蔽也賊；好直不好學，其蔽也絞；好勇不好學，其蔽也亂；好剛不好學，其蔽也狂。」⓯凡學而不讀書者，皆子路也。信其所好，而不知古人之成敗，與所遇之可否，未有不為病者。

【章旨】此段引用孔子的言論，證明讀書的重要性。特別強調，缺乏學識的道德是不可靠的。

【注釋】❶灑掃應對進退　見《論語・子張》，指日常生活的禮節，打掃房子、與人交談，以及上前退後的舉止等。❷申引申；推廣。❸弦歌　彈琴唱歌。❹仁者見之四句　見《周易・繫辭》，原文為「仁者見之謂之仁，知者見之謂之知」。❺顏閔　孔子弟子顏回、閔損，以德行著稱。❻予賜　孔子弟子宰予、端木賜，以言語著稱。❼求由　孔子弟子冉求、仲由，以政事著稱。❽游夏由是以得其文　孔子弟子言偃字子游、卜商字子夏，以文學著稱。❾加損　增減，指人為的作用。❿十室之邑三句　見《論語・公冶長》。十室之邑，只有十戶人家的小城。丘，孔子名。⓫傳說　商高宗武丁的賢臣。⓬學於古訓四句　見《尚書・說命》。念，心念。典，從事。厥，其，指代詞。罔覺，不知不覺中。⓭兼人　勝過別人。《論語・先進》謂「由也兼人」。⓮有民人社稷二句　見《論語・先進》，意謂有不少社會事務可以去做，何必一定要讀書。社稷，土地神和糧食神，指代國家。⓯汝聞六言六蔽矣乎十三句　見《論語・陽貨》。六言，六種品德。六蔽，六種流弊。賊，傷害。絞，急切，不能容人。

【語譯】大概孔子用來教人的辦法，是從最日常的禮節開始的，比如打掃房子、與人交談，以及上前退後的舉止風範之類，等到學生們都習慣了，然後再推廣到彈琴歌唱，拓展到讀書。他認為：「大道就在這裡了，仁厚的人看到了，覺得這就是仁厚，聰明的人看到了，覺得這就是聰明。」在這樣的教育下，顏回、閔損就從中養成了德行，宰予、端木賜就由此擅長言語，冉求、仲由就從中學到政事，言偃、卜商也由此擅長文學，這都是順著他們各自的天資養成的。就好像農夫開墾田地，用來種植草木，那些草木的大小、長短，味道的甜辣鹹苦，都是草木自己的本性決定的，我並沒有人為地加以作用，只是培養它們，不傷害它們而已。孔子說過：「即便是只有十戶人家的小城裡，也一定有像我這樣忠誠的人，但都不像我這樣好學。」這說明，即便像孔子那樣的聖人，也必須以不斷學習來提高自己的修養，所以古代懂得大道的人一定是通過學習而懂得的，學習則一定是通過讀書來學習。商代的傳說告誡他的君主，也說：「要學習古人的教導，才能有收穫。心念要始終放在學習上，才能在不知不覺中養成一個人的道德。」他們都這樣說，何況別的人呢？子路在孔子的門下，有勝過他人的才能，卻不安心學習，曾經對孔子說：「有老百姓要去治理，有社會上各種事務可以去做，何必一定要讀書才算是學習呢？」孔子批評他說：「你聽說過六種品德和六種流弊嗎？一味喜歡仁厚，而不喜歡學習，造成的流弊是愚蠢；一味喜歡智慧，而不喜歡學習，造成的流弊是放蕩；一味喜歡忠誠，而不喜歡學習，造成的流弊是傷害人；一味喜歡耿直，而不喜歡學習，造成的流弊是急切，不能容人；一味喜歡勇敢，而不喜歡學習，造成的流弊是闖禍搗亂；一味喜歡剛正，而不喜歡學習，造成的流弊是狂妄。」凡是學習而不讀書的，都跟子路的情況相似。只憑自己的信念愛好做事，而不知道古人成功失敗的先例，以及所處環境的允許與否，那就沒有不壞事的。

雖然❶，孔子嘗語子貢矣，曰：「賜也，汝以予為多學而識之者與？」曰：「然。非歟？」曰：「非也。予一以貫之。」❷一以貫之，非多學之所能致，則子路之不讀書，未可非耶？曰：非此之謂也。老子曰：「為學日益，為道日損。」❸以日益之學，求日損之道，而後一以貫之者可得而見也。孟子論學道之要，曰：「必有事焉，而勿正，心勿忘，勿助長也。」❹心勿忘則莫如學，必有事則莫如讀書。朝夕從事於《詩》《書》，待其久而自得，則勿忘勿助之謂也。譬之稼穡，「以為無益而捨之，則不耘苗者也；助之長，則揠苗者也」❺。以孔孟之說考之，乃得先君之遺意。

【章旨】末段再引孔子、老子、孟子之語，辨析「一以貫之」與多讀書的關係，並認為那符合蘇洵的遺意。

【注釋】❶雖然　雖然如此。❷賜也八句　見《論語・衛靈公》。賜，端木賜，字子貢。識，記住。❸為學日益二句　見《老子・德經》。蘇轍《老子解》釋云：「不知道，而務學，聞見日多而無以一之，未免為累也……苟一日知道，顧視萬物，無一非妄。去妄以求復性，是謂之損。」❹必有事四句　見《孟子・公孫丑上》。必有事，一定要做事。勿正，不要有特定的目標。助長，拔苗助長。❺以為四句　見《孟子・公孫丑上》。耘，除去雜草，指農活。揠，拔。

【語　譯】雖然如此，孔子曾經對子貢說：「端木賜呀，你以為我是學習得多了，全都記住的嗎？」子貢說：「是呀。難道不對嗎？」孔子說：「不對。我是用一個原則去貫穿所有學問的。」用一個原則貫穿所有學問，並不是學習得多就能做到的，那麼子路的不讀書，難道也不可否定嗎？我認為，不是這個道理。老子說過：「從事於學習，知識就一天比一天增多；追求大道，妄念就一天比一天減少。」用一天比一天增多的學問，去追求一天比一天減少妄念的大道，然後才可以明白什麼是用來貫穿所有學問的統一原則。孟子曾議論學習大道的要領，他說：「一定要做事，但不要有固定的目標，心裡不要忘記它，但不要拔苗助長。」要做到他所謂的「心裡不要忘記」，沒有比學習更好的了；要做到他所謂的「一定要做事」，沒有比讀書更好的了。每天早早晚晚都專心閱讀《詩經》、《尚書》等典籍，等到時間長了，自己有所領悟，這就是所謂的心裡不忘記，而又不拔苗助長。這就好像種植莊稼一樣，「認為它沒有好處而捨棄了，就是放任幼苗，不做農活；人為地去幫助幼苗生長，就是拔苗助長」。我用孔子、孟子的話來做參考，就理解了我父親的心意。

【研　析】如果本篇的主旨僅僅是向自己的子孫們闡明讀書的重要性，那麼為此而搬出自己的父親，本已足夠，即便要引用古代聖賢的教導來加以強調，也用不著如此廣泛地引證《易傳》、《尚書》、《論語》、《老子》、《孟子》等經典中語。就此而言，本篇的論據顯得過剩。不但如此，在「萬般皆下品，唯有讀書高」的風氣已經基本確立的北宋時代，一篇談論讀書之重要性的文章，本身就是多餘的。用過剩的論據來闡明多餘的主題，這與我們了解的文風日趨簡約的晚年蘇轍，是極不協調的。所以，本篇的真正寫作目的，值得認真推求。文章的表層含義當然是主張讀書，但為了辨明這個主張，蘇轍設置了兩種對立的意見加以駁斥。一種意見是子路的話：「有民人社稷，何必讀書然後為學？」另一種意見是從孔子自稱「一以貫之」而引導出來的：「一以貫之，非多學之所能致，則子路之不讀書，未可非耶？」用現代的話來說，前者的意思是：在社會的實際事務當中也可以學習，何必一定要啃書本？後者的意思是：掌握一種統一的思想原則，比讀書得來的具體知識更為重要。在反駁的時候，蘇轍沒有把前者當作淺薄的實用主義來攻擊，而是說，僅憑抽象的原則而進入實踐的領域，必然產生各種流弊。這樣看來，他的攻辯的對象，主要就是強調抽象的統一原則而忽視具體知識的人。聯繫當時的背景來看，蘇轍的批判鋒芒實際上又一次指向了「新學」。正如王安石在〈虔州學記〉中所說：「先王之所謂道德者，性命之理而已。」他所建立的「新學」體系，就以這「性命之理」為核心。可以說，「新學」是中國歷史上第一個具有國家意識形態之地位的形而上學體系。利用科舉的指揮棒，王安石及其新黨後輩使王氏寫作的《三經新義》成為全國學校的統一教材，使「新學」形而上學成為唯一正確的思想原則。由於司馬光、蘇軾所擅長的史學、文學等具體學術領域內包含了與此思想原則相對抗的因素，所以新黨政治家就不惜採取禁止傳習史學、禁止寫詩等極端荒謬的政策，來保持王氏思想在全國的專制地位。這等於是宣稱：只要有王氏思想的正確指導，《三經新義》之外的書就不必再讀了。事實上，在科舉的指揮棒下，肯定有一大部分青年，是只讀《三經新義》，不讀其他書籍的。這樣的傾向也一直維持到明清時代，只不過以《四書集注》取代了《三經新義》而已。在此背景上，我們才能明白蘇轍為什麼要讓自己的子孫保持「讀書」的家風。在一個人對於國家意識形態無計可施的情況下，退守家風是唯一的辦法了。

題老子《道德經》後

【題解】大觀二年（西元一一〇八年）的元旦，宋徽宗在大慶殿舉行了一個「受八寶」的盛典，就是皇帝獲得了八個玉璽，由此證明他是自古以來最偉大的君主。閒居在家的蘇轍寫了〈八璽〉一詩加以諷刺，但他的官階則因這番慶典而重新上升，從崇寧元年降授的朝請大夫（從六品），先升為朝議大夫（正六品），繼而又升為中奉大夫（從五品）。此年的蘇轍，除了養花、釀酒之外，也整理自己往日的著作。本篇作於十二月十日，是寫在他所著的《老子解》書後的跋文。《老子》又稱《道德經》。

予年四十有二，謫居筠州。筠雖小州，而多古禪剎，四方遊僧❶聚焉。有道全❷者，住黃蘗山❸，南公❹之孫❺也，行高而心通，喜從予遊，嘗與予談道。予告之曰：「予所談者，予於儒書已得之矣。」全曰：「此佛法也，儒者何自得之？」予曰：「不然。予忝聞道❻，儒者之所無，何苦強以誣之？顧誠有之，而世莫知耳。儒、佛之不相通，如胡❼、漢之不相諳也，子亦何由而知之？」全曰：「試為我言其略。」予曰：「孔子之孫子思，子思之書曰《中庸》，《中庸》之言曰：『喜怒哀樂未發謂之中，發而皆中節謂之和。中也者，天下之大本；和也者，天下之達道也。致中和，天地位焉，萬物育焉。』❽此非佛法而何？顧所從言❾之異耳。」全曰：「何以言之？」予曰：「六祖❿有言：『不思善，不思惡，方云是時也，孰是汝本來面目？』⓫自六祖以來，人以此言悟入⓬者太半⓭矣。所謂『不思善，不思惡』，則『喜怒哀樂之未發』也。蓋中者，佛性⓮之異名，而和者，六度萬行⓯之總目也。致中和，而天地萬物生於其間，此非佛法何以當之？」全驚喜曰：「吾初不知也，今而後始知儒、佛一法也。」予笑曰：「不然。天下固無二道，而所以治人則異。君臣父子之間，非禮法則亂；知禮法而不知道，則世之俗儒，不足貴也。居山林，木食澗飲⑯，而心存至道⑰，雖為人天師⑱可也，而以之治世則亂。古之聖人，中心行道而不毀法，而後可耳。」全作禮曰：「此至論也。」是時予方解《老子》，每出一章，輒以示全，全輒嘆曰：「皆佛說也。」予居筠五年而北歸，全不久亦化去⑲，逮今二十餘年也。凡《老子解》，亦時有所刊定⑳，未有不與佛法合者。時人無可與語，思復見全而示之，故書之《老子》之末。大觀二年十二月十日子由題。

【注　釋】❶遊僧　雲遊的僧人。❷道全　黃蘗道全（西元一〇三六－一〇八四年），臨濟宗禪僧，蘇轍曾為他寫作〈全禪師塔銘〉。❸黃蘗山　筠州新昌縣西的禪宗名山。❹南公　黃龍慧南（西元一〇〇二－一〇六九年），嗣法於臨濟宗石霜楚圓禪師，後在江西南昌的黃龍寺住持，弟子眾多，形成了「黃龍派」。❺孫　禪宗所謂「法孫」。道全嗣法於真淨克文，克文嗣法於黃龍慧南。❻忝聞道　勉強算是個懂道理的人。❼胡　舊時指北方的遊牧民族。❽喜怒哀樂未發謂之中九句　見《中庸》。未發，還沒有表現出喜怒哀樂等具體情感形態的精神性本身。中節，符合禮節。大本，根本。達道，通行的道路。致，到達。❾所從言　談論的角度。❿六祖　禪宗的第六祖，即唐代的慧能，其說法見於《壇經》。⓫不思善四句　見《壇經・行由第一》，原是慧能啟發慧明的話。本來面目，喻指佛性。⓬悟入　開始覺悟。⓭太半　大半。⓮佛性　所有人生來都具備的成佛之可能性，也是人的普遍本性。⓯六度萬行　意謂各種修行的途徑。六度，六種到達彼岸的法門：佈施、持戒、忍辱、精進、禪定、智慧。⓰木食澗飲　吃植物類的食品，喝溪澗中的水。⓱至道　終極大道。⓲人天師　一切人類和天神的導師，常作為「佛」的代稱。⓳化去　僧人去世。⓴刊定　改定。

【語　譯】我四十二歲的時候，貶謫到筠州居住。筠州雖然只是個小城市，卻有很多古舊的禪宗廟宇，從四面八方來的雲遊僧人都聚集在這裡。有一個叫做道全的，住在黃蘗山，是黃龍慧南禪師的法孫。他的道行很高，而思想通達，喜歡跟我一起遊玩，曾經與我討論大道。我告訴他說：「你所談的道理，我在儒家的典籍中已經讀到了。」道全說：「我談的是佛法呀，儒家怎麼能獲得呢？」我說：「不對。我也算是個懂道理的人，儒家真的沒有的東西，我何苦硬要強加給它呢？但是儒家確實有這樣的道理，只是世上的人都不知道罷了。儒家和佛教從來就不相通，好像胡人和漢人互相不認識，你也哪裡能夠知道呢？」道全說：「請你為我試著說說大概。」我說：「孔子有個孫子叫子思，子思寫了一本書叫《中庸》，《中庸》裡面說：『喜怒哀樂還沒有向外表現出來，這叫做「中」；表現出來而又中規中矩，這叫做「和」。這個「中」是天下最根本的東西，這個「和」是天下最通達的道路。達到了「中」與「和」，那麼天地就定位了，萬物都生長起來。』這樣的說法，難道不就是佛法嗎？只不過論述的角度不一樣罷了。」道全說：「為什麼這樣說呢？」我說：「六祖慧能大師說過：『不起好的念頭，也不起壞的念頭，正在這樣的時候，你的本來面目是怎樣的呢？』自從六祖以來，有大半的人是通過這句話開始領悟禪的。他所謂的『不起好的念頭，也不起壞的念頭』，就是《中庸》說的『喜怒哀樂還沒有向外表現出來』。所以，『中』就是佛性的另外一個名稱，而『和』就是對佛教各種修行途徑的總稱。達到這個『中』，最高程度地發揮『和』，那麼天地萬物都在其中生起，這不是佛法又是什麼呢？」道全驚喜地說：「我開始不知道，從今以後才知道儒家和佛教是同一個道理。」我笑著說：「那也不對。天下當然沒有兩種不同的大道，但儒家和佛教用來治理人群的方式是不同的。在君臣、父子之間，沒有儒家的禮法，就會混亂；懂得禮法而不懂大道，則只是世間的俗儒，不值得尊敬。佛教提倡僧人們住在山林裡，吃植物類的食品，喝溪澗中的水，而心裡卻思考著終極的道理。這樣，即便要做所有人類和天神的導師，也夠格了，但用這種方式來治理世俗社會，也會造成混亂。所以古代的聖人，他的內心體會著大道，卻不毀壞世間的禮法，這樣才可以啊。」道全向我行了一個禮，說：「這是最正確的論述。」這個時候，我正在注釋《老子》，每寫成一章，我就給道全看，道全每次都嘆息著說：「這些都是佛教的說法。」我在筠州住了五年，然後回到北方，道全也在不久後去世，到今天已經二十多年了。我寫的《老子解》，也時時有所改定，但沒有一點不跟佛法相符合的。現在的人，沒有一個可以交談的，我好想再次見到道全，把這書給他看。所以，我在《老子解》的書尾寫下這段跋文。大觀二年十二月十日子由題寫。

【研　析】為一本注解《老子》的書寫一篇跋文，卻大談儒家與佛法的相通之處，這等於是在論證儒、釋、道三教的同一性。值得注意的是，作者用來跟慧能之說相比對的儒家典籍，是宋代新儒學最重視的《中庸》一書，而且他引證的段落，也是後來的道學家最重視的有關「未發」、「已發」的一段。據說，南宋的朱熹曾跟張栻討論這「未發」、「已發」的問題，幾天幾夜都爭論不合，而傳為思想史上的美談。由此可見，蘇轍雖然對王安石的形而上學不以為然，但他對儒學的領會也並不停留在傳統的理解上，不但未脫離宋代新儒學向形而上學方面發展的整體潮流，而且頗有得風氣之先的地方。當然，若放在朱熹眼裡，則蘇轍在本文中提供的說法自然是不可取的。但是，蘇轍本人卻非常自信。可以體現這一點的是，一般參禪的士大夫，在禪僧面前大致採取低姿態，彷彿學生聽取老師的教誨那樣；而蘇轍在本文中的形象卻根本不同，這裡是他在教誨禪僧。而且，他依然沒有忘記要譏刺一下時代的意識形態。因為這個時代有唯一正確的思想，即王氏的「新學」，所有人都由此而獲得了「正確」的見解，也就是跟蘇轍談不攏的見解，那麼蘇轍只好說「時人無可與語」，只好懷念著已經去世的朋友，而孤獨地書寫他的一家之說了。在徽宗一朝度過晚年生涯的蘇轍，其存在的最大意義，就是在全國通行唯一正確之思想的情況下，獨自提供自成一家的異說，形容為壁立千仞，當不過分。

再題老子《道德經》後

【題　解】在崇寧五年（西元一一〇六年），因為彗星的出現，曾使蔡京罷相，但到大觀元年（西元一一〇七年）就復相了；至大觀四年（西元一一一〇年），又因為彗星的出現，使第二次罷相的蔡京得到貶官的處罰，同時起用「新黨」中與蔡京不和的張商英為宰相。據說，連日乾旱的天氣因此而下起雨來。朝廷大概想製造政局更新的氣象，所以又是立新皇后，又是祭祀天地、太廟，又是大赦天下、放出四五百名宮女，又宣佈第二年改元為政和。但張商英只做了一年宰相，便遭罷黜，蔡京又有復起之勢。不過，在蘇轍的眼裡，這一切都只是鬧劇了。政和元年（西元一一一一年）十二月十一日，他再次在《老子解》後寫上本篇題跋。

予昔南遷海康❶，與子瞻兄邂逅於藤州❷，相從十餘日，語及平生舊學。子瞻謂予：「子所作《詩傳》、《春秋傳》、《古史》三書，皆古人所未至；惟解《老子》，差❸若不及。」予至海康，閒居無事，凡所為書，多所更定，乃再錄《老子》書以寄子瞻。自是蒙恩歸北，子瞻至毗陵，得疾不起，逮今十餘年，竟不知此書於子瞻為可否也？政和元年冬，得姪邁❹等所編《先公手澤》❺，其一曰：「昨日子由寄《老子新解》，讀之不盡卷，廢卷❻而嘆。使戰國有此書，則無商鞅❼、韓非❽；使漢初有此書，則孔老為一；使晉宋間❾有此書，則佛老不為二。不意❿老年，見此奇特。」然後知此書當子瞻意。然予自居潁川，十年之間，於此四書復多所刪改。以為聖人之言，非一讀所能了，故每有所得，不敢以前說為定。今日以益老，自以為足矣，欲復質⓫之子瞻而不可得。言及於此，涕泗而已。

十二月十一日子由再題。

【注釋】❶海康　雷州海康縣（今屬廣東）。蘇轍貶雷州在紹聖四年（西元一〇九七年）二月。❷藤州　今廣西藤縣。二蘇於紹聖四年五月十一日在藤州相遇，然後同行到雷州。至六月十一日，蘇軾赴海南島。❸差　比較。❹邁　蘇邁，字伯達，蘇軾長子。❺先公手澤　蘇軾去世以後，他的兒子們將他隨手寫下的一些文字編錄起來，成為此書，筆記體。其內容大致就是現存的《東坡志林》。❻廢卷　放下書；中止閱讀。❼商鞅　戰國中期的法家政治家，衛國國君之後，原稱「衛鞅」或「公孫鞅」，由於輔佐秦孝公變法，被封為商君，故名「商鞅」。❽韓非　戰國末期法家思想家，韓國的公子，因出使秦國而被秦王政（即後來的秦始皇）挽留，後來死在獄中。他是荀子的學生，李斯的同學，但他的死亡跟李斯在秦始皇面前說他的壞話有關。其著作經後人編輯，為《韓非子》五十五篇。❾晉宋間　指東晉和南朝劉宋之間。❿不意　沒想到。⓫質　詢問；就正。

【語　譯】我從前貶謫到南方的雷州，半路上跟兄長子瞻相遇於藤州，跟他在一起十幾天，談到了平生從事的學問。子瞻對我說：「你寫的《詩集傳》、《春秋集解》、《古史》三部書，都是古人所不曾達到的；只有解釋《老子》的這一部，比較起來，似乎不如前三部。」我到了雷州後，閒居無事，對寫好的書都做了許多修改，於是再次抄錄《老子解》這本書，寄給海南島上的子瞻。此後，我們蒙受朝廷的恩典，回到北方，子瞻到了常州就得病去世了，至今已十幾年，我竟不知道這本書是否被子瞻所認可。政和元年的冬天，我得到了姪子蘇邁等人所編的《先公手澤》，其中有一條說：「昨日子由寄給我他新寫好的《老子解》，我還沒有讀完全書，就放下書深深嘆息。假如戰國的時候有這本書，那麼商鞅、韓非那樣殘酷的法家就不會出現；假如西漢初年有這本書，那麼當時人就會懂得孔子和老子的同一之處；假如東晉和劉宋之間有這本書，那麼當時人就不會把佛教和道家看成兩種不同的學說。真想不到在我老年的時候，還能看到如此奇特優異的書。」我讀到這一條，才知道我這本書是符合子瞻心意的。但是，自從我定居在潁昌府，十年之間，對這四部書又有很多刪改。我認為，聖人的話並不是閱讀了一次就能徹底了解的，所以每當有所領悟的時候，就不敢把從前的看法當作定說。現在，我一天比一天老了，自以為可以滿足了，想要再次向子瞻詢問就正，卻再也不可能了。話說到這裡，只有流淚而已了。十二月十一日子由再次題寫。

【研　析】在〈亡兄子瞻端明墓誌銘〉中，蘇轍記錄了蘇軾對他說過的一句話：「吾視今世學者，獨子可與我上下耳。」就是說，他們兄弟的學問之高，是他人難以理解的。這雖然看上去頗為誇張，但蘇軾說過這樣的話，是可以肯定無疑的，在〈送晁美叔〉詩中，他明確自述：「我年二十無朋儔，當時四海一子由。」同樣，晚年的蘇轍也覺得，除了已經去世的兄長外，沒有人可以為自己的著作提出中肯的批評。由此看來，他們二人的相知之深，確實不僅僅是因為兄弟之情而已。當朝廷上「新黨」內部的紛爭鬧得不可開交時，被迫閒居的蘇轍就只好在家裡懷念兄長，而至於淚流滿面了。在蘇軾肯定《老子解》的那段話裡，除了主張儒、釋、道的一致性外，還特意否定了商鞅、韓非這兩位法家思想家。自然，蘇氏兄弟是一向把「新黨」看作商鞅、韓非之流的，但政和元年的蘇轍看到這段話，肯定別有一番滋味在心頭。張商英主政後，認為蔡京的「紹述」政策只是一個名義而已，他要來一番真正的「紹述」。於是，在尚書省設立了一個「編政典局」，專門編輯一部「萬世不刊」的書，叫做《皇宋政典》，具體篇目有原廟、官制、新省、差除、三舍、導洛、回河、保甲、將兵、免役、青苗、吏祿、守具、禮樂、營造、茶馬等等，仿照《尚書》的體例，每篇有序，下面把神宗以來的有關詔書及執行情況的報告等材料編集起來，讓天下人都懂得這些「新法」的「本原」，從而都不敢懷有異心。這等於是以編集政令文獻的方式，來系統地總結「新法」，並再次確立其統治地位。不過，這部書還沒有編成，張商英就被罷黜，皇帝下一道詔書：「神宗德業，具在信史，其《政典》無用，可罷局。」所謂的「信史」，當然是蔡卞早已修定的《神宗實錄》和蔡京新修的《哲宗實錄》。當蘇轍看到蔡家的史書打敗了張商英的《政典》時，他會怎麼想呢？已經「乘風歸去」的蘇軾，據說是在天上做神仙了，而蘇轍依然枯坐在他的「遺老齋」中，修改他寫的四部書。這是一位堅強的老人。

管幼安畫贊 并引

【題　解】本篇作於政和二年（西元一一一二年），也就是蘇轍去世的那一年。管幼安，名寧，三國時人。漢末避亂於遼東，三十七年始歸，魏文帝、魏明帝都曾給他封官，他都不接受，八十四歲卒於家鄉。《三國志．

魏志》有傳。畫贊是以讚頌畫像中的人物為主旨的一種韻文，正文前往往有說明性的序引。但宋代的畫贊，實際上已以序引為主體，而成為古文的一個品種。本篇亦如此。

予自龍川歸居潁川，十有三年，杜門幽居，無以自適❶。稍取舊書閱之，將求古人而與之友❷。蓋於三國得一人焉，曰管幼安寧。幼安少而遭亂，渡海居遼東❸，三十七年而歸，歸於田廬，不應朝命❹，年八十有四而沒，功業不加於人，而予獨何取焉？取其明於知時，而審❺於處己云爾。

【章旨】這是序引的首段，講自己尚友古人，而欽佩三國時的管寧，因為他洞察時代，善於安排自己的人生。

【注釋】❶自適　自得其樂。❷求古人而與之友　用《孟子》「尚友」之意。《孟子・萬章下》：「以友天下之善士為未足，又尚論古之人。頌其詩，讀其書，不知其人可乎？是以論其世也，是尚友也。」❸遼東　漢遼東郡，治所在昌黎（今遼寧朝陽）。❹朝命　魏國朝廷要他去擔任官職的詔命。❺審　謹慎。

【語譯】我從循州的龍川縣回到潁昌府定居，已有十三年了。關起門來獨自過著寧靜的生活，但沒有什麼事情可以讓我自得其樂。於是我稍稍取來一些舊書，加以閱讀，想尋找一個古人，跟他交朋友。我在三國時代找到了一個人，叫做管寧，字幼安。這位管幼安從少年時就遭遇了漢末的亂世，便渡過渤海，到遠離中原的遼東去居住，三十七年以後才回來。他回到了自己家裡的田園房屋，不接受魏國朝廷要他去擔任官職的命令，到八十四歲的時候才去世。他並沒有在人世建立功勳、事業，對別人沒有好處，但我卻單單欽佩他，這是為什麼呢？我欽佩的是，他明智地洞察了那個時代，而能謹慎地安排自己的人生。

蓋東漢之衰，士大夫以風節相尚❶，其立志行義，賢❷於西漢。然時方大亂，其出而應世，鮮❸有能自全者。潁川荀文若❹，以智策輔曹公❺，方其擒呂布❻，斃袁紹❼，皆談笑而辦，其才與張子房❽比。然至於九錫❾之議，卒不能免其身。彭城張子布❿，忠亮剛簡，事孫氏兄弟⓫，成江東⓬之業。然終以直不見容，力爭公孫淵⓭事，君臣之義幾絕。平原華子魚⓮，以德量⓯重於曹氏父子⓰，致位三公⓱。然曹公之殺伏后⓲，子魚將命⓳，至破壁出后而害之⓴。汝南許文休㉑，以人物臧否㉒聞於世，晚入蜀依劉璋㉓。先主㉔將克成都，文休踰城出降，雖卒以為司徒，而蜀人鄙之。此四人者，皆一時賢人也，然直己㉕者終害其身，而枉己㉖者終喪其德。處亂而能全，非幼安而誰與哉？

【章　旨】這是序引的第二段，取三國時的荀彧、張昭、華歆、許靖四人，與管寧對比。那四人雖然建功立業，取得地位，但最後不是敗壞德行，就是喪失性命，都不如管寧那樣，能在亂世中保全自我。

【注　釋】❶相尚　互相推崇。❷賢　勝過；優於。❸鮮　少。❹潁川荀文若　潁川郡潁陰（今河南許昌）人荀彧（西元一六三—二一二年），字文若，《三國志·魏志》有傳。初依袁紹，後從曹操，成為著名的謀士，曹操把他比作西漢初的張良。❺曹公　曹操（西元一五五—二二〇年），字孟德，魏國的實際創建者。❻呂布　字奉先，漢末割據徐州。荀彧勸曹操先平呂布，曹操遂於建安三年（西元一九八年）擒殺之。❼袁紹　字本初，漢末割據河北，地廣兵強。但荀彧認為袁紹不難破，堅持鼓勵曹操與之決戰。建安五年（西元二〇〇年）取得官渡之戰的勝利，建安七年（西元二〇二年）袁紹在內憂外患下病死。❽張子房　西漢開國功臣張良，字子房，以策謀聞名，深受漢高祖劉邦的信任，封為留侯。❾九錫　天子賜給諸侯、大臣的九種器物：車馬、衣服、樂則、朱戶、納陛、虎賁、弓矢、鈇鉞、秬鬯，表示最高的禮遇。錫，賜。西漢末，王莽篡漢之前，先強迫漢朝給他九錫，故魏晉之後，成為掌權的大臣奪取皇位的先聲。建安十七年（西元二一二年），曹操要漢朝封他魏國公，加九錫，荀彧表示反對，為曹操所不滿，荀彧自殺。⑩彭城張子布　彭城（今江蘇徐州）人張昭（西元一五六—二三六年），字子布，《三國志·吳志》有傳。他先後輔助孫策、孫權兄弟，處理軍國大事，官至輔吳將軍。⑪孫氏兄弟　孫策（西元一七五—二〇〇年）字伯符，漢末割據江東。其弟孫權（西元一八二—二五二年），字仲謀，繼承孫策的基業，建立東吳政權。⑫江東　吳、會稽、廬江等江東六郡，指東吳政權的地盤。⑬公孫淵　漢末割據遼東，魏明帝青龍元年（西元二三三年）曾遣使到孫權處，孫權派人立他為燕王。但公孫淵知道孫權太遠，靠不住，所以殺了孫權的使者送到魏國。後來被司馬懿攻殺。當孫權遣使之時，張昭就認為不妥，與孫權反覆爭論，孫權被激怒，以手按刀。張昭見意見不被採納，便聲稱有病，不參加朝會。孫權用泥土堵塞其門，張昭也在裡面加封一層泥土。等到孫權派去的人果然被公孫淵所殺，孫權就去道歉，但張昭還是不出門。孫權燒他的房子，將他逼出來參加朝會。⑭平原華子魚　平原郡高唐（今山東禹城西南）人華歆（西元一五七—二三一年），字子魚，《三國志·魏志》有傳。他少時與管寧同學，後為曹氏政權的重要成員。⑮德量　道德、器量。⑯曹氏父子　華歆在曹操時擔任尚書令，曹丕稱帝後擔任司徒，魏明帝曹叡時擔任太尉。⑰三公　輔助國君掌握軍政大權的最高官員，東漢以太尉、司空、司徒為三公。⑱伏后　漢獻帝的皇后伏壽，曾與其父伏完密謀殺曹操，謀洩，建安十九年（西元二一四年）被殺，宗族死者百餘人。⑲將命　奉命。⑳至破壁句　據《後漢書·獻帝伏皇后紀》，曹操派郗慮、華歆帶兵入宮，郗慮與漢獻帝在外殿坐，伏后關門藏在牆壁中，華歆進去把她拉出來，然後處死。㉑汝南許文休　汝南郡平輿（今河南平輿北）人許靖，字文休，《三國志·蜀志》有傳。他先在成都依劉璋，劉備圍攻成都時，他想逃出城來投降，卻被發覺，劉璋沒有殺他。後來劉備封他為司徒。㉒人物臧否　評價人物的好壞。㉓劉璋　字季玉，漢末割據益州（治所在今四川成都）。建安十九年（西元二一四年）劉備攻破成都，劉璋降。建安二十四年（西元二一九年），孫權殺關羽，取荊州，劉璋又被孫權所獲，卒。㉔先主　蜀漢先主劉備（西元一六一—二二三年），字玄德，蜀漢的建立者。㉕直己　堅守自己的原則。㉖枉己　喪失自己的原則，屈服於勢力。

【語　譯】在東漢衰落的時代，士大夫們都以高風亮節互相推崇，他們樹立志向，推行道義，勝過西漢的人。但時代正在大亂之中，他們出來應付世上的事務，很少有人能夠保全自己。潁川人荀彧，字文若，用他的智慧謀略輔助曹操，當他們擒殺呂布，打敗袁紹時，都是在談笑之間輕易地完成大事，他的才能真的可以跟西漢初的張良相比。但到了曹操謀求九錫時，荀彧終於因為議論不同而無法逃避死亡。彭城人張昭，字子布，忠義、誠信、剛正、簡要，先後輔助孫策、孫權兄弟，成就東吳政權的基業。但他最終也因為正直而不能被孫權容忍，由於跟孫權極力爭論有關公孫淵的事情，兩人的君臣關係幾乎斷絕。平原人華歆，字子魚，因為道德器量而被曹操、曹丕父子所尊重，使他的官位達到了最高的三公。但當曹操殺害伏皇后時，華歆奉命進宮，乃至於打破牆壁，拉出伏皇后，而將她殺害。汝南人許靖，字文休，因為善於評價人物的好壞而聞名於世，後來到了成都，去依附劉璋。蜀漢先主劉備將要攻克成都時，許靖居然想逃出城去投降。雖然劉備終於封他做了司徒，但他卻受到蜀漢人的鄙視。以上這四個人，都是那個時代的賢人，但堅守自己原則的荀彧、張昭終於殘害了身體，而屈服於勢力的華歆、許靖也終於喪失了道德。處在亂世，而能保全自己的身體和道德的，除了管寧，我還能去欽佩誰呢？

舊史❶言，幼安雖老，不病，著白帽❷、布襦袴❸、布裙。宅後數十步有流水，夏暑，能策杖❹臨水，盥❺手足，行園囿。歲時❻祀其先人，絮帽❼、布單衣，薦饌饋❽，跪拜成禮。予欲使畫工以意髣髴畫之。昔李公麟❾善畫，有顧陸❿遺思。今公麟死久矣，恨莫能成吾意者。姑為之贊曰：

【章旨】這是序引的第三段，根據史書的記載描述了管寧的形象，想讓畫家依此作畫。

【注釋】❶舊史　指《三國志・魏志・管寧傳》。❷白帽　《三國志》的原文是「皂帽」，即黑色的帽子。❸襦袴　短衣與褲子。❹策杖　拄杖。❺盥　洗。❻歲時　每年一定的時候。❼絮帽　《三國志》原文為「絮巾」，即棉質的頭巾。❽薦饌

饋　向神靈進獻祭祀用的食品。❾李公麟　（西元一〇四九—一一〇六年）字伯時，號龍眠居士，北宋著名畫家，曾是蘇氏兄弟的好友。❿顧陸　東晉畫家顧愷之，南朝畫家陸探微。

【語　譯】史書上說，管寧雖然年老，卻沒有病，平常戴著白色的帽子，穿著布衣、布褲、布裙。在他的房子後面，數十步遠的地方有流水，夏天暑熱的時候，管寧能自己拄杖到水邊，去盥洗手腳，然後在園子裡散步。每年一定的時候，他要祭祀自己的祖先，就戴上頭巾，穿著單布衣服，獻上祭祀的食品，完成跪拜的禮儀。我想找一個畫家，照這個意思，畫出一個大概的樣子。從前李公麟善於繪畫，有顧愷之、陸探微的風味。現在李公麟已經死去很久了，我很遺憾，沒有人能完成我的這個心願。姑且先把畫贊寫好了吧：

幼安之賢，無以過人，予獨何以謂賢？賢其明於知時，審於處己，以能自全。

幼安之老，歸自海東❶。一畝之宮❷，閉不求通。白帽布裙，舞雩而風❸。四時烝嘗❹，饋奠必躬❺。八十有四，蟬蛻❻而終。少非漢人，老非魏人。何以命之，天之逸民❼。

【章　旨】這是韻文的「贊」，簡要地復述序引的意思，以讚美管寧的超脫。

【注　釋】❶海東　即遼東，從中原可渡過渤海前往。❷宮　房子。❸舞雩而風　到祭雨的臺上去乘風，見《論語・先進》，孔子弟子曾皙自述他的志向是：「浴於沂，風乎舞雩，詠而歸。」指一種樂天超脫的人生態度。舞雩，祈雨的祭壇。❹四時烝嘗　一年四季的各種祭祀。四時，四季。烝嘗，冬祭與秋祭，泛指祭祀。❺饋奠必躬　一定親自佈置安放祭品。❻蟬蛻　蟬的幼蟲脫去原殼，比喻精神脫離世俗的軀殼，獲得自由。❼天之逸民　不屬於任何政權，只屬於天地的人。

【語　譯】管寧的才能，也沒有超過人的地方，但我為什麼單單稱他是賢人呢？我是欽佩他能明智地洞察那個時代，謹慎地安排自己的人生，由此而保全了自己的身體與道德。管寧年老的時候，從遼東歸來，只有一畝大的田園房子，卻關起門來，不與外界互通。他戴著白帽，穿著布裙，就像曾皙那樣在祭雨的臺上迎風乘涼。每年四季祭祀祖先，他一定會親自安排祭品。到八十四歲的時候去世，就像蟬的幼蟲脫去原殼一樣。他少年時不做漢朝人，老年時也不做魏國人，怎樣才能正確地稱呼他呢？我把他叫做只屬於天地的人。

【研　析】漢末天下大亂，中原攻殺不息，多少無辜的人成為犧牲，也有一批所謂的英雄成就了亂世的功名。管寧是特別的，他在遠離中原的遼東躲了三十七年，等中原稍稍安定，才回到家鄉，布衣終老。他既沒有建立功名，也沒有成為犧牲，而是保持了身心的健康與自由，為那個紛紛擾擾的，充滿了殘酷血腥的亂世提供了一道安寧自足的風景。他沒有做漢王朝的殉葬品，也沒有像他的同學那樣去當曹魏的官，所以他不屬於任何政權，而是個只屬於天地的人，就是蘇轍所謂的「天之逸民」。讀了作者對於這個「天之逸民」的讚美，使我們彷彿能了解他為什麼自號「潁濱遺老」。如果說，從前的蘇轍是屬於「舊黨」的政治家，那麼現在他只願當一個潁水邊上的老人。他是從前的時代遺留下來的「遺老」，不屬於眼前這個時代，現在他只屬於門前的這條潁水。就像管寧「老非魏人」一樣，他的精神遠離宋徽宗時代的意識形態，閒遊在自己的世界裡。從前的評論家對於此文，大抵都說作者經歷了宦途的困躓顛簸以後，轉而希慕超脫。其實，如果「明於知時」，就能體會到，作者是在用自己的方式堅強地捍衛他的精神世界不受荒唐時代的玷汙。在這個時代，「新學」是唯一正確的思想，王安石的遺像被供奉在孔廟裡，連皇帝見了也要下拜。其子王雱曾為他作了一篇〈畫像贊〉，說：「列聖垂教，參次不齊。集厥大成，光乎仲尼。」被其婿蔡卞書寫了，刻在石碑上。宋徽宗還命令學士院撰寫贊文：「孔孟云遠，六經中微。斯文載興，自公發揮。推闡道真，啟迪群迷。優入聖域，百世之師。」大意是說王安石就是當代的聖人，可謂無限崇敬與讚美了。不僅如此，據陳瓘的〈四明尊堯集序〉說，朝廷的大臣「蔡氏、鄧氏、薛氏，皆塑安石之像，祠於家廟。朝拜安石而頌之曰『聖矣聖矣』，暮拜安石而頌之曰『聖矣聖矣』」，已經到了近乎顛狂的狀態。同時，對司馬光、范祖禹的歷史著作，程頤的哲學著作，三蘇及四學士的文集，卻嚴加封鎖，禁止流傳，造成思想文化的專制局面。這無疑是北宋文化在徽宗朝演變成的一齣帶有荒誕性的悲劇，而後世的讀者應當瞭解，生活在那荒誕悲劇之中的一位七十幾歲的老人，嚮往「天之逸民」時的一分倔強，與令人敬佩的清醒。「唐宋八大家」中的最後一家，就在這樣的倔強與清醒中，走向自己生命歷程的終點。

新譯傳習錄　李生龍注譯
新譯明夷待訪錄　李廣柏注譯

【文學類】

新譯詩經讀本　滕志賢注譯
新譯楚辭讀本　傅錫壬注譯
新譯文心雕龍　羅立乾注譯
新譯世說新語　劉正浩等注譯
新譯昭明文選　周啟成等注譯
新譯古文觀止　謝冰瑩等注譯
新譯古文辭類纂　黃　鈞等注譯
新譯古詩源　馮保善注譯
新譯千家詩　邱燮友等注譯
新譯詩品讀本　成　林等注譯
新譯花間集　朱恒夫注譯
新譯搜神記　黃　鈞注譯
新譯唐詩三百首　邱燮友注譯
新譯宋詞三百首　汪　中注譯
新譯元曲三百首　賴橋本等注譯
新譯唐人絕句選　卞孝萱等注譯
新譯唐才子傳　戴揚本注譯
新譯唐傳奇選　束　忱等注譯
新譯明傳奇小說選　陳美林等注譯
新譯明散文選　周明初注譯
新譯人間詞話　馬自毅注譯
新譯白香詞譜　劉慶雲注譯
新譯幽夢影　馮保善注譯
新譯菜根譚　吳家駒注譯
新譯郁離子　吳家駒注譯
新譯賈長沙集　林家驪注譯
新譯揚子雲集　葉幼明注譯
新譯陸機詩文集　王德華注譯
新譯曹子建集　曹海東注譯
新譯阮籍詩文集　林家驪注譯
新譯嵇中散集　崔富章注譯
新譯陶淵明集　溫洪隆注譯
新譯駱賓王文集　黃清泉注譯
新譯昌黎先生文集　周啟成等注譯
新譯柳宗元文選　卞孝萱等注譯
新譯杜牧詩文集　張松輝注譯
新譯李賀詩集　彭國忠注譯
新譯范文正公選集　王興華等注譯
新譯蘇洵文選　羅立剛注譯
新譯蘇軾文選　滕志賢注譯
新譯蘇軾詞選　鄧子勉注譯
新譯蘇轍文選　朱　剛注譯
新譯曾鞏文選　高克勤注譯
新譯王安石文集　沈松勤注譯
新譯李清照集　姜漢椿等注譯
新譯薑齋文集　平慧善注譯
新譯顧亭林文集　劉九洲注譯
新譯閱微草堂筆記　嚴文儒注譯

【歷史類】

新譯史記　韓兆琦注譯
新譯漢書　吳榮曾注譯
新譯後漢書　魏連科注譯
新譯三國志　吳樹平注譯
新譯資治通鑑　韓兆琦等注譯
新譯尚書讀本　吳　璵注譯
新譯尚書讀本　郭建勳注譯
新譯左傳讀本　郁賢皓等注譯

新譯公羊傳　雪　克注譯
新譯穀梁傳　顧寶田注譯
新譯春秋穀梁傳　周　何注譯
新譯戰國策　溫洪隆注譯
新譯國語讀本　易中天注譯
新譯說苑讀本　左松超注譯
新譯說苑讀本　羅少卿注譯
新譯新序讀本　葉幼明注譯
新譯吳越春秋　黃仁生注譯
新譯西京雜記　曹海東注譯
新譯列女傳　黃清泉注譯
新譯越絕書　劉建國注譯
新譯燕丹子　曹海東注譯
新譯東萊博議　李振興等注譯
新譯唐六典　朱永嘉等注譯
新譯唐摭言　姜漢椿注譯

宗教類

新譯金剛經　徐興無注譯
新譯高僧傳　朱恒夫等注譯
新譯碧巖集　吳　平注譯
新譯百喻經　顧寶田注譯
新譯楞嚴經　賴永海等注譯
新譯梵網經　王建光注譯
新譯六祖壇經　李中華注譯
新譯禪林寶訓　李中華注譯
新譯維摩詰經　陳引馳等注譯
新譯經律異相　顏洽茂注譯
新譯無量壽經　邱高興注譯
新譯妙法蓮華經　張松輝注譯
新譯景德傳燈錄　顧宏義注譯
新譯大乘起信論　韓廷傑注譯
新譯釋禪波羅蜜　蘇樹華注譯
新譯八識規矩頌　倪梁康注譯
新譯永嘉大師證道歌　蔣九愚注譯
新譯華嚴經入法界品　楊維中注譯
新譯地藏菩薩本願經　李承貴注譯
新譯悟真篇　劉國樑等注譯
新譯无能子　張松輝注譯
新譯坐忘論　張松輝注譯
新譯列仙傳　張金嶺注譯
新譯抱朴子　李中華注譯
新譯神仙傳　周啟成注譯
新譯性命圭旨　傅鳳英注譯
新譯老子想爾注　顧寶田等注譯
新譯周易參同契　劉國樑注譯
新譯道門觀心經　王　卡注譯
新譯養性延命錄　曾召南注譯
新譯樂育堂語錄　戈國龍注譯
新譯沖虛至德真經　張松輝注譯
新譯長春真人西遊記　顧寶田等注譯
新譯黃庭經・陰符經　劉連朋等注譯

軍事類

新譯司馬法　王雲路注譯
新譯尉繚子　張金泉注譯
新譯三略讀本　傅　傑注譯
新譯六韜讀本　鄔錫非注譯
新譯吳子讀本　王雲路注譯
新譯孫子讀本　吳仁傑注譯
新譯李衛公問對　鄔錫非注譯

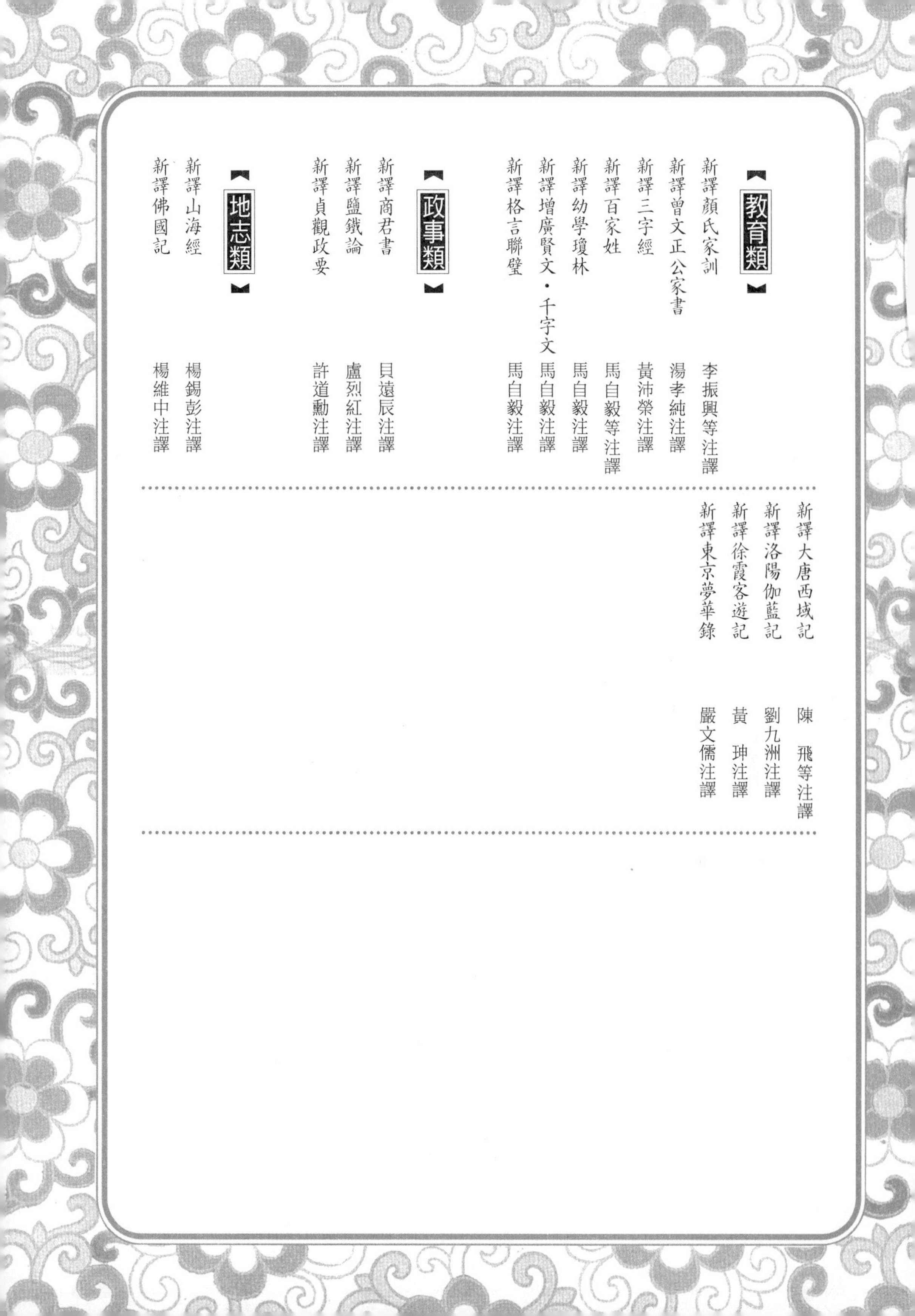

教育類

新譯顏氏家訓　李振興等注譯
新譯曾文正公家書　湯孝純注譯
新譯三字經　黃沛榮注譯
新譯百家姓　馬自毅等注譯
新譯幼學瓊林　馬自毅注譯
新譯增廣賢文・千字文　馬自毅注譯
新譯格言聯璧　馬自毅注譯

政事類

新譯商君書　貝遠辰注譯
新譯鹽鐵論　盧烈紅注譯
新譯貞觀政要　許道勳注譯

地志類

新譯山海經　楊錫彭注譯
新譯佛國記　楊維中注譯
新譯大唐西域記　陳　飛等注譯
新譯洛陽伽藍記　劉九洲注譯
新譯徐霞客遊記　黃　珅注譯
新譯東京夢華錄　嚴文儒注譯

◎新譯昌黎先生文集

周啟成、周維德／注譯　陳滿銘、黃俊郎／校閱

文起八代之衰，道濟天下之溺的韓愈，一生以文章標榜其道統。當眾人隨狂瀾而逐波，棄墜緒於茫茫之際，唯獨韓愈焚膏繼晷，振劈於儒學之復興。他大力倡導的古文運動，開創了中國散文的新傳統，影響、啟迪後世無數優秀文人。然以聖人之志自許的韓愈，卻也有動輒得咎的頓挫煩憂。且讓我們披覽文章，含英咀華，體會這位唐宋古文八大家之首的生命內涵。

◎新譯柳宗元文選

卞孝萱、朱崇才／注譯

柳宗元是中唐古文大家，和韓愈同為「古文運動」的開創者，也是著名的政治家和哲學家。柳宗元散文簡煉生動，他常運用虛實結合、夾敘夾議方法佈局謀篇，使得文章意趣橫生。尤其是其山水遊記，刻劃細緻，寄託深遠，在文學史上享有盛名。本書選譯柳文六十餘篇，注釋簡明易懂，研析深入，是閱讀欣賞的最佳佐助。